U0542910

黄伟宗：
我的文学文化生涯

黄伟宗 ⊙ 著

廣東旅游出版社
GUANGDONG TRAVEL & TOURISM PRESS
悦读书·悦旅行·悦享人生

中国·广州

图书在版编目（CIP）数据

黄伟宗：我的文学文化生涯 / 黄伟宗著 . — 广州：广东旅游出版社，2023.2

ISBN 978-7-5570-2877-0

Ⅰ．①黄… Ⅱ．①黄… Ⅲ．①文艺评论－文集②文学－教学研究－文集 Ⅳ．① I06-53 ② I-42

中国版本图书馆 CIP 数据核字（2022）第 194719 号

出 版 人：刘志松
策划编辑：彭　超
责任编辑：彭　超　　杨　恬　　李菁瑶
装帧设计：邓传志
责任编辑：冼志良
责任校对：李瑞苑　　黄　琳

黄伟宗：我的文学文化生涯
HUANG WEI ZONG：WO DE WEN XUE WEN HUA SHENG YA

广东旅游出版社出版发行
（广州市荔湾区沙面北街 71 号首层、二层　邮编：510130）
电话：020-87347732（总编室）
020-87348887（销售热线）
投稿邮箱：2026542779@qq.com
佛山家联印刷有限公司印刷
（佛山市南海区三山新城科能路 10 号）
787 毫米 ×1092 毫米　16 开　36.5 印张　580 千字
2023 年 2 月第 1 版　2023 年 2 月第 1 次印刷

定价：198.00 元

【版权所有　盗版必究】
书本如有错页倒装等质量问题，请直接与印刷厂联系换书

前言

我是从1958年初在中山大学中文系读三年级的时候，先后在《中山大学学生科学研究》和《光明日报》开始发表文章的，按理是从这个时候开始了我的文学生涯。但从进入广东文坛而言，应当是在1959年我大学毕业后，被分配到当时刚创办不久的《羊城晚报》之《花地》文艺副刊开始。因为当时的《花地》副刊，是广东文坛重要的活动中心或基地之一，许多重大文艺事件都在此萌生或体现，许多著名作家都在此发表作品，许多著名作品在此初露峥嵘，许多新生作家都在此破土而出，我做这个副刊，经历和见证这些文坛风云，并由此迈开文学生涯，实乃荣幸难忘之盛事，迄今不觉已过了一个甲子又有五年余了。此书原本拟取名《广东文坛六十秋》，但是，考虑该书只是个人所见所闻所作有关广东文坛之回忆录，不是对广东文坛全面性的历史概括论述，综合思量后改为现用书名。

个人的视野与活动空间，总是由所处岗位和职业局限并因其变动而变动的，我个人的六十多年文学生涯同样如此。所以，这份文稿按我的工作岗位职业变动情况，分为上、下两篇。大致上说，前三十年的回忆是上篇，后三十多年的回忆是下篇。上篇称《编辑评论篇》。这是因为这期间我一直在《羊城晚报》副刊《花地》和广东作家协会《作品》杂志从事编辑和文艺理论批评工作，后又在中山大学中文系从事当代文学教学研究工作，主要从事文艺编辑与文艺评论活动。下篇称《文学文化篇》，这是因为自20世纪90年代初，我被聘任为广东省人民政府参事，并任省政府参事室广东文化组长、广东省海上丝绸之路研究开发项目组组长、广东省珠江文化研究会会长，由此，我在持续进行当代文学教学研究与文艺理论批评活动的同时，一直进行文化咨询与文化研究开发工作，从文学透视文化，以文化观照文学，走出了文化咨询开发与文艺理论实践密切结合的道路，学术视野与活动天地更宽广了，但也仍是在广东文坛的范畴之中，所以仍列入这部回忆录书稿。稿末是特篇《忆念轶事篇》，辑录过去发表过的对文艺前辈和重要轶事之忆念文章。

本文稿承蒙广东旅游出版社社长兼总编辑刘志松和总编辑助理彭超等同志鼎力支持，才得以出版问世；又因本人年事已高，双目患青光眼加白内障，眼力严重衰退，承蒙我的学生包莹、陈晓武先后义务校正全书文稿，特此一并鸣谢！

◀ 1948年春黄伟宗进读广西贺县（今贺州）中学初中

◀ 1951年至1955年黄伟宗在广西公安总队司令部做文印工作

◀ 1951年1月，黄伟宗国军与中同伟宗参加解放前贺县三年级同学合照，在人民临广西学班

▲ 黄伟宗在中山大学读书时，毕业前夕在珠江边北校门的留影

▲ 1958年，黄伟宗在中山大学中文系三年级时发表处女作《论李清照的词》，图为在学生课堂讨论上发言的情景

▲ 1959年9月黄伟宗到羊城晚报社任《花地》文艺副刊编辑,开始步入广东文坛,直至1969年进"五七"干校。图为1962年黄伟宗在阳江海边与《羊城晚报》之《花地》副刊同仁留影

▲ 1971年黄伟宗下放到广东韶关地区文艺办编《韶关文艺》,图为当时与同被下放的画家王立、摄影家林玲在韶关留影

◀ 1976年,黄伟宗调回广东文艺创作室任《广东文艺》编辑,后任广东省作家协会《作品》杂志编辑。图为1977年1月粉碎"四人帮"后广东文艺界声讨会上的欧阳山、陈残云、吴有恒等老作家

▲ 1979年,黄伟宗回母校中山大学中文系后教中国现当代文学。图为1980年举办当代文学研讨会时,黄伟宗与作家姚雪垠、康濯、杨越、吴宏聪等人在华南植物园留影

▲ 1980年春,黄伟宗在北京香山参加中国作家协会举办的首届茅盾文学奖评选会,与来自全国各地文艺评论家同仁合影

▲ 20世纪80年代初，黄伟宗参与广东省文联创办华南文艺业余大学（现广东文艺职业学院），图为和杜埃校长一同与毕业同学聚会

▲ 20世纪80年代初，黄伟宗倡议创办的中山大学中文自学考试刊授中心被称为"没有围墙的大学"，图为在中文系评卷

▲ 1980年，黄伟宗与萧殷、陶萍夫妇合影

▲ 1980年，黄伟宗到京拜访作家秦兆扬，在其家中合影

▲ 1982年，黄伟宗到京拜访作家刘白羽，在其家中留影

▲ 1991年，黄伟宗在陈残云作品研讨会上发言，首提"珠江文化典型代表陈残云"和"珠江文化"概念

▲ 1982年，黄伟宗到京拜访作家草明，在其家中合影

▲ 1982年黄伟宗到南京拜访戏剧家陈白尘,在其家中合影

▲ 1982年黄伟宗在西安中国当代文学年会上拜访作家姚雪垠

▲ 1982年黄伟宗在西安拜访作家杜鹏程,在其家中合影

▲ 1987年8月,黄伟宗在武汉的中国当代文学国际研讨会上与作家洁民、韩少功及日本学者合影

▲ 1991年,黄伟宗在秦牧作品研讨会上首提《秦牧创作的民族文化意识》

▲ 1991年,黄伟宗在杜埃作品研讨会上发言,后同其夫人林彬合影

▲ 1992年,黄伟宗在上海瞻仰鲁迅故居

▲ 1993年7月,在海口罗门夫妇诗作研讨会上,黄伟宗与新加坡作协主席黄孟文、诗人舒婷、作家陈祖芬共同主持讨论

▲ 1993年,黄伟宗到澳门与文化界人士进行学术交流

▲黄伟宗被聘任为广东省人民政府参事不久，1993年即以参事身份考察南雄珠玑巷，首提寻根后裔文化，由此开始对珠玑巷文化、广府文化的持续研究开发

▲1993年，黄伟宗到香港讲学，与饶宗颐、王安忆等学者作家合影

▲1995年，黄伟宗在欧阳山作品研讨会上发言，他的首部研究欧阳山专著《欧阳山创作论》获广东鲁迅文艺奖

◀1996年8月，在封开举办岭南文化古都专家论证会，黄伟宗在会上答记者问

◀1999年，黄伟宗参加广东首次西欧六国（法国、德国、荷兰、比利时、卢森堡、西班牙）文化旅游考察团，图为参观海牙国际法庭留影

▶2000年元旦，黄伟宗与关山月大师及其女儿在东方乐园游园会上

◀2000年6月28日，在广东大厦正式成立广东珠江文化研究会，陈残云等著名作家学者百余人参会

▶2000年7月，黄伟宗带队到徐闻考察海上丝绸之路西汉始发港古碑记

▶ 2000年8月，黄伟宗在珠海考察特区文化、海洋文化、滨海水乡文化

▲ 2000年8月，黄伟宗任中山大学代表团团长，到台湾中山大学学术交流并主持研讨会，推介珠江文化

▲ 2001年3月，黄伟宗应邀赴美国讲学交流，图为参观美国白宫

▲ 2001年3月，黄伟宗在美国三藩市与美国华文文艺界协会会长黄运基合影

▲ 2001年4月，黄伟宗与作家陈国凯、蒋子龙在深圳《特区文学》举行的作家聚会上

▲ 2001年4月，黄伟宗再度考察西汉徐闻古港，将中国海上丝绸之路史推前1300多年

◀ 2001年6月，在广东省人民政府参事室举行珠江文化研究会挂牌仪式

▶ 2001年11月22日，黄伟宗在湛江举办的海上丝绸之路与中国南方港学术研讨会上作主题报告

▲ 2002年5月30日，黄伟宗在广州南沙港考察时与全国政协副主席霍英东先生亲切交谈。左一为时任广东省人民政府参事室主任陈毓铮

▲ 2002年11月5日，在纪念南华禅寺建寺1500周年而举办的禅学国际研讨会上，黄伟宗与日本、韩国学者共同主持会议，并提交长篇论文《珠江文化哲圣——惠能》

▲ 2003年，黄伟宗陪同新闻界前辈杨奇、丁希凌、许实（微音）重返英德黄陂"五七"干校旧址，后出版《英州夜话》，提出"干校文化"概念

▲ 2002年11月5日夜，广东珠江文化研究会与香港中国评论杂志社联合举办题为"六祖禅宗的历史地位与中华文化"的思想者论坛。图为黄伟宗会长主持论坛时与南华寺住持释传正（左一）、云门寺住持释佛源（右二）、别传寺住持释顿林合影（右一）

▲ 2003年8月，黄伟宗到河源龙川考察东江文化，发现龙川佗城是姓氏文化最早南下驻地

▲ 2003年9月，黄伟宗为"南海Ⅰ号"作出文化定位并题词"海上敦煌在阳江"

▲ 2003年12月，黄伟宗在广西贺州主持海陆丝绸之路贺州通道专家论证会

▶ 2004年元旦，黄伟宗在阳江向联合国教科文组织专家介绍"南海Ⅰ号"是"海上敦煌"，得到认同

▲ 2006年5月黄伟宗与南华禅寺住持传正大师同答中央电视台《走遍中国》记者问

▲ 2004年5月，黄伟宗邀请并陪同国际著名海洋学家吴京教授（左一）考察"南海Ⅰ号"

▲ 2006年10月，黄伟宗等在到江门考察，发现良溪是"后珠玑巷"

▲ 2006年5月，黄伟宗在广宁与凤凰卫视王鲁湘对话文化大观园

▲ 2008年2月，黄伟宗参加在广东科学馆举办的首届南江文化论坛

▲ 2008年9月12日，黄伟宗在广东省社科院论坛演讲《广东海洋文化如何再创新辉煌》

▲ 2009年，黄伟宗在深圳举办的粤港澳文化交流论坛作大会发言

▲ 2009年12月11日，东莞凤岗举办中国首届客侨文化论坛

▲ 2010年6月28日，广东省珠江文化研究会成立10周年庆典在广东科学馆举行

▲ 2009年，黄伟宗应邀为广东设计参加庆祝新中国成立60周年天安门游行彩车，并为其取名"领潮争先"

▲ 2010年7月8日，广东省副省长雷于蓝（左一）登门拜访黄伟宗，商议建设文化大省大计

▲ 2011年6月，时任中共中央政治局委员、广东省委书记汪洋同志在参事决策咨询会上接见黄伟宗并于7月8日给黄伟宗致信鼓励

▲ 2011年7月2日，黄伟宗在珠江水运（中山）发展大讲堂上作海洋文化的报告

▲ 2011年11月，黄伟宗在第二届中华砚文化学术研讨会上作报告

▲ 2011年,黄伟宗与作家王蒙重聚,在1982年美国纽约圣若望大学举办当代中国文学研讨会时曾邀两人出席

▲ 2011年7月,黄伟宗在"中华文明视野下的西樵文化"国际学术研讨会上作大会发言

► 2014年1月,黄伟宗在广州参加21世纪海上丝路经济带暨"中国南海文化研究丛书"学术研讨会。该丛书由黄伟宗主编,后荣获第五届中华优秀出版物奖

▲ 2011年8月,黄伟宗等在"封开:广府首府论坛"上发布倡导创建广府人海外联谊会和广府学会的《封开宣言》

▲ 2013年12月,黄伟宗在台山首届广侨文化艺术节授旗

▲ 2012年11月,黄伟宗在台山中国首届广侨文化论坛上作主题报告

▲ 2015年3月,黄伟宗在广西"贺江论坛"作发现潇贺古道的演讲

▲ 2015年5月,黄伟宗回故乡策划贺街临贺古城

▲ 2015年9月,广东省首届海博会在东莞举办。黄伟宗应邀为东莞市委中心组作"一带一路"报告

▲ 2015年11月15日,徐少华与黄伟宗夫妇在珠江文化研究会成立15周年学术成果汇报展的1993年考察封开时的合影前留影

▲ 2015年11月15日,在广东省珠江文化研究会成立15周年庆典上,黄伟宗发表了《人生就是走路》的演讲

▲ 2015年11月22日,时任广东省委常委兼统战部部长林雄等领导参观珠江文化海上丝路研究成果展览

▲ 2015年8月,黄伟宗在梅州"世界客商与21世纪海上丝绸之路"研讨会上作主题报告

▲ 2015年，黄伟宗在广东科技报社做文化——科技座谈会上与部分院士合影

◀ 2016年10月21日，《珠江—南海文化书系》工程启动。图为黄伟宗在南海珠江文明八代灯塔论坛作主题报告

▲ 2016年，黄伟宗参加草明百年诞辰座谈会并发言

▲ 2016年12月22日，黄伟宗在冼夫人与"一带一路"国际论坛上作大会发言

▲ 2016年，黄伟宗参加萧殷诞辰100周年纪念研讨会并作大会发言

▲ 2016年，黄伟宗参加"佛山：海上丝绸之路陶瓷冶炼大港"论坛并作主题报告

▲ 2017年3月,黄伟宗在省文艺评论家协会第五次会员代表大会上接受林岗主席献花和顾问聘书

◀ 2017年6月,在南海西樵举办《珠江文派与记住乡愁》文化论坛,黄伟宗作主题报告

▲ 2017年9月,黄伟宗在南海西樵养生文明与生态文明论坛上作主题报告

▲ 2018年8月11日《珠江—南海文化书系》南国书香节首发式上黄伟宗总主编发表演讲

◀ 2018年2月,《广州日报》采访组专访黄伟宗谈广州湖泊文化

▶ 2018年1月21日,黄伟宗在南海西樵《理学心学与珠江学派》论坛上接受采访

▲ 2018年8月10日,珠江文派·珠江学派与珠江文明论坛与会专家合影

▲ 2018年1月,黄伟宗参加广府人联谊总会新旧常务理事座谈会

▲ 2018年8月11日,在南国书香节举办的《珠江—南海文化书系》首发式上与广东旅游出版社同仁合影

◀ 2019年3月11日,黄伟宗到封开参加中央电视台拍摄地方影像志时在2007年竖立的海陆丝路对接点碑前留影

▲ 2019年4月,黄伟宗参加韶文化传承与发展高峰论坛并作大会发言

▲ 2019年8月，在南国书香节举行黄伟宗总主编的《海上丝绸之路研究书系》末篇《港口篇》首发式

▲ 2019年8月，在《海上丝绸之路研究书系》末篇《港口篇》首发式上，黄伟宗作书系总结报告

▲ 2020年5月，黄伟宗在广东省作家协会关于广东文学馆建设征求意见会上作了发言

▲ 2021年，黄伟宗与广东作家协会著名作家访谈摄像项目组全体成员合影

◀ 2021年10月，黄伟宗等到珠海市拜会市长黄志豪，提出首创中国特色山水文化与生态珠海文化工程建议

▲ 2022年3月16日，广东卫视报道了时任中共中央政治局委员、广东省委书记李希（前列中）会见黄伟宗（前列右二）等十四位第三届广东文艺终身成就奖获奖文艺家

▲ 2022年3月16日，广东省委、省人大常委会、省政府、省政协相关领导为第三届广东文艺终身成就奖获得者颁发获奖证书，黄伟宗是获奖者之一

▲ 2022年3月16日，黄伟宗在第三届广东文艺终身成就奖颁奖会上代表获奖文学家致答谢辞

▲ 2022年3月，广东省委常委兼宣传部部长陈建文、广东省作家协会党组书记张培忠、党组成员苏毅、广东省文艺评论家协会主席林岗在颁奖会场与获奖文学家代表黄伟宗合影

▲ 郁南县磨刀山遗址展示馆关于黄伟宗发现南江文化的介绍

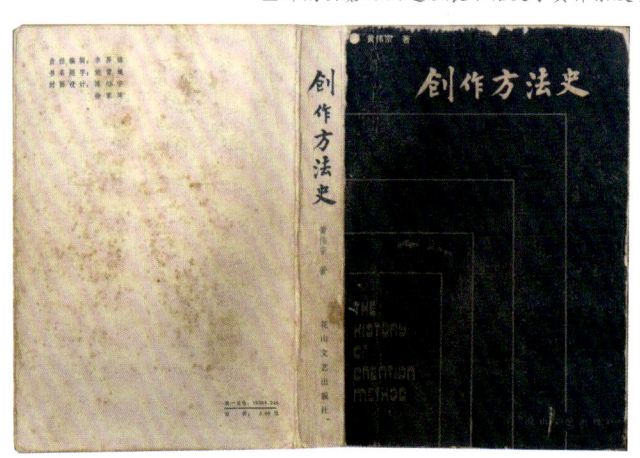

◀ 当今世界著名肖像画大师陈衍宁原是广东画家（曾为英国女皇伊丽莎白二世绘制肖像），1976—1978年曾与黄伟宗在广东省文艺创作室共事。20世纪80年代初他出国前，他与夫人合作为黄伟宗的第一本专著《创作方法史》设计封面，著名作家姚雪垠（《李自成》作者）题写书名

作者简介

黄伟宗，男，汉族，1935年11月出生于广西贺州，祖籍广东肇庆。1951年初参加中国人民解放军，在广西公安总队司令部工作。

1955年至1959年就读并毕业于中山大学中文系，此后历任《羊城晚报》的《花地》副刊编辑及《文艺评论》版责任编辑、《韶关文艺》主编、广东省作家协会评论委员会委员兼《作品》杂志编辑，1979年起到中山大学中文系任教，历任教员、副教授、教授至今，1992年起受聘为广东省人民政府参事（含特聘）持续5届，至2019年达26年之久。

现为中山大学中文系教授、广东省珠江文化研究会创会会长、广东省海上丝绸之路研究开发项目组组长、广东省建设21世纪海上丝绸之路专家智库成员、广东海上丝绸之路研究院学术委员、中国作家协会会员，享受国务院政府特殊津贴。曾参加首届茅盾文学奖评选工作，历任广东省鲁迅文学奖多届评委、广东省文学职称评审委员会多届评委、广州市社会科学项目评审委员会多届评委，曾任中国新文学学会理事、广东省作家协会理事、广东省文艺批评家协会副主席、广州市文艺批评家协会名誉主席、广东省广府人世界联谊总会副会长兼广府学会会长，先后或多次荣获广东省优秀社会科学奖、鲁迅文艺奖、中山大学优秀教学奖及科研成果奖、参事积极贡献奖和优秀成果奖及优秀议政奖。

1958年开始发表作品，迄今60余载文学生涯，发表近千万字著作。其中个人专著有：《创作方法史》《创作方法论》《欧阳山创作论》《文化与文学》《当代中国文艺思潮论》《文艺辩证学》《珠江文化论》《海上丝绸之路与海洋文化纵横论》《惠能禅学散论》，以及散文集《浮生文旅》等20余部和《黄伟宗文存》（4册500万字）、《黄伟宗珠江文化散文报告集成》（3部150万字）。此外，还先后总主编《珠江文化丛书》（已出版百余部，近千万字）、《中国珠江文化史》（上下册共300万字）、《中国禅都文化丛书》（6部）、《中国南海文化研究丛书》（6部，300万字）、《海上丝绸之路研究书系》（5篇共30部，800万字）、《珠江—南海文化书系》（3部书链共22部，600万字）。

黄伟宗长期从事文艺理论批评和教学研究工作，自1992年任广东省政府参事后，主要从事政府决策咨询和文化研究开发工作。多年来，他先后提交了省政府参事建议百余篇，受到各级政府重视并付诸实施，为建设文化大省、泛珠江三角洲（"9+2"）区域合作和珠三角经济圈提供了理论支撑。他一直倡导珠江文化，创建广东省珠江文化研究会，建设多学科交叉的珠江文化工程，持续不断地有新的学术发现和新成果，如：1995年在南雄发现并提出珠玑巷及其寻根后裔文化，1996年在封开发现广信文化、广府文化和粤语发祥地，为岭南文化找到源流，为广府文化研究领域的开拓，以及广府人世界联谊会的成立与发展奠定了学术基础；2005年在粤西考察发现南江文化、鉴江文化、雷州文化，2007年在东莞、台山提出莞香文化、客侨文化、侨圩文化，均被称为"填补学术空白"的新发现和新概念。他主持编著《珠江文化丛书》和《中国珠江文化史》，填补了中国江河文化史空白，确立了与黄河文化、长江文化并列的珠江文化体系，受到时任中共中央政治局委员、广东省委书记汪洋同志致信表扬。

2000年6月，他率领考察团在徐闻发现中国最早的海上丝绸之路始发港，将中国海上丝绸之路史推前了1300多年，接着在湛江举办了全国性的学术研讨会予以确认；2002年，在南华禅寺1500周年庆典提出并参与主持六祖禅宗文化国际论坛，开拓了惠能禅学学术研究领域并提出禅学海上丝路概念；2007年在粤北梅关珠玑巷以及广西贺州潇贺古道等地，发现并提出海上与陆上丝绸之路对接通道；2003年在阳江为"南海Ⅰ号"宋代沉船定位为"海上敦煌"，受到联合国教科文组织和世界著名海洋学家的赞许；2013年先后在梅州发现印度洋海上丝路和客家人出海始发港，在台山广海湾发现广府人出海第一港。2013年，他应约提交的关于海上丝绸之路调研报告，受到时任中共中央政治局委员、广东省委书记胡春华同志的高度重视和批示，并于2014年春出访东盟三国（越南、马来西亚、新加坡）时，将他总主编的《海上丝绸之路研究书系》中的《开拓篇》作为礼品用书。此后还接连出版了书系的《星座篇》《概要篇》《史料篇》《港口篇》等专著30部，为我省和国家"一带一路"倡议和建设提供了系列学术成果。此外，他还总主编《中国南海文化研究丛书》6部，开拓了南中国海及海洋文化研究领域，荣获国家出版基金优秀奖。2018年，他总主编《珠江—南海文化书系》（含3个书链22部），属广东省原创精品出版项目，梳理并确立了珠江文明、珠江文派、珠江学派之学术体系，为建设中国学派、学术中国作出贡献。

2020年，是新冠病毒肆虐全球之灾难之年，又恰逢黄伟宗正届八五高龄，他面对深重的灾难，仍以眼蒙耳背之衰老身躯，应广东省政府参事室约定，完成了为国务院参事室编的全国《参事履职轶事实录》入编的《26年履职广东省政府参事轶事选录》之唯一广东专稿；同时还完成了应中国作家协会指定、由广东省作家协会制作的《著名作家访谈录像黄伟宗专辑》，提交北京中国现代文学馆和广东文学馆展藏；并且，在先后出版《珠江文事》《文艺辩证学》《惠能禅学散论》等三部专著之后，又陆续完成《黄伟宗：我的文学文化生涯》《超脱寻味〈红楼梦〉》《珠江文化综论》等三部专著书稿。

2022年3月，黄伟宗荣获第三届广东文艺终身成就奖，这是对他64年文学文化生涯的肯定和鼓励。

电话：020-84034515，13660039039
电子邮箱：adshwz@mail.sysu.edu.cn

目录

上 篇：编辑评论篇　　001

一、春风秋雨期
　　——20世纪50年代下半期至60年代上半期　　002
（一）茅盾题签《花地》，欧阳山连载《三家巷》　　002
（二）郭沫若谈诗并题签《文艺评论》版，全国著名作家会羊城　　004
（三）《苦斗》《柳暗花明》《香飘四季》《愤怒的海》多部长篇小说连载　　008
（四）全国首次文艺作品评奖，岭南大家流花湖畔谈散文　　011
（五）在"修正主义批判"中对欧阳山《三家巷》《苦斗》的批判　　013

二、狂风暴雨期
　　——20世纪60年代下半期至70年代上半期　　017
（一）金敬迈《欧阳海之歌》与《羊城晚报》的大起大落　　017
（二）周立波《韶山的节日》的喜剧和悲剧　　021
（三）广东文化人在"文革"中的灾难　　023
（四）欧阳山在"文革"中的灾难　　027
（五）对英德黄陂"五七"干校的回忆和反思　　033
（六）"文艺黑线回潮"风波与韶关文艺创作班　　042
（七）天安门事件与广东省文艺创作室　　047

三、风生水起期
　　——20世纪70年代下半期至80年代下半期　　049
（一）习仲勋接见文艺名家，广东省文联作协恢复活动　　049
（二）为被诬陷的作家、作品平反，对极左路线的批判"消毒"　　050
（三）周扬含泪作报告，"伤痕文学"广东版　　052
（四）首次美国"当代中国文学研讨会"，首届茅盾文学奖评选　　054
（五）"社会主义批判现实主义"风波的前前后后　　059
（六）《新时期文艺论辩》与《欧阳山创作论》《欧阳山评传》的成果　　063
（七）《创作方法史》《创作方法论》与《文艺辩证学》的跨越　　067

下 篇：文学文化篇　　073

一、开拓进取期
　　——20世纪90年代初期至21世纪初期　　**074**
　　（一）"岭南文派"论争，四大家盛会之论证　　074
　　（二）中层一代作家的超越，岭南文学的新态势　　077
　　（三）新兴的特区文学，泛化的"打工文学"　　090
　　（四）广东评坛的特点与优劣势，"后不如前"论的提出和讨论　　099
　　（五）"当代中国文学"国际学术研讨会，开辟一个新的研究领域　　113
　　（六）香港、澳门讲学，海南港澳台地区诗坛盛会　　118
　　（七）对当代中国文学的文化观照，新文化批评的理念与实践　　124
　　（八）赴西欧五国与美国考察讲学，塑造欧美地域文化形象　　130
　　（九）开拓地域文化散文文体，塑造珠江文化形象系列　　138
　　（十）对《河殇》与黑格尔质疑，初探现代珠江文化特征　　144
　　（十一）率团参加两岸学术交流，亮出珠江文化品牌　　146
　　（十二）从寻找"广"之所在，追溯珠江文化广府文化源头　　151

二、发现发展期
　　——21世纪初期至10年代末期　　**155**
　　（一）从发现西汉徐闻古港开始对两广海上丝绸之路的系列发现　　155
　　（二）珠江文化的海洋性与海洋文化的自然人文资源　　157
　　（三）支持南华禅寺创建庆典及寺院建设，首倡对六祖惠能及其文化定位　　159
　　（四）参加全国参事代表咨询会，
　　　　支撑建设文化大省和泛珠三角（"9+2"）经济区　　165
　　（五）从始祖、哲圣的发现而初显珠江文化体系　　167
　　（六）珠江文化理论的确立与文化形象系列　　170
　　（七）南江文化、金燕文化等多项文化的发现和倡议　　172
　　（八）以《珠江文化系论》为首的《十家文谭》确立珠江文化学术体系　　174
　　（九）开创古巷、古道、古港、古村文化研究和论坛　　176
　　（十）对珠江多个地域和领域文化的开拓与定位　　177
　　（十一）策划《中国珠江文化史》等"五个一"工程启动　　180
　　（十二）联合国赞赏"海上敦煌"及引起的争议与打捞出水　　181
　　（十三）对乳源瑶族自治县、珠三角、连州等地独特文化的发现与开拓　　183
　　（十四）良溪"后珠玑巷"的发现与"珠玑巷文化"概念的提出　　184
　　（十五）举办"郁南：南江文化论坛"，首创并开拓科技文化概念及领域　　187

（十六）为办广州亚运会、上海世博会、世界海博会出谋划策　　189
（十七）设计"领潮争先"彩车参加新中国成立60周年天安门庆典游行　　190

三、水润业地期
——21世纪10年代初期至20年代初期　　194

（一）《中国珠江文化史》填补学术空白，珠江文化揭开亚运会开幕式　　194
（二）提出广东时代文化精髓，大力支持建设广东文化强省　　198
（三）播出18集《珠江文化星座》，捐赠百部《珠江文化丛书》　　203
（四）描绘西江、北江、南江、东江"四江"文化建设新蓝图　　207
（五）发挥水文化和文化软实力之"五力"，为广东广州文化建设献新策　　210
（六）创编《中国南海文化研究丛书》，
　　　开拓客侨文化、广侨文化、海洋文化　　211
（七）创议将禅学之路纳入"一带一路"，
　　　首倡六祖文化分流佛教禅宗惠能禅学　　213
（八）促成举办世界广府人恳亲大会，创办广东广府学会成立　　219
（九）快速响应"一带一路"倡议，《海上丝绸之路研究书系》立项　　230
（十）向省政协省参事咨询会进言，
　　　向省直单位报告"一带一路"并合作开发　　234
（十一）为广州市打造多个海丝"第一港"
　　　和世界"一带一路"的"五都"等献策　　236
（十二）助东莞连续承办三届海丝博览会，开拓民间陶瓷莞香海丝路　　239
（十三）帮梧州对接海陆丝路，援贺州复建"临贺古城"　　240
（十四）在台山发现广府人出洋"第一港"，
　　　　在江门报告华人华侨海上丝路　　243
（十五）在松口发现客家人出洋"第一港"，
　　　　与梅州共办"一带一路"论坛　　245
（十六）助乳源开拓瑶族世界交流之路，与罗定合办古道海丝文化论坛　　246
（十七）15周年庆典献"著百种书"，300图片展览"走万里路"　　247
（十八）与佛山市合作打造"海上陶瓷冶铸丝绸产销大港"　　250
（十九）启动"珠江—南海文化论坛项目"，
　　　　树起"珠江文明的八代灯塔"　　252
（二十）以西樵论坛记住文脉乡愁，以11部书链构建珠江文派体系　　256
（二十一）从葛池鱼塘倡生态养生文明，登学名山挺珠江千年南学学派　　261
（二十二）以3年努力完成书系工程，以3套书链增添南国书香　　265
（二十三）为粤派批评理出"群""气""风"，
　　　　　为百年珠江文评梳出9次热潮　　273
（二十四）5年完成5"篇"丝路书系，书香节亮相"前世今生"　　285

（二十五）为弘扬海丝和地域文化，助中央电视台和各种媒体报道拍片　　290
（二十六）促进茂名冼夫人纳入"一带一路"，
　　　　　助云安挖掘"陈璘文化金矿"　　292
（二十七）为南江文化带定位五个"最"，为郁南创建"南江文化小镇"　　294
（二十八）为云浮文化地标答两次访谈，为塑造文化形象办三次论坛　　302
（二十九）《珠江文事》了犹未了，《珠江文化综论》凝现始终　　306
（三十）对中山大学中文系尽心尽力，感恩广东作协评协"以会为家"　　323
（三十一）进入《超脱寻味〈红楼梦〉》境界，
　　　　　终身成就奖及家族母校情与红色记忆　　327
（三十二）从珠江文化和毛泽东诗词研究发现中国特色山水文化，
　　　　　并以对其深化研究开发为走向　　336

特　篇：忆念轶事篇　　339

一、关于欧阳山的回忆　　340
（一）40年不解之缘——《欧阳山创作论》后记　　340
（二）十年寒窗吾自问——《欧阳山评传》后记　　345
（三）追求完美，坚持信念——纪念欧阳山师百年诞辰　　348
（四）欧阳山关于《新时期文艺论辩》的一封信　　351

二、关于萧殷的回忆　　352
（一）文学评论家的勇气和责任心——萧殷七年祭　　352
（二）风吹雨打20年——萧殷与我的不解之缘　　362

三、关于秦牧的回忆　　368
三次在秦牧手下工作及一封关于大学中文教学的信　　368

四、关于陈残云的回忆　　371
陈残云的珠江文化启示与对两部书的题词　　371

五、关于杜埃的回忆　　374
杜埃期望我"更上一层楼"的一封信　　374

六、关于关山月的回忆 　　　　　　　　　　　　　376
"关山月精神"是我们学习贯彻广东精神的典范　　376

七、关于黄秋耘的回忆 　　　　　　　　　　　　　379
数十年与我一直心灵相通的文坛前辈黄秋耘　　　379

八、关于草明的回忆 　　　　　　　　　　　　　　384
坚毅一生，工业史诗——"百年草明"感言　　　　384

九、关于吴宏聪的回忆 　　　　　　　　　　　　　388
风风雨雨二三事——缅怀恩师吴宏聪教授　　　　　388

十、关于锦瑟年华的回忆 　　　　　　　　　　　　392
（一）贺江风情　　　　　　　　　　　　　　　　392
（二）少年时代　　　　　　　　　　　　　　　　399
（三）当兵岁月　　　　　　　　　　　　　　　　413
（四）康乐路思　　　　　　　　　　　　　　　　421

十一、关于"天济堂"黄氏家族历史的记忆 　　　　434
（一）"瑞云亭"碑记定位，"天济堂"标志世家　434
（二）医术医业贯六代，药材药店福四方　　　　　435
（三）文章正气弥全族，古今文化扬海外　　　　　439
（四）读书之风传世代，以教为业遍族群　　　　　445
（五）参政革命有传统，经济源远代代传　　　　　450

十二、关于广西贺县中学百年历史的片段记忆 　　458
（一）从创办时的学校门联看贺中育才教育传统　　458
（二）家族四代"同堂"校友与贺中地方人文特色　460
（三）贺中校歌的时代精神与"并用汇合"的校风特点　464
（四）新中国成立前后亲见亲历的贺中几片红色记忆　469
（五）贺中的校友情结及其体现的民族本根文化意识　472
附：黄伟宗向贺中百年校庆捐献著作书目　　　　475

十三、26载履职广东省政府参事轶事选录
——应约入国务院参事室主编《参事履职轶事实录》文稿　476
（一）广东省倡导建设泛珠江三角洲（"9+2"）经济区和文化大省　476
（二）广东高度重视珠江文化和海洋文化建设　478
（三）广东高度重视开拓"一带一路"　479

十四、广东省作家协会"著名作家访谈录像系列"之访黄伟宗辑　481
（一）2020年7月14日访谈口述录音笔录（主持人高小莉）　481
（二）2020年8月22日访谈口述录音笔录（主持人高小莉）　495

十五、关于南江文化与封开文化论坛的记忆　517
（一）岭南祖地磨刀山，珠"五最"在南江　517
（二）岭南文化五大发祥地：封开——第六次封开文化论坛主题报告　526

十六、《南方日报》《第三届广东文艺终身成就奖颁奖特刊》之报道　545
（一）《南方日报》关于第三届广东文艺终身成就奖颁奖会活动的报道　545
（二）《黄伟宗：珠江文化学术体系的构建者》（《南方日报》记者郭珊报道）　546
（三）黄伟宗在第三届广东省文艺终身成就奖颁奖会上的答谢辞　550

上 篇
编辑评论篇

一、春风秋雨期
——20世纪50年代下半期至60年代上半期

（一）茅盾题签《花地》，欧阳山连载《三家巷》

《花地》所属的《羊城晚报》，是由时任中共广东省委书记陶铸于1958年创办的报纸，开始是广东省委机关报《南方日报》领导下的一张主要负责文教报道和适应市民阅读的大报；1961年与《广州日报》合并，仍名为《羊城晚报》，属广州市委领导；1965年《广州日报》复刊，《羊城晚报》归中共中央中南局领导，直到1967年"文化大革命"被封闭停刊，我都是这个报纸《花地》文艺副刊编辑和《文艺评论》版责任编辑。

开始时，报社的总编辑是杨奇，是一位和蔼可亲的长者，他在新中国成立前是东江游击队的前进报社社长、香港华商报社副社长，是位经验丰富的老新闻工作者。管文艺副刊的副总编辑是秦牧，当时他已是有名的作家（后来名声更大）。他沉默少言，多干实事，没有架子，同我们在一个办公室办公，他的办公桌连着我的办公桌，有时随意与我交谈，亲切平和。每天见到他戴着深度的近视眼镜，认真地审阅出版前的报纸大样，用红笔或黑笔在上面划改不当的文字，密密麻麻，红黑交叉，幅幅都是凝结心血的动人编辑图。如果所改文章的作者见到这些图，必会既佩服得五体投地，又羞愧得无地自容的。可惜这些图已无一留在世上。秦牧不仅每天看大样，有时还亲自编改初稿，还不停地为连续不断的约稿赶写文章。他写文章的速度也快得惊人，经常出手就成文，不用打草稿或修改。有一次，一位编辑请他简单说说写文章的要诀，他只说一句："写作就像是剪布，即是将布料按你做衣服的要求、样式和尺寸裁剪下来。"真是简单明了之妙语。他经常节假日也加班加点，办公、写作。有一次他见我也加班，便送了一张公园的游园供应票给我，他自己不去却让我去，我切身地感受到长者的温暖。

主编杨家文（笔名周敏），是老编辑，又是诗人和散文家，也是个干事多说话少的人物，对待同事好像对待他喜爱的酒那样体贴热情。副主编江林（笔名林遐），是散文家，解放战争期间曾任陶铸秘书，1958 年陶铸在东莞虎门时，向当时正在那里劳动的中山大学中文系学生（我是其中之一）作报告，散文名篇《松树的风格》就是由林遐整理的。其他编辑有高风（余蜀）、王有钦（贺朗）、梁国治（梁水台）等，也都是热情的长者，我是他们最年轻的同事。

当时（1959—1961 年初）全国只有四家晚报，即《北京晚报》、上海的《新民晚报》、天津的《新晚报》和广州的《羊城晚报》，只有《羊城晚报》是四开纸的大报，版面大，发稿多。当时《花地》文艺副刊是《羊城晚报》重要特点之一，在全国颇有影响，它每天都占报纸的大半个版面，每期发稿约 9000 字，如排六号宋体字则有万余字，每月即发稿将近 30 万字，比当时刚创办不久的以发表长篇小说为主的大型文学期刊《收获》发稿量还大，是全国发稿量最大的文艺副刊。1959 年初，《文艺报》发表了秦牧、杨家文、刘日波联名写的介绍《花地》的文章，使作者和读者更欢迎和重视副刊，每日来稿、来信堆积如山，我们每位编辑每天都要处理大量的来稿、来信。编辑改稿，看样画版，按部就班，有条不紊，认真严格，经常是每发一稿都要经过几番修改，字斟句酌，一丝不苟；有时版面需要，还得编辑立即赶写稿件补上，十分繁忙。虽然晚报是白天办公，下午出版，一般不上夜班，但也得经常加班加点。当时《羊城晚报》与《南方日报》在同一座办公楼办公，办公楼在沙面对面的新基路，《南方日报》是晚上上班早晨出版，所以，每天整座楼都是日夜处于忙碌之中。我每天下班回卧室，从紧张的办公楼漫步走到安静的沙面，清新舒爽，更感受到忙碌工作后的轻松愉快，也更感到在这样的人文环境和自然环境中生活的幸福。

值得特别介绍的是《花地》副刊名称的由来和性质。创办的时候，考虑到要突出广州文化特点，故取广州的古称"羊城"。作为日报的补充，故定性为"晚报"。为注重文教和晚间阅读特点，故除新闻报道外，着重办了两大副刊：一个是知识性、生活性、趣味性副刊，提供读者业余晚间阅读，故称《晚会》；另一个便是文艺性副刊《花地》。"花地"有两个寓意：一是广州城外有个花地村，自古以种花著名，用作文艺副刊之名，既标志广州地方色彩，又负有扶持文艺百花齐放之意，刊名版头由时任中国作家协会主席的著名作家茅盾题签，更强调了这个功能。所以无论省内外作家都积极投稿，各阶层的业余作者尤多，每天都会收到稿件两三百份以上，全国著名作家大都在《花地》发表过作品，广东著名作家的著名长篇小说，大都最早在此连载。欧阳山的多卷长篇小说首部《三家巷》尚未出版时，就在《花地》连载前五章，受到读者热烈欢迎，称"每晚用四分钱买《三家巷》"而不说买晚报。当时每份报纸只售人民币五分。

此外《花地》副刊还有一个鲜明特点，就是注重文艺副刊的新闻性。为更密切地反映现实，要求编辑轮流到生活中去组稿和写稿，组织专版反映最新的地方或人物典型，并将此定为制度。这个特点和制度，使我们这些编辑同时兼任记者、作者，密切了编辑与读者、作者的联系，尤其是使编辑和写作不脱离现实实际和写作实践，是提高刊物质量和编辑水平的良好途径。在这一特点和制度的促使下，我获得了学习写散文特写的机会，在这段时间里，与老编辑同行或自己单独行动，到东莞、阳江、徐闻、乐昌、英德等地采访，写出了几十篇散文，用"荷红"之笔名发表。与此同时，我也学习写针对现实文坛实际的文艺短论和评论文章，用"黄葵"或"陈捷"的笔名在报上发表，其中较有影响的是评论欧阳山刚问世的长篇小说《三家巷》的文章（与黄树森合作）。这些编辑写作实践，对于我以后走的文学道路影响极大，可以说从这开始的密切结合现实实际和创作实践而进行理论批评与写作的做法，是我数十年一直到现在仍在坚持着的。

（二）郭沫若谈诗并题签《文艺评论》版，全国著名作家会羊城

1961年春节，我与陈淑婉女士结婚。在作家贺朗的协助下我们住进了广州铁路边的报社宿舍——葵园。这座别墅式的建筑，原是20世纪30年代大汉奸汪精卫在任国民政府主席时的官邸。广州起义时，革命赤卫队在著名工人领袖周文雍的指挥下，曾经攻打过葵园，打算活捉汪精卫，可惜被其事先逃脱，这是广州起义的光辉一页。这座别墅，是一座近千平方米的庭院，院内种有许多果树，有蒲桃树、黄皮树、柚子树等，还有玉兰花等香树。旁边是美丽的东山湖，湖水清澈涟漪，杨柳依依，曾被著名女散文家紫风（秦牧夫人）在散文《湖畔》中，称为"少女正在对着梳妆的

明镜"。秦牧也住在东山湖东岸边上的龟岗,他就是穿过东山湖的湖堤专门来参加我的婚礼的。当时正是经济困难时期,副食都要凭证供应,婚礼用的糖果、饼干,都是将同事们的供应票证集体凑起来购买的。我的婚礼极其简陋,但气氛热烈,当时周敏特写了一首诗,其中用我的笔名"荷红"之字吟有"小红今日意如何"句,秦牧也就此打趣说我的脸色"特别红"。我想他们既是以此而贺我的新婚,也是对我前途和命运的祝福吧,前辈对后辈的关切之情溢于言表。

1961年2月1日,《羊城晚报》与《广州日报》正式合并,办公地点设在原广州日报社,即位于广州丰宁路(今人民中路)的西瓜园。这是一个具有革命意义的地方,广州起义时成立苏维埃政府的工农兵代表大会就是在这里召开的,著名的革命领袖张太雷、苏兆征、叶剑英在这里活跃于革命历史舞台。我怀着崇敬的心情跨进这里办公,但没多久又被派到广州的秀丽公社(即今上下九路)去参加人民公社的"整风整社"运动,在公社的十八甫路参加街道的基层工作,从办公共食堂、帮助基层干部学习,到向街道居民讲政治、发布票,从虚到实,从大到小,亲力亲为,当时是叫作下基层锻炼,改造世界观。当时的经济形势比前两年进一步恶化,日见"大跃进"和"三年困难时期"不利影响的恶果,粮食短缺,发生饥荒,每个居民每年只供应二尺一寸布票,每月3角钱鱼票、3角钱肉票、2两油,购火柴、肥皂、蚊香也要票,粮食定量少,要吃野草、甘蔗渣取代……我当时在街道工作,听到群众呼声,算是初次直接看到怨声载道的场合,真正体验到民情,"改造"半年,算是没交白卷。然而,搞这样的"运动",不是在为某些人的好大喜功"擦屁股"吗?

回《羊城晚报》后,我仍在《花地》做编辑,开创《文艺评论》版,任责任编辑,并负责联系著名作家和拔尖的业余作者。从1961年下半年到1963年上半年,我这两年时间都住在葵园,夫人生了女儿黄敏,我做了父亲,尝到天伦之乐,算是过着安定的生活。但生活困难,经济紧张,物资供应短缺,人们精神压抑,物价昂贵,偶尔见有鸡蛋,但起码也要6角钱1个。当时我和夫人每月工资加起来100元,实在入不敷出,为使初生的孩子活命,全家能过日子,我忍痛将我在读大学时省吃俭用所购买的宝贵书籍,一次几本地拿到旧书店出售,做稍许的补贴。读书人落到要卖书的地步,实是天大的悲哀!

在这个经济困难时期，国家采取了"调整、巩固、充实、提高"的方针，调整了政治和经济政策，也调整了文艺政策。中央召开一系列会议和发布文件（包括《文艺八条》等）贯彻这条方针。其中有一个重要会议在广州召开，即全国话剧歌剧儿童剧创作会议，在广州越秀宾馆召开，作为记者的我有幸参加了这个会议，见到从缅甸访问归来路过广州而接见到会代表的周恩来总理和陈毅元帅，听到陈毅在会上正式宣布要为知识分子脱掉"资产阶级帽子"的讲话，听到陶铸在会上作的"关于文艺创作的一些问题"的讲话，见到了参加会议的全国著名戏剧家。会议期间，羊城晚报社还专门请田汉、老舍、曹禺、张庚等座谈，在《文艺评论》版上发表《剧坛前辈六人谈》的发言专版。在此前后，郭沫若、茅盾、周扬、邵荃麟、林默涵、巴金、张天翼、贺敬之、草明等文艺界领导或要人，都曾专程来过或路过广州，以不同方式宣传或体现调整的方针。记得郭沫若在广州与诗人座谈，在《文艺评论》上发表《郭老读诗》专版，影响很大。这时郭老还专门为《文艺评论》题写了版头。茅盾在广州时，特为《花地》题写了版头。周扬在广州参观广州文化公园时，批评其中塑像水平低，首次提出广州应建设成为"全国第三大文化中心"的建议。邵荃麟当时任中国作家协会党组书记，林默涵任中宣部文艺处长，都在广州向作家们提出要写人民内部矛盾，题材多样化和人物多样化等问题。巴金当时访问日本回国路过广州，欧阳山在见他时，特地交给他一篇小说稿，因巴金当时兼任《上海文学》和《收获》主编。后来欧阳山对我说，当时就是因为听到这么多关于文艺方针调整的传达，有意在写《一代风流》长篇之时抽出时间写了三篇小说：《骄傲的姑娘》给《上海文学》，《乡下奇人》《在软席卧车里》给《人民文学》，就是要试试看是否真的实行题材多样化。《乡下奇人》原题是《天下奇人》，是《人民文学》编辑在发表时改的。当时的《人民文学》主编张天翼，由羊城晚报社接来广州休养，我特地到新会宾馆去看望这位又高又瘦的老作家，帮他整理他对暨南大学中文系学生的谈话（后未发表），也是宣传和体现这些调整方针的。在这期间，朱德、董必武等党和国家领导人与田汉、阳翰生等文坛前辈，也先后参观了广州一年一度的花市，秦牧发表了脍炙人口的散文《花城》，使广州增添了一个美丽的市名。如此全国名家会聚羊城，又多在《羊城晚报·花地》发表诗词或报道的盛况，充分体现了当时广东文坛的春光明媚、和风细雨的大好"天气"和风尚。

当时根据广东省委宣传部的决定，《羊城晚报》的《文艺评论》版由广东作家协会党组参与掌握，由著名文艺理论家萧殷直接领导。这样，我作为这个版的责任编辑，便是萧殷直接领导下的兵了。萧殷的身体瘦弱，脸色黑黄，戴着深度近视眼镜，一派学者风度，对人和蔼可亲，谈话滔滔不绝。他是广东龙川人，典型的广东人身材。他的夫人陶萍，是散文家，天津人，略胖，曾在中宣部文艺处工作，到广州后是专业作家。萧殷在20世纪30年代读广州美专时参加中山大学的学生运动，后到延安鲁艺，曾到《晋察冀日报》做编辑记者，做华北大学教授。新中国成立初期，与丁玲、陈企霞一道为《文艺报》三个主编之一，主持中国作家协会青年创作委员会的日常工作，写出《与习作者谈写作》等著作，甚有影响，对普及文学创作知识和培养青年作家作出重大贡献。著名作家王蒙说萧殷是他从事创作的启蒙老师，他的第一部著作《青春万岁》的初稿是萧殷审读的，由此，萧殷指引他走上文学创作道路。王蒙的著名小说《组织部新来的青年人》在"反右"运动时遭到批判，萧殷也被安排下放回老家（广东龙川县），中国作家协会给他开的行政介绍信写的是"劳动改造"，来到广东省委宣传部时，当时任副部长的著名作家杜埃见这写法不妥，才给他改成"深入生活"的介绍信（这是萧殷亲口对我说的事）。半年后，他正式从中国作家协会调来广东，担任作协广东分会副主席、党组副书记、《作品》常务副主编的职务。

萧殷一接管《文艺评论》，即主持对《金沙洲》的讨论。这是广东作家于逢写的农业合作化题材的长篇小说，这部小说的思想性和艺术性都不太突出，只是因为书中女主人公梁甜写得不怎么完美高大，所以有人提出这是违背典型创造公式的意见。萧殷便抓住这个意见所代表的对典型理解绝对化、简单化的文艺观点，同曾敏之、易准、黄树森一道，以"作协广东分会理论组"的名义，连续写了《典型——熟悉的陌生人》《艺术构思和效果为什么会脱节》《文艺批评的歧路》等三篇长篇文章，在《羊城晚报·文艺评论》版连续发表，以深刻而系统的典型理论批判了这种倾向，同时又是对文艺的规律（主要是形象创造规律）的探索，是以文艺规律解决当时具体问题的实践，在全国影响甚大。不久《文艺报》又全部转载。这场讨论，同当时在全国报刊上关于"写中间人物"和"现实主义深化"问题的提出，同"写真实"问题、题材多样化与人物多样化等理论问题的提出一样，是很有针对性的，是具有普遍而深广意义的。这场典型问题的讨论，表明了广东的理论批评，不仅具有时代针对性，而且具有自主性。这种自主性，既表现在不跟错误的极左风向转，不随波逐流，还表现在坚持文艺规律去解决实际问题，尤其是注重本地方的实际问题，以本地的实际（《金沙洲》就是广东作家于逢写的珠江三角洲农业合作社题材的作品）去解决普遍性的问题。所以，这是很能表现出广东文艺理论批评特点的一场讨论，其理论贡献及其在中国当代文学发展史上的价值和地位，与同一时间在《文艺报》提出的"反题材决定论"，和邵荃麟提出的"写中间人物论""现实主义深化论"是可以相提并论的。

在"调整"方针指引下，当时《羊城晚报·文艺评论》还组织了几个问题的小型讨论，其中有三点：《三家巷》主人公周炳形象的塑造，提出典型塑造与评价问题，提出了典型的复杂性和发展性的新颖观点，批评了将这种符合形象创造规律的典型塑造等同于"性格分裂""双重人格"的简单化理论；从《苦斗》看如何写时代精神问题；陈则光提出的《论典型的社会性》问题，就典型的共性内涵展开争鸣，针对典型的共性等同于阶级性的流行看法，提出尚有社会性的新颖主张。这些讨论都是从不同作品的实际出发，从各种角度对流行的绝对化、简单化的典型和时代精神理论提出批评和质疑。也正因为如此，当时已很出名的极左文艺理论家姚文元，在报上对周谷城的"时代精神汇合论"提出批评的同时，给《羊城晚报》副刊部写信，指责陈则光的"典型社会性"观点是"修正主义"的。当时鉴于不利于讨论故未发表这封信。这些讨论，也都得到萧殷和广大读者的支持赞许。

（三）《苦斗》《柳暗花明》《香飘四季》《愤怒的海》多部长篇小说连载

从1961年下半年到1963年上半年，处于全国国民经济困难和调整时期，是文艺政策调整时期，也是广东以多部长篇小说问世为标志的文艺全面繁荣时期。由于在《花地》副刊编辑中的分工，我负责《文艺评论》版和重点作家的联系，所以当时问世的著名作家的作品，包括其长篇小说的连载和评论，大都由我组稿或安排发表，因而现在被称为名家名作的发表连载，大都与我有不解之缘，有不少值得回忆的往事。下面分别以作家的交往记述。

欧阳山的多卷长篇小说首部《三家巷》是在《羊城晚报》创刊不久在《花地》副刊开始连载的，当时本来前五章交作家协会的《作品》杂志连载，后来考虑《羊城晚报》影响大，转交《花地》连载，这是由时任《花地》编辑王有钦（贺朗）组稿的，我只是负责写出对《三家巷》的评论：《动人心魄的史诗》和《泥香喷喷的鲜花》（与黄树森合作）。第二部《苦斗》完稿时，则是由我向欧阳山取稿在《花地》连载前五章，由我与黄培亮合作写出评论《〈苦斗〉的艺术特色》在《花地》发表。接着的第三部《柳暗花明》，欧阳山虽已完稿，但未定稿，但在我的恳求下，才同意让《花地》连载前五章。这是由于在这期间，欧阳山从夫人虞迅在东山竹丝村的中山医学院宿舍搬至德泥路（今东风西路）宿舍，正与住在羊城晚报宿舍的我是邻居，因而往来较多。也正因为如此，在"文革"时我亲眼见到登门抄家的红卫兵强制欧阳山焚烧包括《柳暗花明》书稿在内的文稿。事实上，粉碎"四人帮"后，多卷长篇小说《一代风流》的后三部《柳暗花明》《圣地》《万年春》都是欧阳山采用口述录音、秘书整理的方法重写或新写的。

陈残云的长篇小说《香飘四季》，是在1961—1962年间在《花地》连载的。记得我向他组稿时，该书稿已交出版社但未印出，连载后读者反响甚好，尤其是写东莞水乡风情的篇章特受欢迎。小说正式出版后，报社决定在东莞举行座谈会，由陈残云提供小说中人物原型的名单，由东莞县委组织，会后由我整理座谈记录，在《文艺评论》发表专版。记得陈残云在与我同船赴东莞途中，在船上谈到写《香飘四季》创作体会时，语重心长地说："现在是困难时期，不应当只写矛盾、只写黑暗面，我就是不写矛盾、只写光明面。"值得一提的是，当时毛泽东提倡写杂文，尤其是报刊开辟专栏发表杂文。我也按领导意图，向陈残云组稿，他特地为《花地》开辟"窗前杂议"专栏，每篇千字的杂文连载，有些章节还被《人民日报》转载。

秦牧的长篇小说《愤怒的海》1962年在《花地》连载，反响甚好。载完不久，周扬率领中国作家代表团访问古巴，因这部小说是写古巴华侨题材，特请秦牧为成员，此外还有天津作家协会主席方纪，随后接着还访问了蒙古国。代表团回国后，在作协一次聚会上，秦牧向我们讲了代表团访问时的一些趣事。如访问古巴时，周扬在国宴上吃不饱，回到中国大使馆再吃面条；访问蒙古时，在宴会上首先上的菜是一个完整大羊头，而且按规礼是最尊贵的嘉宾先吃，周扬是团长，面对大羊头不知如何是好。全场大笑，而秦牧却不笑，只是等大家笑完后才继续讲。值得特别说的是，在这期间，他开始是应我之约，在《文艺评论》版连载他写的文艺随笔《艺林漫想录》，连续发表几篇之后，《上海文学》又向他约稿，他便以《艺海拾贝》之名开设专栏发表文艺随笔，年后以同样书名出版。万没想到，当"文革"风暴开始时，几乎与北京批判"三家村"同时，广东首先对秦牧开炮，将《艺海拾贝》这本普通的文艺随笔，打成反党反社会主义的"响尾蛇""大毒草"。后来秦牧不无风趣地感慨地说，他是"糊里糊涂中头彩"了！

杜埃在这期间任广东省委宣传部副部长，主要忙于公务。他写的华侨题材长篇小说《风雨太平洋》是这期间业余写的，未完成也未连载，"文革"后才完成前两部并出版，第三部是由他的夫人林彬完成的。在这期间，杜埃只在《花地》发表过散文《乡情曲》和《花尾渡》。

吴有恒的系列长篇小说在这期间先后完成。首部《山乡风云录》未连载即出版，写山乡风土人情和地下革命斗争出色，甚受欢迎，广东粤剧院改编为现代剧，由著名演员红线女主演，作为重点剧目参加中南戏剧会演，受到好评。第二部《北山记》当时在《花地》连载并出版，第三部《滨海传》当时完成但未连载也未出版，是"文革"后出版的。当时经我约稿并发稿的是他写的散文《白撞雨》，因写的是广东夏天特有的雨名和雨（即太阳雨），印象特别深刻。"文革"后期，我有机会与他同在广东文艺创作室这个"收容所"里，也只见他在"文革"后写过一篇谈文学语言的短文在《作品》发表，之后就去主持《羊城晚报》复刊工作了。

黄秋耘当时在北京《文艺报》任编辑部主任，但也常用笔名昭彦在《花地》发表作品，多是当时风行的历史小说，如《陶渊明写挽歌》和《柳宗元被贬》等。1962年全国首次的文学评奖——"花地"评奖的报道，是由我执笔，经他签发在《文艺报》发表的，没料到1965年，他因为邵荃麟的"写中间人物论"为"中间人物"加上"不好不坏，亦好亦坏，中不溜儿的芸芸众生"定义，被贬来《花地》任第二主编，随后又被关进"牛栏"挨批受斗了。

黄谷柳于1957年被划为"右派分子"，此后不能发表作品，令我惊讶的是在这期间,《花地》竟然发表了他的短篇小说《秘密正在公开》,占大个半版篇幅,是另一编辑野曼组稿的,颇有反响,可惜从未有机会谋面。新时期后,我建议广东电视台新任副台长张木桂(是我读中大中文系时的同学)将《虾球传》改编为电视连续剧,开创了将本土小说改编电视剧的先河,反响甚好。

在这期间,还值得回味的是前面未谈到的在《文艺评论》版创办"文艺信箱"专栏的一些往事。这个专栏,是为老文艺名家向业余作者谈写作知识和经验而开辟的。开始我就请当时广东文坛头号名家欧阳山写,他当时正忙着写长篇小说,意外地答应了,不久即收到他的原稿,题为《懂事·知人·善于假设》,发表后深受欢迎。接着我又请当时广东美术家协会主席、著名版画家黄新波,岭南画派泰斗关山月写,两位名家均表支持,要我根据他们的谈话,整理出文稿并由他们分别签名发表。随后,萧殷连续寄来他为业余作者复信的《习艺录》,秦牧寄来文艺随笔《艺术漫想录》,可见文坛前辈都是很重视对后辈的培养和沟通的。

(四)全国首次文艺作品评奖,岭南大家流花湖畔谈散文

1962年秋,《羊城晚报》举办首届"花地"文艺作品评奖。当时是本着贯彻"双百"方针和培养扶持业余作者的考虑,学习当时《大众电影》杂志首次举办"百花奖"的做法,而举办这次评奖的,是全国首次文艺作品评奖。具体做法是在一年来《花地》发表的短篇小说、散文、诗歌等几类作品中,选出较优秀的业余作者写的稿件,分类评出获奖作品,由编辑部初评,然后提交由欧阳山、周钢鸣、萧殷、秦牧、陈残云等著名作家组成的评委会总评,评定后又由周钢鸣、萧殷、陈残云分别发表文章,分析获奖作品的长处和短处,起到很好的示范和辅导作用。这个评奖委员会,实则是《羊城晚报》的"顾问会"。领导交代我做具体工作,实际充当"秘书"角色。当时获奖者,都是青年业余作者,后来基本上都是广东文坛的骨干,如陈国凯、杨干华、程贤章、唐瑜、余松岩、谭日超、陈焕展等。这些获奖者,都可以说是在当时正式步入广东文坛的。当时唯一获一等奖的作者陈国凯,是当时广州氮肥厂的工人作者,他的获奖作品《部长下棋》在《花地》发表后,曾引起争议,有读者指责这小说主人公身为宣传部部

长，竟无证开车，违背安全法规，其所在单位的某些人对作者也有所非议。这些指责和非议，在评奖委员会上讨论时，大家都认为不应影响评奖，但也应向作者提出使其引以为戒，委托我代表报社和评奖委员会出面，与作者及其所在单位谈了话，获得支持。著名长篇小说《天堂众生录》的作者杨干华，当时是个地道的农民，他的获奖作品《秋风秋雨》，是我从一堆拟报废的来稿中，挑出来编发的。这篇稿件未用稿纸写，只是用粗糙得像大便纸似的草纸写的，可见当时作者的穷困。后来任广东作家协会文学院长的程贤章（长篇小说《神仙·老虎·狗》的作者），当时的获奖作品是短篇小说《清明时节》，发表时也曾受过简单的批评。这些事例说明，当时进行这项评奖，是真正贯彻"双百"方针和鼓励业余作者的，是坚持抵制"左"倾思潮的，当时《文艺报》等报刊报道或评论了这次评奖，取得了良好的效果。

这段时间，在繁忙的编辑工作之余，我仍坚持写作，写了一些较有影响的散文和文艺评论，如：评论欧阳山的《苦斗》和三篇短篇小说的长篇文章，针对简单化的文艺批评而写的短文《真实·臆断·框子——关于〈新闻记者日常生活〉的信》，评写贺龙的长篇小说《朝阳花》，为《新闻业务》约稿而写《途径——一个副刊编辑的几页日记》。连著名作家陈残云、林遐、贺青也纷纷打听我写散文所用的笔名"荷红"是谁？写文艺短论所用笔名的"黄葵""陈捷"是谁？……

总体来说，在葵园居住这段日子，从编辑工作到自身创作，我做的实事是较多的。谁能料到这些实事，到后来"文化大革命"中却成了遭难的"祸根"。

流花湖是广州市区西北部的一个人工湖，过去是一块无人烟的地带，新中国成立后逐步改造，在引水造湖的基础上，建成为美丽的公园，与著名的越秀公园相对称，是20世纪五六十年代广州的主要观光休闲胜地之一。园中以湖为主，穿插湖堤和小岛，每条堤都是绿树覆盖的林荫小道，而且每条堤所植的树不同，有榕树堤道，有椰树堤道，有蒲桃树道，还有全国罕见的红杉树堤；湖中的小岛，也千姿百态，各有风景，有亭台楼阁的半岛，有大树覆盖的小岛，有陈列盆景的小岛，还有湖中只养白鹤的孤岛；过去甚少城市污染，湖内空气特别清新，湖水清洁，明澈见底，湖中所养的龟，种类繁多，膘肥体壮。园中有一酒家，开始名为"渔林"，以鱼席著名，原因是只吃自身湖中所养的鱼，而且即捕即吃，吃法多样，清鲜可口。20世纪60年代初，当时主管广州市园林建设的副市长林西，颇有现代商业意识，特请《羊城晚报》发一则征名启事，为渔林酒家征求新的店名，如选中者，奖赏一席鱼宴。这在当时是绝无仅有的做法，引起了广州市民关注，反响甚大，前往尝鱼席者更是络绎不绝。

当时《人民日报》开辟"笔谈散文"专栏，许多散文名家都参与讨论，在全国掀起了一股"散文热"。我考虑《文艺评论》版也应当对这股"热"有所响应，便提出召开一次广东著名作家参加的散文座谈会，在研究名单的时候，总编辑杨奇、《花地》主编杨家文，考虑到报社的"花地"评奖委员都有在其中，于是决定在评奖委员的基础上增加邀请著名的散文家，参加座谈。地点就选择在流花湖公园的渔林酒家，借座谈散文的机会，使这班著名作家也参与为这家酒家起新名字。在1962年中秋前夕的一个晚上，这个会召开了，参加的有岭南散文大家欧阳山、周钢鸣、萧殷、秦牧、陈残云、杨石（即杨应彬）、林遐、紫风、杨奇、杨家文等人，我也作为工作人员参加。座谈开始前，杨奇转达了林西副市长的征名盛邀，即由欧阳山主持投票起名，做法是每位作家各以一张小纸写上拟提出的名字，不署名交给我，收齐后，由我一个个读出来，让大家议论。最后大家一致同意选中了欧阳山提出的店名"数红阁"。欧阳山解释说取这名字的用意，一是在于这家酒家四周和整个流花湖公园红花甚多，美不胜收；二是寓毛泽东诗词"数风流人物还看今朝"句之意；三是酒家建筑格局似"阁"，又可与越秀公园的"听雨轩"对称。事后，由周钢鸣动笔以此名为酒家题了匾。林西副市长也践约鱼席奖酬，因宴时这班名家抽不出身，均由夫人代表赴宴。这次座谈的内容，事后由我整理，以《海阔天空说散文》为总题在《文艺评论》专版发表，以此呼应并以专版方式确立了1958年《文艺报》发表川岛文章提出的"岭南散文"概念。

（五）在"修正主义批判"中对欧阳山《三家巷》《苦斗》的批判

1963年夏天，我搬家到流花湖畔的东风路报社宿舍，踏上了流花湖畔的漫长生活历程。巧合的是，欧阳山也在这时候从东山竹丝村宿舍搬家到我居住的楼对面，我和他成了邻居，接触的机会比过去多了。但当时还不是很多的，因为搬家不久，我即被派到广州市郊从化县温泉公社龙岗大队参加"社会主义教育运动"，即"四清"（清思想、清政治、清经济、清组织）运动。这个运动，是毛泽东发出"千万不要忘记阶级斗争"的号召后，在全国开展的，实际上是对前几年"调整"方针的否定或逆反，是承续1957年反右派运动和1958年"三面红旗"运动之"左"倾脉络，又是重新掀起极左思潮之开始。由此以后，"左"的倾向一步深于一步，"左"的思潮一步高于一步，正如广东音乐《步步高》的说法那样，我在流花湖畔居住期间的生涯悲剧，也是越来越重，越来越高的。

在从化温泉搞"四清"运动的半年，运动所要求做的事，实际主要是整基层干部。我们这样从机关派下去的"工作队"，实际是"整人队"，对基层干部做"重新教育""重新组织队伍"的工作。尽管工作态度好、作风正派、同群众"三同"，但这样的运动性质和做法，注定是难以得到群众信任的。我所到的生产队，队长是土改时的村农会主席，一贯积极工作，但每次运动都挨整，所以干部越做越小，经济越来越困难，生个孩子也抚养困难，弄的要出卖土改时分到的东西，甚至到了要揭瓦顶卖透光玻璃的地步。他的生活一步比一步差，"觉悟"也就一步比一步低，他不知其原因何在，我也弄不明白。现在才看清这是"左"倾思潮"步步高"造成恶果的一个实例。"投身"这样的"运动"，实际是帮助这样的思潮兴风作浪，尽管是迫不得已，而且非只我一人，也是应引以为愧的。

在这个时候，毛泽东特别重视文艺界的政治问题，在1963年和1964年连续作了两次"批示"，指出"许多共产党人热心提倡封建主义和资本主义的艺术，却不热心提倡社会主义的艺术，岂非咄咄怪事"，认为"这些协会和他们所掌握的刊物的大多数（据说有少数几个好的），十五年来，基本上（不是一切人）不执行党的政策，做官当老爷"。这些严厉的批评，促使文艺界立即开展了整风运动，开展对一些认为是严重错误的理论和作品，进行"大批判"，掀起了一场"修正主义批判"运动。当时在全国报刊上被点名批判的理论观点有：邵荃麟的"写中间人物论"和"现实主义深化论"，廖沫沙的"有鬼无害论"，周谷城的"时代精神汇合论"。文艺作品有：昆曲《李慧娘》（孟超作），京剧《谢瑶环》（田汉作），话剧《这里也是战场》（又名《毒手》，那沙作），影片《早春二月》《林家铺子》《逆风千里》《不夜城》《球迷》《两家人》《兵临城下》《聂耳》,历史小说《广陵散》《陶渊明写〈挽歌〉》(陈翔鹤作),广东被特别点名而着力开展批判的是欧阳山的《三家巷》和《苦斗》,以及《乡下奇人》《在软席卧车里》《骄傲的姑娘》等短篇小说。

为什么欧阳山这样的老革命作家,他尚未写完的,而且是写革命历史题材的长篇小说,会被点名批判呢?其实际导火线是关于上海举行故事会运动的报告,这个报告谈到有个别青年学习《三家巷》主人公周炳谈恋爱,学他给情人画像,抄写周炳的消沉语言作自己的座右铭,从而认为这作品起码有腐蚀青年的作用。本来在《三家巷》和《苦斗》先后出版之初,文艺评论界对其评价是有分歧的,主要是在主人公周炳形象上的评价不一,对其作为一部未完成的大型作品中的一个尚未完成塑造过程的形象,理解不够;对其身上有严重的小资产阶级知识分子的弱点太多太重,而艺术效果又特别鲜明强烈,较多注视,认为与无产阶级革命的英雄形象不符,是歪曲了工农兵形象。这些认识分歧和争议,是可以理解的,是尚属文艺理论批评的范围的。欧阳山本人也多次表态,欢迎这些批评意见和争议,以求将作品写好改好。但是,现在上升为有组织的批判,已不是由报社组织文章争鸣,而是由省委宣传部直接领导下,成立大批判小组(当时省作协、中山大学、暨南大学均各自成立大批判组)而进行批判,由省共青团组织协助,报社党委直接领导,中南局由宣传部文艺处长萧殷负责,省委宣传部由副部长兼南方日报社总编辑黄文俞负责(这两位负责人都在这次批判中发表了长篇文章,萧殷的文章题目是《一服资产阶级毒害青少年的腐蚀剂》,黄文俞化名"谢芝兰"发表文章)。而且,一开始即发表工农兵读者的来信,接着一大版一大版地发表声讨文章。虽然仍说是属于人民内部矛盾,仍以"讨论"之名,但已完全不是什么"自由讨论"或"学术争论"了。这是一般不知其里的人们看不出来的。所以当时也有敢于提出异议的来稿,为做"讨论"样子,当时《羊城晚报》也选发了两稿:一位是"田农"(是一位珠海作者的化名),另一位是暨南大学教师胡一声,作为"靶子"进行批判。这场批判,在报刊连续半年之久,发表文章有近百万字,比《三家巷》《苦斗》加起来的字数还多出一倍,最后以发表萧殷和黄文俞的文章结束。

当时,我从温泉搞"四清"运动回来,因最早评价《三家巷》《苦斗》

的文章出自我的手，便只能"作为对立面"（当时领导定性语言）参加组稿工作，已不能作为《文艺评论》版的责任编辑了，但仍要参加对《早春二月》等电影进行批判的组稿工作。对于这样的批判，当时我是很不理解的，是抵触的。完全不懂这是政治，更不会知道这是江青一伙人搞的政治阴谋。记得当时组织对电影《舞台姐妹》进行批判时，因组稿需要，领导安排我陪同粤剧名演员红线女和作家贺青去看这个电影，要他俩写文章进行批判，而且特别点明要批判这电影宣传"认认真真做事，清清白白做人"的说法和思想。我实在不能接受，不禁质疑道：难道要马马虎虎做事，肮肮脏脏做人才对吗？幸好我当时只是一般编辑，地位不高，尚不够格当"靶子"。后来我才知道，江青要批《舞台姐妹》的原因，是因为其中出现了田汉以党领导身份亮相的缘故，说明江青早就打算将当时文艺界领导赶下台，以便自己抢班夺权了。对欧阳山的批判实际也是这阴谋的一个组成部分，后来在"文化大革命"中一再批判欧阳山，而且江青亲自出面宣布不准解放欧阳山，更证实了这一点。可见这个时候的广东以至全国文坛已是山雨欲来风满楼，秋风秋雨愁煞人的"天气"和空气。

　　这场批判尚未结束，广东文艺界即奉命下乡参加"四清"运动，几乎所有著名文艺家都在此列，欧阳山、秦牧、杜埃、关山月等都下到阳江海陵岛的农村中去，与农民"三同"。记得当这场批判结束后，报社特派了两位女编辑，将所有发表批判文章的报纸带到海陵岛，亲手交给欧阳山，请他阅读和表示意见。据说，欧阳山当时说因眼有白内障，眼力不好，所以一直未看这些批判文章，也很难再看了，谢了一番盛意。这回答是预料中的，是含蓄的抵触和反抗。然而，这也不过是一时搪塞之举而已。在"步步高"的"左"倾思潮形势下，即使"过了初一也是过不了十五"的，更大的悲剧在后面等着。像我这样的"小人物"所受的波及，也势不可挡地步步加重、加深了。

二、狂风暴雨期
——20 世纪 60 年代下半期至 70 年代上半期

（一）金敬迈《欧阳海之歌》与《羊城晚报》的大起大落

  其实，无论陶铸的升迁或是他的失落，都是有不止一个的复杂的历史原因和时代原因的。不能说仅是因为一件事情或一篇文章，但也不能否认某件事或某篇文章的"跳板"或导火线作用。从陶铸的失落来说，据我的记忆和反思，就是与《羊城晚报》有关的陈毅、陶铸谈《欧阳海之歌》报道，尤其是发表周立波的《韶山的节日》有直接关系。

  先说说有关陈毅、陶铸谈《欧阳海之歌》的报道。记得当时陶铸宣布他要亲自主导两件重大新闻，一是与贺龙、叶剑英两位元帅接见海军战斗英雄麦贤德，二是与陈毅元帅谈《欧阳海之歌》。为此，我曾与关国栋同志到南海舰队采访，又随同秦牧同志到原广州军区政治部与部队作家座谈《欧阳海之歌》，并发表报道和座谈纪要，当时和以后一直不知道这些重大新闻与陶铸下台和《羊城晚报》蒙受"造谣放毒"罪名而被封闭有什么关系，直到写这口述历史文稿时（2019 年 12 月），才偶然从网络媒体上看到一篇关于金敬迈回忆录的相关文章，从金敬迈由《欧阳海之歌》而大起大落的历程中，看到了陶铸和《羊城晚报》遭难与这件重要报道的关系。现将金敬迈所述事件经过的有关原文转录如下：

  在从化温泉见到了陈老总和张茜、陶铸政委和曾志，还有吴芝圃、王匡等几位负责人。陈老总对这本书夸奖了一番，说："描写社会主义时代人物的长篇小说中，写得像《欧阳海之歌》这样好的，还是第一部。和平时期部队题材不好写，可以说这是一部带有划时代意义的作品，是我们文学创作史上的一块新的里程碑。"

陶铸也对这本小说给予了充分肯定，又问我目前对这本书有些什么反应。我汇报说，总政文化部谢镗忠部长传达了江青的指示：第一，不要把欧阳海写成职业乞丐。乞丐不劳而获，是"寄生虫"，和贫雇农民有本质不同。我们不能歌颂流氓无产者。第二，欧阳海的哥哥不要被国民党拉去当壮丁。他当了国民党兵，那欧阳海不就成了反动军人的亲属了？我们能歌颂反动军人的家庭吗？第三，"最后四秒钟"的描写不好，很不好，一定要改掉。告诉金敬迈，这是非改不可的！

出乎我的预料，陶铸同志笑着望望大家："'最后四秒钟'的描写很好嘛，我看很精彩嘛，为什么要改呀？"

陶铸望着陈毅道："陈老总，你说说。"

"她的事情，沾不得。"陈老总环顾左右而言他，他手拿起一张报纸说，"我就喜欢看你们的《羊城晚报》。"

陶铸停了停之后，非常明确地说："不要改。不要一听到什么意见就改。文艺作品，哪有十全十美的？今后，关于这本书的修改，你要先通过我。你是我的兵，我说了算！"

很难描述我听了陶铸政委这几句话后的激动心情。我没有料到，正是这件事，埋下了几乎置我于死地的祸根。

《欧阳海之歌》很红，红在它生动地"宣扬了主席的思想"。初稿中只引用了几段"语录"，后来却越加越多。我担心过于突出个人，肉麻，不好，于是又加进了两段《论共产党员的修养》的引文。我原意是稍稍"平衡"一下，"冲淡"一下，绝没有搞什么"两个司令部"的罪恶意图。真的没有。

记得陈老总和陶铸接见时，在座的王匡同志简单地说了几句，意思是书的前半部分比后半部分好，还说，再过些年你就会明白了。

小说的前半部分写欧阳海的童年和成长，后半部分生硬地贴上了很多"语录"。评论文章中几乎是众口一词地对后半部分大加赞扬。王匡同志的几句话，有胆有识，其实我当时就明白了，那年月，就那个气氛，部队按上级的旨意，搞的就是那一套，也符合当时的"生活的真实"。但它是经不起历史检验的。王匡同志不便于明说，我也假装没有听懂。

1967年4月，接到总政通知，要我立即赶到北京，等候首长的召见。

那一天，我被召到京西宾馆第一会议室。屋里坐满了人，有周恩来、陈伯达、康生、江青、张春桥、王力、关锋、戚本禹、姚文元，还有谢富治、叶群等人。

没等我坐下，江青说话了："金敬迈，怎么，我提的那几条意见，你不改？你真是个大作家呀！这么大的架子？"

这劈头几句，真把我吓傻了。我没有敢申辩，幸亏没申辩。

"我告诉你，"江青接着说，"你那'最后四秒钟'呀，是《雁南飞》！就是苏修那部《雁南飞》在中国的翻版，你知道吗？我是为了保护你，才故意没给你指明，只说不好，很不好，叫你一定要改掉。我让谢镗忠告诉过你，这是非改不可的！我看你还是个解放军，想保一保你，也才没有对红卫兵小将们讲。只要我说一声，他们早就来揪你的人，烧你的书了！"

《雁南飞》我看过，是苏联一部描写卫国战争的电影。剧中主人公临牺牲前，导演拍了很多空镜头，天在转，树也在转，主人公望着旋转的天空、旋转的树，慢慢地、慢慢地倒了下去。据当时的批判文章说，这是写了英雄临死前对生命的留恋，是修正主义的大毒草……

还没等我缓过气来，江青又说："书里那两段'黑修养'是怎么来的？是你自己写的，还是谁叫你加上的？你大胆说，不要怕！哼，你不说我也猜得出来，恐怕又是你们那个'陶政委'的主意吧？今天总理也在，你只管大胆讲，是不是他叫你加上去的？"

我连忙回答："是我自己写的，是我自己写的。"看见我满脸通红，一脸尴尬，总理拐了个弯说："总政治部有个报告，最近又有50万册《欧阳海之歌》印好了，但情况有了变化，只能压在仓库里。不删去《修养》中的那两段话，是不能发行的。积压在仓库里，也是对国家财产的浪费嘛。"

"不行。光删去不行！"江青说，"要消毒，要批判！不能放了毒以后，一走了之！告诉你，金敬迈，要不是总理几次提到你，我今天是不会对你这么客气的。小说怎么改，还是听总理的。"她换了个口气，像变成另一个人似的，望着我说，"来来来，今天是总理请你吃饭，我们……"她环顾周围的领导人，"我们作陪。"

1967年4月，北京已满大街是"打倒某某某"的大标语。谁也知道这是大有"来头"的。就凭我的那点觉悟，那点水平，就看我当时的处境，就称称我那一身软乎乎的轻骨头，我当然遵旨，不仅删去了《修养》中的两段引文，而且进行了批判。对"最后四秒钟"的那点"爱"，也毫不痛惜地割掉了。

我战战兢兢地把修改稿托萧华主任送钓鱼台审查，心里惶惶不安。出乎预料，江青看后说比过去的好，可以先发行，她还要组织人写评论文章。接着《人民日报》就把修改过的《与人为善》全文发表了。

我出卖了我自己。我清清楚楚地知道，我背叛了我的良知。

后来的一切就像我当年演戏一样。不久，我成了首都庆祝"五一"文化活动的负责人；再不久，我又兼任《在延安文艺座谈会上的讲话》发表25周年纪念文章的定稿人；再再不久，我以"解放军负责人"的身份上了天安门城楼；最后，我竟成了"中央文革"文艺组的实际"负责人"。

"负责人"没当几天，江青说："起用金敬迈本来就出于不得已，现在看来，金敬迈不是我们的人。"果然，没过多久，前后也就是四个月零三天，由谢富治签发的逮捕证，以我"收集中央领导同志黑材料，阴谋反对毛主席"和"趁主席南巡时，阴谋进行绑架"等罪名，将我反铐双手，投入了秦城监狱。

在秦城监狱里，14道铁门层层锁住，单身监禁七年零四个月，2684天，然后释放出狱，送河南许昌某农场改造485天——两项相加，3169天。

三千多天，也算"弹指一挥间"吧！"四人帮"居然倒了。我和江青"交换场地"，她进了秦城一号。

从上述引文不难看出，陈毅对江青早有"她的事情，沾不得"的禁忌，还故意"顾左右而言他"，并且"手拿起一张报纸说，'我就喜欢看你们的《羊城晚报》'"。可能他心里明白这是陶铸为《羊城晚报》导演的一场戏。而陶铸则仍在亲抓舆论工作中忘乎所以，以至当时已被江青抓住了"你们那个'陶政委'"的把柄，欲置陶铸和《羊城晚报》于死地的狠心已昭然若揭。由此，我也回忆起一件1965年中南戏剧会演的事。这个会演是紧跟着北京现代京剧会演之后举办的。由于《红灯记》在北京现代京剧会演中成为样板，一炮打响，红得发紫，开了"革命样板戏"的先河，也许陶铸也是为了某些需要，不仅紧跟举办会演，而且也要求搞出个中南的"红灯记"，据说当时红线女主演的粤剧《山乡风云》就是按此规格打造的剧目，试想正欲以"革命样板戏"霸占中国剧坛以至政坛的旁若无人的江青，怎能容许他人顶撞并与她唱对台戏呢？陶铸和《羊城晚报》的悲剧不正是从此明显可见吗？

（二）周立波《韶山的节日》的喜剧和悲剧

　　《羊城晚报》被列为"造谣放毒"罪的最严重、直接的罪状，是发表周立波的《韶山的节日》。这个事件的详情是这样的：缘起于1964年夏天，筹备《羊城晚报》归中南局领导而改版的时候，陶铸指示报社周知中南地区各省著名作家，必须每人提供一篇作品在《花地》副刊发表。我受命到湖南、湖北向著名作家传达这个指令并组稿。在湖南长沙时，我首访当时湖南作家协会主席、著名作家周立波，见面时他正在家中吃面条，边吃边听我叙述来意，吃完后他谦虚地问我：前些时毛主席回到故乡韶山，有许多动人的事，可不可以写？当时我年轻不懂世事，也不知道对领袖宣传有什么规定，便毫不犹豫地说："当然可以，是最好不过的题材呀！"过了一段时间，周立波果然给我寄来一篇写毛主席回韶山的散文，题目是《韶山的节日》，大约三千余字。我喜出望外，当即发稿，在秦牧、林遐、杨家文的安排下，将这篇文章放在改版第一天的《花地》大样上，陶铸在审看大样时读到这篇文章，高兴地说："这是篇好文章，这才是真正的'移风易俗'。"其具体指的是文章中写到毛泽东上坟一段：在罗瑞卿的陪同下，独自走上他父母的坟前，插上警卫人员刚从附近折下来的三枝松枝，说了一句"前人辛苦，后人幸福"，鞠躬后离去。文章发表后，深受读者欢迎，多家报刊转载，影响很大。

　　在当时，无论怎样也想不出这篇文章会酿成大祸。记得周立波这篇文章寄到我手上之时，我欣喜得立即发稿，但很快想到似乎曾有过规定：所有报刊关于领袖人物的文章或报道都要经过中央审批。于是我便请有关人员将稿件寄送中央军委办公厅审查，不久得到打印的书面答复，说今后这类稿件经中南局审批即可，不必寄到中央。当时我只天真地想到《羊城晚报》是中南局的报纸，陶铸是中央委员又是中南局第一书记，报社由他管理，让他审定不就可以了吗？有一天，我在办公室上班，突然接到上海《文汇报》打来的电话，询问这篇文章有没有经过中央审查？我当即以上述过程作了回答。对方不再说什么即放了电话，后来一直未见《文汇报》转载这篇文章。事后不久，报社总编辑杨奇特地来向我询问这篇文章的发稿过程，也不告诉我为什么，是怎么回事。后来我才知道是因为康生给陶铸写信，说这篇文章"有错误"，要中南局检查，但未说具体错误是什么。陶铸除回信康生作检讨外，还责成报社认真检查错误。中南局宣传部和报社即发电报，请韶山纪念馆重新审查这篇文章。结果只发现一个错字，其余全部内容属实。当时办事认真，一字不苟，改正后重新发表一次，并且特别加上萧殷亲自起草的编者按，检讨报社"不认真、不严肃"的错误，以求"挽回影响"。结果反而更糟，不是"挽回"，而是更扩大了影响，更受瞩目。江青大为恼火，认为这是有意坚持"错误"，拆她的"台"。中南局和报社领导，真可谓是"表错情"，酿成更大悲剧。

记得是1967年初，《羊城晚报》被红卫兵封闭以后，报社的干部也涌进了"大串联"的热潮，我也随同前往北京"串联"，去到不久，在北京工会礼堂，听到了陶铸特为新闻界所作的报告。大约讲了个把钟头时间，尚未作完报告，陶铸即被秘书通知匆匆离开会场，大家都很纳闷，不知怎么回事。过了两天，周恩来、江青、陈伯达、康生、张春桥、姚文元等，在北京工人体育场接见到京串联的数万红卫兵，我们报社去的人也参加了会见。当这些要人乘坐的敞篷汽车绕场一周时，我们即发现陶铸未在其中，更是奇怪，估计他可能是出了什么事。果然不出所料，过了两天，在中南海门外的大字报中，见到了两张有关的大字报：一是江青关于陶铸谈话，说陶铸这人不老实，办《羊城晚报》"造谣放毒"，发表周立波《韶山的节日》这样的毒草；另一张是周恩来对到中南海揪陶铸的红卫兵的谈话，说陶铸是毛主席指定的接班人，揪他要经毛主席批准。这些谈话实际等于对陶铸作了判决。江青为什么如此数说《羊城晚报》发周立波这篇文章呢？到后来才真相大白，只是因为文中写到杨开慧烈士，这是江青最忌讳的，也是最恼火之所在，因为她以"第一夫人"自居，绝不许任何人涉及过去的历史。这篇文章是由陶铸所办的《羊城晚报》发表，当然要判之为"造谣放毒"，并将其作为封闭《羊城晚报》的理由，从而也成为陶铸的"罪状"，成为陶铸下台的导火线。

应当说，周立波这篇文章从组稿到发稿，我都是负直接责任的，只不过当时我不过是一般编辑，够不上"走资派"，轮不到我承担责任，未受更大灾难。但在"文革"中我也受到从湖南来的红卫兵的审问，在运动中也成为我受到大字报"炮轰"的"罪行"之一。痛心的是，后来周立波的长子周健明亲口告诉我，他父亲主要因这篇文章在湖南城乡被"游斗"，惨遭批斗致病死，直到1978年才获平反。

周立波获平反之后，湖南《湘江文艺》副主编张盛裕同志（他20世纪50年代在北京《文艺报》工作时是萧殷的下级）专程从湖南来广州向萧殷约稿而认识我，谈及周立波因写《韶山的节日》一文而受严重迫害的过程，约请了秦牧和当年陪同毛主席回韶山的罗瑞卿大将写文章，为其公开平反。张盛裕问我，周立波的文章中，说到"《羊城晚报》有人来向我约稿"，不知这个人是谁？我说就是我呵！还谈到当时重发这篇记事散文的编者按是出自萧殷手笔之事。由于当时《羊城晚报》尚未复刊，于是便向当时在《南方日报》任副总编辑的张汉青（贺青，"文革"前曾任陶铸秘书）提出转载《湘江文艺》先后发表的周立波、秦牧的文章和罗瑞卿的信，随后以整版篇幅重新发表《韶山的节日》全文，并加了一段文字颇长的编者按。随后《南方日报》和《湘江文艺》都先后发表了我披露这事件过程的文章：《山将永存，田将永在——重读周立波的〈韶山的节日〉》（见《新时期文艺论辩》）。可见这是一场悲喜交织的人生经历。

（三）广东文化人在"文革"中的灾难

1966年5月，以发表姚文元长篇文章《评新编历史剧〈海瑞罢官〉》为界限，"文化大革命"开始了。这段时期，我所在的《羊城晚报》是怎样开始的呢？当时《羊城晚报》与《广州日报》，都在广州人民中路的西瓜园内办公，这场灾难初来的气势，真似"狂风暴雨"，势不可挡。

开始的时候，也即是后来被称之为"资产阶级反动路线专政"（其实是指当时刘少奇、邓小平主持工作而不得不搞运动并派工作组）时，中南局即派工作组进驻《羊城晚报》，气势汹汹地开始点名批判。当时陶铸已离开广东到北京工作，坐镇广东指挥的主要是赵紫阳（当时是中共广东省委第一书记，兼中南局书记处书记）。赵紫阳开始也试图仿照北京先后抛出批判"三家村"的做法，找"广东的邓拓、吴晗、廖沫沙"式的人物，"抛"出批判，开始拟选欧阳山，但考虑到在1964年批判过，已经是"死老虎"，怕交代不过去，便选定了秦牧（后来秦牧戏称这是在"文革"中"糊里糊涂中头彩"）。批判秦牧什么呢？不知何方神圣判定秦牧用散文写的文艺理论著作《艺海拾贝》是"大毒草"。于是炮制出一篇题为《反党反社会主义的"响尾蛇"》的文，破例在《羊城晚报》一版头条位置发表。这广东"文革"的第一炮,就是从《羊城晚报》发出的。接着,又进一步"抛"出秦牧的"后台",点名批判中南局宣传部部长王匡。这两"炮"威力甚大,接着在全省各县市城市,都仿效北京、广州的做法,将有点名气的业余作者和文化宣传领导,打成"小三家村""小吴晗""小邓拓""小秦牧""小王匡",刮起一股杀气腾腾的狂澜。

  当时受工作组管制着的《羊城晚报》,也在进行着大整顿、大清理。《花地》副刊被看作是"毒草丛生之地",是"黑窝"。工作组成员与我谈话,要我立即与欧阳山、秦牧、萧殷等著名作家划清界限,揭发检举他们的"罪行",指责我和《花地》的编辑组长高风和名记者吴其琅三人是"小三家村",是"黑秀才",要我"认真彻底交代",否则即"发动工农兵群众炮轰"。接着又采取组织措施,要我们三人停止工作,并调离《花地》副刊部。突然的打击,弄得我胆战心惊,不知所措,十分沉重,痛苦万分,万没想到辛辛苦苦、日夜埋头工作写作,竟然遭此罪名。当时要我写揭发材料,检查自己的言行和作品,我实在分不清哪些才是"反党反社会主义"的,只能是交上白卷。于是炮轰的大字报铺天盖地而来,纷纷指责我的"罪名",由于我为了避免人们说我是名利思想,而用了将近十个笔名发表的文章,均被一一"揪出",用真名发表的几篇文章(评《三家巷》和《苦斗》之文,评欧阳山短篇小说之文,评写贺龙的长篇小说《朝阳花》一文)均被点名为"大毒草"。这些都是1962年在葵园写的文章,正就是此时受难的"祸根"。幸好这段"专政"时期只56天就过去,因为毛主席在北京大学的一张大字报而撤销了全国所有工作组,让"群众自己闹革命",我也就被群众放过,成为一个既不够格当走资派、进牛栏,又不够格做红卫兵和造反派的人物。后来我虽然参加群众组织的一些活动,又因胃病复发胃出血、复合溃疡,则以养病为主,成了名副其实的"逍遥派",直到1968年11月下放到粤北英德的黄陂"五七"干校。也就在这令人心灰意冷的时候,我的儿子出生了,我便将我用的笔名之一"黄葵"当儿子的名字,以表不再写文章,让下一代纪念之意。

  在这段风雨飘摇、狂风暴雨的岁月,有些事是令人触目惊心、永远难忘的。其中之一,是《羊城晚报》1967年被红卫兵"勒令"改名为《红卫报》,一两个月之后,又被红卫兵封闭了,报社的工作组也撤退了,报社的领导也都被一一作为"走资本主义道路的当权派"揪出来,而"靠边站""进牛栏"了,整个报社处于瘫痪中。这时,红卫兵每天随时进西瓜园来揪人拉出去批斗,被拉去批斗最多的是秦牧。我常亲眼见到秦牧每次被批斗回来,都被打得脸青或鼻流血,他仍迈着气轩之躯走回报社,脸带笑容,一副不屑一顾的样子。据说,在每次批斗中,他都不承认自己是"反党反社会主义"的人。由于欧阳山住我家的对面楼,我亲眼见到红卫兵经常揪他批斗。有一天中午,我还看到红卫兵在院子里强迫欧阳山焚烧他写的文稿,顿时使我想起《红楼梦》中黛玉焚稿的描写,实在使我心酸心疼。作家焚稿是焚烧心血,无异于摧残作家的生命,令人痛心疾首。黄秋耘当时已是甚有名气的作家。1962年他在任《文艺报》编辑部主任的时候,因给一篇宣传"写中间人物论"的文章加了一句话(即为"中间人物"加个定义:"不好不坏,亦好亦坏,中不溜儿的芸芸众生")而更有名,也因此而被整来与我们一起被批斗,但因红卫兵对他的"罪行"不了解,被遣送到北京批斗去了。据后来黄秋耘说,因他在北京级别低,每次"走资派"排队被批斗,他都被排列到最后,所以老轮不上被批斗,由此而免受皮肉之苦。最值得同情和怀念的是著名的散文家林遐。他写的散文都是歌颂新人新事的多,从《撑渡阿婷》到《山水阳光》都是如此,挑不出什么"阴暗面",他做《羊城晚报》秘书长不久,说不上有什么"罪行",仅因为他过去做过陶铸的秘书(其实只是在20世纪40年代后期,在陶铸任中南军区政治部主任的时候做过),红卫兵便将他揪出,安置于一个秘密地方(据说是中山大学内的一个地下室),迫他写揭发陶铸的材料。他经常遭到拳打脚踢,饥寒交迫,受斗成疾,不治而终,时年仅40余岁。如此有才华的作家盛年饮恨而逝,实是可悲!后来虽然获平反,也不过稍慰在天之灵而已。

1967年秋冬的"武斗",是"文革"中令人难忘的一章。当时几乎全国大城市都有出现,广州也在所难免。开始的时候,是群众对封闭《羊城晚报》产生分歧,从而使广州地区的红卫兵和工人主要分为"东风派"和"红旗派"两大派。"武斗"也是主要在这两派之间进行,是真刀真枪的"打仗",经常在深更半夜时,高声喇叭发出某地某处"十万火急"之类的呼叫声。在我所住的东风路宿舍,东头有"红旗派"据点,西头有"东风派"据点,两据点之间,经常用轻重机枪开火,相互射击,子弹从我住的楼顶上呼啸而过,令人胆战心惊,毛骨悚然。当时"武斗"死伤情况不得而知。我亲眼见到红卫兵在棺材铺抢棺材,写上花圈:"×××烈士千古""红卫兵万岁"。见到这些惨状,我实在不能理解,这些被"武斗"打死和为"武斗"而死去的人,究竟是为谁而死?这样死去是"重于泰山"吗?能称得上"烈士"吗?果能"千古"吗?究竟是谁利用他们"武斗"?他们的真正敌人是谁?我更莫解的是这些使枪杆的人都是青年学生,他们是出于"热爱"而去"誓死保卫"的啊,而拼死拼活的双方都是为同样一个人;既然如此,双方又怎会成敌人呢?莫名其妙!

更难忘的是1968年秋冬之交,全广州新闻单位的人都集中办学习班,地点在广州市郊三元里一所停办了的学校(似乎是广州市财经学校旧址),集中食宿,按连排班军事编制,由军宣队直接管理,每日学文件,写检查或写揭发材料,清理队伍,被揪出的人一天比一天多,"牛鬼蛇神"队伍越批越大。每天都有批斗会,有时加班加点,连夜进行,口号声、批斗声此起彼伏,被斗的痛苦呼叫声也时有所闻。我亲眼见到一位不认识的其他单位的"走资派",因批斗时"坐飞机"而发出痛苦的呼叫。整个学习班有千余人,均不见脸上有笑容,老熟人碰面也默然以对,恐怖的气氛几达令人窒息的地步。这种氛围,是从未见过的,也是永远难忘的。这样的日子挨了将近三个月。1968年初冬,这班忠心耿耿的新闻战士,又被无罪流放,到粤北山区走"五七"道路,"重新学习",接受"再教育"——即到"五七"干校劳动改造去了。

当时,我所在的《羊城晚报》被"四人帮"诬为"造谣放毒"而被封闭,后与《南方日报》《广州日报》合并,大部分人员连同广东电台、电视台、出版社、社科所等新闻出版界和党校共约"八百秀才"下放"五七"干校,地点在英东的黄陂畜牧场。广东文艺界和中山大学的"五七"干校则设在刚从劳改场改成的英德茶场,也有近两千人。当时几乎所有岭南一流的名作家、名艺术家、名教授、名学者、名编辑、名记者都被作为"走资派"或"反动学术权威"而下放干校劳动,一时使英德成为聚集岭南文艺英才最多的地方。这也许与英德过去有甚多文人流放至此的历史有关吧?然而照我看来,这时期被下放至此的文人数量,不仅大大超出历代流放英德文人数之总和,也不知超出整个岭南自古以来流放文人总和的多少倍,而且生活环境和劳动条件也艰苦得多。在黄陂畜牧场住的是马房、牛棚、猪栏,在茶场住的是不久前关押囚犯的牢房。我曾亲见老报人黄文俞、杨奇、丁希凌在北风呼啸中挑泥锄土,延安新华社第一代女播音员田蔚在冷雨中种菜，散文大师秦牧扶着眼镜追赶着他负责养的一大群牛，名编辑家黄秋耘、岑桑像往时编稿那样严谨地做木工，名作家林遐、周敏手抱冷冰冰的泥浆打泥砖，比往时写稿（画四方格）还认真，著名记者许实（笔名微音）等人半夜抬送刚病逝的老报人陈洁的尸体，老学者陈健、孙孺带病摘花生……在茶场，我还见到名作家欧阳山、陈残云、周钢鸣、吴有恒，名演员红线女、林小群、罗品超、罗家宝，名画家关山月、余本、杨纳维、黄笃维，名电影家陶金、王为一，名音乐家周国瑾、陆仲任、施明新，中山大学的名教授蒲蛰龙、张宏达、端木正、容庚等的劳动身影……我在深切的痛苦辛酸之余，还从这些在逆境中仍然顽强生活的名家身上，看到一股硬骨正气。迄今想来，这与眼前所见的英德山水及其内涵的人文历史精神，不正是一脉相承的英骨英气吗？"文化大革命"已结束数十年了，当年落难于此的名家，有的已经仙逝，有的当年尚未成熟之辈现已成为著名专家或世界名人，更多的是经受灾难后取得更大成就。当年在英德干校劳动的其他战线（军区、公安、工交等）干部和知识青年的情况也大致如此。由此又使我感悟：这个当年"牛鬼蛇神"的落难地，恐怕也是藏龙卧虎，甚至是生龙养虎之地吧？

（四）欧阳山在"文革"中的灾难

值得特别写出的是欧阳山在"文革"中的灾难。

1966年5月，"文化大革命"风暴席卷神州大地，具有五千年文化传统的世界文明古国，变成了"横扫一切"文化的战场，大批祖国文化精英都被作为"牛鬼蛇神"而被打倒，一切文化精品都被作为"毒草"而"批判"、焚烧……这真是一场不折不扣的大浩劫，是中华民族历史上罕见的一场灾难。

作为中国著名作家的欧阳山，在这场灾难中更是首当其冲。早在1964年和1965年，全国思想文化界和文艺界为贯彻毛泽东主席两个关于文艺的"批示"而开展的大批判和文艺整风中，他的《三家巷》《苦斗》和几篇短篇小说，受到了全国性的大批判，但他的一切职务（包括广东省文联主席、中国作家协会广东分会主席、中共广东省委委员、第三届全国人民代表大会代表）还没有撤去，在这场风暴刚到的时候，一下子成了"走资本主义道路当权派",他的作品和文章也成了"反革命、反党分子"的"罪证",他在共产党内的政治生活被停止了,作为人大代表的权利和义务也丧失了,甚至连生命也没有保证了。

1966年7月,他被押送至集中广东文艺界重要人物、著名作家的所谓"集训队",即"牛栏"(关押"牛鬼蛇神"之地的简称)。同年8月30日,在他离家的情况下,一群"红卫兵"去查抄了他的住宅,将他所有稿件、书籍、提纲、资料、书信,甚至衣服、财物、家具抄走了。接着便被各种"红卫兵""造反派"拉去轮番批斗,侮辱殴打,游街示众,强迫劳动。同年9月,他被押至广州中山纪念堂受数十人批斗。值得注意的是,在广东文艺界的"牛鬼蛇神"中,仅欧阳山一人遭到如此"扫地出门"的"清查",而且来他的家里搜去全部重要材料,对他进行残酷殴打的,是一群来自北方的"红卫兵"。为何欧阳山独受此等"破格"待遇呢?粉碎"四人帮"后,从揭发江青的材料中才知道:1966年和1967年初,江青为了掩盖她20世纪30年代在上海做"电影明星"时的丑闻,特地要对曾于这时期在上海的文艺界知名人士(特别是与她有过交往的人)进行审查,彻底清去这些人士可能收藏着她当年丑闻的报刊资料,并企图将这些人士置于死地而后快。所以,这些"红卫兵"的行动显然是受到指使的。当年在上海曾与江青有过密切交往的赵丹、郑君里等电影界知名人士,就为此蒙受了惨痛的灾难。欧阳山是广东文艺界中唯一当年在上海与江青有过些许接触的人(因当年欧阳山也曾参加过上海影剧评论界的活动),所以矛头要针对他,而且紧盯不放。

1967年,举国上下处于"武斗"的紧张状态中。广州也"武斗"不停,枪声和广播喇叭的种种"告急"之声响彻云霄,人们生活在没有安宁的日子里,而且生命也没有保障,随时都有被流弹毙命的危险。许多单位都停止了工作,社会处于全面瘫痪状态。这时,欧阳山因被"扫地出门",被置于广州市文德路广东作家协会机关的一间仅8平方米的小房子里,阴暗潮湿,孑然一身,每日仍受强制劳动,在"武斗"的阵阵枪声中仍默默扫地改造,过着真正的"牛栏"生活。

1968年初,欧阳山被中山大学"八三一红卫兵团"押走,关押在该校"广寒宫"(即女生宿舍)四楼一间小房子里,要他写自己的"罪行"并揭发他人。他一字未写。他房间只有一张床板和一床棉被,无桌无凳,每天自己到邻近的学生第四饭堂吃饭。同时被关押的还有广东著名作家陈残云、周钢鸣。他们平时不能接触、交谈，只在吃饭时可以见面。同年5月，欧阳山又先后被押到广州光孝寺和广州文化公园的文艺界大会上进行批斗，到华南师范学院和暨南大学等处，受到"喷气式飞机"的残酷批斗，有八九天之久。放回"牛栏"后，又接受轮番"轰炸"，甚至残酷殴打。同年7月13日，被广州警备司令部以"监护"名义逮捕，先解往广州西村监狱，后解往广州市郊梅花园营房关押，强迫劳动，同年11月，又被押解往广州二沙头，继续关押。

1968年12月，广东全面实行军事管制，成立革命委员会，并按毛泽东主席于5月7日发布的干部下放劳动的指示（简称"五七"指示），在全省的边远农场、牧场或劳改场，开办了"五七"干校。广东文艺界的"五七"干校设在广东北部英德县茶山，原是劳改场。同年12月11日，欧阳山也被押至于此，监督劳动，被告知"活在茶山，死在茶山，埋在茶山"。从此开始，直至1972年8月，他在这里从事各种劳动，如种茶、摘茶、插秧、收割、晒谷，等等，同时还要受到不停审查、批判、写材料等折磨，共四年之久。

在报刊上对欧阳山的公开批判，早在1964年和1965年已经从文艺思想批判升格为政治批判。1966年5月"文化大革命"正式开始后，更是"顺理成章"地将他"抛"出来，作为广东"头号"的"反党、反革命、反社会主义"的"三反"分子和广东文艺界"头号"的"走资本主义道路当权派"进行批判。

"文革"初期对欧阳山的批判，是与全国对"三家村"（吴晗、邓拓、廖沫沙）和对周扬的批判同步进行的。这次批判，不仅给他戴上了"罪大恶极"的政治帽子，而且格调"升级"，发表文章的报刊也升级。前次批判最高"格调"是"混淆阶级界线""歪曲革命""歪曲党的领导"的"政治倾向"，而1966年发表的批判文章，则是《从政治上重新批判〈三家巷〉〈苦斗〉》《欧阳山是周扬文艺黑线的一员悍将》《彻底清算欧阳山的反党罪行》，等等；前次批判虽然全国有29个报刊发表文章，但作为党中央机关报《人民日报》则未有发表，而这次仅在1966年，《人民日报》就接连发表了两三篇"火力"甚大的批判文章。而且，从1966年到1972年，各种报刊上几乎未停止过对欧阳山的批判。

值得特别提出来的是：1969年11月，党中央理论刊物《红旗》杂志，发表了上海革命大批判写作小组的文章，题为《为错误路线树碑立传的反动作品——评欧阳山的〈一代风流〉及其"来龙去脉"》。这个权威刊物首次发表对欧阳山的批判文章，而且用众所周知的"四人帮"御用写作班子署名发表，是有背景的。早在1969年6月，江青在北京人民大会堂河北厅接见五个样板剧团讲话时宣布："欧阳山不能解放，他是反鲁迅的，他是胡风分子。"究其意，江青之所以对欧阳山特别仇恨，在于他了解她20世纪30年代的丑闻；一朝权在手，更不会放过知情者，免得丑闻流传，以便于乔装打扮。《红旗》这篇文章实际是秉承江青的这一旨意写的。文章列举的"罪状"，全是诬陷捏造，不值一驳，真是欲加之罪，何患无辞！更可悲的是《红旗》发表这篇文章后，广东和上海又一次组织了对欧阳山的大批判，《南方日报》《解放日报》《文汇报》均在1969—1972年间，连续发表了更为气势汹汹的批判文章，诸如：《反革命的个人"苦斗"》《阶级投降与奴隶主义哲学的破产》《打击贫农就是打击革命》《不许欧阳山丑化工农妇女》《叛徒嘴脸，欲盖弥彰》《联系当前斗争实际，彻底戳穿"人性论"的虚伪性、欺骗性、反动性》《叛徒的诡辩》《良心是假、野心是真》《锄毒草，批黑书》，等等。从这些文章的标题不难看出，所谓批判，就是如此货色。

欧阳山在"文革"中所受的精神和肉体的折磨，还在于他丧失了基本的公民权利，妻离子散，甚至有病也不能就医。他的夫人虞迅是在广州中山医学院党委工作的，"文革"开始，也被打成"走资派"，隔离审查。1966年8月，"红卫兵"抄家的时候，也不能回家。后来欧阳山被关进"牛栏"和遭受一次又一次的批斗，她也同时受着所在单位批斗之苦，夫妇不能见面。1968年12月，欧阳山在被送至"五七"干校前夕，曾要求见夫人一面，也不被允许。直到1970年底，才获批准让他夫人和儿子到干校探望，夫妻谈话时有管教人员在场监视，晚上儿子和夫人分别安排在男、女集体宿舍里，而且只准住一晚即令离去。1971年5月，夫人获准第二次来探望，被安排在一个没有灯火的碉堡里，同样只准住一晚。1971年9月，林彪叛国出逃的消息已在全国传达，欧阳山连听传达的权利也被剥夺。他本是第三届全国人民代表大会代表，连当时选举人民代表大会代表名单也不让他知道。在这时他连一般公民的基本权利也失去了。欧阳山是1968年2月11日也正是他 60 寿辰的时候，到达英德茶山"五七"干校的。他过去一直身体很好，只在 20 世纪 50 年代患过输尿管结石，治愈后一直身体良好。他在这场灾难中受尽了折磨，又步入了老年时期，从 1969 年开始，他开始患上高血压，在干校艰苦生活的情况下又并发了多种疾病，得不到治疗。1972 年 8 月，他被允许监外就医，由夫人接回广州，住在广州文德路文艺招待所一个小房里，每日到医院治病，直到 1973 年 6 月，才被宣布"解放"，结束了为期 7 年的"牛栏"和监督劳动的生活。1974 年 4 月，被安排在广东省文艺创作室，作为文学组的一般成员，算是"恢复工作"。1976 年 2 月，才恢复党员资格，参加党的组织生活。1976 年 3 月，他和他的夫人虞迅荣幸地被邀请回延安，作为当年的工作干部，参加庆祝延安南区合作社建立 40 周年集会，并被邀请到延安革命纪念馆，见到了他当年在延安写的长篇小说《高干大》手稿。这时，才正式结束了他在"文化大革命"中的苦难。

欧阳山这样一位从 20 世纪 20 年代开始追随无产阶级革命，并于 20 世纪 40 年代就加入中国共产党的老作家，竟然在"文化大革命"前就开始受难长达十余年之久。当然，这不仅是他一个，而是一大批人遭受同样苦难呵！

以下从《欧阳山年谱》中摘录"文革"期间的记事附录如下，作为印证：

1966 年　58 岁

1 月　开始创作长篇小说《一代风流》第四卷《圣地》（至 6 月）。

6 月　参加"无产阶级文化大革命"。在此期间，一切职务消失了，一切工作停止了；虽然按月交纳党费，但党的组织生活也没有了。

7 月　参加广东文艺集训队，进了"牛栏"。

8 月 30 日　被抄家，所有稿件、书籍、提纲、资料、衣服、财物、房屋、家具，均被抢光。以后被轮番批斗，侮辱殴打，游街示众，强迫劳动，家人失散，株连亲友。

9 月　被押到广州中山纪念堂由五六千人进行批斗。

11 月　集训队结束，押回中国作协广东分会"牛栏"。

1967 年　59 岁

1 月　全年关在中国作协广东分会"牛栏"里，被继续批斗，强迫劳动，同时受到社会上"武斗"风的种种迫害。

1968年　60岁

1月　被押到中山大学批斗，十余天后方被押回原"牛栏"。

5月　先在华南人民文学艺术学院旧址光孝寺内和广州文化公园里批斗，后被押到华南师范学院、暨南大学等处进行"喷气式放飞机"批斗，共八九天。以后又押回原"牛栏"批斗，并被殴打。

7月13日　被广州警备司令部以"监护"名义逮捕，先解往广州西村监狱，后解往白云山梅花园营房关押，强迫劳动。

11月　从梅花园解往广州二沙头，继续关押。

12月11日　解往广东英德县茶山"五七"干校，监督劳动。临走前，爱人要求见一次面，也不被允许。

1969年　61岁

1月　全年在茶山茶场被监督劳动，并被训示"活在茶山，死在茶山，埋在茶山"。

6月　江青在北京人民大会堂河北厅接见五个样板团讲话时宣布，"欧阳山不能解放，他是反鲁迅的，他是胡风分子。"

11月　《红旗》杂志发表"上海革命大批判写作小组"的文章，题为《为错误路线树碑立传的反动作品——评欧阳山的〈一代风流〉及其"来龙去脉"》。

12月　患高血压病。

1970年　62岁

1月　全年在茶山茶场被监督劳动。

12月　第一次允许爱人和儿子来茶山探望，但谈话时有管教队成员在旁监视，晚上分别住在男、女集体宿舍里，只准住一宿。

1971年　63岁

1月　全年在茶山茶场被监督劳动。

5月　爱人再来探望，住在茶山茶场一个没有灯火的碉堡里，同样只准住一宿。

9月　林彪叛国案发生的消息,也被封锁。从1966年以来,一切公民权利全被剥夺,连全国人大代表名单也不让知道。

1972年　64岁
1月　继续在茶山茶场被监督劳动(至同年8月)。
8月　因患多种疾病,被允许监外就医,由爱人接回广州,住文艺招待所一个8平方米的平房里,达4年之久。

1973年　65岁
1月　全年在广州治病。
6月　宣布"解放",结束了7年"牛栏"和监督劳动的生活。

1974年　66岁
1月　全年在广州治病。
4月　恢复工作,任广东省文艺创作室文学组成员。

1975年　67岁
1月　全年在广州治病。

1976年　68岁
1月　全年在广州治病。
2月　恢复党的组织生活。

(以上摘自《欧阳山文集》第十卷)

(五)对英德黄陂"五七"干校的回忆和反思

1968年12月初,我同广东省宣传界"八百秀才"一道,离开广州,到达粤北山区英德境内的黄陂"五七"干校劳动,直到1971年12月,我同一批编辑、记者作为"尚可以用的人",被分配到各地区办报而到韶关地区文艺办工作时为止,整整3年时间。时间虽不算长,但处境和心境都极其恶劣，挨熬日子，度日如年，当时和至今想来，有似经受30年沧桑之感！而这段沉重的经历，迄今又将要过去半个世纪了。岁月消退记忆，事情本身则是不会磨灭的，甚至随岁月的流逝而越是能见其文化内涵。

"文革"十年，使多少人家破人亡，妻离子散。这些悲剧是人所共见，知者动情的。然而，我以为最可悲的是人们以悲为喜的悲剧，这是不易被人们觉察的，却是更为可悲的悲剧。就拿下放"五七"干校这件事情来说吧。

1968年夏天，广东新闻界（南方日报社、羊城晚报社、广州日报社，香港《文汇报》和《大公报》驻广州办事处，广东省广播电台和电视台等），除抽出小部分人办军管的《南方日报》之外，全部集中在广州三元里瑶台一所停办了的学校旧址办"斗批改学习班"（实则是清理队伍），折腾3个月左右的时候，一天，军管干部极其隆重地传达毛主席在同年5月7日对东北柳河干校的批示。"批示"说：这是干部"重新学习的极好机会"，"除老弱病残者外，都要这样做"。接着，军管即动员大家自动报名，下放至以毛主席这"批示"命名的"五七"干校。

明明是为了处理或安置这些不受信任的干部，将这些人下放到农村去惩罚劳动，却说成是"重新学习的极好机会"；明明是所有这些干部都要强制下放（不管是否老弱病残），却装模作样地要大家自愿报名。这种颠倒而且是带有作弄性质的说法和做法，这些很有点"革命觉悟"的干部们，都习以为常，不以为辱，不以为悲，反以为荣、以为喜！

我自然也属于这种干部中的一个。长期的革命教育，使我本能地有"响应号召"和"经受艰苦锻炼和考验"的自觉意识，更何况在这时我因编写过被认为是"毒草"的文章，而被打入《羊城晚报》"第三号黑秀才"之列，其他两人（高凤、吴其琅）已被打入"牛栏"，自己也危在旦夕，有赎罪感和侥幸感。所以我主动报名下放干校，固然也有无可奈何的心情，但也是出于真心并引以为幸的（即：作为正式学员，而不是"牛鬼蛇神"）。

第二层以悲为喜的心情是，我的妻子陈淑婉自1954年从卫生学校毕业后，也是主动争取到"最艰苦的地方"而被分配到英德县人民医院工作的，直到1962年调至广州与我团聚，在英德工作整整8年。当她得知我的下放地点时，也有些许高兴，但又为当时有个不到一岁的儿子和瘦弱的女儿难以照顾而忧虑，于是曾主动要求与我一道下放，但她所在的单位（中山医学院第二附属医院）不准。即使这样，我的心情也因到自己亲人熟悉的地方有亲切感而欣慰。同时，军管干部在动员时还说到，选择英德黄陂畜牧场为新闻战线干校，是条件较好的（原是省农垦厅办的），比起在劳改场的文艺干校优越等话语，也是一层不幸中的欣慰。尤其奇怪的是我这种以惩罚为喜的思想意识产生而不觉得可悲。1966年底到1967年初，是红卫兵"武斗"激烈的时候。我早在"文革"开始时已经受大字报的冲击（实际上在1964年全国"大批判"已开始对欧阳山的《三家巷》和《苦斗》的批判，因我写过第一篇评论《三家巷》和他的短篇小说的文章，已靠边站了），心灵创伤比较严重，就患上了胃溃疡，发展至胃出血，时常在病中，本应属"病残者"之列，却不能列在其"外"。即便如此，在当时尚算是给予照顾的了。在全体下放干部人员乘火车到河源车站以后，连夜步行50余里到达黄陂。我属病号，已获得乘运行李的汽车到校的待遇。但我和李跃南（现已回湖北工作）同志在半路自愿下车，同队伍一道步行。当时的想法是：见到别人走路，自己乘车，于心有愧。当步行到达后，竟以能自我珍惜"重新学习的极好机会"为荣！悲乎！受人愚弄却还要自己以愚为荣也。

到黄陂已是傍晚时分，太阳正在下山，夕阳的余晖照在一连几座全是黄土的山头，连青草也不多长几根，只见场部周围有两行桉树在道路边，一口鱼塘，有浅浅的能见黄泥底的水，全场四周有山包围，山峦起伏。真是名副其实的"黄陂"啊！

原来的畜牧场的成员，除了由当地农民改成职工之外，还有来此已有一年时间的广州和潮汕两地的知识青年，各有一百人左右，分别名为"继红连"和"茶山连"。办干校后，全由干校革命委员会管辖。下放干部按原单位编成营连编制，广播电台和电视台为第一营，南方日报社、羊城晚报社和广州日报社为第二营，党校、社科所、出版社、新华书店为第三营。我则被编入羊城晚报社人员所组成的第二营第七连中（后来因人员逐渐调走，人数减少，则与广州日报社合并为一个连队，直到取消）。我们全连近百人，全住在场部旁边的一座长方形的瓦顶泥砖结构的平房里，据说原是畜牧场养猪的猪圈（广州日报连住的是牛棚，南方日报连住的是仓库，党校、出版社连住的是马房）。这种安排不管是有意或是无意，都具有讽刺意味，将这些"无罪流放"的知识分子作为牲畜那样"储备"起来（当时军管干部有"干校是储备干部的仓库"一说，还算是可慰的）。

更有讽刺意味的是安排劳动分工，几乎最重、最累的工种，让那些被审查的干部（即"牛鬼蛇神"）去干。如著名散文家秦牧被指定去养牛，他戴深度眼镜，跟着一大群牛满山跑，牛跑他也跑，满头大汗，眼镜也掉了；著名散文家林遐，原名江林，原是陶铸秘书，"武斗"时被红卫兵打得满身病，仍要到干校，被安排挑土挑砂，坚持不住，回广州治疗不到半年即不幸去世；原《南方日报》副总编辑陈洁，既是老革命，又是老病号，到干校后病情更为严重，被说成是"装病"，不久也在干校去世，而被派去抬尸体的人员，则是原《南方日报》的领导们，包括后来任《羊城晚报》总编辑的许实（即著名专栏作家微音）在内；著名作家杨家文（即周敏），成了驶牛手；原《羊城晚报》领导杨奇、丁希凌等老报人，在冰天雪地中打泥砖……这些革命干部正处盛年，一下子都变成了"牛鬼蛇神"，被下放到畜牧场里，干着牛马式的重活，受着牛马不如的待遇，这就是所谓"储备"人才。

更多属于"学员"待遇的干部，从生活到劳动，是那样艰苦不堪。近百人挤在一个屋子里，用木板连成一片，上垫稻秆，打通铺，每人只有90厘米宽、2米长的铺位。晚上入寝后，各种鼾声四起，低吟高叫，如号如雷，构成多音部争斗夜曲，响彻通宵，令很多神经衰弱的人难以入睡，但又是那么恰切地体现了白天拼搏劳动和批斗"牛鬼"的音符和节奏。

居住条件那样差，要改善得靠自己了。为建房子，大部分人员投入打泥砖的重活，又到十多里外的大山砍木运木，部分人员垦地种菜；下雨则剥花生种子准备开耕……其实，这些过去拿惯了笔的文人们，即使费尽全力，又能够干出多少名堂呢？不过是不让这班人闲着吃白饭，要他们尝尝苦滋味，尤其是不能让其有胡思乱想的时间和空隙而已。所以，不仅白天劳动，晚上还要"斗私批修"，下雨天不能出外做工，也要在室内一边剥花生种，一边开会学习讨论。总的原则是：不能让人闲着。无论是"牛鬼蛇神"还是"革命群众"，每天都忙于劳动和批斗之中。开始时连休息日也没有，天天所谓八小时工作制。几乎人人妻离子散，也无探亲制度，只是到将近一年后才逐步有探亲假。

奇妙的是当时从全国到地方报刊，都大张旗鼓批判下放"镀金"论和下放"惩罚"论。军管干部要求每个学员都要主动检查有无这两"论"思想。尽管有"储备"干部之说，自知属于"黑类"干部，不敢有"镀金"

之念，但也无"惩罚"之念头。因为我虽有认"罪"感，但却无自我惩罚之想法，我到这贫瘠的深山野岭，是我自己想来的吗？是谁要我来这里劳动的呢？要我到这里劳动是不是惩罚，只要稍有头脑的人都明白。不批判要惩罚的人，却要受惩罚的人自己批判"惩罚论"，这同过去封建皇帝惩罚了无罪臣民，还要受惩罚者跪叩"谢恩"，有何区别呢？

由于我是患有胃溃疡并胃出血时下放干校的，并未被列入"牛鬼"之群，算是照顾我，没有派我去参加下田干重活，让我担任看水员的工作。偌大一个畜牧场竟没有水源，要靠几公里外一条山溪的水，经人工渠流进场来，供生活和生产用。牧场有水库和池塘，只是春夏有水，秋冬则彻底干涸，唯有靠这条渠流供水使用，而这条渠流，又是与附近农村生产队农民共同使用的，在溪流出口处有分水口。由于冬天水量少，时有在分水处或半道中被人截流的可能，校内各连也会有分水不均的情况。于是各连都指定一名看水员。我担负这项工作，大家戏称我为"水利部部长"（其中可能有借用原国民党将军傅作义是水利部部长，而讽喻我这位非中共人士的"老革命"之意）。这工作不是重体力劳动，每日只扛着锄头去巡水路，查看有无断流的情况，只要保证供水流通就算尽责了。但在水紧之时，常常要半夜起来到几里外的溪口巡查守卫，而且是一人独走山路，不时有畏惧之感。有一次，竟有一只豺狗在身后紧跟着，被我用石头掷击，才将其吓退了。我当过兵，经历过巡逻放哨，却从未遇过如此场面，虽然心情紧张，也为有这样的"惊险"经历而窃喜。

说实在话，到干校后，空气新鲜，尤其是不再操心编报纸，写文章，自己也无挨斗的顾虑和被斗的苦恼；体力劳动（每日巡水走路）后睡得好；伙食虽差，但因畜牧场有牛奶，特别照顾我可以订饮，所以反而觉得身体更加健康了，胃病甚少发作。更奇怪的是，畜牧场还种茶，出产茶叶，我便开始喝茶。也许是因为这个缘故，我多年来发作几次的胃结石不再剧痛了。我意外地发现到干校对身体的好处，也想过长期在此（当时军管干部确是号召"扎根干校"），像陶渊明那样过田园生活，未尝不可。但转念又自问：陶渊明的归隐田园是对封建权贵的一种抗争行为，我这样做是对谁呢？现在的问题是，并非我自己愿意，而是别人强迫我这样做，而且说这样才是"革命"，那么要我这样做的人，究竟是让我"革"谁的"命"呢？

我是在读初中二年级时（1950年12月），也即朝鲜战争刚爆发时，响应"抗美援朝，保家卫国"的号召参加中国人民解放军的，当时革命的对象很清楚，是帝国主义。现在却是要"革"那些革过命的人的"命"，是"革"自己"灵魂"的"命"。那么，我自己的"灵魂"又有哪些应该"革"去的"命"呢？记得1964年江青搞"大批判"时，指名要批判电影《舞台姐妹》，说是影片鼓吹了"认认真真做事，清清白白做人"的说法，违背了"革命"原则。当时我百思不得其解，这两句话错在哪里？难道要"马马虎虎做事，污污浊浊做人"才对吗？我自问自成人以来，都是以这两句话的意念为准则做事做人，问心无愧。而要我来这荒山野岭"革"我自己的"命"的人，难道他的"命"是天生"革"别人的"命"的吗，他的灵魂是清白的吗？……"革"了几十年的"命"，究竟是要"革"谁的"命"也糊涂了，悲乎！

记得好像是1969年春的《参考消息》，发表了被称为美国"友好人士"的著名记者斯诺关于中国"文化大革命"的报道，标题是《六亿人是个大军营》，其中提到一个关于"假想敌"的说法，许多人不注意，我则觉得甚有新意，很有意味的。所谓"假想"，即实际不是，不过是虚拟的、想象的而已。政治家为使社会内部有凝聚力，或者是为了转移视线，往往制造出全社会共有敌人的论调。自"文革"结束后，从苏联的实际（尤其是解体后）看来，从所有冤假错案都得到平反昭雪的事实看来，这个"假想敌"的说法，不是千真万确的吗？我想，这说法不仅解开了发动"文革"之谜，而且揭开了要"革"那些革过命的人的"命"，要革"灵魂"的"命"，要在"无产阶级专政条件下继续革命"等"斗争哲学"和"理论"的政治原因和内在逻辑，揭开为何一直运动不断、斗争不停，然而却谁也不知道"革"谁的"命"，"革"什么"命"的奥秘。自"五七"干校后，在斯诺启示下观察"文化大革命"的过程，使我茅塞顿开，不得不佩服之至，赞叹不已！

1969年春后，由于有些干部被调回报社工作，人员减少了。于是，原羊城晚报连与广州日报连合并为一个连。分配我和另一位病员梁威廉（原《广州日报》发行科干部）负责为饭堂养两头猪，平均每人负责一头。猪同我们两人差不多瘦，似乎越养越瘦，但又不是瘦肉型猪。每当人们见我们喂猪时，都以此为笑料。不久，校部不知从什么地方进了一批猪由我们连饲养,有一白多头,我们两人当然管不了,于是成立了养猪班,大约8个人,日夜轮流值班,采猪菜、水浮莲,煮猪食,清猪栏,修猪舍,还要为猪接生,为猪治病,等等。

我的生肖是属猪,没料到自己到干校后会养起猪来,过去只知道猪笨、肮脏,养猪才了解到猪也有聪明的时候,有干净的一面。它每天照吃、照睡,让它吃什么它就吃什么,喜欢吃的尽情吃,不爱吃的或者不干净的就不吃,它与世无争,没有烦恼,不钩心斗角,无阴谋诡计,吃得安闲,睡得舒服,无思想负担,既不用改造自己,也不用去改造别人。它的命运是供人肉食,供人改善生活,但它意识不到这命运,也不会意识到这命运是悲剧。所以,我每天饲养这些猪时,都十分羡慕它们,有时就想我这个本属猪命的人,其命实在还不如牲畜的猪呵!

尤使我感兴趣而又感慨万分的是为猪接生,在不到一年时间里,我竟然有好几回成了猪的接生员。第一次是在半夜,正好我值班,母猪经过一段时间烦躁,衔草垫窝后安然躺下,不久,第一只小猪出生了。我按照兽医事先交代的做法,帮助母猪将猪崽的胞脐剥开来,抱着猪崽吸吮着母猪奶头吃奶了。在这个时候,还要注意防止母猪踩到猪崽。断断续续,持续将近一个小时,我为母猪接生了12只猪崽,着实高兴。固然是为了新生命临世而祝福,更主要是想到我的妻子是做妇产科工作,为产妇接生;而我也干起了为母猪接生的行当,同我本属猪而养猪那样巧合一样,不知是否真为命运的安排。然而使我费解的是:我妻子所学的专业技术是为人接生,而我所学的专业却不是为猪接生呵,为何要做此安排呢?

更有意思的是,每天见母猪带着一群猪崽的慈爱情景,小猪之间互相逗乐的情景,使我感到牲畜是有亲情和"家庭"之乐的;我们养猪就是负责照顾猪群这种亲情本性和"家庭"之乐,这样才能使它们快速长大。为"革命"养猪,就是伺候猪,使它长膘、增肉,但是我们却要牺牲自己个人利益,牺牲自己家庭的亲情和团聚。想到自己和其他知识分子,都是离家来此,在家的儿女只好留给妻子甚至其他人来照顾,或者根本无人照顾,可谓牺牲了自己的家庭幸福而来伺候猪的"家庭"幸福了。我们来这里"修补地球",难道这不是伟大的献身精神吗?

但当时还是要我们天天"斗私批修",更奇妙的是每天早起都要在领袖像前"早请示",每天睡觉前则"晚汇报"。开始时,一日三餐之前都要学"语录"，要向领袖表"忠""忏悔""感恩"，要每个人在领袖像前对照、自查、自省。可谓是较温和普及的"斗私批修"方式，激烈者则是批斗会，还有"民主生活会""学习会"等，名堂甚多，内容却是一样，都是为了打发日子而无事找事，真可谓"天下本无事，庸人自扰之"。

这段养猪生活，有时使我想到做人真不如猪，读书真不如不读书！猪有吃不用干活，死后供人肉食，是真正的无私奉献。人"越读书越蠢"，猪不读书，就不会蠢，不读书的人也会养猪，也就不蠢，也就用不着整天"斗私批修"了。这种感慨，每当我因家中有事而回广州的时候，更以为那是真理了。记得有一次军管干部告诉我，我妻子来电话说两个孩子得了急病，要我打电话问清楚是否确实，否则不准假。我急电询问，妻子火了："两个孩子病了，你管不管？还怀疑是假？天下哪有这样的丈夫？"我有苦难言。总算批准回广州，直奔医院，儿子正在住院，女儿刚出院回家。妻子陪着儿子，嘱我回家照顾女儿。女儿已休息躺下，当我敲门时，她睡眼蒙眬地开门，似乎不认识自己父亲了，竟问："你是不是爸爸？"这发问使我痛苦万分，心如刀割……自问干革命非妻离子散不可吗？养儿育女就是自私吗？一家团聚生活就是"修正主义"吗？不要妻子儿女，不要亲人，不要有人情人性的幸福生活，那么，这革命是为什么呢？为谁造福呢？是为工农群众吗？当我看到许多普通的平民百姓照常在广州街头巷尾生活时，更感到读书人当干部的可怜！他们都不用下放改造，不用受妻离子散之苦。这不是越读书越要受苦的最好证明吗？于是我慢慢醒悟，所谓"斗私批修"，恐怕是在于因读书多而有头脑之"罪"吧……

1970年初，也许是由于要落实解放干部政策的缘故吧，干校校部将几位有影响的老干部集中起来，不参加体力劳动，用"大批判写作组"的名义在校部住着。其中有原中共广东省委党校校长陈健（是20世纪20年代中国共产党在日本东京支部的负责人）、原社会科学所所长王志远（老司法厅厅长、理论家）、原社科所研究员孙孺（经济学家）、原《南方日报》副总编辑许实（后来任《羊城晚报》总编辑）、原《羊城晚报》时事部主任陆玉（国际时事专家，后来任暨南大学教授）、原《南方日报》农业部主任施汉荣（名记者，后来任新华社香港分社研究员）等，都是上了年纪的人。也许是为了照顾我体弱有病和体现"老中青"结合的缘故，还有可能原已将我划为"黑秀才"的原因，让我也加入了这个组。开始没有具体的任务，只是按当时的要求"看书学习"，看的是马克思、恩格斯、列宁、毛泽东的著作，如《反杜林论》《唯物主义与经验批判主义》《矛盾论》《实践论》等，真可谓"重新学习"。不久，就有具体任务了，即为纪念毛主席关于"柳河干校的五七指示"发表3周年而写一篇关于黄陂"五七"干校的报道，主题就是以干部"思想改造"的成果证实办"五七"干校是"重新学习的极好机会"。记得报道列举事例甚少，虚名虚姓，空话甚多，原因是当时对"重新学习"什么也不清楚，空洞得很，不知所云。

也许是写不出这个空洞答案的缘故，校部便将我和施汉荣同志派去粤北乐昌县北乡区茅坪村。名义是与贫下中农一道学毛泽东思想。这个地方是省宣传办公室搞的一个"点"，原先已派了著名作家秦牧、杨家文、黄每和姚北全等人在这里，施汉荣同志和我来到后，秦牧、杨家文调回，剩下的继续工作，有时参加农民劳动，主要是晚上开会学习。当时正值纪念"巴黎公社"100周年，我们向农民介绍，他们还以为是附近的"巴黎公社"，而不知巴黎在法国，更不知马克思理论是何物。当时还同农民讲授毛主席的《矛盾论》和《实践论》，批判苏联"修正主义"，介绍赫鲁晓夫下台，等等。应该说，这段时间与农民直接接触，共同生活，共同学习，建立感情，是有收获的。但是，在"文革"之前，下乡搞土改，办合作社、人民公社，整风整社，"四清"等，不都是这样的吗？到干校的"秀才"们，大都经历过，我也如此，为何又要来一次"重新学习"呢？想来想去，百思不得其解。

1971年9月13日林彪出逃乘飞机摔死的事件，我是在乐昌的一个山洞里听乐昌县委的秘密传达报告才知道的。听时惊异之极，实在弄不明白"亲密战友""指定的接班人"还要搞暗害，急不可待地抢班夺权。更为惊异的是，后来在韶关举行的揭批林彪罪行的大会上，黄每同志引述了原广州军区揭发出的一个材料，说是林彪准备南逃广州前夕，其在原广州军区的爪牙，曾下令驻英德黄陂附近的炮兵团将大炮口转向黄陂"五七"干校，如一旦政变开始，即开炮消灭干校的"秀才"们，幸好政变未遂，否则黄陂干校"八百秀才"（开始下放干校总人数）早成炮灰矣！这个材料很能说明办"五七"干校的所谓"重新学习"不过是个幌子，对于那些阴谋家们来说，真正的目的是为消除异己而采取的集体流放！真可谓"无罪流放"！

自林彪事件后，黄陂"五七"干校的下放者被逐个逐批重新分配工作，有的调回南方日报社、广播电台或其他单位，数目较大的一批是分配到各个地区（佛山、肇庆、惠州、韶关）办报和复办《广州日报》，后又陆续复办党校、出版社、新华书店、社科所，基本上都走完了，于是将全部省级干校合并于乳源县桂头，称桂头"五七"干校，作为省直机关干部轮流劳动之场所。1976年我调回《广东文艺》编辑部工作后，还到这所干校劳动过一个月。后来，这干校也连同全国其他干校一样取消了。从1968年到1976年的"五七"干校现象在中国大地上消失了，然而这个现象所留下的后遗症和教训，并未随着历史的推演而湮灭，如果经过反思，或许会有丰富的文化价值在焉！

（六）"文艺黑线回潮"风波与韶关文艺创作班

1971年初秋，中国冒出了一项举世震惊的重大政治事件：当时已被确定为毛主席的"接班人"、副主席林彪，因仓皇出逃，飞机失事，丧命于蒙古草原。这事件使中国的政治生活发生了重大的转折，其中表现之一，是开始"解放"一些干部，"落实"干部政策，扩大使用干部。同时，尽管当时的文艺界，还是江青一伙在把持着，也不得不做做样子，在纪念毛泽东同志《在延安文艺座谈会上的讲话》发表30周年的时候，发出要抓创作的号召。在这样的政治背景下，广东的"军管"为安置在粤北英德的宣传和文艺战线的干部，除陆续调少部分回省直机关工作外，多是派往省内各地区工作，可谓"几级处理"，即："较好"的回省直机关；"较次"的，即"尚可以用"的派往地区下面"控制使用"；"再次"者则留待逐步安排。我则属于"较次"的这一类（可谓"二类"）。当时宣传战线为了安排这一类干部，特地要求各地区都办报纸，由省直接派原在省的《南方日报》《羊城晚报》《广州日报》的编辑、记者去各地区办报。当时著名作家秦牧、杂文家于厘（黄每）和我等人，正在乐昌县茅坪大队蹲点（同贫下中农一道学习毛主席著作），便将我们整体派驻韶关办《韶关报》。在转关系时，当时韶关领导嫌秦牧工资太高（可能是200多元吧）拒绝接纳，见我原是搞文艺副刊的编辑（因地区报不办副刊），便将我安排在地区文艺办（后改名为文化局），负责编《韶关文艺》和培养业余作者。于是，我便开始了在粤北的山区中生活。四年来，做了一些力所能及的事情，有许多难忘的回忆。

最难忘的是1972年秋在清远县洲心公社办文艺创作班之事。这事的缘起是我到任不久，见到当时整个韶关地区业余和专业作者的水平都不高，向领导建议办一个文艺创作学习班，请老师上课，向学员们讲文艺创作的基本常识，以进行基础性的教育，同时边学边写，让学员们在这期间脱产，以写出作品。我还提出：省的文艺战线已开始落实干部政策，"解放"了一批作家，让他们在省文艺创作室工作，编《广东文艺》，可请他们当老师，作报告，改稿件。当时文艺办领导接受了我的建议，即下通知各县选派拔尖作者参加。当研究讲座办班地点时，考虑到省文艺创作室的《广东文艺》编辑部，也于相近时候在清远县的太和镇办班，为使老师讲课方便，我们地区办的班就决定在清远的洲心镇进行。

洲心是广东著名的粮食产区，办农业合作社和公社化的时候，当时的省委书记陶铸到这里蹲过点，所以颇有名气。1971年，中国和日本在北京举行正式建立外交关系的谈判时，当时国务院就专程从洲心调运洲心鸡去接待日本首相田中角荣，由此使洲心和洲心鸡更是著名。当时经济尚在贫困状态，我们只是偶尔尝到这里特产的名鸡。学习班有近60人，都住在洲心镇边上一家停产了的小工厂宿舍里，开始有电灯，不几天因电力紧张，便停了电，只得用火水灯照明，过着与贫困山区无异的生活，欠缺现代气息，倒有田园风光之味。可惜那个时候，没有闲情逸致去观赏品尝，而是每天紧张地安排老师讲课，组织讨论，布置写作，读稿改稿，忙个不停。

当时在作家中请了萧殷谈文艺理论问题，韦丘谈诗歌创作问题，陶萍谈小说创作问题，郭秉箴谈戏剧创作问题，此外，还请了中山大学中文系的老师楼栖、吴宏聪、黄天骥、黄渭扬等讲文学知识课程，我也就写稿问题讲了一些课程。学员们对作家和老师的课，都是很欢迎的，认为学到知识，指导实践，对写作有直接好处，认为如果早懂得这些基本知识就好了，不致走那么多、那么大的弯路了。我心里明白当时仍在江青一伙的法西斯文化专制主义的统治下，能够办这样的讲授文艺创作基本知识的学习班，能够让这些老作家和大学教师讲课，已经是很难得的了，而且是要冒风险的。

果然不出所料。这个班结束不久，全国在江青一伙的鼓噪下，文艺界又开始了反击"文艺黑线回潮"的运动。当时参加洲心班学习的连山县业余作者陈某，可能是对这"回潮"特别敏感的缘故，给江青、姚文元写信，"揭发"萧殷在洲心学习班的报告中，公然反对"三突出"，认为这位"文艺黑线"中的理论家的言行，正就是"文艺黑线"在广东"回潮"的表现。当时的"军管"系统即层层查办这件事情，要查原始记录，以组织对萧殷的新批判，开展反击"文艺黑线回潮"运动。无奈有关人员查不出记录，而萧殷也顶住不作检讨，只得不了了之。其实，萧殷当时只是说：写工农兵英雄人物是文艺的"根本任务"，"并不是唯一的任务"，文艺作品还应写好其他人物。毛泽东同志《在延安文艺座谈会上的讲话》中就指出：文艺作品要根据现实生活"塑造出各种各样的人物来，帮助群众推动历史的前进"。萧殷说的这些话，哪有半点反对江青炮制的所谓"三突出"（即："在所有人物中突出正面人物，在正面人物中突出英雄人物，在英雄人物中突出主要英雄人物"）的意思？也完全没有非议写工农兵英雄人物是文艺的"根本任务"之意，应当说有诬告之嫌，但当时"四人帮"唯恐天下不乱，以呼风唤雨为能事，毫无根据地制造风波，结果只能是造成好人遭殃，小人得利。这位"告状"的陈某由于"揭发"有功，不久即升任县委宣传部副部长。粉碎"四人帮"后，陈某才向我承认自己的错误，并求我引见萧殷，要当面检讨自己的错误，萧殷宽宏大量，热情地接见并帮助了他。后来陈某调来广州某新闻单位工作，不知何故，自杀身亡，从而使得多年前的洲心风波在政治色彩之外，又披上了一种难以言喻的天命色彩。

像陈某这样的人物，毕竟是个别的，在洲心创作班上，也仅此一人。在这个学习班上，我负责教务工作，主要负责人是"军管"，但还是通情达理的，没产生什么矛盾，全班近六十人，没发生过钩心斗角的事情。当时我是大病初愈，身体极其瘦弱，学生们都对我热情细致地照顾，使我在"流放"中感到温暖，彼此建立了纯正的深厚的情谊。粉碎"四人帮"后，这批学员都成了各县市的文化工作骨干，较多走上了县市以上文化部门的领导岗位，有的还担任了省的厅局部门的领导。尽管各奔东西，天各一方，还是交往密切，相互关怀，大家都对这个班两个月学习生活深切怀念，对所建立的友谊念念不忘，都认为这个学习班虽受极左影响，但所学的知识是永远有作用的，是具有打基础意义的。

1972年春，中华人民共和国开国元勋之一的陈毅元帅，因患肠癌不治，与世长辞，举世震惊，全国哀痛！陈毅元帅是一位诗人，我很喜欢他的诗，尤其是 1936 年冬，在广东与江西交界的梅岭附近被包围，受伤患病，在"丛莽间二十余日，虑不得脱"的危险境地，他所写出的《梅岭三章》其中几句更使我钦佩："断头今日意如何？创业艰难百战多。此去泉台招旧部，旌旗十万斩阎罗。"在生死关头视死如归的气魄，始终鼓舞着我。他在 1960 年 12 月写的《冬夜杂咏》中的《青松》："大雪压青松，青松挺且直。要知松高洁，待到雪化时。"诗中所体现的在逆境中保持圣洁和挺拔的精神，使得他成为我的楷模。我正是在陈毅元帅逝世的时候，怀着沉重的心情被派遣到韶关工作的。报到的那天，陈毅的追悼会开过不久，毛泽东同志穿着睡衣参加追悼会，与痛哭着的张茜（陈毅夫人）握手的电视镜头，仍历历在目。我的心里在默默地想念着这两首诗，尤其是"后死诸君多努力"和"人间遍种自由花"两句，似乎在鼓励着我：即使明知是逆境，也要上征途！当我知道陈毅写诗的梅岭，是在韶关地区所属的南雄县境时，甚感欣慰，心想：总算有机会到这久仰的圣地了。果然，在洲心学习班结束不久，我终于来到了梅岭，见到了梅关。

  登梅岭的那一天，正值初夏的黄梅时节，时晴时雨，当我们行走在唐代诗人、宰相张九龄所开的梅关古道时，正下着磅礴骤雨，将路面上块块卵石，洗得干干净净，赤脚踩上去，又凉又滑，很是舒服，但凹凸不平，不能走久，幸好路也不长，雨过天晴，上了高坡，即望梅关。梅关像是跨在两座山头之间的一把锁，长形，仿佛一座古长城的关隘，有"一夫当关，万夫莫开"之势，关门顶上题有"南粤雄关"四字，不知何人所书，门西边对联是"梅止行人渴，关报喜讯来"。关门年久失修，已有渗水，城墙砖已长满青苔杂草，显得古老苍凉。越过关门之后，更使我感慨万千，原本建造得颇有气派的石碑，被好端端地推倒在地下，石碑上刻的字，正是陈毅写的《梅岭三章》！真是"墙倒众人推"，人倒碑也倒呵！断碑倒在茅草丛中，像是受茅草保护着，这情景，又多么像当年陈毅在梅岭"丛莽间"遇难而又脱险的情景呵！这情景，不也是当年陈毅在危难中受到人民群众的支持和掩护那样的情景吗？由此使我顿悟：这些茅草，不正是天地间无处不有的，象征着善良和正义的草吗？

  当我在下山的路上听同行讲述一段古时梅关故事时，更证实了这想法。这故事说有一位书生上京考试，路过梅关时邂逅一位姑娘，郎才女貌，相互倾情，在地偏人稀的环境下发生了关系，事毕两人分手，各走南北。书生离开不久，即发生急病，姑娘已走远，急唤不知，在无人救治下死去，过了几天，姑娘返经梅关，在梅关发现了一个新坟，旁边尚有书生的遗物，扒开细看，才知书生死去，而这新坟却是蚂蚁为其搬土所造的坟。这位姑娘发现自己怀孕，生了个儿子，儿子长大后又赴京考试，中了状元，完成书生之遗愿。这故事显然是虚构的，但其内涵却是颇有意味的，造坟的蚂蚁，同保护陈毅诗碑的茅草，同掩护陈毅的老百姓，不一样是善良正义的人民群众的化身吗？都应当说是梅岭芳草吧？

　　在韶关工作的几年，我的处境自然不能与陈毅元帅在革命战争的年代和在"文革"中的环境相比，也与传说中的书生的际遇完全不同，但从广义的逆境上来说，是有相似之处的；而在逆境中的感受，也似有相通之处。其中印象尤深的除上述清远洲心班外，还有在办的三个"文艺创作学习班"。这三个"班"是指先后在始兴办的诗歌创作学习班，在南雄办的散文小说创作学习班，在韶关市办的创作学习班。我是这三个班的发起者，是主持者、主讲者之一。参加者都是写有稿件，有修改基础，我们特地以办班的方式，使他们有时间有机会修改，并结合授课，而使他们有所提高。这是比较扎实的培养作者的做法，既抓出作品，又出人才，把当时所出的成果，编印了两册书，一是诗集《北江放歌》，一是小说散文集《山花初绽》，以及综合期刊《韶关文艺》。在江青一伙把持下的文坛，能做到这点是不易的，我是本着良心学习陈毅元帅的"诸君多努力"和"遍种自由花"的精神而尽所能做多点事，留些写作的"种子"，而办这些班的。当时环境之下，在编辑和讲课中，很可能写过或讲过当时不得不写或不得不讲的错话，也可能写过或讲过当时不能写或不能讲的真话。可幸的是，当时或事后，都没有一位学员像洲心班的陈某那样去"告状"，没有再发生过什么"风波"，想来这些，都像梅岭的芳草那样，对我深情掩护的缘故。后来1982年初春，我在北京参加首届茅盾文学评奖工作之余，专程拜访了著名作家、文艺理论家秦兆阳，他是长期被极左路线压制而被"下放"多年的人物。他当时刚过66岁生日，特为总结自己数十年生涯而题了一首诗："莫道人生太易老，苦辣酸甜滋味好；更喜大地总多情，天涯处处有芳草。"他书赠这首诗给我，并解释说，"芳草"就是"大地"中处处皆有的善良正义的人们，同情受难者，是中华民族优秀文化传统之一，也是多数中国人的优秀品质之一。我在粤北几年的漂泊中，所受到的这些片片真情，不正是梅岭芳草所赋予的吗？

（七）天安门事件与广东省文艺创作室

　　1976年初春，"人民的好总理"周恩来辞世，举国上下、四面八方，都处于沉痛之中。在这样背景下，省领导接受了刚"解放"出来工作的原广东省新闻界和文艺界领导黄文俞、杜埃的意见，将原下放各地区的新闻和文艺干部调回省工作。我也就是在这样的时候，被调回羊城，1976年3月开始到当时广东省文艺创作室主管的《广东文艺》编辑部，做理论组的编辑。当时这杂志的主编是秦牧。

　　当时的广东省文艺创作室，可以称之为文艺家的"收容所"，主要暂时安置那些刚被"解放"而又未能安排工作的文艺家的，真可谓藏龙卧虎的"大黑窝"，里面集中了广东最著名的文艺界"重量"级人物，如欧阳山、吴有恒、陈残云、萧殷、吴天、华山、李门、周国瑾、黄新波、关山月、杨纳维、黄笃维、陈润庭、王立、黎辛、黄宁婴、黄雨、何芷、陶萍、李筱峰、于逢、易巩、余本、蔡迪支、韦丘、曾炜、郁茹、黄庆云、何求、梅重清、吴紫风、林韵、谭林、胡均等文学、戏剧、美术、音乐、电影、摄影、曲艺等方面的杰出人物，是"文革"前的"省文学艺术界联合会"的一个缩影。这些人物，"文革"前工作忙得不可开交，"文革"时被批斗不停，在"五七"干校每天都受着"劳动改造"，终于"解放"了，也不能工作，无所事事，浪费时光。我一下进入这样的群体之中，有一种难以言喻的感受，既有高兴又有凄凉。高兴的是能与家人团聚，与一班过去熟悉的崇敬的文艺前辈再度相处；凄凉的是见这班杰出人才实际仍在"监管"之中，不得起用，无所作为。周总理逝世后，"四人帮"加快篡党夺权的步伐，四处制造"走资派还在走"的空气，发出"反击右倾翻案风"的叫嚣，弄得人心惶惶，提心吊胆。

　　1976年4月5日清明节，北京传来消息，发生了"天安门事件"，有似一声春雷，震动寰宇，也震动了像是"收容所"的广东省文艺创作室。开始人们只能从当时"四人帮"把持的新闻媒介去了解这事件，知道邓小平为此受到撤销一切职务的处分，而且慢慢知道一些事实真相，知道了是因为在周总理去世时，"四人帮"不允许人们追悼，于是群众自发在清明节去天安门的人民英雄纪念碑前献花哀悼。在纪念碑的周围铁链上，每个小圈都挂上一朵白纸花和用白纸写的一首诗词，一个晚上使天安门前成了白花的海洋。"四人帮"即用"工人纠察队"去清理了，结果第二天晚上的花更多，花圈更大，要出动军队才能搬走，于是发生了流血冲突。事后才知道，在群众写的诗词和标语中，出现了"除四害，讲卫生"甚至"打倒四人帮"的字样。后来又见到了北京语言学院教师以"重怀周"的化名，冒着生命危险抢抄下来的诗词传抄本《天安门诗抄》。这些情况，都是我在当时或事后，陆续从萧殷等前辈口中秘密得知的。这些消息，越传越多，越传越公开，越来越激愤人心。我心里逐步明白：物极必反，苦有尽头；春雷已响，明媚的春天就要降临了！

三、风生水起期
——20世纪70年代下半期至80年代下半期

（一）习仲勋接见文艺名家，广东省文联作协恢复活动

1976年10月6日，党中央一举粉碎了江青、王洪文、张春桥、姚文元一伙"四人帮"，人们莫不拍手称快，全国各界群众都自发地举行庆祝游行。广东省文艺创作室的全体人员，也投入了广州的游行队伍，在队伍中，我见到了过去从未在游行队伍中出现过的著名文艺家们，欧阳山、陈残云、秦牧、萧殷、李门，等等，都在群众队伍中，伸直了被折弯十年的腰，挺起了曾被打伤的胸脯，昂首阔步，神气十足，振臂高呼口号，真是难得的罕见的文坛一幕，这意味着：第二个文艺春天开始了，是春回大地，春回羊城了！

1977年10月，中共广东省委在广州广东科学馆召开了全省文艺创作会议。会上，吴南生书记传达了刚闭幕的全国科学大会的精神。他讲话前即出人意料地做了一个惊人之举：当即请欧阳山、陈残云、秦牧、萧殷上主席台就座，全场惊讶，似乎一时接受不了，没有多少人鼓掌。当时人们似乎尚未意识到这个动作，实际上是传达了从此要尊重文艺专家，要为他们过去所受的冤屈平反昭雪的信息，同时也意味着要恢复文艺家协会的活动和开展认真清除林彪、"四人帮"的极左流毒了。会后，我给《光明日报》写了这个大会的报道，为《广东文艺》写了题为《干出社会主义文艺的春天》的大会侧记。

会后不久的一个傍晚，我突然接到当时省文艺创作室办公室负责人徐楚同志的电话通知，要我即与她到省委开会。到小岛后才知道是新任省委第一书记习仲勋同志接见文艺名家，欧阳山、陈残云、秦牧、萧殷，和画家余本、音乐家林韵、粤剧名家罗品超等均在座，省委书记吴南生同志向习仲勋同志一一介绍到会诸人，随即习仲勋作了一番慰问和鼓励的话。事

后多年，我在西安造访著名作家杜鹏程时，才知道也是在这个时候请他到广州来，对他因为写《保卫延安》而被牵涉进彭德怀事件受害之事表示慰问。可见习仲勋同志高度重视文艺工作和文艺名家。

习仲勋同志接见后不久，1978年春，广东省文联和中国作家协会广东分会（后改名为广东作家协会，以下用"省作协"简称）等文艺团体正式恢复组织活动，省委批准作协增加编制，专门成立全国首个专业作家的"广东文学院"，拟准正在学习的"文艺创作培训班"学员结业，正式为中专毕业学历，分配到作协各部门工作。《广东文艺》也于当年7月开始恢复"文革"前《作品》本名，原任《广东文艺》主编的秦牧借调北京参加新版《鲁迅全集》注释工作，改由萧殷任主编。省作协还成立了由萧殷为主任的文艺评论委员会，委任我为负责日常事务的委员，同时任《作品》编辑部理论组县级编辑。当时，《人民日报》发表了报道广东文艺界"三个活跃"（思想活跃、组织活跃、创作活跃）的消息，说是全国最早恢复文艺社团活动的省份，影响甚大。

（二）为被诬陷的作家、作品平反，对极左路线的批判"消毒"

恢复后的广东作协和《作品》杂志，主要是为在"文革"中被诬陷的作家、作品平反，并对林彪、"四人帮"极左路线的批判和"消毒"工作。其实，这项工作早在1977年初就开始了。当时省文艺创作室最早成立"大批判小组"，由萧殷、于逢和我组成，首先批判的是江青炮制的"三突出"，由我根据大家意见写出文章，在《广州日报》上发表。接着由于逢执笔，用李冰之的笔名，在《广东文艺》上连续发表两篇文章，批判浩然的长篇小说《西沙儿女》和原名《三把火》的《百花川》，后由《人民文学》转载。接着，又有省委宣传部副部长黄文俞直接领导下的批判组，由易准、黄树森和我组成，先后写出批判电影《反击》和"反真人真事论"的文章，以省文化局批判组名义在报上发表。刚刚恢复活动的省文联，也于1977年11月举行批判"文艺黑线专政论"的专题大会，大会委托我撰写《彻底粉碎"文艺黑线"专政论》的专题文章，以本刊评论员名义在《广东文艺》杂志上发表。接着又由我执笔写出《应该认真清除流毒》的本刊评论员文章在《广东文艺》上发表，这是全国最早发起的对"文艺黑线专政论"的批判。由此开始，全国也即陆续开展了对"四人帮"的极左路线和文艺理论的批判和清毒工作。中央军委也正式公布撤销了"文化大革命"纲领性文件——林彪委托江青召开的《部队文艺座谈会纪要》。这是对"四人帮"批判的重要转折，从此全国对"四人帮"极左思想和路线的批判和清除流毒的工作全面开展了。在这点上，广东文艺界是起到"打开头炮"作用的。

在这样的形势鼓舞下，我出于对"四人帮"的极度仇恨，尽了最大努力，写了一系列批判文章在报刊上发表。其中有：在《广州日报》发表的《论文艺作品中的理想人物》，在《南方日报》发表的《论文艺作品中的主要人物》，在《学术研究》上发表的《打破塑造反面人物的清规戒律》，在《人民日报》发表的《"写中间人物"是资产阶级的文艺主张吗？》等，颇有影响。值得特别说说的是《"写中间人物"是资产阶级的文艺主张吗？》一文的写作和发表过程。这个命题，开始是在《人民日报》文艺部的缪俊杰和郑荣来同志在广州召开文艺评论作者座谈会时，我在会上提出来的，与会者都认为有理。我写完初稿后，特地送给黄秋耘同志看。他是因为给"中间人物"下个定义（"不好不坏，亦好亦坏，中不溜儿的芸芸众生"）而被迫害的人物。他告诉我：当时邵荃麟的夫人葛琴给当时任中央组织部部长的胡耀邦同志写信，要求找到邵荃麟尸骨，并予以平反昭雪。胡耀邦答复此案他也管不了。可见问题的严重性和复杂性。我又将这份初稿送给欧阳山看，他当时刚从北京参加第四次全国文代会的筹备会议回来，向我转达信息说：茅盾对邵荃麟因提出"写中间人物"观点而受害致死十分愤恨。茅盾说："这观点是我首先提出的，提出这观点的大连农村题材小说创作座谈会，也是因为我在大连休养而到大连开的，这观点我也在会上讲过，我至今仍认为没有什么错误。所以，不为邵荃麟平反，我死不瞑目。"这个信息，鼓舞我将稿件寄到刚复刊不久的《文艺报》，可是其迟迟不予答复，我便寄给了《人民日报》文艺部，很快登出来了，占了大半个版的篇幅，在当时的《人民日报》是少有的。特别是当时尚未给邵荃麟正式平反。平反后，《文艺报》才发表有关"写中间人物"的文章。后来我在一个会上见到《文艺报》副主编陈丹晨同志，他说他看过我的稿件，因当时邵荃麟未平反，不敢发表，也难以写信复我，因为《文艺报》处境不同《人民日报》。据报刊报道，邵荃麟的追悼大会在1979年秋天进行，茅盾、周扬等都参加了大会。

"清毒"工作的另一方面，是对被"四人帮"诬陷的作家和作品平反，恢复名誉或予以正确评价。这项工作，在广东来说，最大影响的是对欧阳山和秦牧及其作品批判的冤案。经研究，秦牧及其受批判的《艺海拾贝》由另外的人去写平反文章，由于我过去因写欧阳山作品的评论而受株连的缘故，在欧阳山和萧殷的提议下，应《广东文艺》和《广州文艺》编辑部之约，分别写出并发表《真金不怕火，烈火炼真金——重读〈乡下奇人〉》《装点此关山，今朝更好看——重读〈三家巷〉〈苦斗〉》《文艺应当有民族特色和地方色彩——从〈三家巷〉〈苦斗〉的风俗画描写谈起》等文章，同时还写了《青山着意化为桥——记萧殷谈〈桃子又熟了〉的写作》。规模和影响特大的，是为周立波的《韶山的节日》平反的宣传（详见前文）。

（三）周扬含泪作报告，"伤痕文学"广东版

正在这样的时候，刚恢复活动的省文联和省作协，特别邀请了周扬、夏衍、林默涵、张光年等来广东作报告。当时全国文联和作协尚未恢复，这几位文坛前辈和领导也刚"解放"不久，尚未安排正式职务，正为召开第四次全国文代会做筹备工作。当时广东敢于邀请他们，而他们又愿意来广东"亮相"（为重新走上文艺舞台而开场），是件颇不简单的事情。因为当时极左影响尚存，人们心有余悸，无论邀请者或被邀请者，都需要有极大的勇气。周扬是在广州友谊剧院作报告的，欧阳山主持大会，由我在后台做记录。这是我第一次见周扬，也是第一次为他做记录，当时尚未有录音机使用，我当时只能在后台与他作报告最近的地方用笔记录，整理后又由我亲自送到从化温泉请他过目修正，也在这时候与周扬面对面交谈，记得是谈邵荃麟的"写中间人物"问题，因为当时我正在酝酿应《人民日报》之约撰写为"写中间人物"平反的文章。我为周扬记录整理的这份报告稿，后来在《人民日报》以两个版的篇幅全文发表，题目是《关于文艺问题的意见》，其内容与后来在第四次全国文代会上的报告基本精神一致，

但具体内容很多不同。其中谈到一些事情，在公开发表时删去了，使我印象特深的也是这些事情。例如在谈到"百家争鸣、自由讨论"问题的时候，他说：自新中国成立后事实上没有什么学派、流派的争鸣或争论，其实是没有学派，也没有流派。如果说有的话，恐怕也只有胡风算得上是一个流派。这样的话，如在当时敢公开说出来，真是一声巨雷，因为当年"胡风反革命集团"是毛主席亲自钦定的，当时尚是两个"凡是"（即："凡是毛主席说过的话，凡是毛主席办过的事"都不能改变）的时候，这案件不可能平反。而这案件又是周扬经手办的。怎能不使人惊讶！此外，周扬在谈到邵荃麟"写中间人物论"一案时，声泪俱下，几乎泣不成声，用只有我在后台才听到的声音说："说我反对毛主席指示，我哪里敢呵！""批判我包庇邵荃麟，我就是没有保护到呵！"这些痛心的镜头和言辞，极大地震动了我，沉思许久，念念不忘，使我稍许想到新中国成立数十年文艺界风雨不停的个中奥秘，看到了这位在中国文坛数十年叱咤风云的人物可怜的一面。因而当后来听说出版社在编印《周扬文集》时询问他要不要修改历次运动中他所作的报告时，他回答说："怎么改呵？这是历史，只能留着它吧！"以及听说他后来为马克思逝世一百周年所作的报告中，因"异化"的说法而受批判时，我就更理解这位既是文坛巨人又是可悲的人了。

　　正是广东文艺界的活跃领全国风气之先的时候，"伤痕文学"的潮流稍稍地兴起了！几乎在北京《人民文学》发表刘心武的《班主任》，上海《文汇报》发表卢新华的《伤痕》的同时，广东的《作品》杂志发表了王蒙的《最宝贵的》，这是王蒙在新疆刚获"解放"，尚未能调回北京时，重新提笔的第一篇小说。《作品》还同时发表了孔捷生的《姻缘》，紧接着又连续发表了孔捷生的《锁王传略》和《在小河那边》。陈国凯的《我应该怎么办》，更引起了轰动，使《作品》发行量从几万份一下跃升为近百万份，还收到大量读者来信，纷纷表示同情这些小说中的人物，或者诉说类似的悲剧故事，有的还自告奋勇地为陈国凯在小说结尾发出"我应当怎么办？"的提问"出谋划策""解答疑难"。显然，"伤痕文学"在广东是影响甚大的，而广东的"伤痕文学"作品也同样影响全国。不久，欧阳山的小说《成功者的悲哀》和《胆怯的孩子》先后在《人民文学》上发表，广东文坛与全国文坛汇合成了一股空前的文艺潮流震动寰宇，为当代中国文学谱写了一页新篇章。

随之,对"伤痕文学"的讨论也热烈地开展起来。在《文艺报》就《河北文学》发表的《歌德与缺德》一文而引起论争的时候,《广州日报》发表了黄安思(即当时主管文艺的广东省委宣传部副部长黄文俞)写的《向前看呵,文艺》一文,提出"伤痕文学"有"向后看"之嫌的非议。此文一出,反响强烈,使得广东文坛也在理论批评方面,卷入了全国的关于"伤痕文学"的论争热潮中,各报刊纷纷发表不同意见的争论文章,欧阳山发表了《三年文艺大有成效》,萧殷发表《现实主义的新胜利》等文章,我也写出了《关于文艺与政治的关系——对黄安思〈我的意见〉的意见》一文,我还以通过具体作品评价而支持"伤痕文学",在《广州日报》《文艺报》《广州文艺》等报刊上先后发表文章。如:《文艺的一声春雷——话剧〈于无声处〉提出和回答的问题》《角度·广度·深度——评〈在百分之九十里〉》《人物多样化和手法多样化——评贾平凹的〈头发〉》《告诫·富贬·对比——读欧阳山的〈成功者的悲哀〉》《可喜的第一步——评孔捷生的短篇小说》《是赞歌不是悲歌——评谌容的〈人到中年〉》等文章,还在《广州文艺》就"伤痕文学"而引发的关于社会主义文艺的悲剧问题讨论中,发表《关于悲剧的悲剧》一文。这些文章,在"伤痕文学"思潮和论争中产生过一些影响,起过一定促进作用。

(四)首次美国"当代中国文学研讨会",首届茅盾文学奖评选

1979年初,我调回中山大学中文系任教,时年刚过43岁。本意是"急流勇退",后果反而是急流更进。当时的心态是:粉碎"四人帮"后,我在广东作协工作的几年,堪称中国文艺界的"第二个春天",在我来说也可以说同样如此,因为在这期间发表的文章,不亚于20世纪60年代,甚至数量更多,影响更大。也许正是因为这个缘故吧,20世纪60年代"好景不常在"的教训,担心长期处在文坛斗争第一线,老在"风口浪尖"之中,时有始料不及的风波出现,身不由己,担惊受怕,又苦又累,于是便有"居安思危"的想法,有"急流勇退"的打算。另一方面,由于长期从事编辑工作,又搞文艺理论批评,每日忙于编辑事务,只能业余写点东西,忙忙碌碌,匆匆而写,大都是赶时赶候的急就章,平时无暇看书,只写不学,

难有深度，也会有山穷水尽、江郎才尽的危机；同时，在编辑工作中发现，搞理论批评的有两种人：一是像我一样从事编辑或机关工作之余写作的人，一是在大学任教的中青年教师。这两种人的稿件都各有优势而又各有局限，前一种是敏感、实际，有的放矢，但欠理论深度；后一种是理论较好，但却呆板而不够实际，这是两种人的职业环境不同造成的。能不能走出一条将两种人的优势结合起来并避免两种人缺陷的道路呢？要怎样才能走出这条路呢？我想，自己有数十年的实际工作经验，到大学去工作，边教书，边从事理论批评，边进行科学研究，恐怕是可以走出这第三条道路的吧？于是，我便托人传达信息，有回我的母校——中山大学中文系工作的想法。

实在令我感动的是：我的老师，当时任系主任的吴宏聪教授得知信息后，立即写信给我，热情地邀请我回母校执起"教鞭"。没过几天，又亲自登门诚请，当时我尚住东风路宿舍，他从中大骑自行车来，起码要一个小时，他当时已年过半百，不辞跋涉辛苦，而且又是邀请他教过的学生，怎能不使我受宠若惊呢？当时我有回中大的想法，不过一时考虑，未下决心，尚在犹豫之中，经他这样盛情邀请，也就不得不下决心允诺了。但广东作协能否放我走则是个大问题。我想，萧殷与我有长期接触，对我了解，较好说话，便向他开口，请求他帮助我。开始他不同意，经我讲述要探索一条理论批评路子的想法后，他认为有理，便表示支持了。我便在其他作协领导都去北京参加第四次全国文代会期间，由萧殷主持日常工作时办理了调动手续，到中大报到。大会结束后，欧阳山回广州知道这件事，很不高兴，要我立即将关系转回来；当时因患肺癌住院的《作品》副主编黄宁婴，也要我立即返回编辑部。我心里十分感动，又很为难。为化解这场矛盾，我特地请欧阳山和夫人虞迅，萧殷和夫人陶萍，以及吴宏聪老师到我家吃了一顿饭，他们兴高采烈一番，也就不再要我转回作协了。当时请吃饭不像现在那样普及，更不会像当今那样"高档"消费，只由我的家人做了点有家乡风味的小菜招待，如蒜酿、盐焗鸡等。据我所知，欧阳山和萧殷都是甚少接受宴请的，带夫人出席更是绝无仅有，使我甚受感动，印象深刻，所以值得一记。

当时，欧阳山和萧殷两位前辈，都再三叮嘱我，到大学工作后一定不要脱离现实，不要脱离实际，必须仍像以往那样，积极投身现实文艺运动，不要做空头学问，不要搞脱离实际、无助于现实的"理论"。这些教诲，使我印象深刻。秦牧、陈残云、杜埃等前辈知我调回中大后，也再三向我作出同样的交代。前辈的关切和鼓舞之情，始终是我前进的动力，后来当我写了一些著作出版的时候，这些前辈也都以同样精神写信鼓励我（见拙著《文化与文学》中收录的欧阳山、秦牧、陈残云、杜埃的信或题词）。前辈的这些教诲，也使我违背了回中大而"急流勇退"的初衷，不仅不退，反而更"进"了。最突出的表现是提出"社会主义批判现实主义"的观点，这更是使得我"进退不得"（待下面另节记述）。

正式到中大中文系上班后，由管教学的副系主任楼栖教授（也是我的老师）安排，我先是带1976级的学生去实习，后为1977级和1978级的学生讲授中国当代文学和艺术辩证法等课程。也就是在这个时候，美国加州大学教授林培瑞（Perry Link）博士到中山大学做交换学者，专题是考察新时期的中国"伤痕文学"。吴宏聪主任考虑到这正是我之所长，便委托我作为系的代表，协助并陪同林进行考察。林培瑞除每次都听我讲课外，还请求我带他访问欧阳山、陈残云、秦牧、萧殷、岑桑、陈国凯、孔捷生等作家。当时作家们都不富裕，住得差，生活条件也差，欧阳山说不要紧，都带他到每个作家的家里去访问，让美国人看看中国作家是在怎样的艰苦条件下从事写作。我都一一照办了，林培瑞很满意访问结果。他在这次考察期间，为美国翻译并编辑出版了一部中国"伤痕文学"作品选集。林培瑞是道地美国人，普通话说得很好，比我还标准得多。从交往中我了解到，他当时只有33岁，是美国哈佛大学夏志清教授（著名华人学者）培养的博士，他的博士论文是研究中国的"鸳鸯蝴蝶派"文学，这种文学的资料他曾到上海、北京找过，都不丰富，后来他到日本才找齐，才能完成论文课题。在中大半年之后，他去了北京大学，也是待了半年，同著名相声大师侯宝林交往甚厚，又研究侯宝林的相声，并同侯宝林同台演出相声，是位名副其实的"中国通"。

1979年秋《羊城晚报》筹备复刊，广东省委决定由著名作家吴有恒任总编辑。由于吴有恒在陶铸批判"地方主义"时受冤，坚决取消陶铸所题《羊城晚报》报名的题字，改用据叶剑英题字加工的报头。负责具体筹备工作的领导许实（即微音）和杨家文（周敏），都希望我再回报社工作，筹办《花地》副刊，并由省委宣传部向中山大学发了商调函。我考虑再三，既然打算到中大教书、做学问、写文章，那就下决心待下去算了，不要变来变去。1981年春，萧殷知道全国省市，只有广东和西藏没有社科院文学研究所，便委托我起草筹办研究所的方案，并由我持着他带头签名的致广东省委要求办研究所的专家联名信，去请欧阳山、王季思、吴宏聪、楼栖等教授签名，不久省委同意筹办，负责筹办工作的杨越、张绰、叶汝林等同志，又都希望我调来直接参加筹办工作，我也谢绝了。

　　1981年，以姚雪垠为会长的中国当代文学学会创办大型期刊《当代文学》，由杨越任主编，我是编委之一。当时广东人民出版社主编岑桑收到了一份长篇小说稿，即后来极其著名的戴厚英写的《人啊，人！》。岑桑看完初稿后，觉得小说从内容到写法都很开放，能否出版，不好把握，要我看看（同时也请黄秋耘看）。我看后认为：从人性、人道主义的角度去写出"文革"的灾难，以现代派的"意识流"方法写长篇小说，两者都是新的，出版必会引起轰动。当时考虑到《当代文学》不宜发小说，只选这小说的后记发表，万没想到在后来的反对资产阶级自由化和清除精神污染的运动中，引起甚大麻烦。在《当代文学》第一期发表后记《人啊，人！》和这部小说出版后，我曾见过作者戴厚英一面，身材瘦小，脸庞黑黄，不像传说中的风云女子形象。不久，又收到了她所在地的来信，认为不应出版她的作品，不要发表她的文章，因为她是"文革"中的"造反派"头头，又与诗人闻捷有染，并与闻捷自杀案有关。当时我们认为不应当像过去那样发表或出版作品要经作者所在单位同意，应当将人与文分开，将人的历史与现在表现分开。只要作品没政治问题，够质量，就可以发表或出版。所以也就不答复来信的指责。但在1983年的清除精神污染运动中，广东文艺界则大张旗鼓地对《人啊，人！》进行批判。当时虽未追究我的审稿和发稿责任，但也不是没有心理威胁的。

　　1981年夏天，一场强大台风袭击广州的一个上午，台风刚过，我所住的院子遍地被风刮倒的树木，乱七八糟，凌乱不堪，正当这样的时候，美国纽约圣若望大学教授金介甫（Jeffrey C.Kinkley）博士和夫人康楚楚登门拜访，我事先是一点也不知讯息的。原来他们已打电话与中大中文系办公室联系，由此而知我家地址而前来造访的。他访问的目的，是邀请我在1982年7月到纽约参加他主持的一个国际学术研究会，题目是"当代中国文学的现实主义"。金介甫是美国人，他的夫人是中国台湾同胞，金介甫的中国普通话说得不太好，要靠夫人协助翻译。他说是在报刊上的文章中知道我的，所以专程邀我赴会。他是同太太去桂林旅游而特地在广州停留来拜访我的。后来我才了解到：他是美国著名的研究中国作家沈从文的专家，沈从文当时曾是美国文学界提名诺贝尔文学奖候选人之一，就是金介甫推荐的结果（后因沈从文病逝未果）。他访问我后不久，邀请书寄来了，来信还说除参加会议外，还请我在大学讲学一段时间，表示如我办好签证，即免费提供我赴美国的往返飞机票，同时还告知我在内地只邀请我和作家王蒙两人赴会。接信后我喜出望外，感到无上光荣，不仅是因为有机会出国，而且是参加高层次的国际学术讨论会，有美、英、奥、德、日本等国家和中国台湾、香港等地区的学者参加，机会难得。

但当时的学校领导却不支持，态度不明朗，老说要研究，只说可先准备论文。我猜这是拖的做法，拖延时间，实则不想让我去，我见时间紧迫，即向中国作家协会反映（因为美方的邀请函同时也发到中国作协）。后来我才知道，中国作协在经请示中宣部后，特专函给在广州的黄秋耘，要他持公函找中大领导，请批准我赴会。黄秋耘在见中大某主要领导时，这位领导知我向上面"告状"，便一口拒绝批准我去，黄秋耘见状，知已无可挽回，连中国作协的公函也没出示便悻悻走了。

由此我便不能赴会，只是寄去论文（题目是《新时期以来中国小说艺术的发展》）。开会那天，"美国之音"广播电台新闻节目中，播报了我未能赴会的消息和论文的内容提要。中大中文系的学生听到时，已是晚上10时，大家都很激动，连夜派两位同学赶到我所住的东风路宿舍报讯，使我感动不已！后来金介甫陆续给我寄来关于这个研讨会的各种报刊报道的复印件。从中我才知道，内地赴会者除王蒙外，尚有正在美国讲学的黄秋耘和乐黛云，香港有黄维梁、李怡、璧华，台湾有颜元叔，此外还有英国的詹纳尔，美国的夏志清、李欧梵等数十人，我的论文是由美籍华人作家于梨华在会上代宣读的。《北美日报》的头条新闻报道中称我是"因有恙未克前来"。事后，金介甫寄来了这次研讨会出版的专著（其中引列了我提交的论文），书名是《毛以后的中国文学》。

1982年春，应中国作家协会的邀请，我到北京参加了为首届文学奖评选长篇小说作品的"读书班"，地点在香山昭庙的一座别墅里。主持人是张光年、冯牧、孔罗荪等老一辈文艺家，实际主持者是谢永旺、刘锡诚、阎纲、孙武臣，参加者都是当时全国各地颇有影响的中年评论家，包括：

蔡葵、童庆炳、周介人、王愚、宋遂良、何镇邦、陈美兰、吴松亭、孙逊、吴功正等人。在两个月时间里，我们分工读完了当时全国各地选送的 400 部长篇小说（以 1977 年到 1981 年底的出版物为计）。我主要阅读反映"四化"题材的小说，如《沉重的翅膀》等。每读一部都要写出详细意见，提出可评或不评的理由，工作十分扎实、细微、认真、负责；讨论时各抒己见，畅所欲言，热烈争论，不讲情面。最早评出的获奖作品是：姚雪垠的《李自成》、魏巍的《东方》、周克芹的《许茂和他的女儿们》、莫应丰的《将军吟》、古华的《芙蓉镇》等。参加这次学习班学到许多东西，更密切联系现实，扩大视野，结交了朋友，尤其是拜访了文坛前辈葛洛和秦兆阳，受到深刻教育，留下难忘印象。

在这两个月读书班期间，使我尤其难忘的有四件事情：一是知道了这里是北京著名西山风景区，香山又是北京解放前夕毛主席和党中央的办公地；二是这里是孙中山北上谈判病逝后的临时停灵地；三是这里附近的西山石头村是曹雪芹写《红楼梦》的故地，村中的巨石即是"石头记"灵感的源头；四是在作品研讨中许多评论家对欧阳山的多卷长篇小说评价分歧甚大，主要是对其文学语言看法分歧，个别北方评论家认为书中使用粤语方言融入普通话，是"不地道的普通话"，对欧阳山实践的"古今中外法，东南西北调"的文学语言探索欠缺理解，也反映了南北语言和文化的差异。

（五）"社会主义批判现实主义"风波的前前后后

1979 年春，我提出的"社会主义批判现实主义"理论所引起的文坛风波，一直动荡到 1983 年稍歇，此后余波仍反反复复，持续不已，构成事件，值得前后详记。

事件的缘起，是在 1978 年间，我撰写大量评论"伤痕文学"作品，以及在参与"歌德与缺德"问题论争的时候，已经感到应当从创作方法和现实主义理论上去看待这种新起的文学现象，同时，也从我国文学自从提倡社会主义现实主义和"两结合"以来的历史教训和创作实际上看，不允许和不提倡创作方法和现实主义多样化的话，文学是没有出路的，不从创作方法和现实主义理论上确定这种着重批判的文学的地位和作用，是不能正确认识评价这种文学现象和解决认识分歧的；另一方面，社会主义革命和建设，也的确需要毛泽东同志所说的"以歌颂为主""写光明为主"的社会主义现实主义文学，而这种社会主义现实主义的理论特征，又的确不能概括和说明历来以着重批判为主的文学，也必然排斥和否定这种文学。多年来连续发生压制批判文学而事后又要平反，压制这种文学反而更多这种文学的事件和现象，真可谓"野火烧不尽，春风吹又生"，其原因是什么呢？我想，除了由于判断或政策错误之外，还在于创作方法和现实主义理论上的片面性理论错误。由此，我下决心写文章提出这个理论问题。

我事先估计到：提出这理论问题会引起强烈反响，会招来灾祸。1979年初我进中山大学工作时，"伤痕文学"思潮更进而发展为"反思文学"思潮，批判的气氛和程度更为强烈和发酵，促使我更感到要对这种文学现象作出新的概括的必要。如果只是写不能说明现实创作实际的表面文章，算什么理论批评呢？文学评论家的勇气和责任心何在？正好这时周扬在第四次全国文代会的报告中，有"提倡创作方法多样化"的说法，这是前所未有的，使我的想法在有创作实践依据基础上，又有了理论依据，于是便动笔写《论社会主义批判现实主义》一文，长达两万多字。

在文章中，我认为当今起码有三种创作方法：一是过去作为"基本创作方法"的社会主义现实主义；二是过去被视为"最好的创作方法"的"两结合"（即革命现实主义与革命浪漫主义相结合），实际上是以写光明为主，以歌颂为主的革命理想或革命浪漫主义；三是社会主义批判现实主义或称革命批判现实主义。这种创作方法的含义是：站在无产阶级立场上，着重通过揭露批判革命进程和人民内部存在问题去反映现实，并在真实的、具体的描写中体现社会主义思想的现实主义。它的特征是：揭露、批判、思考，即在揭露中表彰，在批判中歌颂，在思考中前进。应当继续发展这两种创作方法和现实主义，但同时也应当确认还有第三种创作方法和现实主义创作的存在，并允许其发展，这即是：社会主义批判现实主义或称革命批判现实主义。这种创作方法的含义是：站在无产阶级立场上，着重通过揭露批判革命进程和人民内部存在问题去反映现实，并在真实的、具体的描写中体现社会主义思想的现实主义。它的特征是：揭露、批判、思考。即在揭露中表彰，在批判中歌颂，在思考中前进。

文章所引证的文学现象，除了当时新出现的"伤痕文学"和"反思文学"作品外，还涉及了新中国成立以来历次运动中受到批判的作品，如被认为是写小资产阶级的小说《我们夫妇之间》，写互助组的《不能走那条路》，反右运动时的《组织部新来的青年人》等，以及丁玲的《三八节有感》、欧阳山的《乡下奇人》等，这一系列着重批判的作品，说明这是一种具有一贯性、历史性的文学现象。

文章写好后，正好中山大学举行校庆学术讨论会，我想这正是征求意见的好机会，在这样的场合提交讨论，可以改得更好，即使有错误也是学术问题，政策规定学术问题是可以"自由讨论""百家争鸣"的，我便打印出来，提交讨论。在讨论中，有人赞成，有人反对，有人认为可修改得更好。总体说，赞成和鼓励者是多数，反对者也只是说概念不确切，无人指责是有思想问题或政治问题。当时正在中大做交换学者的美国加州大学教授林培瑞博士看后认为：社会主义批判现实主义的提法，不仅说明了"伤痕文学"现象，还说明了鲁迅等作家的作品，因为鲁迅的批判现实主义，不同于旧批判现实主义，又不能称为社会主义现实主义，现在有这个提法，可称鲁迅为革命批判现实主义的。这评价实际上是延伸了我所指的文学现象的。《中山大学学报》廖文慧同志（当时是编辑，后来任主编）很支持我的大胆探索，拟在学报发出我的论文，因当时主编不同意而未果，后来在批判我时，她也受到批评。可惜这样一位好编辑在前些年因急病去世了。我特在此记下她的支持，以示深切哀悼。

讨论会后，湖南《湘江文艺》和《广州文艺》的编辑部分别来信向我约稿，两个刊物都打算就现实主义问题展开讨论，希望我写稿参与。于是我将论文改写为两份着重点不同的稿件：一是《论社会主义批判现实主义》，寄《湘江文艺》；二是《提倡社会主义文艺创作方法的多样化》，给《广州文艺》。两个刊物的编辑部接稿后，都及时复信表示采用。正在这时，即1980年2月，中国作家协会副主席、《文艺报》主编冯牧到广州，在广东作协召开了一个小型座谈会，征求有关文艺理论批评的意见。我在这会上发言，提出了"社会主义批判现实主义"问题，向他征求意见。在这个会上，冯牧多次发言都未对我的提法表态。没想到在他临别广州时，为广东作协会员作了一个报告，在报告中，他才首次公开对我所提口号提出批评，认为这口号是片面的、错误的。他作完报告后，我即走上前去向他作说明，他只回答以后有机会再交换意见便匆匆离开了。没想到他这报告在他离开后不久发表在《作品》杂志上，当时我提这口号的文章尚未发表出来，他对我的批评却先公开了。后来在美国邀请我去参加学术会议，中大不批准我去时，某领导人透露出原因在于冯牧批评过我所提的口号。我在北京参加首届茅盾文学评奖工作的时候，同主持人之一的冯牧坐在一起时，向他谈起这个情况，他即表示甚为诧异，随即又鼓励我：对这提法还是可以继续探讨的。并向我介绍说：最近出版的《苏联社会主义现实主义问题》和《卢卡契文集》第二卷，都有"社会主义批判现实主义"的提法，可找来参考。我即去书店买到，果真如此，说明学术上所见略同，我是从中国的创作实践出发提出的理论，与他们的提法大同小异的。

《湘江文艺》和《广州文艺》都于1980年4月发表了我的文章，都在发表时加了"编者按语"，分别说明发表我的文章，是为了"展开同志式"的争论，活跃文艺思想，使真理"愈辩愈明"，是"作为一家之言"发表，是为了"造成一种最适宜于自由讨论，平等交换意见的空气"。我在文章中也申明为了探索和抛砖引玉的意思，并特意于文后注明"写于中山大学"，含蓄地表明我这是作为一个学者而进行学术探讨之意。文章发表后，两个刊物都先后发表了表达种种意见的文章，赞成、反对、折中的意见均有，都是同志式的、学术性的讨论和争论，很是正常，甚有裨益。当时《光明日报》和《南方日报》都报道了这场争论。接着，《新华日报》（文摘版）1980年7月号全文转载《广州文艺》所发之文，中国社科院文学所编的《文学研究动态》摘要转载了《湘江文艺》所发之文，后来出版的《中国文学研究年鉴》作了详细摘要，《中国文艺年鉴》列入文艺大事记中。另据《文学研究动态》报道，苏联报刊在关于中国现实主义和创伤方法论争的报道中，称我所提的"社会主义批判现实主义"口号是中国"新学派的代表观点之一"。

1980年夏天，在广州召开的中国当代文学学术研讨会上，我也提交了这篇论文，与会者的态度和讨论的气氛稍有差异。会长姚雪垠认为这个口号是值得认真研究的，是有道理的。著名作家康濯在个别交谈中认为可以探讨，但在大会发言时则鲜明反对。欧阳山劝说我要慎重。萧殷在会上作报告时激烈反对。但许多来自全国各地的学者，都于我发言后特地主动与我认识，纷纷表示支持我的理论探讨。这个会使我有所欣慰，也有点不祥的预感。

1981年春，开始了反资产阶级自由化，广东文艺界即将我所提的这口号列为"自由化"典型表现之一,《广州文艺》和《广州日报》都发表了不点名的批判文章,有个别人根本未看过我的文章,也指责我的提法只看标题就知道是"批判社会主义"。但总算有领导人了解这并非我的本意,于是便以尚属人民内部的文艺思想问题看待,既不约我写文章答辩,又不要我作检讨,不了了之。

1983年开始清理"精神污染",《文艺报》1983年第10期发表冯牧《对于社会主义文艺旗帜问题的一个理解》一文,又一次对我提出的口号作出公开批评,接着《湘江文艺》于1984年3月号发表长篇文章,批评我提的口号是"一个错误的创作口号"。在清理中,我省有关部门将我提的这口号又列为文艺理论领域的典型表现之一,在指定要清理的名单中,将我排列于"第三号"人物("文革"中我被列为《羊城晚报》"黑秀才"的第三号人物,万没想到在新时期也获此"老三"排列),在全省性的宣传工作会议上公开点名,并要我的所在单位对我进行开会批判,要我作检讨。没料到在会上的发言者中,原先支持者或鼓励者竟一下变成本来就是反对者了,有些发言竟将我的理论探讨说成是追求个人名利。会开了几个小时,没听到几句真正有水平的理论发言,我感到前所未有的悲哀,只能在会上说:我的提法是有创作实践和理论依据的,文章是写得仓促些,可能概念不够确切,但我认为还是要继续探讨研究的。这个会后,我即甚少参加文艺界的活动了(其实是文艺界不找我,后听说是有指示),也即是将我"冷藏"起来。我何乐而不为,埋头于原先所定的学术研究课题,潜心于创作方法、艺术辩证法和欧阳山的研究中,果真做到"急流勇退"了。这样的遭遇和处境,使我感慨万千!这情景,同宋代词人辛弃疾所写的"更能消几番风雨,匆匆春又归去"的情景是多么相似呵!

(六)《新时期文艺论辩》与《欧阳山创作论》《欧阳山评传》的成果

1983年间,在反对"资产阶级自由化"和"清除精神污染"的时候,我所提出的"社会主义批判现实主义"观点被列入广东省三个应予批判的代表对象之一(另两个是:"人道主义与异化"、提倡"市场经济"),在全省宣传文化工作会议上受到批评。文艺界的权威贺敬之、冯牧、萧殷也都先后在报刊上不点名地反对这个观点，也许是由于欧阳山说这是文艺思想问题的缘故吧，不像"文革"那样在报刊上公开点名批判，只是在发表这篇文章的《广州文艺》发了几篇不点名的批判文章，在我所在的工作单位（中山大学中文系现代文学教研室）"开会帮助"，使我作了"过早提出这个观点"的检讨，并未给我戴上什么帽子，不像"文革"那样大批大斗。但由此开始，兴许是被列入"批判对象"的原因，有关单位既不再邀请我参加公开的文艺批评活动，也不再向我约稿或发表文章了，由此使我处于被"冷藏"的境地，这就迫使我投入了从文艺活动的"热门"转到"坐冷板凳"学术的"冷门"这个转折。开始虽有苦恼，但不久我即发现从"冷藏""冷门"而进入冷静的境界，别有一番天地，倒是乐在其中的。因为从此对过去的文艺批评活动和道路，在冷静中进行了新的思考和总结，按新的条件和实际，走出新路，实现新的超越，岂不是更好吗？经过三年的"冷藏"，果真尝到甜头，收获甚丰，首先表现在《新时期文艺论辩》的写作和出版上。这是我的首部论文集，汇集了新时期以来十年间发表的主要文章，包括我提交美国"当代中国文学现实主义"研讨会并在《当代文艺思潮》创刊号发表长篇的论文《新时期以来中国小说艺术的发展》，在武汉"当代中国文学"国际学术研讨会上的学术报告：《一个新的领域正在出现——评外国学者对中国现当代文学的研究与评论》，以及在全国接连涌现的改革文学、现代主义、人性文学、女性文学、性文学等文艺新思潮中，通过对广东作家陈国凯、孔捷生、杨干华、程贤章、王杏元、廖红球、林经嘉、何卓琼、丹圣等新作的评论，对这些新思潮作出科学的评价或质疑，同时对这些作家在新作中敢于发挥岭南和自己的优势表示鼓励和赞赏；此外，尚对周立波、秦兆阳、秦牧、萧殷、黄秋耘等老作家的旧作和新作，分别作出新的评论。这些文章，都体现了我自从作家协会回到中山大学任教后所企求探索一条学术研究与现实批评结合的文艺理论批评道路所做出的初步努力，体现了从时代和理论高度对具体作品和作家评论和研究，力求从中发现或提出一定时代或理论问题努力和走向，从而初步实现了对过去只是就作品评作品、就作家评作家之介绍性评论的超越。此书由中山大学出版社1988年10月出版，获中国新文学学会"云冈杯"文学奖。

在这期间，完成拙著《欧阳山创作论》和《欧阳山评传》的写作与出版，也是我当时在"冷藏"中探求新路并取得超越成果的实例，甚至是更大更重要的实例。《欧阳山创作论》源起于我回到中大中文系后，系主任吴宏聪教授即要我在他主持的国家教委科研课题"岭南文学研究"项目中，担负欧阳山研究分课题，由此（1986年），我才开始对欧阳山创作的全面研究，持续三年时间，陆续写出近30万字书稿，通过欧阳山的创作道路、多卷长篇小说《一代风流》的来龙去脉，以及多年来发表的有关评论，对欧阳山的艺术道路，每个时期的创作特点，总体的艺术风格特征作出全面的系统的独到剖析，并在典型创造、创作方法、形象结构、语言艺术等问题上提出了新观点，既切合作家作品实际，又提出了对现实文艺创作有实践意义新的理论和批评方法，是作家研究与理论批评结合的专著，是全国第一部欧阳山研究专著，也是我个人首部作家专著，此书由老作家杜埃写序《新现实主义的走向》，花城出版社1989年9月出版，翌年获广东省文艺最高奖——鲁迅文艺奖。

其实在这期间，我还完成了另一部欧阳山研究专著——《欧阳山评传》的写作。这部书的源起，据河北花山文艺出版社编辑（后任副社长）李屏锦同志说，该社确定这个出版选题后，先是向黄秋耘约稿，黄秋耘因太忙，便与欧阳山商议人选，经商议后两人一道推荐我写，他才约我撰写。于是我领受了撰写《欧阳山评传》的任务，列入吴宏聪教授主持的岭南文学研究课题。在动笔之前，我做了大量的调查研究工作，在撰写《欧阳山创作论》所掌握资料基础上，进一步搜集有关历史资料，尤其是走访有关历史见证者。在欧阳山的安排和介绍下，我先后到北京、上海、南京、西安考察和采访。在北京首先采访草明。草明原是欧阳山夫人，20世纪20年代与欧阳山在广州一道进行革命文学运动，从恋爱到结婚生子，30年代到上海，抗战时期从重庆到延安，都共同生活，延安后期才分手。草明的妹妹虞迅，是欧阳山与草明分手后的夫人。当时草明向我讲述了当年她与欧阳山一同在广州办广州文艺社、开展粤语文学运动的往事，讲到在上海欧阳山被捕时，鲁迅给她预支稿费取保欧阳山出狱的回忆，讲到在延安时毛主席先后两次接见她和欧阳山的经过，最后还特别强调欧阳山从《高干大》《战果》到《一代风流》的创作所体现的革命文学道路和成果对中国革命文学的贡献是很大的。在北京访问刘白羽时，他回忆了与欧阳山先后在20世纪二三十年代左联时期和40年代在延安见面的一些印象。我在北京还访问了秦兆阳，回忆了在新中国成立前夕，他与欧阳山在石家庄共编《华北文艺》的日子，同时又讲到 1956 年他主编《人民文学》用笔名何直发表《现实主义——广阔的道路》一文后的遭遇，当他知道我是"社会主义批判现实主义"的提出者时，倍感亲切，当即将他于当年 66 岁生日手书题诗送我，全诗是："莫道人生太易老，苦辣酸甜滋味好；更喜大地总多情，天涯处处有芳草。"在北京还访问了黎辛（在延安时是丁玲手下《解放日报》副刊编辑，新中国成立后任中国作家协会副秘书长，后被列入"丁陈反党集团"下放广东，1978 年落实政策返京），谈到了欧阳山在延安时的一些回忆。我在上海考察时，走访欧阳山当时在上海的住地和鲁迅故居，发现相距不远，返穗向欧阳山汇报时，欧阳山说当时是为了联系方便。特别值得高兴的是在上海图书馆，查找到欧阳山一直找不到的当年在上海写作并发表的中篇小说《流血纪念章》。在南京大学拜访陈白尘，回忆到当年鲁迅逝世时出殡的往事，当时为防备反动派捣乱，特地挑选出几个大个子举大旗走在队伍前列，他与欧阳山、蒋牧良就是其中三位。在西安，就中国新文学学会开年会之际，我访问了时任会长姚雪垠，谈到了与欧阳山在"左联"时期的交往，同时访问了陕西作家杜鹏程、王汶石、胡采，均谈到在延安时认识欧阳山的印象，杜鹏程还谈到 1978 年习仲勋任广东省委书记时请他到广州叙旧的往事，可惜当时没有录音机，不然录下这些访问情景多好，迄今珍贵极了。

欧阳山对我写《评传》更是格外重视，在 1987 年秋我正式开始动笔之前后，几乎每个星期天或假日，欧阳山都约我面谈，研究提纲和不断回忆补充每个时期的创作与文艺活动状况。完成初稿之后，因他眼力不好，由他的秘书向他通读全稿，然后同我面谈修改补充意见。在交稿给出版社时，欧阳山特地提供他珍藏的老照片，包括：1936 年鲁迅先生出殡时欧阳山穿长衫扎殡仪横额领头照片、1924 年发表的处女作《那一夜》照片、1942 年参加延安文艺座谈会照片、1961 年与周恩来及文艺界人士在北京照片、1979 年在日本仙台瞻仰鲁迅纪念碑照片、1988 年在工作室写作及在家中的签名照片、《一代风流》五部初版本书影和 1989 年 12 月 11—14 日在广州召开的"庆贺欧阳山同志从事文学创作 65 周年暨《欧阳山文集》研讨会"上欧阳山及夫人虞迅同与会领导专家（包括时任省领导任仲夷、林若、吴南生、王宁、陈越平、刘白羽、吴冷西、林默涵、秦牧等）在珠岛的合影。在这个会上，欧阳山同时引我面请刘白羽为《欧阳山评传》写序，刘白羽当即应允他在这个会上所作的《给欧阳山同志的献辞》作为《欧阳山评传》代序。此书因出版经费原因，延至1993年才由河北花山文艺出版社出版。

对这书稿的写作，我是旨在以"传"引"评"，以"评"带"传"，从中国新文学发展史的框架上去述评欧阳山的文学道路，透过欧阳山人生每个阶段的传评管窥每个历史时期的整体文艺态势；从整体文艺创作看欧阳山的艺术风格、艺术经验及其作品价值，又以此探讨数十年来反复出现、迄今仍存的带普遍性的尖锐的文艺创作和理论批评问题，力求既是作家研究的学术专著，又是文艺理论批评论著，体现既不是脱离实际的纯学术，也不是只对实际而欠学术的文艺批评个人风格，也当是在"冷藏"中卓越的一项成果。

此外，值得一提的是在这期间，我还不讳"冷藏"之嫌，主动提出并参与创办一些重要的文艺教育事业：一是在著名文艺理论家萧殷的支持下，提出在广东省社会科学院设立文学研究所的建议，并起草了创办报告和建设方案；二是在著名老作家杜埃支持下，参与创办华南文艺业余大学（后易名为华南文艺职业学院），并主持该校文学系的工作；三是在中山大学中文系提出创办刊授教育，受到教研室主任陆一帆教授和系领导的认同和支持，在全系教工努力下，办出了"没有围墙的大学"，持续至今，成绩显著，效果良好，甚有影响。

（七）《创作方法史》《创作方法论》与《文艺辩证学》的跨越

其实，所谓"冷藏"，并不是像"文革"中被关进"牛栏"那样受批斗和管制，而是不予理睬、不予重用、不予热用（不予参与重大活动）的"靠边站""冷处理"待遇的幽默说法，所以当时才有"天生我材必有用，别人不用自己用"的感慨，也正因为如此，我才能真正地冷静下来，扎扎实实做学问，从被迫到不知不觉地适应了这种生活方式、工作方式以至思维方式，从过去只是忙于应时应急所需的零敲碎打的评论，到宏观把握作家作品和文学现象的系列研究评论的超越基础上，又实现了新的跨越，即：在处境上是从"冷藏"到"热用"的跨越，在学术上是从作家作品和文学现象的系列研究评论，进入文学理论专著以至从文学研究进入对文学艺术规律的哲学美学研究的跨越，具体体现在《创作方法史》《创作方法论》两部"史""论"，以及《文艺辩证学》的写作、出版、使用、受奖的过程中。

《创作方法史》和《创作方法论》，从确定选题开始，就是有跨越的决心和信心的。前面讲过，自写《新时期文艺论辩》中的评论以来，我即开始特别注重从现实正在产生的新的文艺现象和创作实践概括出新的理论观点，并以新的理论观点去透视论析这些新的现象和实践。我在1980年提出"社会主义批判现实主义"的理论观点，是从当时涌现的"伤痕文学"和"反思文学"的创作现象和实践而概括出来的，概括其特点是：在揭露中表彰、在批判中歌颂、在思考中前进；同时也是从创作方法多样化的理论提出来的，认为社会主义批判现实主义是一种社会主义的创作方法，应当让其与提倡的社会主义现实主义（实则是歌颂现实主义）和革命理想主义相并列而存在、发展。显然这是有创作实践和理论依据的，所以在提出时才会引起震动，受到普遍重视，才会被当时的苏联和美国学术界称之为现实主义"新学派代表之一"。因此当时我对这场批判，认为是无视这些依据的，是无理的，我很不服！但是，我这个观点实际上仍然只是停留在表象概括的层次上，未能从更高更深的层次上说明这些现象和论证自己的理论主张。同时，对于当时全国文坛从伤痕文学、反思文学、改革文学、意识流、朦胧诗、现代派、寻根文学、人性文学、性文学、女性文学、新现实主义，等等，此伏彼起、论争不断的文艺思潮，如"北风海浪"南北夹击广东文坛。如何解释这些文艺现象，如何对待这些思潮，都迫切需要从历史和理论高度进行研究才能解释这些现象，回答这些问题。在"观今宜鉴古，无古不成今"的古语启发下，我下决心进一步跨越现实的这种创作实践和现象，从世界历史和理论的高度，研究世界各国从古至今的所有创作方法，全面而系统研究创作方法历史和理论。经过1983年至1986年的三年努力，撰写了40余万字的《创作方法史》和30万字的《创作方法论》。这就是我在学术上从作家作品和文学现象的系列研究评论，进入文学理论专著的跨越。

这两部专著的内容也是具有跨越的性质和意义的。《创作方法史》从希腊神话和中国神话开始，从浪漫主义、现实主义、古典主义、自然主义、社会主义现实主义、社会主义批判现实主义、社会主义现实主义开放体系、现代主义、象征主义、印象主义、表现主义、未来主义、超现实主义、存在主义、新现实主义、新小说、荒诞派戏剧，以及当代中国提倡的革命现实主义、革命浪漫主义及其"两结合"等文艺思潮或流派的代表作家的代表作品和理论，阐释从古至今各种创作方法的特点及其发展脉络，论析其在所创年代的时代背景和当今意义，科学地区别对待并分析其成败得失，以利于当今文坛吸取借鉴，是一部对当代文坛既有实用性又有跨越性的辞典式的工具书。《创作方法论》以创作方法是创造艺术形象的方法，创作方法的概念和名称的由来，创作方法是一种掌握世界的独特方式及其与其他掌握世界方式的关系，创作方法与文艺思潮、艺术流派、艺术反映原则、世界观的关系，创作方法的时代性、继承性、发展性、社会性、民族性、个性、多样性、一致性，以及鲁迅的创作方法理论与实践等课题，确立了自成一格的理论体系，是《创作方法史》姐妹篇，是在前者基础上的理论深化升华，所以二者都是跨越性的专著。

其实，这两部专著，从出版到出版后的影响和作用，也是一个个的跨越。前面讲过，1983年，河北花山文艺出版社编辑（后任副社长）李屏锦约黄秋耘撰写《欧阳山评传》，黄秋耘因忙未予领受，便与欧阳山商量后，联合推荐我撰写《欧阳山评传》。当李屏锦据此向我约稿时，我向他陈述了当时受批判的处境，以及正在着手进行创作方法研究并抓紧写出专著的决心，受到了他的理解和支持，同意我先进行创作方法史论的写作，并答应优先出版后才完成《欧阳山评传》的约稿任务。由此，就在写作和出版时间上是一个跨越了。按原定的约稿和写作计划，原是创作方法史论结合的一部书，但完稿后字数太多，遂分为"史""论"两部，均由河北花山文艺出版社出版。在当时一个作者能在一个出版社连续出版两本书是很罕见的事情了，这也是一个跨越。更难得的是，当时我受批判尚未解"冻"，花山文艺出版社竟冒风雨为我出书，而且连续两部，时任中国新文学学会会长的著名作家姚雪垠为《创作方法史》题签，《创作方法论》是著名岭南画派名家杨之光题写书名，著名学者杨越写序，都是难得的在风雨中毅然支持之举，这也是一个跨越。两书出版后，著名作家秦牧特致信我表示鼓励祝贺，《当代文艺思潮》《当代文坛报》等报刊连续报道，称其为我国"首部创作方法系统理论专著"。后来，两书先后获广东省优秀社会科学成果奖。这也是一个跨越。更为幸运的是，两书出版之后，由于社会反响强烈，又是系统专著，又正值全国高校鼓励教师以自己专业所长开设选修课的时候，我当即以"创作方法史论"为课题，在中山大学中文系开设选修课程，受到学生欢迎。由此，我不仅实现了从科研到教学的学术跨越，同时实现从"冷藏"到"热用"的跨越。更有跨越意义的是，这两部书出版30年后的前两年，有位北京大学教授在网上呼吁：应当重视创作方法理论的价值和意义！可见其价值和意义已跨世纪。

《文艺辩证学》本身就是一部以哲学美学视野论析文学规律的跨越性学术专著。它以唯物辩证法为指导，以对立统一规律为核心，全面探索文学艺术的特征和规律，以艺术辩证法重构文学艺术的理论系统，以中外古今著名的文学家、艺术家、美学家、理论家的实践经验和论述，特别是以各种哲学观、美学观、文艺观的学派和流派的代表理论和创作实践，作为其依据和基础，具有汇千家百派之说为一说，化传统与现代之论为一论，融哲学、美学、文艺学于一体，统文学艺术诸领域之理论与创作的纵横课题为一系的特点，是具有前沿性、交叉性、跨学科，而又有丰富知识性、资料性、实践性、实用性的书。全书共分总体论、规律论、基点论、创作论、形象论、艺美论、方法论等八个"论"，是一部自成体系的新型学术论著。

其实，这本书从萌动、酝酿，到写作、出版、使用、价值体现的全过程，都是贯穿着一个个跨越的过程。

先说萌动的跨越。最难忘是萌起写这本专著意念时的苦难日子。那是1968年12月，也即是在"文化大革命"中，我同许多知识分子一样，被下放到粤北山区的英德黄陂"五七"干校劳动。这是广东省新闻和宣传界干部"投笔从农"的地方。寒冷的冬天，寒冷的山野，寒冷的时代，寒冷的处境，冷透了我自幼热爱文艺的心，冷却了多年力求写出著作之志！当时我刚过"而立"之年，有妻子和幼小的儿女，虽然已发表过几十篇文章，有些还有点影响（由此受到批判，并被划为"黑秀才"），又在《羊城晚报》做了好些年《文艺评论》版的责任编辑，但无论从业绩或水平上说，只能说是成立了个人的小家庭，远未"立业"，更未成"家"（专家）。如果从1958年我发表处女作时算起，这时我所走的文学道路不过是短短10年！难道就在"红色"的年代，因自己被打成"黑线"人物而结束吗？自己写的东西究竟错在何方？"黑"在哪里？百思不得其解，心灰意冷，前路茫茫；难道正如当时的"军管"所说，要一辈子"扎根干校""死在干校"？正在我困惑消沉的时候，突然听闻一个消息：35岁以下的干部，可以报名当工人，而且是回广州去。这消息使我有似绝处逢生的振奋！因为只身来到这满眼黄土的黄陂，瘦弱的妻子带着刚满周岁的儿子和患病的女儿，作为丈夫却不能分担家庭的责任，十分内疚。管他做什么，回家抱孩子算了，还管什么文艺不文艺！万没想到自己要当工人也不够资格，未获批准，只得留在干校养猪！恰在这时，一位从事哲学研究的朋友偶然到猪栏来看我，我向他倾心谈出妻离子散，不能再从事文艺事业的苦恼。这位朋友坦诚地说：来这里的"八百秀才"，哪个不是如此？并且说我要改行的想法是天真的。十分意外的是，他竟说："依我看，你是不能改行，而是要跨行。这就是说，你们搞文艺的，要懂哲学，要用辩证法，搞艺术辩证法！"这番在困境中的话，深深地打动了我，使我重新思索已有10年的文学经历，使我重新咀嚼自幼开始所学的全部文学知识，深有茅塞顿开之感。更奇妙的是对眼前的灰暗世道也有了些少醒悟，朦胧感到"投笔从农"的日子不会太久，迟早是要干回本行的。我慢慢恢复信心，开始考虑将来要做的事，复燃了我长期冀求的做一门学问的想法。做什么学问呢？第一个涌上脑际的选择，就是搞跨行的艺术辩证法。这是一个跨越。

自此以后，进入酝酿过程，从此开始，我尽量利用各种机会，找寻有关的书籍阅读，认真吸取积累相关的知识和问题，做笔记和卡片，为有朝一日能东山再起做准备。果然不出所料，自林彪死后，1971年开始陆续从干校调人回城工作，我也于1972年调粤北编《韶关文艺》，为业余作者办文艺创作学习班，我也就开始在授课中试讲艺术辩证法。1976年我被调回广东作家协会任《作品》月刊编辑，粉碎"四人帮"后编发的首篇论文就是秦牧的名篇——《以辩证思想粉碎"四人帮"的精神枷锁》，深受启发，由此而真正开笔写《艺术辩证法》的提纲和部分章节的文字了。这又是一个跨越。

1979年初，我应我的老师，时任中文系主任吴宏聪教授邀请，回母校中山大学中文系任教，时任中文系副主任楼栖教授问我："除讲授必修课中国当代文学外，你还开设一门什么选修课程？"我当即回答开设艺术辩证法课。于是我开始即向"文革"后恢复高考的首届生（1977级、1978级）讲授这门选修课程，在1980年的全国《高教通讯》中报道了这是全国高校首次开设的新课程。这又是一个跨越。

  自此以后，我隔年一次向中文系三年级本科生讲授这门课程，20世纪90年代开始又转为全校文理科本科生的选修课程；并且从开设课程之始，即对课程讲稿采取边讲课边修改的做法，每讲一次补充一次油印的讲义，并且抽出部分章节，先后在《山西文学》杂志上选载，直到2000年7月全书定稿，由著名岭南画派泰斗关山月题写最后确定的《文艺辩证学》书名，由著名画家林墉设计封面，由广东教育出版社正式出版。这又是一个跨越。值得欣慰的是，自《文艺辩证学》出版后，从中山大学中文系毕业的历届校友每年聚会，都有学生向我诉说选修这门课程很有启发，很实用。其中有位创办企业的校友还说，当时的《艺术辩证法》油印讲义和课堂笔记仍保留至今，还特地购买了新出的《文艺辩证学》专著。2019年中山大学《中国语言文学丛书》还将《文艺辩证学》纳入"典藏文库"中，由中山大学出版社再版。这些事后的反响与作用，恐怕可以说是跨行业、跨价值、跨时空的超越吧！

下 篇
文学文化篇

一、开拓进取期
——20 世纪 90 年代初期至 21 世纪初期

（一）"岭南文派"论争，四大家盛会之论证

1. "岭南文派"论争

20 世纪 80 年代中期，随着改革开放步伐快速发展，新的文艺思潮如急风暴雨，滚滚而来，匆匆而去，唯有"文化热"现象大不相同，虽是来之突然，但却影响特大，不仅持久不退，反而日益深远。记得这种现象，是从"寻根文学"和当时已流行世界的西方现代文化学开始的，以陆文夫的《井》、郑万隆的《老井》、王安忆的《小鲍庄》等为代表的短篇小说，以穷挖阻碍改革开放、民族文化之根为主题，反映出当时社会迫切冀求改革开放的心愿，红极一时，虽然昙花一现，好景不长，但其所挖之根，却范围越大，越深越远，不仅扩展至所有文学艺术界，还伸进至社会科学各个领域。正是由于这种思潮的驱动，使我对自己过去的文学研究和文艺批评的基本思想产生反思，觉得应该将起点和归宿放到文化上来，产生了"从文学透现文化，以文化观照文学"的基本理念，并即用于当时广东文坛正在进行的关于"岭南文派"问题的热烈论争。

这个议题，是老作家吴有恒 1986 年 3 月在《羊城晚报》发表《应当有个岭南文派》一文引起的，他就当时秦牧的《愤怒的海》、陈残云的《热带惊涛录》、杜埃的《风雨太平洋》等华侨题材的长篇小说连续问世的广东文学现象，提出了这个文学流派主张。当时的青年作家孔捷生认为，广东既没有这个文派也没有必要搞个文派，但多数人认为事实上早已有并很有必要倡导岭南文派，如张绰 1992 年 2 月发表的《从文化学视角论黄谷柳》一文中指出："如果有岭南文派的话，黄谷柳应当是岭南文派最早的耕耘者之一。"当时我是持这种观点的一员。我除了于 1992 年 1 月在广州日报发表《已经有个岭南文派》一文，就余松岩新作长篇小说《地火侠魂》

的出版，及其所代表的中年一代作家已经成长起来的新现象，以及在与早受公认的岭南画派、广东音乐等的同异研究后，而作出这个文学流派的理论判断之外，还特地从地域文化特质立论，也即是正式明确有意识地开始运用"从文学透视文化，以文化观照文学"理念，写出《岭南文学形成的条件》一文，在《学术研究》1988年6月发表。

  在这篇文章中，我提出：文学史上文学流派的形成不外两条途径，一是如西方现代派那样，先有理论主张，接着在创作实践中体现其理论，而当创作没能充分发展时，便只能算是一种思想流派；二是在创作实践中自然形成，后来经概括总结才逐渐明确起来，如唐代的山水诗、边塞诗等地域型、风格型的文学流派多属此类。现当代的岭南文学也当属后者。从其代表作家的个人气质、作品中的人物形象、所写的风土人情、语言格调、审美情趣等的共通点和类似点上看，是会发现其存在依据和发展轨迹的，从其形成条件上看更是有必然性的。岭南文派的形成条件，就是"北风海浪"的夹击。"北风"是指北方（即中原）文化，"海浪"是指海洋（即西方）文化，"夹击"是指对撞，包括交汇、包容、兼容。这是岭南的自然地理条件，也是地域文化特点和独特态势。但是，这种条件和态势不是时时或一贯如此的，往往"北风"与"海浪"的"夹击"，不是两者同时并击，也不是独占优势的，有时"北风"强劲，有时"海浪"翻腾，但都不是独霸天下，多是并存或兼容状态；同时，往往在这状态中，出现既不是"北风"又不是"海浪"而又有"岭南独特的东西"，这就是"岭南文派"。但在总体来说，岭南位于五岭之南，距中原较远，又有五岭之隔，"北风"吹到此处已是弱势风尾；但却畔邻南海，且海岸线长，"海浪"朝夕即至，所以，岭南文派这个"独特的东西"海洋性特强。吴有恒从岭南作家同时涌现一批华侨题材长篇小说的现象中提出"应当有个岭南文派"，就是这个道理。这也表明，以地域自然地理条件及其决定的文化环境与特质为依据，立论岭南文派问题，是有新的视点和高度的。

2. 欧阳山、秦牧、陈残云、杜埃四大家研讨会论证了岭南文派早已存在

  正当这个时候，当时以林若同志为书记的中共广东省委决定，要为欧阳山、秦牧、陈残云、杜埃、黄秋耘等五位在世的文学大家举办研讨会和

庆祝活动（因萧殷稍前逝去故未列入，稍后举办过专题纪念会和研讨会），由于我在文艺界活动时间较长，与几位大家都先后有工作关系，都较熟悉，省作协和大家本人都要求我研究评论这几位大家的全部作品（除黄秋耘外，似乎一直未举办过他的研讨会，也可能是曾举办未请我参加）。由此又可以对这岭南四大家的庆祝盛会和研讨，更进一步"从文学透视文化，以文化观照文学"，从文化的视角重新审观他们的创作与岭南文派。在进行这项活动而分别写出文章的过程中，有不少往事是值得回忆的。

前面在讲述《欧阳山评传》写作出版过程中讲到，"庆贺欧阳山同志从事文学创作65周年暨《欧阳山文集》研讨会"1989年12月11—14日在广州召开，欧阳山及夫人虞迅、与会领导专家近百人在珠岛宾馆参加了研讨会，包括时任省领导任仲夷、林若、吴南生、王宁、陈越平，以及刘白羽、吴冷西、林默涵、秦牧等省内名家。刘白羽在这个会上所作的《给欧阳山同志的献辞》，后来成了我写的《欧阳山评传》代序。由于在这次研讨会之前，我已经写出了《欧阳山创作论》《欧阳山评传》等论著，大都是全面论述作品，这次却别开生面，从文化视角论述《欧阳山与民族的大众的文化及文学》，欧阳山也表示赞许，《中山大学学报》（社会科学版）在纪念"五四"新文化运动专辑上发表，这也当是我"从文学透视文化，以文化观照文学"而在学术上作出的一个跨越。

在秦牧创作研讨会之前，我发现评论秦牧的文章虽多，但似乎尚没有人从文化视角评论秦牧，于是便以我所探索的文化视角，用于评论秦牧的全部创作，写出了《秦牧创作的民族文化意识》一文在研讨会上发言，会后秦牧特地走上前来，说我的发言"有新意"，我也自我感觉良好。

在筹备举行"庆贺杜埃同志从事文学创作60周年暨杜埃作品研讨会"的时候，杜埃也特地嘱人通知我写出文章与会，我即提交了近万字的长篇论文《论民族文化的兼融性及其典型作家杜埃》，也是从文化视角评论。

在筹备举办"庆贺陈残云同志从事文学创作55周年暨陈残云作品研讨会"时，发现现行岭南文化的概念和内涵不能充分概括和表述陈残云的成就和特点，应以珠江文化的概念称谓较为合适，于是，我便写出了《论珠江文化及其典型代表陈残云》一文，在庆贺研讨会上发言后受到残云同志的好评。

从以上我提交关于欧阳山、秦牧、陈残云、杜埃四大家研讨会的论文和其他论文，都论证了岭南文派早已存在。

（二）中层一代作家的超越，岭南文学的新态势

1. 中层一代作家的超越

其实，当时我确立已经有个岭南文派的看法，不仅是从岭南文坛四位大家所代表的老一代作家（即我近年总主编的《珠江文派》书链第一部《珠江文典》中选析的一批作家）的创作实践和文化特点上的实际提炼出的，还在于看到当时的中层一代作家（即同一书链第二部《珠江文粹》中选析的一批作家，俗称岭南第二代作家）在创作上的跨越，以及新的特有岭南现代文化特色的文学现象正在越出地平线。

所谓中层一代，是指自新中国成立初到"文革"前走上各种工作岗位，当时（20世纪90年代初期）年过半百的中年人，即当时著名的谌容小说《人到中年》中写的陆文婷、傅家杰等的同代人、同类人。为什么称之中层呢？从当时我国社会工作人员总体的年龄和从事工作开始年代的结构上说，大体上可分为三代人或三层人：新中国成立前已从事工作的人，谓之老一代或老一层；"文革"中或新时期开始工作的人，谓之新一代或新一层；从新中国成立之始到"文革"前工作者，即谓之中层或中间代。从当时我国社会状况看来，老一代陆续退出舞台，中层陆续上前台。然而时光有限，这层人又陆续步入老人行列，又是进行着新的冲线了。各行各业都是如此，文艺界也是这样。

这批中层作家，也是我的同代人，年龄相差无几，由于我长期从事报刊编辑工作和文艺批评，与他们的大多数人都有较深的友谊关系。其中与陈国凯、杨干华、程贤章、余松岩尤其密切，因为这四位都是20世纪60年代上半期《羊城晚报》副刊《花地》的业余作者骨干，都是在首届"花地"评奖中的获奖者，并且我又是他们的联系编辑，简直可以说是看着他们"长大"，也知道他们在"文革"中遭受的种种苦难；但更为重要的是看到他们在粉碎"四人帮"后的第二个文艺春天，重新焕发青春活力，在短短几年时间里取得了许多创作成果，在多个层面上正在进行或实现了新的跨越。主要如下：

（1）创作成果的跨越

这批中层一代作家"文革"前大都是工农业余作家。在当年重视培养工农作家的背景下，各自以自己的努力和才华，在各自岗位上"破土而出"，成为文坛新秀，在全国，尤其在岭南有一定影响；在全国各地，也有好些与他们同时涌现的工农作家，其中有些比他们成绩更丰、影响更大。经过新时期后的复苏、改革开放，他们几位交上好运，1979年变为专业作家，迄今不觉十年有余。前些年，陈国凯在写出家喻户晓的伤痕文学《我应该怎么办》之后，写出了《小说选刊》点名要我评价的中篇小说《两情若是久长时》。接着又推出他的新作《好人阿通》。杨干华在写出反思文学《惊蛰雷》之后，他酝酿良久的多卷长篇小说"天堂"三部曲的首部《天堂众生录》和第二部《天堂挣扎录》陆续问世。余松岩的长篇小说《地火侠魂》，程贤章长篇《神仙·老虎·狗》、中篇《金山阁的乞丐富翁》等新作，接连推出，引起了文坛强烈反响。尽管他们过去有影响的作品不少，但无论从什么意义上说，都比不上他们现在的这些新作。这说明他们这几位20世纪五六十年代成长起来的工农作家，既是各自，又是群体地有了新的冲线式的超越，反映了他们所代表的岭南中层一代作家所走的创作道路是"步步高"的。这种现象，似乎我们岭南独有或者说尤为明显、突出。

（2）创作意识的超越

这批新作，不仅质量上超越各人自己的过去，更为重要的是在创作意识上超越自我。这种超越，他们几位各有不同的超越方式及体现，作为同代人而言，较明显的共性，是较好地摆脱了机械反映论的束缚，能以自己的艺术支点而不是像过去那样以统一定式把握生活与创作，尤其是有了自己的艺术思维和创造的方式和领地。陈国凯似乎从直面现实进入曲剖人生的境界；杨干华从摘生活的小花朵上升到"天堂"拆"梦"；余松岩从数十年的紧张现实生活流转进了革命历史洪流；程贤章则是从曲折的漳田河转过艳丽的胭脂河之后，同改革开放的"风流人物"过了几年火热日子，又进入了反照式的思维和艺术境界。这些迹象，都表明他们的思维和艺术的方式，大体同他们的年龄与素养的增进层次是成正比的，即从"不惑"之年，而迈入"知天命"境界，而这就是从他们作为中层一代作家有相似思维和艺术方式的佐证，同时也说明了他们新作的质量超越，是来自和取决于他们创作意识的各自超越。

（3）艺术形象的超越

地道的农民作家杨干华，过去都是写短篇小说，所写的艺术形象都是零散的新人新事的农民形象。他在近年完成的多卷长篇小说"天堂"系列首部《天堂众生录》中所写的人物形象，却是具有多样性和系列性农村芸芸众生人物，每个都是有丰富的情感性和哲理性的人物。主人公钟万年是天堂大队响当当的"钟"，他是世代贫农、老支书，主宰着天堂人的命运和一切，连年不倒，左右逢源，全在于他有一套"善于弹钢琴"的哲学；中农罗可灿，是农村阶级斗争的"缓冲阶层"的代表人物，他妒忌"钟"响，自认为"罗"亦可鸣，表现积极，但徒劳而已；"地主仔"梁继承，自幼被收养于天堂，始终在阶级斗争中起到以"梁"挂钟的作用，被年年敲，月月敲，日日敲，最后被迫出走……其他如钟万元、罗金河、陆梦兰、莫月娇、莫一嫂、林碧珠等，都是既有性格又能体现农村社会结构意义的人物，有着甚为丰富多彩的内涵，又有着相当严谨的结构和现代意义。程贤章的《青春无悔》主人公杨洋，先后与云云、月月、星星的爱情关系以及这三位女性的坎坷和结局，真切而典型地反映了当今中层一代在青春年代的思想和爱情生活实际，透露这代人当时作为社会结构中新生代而受到格外关切，也由此而受到种种约束，具有从社会结构的总体上透视这代人的思想和爱情生活，揭示出深广的社会历史内容的意义。程贤章《神仙·老虎·狗》主人公龙种在改革开放中的事业与爱情生活的浮沉，体现了社会各代中各种人在历史和现实生活中，一时是"神仙"，一时是"老虎"，一时（或者说更多时）是"狗"的地位，体现了当今中层一代的审视、思辨、道德观和价值观，并且以此透视社会结构和社会环境，塑造了各种典型的"神仙·老虎·狗"形象。这种多面性的艺术形象创造，就是对过去单一性形象创造的超越。

（4）文化意识的超越

在岭南的中层一代作家中，作为客家人代表作家的程贤章民族文化本根意识特别突出而又超越明显，可以说他是长期地、一贯地，越来越多方面、多层次地体现和丰富了民族文化的本根意识。

当然，程贤章对这个问题的认识和艺术表现，同其他作家一样，有一个从不自觉到自觉，从不熟悉到熟悉的过程，又有从比较单纯、较浅表到较多方面、较深层次的发展过程。将程贤章30余年的创作历程，从其对本根文化意识的自觉性和成熟程度上分为三个阶段或时期，既符合他的创作道路的客观实际，又是因为他在这三个阶段的创作，分别以不同的侧重点或方面，体现和丰富了本根文化意识的深广内涵，同时又以这三个阶段由浅入深、由单纯而多层次的发展进程，从纵的方面体现了作家本根文化意识的进展。具体是：20世纪50—70年代，感恩本根意识；20世纪80年代，职业本根意识；20世纪90年代，女性本根意识；尤其是思辨本根意识，以长篇小说《神仙·老虎·狗》为代表，并体现于《青春无悔》和中篇小说《第六书记》《金山阁的乞丐富翁》等新作中，都贯穿着思辨性的本根文化意识。这种意识，既是民族传统文化的一种意识，又是一个文化人达到成熟境界的一个标志。程贤章达到这种境界，意味着他创作上的文化意识的超越，也代表当时中层一代作家的文化意识超越。

（5）新写实主义的文化超越

在岭南中层一代作家中，何卓琼自20世纪80年代初步入文坛，是一位新时期涌现的新作家，也在这个时期连年写出新作，每有艺术突破。尤为引人注目的是她的长篇小说《祸水》所引起的反响和争议。争议之后，人们明白，这是作者在当时以性文学为高峰的现代先锋派的汹涌思潮中，在革命现实主义被一些人否定的条件下，试图在艺术上将对改革开放现实的反映和对人性美的体现结合起来的尝试。尽管人们对《祸水》评价不一，但无不公认这种艺术追求无可厚非。由于这作品有争议，似乎更充分显示了何卓琼对艺术追求的才华和特性，显现出她是尤重独特艺术追求的女作家。这种才华和特性，在何卓琼发表的中篇小说《云山婆》（见《广州文艺》1991年11期）中表现得更为淋漓和成熟。

《云山婆》是她的小说系列"西关故事"里的第二篇。据悉，"西关故事"的构思孕育多年，是当年何卓琼在写长篇《祸水》时触发出来的。饶有意味的是《云山婆》连同"西关故事"其他篇目均与当年涌现的新写实主义如出一辙，应该说这是一种文艺创作的同步感应现象，即何卓琼与当时北方一群作家不约而同地悟到并使用新写实主义创作方法这一现象。具体表现在生活形象上主要是写社会生活中的芸芸众生，即平平常常的"小人物"；在创造人物形象上，着意于写人的命运和性格，并不着重于社会环境的影响和作用；写的人物形象大都重于人的本性需求而产生矛盾和解决矛盾，并不是由于带社会性或政治性的追求而产生矛盾和解决矛盾；在艺术形象的塑造上，着重细节的刻画和瞬间的细微心理描绘，尤其是工于触觉的感觉显现，像浮雕似的勾勒人物。也许是这种方法着意于写小人物的性格和命运，而这些人物又不是有大的作为和丰富的心理世界，大都是琐屑的生活细事和瞬间即逝的思想波澜的缘故，这种文学只能在细处下功夫、做文章，这样，在艺术上也更精细、见功夫。这些新写实主义方法的主要特点，在何卓琼的《云山婆》中都是有明显体现，也即是她自己在创作实践中摸索出来，而又与当今北方一群作家不约而同地运用。但在所写的生活内容与文化意识上，与这群北方作家完全不同，她主要着意于体现岭南风情和岭南文化意识。由此使她在新写实主义作家中自成一格，又使她在广州风情的描写中别树一帜。何卓琼过去的作品不大注重地方风情描绘，从《总工程师的日常生活》到《祸水》都是如此。而"西关故事"系列，显然是注意填补这缺陷。《云山婆》是这系列之一，这意味着，她探求新现实主义方法是为了写这系列，也即是要以此而写出广州风情。所以可以说这部小说写的广州风情是她的这种方法的综合运用。简言之，写广州的平常百姓，写广州小人物的性格和命运，写广州人的人本性意识与需求，写感觉型的广州人，写广州独特的自然和人文环境，并不是着意于写广州历史和现实的重大政治和经济斗争和环境，以及在这些斗争和环境中受其影响或起到作用的人物，也不是写广州数千年文化积淀或各种文化、人情风俗，而是写在这独特的自然和人文环境中的日常风情和人际世态，是芸芸众生的本土生活。这是她与其他广东作家写广州风情的差异。她与北方新写实主义作家的不同是在于以广州人的思维方式、语言方式、格调和特殊的方言、语汇写广州人及其生活。可见何卓琼的广州风情描写，是她试探用新写实主义方法的一个成功方面，也是由此而在创作方法上对岭南文派历来崇尚的现实主义方法有所艺术突破之所在，又是对新现实主义实现文化超越的表现和贡献，也以她的特点体现了中层一代的文化超越。

2. 岭南文学的新态势与文化新质

1993年7月30日，应广东省作家协会时任文学院长程贤章的邀请，我在该院年会上对该院作家近年创作成果作了讲评式的发言，要点如下：

广东是全国改革开放的先行点、试验区，经济如此，恐怕文艺也如此。

广东的作家深入改革开放第一线，近几年不断写出新作，可说是先行点中的先行者。最新的事物，他们最早看到、写到。近几年社会主义市场经济给文艺的冲击波，也会在他们身上和作品里，像心电图那样反映出来。作家们都感到在生活中值得写的东西许多许多，但又都感到文学正处在一种前所未见的困境，产生了许多新问题，使人困惑。恐怕这也是我们广东"先行"感到的吧？

我认为在这种情况下，要看到我们的优势，要敢于发挥优势，要有优势意识。这就是：要看到我们"先行"所带来的种种新的变化、新的观念、新的事物、新的形态、新的节奏、新的素质。广东文学创作，近几年是有成绩、有优势的，我看主要是三个丰收，即：报告文学丰收、散文丰收、长篇小说丰收。这三个丰收，可以说是构成了岭南文学的新态势，而其出现的原因和丰收的形态与内涵，正是这种"先行"优势所造成或促进的文学新质的体现。这三个丰收，印证了这新态势和文化新质的以下三个特点。

（1）文学功能与价值朝实效性和多向性转化

20世纪80年代中叶，全国文坛掀起了一股报告文学热。但广东的报告文学与北方不同，不是以"大"取胜，也不是以"轰动效应"见长，而是以中小型为多，以实效性、多向性为多。从题材和着眼点而言，大致可分为三类。

一是经济型（或企业性）的报告文学。这种作品，主要是宣传改革开放的先进企业单位或个人，包括他们的事迹、精神、意识和经验，尤其是在经济领域上的开拓和创造。这种报告文学，自深圳、珠海特区开办之初即出现，1984年《风流人物报》大量发表这种作品。前些年出版了一批这种报告文学集，包括《当代风流》（共三卷），程贤章的《中国的旋风》《从祖庙到自由神》和《我看广东》，廖红球的《南来的热风》，吕雷的《白云魂》，等等。这种作品，是最具实效性的，它为企业开拓鸣锣开道，是企业的开拓和发展的文化体现，又是企业文化的一个组成部分。我特别欣赏一些将某企业或某位改革者的特点和个性做出形象生动的艺术概括之作，因为这才是艺术，是经济与文学融合一体的艺术，给读者美的感召和享受，对企业职工是鼓舞，对效法者是借鉴。显然，这是市场经济带出的新事物，具有如上性能和效果者，是市场经济发展的正效应，既有利于经济，也有利于艺术。而不利于或离开了艺术，仅仅是广告而非文学的东西，是市场经济的负效应。可惜有些作品是这样或较多这样的性能。这是市场经济带来的文化分流现象。

二是理论型（或分析性）的报告文学。这种作品同前者一样取材于改革开放的地方、单位或个人，注重其开拓性和先进性，但尤重于对其开拓和先进的经验和问题进行分析、概括、总结和思考，既注重整体或个性的艺术形象创造，又注重于理论的整体把握和具体的深入剖析，以形象的艺术生动性与思考理论的角度去体现全方位开放的现实，同时也体现了在改革开放刚举步的年代，人们对其思考的心态和眼光，是对现实既投入又保持一定距离的产物。这种作品，自然是对改革开放的有力推动，是具有实效性的。另一方面，它对现实分析的独立思考和理论把握，也就使人从中得到更多启迪，具有多向性的性能和效果。

三是社会问题型的报告文学。改革开放的前沿地方，最早出现新事物、新观念，也最快出现一些腐败东西或消极因子，同样也最快地出现对此的反击力量和武器，其中就包括有一种新型的文体——社会问题型的报告文学。这种类型的作品，虽然与新时期前期一度风行的批判性报告文学有相似之处，但实际是不同的，它主要是在反映某些先进单位的光辉发展历程，既歌颂先进，总结经验，又提出问题，具有现实的敏感性和思想的深刻性相得益彰的性能和效果。这种作品，《当代文坛报》曾于20世纪80年代后期大力倡导。雷铎的《中国铁路协作曲》，通过广州铁路局的改革开放进程，透视中国近百年铁路史和全国铁路改革开放现状，可谓以点带面、纵横概括、别开生面的全国行业性的报告文学；洪三泰的《中国高第街》和《魅力在东方》，分别以广州一条历史悠久的商业街和广州白云山制药厂总经理贝兆汉在改革开放中的新姿，分别从一条街和一个人的业绩，概括和提出了作为改革开放前沿的广州的新事物和新问题；仇智杰的《躁动的珠江》，则通过广东银行这条战线在改革开放中披荆斩棘的奋斗历程，条分缕析而又生动贴切地体现了珠江在躁动的新形象。这些可谓这类作品的代表作。另一些作品则是写新出现的社会问题，分析出现这些问题的社会现实与历史文化原因，而不仅在于揭露批评所写的消极现象。例如，青年女作家伊妮不忌讳自己作为一个女性，最早敏感并勇敢地调查妓女问题，克服重重障碍，写出了长篇报告文学《阳光下的思考》，从全国各大书店到街边的售书地摊，都争售这本书，近百万册销售一空。她写的另一部大型报告文学《欲海与神恩》，也具有同样的轰动效应。这是一部对社会的各种宗教信仰及其历史渊源的调查实录，又是有深刻的哲理分析和生动艺术刻画的文学作品，无论从社会学、宗教学、哲学，还是从新闻学、文学、调查学上看，都是很有价值的书。杜峻的大型报告文学《地狱的回声》，以一个农民从心理变态到性变态，再到人性沦丧，以至亲手杀死自己的妻子，最后自己也被处决的撼世事件，提出了以嫉妒知识分子为表象的陈旧封建文化意识及其可怕的力量和后果。这些作品，在改革开放日益深化的今天，不仅有着发人深省或警戒作用，而且有着重要的社会分析和心态研究作用，是有丰富的现实时效性和多向性的价值与功能的，同时又是有深远的历史研究的资料价值和持久的文学价值的，因为其艺术留下了时代的脚印，创造了既是时代的又是历史的艺术形象。

此外，散文的丰收和新姿也印证了这特质。

岭南散文历来有清淡、洒脱的风韵，亦有讲求时效、知识、情趣的传统。20世纪60年代初，秦牧以知识、趣味、哲理的风格，凝现了岭南散文传统并更上一层楼，被称为当时中国散文三大家之一，同时秦牧又大体上凝现了当时出现的岭南散文作家群的风姿。从20世纪80年代到现在，又有新的一代岭南散文作家群出现。这群作家各有自己的风格，也不同程度地继承和发展着岭南散文传统，又有新的共性风姿，即与近年的报告文学创作有相近的时效性与多向性的特点。杨羽仪在他自选的代表散文选《怪客》的自序中坦诚地说："我的散文以人生为最大的主题，所谓众生相，就是千姿百态的人生，即使有时写点风景和古迹，也渗透着七色的人生。""我希望我笔下的每个人物，每种人生，都有它的特殊心态，都以自己的特殊经历，特殊感情，'悟'出特殊的'道'。特殊者，通俗一点，怪也，故冒昧取书名《怪客》。"筱敏在她的散文集《喑哑群山》的跋中称："人与人并非因熟视而理解，人只能以自己的形式在人世上寻求回应。然而并不一定每个人都能找到回应。"照我看来，"怪"者，多向性也；"回应"者，时效性也。张梅将她的散文集取名《千面人生》，其中的篇章大都是写新的时尚，如：穿老式的《棉布的衣鞋》的自在风采，《拍散拖》的情趣，《咖啡厅与美学》的学问，《笑谈"摆款"》的做作，穿《短裙》《穿悠闲服的女人》和《永远喇叭裤》的奥妙……是俗气吗？不，是够"洋"、够"现代"的了！散文的观念和程式要变革，也在变革，岭南散文在转化，而且是最早、最快地在变革、转化。历来迎风弄月、力求脱世的清高之风，相当盛行的风光游记，前些年一度流行的只图吐出痛快的自我表现，等等，都在当今的岭南散文中最快受到摒弃。

改革开放讲求时效，讲求多彩，讲求竞争，务求更新。这是新的时代精神，也就是新的文艺态势和文化新质之一。

（2）创作意识的自主性与地方性在增强

岭南的地理条件和历史原因，似乎决定了这个地方的文化，总是在"北风海浪"的夹击之中。所谓"北风"是指五岭以北之文化，广东（包括广西）称外省人一概是"北佬"，不管华北还是华东、西北、西南；称港澳和海外为"南风窗""吃盐水"。新中国成立前，广东与港澳文化实际是一体的。新中国成立后分离开来，闭关自守，虽毗邻而明显的往来不多，但实际上是影响不断的。改革开放后，尤其是办深圳、珠海特区后，港澳及海外文化似海浪涌入，一浪接着一浪，一浪高过一浪。另一方面，五岭相隔的地理条件，不仅使岭南与岭北的气候和自然条件有所不同，而且人的素质与社会文化也有甚大的差异。但广东毕竟是中国南方一个省，各方面都要受到以中原文化为中心的民族文化的传统及现状所影响和制约，时时都要承受来自岭北的文化中心发出的阵阵"北风"的袭击，与海浪的冲击波相似，一阵接着一阵，一阵高过一阵。这样的海浪同北风"南北夹击"的形势，正是岭南文化与文学形成的条件，也是其特点之一。

这种形势，使岭南文化有着兼容、多彩、开放、吸取、敏锐、浮动的特点，有着易变，往往是不很协调、不很成熟（即非驴非马、不三不四）的形态。在其自主意识和地方意识得以充分发挥的时候，这些特点则会化为风靡全国的文化浪潮，或者化为可以屹立于全国文林或艺林的一种流派或文派。

20世纪80年代中后期，有两股"北风海浪"席卷全国。一是现代主义文学，一是通俗文学。广东有些作家也卷入了这两股风浪，但在其中体现了自己的自主性和地方性。当意识流小说刚在中国文坛冒头的时候，青年作家廖红球即以《爱的古藤》和《血玫瑰》等中篇小说呼应，但他的小说，又只是对部分意识流和象征主义手法的吸取，而且是浓重地表现出岭南客家地区的风情和文化意识，从中透露出改革开放的新气息。青年作家熊诚也是最早卷入风口浪尖的作家，他先是在中篇小说《黑吊钟》里以现代派的手法和意象凝现粤中山区的古旧文化观念与情结，又在前些年于长篇小说《狂澜》中，以意识流加现实主义的方法，将西江某地的古与今、传统与现代、保守与改革、变革与新潮等所造成的生活、意识、情感和文化观念上的撞击，将人的美与丑、爱与恨、善与恶的搏斗，汇于具有浓郁岭南特色的汹涌"狂澜"的艺术形象中。曾经在报上发表文章，对意识流方法表示怀疑的邹月照，后来竟然采用多种现代文学技法，而又是以现实主义为主体的长篇小说《沼泽》，以主人公的悲剧表现了一代人乃至民族的痛苦和困惑，探求历史文化和个体人格的关系，挖掘生命本体的蕴涵，又富有浓郁的岭南气味。何卓琼是在艺术上最富创新精神而又是自主性甚强的女作家。她的长篇小说《祸水》，曾因有太强的现代意识和女性形体美的描写，招致某些人的误解、非议。其实，她是试图以现代与传统结合的方法，将广东改革开放的先进现实发展的反映，与对人的本性、意识和文化的探索和体现，汇于一体之中，可惜这种自主性甚强的探索未受到人们足够的重视和支持。这位作家又在新写实主义的新潮中显身手，以《西关故事》的小说系列，别开生面地以专写岭南都市风情而屹立于这新潮之中，同时又在岭南文坛上独弄这股新潮。

历史题材的小说创作，新时期之初热过一阵，出现过不少好作品，此后有较长一段时间少见佳作问世。广东则于近年出现了好几部佳作，是广东近年长篇小说丰收的一个组成部分，也可说是其中一个热点。这种"北冷南热"的新态势，看来也是岭南文坛的自主性和地方性增强的一个表现方面。更为重要的是在这类创作中的意识倾向：在题材选择上，明显地方历史题材倾斜；在对生活的揭示上，明显向地方风情倾斜；在创作的开拓和意蕴上，明显向文化人和文化蕴涵倾斜。例如：杨万翔的《镇海楼传奇》，写的是明初建广州五层楼的故事，其中甚多广州特有风情的描写，塑造了知府道同等铮铮正骨的文化人形象；刘斯奋自出版《白门柳》第一部《夕阳芳草》之后，近年紧接着出版了第二部《秋露危城》，写的是明末清初的动乱江南，虽然未及岭南风情，但其着重于文化人和文化蕴涵的开拓和体现，则是甚有岭南文化自主性的地方特点的。为何如此说呢？试看前些时的历史小说，包括最著名的《李自成》（姚雪垠）在内，大都着意于写农民起义或武侠、武将的风云史，显然这是受农民起义是历史发展的动力和枪杆子里出政权的思想影响所致的。从上述几部历史小说可见，广东作家对历史题材的把握，显然淡化了这思想，而是着力于写文化人、写文化的历史和历史社会的文化，或者以社会政治斗争表现文化意识与观念的冲突，对刀光剑影的血腥搏斗似乎兴趣不大。这现象不是个别的、偶然的，恐怕可以说是一种自主性和地方性的表现吧？值得注意的是余松岩的长篇小说《地火侠魂》，写的是同孙中山一道开始革命的先驱陆皓东的光辉历程，不乏刀光剑影的描写，但全书写得最精彩而分量较重的，是浓重的南国文化与珠江风情，是甚有文化风度和岭南特质的陆皓东、孙文、尤都好等人物形象。这部作品出版时在北京也受到好评，其原因是与此密切相关的。

（3）创作意蕴与能量的超越和发展

虽然我们广东的条件较优越，但纯文学的困境是与其他省市相差无几的。在这样的情况下，我们广东作家仍保持着创作热情，作品的数量与质量都在增长和提高，称这几年为新的繁荣、丰收期并不过分。我看这丰收的内涵，有中层一代作家新的崛起，新起作家有新的超越因素。这崛起和超越，又主要在于和表现于创作意蕴与能量的超越和发挥。这是近年岭南文学的特点之一，也是其文化新质之一。

首先是对现实的把握，不再像过去那样停留于直接性、平面式、单层的，而是超越性、主体式、全方位的。前面所说报告文学时效性和多向性的特点，在小说创作中也有同样的特点和特质，但有所不同，主要在于反映对象和服务对象不似报告文学那样有具体的直接性，小说创作的时效性在于对现实新动力新问题的敏感性。而这，又是对现实把握的超越性和立体性统一的。例如：朱崇山先后创作了两部反映深圳特区生活的长篇小说《南方的风》和《流动的雾》，前者在20世纪80年代初办特区的艰难时期，提出了新时期的中国还是要靠人去走出新的道路的问题，较早地揭示了办特区要"杀出一条血路来"的思想；后者将特区的飞速发展而又瞬息万变的流动生活，与现代人们的人际关系、意识感情的万变流动，交叉汇现于流动的雾的形象中，既是超越的，又是立体的。廖华强最近出版的长篇小说《泣歌伴我》，可说是最新的写特区变化的长篇；在勃勃生机中有腐朽没落，有新与旧的急剧交替，有人的地位、关系和意识、情绪的剧烈分化和变化，是经济特区又是当今时代的变奏曲或交响乐。黄康俊的长篇《热带岛》，写的是南方海边一个渔岛独特的自然环境和人文环境，以主人公的童年视角，观照了各种人物在岛上经历了数十年（以至更长的历史）的生存竞争和人际搏斗，揭示了渔岛独特环境的内核是在于人的原生态和生命力，虽然写的生活远古和陈旧，但意识却是现代的，内涵是超越的，又是立体的多彩的。前些年以写海南奇特风情著称的伊始在出版《黑三点》之后，又进行长篇《铁佛》的写作，继续在多种多样的奇特风情描绘中，对人文哲理、宗教、意识、命运的探秘,是长篇的怪异奇特风情画卷,是现代的又是超越的全方位喷发的艺术长廊。黄天源从《出走少女的日记》到最近完成的长篇小说《骚动》,以对少男少女的一贯关注中,观照现实的种种社会问题,又越今而溯其源并照其四面,创造了可以入社会历史艺术档案的三棱镜似的形象。在全国报刊多项中篇小说评奖中连连获得殊荣的女作家张欣,最近又以新的中篇《永远的徘徊》,而以她自己特有的女性和个性十分鲜明的抒情方式,创造了令人"永远徘徊"的艺术形象。

其次是作家和作品的能量超越,这突出地表现在中层一代作家崛起的现象中。所谓中层一代是指新中国成立后成长起来主要是20世纪50年代末到60年代初开始创作的作家。这代人多是工农兵作者或记者出身,开始时初露锋芒,不很成熟,即遇到"文化大革命"。新时期开始重新执笔,虽时有佳作,但影响有限。原因是其处于老、青两代之夹层,老一代的影响有似大树,虽可乘凉却被其掩盖;青年一代弄新潮,初生之犊不畏虎,咄咄逼人。这局面造成中层一代作家有每况愈下之势。这现象似有全国性。奇怪的是广东的中层一代作家,近年有崛起的独特现象,表现在好几位作家不约而同地写出了超越自己的作品,而且,他们各自的能量和作品能量又是立体式、全方位喷发的。陈国凯在20世纪50年代是工人业余作者,初显才华即屡遭厄运,粉碎"四人帮"后以《我应该怎么办》而在"伤痕文学"浪潮中享誉文坛;在中篇小说《代价》获奖的殊荣后,他开始了多卷长篇小说《好人阿通》的创作。这部作品以普通工人的沧桑寓现中国社会的沧桑,有浓郁的城市风味和文化意蕴,无论在思想或艺术方面,都是他本人创作的新飞跃。杨干华在20世纪50年代末,是写好人好事起步的农民作者,20世纪70年代末以短篇《惊蛰雷》重现文坛,近年在完成多卷长篇小说第一部《天堂众生录》之后,又出版了第二部《天堂挣扎录》,以"无梁不挂钟"和"弹钢琴"的独特艺术支点,以天堂农民的几十年悲剧缩影了中国社会几十年乃至千百年的斗争悲剧,从作品的内蕴到这位作家的功力,都显示了他思想艺术的超越和艺术才华的立体式喷发。20世纪50年代做记者编辑出身的沈仁康,连续出版了长篇小说《记忆里一片落叶》和《尘世》,前者以当今意识对"文化大革命"再观照,后者对当今改革开放中人们的社会地位、价值观和意识、感情的种种新变化,以新的创作风姿而显示了自我超越。同样是记者编辑出身的程贤章,其超越性更是全方位跨越和喷发的,他一方面以《风流人物报》为阵地,组织并自己带头创作，开创了一种新型的记者型报告文学；另一方面连续写出了数量惊人的短、中、长篇小说，尤其是最近出版并即受人注目的长篇小说《青春无悔》和《神仙·老虎·狗》，以真切、深刻、多面，洒脱的眼光和风度，观照过去的岁月，观照人生和社会，寓现了深厚的文化意蕴和人生哲理。无论从对作品或对作家的各种方位上去衡量，这两部长篇都是上乘之作，都超越了只写某个时空生活面和单向主题的模式，以感情、哲理、文化的意蕴把握人物，也就使形象具有全方位的喷发威力，这两部作品本身是有立体式的超越性的。显然，这是程贤章及其作为岭南中层一代作家，在近几年有了质的飞跃和新的崛起的重要标志。

再就是艺术才华和功力的高度发挥。这以新起作家尤为突出，例如：青年作家吕雷，近几年除发表一批报告文学之外，还发表了许多短中篇小说，以及好几部话剧、电影、电视文学剧本，这些作品绝大多数，都是以他熟悉的沿海生活为题材的，小说《海响》《望海椰之恋》《彩虹在延伸》和最近发表的《生命》以及《花好月圆》，话剧《云霞》《炫目的海区》（电视文学剧本）、《加州来宾》（电影文学剧本），都是如此，表明了他在这神圣领地里对生活的开掘步步加深并高度发挥自己的才华。女作家伊妮善于以最新的时代意识和嗅觉，开拓生活与艺术的新领地，又善于以自己的才华和勤奋，在新领地上苦心经营，开拓出自己的艺术新天地，她在紧接完成调查城市妓女问题的《阳光下的思考》、调查社会信仰和宗教问题的《欲海与神恩》之后，很快从前者题材中创作出《风化警察》，从后者题材中创作出《冷酷的假面》，这两部长篇小说比原来的报告文学，不仅有艺术形式上的差异，对题材的把握和作品的内涵也有甚大的扩展。部队作家雷铎，是个怪才、快才，他似乎走出了他熟悉的"军事禁区"，全方位地直面当今世界的人生社会，全方位地运用文学艺术各种手段，高速度高效率地创作出多种作品，并都具有相当影响，他的长篇报告文学《中国铁路协奏曲》被铁道部称为难得佳作，通知全国铁道系统阅读，他的长篇小说《子民们》获广东鲁迅文学奖。早在20世纪70年代末享誉诗坛的青年诗人洪三泰，近年也是全方位地高效率地喷射才华，出版了《天涯花》《孔雀泉》《野性的太阳》《悬念》等诗集，中篇小说集《热吻》，散文集《心海没有落日》，长篇传记文学《体坛神笔》《知音王国》和《魅力在东方》，长篇小说《心网》。早些年，他的报告文学《中国高第街》引起各界兴趣，后来他和珠影张良将其改编为电影《女人街》，在全国放映,引起轰动;之后,他又进一步开掘这种题材,创作了长篇小说《闹市》,真可谓是"三级跳远""步步高"!

以上这些现象可说是岭南文学取得新繁荣、新态势的内在因素和外在特点。这些因素和特点,似乎在总体上表现出岭南文学在改革开放前沿的条件下,有新的发展,似有社会主义初级阶段中商品经济条件下的初步形态,同时,这些现象可说是从文学上表现出的文化新质,也可说是商品经济条件下的初步文化形态。其性质是发展中的,是仍在继续开放变动的,是不成熟、"不三不四"、深浅优劣同在的。对此试图概括,提出探讨,同样如此,旨在加强理解,更在促进。

这个发言,既是对当时广东中青专业作家成果的概括,也是当时广东文坛态势和文化新质的缩影,体现了岭南文派和文化文学的新开拓和新进展。

(三)新兴的特区文学,泛化的"打工文学"

1. 新兴的特区文学

20世纪70年代末至80年代初,按党中央部署,广东在深圳、珠海、汕头三地创办经济特区,作为改革开放的前沿地、试验地。随着经济形态发展的飞速变化,社会生活与文化形态也日新月异、早晚不同。尤其是与香港仅一步之遥的深圳特区,原是几万人口的农村小镇,短短几年时间即变成了百万人口的现代城市,成了全国"东南西北中,发财到广东"的聚焦地,从而也即高速地产生并形成特有的文化形态,造就了特区文学、打工文学的兴起,成为岭南文派的新军,开拓了文化文学的新领域。

值得回味的是,1981年夏天,即深圳特区揭开建设序幕之时,广东的文艺评论家20余人,在时任广东作家协会副主席萧殷率领下,到深圳考察,受到时任特区书记吴南生接见并听他讲解了建设规划,参观了香港招商启动的蛇口工程,亲临了沙头角,首次看到香港电视,与当时的海外文化零距离接触,大开眼界。接着又到珠海特区参观,以游船方式,环岛观赏澳门,方知改革开放是先以特区向海开放。由此开始即与特区结下不解之缘,在深圳文联作协的安排下,我有幸与饶芃子、黄树森、谢望新、李钟声、张奥列等一起，参加多次"特区文学"评奖或作家聚会。20世纪80年代下半期，陈国凯出任《特区文学》主编时，还委托副主编李圣夫（丹圣）专程到广州请我主持《特区文学》工作，因我不拟重操编辑旧业而婉辞了，但工作关系却是更加密切的，也因此而对特区文学格外关注和支持。同时，在这前后期间，由于我既是深圳文艺界的评奖委员，又是广东鲁迅文艺奖、广东报纸副刊评奖、广州文艺评奖等项目的评委，而这些项目又必须关注特区的作品，所以我对特区在这创办时期的作品读得较多，其中还对一些作品发表过评论，如：谭日超的《爱的复苏》、朱崇山的《流动的雾》、丹圣的《小姐同志》（《特区人情世态》）、陈锡添的《风采集》、陈伯坚的《滨海城的俊女们》、潘强恩的《浴血青山》、张英伟的《跋涉者脚下的道路》等。

当特区文学如雨后春笋、风生水起的时候，许多文艺评论家纷纷发表谈话或文章，热烈议论是否形成独特的特区文学？特区文学的"特味"在哪里？在我先后发表的有关评论中也参与了这些问题的讨论，从文化意识、艺术视点、人物形象、矛盾冲突等方面的特点探讨其"特"之所在。但较为明确的是在参加《特区文学》创刊10周年评奖时，发现当时蛇口的口号"时间就是金钱，效率就是生命"所体现的竞争性质和精神，就是特区的文化特质和精神。这种现象必然反映到文艺上来，成为特区文学的现实基础，化为特区文学的主旋律或基调。所以可以说：竞争，就是特区文学的主旋律。这种主旋律和精神，都充分体现在这10年来发表的特区作家和文学新人的作品中，都在不同方面或方式上体现出这个主旋律；而且在整体创作中越来越普遍、越来越明显、越来越自觉地出现了以竞争为主旋律或主调的现象。具体表现在：

首先是以竞争的题材为多，或者说着意表现竞争的题材或着意以竞争为主调开掘题材为多。例如，这次获奖的报告文学5篇，都是以特区生活为题材，并都是出自深圳作家手笔的，都从不同角度上显出这种特点。刘学强的《OK中国农民》写深圳渔民的今昔，宫端华的《在未来历史地理的刀刃上》写深圳沙头角中英街之古今，都是从地域的内外交叉特点和古今的历史而着意体现改革开放的竞争带来的生活与精神的变化；陈秉安的《来自女儿国的报告》写从内地到特区的打工妹生活，梁兆松的《股海波涛》写深圳的股票市场，都是特区特有的生活题材，这种题材本身就是充满着激烈的竞争的；王向彤的《火中飞起的凤凰》，写特区四个高级知识分子同自身疾病顽强斗争的历程，题材和主题本身无"特味"，但由于抓住特区的环境背景和人际关系的特性开掘题材，以所谓"文化沙漠"和文化精英、微薄的经济收入与丰富的精神成果、都市的物质诱惑与顽强的搏斗精神、紧张的人际关系和温暖的爱之湖的反差，写出了具有"特味"的竞争环境与精神。看来所谓特区的"题材优势"，不仅是在于特区发生的事情和值得写的事物是其他地方所不可能有的，而且还在于以特区的环境和文化背景去经营题材，更重要的是能否把握每一题材中都具有的而又是千差万别、变幻无穷的竞争机制与旋律。

与把握题材密切相关的是把握矛盾，即着意于以竞争而把握矛盾或着意表现竞争性的矛盾。这在小说创作中尤为普遍而明显。谭日超发表于1982年《特区文学》创刊号的遗作中篇小说《爱的宣言》，最早体现这一特性。小说以自幼在中英街青梅竹马的蒲秋媚和杨古月的曲折坎坷的生活与爱情道路，写出了从"文革"到办特区的辛酸历程和巨大变化。这两个隶属不同制度下的青年人，尽管受着种种对立性的环境所迫受尽苦难，但他们还是心心相印地联系着，最后为建设特区作出共同贡献，同时又并开了圣洁的爱情之花。这种对矛盾的把握方式，是着意于对立中的联结，不是扩大对立，激化矛盾，即使写情敌双方也是如此，而是着意于在事业和爱情上的平等竞争，以今日的平等竞争否定过去岁月中的不平等的斗争，显然是甚有"特味"的。廖虹雷的中篇小说系列《老厂》《老村》《老圩》，从1987年至1990年完成，以"三老"在改革开放后的巨大变化，其着眼点也主要是在这边境带的竞争，从政治、经济到文化，从社会生活、人际关系、邻里关系，到家庭关系、亲戚关系与恋爱关系，无不在错综复杂的纠葛中，有着种种交叉的竞争，在竞争中显示出社会的矛盾和从物质到精神的发展变化，写出了特区的历史与现实的文化背景与形态。丹圣的《特区世态风情》中篇系列，从《小姐同志》到《你心中之我》，揭示了在开办特区初期过程中的种种矛盾，包括老干部、外商、新的投机家、正直的新一代、冒险家等人物之间的纠葛，简直无处不是你死我活的争斗。值得注意的是这些矛盾斗争，同过去所说的阶级矛盾和斗争是不同的：过去是阶级阵线清楚，是非分明，性质明确，结局肯定；而现在所写的矛盾斗争都是在合理合法的情况下发生的，有道义上的正义与邪恶的区别，但是非、性质、结局不一定清楚，往往是在于机遇决定输赢，彼此的矛盾和争夺又往往是能否获得机遇的竞争，真可谓是得机遇者昌，失机遇者亡；而能否获得机遇，也在于发挥自身优势、善于利用机遇的竞争。所以这两部中篇的结局都是困惑的。这困惑就在于对特区矛盾的困惑，也即是对这种新的形式竞争的困惑，而这，正是作者从生活感受到这种新的变化，从而自觉体现这种竞争机制。

  竞争型的人物形象塑造，是特区文学日益明显的主要特点和优势，这在中短篇小说创作中尤为明显，并且从一些较有影响的作品先后问世的时间次序，可以看出这特点和优势日益发展的脚步和轨迹。1982年谭日超《爱的宣言》中蒲秋媚的形象，从历史的遭遇到初办特区的坎坷历程体现出竞争品格；1983年朱崇山《彩色的边镇》中小字辈以天才的建设设计和高度的家乡感情成为竞争的胜利者；1985年张黎明的《李察·黑尔》中的阿莉，从事业到爱情都显出了与"鬼佬"的竞争意识；1986年李兰妮的《他们要干什么》中的沈小桔，从内地到特区的目的就是竞争；1987年丹圣的《小姐同志》中的吕振中和杨群的《酒店》中的王光超，都是脱下解放军军装到特区，在同外商合作中谱写竞争的"老兵新传"，《酒店》中的白莲姑娘还在竞争中从土气十足的村姑变为出色的公共关系人才；1989年陈荣光的《淡淡的忧思》中写党委书记李子仁和经理陈福海在实行经理负责制和儿子亲事上的矛盾，揭示了体制改革中的竞争内涵；林坚的《阳光地带》中的阿龙，体现了特区在外资企业中"打工仔"的竞争观念和品格；1990年张伟明的《下一站》中写的"打工仔"吹雨、朱江、崔多达，在一次接一次的失业打击中，仍坚持着到"下一站"去竞争，并不气馁或怨天尤人；1991年王海玲的《在特区叹世界》，写老作家老扁到深圳开办广告公司，"壮老"鱼脊也因协助有功，发了一阵财，"叹"了番"世界"，最后因母公司脱钩，生意全无，又变成两手空空，可谓"空空来，空空去"，堪称两个"捞"型的竞争形象；1992年无君的《有为年代》塑造了一个在特区边沿的小镇上为生活奋斗而沦落的女人泊其，在"有为的年代"里拼命竞争，结果却是无所作为，最后离开而默默病逝，是失败的竞争者形象。从这些形象可见，这些写特区生活的作品都不约而同地创造出竞争型的人物，而且越来越明显、越来越自觉、越来越多种多样并深刻地塑造这种形象。这是特区生活中这种现象日益发展的体现，也是特区的人们的竞争意识日益鲜明、强烈的体现。

所以，不仅在中短篇小说创作中，而且在一切文学艺术的创作中，都有着竞争意识日益鲜明、强烈的状况和势头，并且有着旗帜鲜明地倡导和歌颂这种竞争意识和观念，甚至以此作为生活的准绳、价值取向和文化观念。在特区开办前夕的 1979 年，先一步扎根深圳的诗人谭日超写的《望香港》一诗：

> 香港呵，好拥挤一隅人间竞技场！
> 公正地说，你的名字，未泯当时清香。
> 我知道金元口袋处处张着血盆大口，
> 但我指出，浊浪里，你有另外一种光亮；
> 这种光亮，只要我们一旦发现它便是能源，
> 可以熔解傲慢无知，焚尽那夜郎思想。

这是最早的"熔解傲慢无知"的呼声，是最早发出的将"光亮"变成"能源"而奋起竞争的呼号。最早一批到深圳参加创办特区的诗人韦丘，在他主编的 1982 年《特区文学》创刊号上发表的诗《边城赋》：

> 时代卷起的暴风，
> 终于冲垮了心造的樊篱。
> 科学和技术渡过了界河，
> 东方的文明由此向西。
> 边境的呼吸顿时畅通了，
> 打一个喷嚏，翻身崛起。
> 黄尘中脚手架虽然杂乱无章，
> 卸掉它便露出一个崭新的特区！

写出了从过去的边界对立到今日呼吸畅通和奋起的意识。尤其值得注意的是 1986 年间，也即是在特区开办 5 年后，出现了青年女作家刘西鸿写的《你不可改变我》等好几篇影响甚大的作品，都是表现出新的观念而引人注目，这新的观念就是平等的竞争意识。《你不可改变我》写的一对

热恋中的青年，彼此的契约是互不干涉事业与生活，不强求一致，不将爱情关系当作彼此个人的从属关系，也不强求性格一致，而是互爱、互重，各有独立事业与人格的关系；她的中篇《慢慢走呵慢慢走》写的姐姐、哥哥、弟弟三人从小到大、从单纯到复杂的家庭关系，始终是"那就是我，那就是我，就是我"的关系；《月亮，摇晃着前进》写的若愚、若谷这对姐妹，其心灵世界，同《自己的天空》一样，都是尊重自我的呼唤，是平等的意识，也即是竞争要求的前奏和基础，也是一种竞争的价值和观念。李兰妮的《他们要干什么》写的沈小桔，以及呼延凯、孟伟男、苏姬等特区一班办报青年，他们的全部行动和意识，都是"要干"竞争，办报竞争，各版竞争，组稿竞争，爱情竞争，帮助工人维护自身利益竞争，为维护新闻记者的权利和义务竞争；这些竞争，都是为着人与人之间的平等，是各展才智、人格独立、机会均等的竞争，这种意识和观念，正是特区经济高速发展也促使着文化和意识、观念变化的反映，这正是区别于内地和过去的主要所在。刘西鸿、李兰妮的创作，主要以体现特区这种观念与意识的特点和优势而引人注目，这也说明这是特区文学在全国文艺界令人刮目相看的主要所在。

竞争型或竞争性的节奏，也是特区文学的特点和优势之一。节奏体现于两个方面：一是文学发展的速度，一是作品的格调。十多年来，特区文学的发展速度是快得惊人的。1985年，也即是在开办特区5周年时，评论家李钟声在长篇论文《论深圳特区五年来的文学创作》中，充分肯定了特区文学的发展，又"呼唤深圳作家群"；1989年5月，广东的几位评论家和部分特区作家在《特区文学》举办的石岩湖笔会上，一致肯定了深圳的作家群，已是广东的"四大集团军"（即：广东省直、原广州军区、广州市、深圳市）之一，并且开始形成特区文化现象；从1989年后的3年时间里，我看基本上是实现了在那次笔会上发出的"在新的审美层面上呼唤特区文学"的呼唤，这就是：形成了以竞争为主旋律或主调的特区文学，并作为岭南文学之一翼，屹立于群雄竞起的中华文艺之林。诚然，当今特区文学的长篇大型巨著较少，影响不大；中型和小型的作品多，影响较大的是中小型作品，尤其是对现实感应较快的报告文学。这种现象正是特区经济发展和生活节奏快的体现，要求文学的发展同步，是必然而自然的。值得注意的是不仅报告文学对现实的感应快，中短篇小说、诗歌创作也同样如此，在新观念和新意识的体现上说，中短篇小说似乎比报告文学、诗歌、散文等轻快形式还迅速，彼此都在对现实的感应上，有着竞争迅速的势头，这也是竞争型的节奏的一种体现。长篇或大型创作不发达或影响不大的原因，同原有基础不厚、发展时间不长有关，但更重要的是长篇或大型创作需要"慢工出细活"，与这种竞争型的快节奏不合（此外尚有长篇或大型创作需要对现实有一段消化过程才能创作出来的原因）。所以，我们要发挥这种竞争性的节奏的优势，以敏感、高速取胜，在竞争的节奏中争出高精尖的产品。

我试图从以上方面论证特区文学的主旋律或主调是竞争，也即是说，特区文学主要是竞争型或竞争性的文学。如果这种看法可以成立的话，那么我们的特区作家不妨强化自己的竞争意识，更自觉地以竞争把握现实和创作，同时也在我们的创作组织上（包括制度、计划和编辑工作）加强竞争机制。这样，在不久的将来，我想一定会有更成熟的特区文学流派涌现，在特区建设中发挥重大作用，在当代中国文学史上写下自己的一章。

（1992年7月在《特区文学》创刊10周年评奖颁奖会上的发言）

2. 泛化的"打工文学"

与特区文学对应的是"打工文学"的兴起。

广东是全国改革开放的先行点，深圳、珠海特区的创办，广州作为"南大门"的独特位置，使得全国各地（包括广东各地，尤其是农村）的青年，大量涌来，在经济特区、经济开发区，尤其是珠江三角洲一带"三资"企业发展较快的地区，数量更多，使这些地方的外来人口比例超出了原有常住人口的比例，并有不断上升趋势；在广东全省的人口比例中，从农村进入城市、从外省进入广东的人口比例，也是日益增大的。值得注意的是，这些移动进入的人口素质，经过十多年的生活，正在起着变化。无论是从农村进入还是从外省进入的人口，已逐步适应了城市或广东的生活，并成为建设和社会生活中的重要力量，进入安家立业、养儿育女的阶段，从简单的生活需要与经济需求，进入了更高的精神需求与文化需求；无论是早年进入或近年进入者，文化素质都有明显提高。这种新的社会力量及其素质变化，必然要求文艺反映并有其自身的文化与精神需求，造就了写"打工"的文艺出现，并且兴起了由"打工"者写"打工"或体现"打工仔""打工妹"的精神及其需求的"打工文学"潮流。这股潮流最早在深圳特区，几乎与特区文学同时兴起，开始是特区文学的一部分，不久又随"打工"潮从南向北发展泛化，这股打工文学潮也从特区泛化到珠江三角洲和广东全省，进而泛化到全国以至国外。

我是在1985年10月在深圳讲学时，经青年评论家杨宏海介绍发现这种"打工文学"现象的，随即在深圳宝安区《大鹏湾》杂志读到张伟明的两个短篇小说《下一站》与《我们INT》，随后又在《特区文学》等报刊读到大量写"打工"的诗歌、散文、小说（以青年作家安子为多），明显昭示了这种文学新潮的兴起；接着又看到《佛山文艺》因大量发表"打工文学"作品而发行数十万份，更将这种文学新潮扩展的态势。更值得高兴的是，这种文学潮流不仅在地域上迅猛扩展，还体现在创作领域和体裁的高速发展，从短中篇小说、散文、诗歌，很快发展为电视剧（首部反映此题材的电视连续剧是广州电视台的《外来妹》）和长篇小说（首部是谭伟文《广州梦》），而且报刊、作品、作者日益增多，影响越广越大。

1996年2月7日《南方日报》上，发表了我与研究生（李红雨、张百尧、萧荣华、颜湘茹）关于"打工文学"的对话：《一种正在泛化的文学现象》。在对话中指出："打工文学"是改革开放的大环境下特有的文学现象，经济因素是促使其产生的最基本、最有力的动因，"打工文学"最先出现在广东，就是因为广东是全国改革开放幅度较大、经济生活最活跃的地方，尤其是经济特区的宽松政策，像磁铁一样吸引着人们。当时的广东，正是经过长期关闭后的中国的缩影，有丰富的自然资源和人力资源，却缺乏技术、资金；有广阔的市场和巨大的消费潜能，却没有竞争。这在日益饱和的世界市场中，是一个令人着迷的空白带。当时海外有近五千亿的游动资金，正在寻找投资点。以深圳、香港为中心的华南工业区，无疑是最具有吸引力的投资地区；全国农村实行责任制后，将大量的劳力从土地上解放了出来，成为不断南下的打工大军。可谓占了"天时地利人和"。这种"打工潮"在1989年达到了高潮，也在深化发展的同时开始泛化。

首先表现在"打工"题材的文学作品泛化，自兴起后即迅速扩展到全国各地、各种文学领域、各种社会阶层，各种作家都涉足这种题材的创作，以至各种当今题材的创作中都或多或少涉及"打工"的现象或问题；由"打工"切入描写社会复杂生活并以身份较高人物为主人公的大型作品越来多，这些主人公恐怕不能完全说是"打工仔"了，所写的生活也不能完全说是"打工"生活了。其原因是近年不少大学生、研究生等高学历知识分子不断南下，成为较高层次的打工一族，亦即"白领"职员，渐渐成为引人注目的一群。相应地在"打工文学"里，描写他们的作品也慢慢多起来，较成熟的作家和专业作家也投入"打工文学"的创作了，出现了较大型的作品，包括长篇小说和多卷长篇小说系列。这类作品的生活场景，主要是商场，是公司、写字楼，而不是流水线。因此，作品涉及的内容也日益变得丰富多彩：股票、期货、房地产、办报纸、拉广告、三角债……带有更浓的都市气息，以至性爱、"包妹"等现象。如清远作家谭伟文在出版长篇小说首部《广州梦》之后又出的第二部《圆梦楼》，广州专业作家张欣的《绝非偶然》，广东专业作家高小莉的小说《永远的漂泊》，深圳青年作家李兰妮的小说《他们要干什么》、李季彬的《最后一个情人》、吴启泰的《美丽的谎言》、缪永的《驶出欲望街》等大型作品中都有体现，甚至还表现在《曼哈顿的中国女人》《北京人在纽约》这些描写"洋插队"的留学生生活的文学作品中。这些作品是打工文学的深化，恐怕也不能完全说是打工文学了，应该说是一种泛化现象。

另一种泛化现象是女性小说出现。具体表现在一批以写女性"白领"打工族的爱情生活为主的小说连续涌现，反映了这些女性的爱情观、婚姻观，在独自闯荡的"打工"生涯中，发生了很大的变化。比之传统女性，她们在处理两性关系、事业与爱情的关系时，显得更加自信、独立。在传统与现代的夹缝中"走钢丝"，竭尽全力寻找平衡。像梦溺的《敬你一杯苦酒》、王海玲的《东扑西扑》、张欣的《首席》《绝非偶然》、高小莉的《蓝蝴蝶》《永远的漂泊》、邓燕婷的《禁止拥抱》《请你抚摸我》、缪永的《驶出欲望街》等小说中的主要女性人物的命运和思想性格大都如此，在文学中显现了"女强人"称霸的"阴盛阳衰"态势，也远超"打工文学"的范畴，所以也是一种"泛化"现象。当然，从某种意义上说，这种"泛化"现象也会给文坛注入新的活力，但从"打工文学"而言，也必然随着打工现象的扩散，而逐渐消融在由其衍生出的新的文学形态中，而非其原生之质态了，所以，可以说"打工文学"的出现是一种暂时的局部的现象，随着"打工一族"在南方现代都市生活的时日增多，经济和社会地位的逐步变化，文化和意识差距的日益缩小，认同的增多加深,"打工文学"也即会随着"打工一族"的消失而泛化、淡化。

(四)广东评坛的特点与优劣势,"后不如前"论的提出和讨论

1. 广东评坛的特点与优劣势

1993年11月25—26日,在广州举办了"纪念文艺评论家萧殷逝世十周年暨萧殷文艺思想研讨会",我提交了题为《萧殷与广东的当今的文艺批评》的长篇论文并在会上作了发言。在这篇发言中,我概括了萧殷一生的革命道路和文学道路,在文艺创作、教学、培养人才,尤其是在文艺理论批评上的卓越贡献,并将其文艺理论批评特点,与新中国成立后广东文艺理论批评发展历程与特点联系起来,概括出三个特点,指出其优势与劣势,并最早提出创建广东文艺批评家协会的建议。三个特点如下:

(1)既站在时代前列,又很有自主意识

众所周知,在"文化大革命"时期,文艺理论批评变质,成为棍子、屠刀。1972年,在纪念毛泽东同志《在延安文艺座谈会上的讲话》发表30周年和林彪覆灭的背景下,广东文艺界部分老同志得到"解放",在广东省文艺创作室,编辑出版《广东文艺》,办文艺创作学习班,辅导青年作者。在清远举办的广东省和韶关地区文艺创作学习班上,一批老作家和大学教师,分别讲授文艺创作的基本知识,坚持以文艺创作规律解决当前创作问题。这时萧殷刚被"解放"出来不久,被我请到清远学习班讲课。在讲课中,他大胆指出塑造无产阶级英雄人物"不是文艺的唯一任务",向"四人帮"的"根本任务论"提出挑战,震动一时,后被作为"文艺黑线回潮"之表现而受到追查。这次由刚"解放"的老作家和大学教师为主的讲座,尤其是萧殷的观点,表现了在"白色恐怖"的年代,广东的文艺理论批评仍具有时代针对性和自主性统一的特点。

粉碎"四人帮"后的新时期之初,这特点更表现得充分、鲜明,影响巨大。1977年10月以后,广东报刊最早批判"三突出""根本任务论""文艺黑线专政论""反写真人真事论",清算"阴谋文艺";1978年,在全国最早为《三家巷》《苦斗》《艺海拾贝》等被诬陷的作品及其作者平反;

发起关于爱情描写的讨论，冲破"禁区"；讨论陈国凯的小说《开门红》，倡导正常批评；同年底，在全国最早恢复文艺团体组织及活动，召开创作座谈会，刚刚复出的周扬、夏衍、林默涵、张光年专程莅会发表讲话，萧殷策划组织，由黄树森执笔为《南方日报》撰写特约评论员文章：《砸烂"文艺黑线"论，为实现四个现代化而创作》，于1978年12月29日《南方日报》头版刊登。这是在全国最早否定"文艺黑线论"的文章，极大地推动和促进了全国文艺界的思想解放运动，被《人民日报》等新闻单位称赞为"三个活跃"，即：思想活跃、创作活跃、组织活跃。1979年，展开了《姻缘》《我应该怎么办》等"伤痕文学"的讨论，关于"歌颂与暴露""向前看"的讨论，1980年后，关于社会主义批判现实主义、关于"意识流""朦胧诗"等问题的讨论。这都说明了广东的文艺理论批评，是既站在时代斗争的前列，又是很有自主性，也即是现在所说的自主意识的。

萧殷的这一文艺理论批评特点，又是广东理论批评的特点，在20世纪90年代初期的中国文坛，无论是在全国或是在广东，都有仍需继承发挥的现实意义。就全国来说，当今的文艺批评似乎失去了或淡化了时代的针对性，也失去或淡化了坚持文艺创作规律和作为文艺理论批评职能的自主性。诚然，像过去那样仅以文艺为政治服务的要求"针对"文艺问题，将文艺批评仅作为"斗争武器"去利用，是必须坚决杜绝的，但不能因此而否定文艺批评的基本原则和标准；我们应当坚持"百花齐放，百家争鸣"，坚持艺术风格、艺术流派和创作方法的多样化，但是不能因此而离开艺术形象创造和评价的基本准则，将包括真善美的标准及其好坏、优劣、高低的衡量尺度一概抛开，去侈谈什么"批评主体""印象批评"，这种否定文艺创造基本准则和基本规律的理论批评，其结果是否定和取消文艺批评本身，是既破坏文艺创造生产力，又阻碍和破坏正当文艺批评的发展的。也许这个原因是因素之一吧，近年来我国少有"拳头"作品问世，也不见有分量的理论批评。广东的时代针对性和自主性结合的特点，使得在前些年对席卷全国的"现代派"思潮若即若离，创作与批评都受影响不大，其他带全国性的文艺思潮也卷入不多，似有专注本地，面向港澳海外，背向岭北内地的"坐北向南"姿态，因而近年欠缺立足本地，面向全国的文艺理论批评，显出了地方自主性过强、时代针对性削弱的弊端，这是需要坚持和发挥广东本有的特点和优势去克服的。

（2）既注重实践性、普及性，又注重根本性、理论性

萧殷是新中国成立以来在培养青年作家方面作出杰出贡献的文艺编辑家、教育家，当今著名小说家王蒙和易准、贺朗、黄培亮、沈仁康、蔡运桂、谢望新、李钟声、谢金雄、唐兀双、钟永华等评论家、诗人也与他有师生之谊。从 1959 年开始至他 1983 年仙逝，他一直是教育我的恩师。萧殷对后辈的教育培养，坚持着实践性、普及性和根本性、理论性的统一。他说："我相信一个简单的道理：任何大作家都不是天生的，都是从稚嫩的不知名的文学青年中产生出来，成长起来的。因此，发现扶植、培养青年作者，是繁荣创作的一个根本措施，不可忽视……在辅导文学青年时，重要的是指引他们走文学的正路。当他们开始学步时，如果路走错或走偏了，以后就越来越难纠正，所以，特别着力帮助他们弄清文学的任务和创作规律。"这段自白，清楚地表明了他这种自觉意识。他长期从事文学期刊的编辑工作和培养青年工作，解放战争年代在《晋察冀日报》做记者并编副刊，新中国成立后任《文艺报》主编和中央文学讲习所副所长，20 世纪 60 年代后期任《作品》月刊主编，并曾任暨南大学中文系主任、教授、研究生导师，兼任中山大学教授。这些职务，使他长期重视并坚持扶植、培养文艺青年工作，使他的这一主张和特点得以更充分体现并取得更大的成效。萧殷的精神和业绩也因此得到举世公认。

在萧殷的带动下，广东的文艺理论批评是比较重视文艺青年的辅导和扶植工作的，从 20 世纪 50 年代到现在，都是如此，而且也同萧殷在这方面的特点那样，具有实践性、普及性和根本性、理论性的统一。萧殷说过："编刊物有两个任务：一是出作品，一是出人才。"以编出作品来培养和扶植人才，又以培养和扶植人才而使更多好作品问世，可以说是我国许多作家和报刊成长的道路。报刊是培养作家的大学，是优秀作品的助产——起码在中国是可以这样说的。编辑是老师，是不知名的权威的理论批评家。因为首先是编辑发现作品、发现人才，编辑如果失误，首先也是扼杀作品和人才。编辑辅导作者，不同于学校教师教学生，主要是以刊物的面貌和质量给作者作出示范或提供启示，在改稿实践中提供参考意见，以笔会等形式加强交流。当今流行的评奖活动，就是寓示范、鼓励、交流于一体的一种培养扶植作家方式。广东的文艺理论批评，是最早并一直坚持以此为扶植培养作家的一种方式。早在 1962 年，《羊城晚报》举办"花地"优

秀作品评奖，当时全国只有《大众电影》刚开始举办优秀影片"百花奖"。报刊举办的文学作品评奖，是"花地"评奖开创的。当时的评奖委员会由欧阳山、周钢鸣、萧殷、秦牧、陈残云等前辈名家组成，评定后又由周钢鸣、萧殷、陈残云分别发表文章分析获奖作品的长处和短处，起到很好的示范和辅导作用。陈国凯、杨干华、程贤章、唐瑜、余松岩、谭日超、陈焕展等获奖者都是在当时正式步入文坛的。粉碎"四人帮"后，也是在广东最早恢复报刊作品评奖，《羊城晚报》《南方日报》《广州日报》的文艺副刊一直坚持评奖；《广州文艺》的"朝花奖"和《花城》杂志评奖，是全国期刊和大型文学杂志中较早实行评奖的；广东的鲁迅文学奖和新人新作奖，也是全国较早开办的省级文学奖。最近召开的首届全省青年作家代表大会，也是全国首创的，实际也是培养扶植青年作家的一种方式。如此评奖全面开花的局面和最早开始并一直坚持评奖的历史，说明了广东对作品和人才的培养扶植，不尚空谈，重在实际，既重在实践性、普及性，又重在根本性、理论性——因为每举办一次评奖活动都是对作品的一次检阅，从一定范围的创作透视全省或全国创作态势，作出理论概括和评价，指出存在问题和今后走向。所以，这种实践性、普及性和根本性、理论性结合的特点，也可说是广东文艺理论批评的特点之一。

当今中国文坛，各种评奖甚多，不少是有权威性、示范性的，但有些评奖不是这样，拉关系、走后门、搞平衡，甚至幕后交易私分，歪风邪气污染了这种圣洁高尚的鼓励扶植新作家新作品的活动，必须坚决抵制、杜绝。报刊编辑部门对"出作品、出人才"的任务"淡化"了，醉心于"向钱看"，不惜一切手段，抛出黄色、暴力的东西，腐蚀人们的灵魂，破坏社会文明。文艺理论批评界，虽然连续不断地向这些丑恶现象作出批评，但无济于事，似有愈反愈烈之势。造成这种现象的原因是复杂的，其中与社会的精神追求变化有关，同体制不合理或不健全有关。重要的是如萧殷当年所说："路走错了或走偏了。"自然，这些现象不仅是文艺理论批评的问题，同样也是不能依靠文艺理论批评所能解决的。从对青年作者的培养扶植工作来说，不能说不重视，相对而言是较过去放松了，相当多地方是放任自流、自生自灭的状态。有个别地方则"重视过头"，做法欠妥，像鲁迅所说的"捧杀"青年作家；也有部分自视过高，"老虎屁股摸不得"，向他指出缺点或不足就火冒三丈。所以当今是青年不要辅导，也无人敢去辅导；从而也就谈不上去要求实践性、普及性和根本性、理论性的结合统一。但应当看到还是有优秀的青年要走正路并能出作品、成人才的。我们应发扬萧殷这种精神，发扬广东文艺理论批评这一传统特点，结合新的时代要求和青年特点，继续坚持将这方面工作做下去，做得更好。

（3）既注重研究性、科学性，又注重综合性、实效性

萧殷是一位一专多能、业绩多面、著述甚丰的杂家型、"多栖型"的作家。他主要是一位文学家，在文学编辑、文学组织和行政工作、培养辅导青年作家工作、文学教育、文艺创作，尤其是文艺理论批评等方面，都作出了贡献，有所建树。他的著作有：《生活思想随笔》《论文学与现实》《与习作者谈写作》《给文艺爱好者》《鳞爪集》《习艺录》《论生活、艺术和真实》《谈写作》《给文学青年》《萧殷文学评论集》《创作随谈录》《萧殷自选集》，以及尚未来得及完稿的《创作方法论》，真可谓著作等身。他是著名的学者、文艺理论批评家、教授、编辑家。值得注意的是，他从青年时代开始直至20世纪60年代，一直进行着小说、散文、报告文学的写作，发表过不少作品，在20世纪30年代的广州报刊、40年代的延安报刊、五六十年代的北京报刊（包括《人民日报》《人民文学》等），都有他的作品发表，其中《桃子又熟了》《"孟泰仓库"》等散文、报告文学发表时影响甚大，他曾出版小说散文集《月夜》。20世纪60年代写出长篇小说《多雨的夏天》（30余万字）尚未修改、出版，可惜原稿在"文革"中失去。这些成果又说明他是一位有丰富创作实践和成果的老作家。所以，称萧殷为综合编辑型和学者型的理论批评家、作家是名副其实的。因此，又可见他的文艺思想和理论批评，是既注重研究性、科学性，又注重综合性、实效性的。他在《自选集》自序中说："我一向认为，无论是文学理论、中外文学史、中外文学批评史、中外作家作品研究、文学编辑工作、文学教学工作，以及文学领导工作等等，尽管它们彼此的研究对象或工作性质很不相同，但归根结底，都是在直接或间接地为繁荣创作、发展创作效劳的，倘若离开这最终的目的，这些工作就将失去存在的意义和价值。而文学评论，更是从作品或创作实践中引出来，又回过头去指导创作实践的。因此文学评论工作直接关系到创作活动的盛衰，是创作活动最亲密的伙伴。"这段话清楚表明他这种特点，他的经历和他的批评风格也说明他这特点。

广东的文艺理论批评似乎历来都有这种特点。早在20世纪50年代初，欧阳山在领导粤剧改革的时候，即在一次座谈会上提出"好睇（好看）有益"的主张，这是既有科学性又有实效性的主张，是很有地方特色又有普遍意义的理论观点，可惜在"三反""五反"运动中受到了不应有的批判。20世纪50年代中期，广东先后开始了关于欧阳山的系列短篇小说《慧眼》的讨论和关于小说《老油条》的讨论，都是以本地作品为实例而展开的文艺论争，主要是怎样看待作品中揭露批判主观主义、宗派主义、官僚主义现象的论争，虽然最后都是被"左"倾思想压制下去，但也表明了这种坚持从生活实际和本地实际问题出发去进行研究的理论批评之风一直在顽强地继续着。从1957年3月邹围同志在《作品》上发表《积极开展各种文学流派、创作方法的理论研究》一文受批判，到1980年4月《广州文艺》发表《提倡社会主义创作方法的多样化》；从1959年4月梁水台、余素舫二位同志在《羊城晚报》副刊《花地》上发表《谈现代悲剧》一文，到1979年《广州文艺》展开关于社会主义时代的悲剧的讨论（都是历时20余年的"旧话重提"）的历程，亦可见这种研究性、科学性与综合性、实效性的批评之风，是"野火烧不尽，春风吹又生"的。

自改革开放以来，尤其是在中央决定在深圳、珠海办特区，并确定广东为先行点之后，广东市场经济飞速发展，文艺和文艺批评面临许多新的情况和问题，文艺理论批评也在新的时代条件下有新的发展，其中之一就是继续这特点，并有新的发展，在研究性、科学性与综合性、实效性结合的基础上，增添了敏感性、灵活性、多样性。表现在下列方面：一是改革开放与文学、经济与文化关系的研讨。1984年，《当代文坛报》《花城》《特区文学》联合召开"文学与改革研讨会"；同年10月《作品》召开了"文学的改革与改革的文学"研讨会；1986年《当代文坛报》与天津《文学自由谈》在深圳作家协会联合召开有南北评论家参加的"现代文明与文学"研讨会；1987年中山大学中文系召开的"中外文化与中国现当代文学"研讨会，《当代文坛报》等分别就《急流》《天堂众生录》《胭脂河》《流动的雾》《长路》《商界》《外来妹》《中国铁路协奏曲》《招商集团》等小说、电视剧、报告文学召开的探讨新时代文艺、通俗文学的研讨会；1990年以来，《当代文坛报》等先后召开关于报告文学、市场经济条件下的文化与文学等专题研讨会，都是敏感针对时代新问题，而作出科学的、实效性、综合性研讨。二是对华南的文化与文学研究,比过去自觉、系统、深化。近几年连续分别召开著名老作家欧阳山、秦牧、吴有恒、陈残云、杜埃的专题研讨会,组织了对陈国凯、杨干华等中年作家的系列评论,召开了《地火侠魂》等新作的一系列研讨会,尤其是《当代文坛报》《羊城晚报》《广州日报》等先后发起和组织的关于"珠江文化圈""岭南文化""岭南文派"的讨论,关于"特区文学""特区军旅文学""岭南文学批评派"等概念的提出和讨论,都是富有研究性、科学性和综合性、实效性并结合于一体。三是开拓文学研究与理论批评的新领域。如在全国较早开展对港澳和台湾文学的研究,海外华人文学研究,比较文学研究,创作方法研究,外国学者对中国文学研究之研究,文艺心理学研究,美学中介研究,文学语言的变异研究等等,都是因门户开放和地域优势等原因,而在广东率先开展起来并做出成果。这也是广东的理论批评发挥这一特点和优势的一个表现方面。

(4)广东评坛的优势与劣势,倡议成立广东文艺批评家协会

总体而言,广东的,尤其是当今的文艺理论批评,是很有自身特点的,是很有成绩和优势的,但在某些情况下,特点和优势会变成局限和缺陷、劣势。广东文艺理论批评的这一特点和优势就是这样,综合性加重了显得芜杂,实效性加重了显得急功近利,敏感性、灵活性、多样性加重了,显得肤浅、多变、缭乱,计划性不够。长期以来,广东文艺理论批评常会出现这些局限或缺陷,近年来出现更多,尤其是太偏重实效性,表现在偏重本地和眼前研究,对全国性和长远性、根本性问题涉及不够。本来作为改革开放先行地区,所面临和探讨的问题会有全国性、长远性意义的,但对全国态势研究不够,在研究上有本地与全国脱节之偏颇,所以在全国影响不大。忽视根本性、长远性问题的研究,也造成批评虽新颖但肤浅,后劲不足,欠系统性。当今全国文坛不景气,文艺理论批评疲软、无力,广东也不例外。这种全国性的"流行病",病因不在文坛,要治病,必须党和政府在深化改革中从体制(包括组织和财政)和机制上解决问题,根本是要重视文艺和文艺理论批评,不能只重视眼前有实效性的工作,忽视乍看好似非实效性的意识形态工作。作为宣传文化部门和作家协会等主管部门和新闻出版单位也应将文艺理论批评放在应有位置上予以支持扶植。我们广东经济发展很快,是举世公认的;广东的文艺和文艺理论批评,近年也甚有成绩，也是人们首肯的。但省里对文艺，尤其是对文艺理论批评的支持是不够的，应在体制和财政上加强支持，可考虑成立文艺理论批评家协会或学会，组成基本和专业理论批评队伍，成立文艺理论批评基金会（包括奖励和出版资助），继续办好《当代文坛报》，各大报和期刊优化和增多文艺评论版面，出版社要有理论室，坚持并加强出版理论批评著作。当然文艺理论界本身尽最大努力克服涣散和疲软状态，继续发挥萧殷和广东历来文艺理论批评的特点和精神，在新的形势下开创新的局面。

这篇发言在会上和会后的反响尚好而有成效，翌年，广东文艺批评家协会正式成立，列入广东省文学艺术界联合会十大协会之列，时任中共广东省委宣传部副部长刘斯奋兼任首届主席，我与饶芃子、黄树森、谢彬筹等为副主席。这是全国最早成立的省级文艺批评家协会，若干年后，全国和各省区市文艺评论家协会才相继成立，广东也统一改称广东省文艺评论家协会，广州市也成立了文艺评论家协会。

这次盛会及对萧殷与广东评坛特点和优劣势的概括，是对岭南文派探讨的内容，是广派批评发展进程并走向成熟的梳理和标志，也即是开拓文化文学领域的题中之义。

2. "后不如前"论的提出和讨论

在20世纪90年代初我先后发表几篇论多卷长篇小说"后不如前"现象的文章，引起广东文坛以至全国文坛一波不大不小的震动，是值得回忆的。

开始是我在1987年4月6日《羊城晚报》副刊《花地》发表《论多卷长篇小说"后不如前"现象——〈一代风流〉前二卷与后三卷比较》一文提出，我国的多卷长篇小说创作，有一种比较普遍的、发人深省的现象，这就是：往往首卷受到热烈欢迎，享有盛誉，但接下的后卷或续篇，则多是影响不大，人们的评价总不如首卷。例如，《红旗谱》洛阳纸贵，作为它的续卷《播火记》《烽烟图》，则影响不大；《林海雪原》深受读者欢迎，续篇《山呼海啸》《桥隆飙》读过的人不多。《一代风流》首卷《三家巷》1959年在《羊城晚报》连载时，在华南几乎家喻户晓，二卷《苦斗》影响也较大，而近几年接连问世的《柳暗花明》《圣地》《万年春》等后三卷，读者则明显地比前两卷减少。可见多卷长篇小说创作这种后不如前的现象不是个别的、偶然的，是当代中国文学的一种普遍现象。

我认为这种现象的产生，有三种因素，分属于三种不同的情况。

第一种是在于作者本身，确有精力和功力下降问题。一部多卷的大型创作，是作家长期积累和酝酿的结晶，首卷大都是作家在精力最佳的年代动笔，必然精心经营，续篇则后劲不继。

第二种是在于作品的内容和艺术本身，首卷规定了后卷的人物、情节、主题等的走向和基调，后卷大都是首卷主要人物和基本思想的继续、发展和完成。这就使得后卷或续篇几乎是先天性地难以超出首卷。

第三种是作品与社会的关系，即现在有人称之为作品与读者的信息反馈问题。在作家的创作进程、作品的思想艺术与读者的精神（包括艺术）需求这三个自成体系的信息系统中，作品社会影响的大小程度，是由这三个系统信息交流或反馈的程度所决定的。读者的精神需求随时间发展变化而发展变化。多卷长篇创作工作量大，创作期长，首卷较能与读者的精神需求信息相呼应。后卷或续篇的创作进程，则往往受到首卷和原有创作计划的信息系统所牵制。

《一代风流》后三卷艺术质量不如前两卷，三种因素都有。笼统地认为后三卷不如前两卷不够确切。因为它与其他多卷长篇小说有所不同，不是像通常所见的"三部曲""五部曲"的多卷小说那样，各卷之间可以相对独立，它的布局、章次都是作为一个整体进行安排的。因此，我们对它不应将各卷分开作出评价，必须注意作品的完整性。若单以艺术功力深浅而论，我认为《三家巷》为冠，《苦斗》居次，《柳暗花明》《圣地》处于马鞍形底部，末卷《万年春》回升到《苦斗》的水平线。这只是大致比较而言。前两卷固然优势多，但后三卷也不是在一切方面都处于劣势，对此，暂且不作比较分析。本文只是依据上述三种因素，探究一下为何前两卷引起强烈反响，后三卷受到冷遇的原因所在。

第一，这部长达150万字的多卷长篇小说，从1957年动笔到1985年末卷完成，写作时间跨度达28年之久，"文化大革命"的冲击，对于作者的思想、艺术乃至《一代风流》的原有构思、审美追求、表现方法，等等，都必将产生影响，特别明显的是作者的精力和写作方式的变化。欧阳山重写和新写后三卷时，已是古稀之年，并且是助手（谭方明同志）根据他口述录音整理，讲与写是两种不同的表述层次。

第二，前两卷着重写三家巷第一、二代人之间，在第一、第二次国内革命战争时期中的日常生活，以及在重大的革命风暴中的纠葛，微观与宏观相互交错，疏密得体。对日常生活的描写与对重大斗争的反映，好似长河波浪，有起有伏，匀称和谐，展现出整个时代社会革命的状况与气势。后三卷写三家巷第三代人的纠葛。第三代人处于新的环境之中，他们的思想与活动已经不是作为矛盾对立的阶级或阶层的代表人物，而只是作为革命队伍中的一员（虽然在一定程度上体现了某种阶层的思想或烙印），因此他们之间的纠葛及其表现，就难以体现出更深广的社会内容，而偏重表现革命队伍成员中的思想摩擦，虽然作品在相当程度取得了反映历史进程的效果，但无论是宏观的把握还是微观的刻画，比前两卷都有所逊色。

第三，前两卷突出的特点之一，是善于描写错综复杂的人物关系，这个特点在后三卷则明显不足。周炳在第三卷以后走出了原来关系复杂的环境，生活在革命队伍和革命根据地之中，人物关系（主要是周炳与三家巷第三代人之间）比较单纯，不如前两卷复杂。小说所写的具有不同社会背景的人物，与作为主体描写的周炳、胡杏、何守礼等三家巷第三代人，彼此之间的纠葛展现出生活风貌与人物性格。但在具体描写中，第三代人与边区干部和农民的关系只是工作者与工作对象的关系。对这三种人物关系的描写，又多在斗争中表现，各行其是，联结不紧。这就使得后三卷在整体上未能发挥前两卷在表现人物关系方面所显出的艺术优势，从而造成对生活与人物的复杂性缺乏生动而深刻的艺术揭示，因而影响了作品的丰富性。

第四，1985年12月，欧阳山在广东文艺界《一代风流》研讨会上，曾诙谐地说周炳是"生不逢时"。20世纪五六十年代强调写英雄人物，周炳够不上英雄，受到批判；近几年，周炳成熟了，碰上的却是不强调写英雄人物的时候，受到冷遇。当年强调写英雄人物逐步升级为文艺的"根本任务"，作为划分无产阶级文艺与资产阶级文艺的"根本标志"。而读者群众，却对那种"千人一面"的"英雄"感到厌烦，反而对非英雄的艺术形象有兴趣。近几年来，矫枉过正，鼓吹"非英雄化"，而群众却依然欢迎英雄人物，乔光朴、李向南等形象引起热烈反响就足以说明这一点。可见读者的精神需求信息，与文艺作品和文艺理论批评的信息系统不同，有某种逆反的反馈现象。周炳在发展成熟之后，不如他未成为英雄时受读者欢迎，恐怕与这种现象有关；从作品的实际描写看，后三卷周炳形象的塑造，偏重从工作、斗争和思想等方面，形象较为单调而缺少层次，也是不可忽视的原因。

第五，前两卷在华南影响特别强烈，与小说描绘华南人情风俗、历史的生活斗争以及较多运用南方语言有密切关系。第三卷虽然仍写广东，但偏重写斗争进程，特有的地方生活与人情风俗有所减弱。第四、五卷主要是写西北、华北，写该地的地方生活与人情风俗，使原来的读者感到隔膜，加以偏重写斗争进程，相对减弱了小说的原有优势。时代的发展造成读者对文艺作品精神需求信息的变异，虽不能以此衡量作品的质量，但在探求作品社会反响的时候，又不能忽视这个因素。

列举上述看法并不是否定这部鸿篇巨制，而是试图以实例具体分析探讨多卷长篇小说往往后不如前现象的原因，以求对认识和改变这种比较普遍的现象有所帮助。

我国的多卷长篇创作不是太多而是太少。这种创作具有时代和历史的实录作用。无论从单个作家还是从一个民族和一个时代的文艺创作来看，长篇创作都占有重要地位。在近几百年的中外文学史上，具有重要地位和巨大影响的作品，大都是长篇的大型作品和多卷的长篇小说。曹雪芹、巴尔扎克、托尔斯泰、高尔基等光辉的名字，代表着各自的民族和时代的文艺水平，载入世界文艺史册，影响千秋万代，是与他们各自创作出《红楼梦》《人间喜剧》《战争与和平》《母亲》等长篇或多卷长篇这些人类艺术瑰宝分不开的。茅盾捐献稿费设立长篇小说奖，其苦心也在于鼓励长篇创作。支持长篇和多卷长篇创作，以积极的态度研讨长篇创作，对进行多卷长篇创作的作家和他们的工作给予更多关心、理解和支持，是十分必要的。

从我个人来说，当时之所提出这个问题，主要出自两方面情况：一方面是对当时文坛有种"老虎屁股摸不得"现象不满，尤其是某些新生作家，有点成绩就忘乎所以，只想听赞扬的话，有人稍说些缺点就暴跳如雷，听不得真话，助长讲假话、大话、虚话、空话、废话，影响正常的真正的文艺批评的开展；另一方面，在于我发现这种多卷长篇小说"后不如前"现象不是个别的，有普遍性，应当认真从创作实践中找原因，以求从根本上克服这种现象；即使我这看法有不当或片面之处，也当作为正常文艺创作问题讨论提出，有利于作家在创作中注意这个问题，也有利于作家与批评家之间的沟通。尽管我知道这些动机是无可非议的，但从何下手呢？作为对欧阳山著作的长期研究者，又是从他刚写完的《一代风流》五卷长篇小说中开始发现这种现象，是否可以由此提出这个问题呢？会不会因此造成对欧阳山不尊重，甚至是对他老人家的批评呢？这些顾虑，不亚于前些年我提出"社会主义批判现实主义"前的苦恼踌躇程度，最后我还是出于对欧阳山的尊重和信任，下决心讲真话，写出初稿后即请他指教。果然不出所料，欧阳山阅后约我面谈，表示他作为作者的看法与我不同，但尊重我的意见，不反对我在报上发表。实话实说，欧阳山这种表态，我是预料到的，因为我熟知他的豁达胸怀和人品境界必会这样做。值得欣慰的是，文章发表之后，反响尚好，也未造成错觉误解。唯有悬念的是，后来在《一代风流》再版时，改名为《三家巷》，原来各卷的名称都取消了，换成数字编排的一至五部，不知是何缘故？欧阳山一直未向我透露，不知是不是与"后不如前"论有关？实在地说，此论从提出到产生影响，都可以说是粤派批评的特点和成熟的一个具体标志，也是岭南文派与文化文学的题中之义。

值得再谈的是，1991年11月我又在《羊城晚报》副刊《花地》上发表《再谈多卷长篇小说"后不如前"现象》一文，就杨干华的多卷长篇小说"天堂"三部曲在前些年出版首卷《天堂众生录》之后，最近又出版了第二卷《天堂挣扎录》表示热烈祝贺，同时又将前后两卷进行比较，认为从总体说来，第二部在局部的和技术性的一些方面，是比它的首卷有所进展或突破的，有些人物在首卷中未完成，这卷完成了，还写了一些新的人物，在语言和格调上，运用调侃的方式所写的人物与生活，更为协调，更有深度，但在基本的、主要的，作为思想艺术水平的标志性方面是未能超过它的首卷的。我认为这种情况是前文所概括的三种因素和情况（即作者本身精力和功力下降，作品的内容和艺术受首卷束缚，社会的精神和艺术需求变化）之外的又一种因素和情况所致，这就是：多卷长篇小说艺术本身的客观要求和作者对此的意识与功力不足的矛盾问题。还指出这种因素和情况，是比前面说的三种更为普遍、更为直接的创作因素，而且这也可以说是长篇小说的分量和水平的主要标志和作品之间比较的主要尺度性问题。具体表现在：

其一，对社会现实总体把握的制高点与艺术表现的深厚度问题。长篇小说（尤其是多卷系列）容量大，一般都应艺术地概括一个历史时期或某一社会方面的生活。概括的总体性如何、深厚度与制高点怎样，是每部长篇的分量和水平的首要标志,也是作品之间比较的起码尺度之一。从许多杰出的长篇名著看来,作者对社会现实的总体把握大都有一个自己独到的又令人刮目的制高点,即认识反映所写社会现实生活的基本视点或总纲。值得注意的是,这制高点决定着作品反映社会现实总体性的概括程度和深厚度,是由作者的生活积累程度和思想艺术功力决定的,另一方面也在于所写的社会生活本身提供的客观基础如何,所写生活本身潜力有限,也会影响制高点的确定和概括度。照我看来《激流三部曲》的后两卷《春》《秋》不如首卷《家》,《一代风流》后四卷不如首卷《三家巷》,《播火记》《烽烟图》不如《红旗谱》,首要原因均在于不如首卷的制高点和深厚度。最近世界文坛对《飘》的续篇《郝思嘉》评价不高,据说主要原因是失去了正篇把握宏大社会背景、具有深厚社会生活内涵的基本,造成内容浅薄,变成平平的爱情小说。

我特别欣赏《天堂众生录》中,以钟、罗、梁三姓家族的关系和"无梁不挂钟"的观念,妙不可言地概括了"文化大革命"时期(乃至新中国成立以来)中国农村的人际关系和矛盾冲突,将现代的时髦和陈腐的文化观念的联系和本质一致揭露得淋漓尽致、入木三分。然而,《天堂挣扎录》试图以"挣扎"为透视点去概括"文化大革命"后期中国农村的人际关系,反映罗金汪、莫奀妹、钟进喜等青年一代,莫月娇、莫一嫂等农村妇女,在游民莫可能、巫婆陈其仙等"专政"下,所过的"满纸荒唐言,一把辛酸泪"的"天堂"生活,这种对现实的把握,显得肤浅一般,不像《天堂众生录》那样别开生面地点出带本质规律性的东西。这也许是因为两部所写的生活的时间和空间都是一个整体,从而难以提出新的制高点的原因。

其二,人物形象塑造的多样性、系列性和社会结构性问题。由于长篇小说(尤其是多卷系列)一般都具有缩影一定社会生活横断面的使命,也就要求在人物形象塑造上除具有典型性之外,还要求小说人物的种类、性质尽量反映出所写社会的生活与结构,具有更为丰富而又带有系列性或体现一定社会结构的多样性和代表性。被恩格斯称为在多卷系列小说《人间喜剧》里提供了一部法国社会历史的巴尔扎克,说他的创作是要"描写一个时代两三千个出色的人物",要把"一个时代呈现出来","这些人物从他们的时代的五脏六腑孕育出来的,全部人类感情都在他们的皮囊底下颤动着,里面往往掩藏着一套完整的哲学"。我看《家》和《红旗谱》的人物也具有纵横系列性，但它们的续篇中的人物，虽然也具有典型性，就人物形象本身来说是成功的，但就总体上说是欠多样性和系列性的。《天堂众生录》的人物形象，首先是成功再现出农村芸芸众生的多样性和系列性，又在于每人都有丰富的情感性和哲理性。钟万年是天堂大队响当当的"钟"，世代贫农，老支书，主宰着天堂人的命运和一切，他能连年不倒，左右逢源，全在于他有一套"善于弹钢琴"的哲学；中农罗可灿，是农村阶级斗争的"缓冲阶层"的代表人物，他妒忌"钟"响，自认为"罗"亦可鸣，表现积极，但徒劳而已；"地主仔"梁继承，自幼被收养于天堂，始终在阶级斗争中起到以"梁"挂钟的作用，被年年敲，月月敲，日日敲，最后被迫出走……其他如钟万元、罗金河、陆梦兰、莫月娇、莫一嫂、林碧珠等，都是既有性格又能体现农村社会结构意义的人物，有着甚为丰富多彩的内涵，又有着相当严谨的结构和现代意义。《挣扎录》写的人物，就个性而言，当然也是成功的，写得较多的莫可能、莫一嫂、罗可灿，是前卷的继续发展，形象是更丰富了，但不能说是新的典型。新写的人物陈其仙、罗金汪、莫夭妹、钟进喜等青年，也各有一定性格，但均欠缺体现一定社会结构的价值和意义。

其三，艺术结构的总体性和完整性问题。新时期以来我国长篇小说创作数量甚多，质量不高。艺术上的原因除上述两者之外，还在于对长篇小说艺术结构的特性欠缺认识，仅将其看作是短、中篇的拉长和字数增多，或者看作是人物与情节故事的增多和延伸，这是欠缺长篇意识及其艺术结构知识所致。在《天堂众生录》中，采取了以每章写不同的人物为主，又以此而层叠开展故事情节的"轮转式"艺术结构，是甚有新意的，是成功的，因为它打破了固定的、单一的情节结构模式，从而显示了社会生活的总体性和完整性。《天堂挣扎录》则逊色了，似乎沉醉于对莫可能的荒唐作为的调侃，造成这个人物成了小说的主要人物，也即是成了小说艺术结构的核心或主要部分；另一方面又过分对莫一嫂偏爱和同情，以致许多笔墨都泼在这可爱（我也认为如此）的人物身上。这样，写其他人物的笔墨少了，有些人物（如梁国君、梁天柱）有所表现却未能更多刻画，很可惜；所写人物数量不少，但种类不多，未能充分显示五光十色的农村社会结构。

我对《天堂众生录》特别赞赏，认为《天堂挣扎录》同属"后不如前"现象，主要是据此作出判断的。显然，这些问题，既是从杨干华创作的实际出发,又是从世界文库中的长篇小说创作历史经验出发而提出的,是实际而又较高的旨在鼓励超越的批评尺度。由此,从1992年1月15日至8月9日在《羊城晚报》上展开持续半年有余的讨论后,我又以《艺术的超越和批评的尺度》为题在1992年3月《羊城晚报》发表文章,续议对杨干华的"天堂"系列所引起的"后不如前"讨论,热烈赞赏谢金雄、何楚熊等同志发表了各种不同意见的文章,尤其是"天堂"小说系列的作者杨干华不仅主张展开讨论,还打破常规,介入讨论。这种气象,诚如时任广东省作家协会主席陈国凯所说:"开了一个好风气。朋友之道,贵在真诚,作家和评论家之间,也贵乎真诚。树立真诚的关系和情谊,无论对作者和论者都是很珍贵和大有裨益的。"限于篇幅,具体讨论成果从略。应予肯定的是,这场讨论无论是对岭南文派和粤派批评的发展建设,或是对文化文学的开拓探讨,都是有促进作用的。

(五)"当代中国文学"国际学术研讨会,开辟一个新的研究领域

1992年8月,我应邀到武汉参加"当代中国文学"国际学术研讨会。这个盛会,是由中国社会科学院与华中师范大学联合举办的,全国著名文学评论家作家张炯、朱寨、洁民(许觉民)、韩少功、刘思谦、饶芃子、陈美兰、王先霈、郭小东、陈志红等,外国学者作家戴小华(新加坡)、林芳(日本)、梁丽芳(加拿大)、爱薇(马来西亚)、安妮·居里安(法国)等数十人与会。这是新时期以来中外学者与作家共同研讨当代中国文学的首次盛会。

在这次盛会上,我提交的学术报告是《一个新的领域正在出现——评外国学者对中国现当代文学的研究与评论》,首次提出:这是一个新的研究领域。因为自从粉碎"四人帮"以后,中国的现当代文学越来越受到外国文学界和学术界的重视,中外文学界和学术界的文化交流日益频繁。中国作家和学者参加了国际笔会和各种国际文化活动,他们的许多著作被翻译介绍到国外,外国作家和学者也大量来到中国,或从事文学交流,或从事对中国文学的考察研究。据不完全的了解,前些年在柏林、纽约、科隆等地,先后召开了很有影响、卓有成果的专门研讨中国现当代文学的国际

学术讨论会，在多次的国际笔会上，或在写作中心的活动中，也都探讨了中国现当代文学问题。这些国际性的文学交流和学术活动及其产生的成果和影响，以及中国现当代文学作品和论著在国外发行的增多和影响的增大，使得中国现当代文学正在作为一种有独特魅力的文学现象，受到外国文学界和学术界的日益重视，这是很可喜的。

与此相联系的一个学术研究新领域，也正悄悄地在世界学术领域中出现了。这就是外国学者对中国现当代文学的研究和评论的理论学术领域。这个领域是外国汉学中的一个分支，在外国已经有近百年历史，许多专家都有新著出版。近10年来，它同中国现当代文学在国际上作为一种新的文学研究对象领域而日益发展起来，而又对它的兴起和发展起到积极的推动作用。所以两者是密切相关的，又各有其独特性。从中国的文学创作和评论研究的角度看来，固然对前一个新的领域的兴起和发展，应当高兴和重视，并以更大努力去促进和扩展它，而更为重要的是对后一个新领域的重视。因为这是外国读者、作家和学者对我国文学的批评，对我国的文学创作和文学评论研究，是直接的，具有更为有效的促进作用和启发意义。

我之所以将外国对中国现当代文学的研究和评论，作为一个新的研究领域（或称之为一种学科），首先是它具有相对的独特性和规定性。它是外国学者（包括作家、读者）对中国现当代文学（包括艺术）的研究和评论，这就是领域的规定性。虽然外国学者各以不同的立场、观点、方法去研究和评论中国文学，但他们的研究对象（中国现当代文学）、研究项目（文学艺术）都是一致的；同时，从研究对象上与他们所在国其他文学研究者是不同的，在研究角度、方法、走向上，又是与中国学者不同的，这就是独特性。其次是，外国从事这种研究和评论的学者和成果以及活动，过去是没有或者很小，现在是日益增多，大有方兴未艾、蓬勃发展之势。同时，外国从事此项研究的工作成果已取得重要的影响，取得了公认的学术地位（如已被大学列为课程或作为攻读硕士、博士学位的选题，列入科学研究项目）。所以，对这种研究和评论的反研究、反评论，不仅是新的，具有广阔基础和前景的研究领域，同时也是一个具有重要学术价值的高层次学术研究领域。

当今国内外都兴起"文化热"。文学是文化的一部分，是文化的重要体现。中国的传统文化和外国文化都对中国现当代文学有着直接的重大影响，这已是举世公认的事实。要对中国现当代文学作出深入的研究和评论，固然要对与一定时代文学相联系的中外文化及其相互关系作出研究，而对当今外国学者对中国现当代文学的研究和评论作出研究，也是不可忽视和更为新鲜的一个方面。因为外国学者的研究和评论，实际上就是外国文化的一种体现。外国学者都是直接或间接以一定的文化观念去评析中国现当代文学的；除了在他所在国发生影响，起到促进中外文化交流的作用之外，也会对中国文化产生影响。从"五四"以来中国文学发展的事实上看，外国文化对中国文化的影响，除了思想文化上的专著之外，影响最大的是文艺作品和文艺理论批评。在文艺理论批评中，主要是一些体系性的理论，对中国文学的评论则很少。这是过去中国文学在外国影响不大、不受重视的缘故。随着中国文学在外国影响日益增大，外国学者对中国文学的研究和评论的日益发展，这种文学研究和理论批评，也必然会对中国现当代文学的创作和研究起到反馈的作用，对中国文学产生影响，同时也体现了中外文化思想上的交流与融合。从这个意义上来说，对外国学者关于中国现当代文学研究和评论的研究，不仅有助于中国现当代文学及其与中外文化关系的研究，而且是一个更有新意和有着广阔发展前景的研究中外文化与中国文学关系的方面或领域。

　　前些时候，在我国的文学创作和理论批评上，出现了一种主张"全盘西化"的观点和思潮。这种观点和思潮所持的理论，是认为中国的传统文化束缚文学的发展，使新时期文学产生了严重危机，要中国传统文化"后继无人"，要"全盘西化"，中国的思想文化和文学艺术才有出路。这种观点和思潮提出的问题是多方面的，其中主要是中国和外国（主要是西方）文化是否水火不相容的两极？这两种文化对中国现当代文学的影响，在实际上是相互撞击、相互抵消、大相径庭，还是相互交错、相互补充、相互交融的？"五四"时期和新时期开头的文艺繁荣，是否全是"全盘西化"的结果？这些命题都很有深入研究的必要。对这些命题，我们除了可以从中国现当代文学的历史和实际进行正面研究之外，从外国学者的研究和评论中也是可以作出解答的。因为他们是货真价实的"西化"学者，是西方文化中的一员，都以"西化"的思想和方法研究评论中国文学。西方文化对中国文学有何影响，对他们来说比中国学者看得更清楚；中国传统文化对中国现当代文学发展是否起桎梏作用，他们更会"旁观者清"。由此，对外国学者的研究和评论进行研究评论，对当今"全盘西化"的观点和思潮所提出命题的回答，是更有说服力的。

所以，无论从作为一个研究领域的要求，或者从中国文学的发展、中外文化的研究，以及从现实的社会需要上去看，对外国学者关于中国现当代文学的研究和再研究，很有作为一个新的研究领域予以重视的必要，进行这项研究是很有现实意义和广阔发展前景的。

我们高兴地看到，我国文学界和学术界，已经对此开始重视了。中国社会科学院的有关研究所和一些大学的科研机构，近年以各种方式介绍和翻译了外国学者的许多有关论著；报刊翻译转载了好些有关材料，中国作家协会还于1986年10月间在上海召开了数十位外国汉学家参加的关于中国当代文学的国际学术讨论会，并在同年《文艺报》上选登了这次讨论会上的发言。中国社会科学文学研究所最近还编辑出版了《国外中国文学研究论丛》；外国也先后出版了许多有关研究中国文学的论文集或专著，如：美国加州大学教授皮柯维支的专著《马克思主义文学思想与中国》，美国波士顿大学教授梅尔·戈德曼编的论文集《五四时期的中国现代文学》，美国麻省密德贝利大学约翰·伯宁豪森等编著的《中国革命文学》，法国学者让·蒙斯特勒特的论文集《中国现代文学的顶峰》，捷克学者马立安·高利克的专著《中国现代文学批评发生史》，日本大阪女子大学副教授中岛碧的《郭沫若史剧论》，苏联学者费德林的《中国现代文学简论》，捷克学者雅罗斯拉夫·普实克的专著《中国文学的现实和艺术》，加拿大英属哥伦比亚大学副教授杜迈可的《当代文学论集》，美国加州大学教授林培瑞的《玫瑰与刺：中国小说的第二届百花齐放》《劲草："文革"后的通俗与有争议文学》《知识分子与现代化》，美国纽约圣若望大学教授金介甫就他于1982年主持的中国当代文学讨论会提交的论文编辑出版的《毛泽东以后的中国文学与社会》，以及聂华苓、李欧梵、白先勇等在外国发表的许多评论文章和编辑的丛书等。这些论著丛书和文章，在外国文学界和学术界有广泛影响。这些情况印证了我们认为两个新的领域（中国现当代文学被作为一种研究领域，外国学者关于中国现当代文学研究而自成一种被研究领域）正在出现的论断，也为我们进行后一个领域的研究提供了丰富的材料。

在这学术报告中，我还就当时所见的有关资料，对外国学者关于中国现当代文学研究和评论的基本走向和观点方法作出初步探讨，指出在研究动向上若干相似之点，文化观念上的认同和异见，文化和文学上的相撞与交融，尤其着重介绍了值得借鉴的研究和评论方法，指出外国学者的研究论著或评论文章，大都感到观点新颖，论述生动活泼；有针对性，无八股味；有学术水平，无学究气。这些特点，同外国学者本人的研究、评论风格，同他们的研究与分析水平，和他们的文化气质和理论素养是密切相关的，是这些因素的综合具体体现。他们比较注意研究和评论的角度新颖，以及研究和评论的方法。他们写的文章，往往不惜篇幅，在开头申明他所选取的角度和采用的方法，使读者从新颖感中进入他的命题，从对其角度和方法的理解，随着其结构和思维方式的逻辑而逐步了解或认同其阐述和论证。他们的这些研究、评论的方法和特点，与我国学者或评论家的不同。他们几乎没有用过我国的研究和评论界过去流行的方法，更没有那种将思想和艺术分割，各分列出若干特点的模式，没有那种将优缺点七三开或在肯定之余，带上几句不足的"鉴定式"的评论，也很少运用前些时被我国某些人奉若神明的"系统论""信息论""控制论"之类的研究评论方法（也许外国学者对这些方法比我国某些倡导者熟悉得多），也不像前些时我国视为时髦的堆满新的名词术语（这也许在外国学者更不困难），对所研究、评论对象若即若离的（同样对于读者也是似懂非懂，若即若离的）"自我感受"式的文艺批评。如果要将外国学者的评论文章，同我国过去和当今的文艺评论比较的话，我感到他们的评论是比我国过去的评论"西化"一些，但比之当今我国某种时髦的批评文章，这些外国学者的文风却是比我们某些中国人的文章"中国化"得多。这可真是文学研究和评论上"洋"趋"土"化，"土"反而"洋"化（是否货真价实的"洋化"？）的反差现象，是颇耐人寻味而又有讽刺意味的。外国学者一般运用比较的方法较多，也有用结构主义方法的。为对他们运用的方法更具体地探讨，现根据笔者所见的有限材料和有限的水平，试将他们的研究方法分得更细一些，作出一些粗浅的分类概括，大致有：寻根法、潮现法、认同法、反差法、凝现法、平比法、交叉法等（具体论例均略）。外国学者对中国现当代文学研究和评论在方法上也有自己的独特性，对此是值得深入研究和借鉴的。这也是笔者认为外国学者对中国现当代文学的研究和评论是一个新的领域的根据之一，自然它也是这个新领域的一个研究方面。应当说这个开辟一个新研究领域的倡议，也是开拓文化文学领域的一个新成果和新途径。

（六）香港、澳门讲学，海南港澳台地区诗坛盛会

1. 香港、澳门讲学

1993年3月13日，我应香港中华文化促进中心、香港作家联会的邀请赴港讲学并进行文化文学交流，同时被邀请的是北京中国作协书记处书记邓友梅和上海著名作家王安忆，广州只邀请我。讲学之后，先后与香港作家学者饶宗颐、曾敏之、罗忼烈、罗琅、犁青、潘耀明（彦火）、陶然、夏婕、梅子、周蜜蜜，台湾诗人郑愁予，以及同时赴港的内地作家学者王安忆、刘梦溪等进行了学术交流。随后到澳门的澳门大学、澳门写作学会讲学并与邓景滨、李观鼎、程祥徽、林佐翰、刘煊、唐作藩、陈颂声等当地学者、作家进行了学术交流活动。

我在他们举办的当代中国文坛透视讲座上作讲学报告的题目是《从80年代到90年代中国文艺思潮的演变》。我在报告中指出：

中国当代文学的文学思潮和文学现象，数十年来形成了一种似乎带规律性的发展态势，即往往是：一哄而起，走向极端，进而物极必反，走向反面；如此周而复始，但前后的内容和性质有异。这种现象，可称之为逆反性的螺旋形现象。

毋庸讳言，新时期以来的当今中国文学已经形成了整体的多元化格局，这是对过去数十年相承的一元化格局的逆反。我们观察新时期以来十余年间的种种文学思潮和文学现象，几乎都可以从这整体格局的逆反性去找出其产生原因或依据，亦可由此评价其在当今文学发展中的作用和价值。例如：新时期之初涌现的"伤痕文学""反思文学"，可说是对过去规范性的颂扬文学的逆反；"人性文学"的兴起并日益盛行未尝不是对过去一味强调"阶级文学"的反拨；西方现代派文学的各种花样或流派在20世纪80年代的中国文坛先后踊跃登场，虽有门户洞开的时势原因，然则也未尝不可说是长期坚持现实主义一统天下的必然反结果；"性文学"的出现显然有对过去文学禁欲主义的惩罚因素；"寻根文学"的昙花一现，从登场到退场，都与文学对现实的直面性之淡化和强化的时势有关。可见这些文学思潮和现象的出现，都是对过去的逆反结果，是过去某些思潮或现象

向极端发展，也即是物极必反之产物；由此又可见这些思潮和现象，在其初始的阶段，是具有推进当代文学发展的作用和价值的；同时，这些众多思潮和现象所构成的总体的多元化文学格局，也是对过去一统化或一元化格局的历史性反拨。

以上只能说是20世纪80年代上半期（也即是1986年或1987年前）的情形。20世纪80年代下半期，中国文坛出现了主要是两种文学得势而又相互对峙的局面：一种是以现代主义占上风的所谓纯文学，一种是以武侠或侦探小说（包括一些言情小说）为代表的所谓"俗"文学。这两种文学思潮和现象，都各有其自身的健康或错误（或庸俗）的分野，不能一概而论，但从总体趋势而言，虽然两者的竞争开始时平分秋色、势均力敌，但很快决出雌雄，前者败北，后者耀武扬威。个中原因甚多，其中之一是现代主义文学始终停留在青年大学生（又主要是部分文学青年）的欣赏领域里，不为广大读者群众所接受，而当时文坛又被现代主义先锋派主宰，弄得广大群众无可接受之文学，造成了精神与文学需求之空白。在这种情况下，一些基层文化人"近水楼台"而得知如此需求信息，率先将香港金庸、梁羽生之"武侠风"加大，使用盗版、改编、翻制等手段，或者是采取再创作、自创作的做法，大量抛出所谓俗文学。又由于发行与出版体制的改革，使这种文学更有出版发行渠道，一时小报小刊风行，书报地摊遍布城乡街头，真可谓席卷神州大地，风行一时，将现代主义的先锋文学挤得无立足之地。这种"纯"不如"俗"，"纯"败于"俗"的状况，恰恰正是"纯"文学走向极端所造成的逆反现象；另一方面，这也是对长期以来过分强调文学的教育功能，忽视文学的消遣功能，也即是过分地束缚文学的"纯"并以"纯"取代"俗"的偏向的报复和惩罚。以整体格局而言，这种"纯文学"和"俗文学"两军对垒并主导文坛，之后又由"俗文学"取胜并霸占市场的格局，对于20世纪80年代上半期那种极其多元又极易躁变的格局，也可以说是一种稍有收敛的逆反。

必须特别说明的是，这里所说的20世纪80年代下半期这种状况，是大体而言的，不是文坛现象的全部，有些重要现象未包括在内。比如说文学艺术上的情绪化现象，尤其是躁动的情绪宣泄现象。这是在20世纪80年代上半期已有，但在下半期尤为突出并风行的。这种现象表现之一，是港台言情文学流行，"琼瑶热""亦舒热"就是实例。这是俗文学的一种现象;另一种表现是纯文学中的情绪化倾向,如:刘索拉的《你别无选择》、刘西鸿的《你不可改变我》、徐星的《无主题变奏》,电影《红高粱》的插曲《妹妹你大胆地往前走》以及《跟着感觉走》《酒干倘卖无》《不在乎天长地久,只在乎曾经拥有》等歌曲的流行,都是纯文艺向俗文艺倾斜的表现,这些小说和电影都可说是纯文艺,然则其流行的内在原因,是情绪的通俗化,也是躁动情绪宣泄的通俗化。这既是俗文学对纯文学的逆反,也是对长期以来文学上机械反映论的片面发展(强调反映现实客观生活进程,忽视或否定情绪表现)的逆反。

在20世纪80年代中期兴起的以"寻根文学"为起点的"文化热"现象,也是下半期的一个文坛热点。这个热点的发端,可说是现代主义先锋派的一个分支,值得注意的是这起点——寻根文学,只是昙花一现,一哄而起,很快潮退,但其所掀起的"文化热"却日益蔓延深化,推展至整个文艺创作、文艺批评、文艺研究领域。各种创作方法和流派,都不约而同地向这热点深化,各种地域性的文学(如西部文学、乡土文学、岭南文学、特区文学)、领域性文学(如军旅文学、经济企业文学)也都朝这热点深化;文学批评方法热,有西方文学批评方法传入之原因,实际上也是这种文化热在文学研究领域中的具体表现;在文学研究上,以新时期文学是否危机四起到如何对待民族传统文化的论争,尤其是对《河殇》的论争,以至对"五四"文学、近代文学、古代文学的史料或个体文学的研究,都进入文化层次的研究,或者说是以文化为研究的着眼点和归宿。这种"文化热"现象,实际上也是一种逆反性发展,过去长期以来一直强调的是文学的社会性、政治性,从创作到批评再到文学研究,都重于或偏于社会学的眼光或政治上的功利要求。"文化热"是对这种传统的反叛或反拨。寻根文学热,文学批评方法热,否定民族传统文化热等匆匆来去,因为它们本身都具有走向极端的因素(如寻根文学过分强调民族传统文化之落后面,文学批评方法热则过分将方法抽象化并脱离文学而批评文学,否定民族传统文化的虚无主义和崇洋主义),也有这些"热"脱离现实实际,脱离群众需求(也即是欠缺"俗"气)的原因,所以,致使纯文学败于俗文学。

跨进20世纪90年代以后这两三年的文学,可以说是20世纪80年代文坛的继续而又逆反性的发展。在总体格局上,仍继续保持着多元化,但所包含着的"元"则有别于20世纪80年代。最突出的是求实之风在文坛兴起，与20世纪80年代的大轰大鸣的轰动效应和躁动之风明显不同，是对此前的螺旋形的逆反发展。具体表现在：

小说创作上兴起"新写实主义"作品。以方方、池莉、刘恒、苏童、叶兆言、刘震云、何卓琼等作家为代表。这种文学思潮或流派，是以写真实的人和事并以塑造真实的、客观的形象为旗号的，其所谓写实，是写具体环境和具体人物之真实，即活灵活现的具体时空和人物，不是再造的典型环境和典型人物，也不是代表理念或某种情绪的形象符号，使人读之，真实易懂，但又内含基本的文化意味和现代意识。所以，可以说这是一种既是纯文学又是俗文学的作品，是寓纯文学于俗文学之中的一种艺术。这种思潮或流派的出现，直接地说是对现代主义文学的一种逆向发展，是写实文学传统的一种回归现象，但又与现实主义尤其是革命现实主义（社会主义现实主义）有根本区别，也是对这种传统的反拨。

其次是电影和电视文学的实体化现象。从创作要求到形象结构，以至艺术效果，都注重形象的实体性。例如家庭电视剧的流行，《渴望》就是一例，最近引起争议的电视剧《爱你没商量》又是一例，王朔等作家就是由此而名噪一时，被称为一种"现象"的。此外一些影响颇大的电视剧，如《辘轳·女人和井》等北方的作品，《商界》《公关小姐》《女人街》《外来妹》等广东的作品，都是注重实体生活的表现；甚至一些重大革命历史题材影片，如《血战台儿庄》《平津战役》《淮海大战》，以及一些写领袖人物、先进人物的影片或电视剧，如《朱德》《刘伯承》《焦裕禄》和《蒋筑英》，都是注重忠实于历史本身的真实，人物本身的真实，不为政治需要而作拔高或贬低的更改，少了空话、大话、假话，以活生生的实体形象征服观众和读者。这种实体性形象创造之风既是对极左"假大空""隐瞒骗"之继续反击，也是对20世纪80年代以来越演越烈的现代主义先锋派倡导的理念、玄虚、空灵等的心灵化之风的逆反。

其三是实感性的作品走俏，尤以诗歌、散文作品突出。前些年继琼瑶热、亦舒热、张爱玲热之后，连续兴起诗歌的席慕蓉热、汪国真热。这些热，是由于受到大、中学生和社会青年欢迎，而席慕蓉、汪国真的诗，都带有一定人生哲理性，并贴近于青年生活实感，所以才为许多青年传抄，作为自己的座右铭或情感寄托，将这些诗歌同近年流行的内地或港澳的"金曲""劲歌"对比，我们不难发现许多相似之处，简直如出一辙。例如汪国真的名诗句"生命是自己的画板／为什么要依赖别人着色","没有比脚更长的路／没有比人更高的山"。广东近年流行歌曲之一《为何走不出母亲的温柔》(杨湘粤作词):"云在水里漂,水在天边流,说不清是喜还是忧,阳光在我前头,鲜花在我身后,说不清该不该回首。"对比这些诗句和歌词,不难发现其异曲同工之处,即是勉励、劝慰,但不是高调的口号空话;是真情实感,不是无病呻吟或自作多情。看来这些诗热或流行歌曲热,主要是说出当今青年心里话,吐出了他们心声的缘故;同时也在于这些诗浅白易懂,易记易学。显然,这也是对前些年"朦胧诗"潮的逆反,也是对过去唱高调的新诗"传统"之反拨。散文创作同样有着实感化的走向,并且出现了实感化散文走俏的新势头。近年巴金的《随想录》引起内地、港澳以及国外轰动,原因之一即这是"真情实感录",是"无技巧而高度技巧之作"。贾平凹的主张是:"明白文章也是古镜,是不需要磨的,别把一切都收拾得干干净净,美人不是绢人,雪花并不算花。"这种写实感的创作走向及其主张,正是对多年来以杨朔为代表的以诗写文、造境写文的散文模式的挑战,也是对近年某些写心灵、灵性的散文主张之逆反。1992年花城出版社编有一套散文丛书,名为《人生文丛》,分别将鲁迅、胡适、郁达夫、周作人、徐志摩、朱自清、梁遇春、林语堂、沈从文等"五四"以来著名散文家的有关人生的散文之作,分别编出专集,并以各家之人生观特点,分别取名为《呐喊人生》《实用人生》《颠沛人生》《恬适人生》《浪漫人生》《温静人生》《潇洒人生》《雅致人生》《淳朴人生》,等等。很受欢迎,一版再版,供不应求。这股散文热的兴起,原因同汪国真等类似,一方面是青年对人生追求之寻觅需求,另一方面是实感之共鸣感应。这两个方面,都是过去强化一元人生哲学的虚化、神化之散文倾向的逆反。

其四是实用化之风日盛,甚至成为当今中国文坛的主要时尚。近年社会主义市场经济受到承认和倡导,由此而带来各种领域的体制改革,包括文艺体制改革。实用化,就是偏重为市场经济服务,讲求实效,并使文学本身赋予经济价值。前些年,报告文学创作出过一阵"大"风头,《唐山大地震》《知青大串联》《大动摇》等"大"字头的报告文学,产生了轰动效应,但很快就潮过浪平,出现了众多写改革开放先进企业与人物的经济型报告文学或企业报告文学,有人戏称其为"广告文学",对其评价有褒有贬,莫衷一是。但不管怎样,在经济界企业界是受欢迎的。以王朔为代表的一些作家，则将作品推向市场，被戏称为"议价作家"；除著名演员黄宗英、刘晓庆先后投资做生意之外，近年又有谌容、张贤亮等作家"下海"。这些现象，不仅使文艺创作实用化，连同作家的职业也开始具有实用性和商品性了。这可看作是过去多年文学的政治实用化现象的重复，亦可谓是一种逆反；重复着一窝蜂的风潮化和实用化，逆反则是对片面的政治功利主义的逆反；近距离来说，则是对20世纪80年代以来取消文艺"为政治服务"口号之后，"纯文学"思潮中片面强调"自我表现""无目的""无意识"文学之风的逆反或惩罚。

以上这些"求实"之风，虽有相似之基调，但出自不同领域，有不同表现形式，有不同性质，与过去某些时候（如1958年"大跃进"时候的浮夸风）的"一元化"之风不同，是一种多元性的相通汇聚，是带有自发性的浪潮，实质上仍是新时期以来多元化格局共性的逆反性体现，也可说是逆反性的、螺旋性的发展。看来现在之"实"风已几达极致，往后如何发展，以何方式或源自何处出现逆反现象，难以预料，但可以看出，分化之趋势是不可避免的，且迫在眉睫。中国文坛的多元性，发展的逆反性、螺旋性，还会继续下去。

2. 海南港澳台地区诗坛盛会

1993年8月，我应海南大学和《海南日报》的邀请，与夫人陈淑婉一道，赴海口参加"罗门、蓉子的文学世界"学术研讨会。罗门、蓉子伉俪是台湾诗坛"双星座"，同是海南人，故在海南举办两人创作研讨会，并邀请港澳台地区和海外诗坛的诗人学者与会，因而也就实际上是港澳台地区的一次文化交流盛会。海南省副省长刘名启、海南大学校务委员会主任林亚珉、《海南日报》总编辑林凤生等主办单位领导到会致辞，与会诗人学者除罗门、蓉子外，尚有新加坡作家协会主席黄孟文，台湾诗人学者丁善雄、林燿德、陈晓明、张健、陈宁贵、陈鹏翔、戴维扬、萧萧，大陆（内地）诗人学者舒婷、公刘、刘梦溪、陈祖芬、谢冕、鲁枢元、刘登翰、刘扬烈、周伟民、唐玲玲、古远清、古继堂、潘亚暾、熊开发、喻大翔、冯麟煌、徐学、胡时珍、陈素琰、陈贤茂、杜丽秋、王振科、姜龙飞、朱徽，香港诗人学者王一桃、王业隆、冯瑞龙等。在研讨会进程中，我有幸与黄孟文、陈祖芬、舒婷共同主持一场讨论。

我在会上发言的题目是：《穿越传统与现代的文化与艺术——读罗门、蓉子诗选〈太阳与月亮〉》。在发言中指出：这次学术研讨会，在盛夏的海口举行，是件有意义的盛事。它表明正处在改革开放的盛夏季节的海南，在经济上对外开放的同时，文化上也同样对外开放的姿态。在当今国际诗坛享有盛誉，在首届世界诗人大会上荣获"第一文学伉俪奖"的罗门和蓉子伉俪，荣归故里（罗门先生系海南文昌人），参加这个盛会，向自己的乡亲和中外诗人、学者，亮开自己的文学世界，让人们共享。这既可借此扩展诗人自己的文学世界，又可扩展他人的文学世界，尤其是伉俪诗人所代表的海外华人的文学世界也可借此与祖国的文学世界交流。认为仅从花城出版社的《太阳与月亮——罗门、蓉子诗精选》已可看到，伉俪诗人的文学世界，是极其广阔、深邃、丰富多彩的，其中使我印象特深的是穿越"传统"与"现代"的文化意识和艺术功力，这似乎是他俩把握世界的艺术支点或艺术红线，他俩也因此能够创造出纵横古今中外，而且具有鲜明的时代、民族和个性特点的有机艺术整体。具体表现在：一、追踪的意识和方式；二、本质的内涵与技巧的多向性；三、意境——动的旋律与静的超越。参加这次盛会和所作发言，也当是以文化开拓文学并进行跨界学术交流的实例。

（七）对当代中国文学的文化观照，新文化批评的理念与实践

1.《当代中国文艺思潮论》的文化观照

从大学中国当代文学的教学研究层面上说，我也是着力进行文化文学开拓的。在这时期，这种努力和成果，集中体现在1998年12月出版的《当代中国文艺思潮论》书中。这是我为中山大学中文系中国当代文学课程撰写的教材和科学研究成果，还包括在这时先后出版与同事合作的《中国新文学史》《当代中国文学》《当代中国文学名篇选读》等。

在《当代中国文艺思潮论》中，我是将以文学作为文化的一个部分，并且将文学作为文化的一种体现为视点，同时以中国传统文化和外国文化的影响为参照系，对当代中国文学40年划分为三个时期的不同文化风貌，而作出如下概括：第一时期从1949年10月至1965年5月，为社会主义革命和建设时期，文化风貌是蜕化、苏化、北文南化——赤色文化，可谓

赤色文化时期。第二时期从1966年5月到1976年10月，是"文化大革命"时期，文化风貌是：异化、教化、法西斯化——黑色文化，可谓黑色文化时期。第三时期从1976年10月粉碎"四人帮"至1998年写本文的现在，是社会主义新时期，文化风貌是：融化、西化、南文北化——七色文化，可谓七彩文化时期。

第一、第二时期的文化风貌从略，特将第三时期文化风貌摘录如下：

新时期在开头两三年对"四人帮"的倒行逆施拨乱反正之后，开始了向现代化进军的新长征；尤其是中国共产党十一届三中全会以后，实行了改革开放政策，举国上下都出现了前所未有的新气象，文学艺术和文化领域也都如此。10多年来，整个社会的文化体系和文化形态，都有重大变化，并且仍继续在飞速地变化发展着，怎样概括当今新时期日益飞速发展的动态文学和动态文化呢？让我们还是以中国传统文化、外国文化和地域文化对这时期文学的影响及作用为窗口，去窥其风貌吧。

这时期文学在对待中国传统文化的问题上，是有多种不同的态度及其所形成的多种不同倾向。首先作为对"四人帮"的拨乱反正和对"十七年"时期正确做法的恢复，不少人仍继续采取蜕化的态度；另一种较突出的是以片面极端的态度对待中国传统文化，公开鼓吹要"传统后继无人"，要"全盘西化"。对此，从前些年到现在仍进行着反复的论争。其实，全盘否定传统或者全盘继承传统，都是不可能的。既然是一个中国人就必有中国传统文化素质，既然是一个当今时代的人也就不可能只有传统素质而无时代素质。每种文学及文化，莫不如此。从新时期以来接连出现的文艺思潮和创作实际看来，在对待传统文化上似乎以融化为主要特点，即将传统文化融于时代文化之中，或者在时代文化中融化传统文化。值得注意的是，这种融化的方式，不同于蜕化，既不是将传统文化扬弃变质，也不是将传统文化融化解体于时代文化，而是将传统文化纳入时代文化范畴，并融于时代文化体系和形态之中，以其本身形态和性质作为时代文化的一个有机组成部分。例如"寻根文学"思潮及其代表作品《小鲍庄》（王安忆）、《井》（陆文夫）、《老井》（郑义）等，所"寻"和所表现的"根"，是"原装"的传统文化，"原汁原味"地保留传统文化之形与质，包括其陈旧落后面；而这种文学之所以要"寻"和表现这种"根"，根本是在于要找到和挖去阻挠当今改革开放的民族文化之"根"，也即是说将这种传统文化作为当今文化体系和形态之有机部分。所以，融化与蜕化根本不同。

新时期对待传统文化的这种融化特点，亦可说是一种兼容性的文化形态。这也可以说是中国传统文化的基本性质或形态的一种表现方式或模式。中华民族的五千年的文明史、文化史，是五千年的政治、经济、民族、地方的分合和变迁史的产物和写照。在神州大地上的分合变迁，凝铸了中华民族文化特有的兼容性质，这种兼容性，由于中华民族历史和地理上的因素，基本上有两种不同形态：一是以统一的需要去兼容，即以一定文化主体去利用、吸收、改造、消化异体文化。这是一种蜕化性的兼容，或者是从属主导的兼容。另一种是并存式的兼容，即现在所谈之融化。如果说在当代文学的第一时期，即社会主义革命和建设时期，对待传统文化的方式主要是蜕化式的兼容，而且所蜕化者又主要被认为是两千年文化正宗或主体的儒家文化。那么在现在的社会主义新时期，则主要是后一种兼容，即并存式融化，也由此而改变了第一时期以蜕化儒家文化为主体的做法，形成了并存式的多元格局。值得注意的是在这格局中，固然仍有儒家文化一席之地，但过去长期被忽视、被排斥的以老子、庄子哲学为代表的道家文化以及佛教文化，影响之大远超儒家文化。这种现象，我们是可以从贾平凹、韩少功、阿城等作家的创作走向及其影响中得到证实。贾平凹自1983年后，写了一组"商州系列"小说，包括《小月前本》《鸡窝洼人家》《九叶树》《腊月·正月》，等等，这些作品以全方位的视角去剖示整个人文环境的变迁给人的心理世界带来的变化，并展示历史的道德外力与人的生命本身内力之间的冲突。虽然内容不是老庄文化，但却是对儒家文化的明显挑战。韩少功的《爸爸爸》，以丙崽的形象凝现了中国传统文化的种种神灵、宗教、巫卜、伦理、人性、兽性观念和"集体无意识"的生存状态，显然是和崇尚天人合一、人与自然合一的道家思想相通的。阿城的"三王"，即《棋王》《孩子王》《树王》，被称为"文化回归"小说，震动国内外，原因在于揭示了人与自然本性同一的民族文化传统心理。这些作家的作品，同气势磅礴的改革文学、军旅文学，同以谌容为代表的正统女性文学和以张洁为代表的开放女性文学，同时存在着同等的影响力，彼此是不同的民族传统文化之体现，而又同是新时期改革开放的文化产物，具有同一的时代性。这种格局，不仅说明了新时期文化体系与文化形态不同于前两个时期，而且确证了中国传统文化对新时期文学仍有重大影响。

新时期的对外开放，主要是对西方开放。经济开放，西方文化也必然大量涌入。所以，新时期的外国文化影响，主要是来自西方欧美国家的文化，即所谓西化。西化在新时期对中国文学和文化的影响是日益强烈，尤其明显的。从1978年"朦胧诗"兴起，随即接连兴起的"意识流"文学、人性文学、女性文学、性文学，象征主义、印象主义、后印象主义、超现实主义、结构主义、黑色幽默，以至20世纪80年代中期兴起的新写实主义等，无不是西化之表现，近年兴起的"文化热"，同样也是西化产物。可见西化在新时期的文学和文化中，比重是日益增大的，影响是日益强烈的，比"十七年"时期之"苏化"实有过之而无不及。值得注意的是，在这时期的文学中，西化与中国传统文化的关系，呈现出多种不同的状态，其中最主要的是两种：一是冲撞而相互排斥，一是相互吸取而融合，也即是融化。前一种状态，在改革开放初期是尤其突出而普遍，其原因一方面是在于长期闭关锁国，一旦文化开放，人们难以适应，所以有阻力；另一方面是西方文化本身有积极因素也有消极因素，人们一时难以分辨，有害于社会主义文化建设。最近一两年这种状态有明显改变。后一种状态，在改革开放初期也是一开始即有的。如果说，融化是新时期对待中国传统文化的一种独特方式，那么，在西化的问题上，也同样具有融化的特点，这就是既有中国传统文化与西方文化之融化，又有中国现代文化与西方文化之融化，简直可以说是传统、西方、现代汇于一体，熔于一炉。朦胧诗来自西方文化，其思想内核有西方哲学，又有老庄哲理，又是中国式的现代意识。王蒙的意识流作品，是西方现代主义创作方法，有现代主义思想又有老庄哲学；其艺术形式是西方意识流，但又不完全是，亦有中国传统形式特点；写的是当今中国现实生活，体现的是革命思想，如《春之声》《海的梦》《蝴蝶》，都是如此。高晓声的农村小说，写的是陈奂生之类地道的中国农民，用的也是中国的小说形式，然而其把握心态的方式和方法却又是西化的。谌容的《人到中年》体现的是典型的中国传统道德观念和现代的献身精神，而其艺术形式却是现代主义的意识流。类似的情况不胜枚举，说明中国的传统和现代文化，在新时期文学中与西方文化融合是甚为普遍的。这既可说是中国传统和现代文化的一种特色，又是新时期文学西化的一种特色。这种特色，不又是中国传统和现代文化具有兼容性和融化特色的又一印证吗？

新时期文学又一个极为明显的特色，是文化地域性得到前所未有的发挥，并且出现了前所未有的发展状况和融化现象。改革开放初期，先是以濒临南海的深圳、珠海、汕头、厦门、海南经济特区为窗口，后扩大为沿海城市；这些特区和沿海城市多在南方，西方文化多经此而传入内地，这些地方也有着自身的地域文化传统，具有不同于内地的海洋和沿海文化特色。由于历史和地理的原因，南方文化接触西方文化较多，有较多的相同基础；另一方面在过去闭关锁国的背景下，经过几十年的北文南化过程，使南北文化有了较多的交往途径。这样，改革开放之后，从南方窗口而入的西方文化，连同具有海洋味的南方文化，就必然而高速地向北挺进，从经济到文化都出现了类似于"北伐"之走向和态势，这就是所谓南文北化。前些年，香港电视片《霍元甲》风靡全国，接连出现"琼瑶热""亦舒热""三毛热""张爱玲热""席慕蓉热"，似乎神州大地都被南方文化席卷了。这种状况，近些年又有新的变化，在有些领域出现了北风南吹、西北风东进、内地风倒吹沿海等新的态势，像以张承志为代表的《北方的河》，以"黄河之水天上来"的气势滚滚南流；以《红高粱》为代表的西部文学和西部电影，造成"西北风"式的歌曲震荡全国；连地处边陲的广西，也以电影《黄土地》和革命历史题材影片威震国内外……这些新的气象说明了各地的文学和文化，均在发挥本身地域优势和特性而纷纷崛起，各自形成本身体制，自成一格而屹立于全国文化之林，几乎每个省或区都有一支可称之为"×军"的创作力量，形成称之为"××文学"的有地方特色的文学风格或流派，连创办才10年的经济特区，也具有自成一格的"特区文学"格局了。这种文学现象，是文学地域性得以充分发挥之说明，更重要的是体现了地域文化观念和地域文化性的增强。以宏观视之，它是文学和文化的多元格局的一个体现方面，是中国传统文化具有兼容性的一种体现，又是新时期文学和文化具有融化特色的一个方面。

新时期改革开放十余年，文学和文化领域似乎是"杂花生树，群莺乱飞"的局面，令人目不暇接，眼花缭乱。中国传统文化和西方文化，好像不管好坏，均粉墨登场，争相"扰乱"文场，地域文化竞相崛起，像是闹"文化独立"。其实，这些现象正是改革开放的文化形态的必然特色。因为改革开放的文化是一种动态的、竞争的、发展型的文化，是以建设中国特色社会主义为基础的开放型文化。所有这些杂色的文化现象，都是以此为基本而融化、西化和地域化的。这些杂色现象有似太阳的光辉所含的赤、橙、黄、绿、青、蓝、紫七种色彩，其本体或"化"之所向，是与金黄色的太阳光辉相似的，中国特色社会主义的现代文化，或谓之曰：七色文化。

在《当代中国文艺思潮论》中，还设专节讲述了当代中国小说发展特点、当代中国诗坛纵横观、当代中国散文发展轨迹、当代中国戏剧和影视文学扫描，以及对新文化批评和各类新型文学的文化观照。

2. 新文化批评的理念与实践

其实，在《当代中国文艺思潮论》写作中，我是很明确以文学作为文化的一个部分，将文学作为文化的一种体现为理念，只是未给这个理念取个明确恰当的名称。正当由广东文艺批评家协会策划、黄树森主编的大型书链《叩问岭南》，最近由花城出版社出版了首批三本（即：杨苗燕的《别等我在老地方：转型期文化景观》、钟晓毅的《穿过林子便是海：漫步边缘文化》和谭庭浩的《站在城头看风景：当代都市文化的散点透视》），要我写篇评论文章，我才正式以《论新文化批评》一文提出这个理念的名称，并以谭庭浩的《站在城头看风景：当代都市文化的散点透视》为个例，借题发挥，为新文化批评理念作出界定，明确指出：所谓新文化，即现代都市文化，尤其对南方文化或珠江文化的同步批评。新文化批评第一个特点，就是对这种新兴文化的认同和探究；第二是从文学透视文化，以文化观照文学，将两者联系在一起，甚至易位交替、互作对象而探究；第三是以"散点"的方式去追求内在的、长远的系统性；第四是着重对文化心态的探求；第五是对新文化不但有热情的认同，而且有理性的批判，要具有批判的力量。这些特点，既是在《当代中国文艺思潮论》和《叩问岭南》书链的实践中概括出来的，也是在同一时期所进行的其他教学研究与理论批评活动中实践的。其中包括：

对新型文学现象的文化对话，这是在大学研究生教学研究实践的新文化批评活动，也是试验性的教学研究与现实实际创作实际结合的方式。具体做法是我带领当时在读的中山大学中国现当代文学专业硕士研究生李红雨、张百尧、萧荣华、颜湘茹等进行了一系列文化对话，如从《羊城晚报》连载的长篇小说《都市迷情》进行关于新的文学精神和方式的对话，关于"打工文学"的对话，关于"特区军旅文学"的对话，关于"新都市文学"

的对话,关于"检察文学"的对话,以及与邓国伟教授关于文学中宗教意识表现的对话等。既是教学研究课程,又都分别在报刊发表,发挥直面现实的批评作用。

对新生作品进行文体分类的文化批评,发挥"散点"的方式去追求内在的长远的系统性和同步批评的特点和优势。如对当时刚问世的刘斯奋写明末清初历史的《白门柳》、朱崇山写香港百年风雨的《风中灯》、钢冰写百万大军南下"打工"的《北雁南飞》等长篇小说,所体现的丰厚历史和现实文化底蕴;刚受社会注目的韩英微型小说的文化风格和漫画造型;韦丘、黄飞山、程学源所标志的岭南三代诗人的文化传承与创新;牧惠的学者型杂文、符启文的风情散文、曹淳亮纪实报告文学、刘占峰的"打工散文"所体现的岭南散文的优良传统和时代发展;同行对中国当代文学研究的新成果,如黄树红的《中国当代文学专题研究》、邝邦洪的《新时期小说研究》,也都以文化视角张扬其学术成就和优势,将其纳入新文化批评学术文化实力。

在《当代中国文艺思潮论》中尚有辩证艺术与珠江文化论章节,已另行扩展为专著《文艺辩证学》《珠江文化论》出版。

(八)赴西欧五国与美国考察讲学,塑造欧美地域文化形象

1. 赴西欧五国考察,塑造"咖啡绿洲"文化形象

1999年元宵节过后,我应邀参加广东旅游界赴西欧五国(德国、法国、荷兰、卢森堡、比利时)的文化考察团,在广东省政府参事室和广州日报社的支持下,偕同我女儿黄敏(广州日报记者)一道,先后在西欧五国考察开拓旅游景点和线路,并进行文化考察和交流。这是旅游界首次西欧破冰之旅,考察成功,过后不久,广东即启开了西欧旅游线。

这次出访的收获甚大,从文化文学开拓的意义上说,我觉得最值得回忆的是从旅游开始了地域文化形象散文文体的写作探索。因为出访回国后,《深圳特区报》副刊向我约写此行游记稿,并为我设专栏连载。我考虑机会难得,写一般记叙性的游记,浮光掠影,过眼烟云,没啥意思,加之在出访过程中,自己主要是文化考察,着意于异国文化与风情之独特,所以便决意试探从旅游所见的各地异国风情入手,深化其文化内蕴而凝现其文

化特质形象的文体——地域文化散文的写作。

所以,我开笔写西欧纪行游记。在西欧五国(荷兰、比利时、法国、卢森堡、德国)的著名城市阿姆斯特丹、海牙、布鲁塞尔、巴黎、卢森堡市、法兰克福、莱比锡、海德堡、柏林、汉堡等市区及其近郊农村的所见所闻中,印象特深的是这五国到处可见的两种颜色:咖啡色和绿色。简直可以说,整个西欧各城市主要建筑都是咖啡色,大部的农村原野都是一片葱绿;而且,发现西欧人都是嗜饮咖啡,到处都洋溢着咖啡的香气,又都有咖啡般的气质和性格;使得在整体和许多个体上,都形成了咖啡色与绿色编织出的"咖啡绿洲"形象!这种色调所构成的强烈与冷静、刚健与柔和辩证统一、浑然一体的美学境界,令人陶醉,余味无穷,所以,我便以《咖啡绿洲》为总题,以塑造"咖啡绿洲"为旨趣,写下这组旅游散文的开篇。

这组散文的首篇写荷兰的阿姆斯特丹,以处处可见的风车形象,寓现这个滨海的欧洲国家,向海挺进的历史地理文化形态。荷兰的海牙,是国际法庭所在地,又有审判过第二次世界大战的战争罪犯的光辉历史,有教堂式的塔形尖顶建筑,以及海牙这地名的"海"之"牙"形象,寓现其凌厉的历史文化底蕴。比利时的布鲁塞尔,房屋都是咖啡色的屋顶和白色的墙,每村都有一座尖顶的特高的教堂,像是整个村的旗杆或坐标,具有核心的意味,个个村落像是绣嵌在绿色画布上一个精致的美术图案,构成了以绿色为基调,排列以咖啡色图案的旷野画屏,可谓"咖啡绿洲"。布鲁塞尔是比利时首都,又是"欧共体"总部所在地。进入比利时国境界标即见一幅欧洲共同体徽旗的巨型标志,进入市区最引人注目的是国际博览中心。在市区一条小街的转角处有座小童的铜像,赤身裸体,正在小便,其实是喷泉水流出来。历史传说是古时候布鲁塞尔被敌军占领,失败撤走时,企图用炸药炸毁这座城市,正当炸药的引爆线着火烧近炸药包时,这位小童看到,即勇敢机智地用自己的小便扑灭引线的火,使整座城市免遭大难。后人为纪念这小童,特地立此铜像,由此铜像成了这城市的标志之一,旅游纪念品多用此图案为标志。另一个著名标志是城郊的滑铁卢纪念碑,这是拿破仑雄心勃勃地要征服欧洲,但在滑铁卢战役中遭到惨败的地方,所以立此碑纪念。这也是一个消灭战争的英雄纪念标志。这两个标志意味着布鲁塞尔的历史文化底蕴有火药味,有咖啡似的振奋要素;而这要素,又都是为了消灭战争、保卫和平安宁生活的,也即是以绿色为目的和基调的。

由此可见，布鲁塞尔以至西欧处处以咖啡和绿色的搭配和交叉为基本色调，不仅仅是自然风貌表面的、个别的现象，而是有历史文化渊源的必然性、深刻性、普遍性的文化现象。

对法国的考察和描写，我也是从慕名已久的历史文化景点的认知和文化内蕴探寻，从直面中追溯以往，从以往中沉思当下。面对巴黎的凯旋门，这座18世纪拿破仑为庆贺自己征服欧洲胜利归来而建的巨型建筑，尚未竣工，拿破仑即在滑铁卢惨败。具有讽刺意味的是：未竣工的凯旋门迎接的是失败了的拿破仑的遗骨，而且是在这个皇帝死了7年以后。凯旋门是数十年后才正式完工建成的。尽管有这段不光彩的历史，但凯旋门在人们心中，仍是巴黎的主要标志，是法国的英雄标志。巴黎的城区建设格局，以凯旋门为中心。其广场圆形，像个太阳那样，向四面八方开出12条大街道，像太阳发射出的道道光芒。每条大街道都是宽数十米的大马路，每条10千米以上，一直通向市区之外，不见尽头。这种格局，明显可见其文化意识，是开放型、喷射型的，是拿破仑时代资本主义上升期的社会文化意识在建筑上的典型体现。在12条大街道中，有一条最著名的香榭丽舍大街，是政治、经济、文化中心，法国总统府、主要商场都在这街上，特有风味的是这街上有许多咖啡店，有的还设于人行道上，据说法国许多名人，尤其是一些著名画家、作家、歌星、影星常到这些店喝咖啡，聚友消闲，平民百姓常可在这里见到名人，但却不会出现像香港或内地那样的"追星热"现象。这种文化大众化、名人大众化的现象，恐怕也是开放型、现代型文化的一种体现吧？著名的巴黎圣母院，我由于早读过19世纪法国作家雨果的著名小说《巴黎圣母院》，又看过依据小说改编的同名电影，对巴黎圣母院向往已久，现在亲临这个圣地，不禁感慨万千，浮想联翩。巴黎市区的名胜古迹简直处处皆是，因为这是西欧和法国历史上许多具有深远意义的重大事件发生的地方，是西欧从封建社会发展为资本主义社会重要策源地之一，是划时代的18世纪启蒙运动发生地，又是无产阶级革命第一个政权——巴黎公社的出生地。特别是许多影响世界文学艺术史的大师都在这里留下足印，达·芬奇、塞尚、梵·高、罗丹、雨果、福楼拜、莫泊桑、巴尔扎克、罗曼·罗兰，等等，群星灿烂，宛若星河，实在不能不使人流连忘返，赞叹不已。然而，使我在考察中得到最充分的美的享受，是游览两"宫"，即：卢浮宫和凡尔赛宫。卢浮宫本是王宫建筑，从16世纪开始改为博物馆，主要收藏各种绘画和雕塑作品，多是世界著名的艺术珍品，堪称世界艺术瑰宝的画廊和宝库。许多过去只是在书本上知道的名家名作，好些是在报刊上看过翻印件的名画名像，终于在这里亲眼看到原作原件了。使我驻足良久、陶醉享受的三件仰慕已久的作品，即：米洛的维纳斯像、萨莫特拉斯的胜利女神像、达·芬奇的《蒙娜丽莎》。从这三件原作中，我才真正领悟到其真美所在：维纳斯这位爱神的雕像由大理石塑成，使女神躯体和肌肤显得轻盈而美丽；整体塑像好像微微倾斜，更显出裸体的曲线和优雅的动感美；胜利女神像，也是用大理石雕塑，是表现女神在船头昂然挺立，鼓舞战士夺取胜利的一瞬英姿，衣带在狂风吹拂下抖动，与女神肌体相贴，使单薄的衣衫贴肤而显肉体，而抖动的衣服又反过来把女神的两条手臂推向后背，英姿飒爽，动在不动中；蒙娜丽莎像的著名微笑，出自画面中人物嘴角，双唇微微开启，显示一种典雅的气质，形成一股宁静温馨的情调，而这种微笑，在这幅画产生年代的16世纪，是被人们视为妇女典雅标志，也即是当时女性美的典型代表。这三件女性艺术品是卢浮宫的代表性展品，由此可以说这个宫是以体现女性美为最突出，代表和体现了女性美。维纳斯和胜利女神都是古希腊时代作品，《蒙娜丽莎》是16世纪文艺复兴时期作品，从时间跨度上说，起码体现了1600多年的女性美学观；为与卢浮宫所显出的女性美对称，在著名的凡尔赛宫里，则突出的是男性美。这是法国的主要王宫，从路易十四、路易十五，到路易十六等历代国王都以此为宫，拿破仑夺位时也在此加冠称王，举兵征战欧洲。一进到宫前广场，即有一股强烈男性雄风扑来，因为场中矗立着一座巨型塑像：一位武士手持长枪骑在骏马上，正若冲锋之势。宫内的陈列，多是王室用品和绘画作品，好些是法国重大历史事件的巨型油画，还有一些是帝王巨型画，路易十四、路易十五、路易十六和他们的夫人，都有巨画。值得注意的是这些国王的画像多是全身的动作画，以一瞬的动作和姿态而显出其性格和雄风，其中尤其令人注目的是路易十六的画像中，一只大腿特别显露突出。按一般王室的着装规矩来说，本不该如此。但据这幅画的说明称：路易十六认为自己的大腿最美，所以有意显露出来。可见男性美的讲究，古已有之，连帝王也如此；而且，似乎男性美的讲究，不仅是高大威猛的身材和风姿，还在于局部的肌体和肌肤。两"宫"分别突出女性美和男性美，又在总体上以对称或对比而取得和谐，这辩证艺术美学观文化观是很值得学习借鉴的。

此外，西欧有三个"堡"，即：卢森堡国和德国的海德堡、汉堡。都是以历史悠久的古雅文化著称，其内涵的典雅灵气和洋溢的气势、氛围，都是使人心有所感而难以言传的。在德国首都柏林，最使我注目的是过去界分东西德所属的地区的著名"柏林墙"，已拆毁一小段，墙边建有的岗哨楼也已全部拆除，剩下相当长的"柏林墙"已全部粉刷一新，由许多画家各显神通地在墙上画出一幅幅巨型彩色画或漫画。画面的内容多是庆贺统一、呼唤和平、歌颂胜利的。经过如此改造，这条对抗的、冷战的、残酷的墙，变成了和平的、友好的、人道的墙了；从政治的、军事的墙，变成为历史的、艺术的墙了！对柏林墙的保存和改造，是很有文化上的远见卓识的，因为这行动既体现了对罪恶的战争历史的永远埋葬和铭记，又体现了对和平建设和美好舒适生活的追求和护卫。在又长又直又宽的柏林大街上，街心公园有人闲坐，群群白鸽时飞时停，与人亲昵嬉戏；家家商店虽不开门营业，但都拉开门前陈列橱窗，让人参观欣赏；奇怪的是在街两旁的宽敞人行道上，相距不远地林立着座座橱窗式的商展亭，有不少是名贵商品（如金银首饰、名表或工艺品），也拉开覆盖玻璃的罩门，让人欣赏，好些游客都在亭前驻足细看，像观赏艺术展览似的，神情贯注。似乎商店都不顾忌会有人盗窃，也未听说在此发生盗窃事件，大家都有安全感，和平安定，轻松闲适，逛街市如同走花园，看商场如同看画展，生活与享受一体，市场与艺术融合，其情融融，其乐无穷，其文化内涵，不也是"咖啡绿洲"形象的体现吗？

2. 赴美国考察讲学，塑造"星条世界"文化形象

2000年夏天，我应邀赴美国考察讲学。这是我期望甚久的美国之行。早在1981年夏，美国纽约圣望大学曾邀请我赴美开会并讲学，因受某些人阻挠未能前往。今受到美国华人作家协会主席黄远基先生的邀请，使我实现了20年前的夙愿。经广东省政府参事室批准，我得与广东花城出版社社长詹秀敏、省政府参事室副处长邓小群同行。开始主要在华人聚居较多的三藩市（旧金山）活动，向华人作家介绍广东省珠江文化研究会最新的学术成果，如在广东雷州半岛发现西汉徐闻古港，将中国海上丝绸之路史推前1300年；在广东封开发现广东、广西之"广"所在的封开和梧州，

将珠江文化定位为与黄河、长江并列的中国大江大河；在粤北南雄珠玑巷发现中原人南下中转地，找到了世界广府人的族根，受到当地华人作家和侨胞的赞许，推动了当时广东正在开展的广府人珠玑巷后裔海外联谊活动，中国驻美国三藩市总领事特地接待交谈，美国《世界日报》《侨报》以《海上丝路源远，珠江文化流长》为题，作了详细报道，颇有影响。随后在黄运基先生精心安排下，我们从三藩市（旧金山）出发，先后到洛杉矶、纽约、费城、华盛顿、波士顿等著名城市，继续进行文化考察交流，使我对美国的历史和现实文化有逐步认识，回国后思索回味，颇有心得，于是便以《美国纪行——星条世界》总题目写此行游记，在《深圳特区报》副刊连载。

在旅美整个行程中，始终围绕着我脑际的是：美国的文化特征是什么？这个问题，开始是不以为意的。随着行程的增加和见识的增多，一步比一步急切地希冀探求，又一点一滴地增添了感受，最后才在美国国旗的结构和形象的昭示下蓦然领悟：原来只有200多年历史的美国文化，也正如它的国旗是星条旗那样，是一个星条结构的文化世界。所以，我也就以这样的领悟过程为脉络，以塑造"星条世界"形象为旨趣，写下这组旅游文化散文。

我出访美国第一站是旧金山，即三藩市。是美国西部濒临太平洋的主要港口，其对面的东岸即中国的大陆部分，是与中国关系最久远最密切的美国城市。早在百多年前，因在这里发现了金矿，即吸引了大批来自中国（特别是广东台山）的劳工远渡重洋到此开矿，从而被中国人取名为金山，后来因澳洲大陆也发现了金矿，又吸引了大批劳工前往，为了区别，称澳洲为新金山，便为这个城市加个"旧"字，称为旧金山。其实，这只是华人对其称谓，官方和地图的说法则是三藩市。据说，"三藩"是西班牙语"佛朗"的音译。这是西班牙人和西部人开始开发这片土地的烙印，而官方只承认西班牙语的地名，不承认华人的称谓，仅此即可见华人的地位稍逊一筹。

旧金山这地名称得上名副其实，它不仅曾经有过金矿，而且整座城市确实是在一座山上。顶峰名双峰山，山顶是一座公园，茂林修竹，奇花异草，遍布于一座直穿云霄的灰色高塔四周，塔前矗立着一尊纪念发现美洲新大陆的探险家哥伦布铜像，似乎在俯瞰着这座傍着海湾、依山而建的幽雅城市。从山顶公园眺望，北面是一望无际的太平洋，气势恢宏地迎面涌来，层浪叠涌，涛声阵阵，伴着岸边的风吹林带声，像是永不间歇地奏着交响乐；南面是海湾，隔海有些岛屿和陆地，分别由金门大桥和海湾大桥连接。这两条东向和西向的大桥，像是两只巨大的手臂，拥抱着整个海湾，雍容大度地显出具有无比容量的气派。更妙的是市区的街道，多是沿山之地势而建，纵的是从山顶直下海滨，横的是穿越整个市区东西，纵横交叉，井井有条，颇有美国国旗的红白条杠所构成图案的风味。一座座别墅式的楼房，在街道两旁，星罗棋布，栉比鳞次，数不胜数的小汽车，不停地在街道穿梭，又有许多停在街道两旁划定的位置上，鱼贯而列于整齐美观的图案之中。这些气势磅礴而又星条井然的独特景观，同美国国旗所显示的星条世界，不是颇有形似神通的气韵吗？

尽管三藩市的美国城市风光特色如此明显，我还是在这里感受到特别浓厚的中国风情。我们下榻的酒店就在唐人街附近，街名是正牌的中国字：都板街。街口矗立着一座中国式的古典红砖绿瓦牌坊，上刻的金字是孙中山著名题词："天下为公"。整条街道不算宽敞，同广州的上下九路很相似，人烟稠密，商店林立，都挂着中国式的招牌，除每块都在行书或楷书的汉字下面，加有一行英文字外，同广州或香港的商店招牌没有什么区别。在街上购物或交谈，用广州话或普通话均可，同漫步于中国街道一样。主人为减少我们的不习惯，特地安排在中国人开设的酒店和饭店接待我们食宿，生活在广州话的语言环境中，吃的多是粤菜，使我有时简直忘记了这是生活在美国。

当然，这只是指华人生活区的风情，并非旧金山的全部。据说美国有2亿人口，华人约有200万人，在总体上占比例不大，旧金山华人则较集中，也只是这城市人口的三分之一。不知是什么缘故，旧金山市区的格局，是以种族分布居住区的，除相对集中的以唐人街为中心的华人居住区外，尚有相对集中的白人居住区、黑人居住区。这些区域的街道风情各有特色，尤其是房屋的建筑风格各异，白人区是西欧式的别墅建筑居多，样式各别，典雅大方；黑人区则不怎么整齐雅致，显得凌乱平庸；日本人区则有明显日本风格，矮小玲珑。这种以不同种族的人分别聚居于不同市区的现象，除旧金山外，在纽约、洛杉矶、波士顿等城市，我也见到。恐怕这与美国是由多种移民到此地开发的历史有关。这种现象，似乎表明来美洲大陆开发的各个种族，尽管都已成为美利坚合众国的一员，是一个国家整体的成员，但也仍保持各自文化习俗上的独特性，是有相对独立性的群体。这些群体，像星星那样遍布美国，像一片既是有机关联，又是各有相对独立存在的星群那样，这不就是美国国旗上所显示的星条世界的形象吗？

这些种族的星星，在表面上是各自独立存在而平等的，在美国的法律上也是规定种族平等的。其实不是这样，或者说不完全是这样。美国历史上的南北战争，林肯为解放黑奴而作的巨大贡献，家喻户晓，但黑人的地位至今并未完全平等。特别是华人在美国，更是如此。著名的研究美国华侨史的老专家麦礼谦先生告诉我，华人在美国的社会地位历来是很低下的，不仅与白人同工不同酬，而且不能同白人在一个住区内同住，只是近些年才有些许变化。特别不合理的是：过去新到美国的华人移民，不管你是什么样的亲属关系进入美国，都要在进入美国领土时，关在旧金山海湾对面的天使岛劳役一年之后，才能让你与在美国的亲人团聚和在社会谋生。

邀请我到美国访问的著名美籍华人作家、美国华文文艺界协会会长黄运基先生就是曾遭此难的众多华人中的一个，他是13岁时由他在美国打了多年杂工的父亲申请前来旧金山的，没想到海船一靠岸，即被押解到海洋中的天使岛，尚未见到亲人即服苦役，未犯任何罪却受到囚犯的待遇。所谓天使岛却不见天使，唯见无情的看管卫兵，在海浪包围中的孤岛上警卫森严。历受种族歧视之苦的黄运基，自幼奋发图强，仅靠在故乡读过几年小学的基础，自学成才，成了作家，创办了《时代报》，成了报纸的主笔和总编辑，近年又创办了时代公司和《华文文学》杂志，承办《人民日报》海外版在美国的印刷发行业务，着力于中美文化的交流工作，在他的办公室里，挂着一副对联："时时关心祖国事，代代坚持中美谊"，横批："传播之光"，很能体现这位历尽沧桑的华人老作家的深厚情怀，也在一定程度上体现美籍华人的民族魂和文化情结。

以上是本组散文的首篇《旧金山》原文，作为全组散文之例，为省篇幅，接下描写的还有下列各段从略。略去所写的文化景观有：三大景观（尼亚加拉瀑布、西部大峡谷、西部国家森林公园）、三大乐园（世界最大的赌城——拉斯维加斯，世界最大的儿童乐园——迪斯尼乐园，世界最大的电影城——洛杉矶好莱坞环球影城）。此外是著名城市洛杉矶、费城、华盛顿、纽约、波士顿等，都分别对这些景观或城市的历史地理风光和文化底蕴与特色进行了具体描写和形象塑造，从各个个体而又在总体上体现出美国独特的星条文化世界形象。

（九）开拓地域文化散文文体，塑造珠江文化形象系列

虽然我在1999年和2000年访欧访美时，用地域文化形象散文文体写过两组游记，但实际上早在1991年初我已创建了这种文体。因为当时我家乡母校——广西贺县中学正值建校70周年，时任校长罗声威同志专程到广州拜访老校友，商议筹办校庆事宜，特地约我撰写回忆文章，盛情难却，义不容辞。由此促使我陷入关于故乡和母校生活时的许多回忆，每每回忆都有难以言表的恋恋情怀。我想这种情怀就是乡情、乡愁吧？怎么写呢？如果只是写回忆性的乡情文章，固然可以，但太一般了，应当深刻些才行。我便打算与当时刚开始进行的珠江文化考察研究结合起来，将乡情融入家乡地域文化形象中体现，塑造出既有乡情又体现出家乡历史地理文化特质的艺术形象。流经我家乡广西贺县（今贺州市八步区）贺街镇的贺江，是珠江主干流西江的一条支流，江的形态好像一条美女围腰的丝带；家乡的标志山是"逶迤腾细浪"的五岭的一条支脉——瑞云山，山的形状好似一位仰卧着的美女。如此美丽的地理形态，使我顿生灵感，以《情恋瑞云》为题，将这座美女般的大山，诗化为标志家乡的美丽慈祥的瑞云母亲形象，通过自己成长和三次返乡的经历，将家乡历史地理文化特质和自己的乡情一并在形象中寓现出来，达到既体现乡情，又达到塑造出家乡贺州地域的文化形象，甚至还在一定程度上缩影自己的心路历程。这样的散文写出之后，颇受欢迎，首先就在母校校庆纪念刊上发表，并在校庆盛典大会由演员朗诵，随后《羊城晚报》《广西日报》、香港《新晚报》和《人民日报》海外版先后转载，可见效果尚好。

由此起步，我一直在以"走万里路，写千字文，著百种书"进行珠江文化考察研究的道路上，在为每个地域作出文化定位和开发策划的同时，都坚持为每个地域写出其地域文化形象散文，为其塑造出既体现其文化特质又反映出珠江文化共性的艺术形象，作为研究开发珠江文化工程的一个组成部分，也是企求以散文艺术创作实践的途径而作为开拓文化文学领域的一种尝试。

其实，这种文体，与我倡导新文化批评方式类似，也即是将这种批评方式用于创作实践。其特点主要是：以"散点"的系列组合而构建或缩现

整体。具体而言，就是对每个地域中本来分散的原生态的自然或文化地标及独特风情，通过直观的艺术感悟，进行诗化与系列的艺术整合，凝铸为寓现其古今史地文化特质与风采文化形象。个体的地域形象塑造如此，系列的地域形象塑造也是这样，我在 2001 年出版的散文集《浮生文旅》中的"珠江文珠"文化形象系列就是这种文体的集中体现。

首先说说《古美之都——封开》一文。所写的广东封开县，是我们珠江文化团队启开珠江文化工程第一站。早在 20 世纪 90 年代初期，我被聘广东省政府参事不久，受到当时被派到这里挂职任县委书记的徐少华同志（时任中山大学团委书记）和夫人杨泽英同志（我的学生）的邀请，开始是旅游，接着进行多次考察，这个被时任广东省省长朱森林题赞"美在封开"的山清水秀胜地，原来是汉武帝平定南越时的岭南首府——交趾部首府广信县所在地，后来由此界分广东、广西；也由于广信首府标志着中原汉人与土著南越族开始融合四百年而形成广府民系，此地又被称为广府文化与粤语发祥地，所以堪称"古在封开"的岭南文化古都。由此，我除了撰写对此地研究开发的调研报告之外，还特地以其自然风光之美，与其历史文化内涵的古之契合点，通过标志性、象征性的水、洞、地、山、峰等风景点上凝现出来，塑造出"古美之都"的地域文化形象，由此既找到了两广之"广"所在和广府文化源头，又由此走上了从 20 世纪 90 年代至今 30 余年"走万里路，写千字文，著百种书"的研究开发珠江文化之路。

与封开毗邻的广西梧州，原是岭南百越族时代苍梧国首府，汉武帝平南越时与封开一道划为广信县，同样是交趾部首府广信县所在地的一部分，三国时岭南分治为广州和交州两州，广信县一分为二，梧州部分被划为交州首府，此后划归广西，所以亦是岭南文化古都，也因此我每到封开考察，大都同时到过梧州，并一直促进两广在此地虽分省区而实无界标的地带合作（后来正式成立了粤桂合作实验区）。由此，我在多次应邀到梧州考察讲学，并为其作出文化定位与开发策划的同时，为其撰写《岭南"龙"都——梧州》一文，以其"市肺"白云山所见"九嶷（即五岭部分山脉）盘基苍梧之野，峰秀数郡之间"（《水经注》）的景象；从三面涌向这座古城的桂江、浔江和西江在此汇合形成三江交汇之势，以及龙母庙、龙岩、蛇岛等景观所寓现的文化内涵，塑造出自古至今的岭南"龙"都形象。

当今世界知名的粤北大庾岭梅关古道和珠玑巷，是我们早在 1993 年在此先后发现三个历史之"根":一是唐宋两代中原人南迁岭南后又开发海外而形成海内外广府人之"根"(这即是当今广东海内外广府人联谊总会之由来),二是中华姓氏文化南移岭南之"根",三是陆上与海上丝绸之路在岭南正式对接(见唐代丞相张九龄《开凿大庾岭路序》)。这是我们经多年反复考察研究和策划促进才取得的成果,感受特深,由此,将其与其他(恐龙时代与红军时代)文化元素整合,写出散文《南雄雄根》,为其作出文化定位和地域文化形象。这也是为开拓广府文化、南方姓氏文化、海陆丝路对接驿道的形象之文,以三"根"形象映照至今之路。

中国海上丝绸之路最早的始发港——西汉徐闻古港,是我们根据《汉书·地理志》的记载,于2000年6月到雷州半岛考察发现,又经多学科专家和国际学术研讨会论证的,由此而使中国海上丝绸之路史从南宋推前了1300多年。我在多次考察过程中,无论是在其海岸,在其原野,在其古迹,或是在其工地和渔船上,都听到了扣人心弦的震荡涛声,从而对古语所传"徐闻"地名由来的一句话("其地迫海,涛声震荡,曰是安得其徐徐而闻乎")的自然与人文内涵有所悟,而挥笔写就《徐闻涛声》一文,既塑造其地域文化形象,又由此踏上从21世纪初至今研究开发广东海上丝绸之路20余年之路。

以上四篇所写地域,都可说是珠江文化与海上丝路的缘起圣地,所写的地域文化形象也可说是研究开发之路上的启始形象和篇章。此外,在这个时期我还为广东各地也以同类文体塑造其地域文化形象,包括《清远飞霞》《仁化丹霞》《高州三树》《河源四源》《肇庆五气》《乐昌乐音》《韶关文流》《岭南燕都——怀集》《南珠之都——湛江》《岭南英都——英德》《盘龙之乡——德庆》《民族瑰宝之乡——高要》《广竹之乡——广宁》《阳山——天下之文处也》《仙龙山水之地——连州》《"双翼"文化之乡——鹤山》等,都是在全省的考察研究过程中,先后在各地所见所闻而有感而发写的散文,分别为各地塑造的地域文化形象。

20世纪80年代初期开办经济特区之时,我们即多次前往深圳和珠海市考察其特区经济文化的来龙去脉,为其作出文化定位和提供研究开发方案的同时,以同类文体塑造其地域文化形象。20世纪80年代对深圳的初次考察,我即从其首创的旅游景点"锦绣中华"受到中外游客热烈欢迎的启示,发现其"缩影文化"或"袖珍文化"在刚开放特区受宠的要点:一是以小小一隅缩影了全中国著名古迹和景观,二是以这种方式在特区搞旅游景点。既很适合具有"窗口"性质的特区的需要,又是特区的"窗口"意识的凝现和体现。因为这是刚向海外和内地打开的"窗口",无论从内或从外看,都需要这种快节奏高效率文化;又在深圳特区报社大楼初次看到江泽民同志1992年5月20日为该报书写的题词:"改革开放的窗口"。这题词鲜明地指出了深圳特区作为改革开放的"窗口"特质,并将这特质指引和推向更高更深更广的层次,于是我当即写出了《深圳之窗》一文,称其特区文化是"窗口文化"。后来又在深圳龙岗区考察中,从其与香港九龙相连的山势与龙岗地名,以及位于深圳"龙眼"的位置,为其历史地理文化定位为《深圳之"龙"》。2000年11月我又到深圳南山区考察,从其历史上因濒临大鹏湾而有鹏城之名,又因大鹏湾只是深圳这个滨海城市之东面,而其西面则是深圳湾,是珠江出口汇于南海的大港湾。庄子《逍遥游》云:"有鸟焉,其名为鹏,背若泰山,翼若垂天之云,抟扶摇羊角而上者九万里,绝云气,负青天,然后图南,且适南冥也。""南冥"即南海之滨。可见威武的大鹏自古降临南海。从中国南部地图上看,从深圳市区连同伸出海面的九龙半岛的形状,像是一只大鹏鸟的身部和头部,嘴部连接着香港岛,整个深圳市的地貌像是大鹏鸟展开双翼,而紧连的大鹏湾和深圳湾,也活似大鹏的两翼,可见深圳与香港地区,从地理形势上说,本是一只完整的大鹏鸟的形象;如果说,香港岛像是一颗宝珠的话,那么,深圳与九龙及大鹏湾、深圳湾,就像是一只正腾飞着的大鹏鸟含着宝珠在太空遨游的壮丽景象,正似庄子所描绘的大鹏形象。其实,深圳与香港在历史上是一体的,同属于宝安县,英帝国主义割去了香港、九龙,也就是割去了这只大鹏鸟的头部和嘴含的宝珠,被肢解的大鹏鸟也就失去了生命。是改革开放才将两地的血管接通,又由于香港的回归而使被肢解的机体复原,恢复了原有的完整形象,从而鹏城之谓,才说得上是"名至实归"了。由此又写出《深圳之"鹏"》。

自20世纪80年代初期考察刚办特区的珠海之后,我因开会和工作关系到过多次珠海,也因此才逐步弄明白其地名的来历和文化内涵。原来珠海连同斗门,同澳门半岛是一个密切连在一起的一个大港湾,同从总体地貌上看,同珠海香洲区中小小的香炉湾形态相似,像一个巨人伸开双臂,敞开胸膛,迎向大海,而在其身后,又有珠江出海的四个门(即西江出海的磨刀门、虎跳门、鸡啼门和壕江出口处的十字门）所源源流出的滔滔江水，像四条巨龙欢跃出海，又像是几条南海进流内地的通道，使海外文化源源而来。堪称天下奇观的是：在这宏大海域，遍布着无数岛屿，统称为万山群岛，是全国拥有海岛最多的海滨城市。这些岛屿像一颗颗海上的珍珠那样，大小不等，多姿多彩地星罗棋布于珠海周围的海域上，熠熠生辉。想来珠海之市名，正是由这样的千万颗珍珠簇拥的壮丽自然景观而取名的吧！但更深的层次，是在其特有的自然地理条件和人文历史的景点中，如："甄贤学校"是中国第一所为出国留学生而办的预备学校，是中国最早的养育留学生"珍珠"的珠场；容闳、唐绍仪、陈芳、唐廷枢、林伟民、苏兆征、杨匏安、容国团等，都是在中国近现代史上，荣冠为各种各样"第一"的珠海人，是灿烂的珠海明珠，他们又是在各种行业或领域中带出了千千万万各种各样的明珠，使整个中国都成为各种各样的明珠之海的人物，所以他们又是培育明珠之海，是大海般的明珠。可见珠海者，既是历史上，尤其是近百年历史上中国的育珠之海、传珠之海，又是当今中国现代的造就遍地珍珠之海！于是我情不自禁地写出《珠海之"珠"》之文，为珠海确定名副其实的文化定位和地域文化形象。

对于同属珠江文化范畴，又是泛珠三角（"9+2"）经济区和粤港澳大湾区的香港、澳门两个特别行政区，在回归祖国前我早已向往已久，回归前后都到过多次，每次都有新的感受，到的次数越多，感受越深。2000年10月6日我所写《香港之"风"》一文，是根据五次赴港所受的香港之"风"的感受过程而写的，前四次所写的商热之风、海洋之风、高雅与俗气之风、武侠文化之风，是回归前所感受之风，最后写的学习普通话的语言之风，以及文化之风的明显变化，则是回归后在香港所见之风，说明不仅恢复行使主权，而且连人文之风也回归了。这些感受，既是我对香港的认识过程，恐怕也是香港在近20年的变化过程；从中我感悟到我的意识与香港的文化距离正在逐步缩小，同时看到香港与内地（或者内地与香港）的距离也正在逐步缩小。所以，我试图通过写香港之"风"之变，写出香港的地域文化和文化形象也在随风而"变"，并且从"风"可见。

1999年8月6日所写的《澳门之"门"》一文，是比写香港更早的篇章。该文通过三次到访澳所见，透视澳门的历史文化内涵，从为何称此门为"澳"

写起,发现此"门",除地形风貌似"门"的原因之外,尚有国门、族门之意;整个半岛许多地标性建筑多呈门状,最著名的大三巴牌坊,就是个多"门"牌坊,可见"门"是澳门地理文化的标志,而这个大三巴则又是澳门多元文化的象征。此外,澳门还是意大利利玛窦为代表的许多传教士进入中国之地,在这里既将天主教带进中国的国门,又将第一张世界地图和现代数学及技术引进古老的封闭的国门,可见澳门还是中外文化交流之门,从明代失落数百年后到当今回归,始终是中国通向世界和世界通向中国的一个重要门户.所以将中国最宽敞、最畅通、最美丽的南大门作为其文化定位和地域文化形象。

以上所写各地域的文化形象,都是珠江流域地带的文化形象,都可称之为"珠江文珠"系列文化形象,我都汇编于2001年出版的《浮生文旅》中。这散文集有篇同名短文《珠江文珠》,可说是这个文化形象系列的形象总结或总序。在这篇散文中,写了毛泽东同志以"茫茫九派流中国"描写的中国水文化版地图上的从西向东横贯中国大地三条特大绿线:第一条是北部的黄河,像条巨龙,从西部高原往东部渤海奔流,俨然一副"黄河之水天上来,奔流到海不复回"的神圣、庄严气势;第二条是中部的长江,像一只巨大的彩凤,从西向东伸展彩翼又向南奔出东海,正如苏轼词所写"大江东去,浪淘尽,千古风流人物"的气派、风流;第三条是南部的珠江,像蛛网笼盖南方大地,又似多龙争珠于珠江三角洲,并分流八"门",连平南海而通世界,正如岭南第一诗人张九龄所写"海上生明月,天涯共此时"的宽容通达风韵。我还发现这三条特大绿线所标志的三条大河,又都像是天上的银河,都是群星灿烂,熠熠生辉。哺育我成长的珠江更是如此。所以有感而发,写出此文而凝现"珠江文珠"的艺术形象,也借此展示"珠江文珠"系列文化形象的来龙去脉和壮丽背景,更清晰地显现了多龙争珠或珠光四射的珠江文化神态,使"珠江文珠"的光芒更灿烂,更辉煌!

在《浮生文旅》中有篇我用诗写的后记,全文是:

(一)

既是从文之旅,又是以文照旅。
双文化情写天涯,一心耕耘度浮生。

（二）

天生我材必有用，别人不用自己用。
山重水复路何方？走得一程是一程。

（三）

超前创启冒风雨，事后功成薄利名。
力以水文润业地，开花结果见识情。

（四）

生不逢时又逢时，路未走对又走对。
自感知足又不足，问心无愧又有愧。

（2000年11月15日）

这几则小诗，所称的"双文"，既指文学、文化，又指论文、散文。"珠江文珠"文化形象系列，当是"双文化情写天涯"的地域文化散文和艺术形象，整篇后记也可勉强说是自我塑造的数十年走珠江文化之路的艺术形象吧！

（十）对《河殇》与黑格尔质疑，初探现代珠江文化特征

确切说来，我倡导珠江文化，开始于20世纪80年代后期写《珠江文化的典型代表陈残云》一文时的领悟，但真正自觉地把它作为一个文化学术领域而开创的，则是从20世纪90年代初开始。当时"文化热"的思潮，席卷全国，风生水起，将这种思潮推向顶峰的是政论电视片《河殇》。这部影片的主题与"寻根文学"类似，从民族传统文化中寻找造成民族长期落后之根，包括当今阻碍改革开放之根。这是当时社会最关切的主题，而且影片的回答又与历来正统说法迥异，观点新颖，自成一说，与当时所有影片完全不同，在全国放映，引起轰动。但又由于当时曾经赞赏这部影片的某位领导人下台的缘故，很快即被禁映，列入应组织批判的作品之列。记得当时广东省委宣传部为慎重起见，特地邀请部分评论家座谈，征询如何看待这部影片，我是被邀请者之一。记得我在会上发言中指出：这部电

视片从文化学的眼光分析中国社会落后的原因，在方法上是新颖的，但结论是错误的；另一方面我感到其立论欠妥，说黄河是中华民族文化发祥地不错，但忽视了尚有长江文化、珠江文化、辽河文化等的存在和贡献，显然是片面的。这影片还说中国是黄土文化，没有海洋文化，欠缺绿色文明，从而注定落后。这说法也是根据不足的，但却是应当引起重视并深入研究的。因为究竟中国有无海洋文化？很有必要搞清楚。记得当时我向时任广东省委宣传部副部长刘斯奋说：搞清楚这些问题，比你写完《白门柳》还重要（当时他已出版首部，后两部未出版）。这次座谈会后，广东从未发表过批判《河殇》的文章。

应当特别说明的是，当时我还不知道《河殇》所称"中国没有海洋文化"的说法出自黑格尔的《历史哲学》，我只是从珠江文化有特强的海洋性与"江海一体"的地理文化特点而对这说法产生怀疑的。所以，我自觉地进行珠江文化和海上丝绸之路的研究开发，应当说是由对《河殇》和黑格尔"中国没有海洋文化"论的质疑开始。

1989 年是中国改革开放十周年的日子，作为"先走一步"的广东，各条战线都在庆贺取得辉煌成果的同时，进行认真的总结反思。文化界和社科界专门组织了广东文化建设研讨会，约我撰写论文，由此而促使我研究新时期以来的广东文化。差不多同个时候，即 1992 年，我受聘为广东省人民政府参事，并任广东省人民政府参事室文教组组长，一上任就接手了总结反思改革开放十年广东文化发展变化的课题，与文化界所约题目相同。这些任务，使我在从研究岭南文派的切入而初步触及珠江文化的形态和概念的基础上，继续和开始了对珠江文化现代特征的研究，写出长篇论文《现代珠江文化特征概论》。在这篇论文中，我提出现代珠江文化特征主要有：一是敏感性与浮动性并驾，二是实效性与消遣性齐驱，三是竞争性与兼容性共存，四是大众性与优越性互进，五是发展性与保守性相克。这些概括，现在看来虽尚可深化，但基本上是符合实际的，可以说是将珠江文化的现代特征及其文化形态表述出来的。

这篇论文，除在《南粤文化论丛》一书发表外，尚编入广东省政府参事室编的《走向世界的坎坷之路——广东改革开放反思录》一书中。此书由前些年辞世的著名经济学家张元元和法学家吴宦，以及语言学家叶国泉、罗康宁、彭祖康和我等省政府参事共同编撰的，分别从经济、体制、法治、教育、文化、语言、华侨等各个方面的发展变化实际，从理论层面上进行反思，从多角度、多学科的眼光去分析总结广东改革开放十年的成果，以跨学科、全方位的方式去论述和描绘了广东在"先走一步"之初所发生的社会整体性的变化和新的风貌，包括物质文明、政治文明和精神文明的发展提高。这部书的组织和写作，是广东省政府参事室发挥其由多学科专家组成的参事队伍的优势，进行跨学科综合研究的初步尝试，也是珠江文化工程进行跨学科、全方位研究开发的起步。正因为如此，我们对现代珠江文化特征的研究，从一开始即是立体的、多层次和深层次的，因而对现代珠江文化形态的认识和把握是清晰的、科学的。

（十一）率团参加两岸学术交流，亮出珠江文化品牌

2000年11月14日，我奉命率领中山大学中文系学术代表团到台湾高雄，参加第四届两岸中山大学中文系学术交流活动。同行的同系教授有康保成、张振林、裘汉康、罗斯宁、伍华、陈小枫、黄文杰，以及两位博士生。台湾高雄中山大学中文系系主任林庆勋及多位教授出席，并都提交了学术报告。当时两岸尚未实行"三通"，处于隔离状态，交流的机会是难能可贵的。

我在准备学术报告时考虑作什么课题。当时考虑应拿出最新的学术成果为宜，便决定写自己对海上丝绸之路和珠江文化的最新发现。因为前不久虽在美国讲学时讲过这项发现，但未在两岸学术交流中讲过。为促进两岸学术交流，亮出珠江文化品牌，便决定以《论珠江文化创新特质的源流》为选题。这是受屈大均的《广东新语》启发而写的。屈大均在此书《文语》一章中说："广东居天下之南……天下文明至斯而极，极故其发之也迟，始然于汉，炽于唐于宋，至有明乃照于四方焉……"这段话明确指出在广东境内的珠江文化，形成或始发于汉代，兴旺于唐宋，到明代即影响四方。以此为引子去研究珠江文化发展历史的实际，可以划分为五个时期，这些时期，既在纵向上逐次步步提高发展，又在横向上在影响范围和深度上逐渐扩大加深，从而使得其在中华民族文化发展史上的地位和作用也逐步加重加大，其自身的发展也自然越来越成熟、越来越壮大。

秦始皇统一中国后，派任嚣、赵佗先后治理岭南，为中原文化与岭南

土著文化的交融做了许多工作，也为岭南文化在中华民族文化中占有一席之地打下基础，但真正结出硕果的是在汉武帝于元鼎六年（公元前111年）统一岭南以后。这时在广信（今广东封开与广西梧州之间）设管辖岭南九郡的交趾部首府，使广信成为岭南政治、经济、文化中心，是中原文化南来的桥头堡，是其与岭南文化的主要交汇地。所以，作为代表广府文化的语种粤语（是中原古汉语与岭南百越语混交而成之语种）在此发源，中原和海外的文化教育最早最快在此传播，使生长在此的文化人得风气之先，捷步登上全国文化舞台，并成为带学派型的学术领袖或家族，产生广泛影响。如：被屈大均称为"粤人文之大宗"的陈钦、陈元父子，为将《左氏春秋》立为官学奋斗了三代，被称为"古文经"学派；东汉时广信太守士燮和他的三个弟弟（士壹、士䵋、士武）都是经学家，被称为陈氏学派之继承，在当时京师学者关于古文《尚书》的论争中闻名遐迩，他们与陈氏父子都是广信人；另一位东汉人牟子在广信撰写出中国佛教的首部理论著作《理惑论》；东汉著名道教领袖和理论家葛洪，在广东罗浮山著述影响深远的《抱朴子·内篇》。这些都是在当时和在历史上很有影响的名人名著，分别是汉代的儒、佛、道三家学术界主要代表。所以，这些人物和他们所代表的文化，堪称汉代珠江文化的代表，他们的成就和影响标志着珠江文化的形成和成熟（即屈大均所说的"然"），体现了珠江文化从汉代起就具有重要的历史地位。此谓第一时期。

　　第二时期是屈大均所说"炽"（即兴旺）的唐代宋代。唐代是中国历史上的盛世，也是珠江文化发展史上的盛世。在这年代，广东经济空前繁荣，岭南政治、经济、文化中心转到广州，海上丝绸之路主要始发港已从粤西转向粤东，对外交通和贸易特别发达，岭南与中原交通要道之一的梅岭（即大庾岭）古道，在张九龄主持下修建开通，促进了南北交流。这些因素造就的社会环境，更有利于珠江文化的兴旺发达，涌现了文才辈出、泰斗层生的盛况：堪称"珠江诗圣"的岭南第一诗人张九龄，是广东曲江人，官至宰相，贤明有为，主修梅关古道，功在当代，造福千秋，可谓大儒，其诗清淡幽雅，代表岭南诗风，又被誉在唐诗中开创清淡诗派。明代学者胡震亨《唐音癸签》称"唐初承袭梁隋，陈子昂独开古雅之源，张子寿（九龄）首创清淡之派"，说明张九龄在诗坛的影响是非同小可的。同在唐代的佛家禅宗六祖惠能，是广东新州（今新兴县）人，主张佛性人人皆有，创造顿悟成佛说，使佛教平民化、中国化，被视为中国佛教禅宗的真正创始人，又是禅学思想的领袖和代表，堪称"珠江文化哲圣"，在全国全世界都有极其广泛的影响。宋代岭南文坛泰斗也大有人在，如广东曲江人余靖，既做过高级外交官和武将，又是著名学者、诗人。特别是有不少著名文人墨客因种种原因在岭南久住或暂住，写下或留下甚多弘扬珠江文化的名篇或业绩，也作为珠江文化的一份历史财富名垂青史，如唐宋散文八大家中就有一半（韩愈、柳宗元、苏轼、苏辙）在岭南留下千古绝唱，唐代诗人刘禹锡、宋代诗人杨万里、书画家米芾、著名清官包拯和著名爱国诗人文天祥，都为珠江文化作出贡献。

第三时期是屈大均所说"照于四方"的明代，特别是郑和七次下西洋的明代中期。在这年代，广东经济很繁荣，对外交通和贸易尤其发达，海外思想文化和科学技术多从广东沿海涌进，使得广东接受了特多的海洋文化，同时与内地中原经济文化的交流更密切了，更多地介入全国性的文化潮流了，自身的文化结构和形态更成熟更明显了，对全国和世界的影响更大了（即"照于四方"）。最能体现这种盛况的，是三个代表人物：一是此时从澳门进入广东，又先后到南京、北京的意大利传教士利玛窦，此人在广东先后在肇庆和曲江达十多年之久，穿佛教的衣服宣传天主教，既传教又传西方科学技术，做了许多将海洋文化融入珠江文化的工作，然后又使具有江海一体内涵的珠江文化北上，与长江文化、黄河文化交流，可谓是一位珠江文化的文化交流使者。二是明代著名哲学家陈献章，又名陈白沙，广东新会人，明代理学大儒，是后来形成的王阳明代表的心学体系的开山祖，又是著名的心学诗人，在哲学和诗学上都体现珠江文化特色，在全国和海外有广泛影响。明末学者屈大均，广东番禺人，晚年出家，以和尚身份掩护进行抗清斗争，写出巨著《广东新语》，是一部广东的"百科全书"，可谓广东首部地方学专著。他在此书《自序》中说："是书则广东之外志也……不出乎广东之内，而有以见夫广东之外，虽广东之外志，而广大精微，可以范围天下而不过。"这段写书宗旨，清楚地表明此书详写广东不仅局限于广东，而是从世界看广东，以广东看世界。这种视角，说明作者写这地方著作，不是为地方而地方，是从世界大视野确立地方学，是世界性的地方学专著。以此高度眼光而写出的首部岭南文化学专著的出现，不正是包含岭南文化在内的珠江文化成熟的一个重要标志吗？

第四时期是清末民初时期。中国末代皇朝——清朝在这年代已极其腐朽，帝国主义对中国虎视眈眈，企图瓜分中国，鸦片战争的英帝大炮在珠江口虎门，轰开了中国闭关自守的大门，使岭南人最早"冷眼向洋看世界"，在最先受到欺凌的同时，也最先吸收接受西方文化，使得在这时期涌现许多珠江文化的代表人物，大都是救国救民的领袖人物，又是具有海洋文化意识的饱学之士，既是政治家、学者，又是文人、诗人，他们共同打造的精英文化，鲜明地体现了珠江文化的海洋性、开放性、争先性，显出了珠江文化前所未有的英姿，在历史上三次卷起了珠江文化之风向北方中原地带劲吹的旋风：一是洪秀全领导的太平天国起义，二是康有为、梁启超领导的戊戌变法，三是孙中山领导的辛亥革命和国民政府发动的北伐战争。这些旋风主要是政治革命，也是文化革命，意味着珠江文化北移，也标志着珠江文化在海洋文化的推动下，进入了前所未有的兴盛时代。

第五时期是从 20 世纪 80 年代开始的改革开放时期，由于邓小平同志提出对外开放、对内搞活的方针，要广东"先走一步"，在睦邻港澳的深圳、珠海办经济特区，造就了西方经济文化直接进入之通道，使广东成为海洋经济文化进入中国的桥头堡，成为得世界风气之先而又领全国之先的风水宝地，也由此造成珠江文化跨上了史无前例的繁荣时期。从迄今 20 多年历程来看，这时期以广东为代表的珠江文化与过去各时期最大不同处，是尚未涌现一批受到公认的权威性代表人物及其文化群体，主要是以产生出许多席卷全国，有的还吹向海外的时尚文化旋风为特点的，如：流行歌曲、武侠小说和电视剧、服装文化、家具文化、饮食文化等。另一方面，是对自身的文化研究和学术建设空前重视，建树甚多，如大型学术系列专著《岭南文库》《珠江文化丛书》等的连续出版，海上丝绸之路和珠江文化的研究开发，岭南画派、粤剧和广东音乐的新发展及研究等，使珠江文化的悠久历史和重要地位备受瞩目，在海内外具有强烈影响。

值得特别说说的是，这份学术报告的最后部分，即"第五时期是从 20 世纪 80 年代开始的改革开放时期"的内容，我在台湾高雄中山大学进行学术交流时，恐怕会让主办方为难，为避免麻烦而删去了。万没料到在大会讲评时，台湾著名国学家、该校文学院原院长鲍国顺教授，对我的报告作出高度评价之后，却提出应补回所删部分的意见，认为这是报告的精华。他直率地说："（20 世纪）80 年代的广东，是改革开放的窗口，不仅是珠江文化发展的又一兴旺时期，而且是大陆发展的新起点；两岸中山大学能够最早进行学术交流活动，也是这个窗口的一个小小的例证。"可见我事先的顾虑是多余的，亦可见台湾的学者和人民对大陆的改革开放及其取得的辉煌成就，是赞赏的。更使我意外的是台湾学术界对大陆学术成果和研究动向的及时了解和重视。当我们到达高雄中信宾馆下榻时，廖宏昌教授即迎上前来主动结识我，说昨天刚从香港朋友处得到我刚问世的文艺理论专著《文艺辩证学》，因他是从事文艺批评教学的，所以特有兴趣，并说他们总是及时了解大陆学者的最新学术成果。更令我意外的是，在欢迎我们代表团的宴会上，高雄中山大学校长刘维琪教授当着我们的面，要求高雄中山大学中文系的领导关注大陆已开始的现代文学研究、世界华人文学研究、网络文学研究；该校的文学院院长苏其康教授，在研讨会闭幕式上从我提交的关于珠江文化研究的论文，要求该校也要注意对本地文化的研究，向广州中山大学中文系学习认真研究本地域文化的学风。这些反响，不仅说明了两岸学术交流的促进，而且体现了台湾学术界对大陆的关切之情，说明了这次两岸学术交流取得了展现珠江文化的良好效果。

在高雄结束两岸中山大学中国文学学术研讨会之后，我们接受台湾著名政论家、散文家沈野先生的邀请，到他创办并主持的《独家报导》周刊做客。其实，我早知沈野先生的大名了，不久前在香港《新报》上读过他怒斥陈水扁的杂文，将陈水扁只承认是台湾人而不承认是中国人的言辞和伎俩，批驳得体无完肤，丑态毕露。沈野先生反"台独"的鲜明立场和犀利的笔锋早受台海同胞所赏识，篇篇讨伐"台独"的檄文，使其主编的《独家报导》洛阳纸贵，在台湾和海外发行百多万份，是台湾最有影响的杂志之一。当我们步入这家杂志社的会客厅时，立即感受到一股集传统和现代于一体的书卷气，书架上各种书籍井井有条，四周墙上挂着价值连城的名家书画，门楣有其办刊宗旨"真诚潇洒"，中堂挂着杜甫的诗句"春风大雅能容物，秋水文章不染尘"，又有他自撰的题钟馗画像的对联"欲向红尘啖鬼魅，何须紫阁等功名"。这些陈设体现了主人的深厚文化素质和高雅风度。当沈野先生与我们交谈时，更令我感到是文如其人，刊如其人，居如其人，言如其人。他身材高大，两眼炯炯有神，已过"耳顺"之年，仍精神抖擞，行动麻利。他创办《独家报导》已达15年之久，不知经过多少风风雨雨，艰难险阻；为坚持"独家"，不知受过多少恐吓、威逼利诱。他的创业历程足可以写几部大型传记或报告文学。使我意外的是，他本是在当今台湾政治风云中以笔为枪的冲锋勇士,而与我们的交谈话题却主要是谈读古书的心得,从《二十四史》《资治通鉴》,到康有为、杨度、陈寅恪和香港的大儒饶宗颐,他都极其熟悉且有精到评论;他不仅谈,而且写,他除每周写一篇评论之外,还写有许多杂文、散文、诗词,迄今他出版著作十多部,是一位著作等身的学者型的作家、编辑家,又不愧是现代型的文化企业家。在沈野先生的身上,我不仅看到台湾学者的文化风姿和风情,而且似乎窥见现代学者的发展雏形,可惜前些年早逝异乡,可敬可悲!

台湾此行,受益良多,收获甚丰,印象深刻。返穗之后,挥笔写出《高雄印象》《台北纪行》两篇散文,既在留念两岸交流,又在开拓文化文学领域的同时,探索台湾的地域文化特质并塑造其地域文化形象。

(十二)从寻找"广"之所在,追溯珠江文化广府文化源头

1992年8月4日,我被聘任为广东省人民政府参事。聘书上落款是时任广东省省长朱森林。聘书号是〔1992〕6号。

我提交的首篇参事建议,是1993年提交的《让参事更好的参事》,其中提出:应经常为参事提供了解政府决策和情况的机会,如到基层或有关单位调查研究,参加各种相关会议等建议,受到采纳。随后,从1993年开始至今,每年的省政协和省人大代表大会都请参事列席,形成制度。

翌年,即1994年4月,我接着提交第二份参事建议《要让文化部门真正有权管文化》,这是根据当时刚开放的社会文化市场出现混乱现象,只靠公安和市场管理部门执法,而文化部门不能参与而提出的。这份建议很快受到省政府重视,当时分管文化的李兰芳副省长作出批示,促使在全省文化部门成立了有权管理文化市场的文化纠察队。两份开局参事建议都起到开创性的实效作用。

由于参事工作的职责,主要是为政府决策提供咨询,要做好必须深入调查、使观点开始被人接受,初步认识文化观念对政治、经济、外交、军事等的决策和行动的指导性影响。以文化把握企业、行业、事业、地方的管理和精神建设,以及提高人的素质、塑造地域或企业形象等成了"文化热"的主要内容;特别是认为水决定人的生命、生存、生活、生产和观念意识的水文化理论,获得较多认同,江河文化与海洋文化的研究应运而生。在这样的背

景下，我自然而然地想到要弄清珠江文化的源流和特质，才能从深层次提出文化建设的咨询意见，以古为今用、从今溯古的途径为现实服务。

探究珠江文化源流，从哪里下手呢？中国各个省份的名字使我受到启发，粗略统计有一半以上的省名或简称，都用有水字边的字，如上海、江苏、浙江、江西、四川、青海、黑龙江、台湾，等等。使我特别注意的是，有些省份的界分也是以名山大川为标志的，如：山东和山西以太行山为界，湖南和湖北界分于洞庭湖，河南与河北界在黄河。而广东、广西分界之"广"在哪里呢？我想，可能解决这问题是进入探究珠江文化源流之门的锁钥。

珠江水系由西江、北江、东江和珠江三角洲水网组成，西江发源于云南，流经贵州、广西，从广西梧州流入广东封开后，在三水汇入珠江三角洲；北江源头一在湖南、一在江西；东江源头在江西；相邻的水流是韩江，发源于福建。广东沿海江河很多，如漠阳江、榕江、鉴江、练江、枫江、南渡江，等等。虽水源不属珠江，但从经济文化上说仍属珠江水域，隔海相望的海南岛，也是如此。所以，珠江水域及其经济文化的覆盖面和辐射带，包括广东、广西、云南、贵州、湖南、江西、福建、海南和香港、澳门，与最近提出的"泛珠三角经济圈"概念所指地域（"9+2"）大致等同（尚缺四川），显然，这些地域也即是珠江文化的产生和覆盖地带。在珠江水系中，广东处于诸水主要总汇的地位，从水域上看也处于中心地位；西江是珠江水系中长度第一、水量第一（仅次于长江）的主干流，要找珠江文化的源流理所当然要首先着眼于西江，我们要寻找的两广分界之"广"也正在西江入粤之口上。

所以从1993年开始，我即以追溯珠江文化源流及特质为目标，到各地考察研究。在当年的春天到秋天，我偕同广东省政府参事室文教组和有关的多学科专家，先后三次到广东封开县和睦邻的广西梧州市进行考察，从史料和古迹的研究勘查中，发现两广之"广"是指"广信"，而广信之名来自公元前111年（汉元鼎六年）汉武帝平定岭南时，设立管辖整个南方九郡的交趾部，并以广信县为首府所在地。广信之名又来自汉武帝所发圣旨"初开粤地，宜广布恩信"选出"广信"二字。东汉三国以后，以广信为界，西为交州，东为广州；宋以后，以广信为界，东为广东，西为广西。而广信之名早已消失，其原址又在何处呢？查阅过去出版的《中国历史地图集》和有关资料，多注明在今广西梧州，早年已故的中山大学教授罗香林则认为在广东封川县（封川与开建合并为今封开县），两种说法，各有道理，但我们研究后认为，应指今梧州与封开部分地区为宜，即梧州的桂江以东和封开的贺江以西（即封川）地区，理由是：郦道元《水经注》称，古广信在桂、贺两江"入郁"（即西江）处；从现场地理形势看，今两广分界处，只是设置界牌，无山或水为界，很可能古时原是一个地方整体；封川今之渔涝河，古名广信河，也汇入贺江流向西江，也是古广信旧址之佐证。

找到古广信所在的意义，不仅在于解决一个历史之谜和一个地名之争的悬案，更重要的是极有助于弄清广东和珠江文化的源流和在古代的发展走向。我们这班多学科专家，分别从历史学、考古学、民族学、地理学、民俗学、语言学论证出：古广信即在湖南马王堆汉墓出土印章所刻"封中"地带，是西汉时岭南人口最多地区，是岭南政治、经济和文化中心，是中原文化与岭南百越文化交汇地，是多民族聚集交融之都，是广东三大语种之一粤语的发源地，特别是从封开黄岩洞出土两颗距今14.8万年原始人牙齿化石的论证中，将原来以曲江马坝出土距今12万年遗址的岭南文明史，推前了2.8万年，从而称封开是"岭南文化古都"，并且明确了从西汉至唐代，广东和珠江文化是从古广信从西向东的发展走向。为此作出贡献的有：司徒尚纪、黄启臣、谭元亨、容观琼、张镇洪、周义、叶国泉、罗康宁、陈其光、陈永正、叶春生、刘伟铿、陈乃良、高惠冰、何楚熊、杨式挺等专家教授。

在此之前后，我们还分别考察了北江流域的南雄、曲江、乐昌、翁源、韶关、仁化、英德、清远等县市。在英德，考古学家张镇洪教授从宝晶宫岩洞地质层发现：这里与封开黄岩洞、广西柳江，以至贵州、云南的古人类遗址，同属一个考古地带。这个发现，从地质考古角度证实了珠江水系是同属一条人类生活带和文明带的，也即是珠江文化源流，西江发源地云南与流经的贵州、广西和广东，都是一水相连的。

在南雄市的梅关珠玑巷，我们发现这是中原文化进入岭南，与岭南百越文化汇合，又转向海外的重要转折地，据历史记载，仅唐宋年间就有三批百万以上移民经此转向珠江三角洲一带定居，随后又有部分移民前往海外南洋、欧美各地，其他年代经此零散移民不计其数。中国的百家姓竟有140多个姓氏家族经此南下移民，南迁开发岭南，并随后开发海外的广府移民中转站，至今在岭南和海外各地（尤其是在南洋和美洲），仍有许多广府移民后裔，都具有浓厚的乡情和寻根意识。我们由此向南雄县政府提出了应大力研究开发珠玑巷文化。组织珠玑巷后裔联谊会，开展寻根文化旅游的建议，受到当地领导的重视，尤其受到随后到珠玑巷视察的全国人大常委会副委员长雷洁琼、全国政协副主席霍英东以及广州市市长黎子流的支持，很快成立了以黎子流为首的珠玑巷后裔联谊会，并积极开展寻根捐建活动，在海内外引起强烈反响，取得了全球广府人的支持，在1995—1996年短短一年即筹集捐款一亿多元。这个发现，使这条历来不受注目的小巷一下成了世界闻名的华裔子孙寻根旅游的热点圣地。这是我们研究开发珠江文化产生精神物质双效应之首例，而且查清了珠江文化与来自北方的黄河文化、长江文化，以及海外文化都有着悠久历史的源流关系，找到了珠江文化具有兼容性和开放性的典型实证。

后来我们又先后分别考察了东江流域的龙川、河源、博罗、惠州、东莞、深圳，韩江流域的梅州、潮州、汕头。在龙川考察时，我们发现两个很有意思的现象：一是在纪念秦始皇任命首任龙川县令赵佗（后为南越王）之佗城，有许多姓氏之宗祠，这些姓氏家族都是跟随赵佗南下的，驻下之后即与本地人同化了。这现象的发现，可谓解开了史家所称当年秦始皇派50多万大军征南越结果下落不明之谜，同时也佐证了东江也是珠江文化传承来自北方的黄河文化、长江文化的渠道之一。另一个现象是，在龙川境内，既有来自江西的东江流过，又有来自福建的韩江经此，奇怪的是在几个两江相邻的地方，都是仅隔一座山头而不交汇相通，但这些地方的经济文化、风土人情，都是没有差异，浑然一体。这现象从地理上证实了韩江虽不属珠江水系，但在经济文化上仍是珠江文化的组成部分；韩江北承华东沿海，南接南海东部，是珠江文化连接长江文化和海洋文化的一条重要渠道。

从这些江河的文化源流的考察中，我们还发现珠江文化在广东境内几种主要文化成分与一些江河的密切关系，往往某条江河即是某种文化成分的源流，如：客家文化与自北而来的北江、东江密切相关，广府文化与自西向东的西江和珠江三角洲水网共呼吸，顺韩江从福建带来福佬（潮汕）文化，高凉文化在粤西随鉴江发展，南渡江贯流雷州半岛文化……这些现象说明了水文化的理论正确，同时也说明珠江文化从源流到成分都是多元的，从而证实珠江文化与中华民族文化的结构一样，是多元一体的，是具有兼容性、包容性的。

二、发现发展期
——21世纪初期至10年代末期

(一)从发现西汉徐闻古港开始对两广海上丝绸之路的系列发现

我们在20世纪90年代从封开开始对珠江文化源流进行多次的考察论证,从史料中发现:汉武帝在公元前111年平定岭南时,即派黄门译长在交趾部首府广信启程,然后从雷州半岛的徐闻乘船起航,经北部湾的合浦到日南(今越南)。这是班固《汉书·地理志》中关于海上丝绸之路的最早记载。我知道这个记载具有深远意义,必须进行实地考察,才有权威价值,而且估计必有重要的实证发现,势必会开创新的学术征程。于是,我们便决定在2000年6月28日这个广东珠江文化研究会正式成立的日子,在广东省政府参事室(文史馆)的领导下,由我牵头组织了多学科专家组成考察团,先后三次到湛江、雷州、徐闻考察,还到过广西的北海、合浦,和福建的泉州考察,并同时认真进行了多学科的史料和理论研究,经反复论证,确认《汉书》中所指的徐闻即今徐闻县五里乡二桥、南湾、仕尾一带港口。这个结论,2001年11月在广东湛江举行的"海上丝绸之路与中国南方港"全国性学术研讨会上,经来自北京、上海、广西、海南、福建厦门及泉州、香港、澳门等地百余名专家的论证,确认在徐闻发现的西汉古港是中国海上丝路最早始发港,由此,将联合国确定的中国"海丝"史推前1300多年。

这项考察研究活动的意义,不仅在于将历史的记载与现实的存在对上号,将有名却难以确定的实地确认下来,为研究开发其文化遗产提供基础,更为重要的还在于两点:一是将中国海上丝绸之路的历史大大推前。这是因为联合国教科文组织1991年到中国考察海上丝绸之路古迹,结果确定福建泉州是中国最早始发港,其实泉州只是在南宋时才开始海上交通贸易,与始于西汉的徐闻古港的历史相差1300多年,这不就意味着我们的论证,将这段被忽视的历史恢复或推前了吗?二是为珠江文化和中华民族文化具有海洋性找到了历史依据。早在19世纪,德国著名学者黑格尔在他的《历史哲学》一书中说"中国没有分享海洋所赋予的文明",海洋"没有影响他们的文化"。这是很有代表性的西方观点,电视片《河殇》说中国不是海洋文化的观点就是由此而来的。海上丝绸之路是典型的海洋文化,我们论证出中国已有近3000年海上丝绸之路的历史,最早的始发港在广东,这不是珠江文化具有海洋性的历史佐证吗?珠江文化是中华民族文化的重要组成部分,它具有海洋性,不也意味着中华民族文化同样具有海洋性吗?这个论证结果,可以说是具有以充分的依据和理由,恢复中国在世界海洋大国之列和在世界海洋文化史中应有地位的意义。

从学术研究上说,我们这次考察研究活动是有好些创新的:首先,我们是采取现场考察与史料研究结合,并且是以多学科专家结合的方式进行,参与考察的有历史、考古、地理、地质、海洋、经济、民俗、语言、文学、文化等方面的专家和作家、记者,打破了传统单一性的史料和单一学科的研究方式;其次是将历史性的、学术性的课题研究与现实的地方经济文化研究开发相结合,即是将海上丝绸之路始发港的定位研究与当今地方文化建设、旅游开发和招商引资相结合。由于我们在湛江举行"海上丝绸之路与中国南方港"学术研讨会确认徐闻是最早始发港之一,使得徐闻成为投资热点,从而在同时举行的招商会上,从原有3000万元的投资一下提高到5亿多元,可谓进行这种结合的突出成功实例。再就是将学术研究著述与文化创作相结合,在进行专题考察研究的同时,编撰出一套多学科的系列著作,即《珠江文化丛书》,而且每册都是具有开拓意义的有分量专著,如:洪三泰、谭元亨、戴胜德等作家写的《开海——海上丝绸之路2000年》《千年国门:广州3000年不衰的古港》,是首部反映海上丝绸之路题材的长篇报告文学作品;谭元亨的《广府海韵:珠江文化与海上丝绸之路》,是首部论述珠江文化与海上丝绸之路关系的理论著作;黄鹤、秦柯编的《交融与辉映:中国学者论海上丝绸之路》和《外国学者谈海上丝绸之路与中国》,可谓汇前人研究成果精华之鸿篇;陈永正编注的《中国古代海上丝绸之路诗选》,是前所未有的诗选,以悠长岁月的连篇古诗佐证了中国海上丝绸之路的历史源远流长,也印证了中华民族文化和珠江文化的海洋性贯穿古今。这套"海上丝绸之路专辑"的出版,体现和加重了我们论证的学术分量,使当今社会人们更好地了解这项世界性的文化遗产和传统精神,同时也更扎实、深刻、全面地论证了海洋性是珠江文化中历史特长、分量特重、优势特显的特性。

在为徐闻古港定位之后,我们这班被省政府批准为"广东省海上丝绸之路研究开发项目组"的团队,以锲而不舍的精神,从粤东到粤西,从东南海到北部湾的沿海城市进行了考察,包括广州、饶平、潮州、澄海、汕头、汕尾、惠州、深圳、珠海、台山、阳江、湛江、遂溪、雷州和广西的合浦、北海、钦州、防城港等地。在这些地方都发现年代不同的海上丝绸之路古港遗址,而且在这些古港之间,在年代上又有彼盛此衰、相互取代的现象,从而构成了在每个朝代都有特别繁荣的海外交通古港,海上丝绸之路在广东历久不断之势。广州是世界上两个千年不衰的古港之一(另一个是埃及亚历山大港),徐闻港在西汉繁荣一时,不久即逐步让与雷州、湛江、阳江。粤东各港在南北朝后兴起,饶平、潮州、澄海、汕头、汕尾、惠州,分别依次于隋、唐、宋、元、明、清时繁荣。这些考察论证结果,既给这些地方在海上丝绸之路史上予以科学定位,又从整体上证实广东的"海丝"古港是数量最多、历史最久、年代最齐全、所沿海岸线最长的,从而证实并体现了珠江文化的海洋性、开放性的特质是自古相传而普遍存在的。

(二)珠江文化的海洋性与海洋文化的自然人文资源

2000年8月,我们在珠海市考察的时候,发现这个改革开放首批特区之一的城市,既是中国近现代海上丝绸之路的第一港,又是中国接受西方现代海洋文化第一港,是体现珠江文化海洋性、开放性的典型圣地。从地理上说,珠江入海口有八个门(即:磨刀门、虎跳门、鸡啼门、蕉门、横门、崖门、虎门、洪奇门),其中前四个门在珠海,由此鲜明地体现了珠江与南海之间是江海一体的形势,从而也典型地体现了珠江文化具有江海一体的特征,即江河性与海洋性水乳交融。从历史上说,从葡萄牙在明代占领澳门开始,西方文化多经此传入中国,如著名的意大利传教士利玛窦就是从此进入广东开始其传教活动并传入现代西方科技文化的,可以说早在清代鸦片战争之前,珠海已是中国与西方经济文化的交汇地和转折地，中国近现代史上许多标志开创现代文明的"第一"人物都出自此地，如中国第一位留学生和第一所培训留学生出国学校（甄贤学校）的创办人容闳，中华民国第一任总理唐绍仪，中国第一所大学——清华大学首任校长唐国安，中共早期领导人之一苏兆征，中华全国总工会第一任委员长林伟民，等等。不是偶然的，显然有现代文化环境孕育的因素，这是称珠海为中国近代海洋文化第一港的重要依据，也是珠江文化具有江海一体特征，并具有特强海洋性、开放性之历史佐证。我们根据这些考察论证而提出的建议，对于珠海被列为珠三角中心城市之一具有促进作用。

可喜的是我们这些考察研究成果，在著名作家朱崇山（也是珠江文化研究会创会人之一）陆续完成的多卷长篇小说"深港澳"三部曲的艺术形象中，不约而同地也体现出来：首部《南方的风》，以描绘改革开放初期创办深圳特区的窗口，体现了珠江文化海洋性、开放性的历史和地理优势及其所引起举世瞩目的震动；缩影香港百年沧桑的《风中灯》和澳门数百年苦难史的《十字门》，以生动的艺术形象体现了珠江文化在香港、澳门与西方海洋文化对撞交汇的历程，在充分体现珠江文化海洋性的同时，充分显现了独特的，属于珠江文化一部分的港澳文化形态。这种文化形态的体现和提出，在文艺创作和学术上是有首创性的。谭元亨的《客家魂》三部曲，以自北南来定居的客家氏族千年历史的艺术形象，将作为珠江文化的这一组成部分，从大陆性到海洋性，从传统性到开放性的历程和走向淋漓尽致地表现出来。洪三泰的《风流时代三部曲》（即：《野情》《野性》《又是风花雪月》），以南方都市生活与人们观念在改革开放中的高速而巨大的发展变化，生动活泼地反映了珠江文化在"天时、地利、人和"条件下的巨大开放势能。李科烈的《山还是山》和洪三泰等的《通天之路》，分别以铁路和高速公路在现代化建设发展中的人文精神，从企业或行业文化中体现了珠江文化在与时俱进的发展。洪三泰、谭元亨的电视片文学本《祝福珠江》，以诗情洋溢、画意清新的笔墨，热烈地讴歌了日新月异的珠江经济和珠江文化。洪三泰的新作《女海盗》，是描写海上丝绸之路题材的首部长篇小说，以雷州半岛及其海域百年沧桑为背景，以"女海盗"石白金的神奇经历和奋斗历程，有声有势地写出了雷州人的海气、海威，活现了珠江文化的海性、海魂，塑造了一系列充分体现珠江文化海洋性的典型形象。著名地理学家司徒尚纪教授以优美的笔墨写的地理学专著《珠江传》也在这个时候问世,更有特别的意义,因为这是河北大学出版社主编的《大江大河传记丛书》之一,与《黄河传》《长江传》等同时出版,既清楚地将珠江在中国大江大河中的重要地位显示出来,同时又以雄辩的学术力量和文学力量论证了珠江文化存在和发展的历史地理事实,充分地论述了珠江文化与其他江河不同的特质和特性。这些著作的写作和出版,既是我们这个团队以海上丝绸之路的历史发现论证珠江文化海洋性、开放性特质的继续和发展,也是以多学科、多方式研究这一重大课题的扩展和深化。这些文艺作品在珠江文化和海上丝绸之路研究开发中的贡献和作用是不可低估的,它使我更领悟恩格斯曾说从巴尔扎克的小说"所学到的东西,也要比当时所有职业的历史学家、经济学家和统计学家那里学到的全部东西还要多"的名言。

(三)支持南华禅寺创建庆典及寺院建设,首倡对六祖惠能及其文化定位

我不是佛教徒,不是居士,不是佛教学者,也称不上研究六祖惠能的专家,但却是惠能禅学的倡导者。因为自 1992 年我被聘任为广东省人民政府参事,先后发表了数十篇有关禅宗六祖惠能的参事建议、调研报告、谈话或文章,至今,由于参与政府文化决策咨询,以及研究开发珠江文化和海上丝绸之路的需要,为惠能禅学的文化化、学术化、中国化、国际化、现实化、平民化、广泛化,作出了持续努力,与其结下了不解之缘。在 21 世纪初至 10 年代末这个时段,所做的主要事情,是支持南华禅寺创建 1500 周年庆典及寺院建设,首倡对六祖惠能及其文化定位为中心的相关事情,现按时间先后次序简要列举:

1. 从为南华禅寺创建 1500 周年庆典送的两件贺礼开始

2000 年 7 月初,我应邀到韶关大学讲学期间,我的学生、时任韶关市委政策研究室主任的陈光和时任市文创室主任郭福平,冒雨陪同我考察南雄珠玑巷之后,在返韶途经马坝时,雨仍未歇,便去南华寺避雨。刚进山门,雨顿停歇,只见住持释传正大师热情相迎,称已悉有贵人来访,随即详述拟于 2002 年筹办南华禅寺创建 1500 周年庆典之事,诚请我以省政

府参事身份向省领导反映情况,呼吁促成办此庆典。

返穗后我即写出《关于支持南华禅寺筹办建寺1500周年庆典的建议》,具体提出两点主要建议:一是举办群众性纪念盛典和国际性的惠能思想学术研讨会,二是归还"文革"期间南华禅寺被侵占土地,作为省政府参事建议提交。不久省参事室收到省宗教部门同意举办活动的批复,但未对收复土地事表态。我随即再写专题报告,受到时任省长叶选平同志重视和关注,于2001年解决了归还180亩土地事宜。由此,我的两项建议都受到重视和采纳,也即是说,为南华禅寺建寺庆典送上两份贺礼。同时,意味着我开始了与禅宗六祖及其惠能禅学的不解之缘,也即是我对惠能禅学研究历程的起步。

2002年11月10日上午9时,南华禅寺创建1500周年庆典隆重开幕。我正坐在主席台上的释传正身后,韶关市副市长杨春芳特地向我表示感谢我提交参事建议所起的推动作用。11日上午8时,在寺院东侧收回土地上,举行了曹溪佛学院教学大楼落成剪彩仪式及曹溪佛学院第二届开学典礼,我怀着很荣幸很兴奋的心情在这块收回土地上参加这个典礼。

11月5日至8日,由南华禅寺主办,中国社会科学院宗教研究所协办的"曹溪南华禅寺建寺一千五百周年禅学研讨会"在寺内隆重召开,来自全国各地及日本、韩国等百多位法师、学者与会,收到学术论文75篇。我与日本中嶋隆藏教授、韩国朴永焕教授共同主持开场大会。会后由南华禅寺住持释传正主编出版论文集《曹溪禅研究(二)》,我提交的长篇论文《珠江文化的哲圣——惠能》也编入书中。

2. 为六祖惠能作出"珠江文化哲圣"定位及其引起的争议

在2002年11月6日进行的禅学学术研讨会上,我就提交的论文作了大会发言。我根据惠能的《坛经》和系列理论与实践,多角度论述了惠能对珠江文化的继承与贡献,指出惠能不但是佛教禅宗的六祖,是佛教的一位大师和领袖,而且是中国禅学文化的创始人,是中国和世界思想史、哲学史上有重要地位的思想家、哲学家,特别是他创始的禅学文化,典型地体现了珠江文化的传统特质,尤其是在中古兴旺时期的思想文化意识,体现了珠江文化在古代的思维方式与行为方式,标志着珠江文化与黄河文化、长江文化的明显区别,创造了与孔子的儒学、老子的道学并驾齐驱、广传天下的一套完整哲学——禅学。由此,我从梁启超称孔子是"黄河文化哲圣"、老子是"长江文化哲圣"的说法,进而称六祖惠能是"珠江文化哲圣"。发言之后,当即引起强烈反响,称赞创新者多,质疑者也不少。

当日晚上,在南华禅会议厅,香港中国评论月刊社和珠江文化研究会联合举办了题为"六祖禅宗的历史地位与中华文化"的思想者论坛。由我与郭伟峰社长、周建闽总编辑策划主持。评论员有:南华禅寺住持释传正,云门寺住持释佛源,别传寺监院释顿林,中国社科院教授黄心川、杨曾文、方广锠,人民大学教授方立天,北京大学教授楼宇烈,中山大学教授邓国伟,广东《学术研究》杂志主编刘斯翰等。与会者畅谈了六祖禅宗已产生世界影响、富有辩证法的思想和智慧、对佛教发展起了重要推动作用、禅宗经历的发展时期、禅宗流遍中华为中国佛教带来崭新局面、六祖学说解决中国的精神拯救问题、六祖学说两大特性"现世精神"与"实践悟性"、禅宗的精神诉求与岭南地域关系等观点或课题。

在论坛中,有三位北方学者对我在学术研讨会上提出的惠能是"珠江文化哲圣",并与"黄河文化哲圣孔子、长江文化哲圣老子"并列的说法持有异议。北京大学教授楼宇烈认为:"隋唐五代时中国第一流思想家都在佛门,其中包括惠能,当然不仅仅是惠能。""惠能终究是佛教发展过程中的一个宗派的一流代表人物……因为惠能不像孔子那样是儒家的创始人,也不像老子那样是道家创始人。"至于珠江文化,这位教授则表示"没有研究","不知道珠江文化的含义是什么",并认为"提黄河文化、长江文化不是很妥当"。中国社会科学院研究员杨曾文认为:"世间有不同的信仰,佛教也有不同的宗派。搞不好就是麻烦。如果我们将惠能大师作为一个可以和孔子、老子并列的圣人,就可能引起争论,各个宗派就会提出他们各自的思想家来与惠能相比,比如法相宗的玄奘。"中国社会科学院研究员方广锠则提出:惠能所创禅宗主要"在南方非常流行",与岭南文化有什么相互联系和影响,应进一步研究。显然,这些看法的焦点是:惠能只能说是中国佛教发展史上一时(唐代)、一段(隋唐五代)、一派(禅宗)、一地(南方)的"一流代表人物",不能说是可与孔子、老子并列的圣人。

对此,我首先从世界文化学的新发展而提出珠江文化概念及其与惠能关系问题作出回应。指出珠江文化的海洋性特质和大众化、平民化,是惠能思想的文化基础,惠能禅学思想集中体现并又推动了珠江(岭南)文化的特质和发展;惠能已被公认为千年世界思想家之一,与孔子、老子并列为"东方三圣人";它的发祥地南华禅寺是海上丝绸之路的产物,是国际性的佛教"祖庭",世界各地大都是其"分庭",标志着将外来的文化消化,并转为"出口外销"。这不仅是珠江文化海洋性特质的体现,而且是中华文化具有特大的融合力、消化力和伸张力的体现。所以,惠能与孔子、老子分别并列为珠江文化、黄河文化、长江文化的哲圣是名正言顺的。

《学术研究》杂志主编刘思翰研究员在发言中指出:"从关系一般人的精神生活,有利于人生日用的角度来看,六祖思想较之孔子、老子有过之无不及。孔子、老子的学说,从根本上说首先是一种政治学说,为统治者设计如何'治国平天下',讲的是治民之术。""六祖则不同,他上承释迦牟尼'普度众生'的慈悲胸怀,而着重解决中国的精神拯救问题",贯穿"众生平等"思想,并进而倡导"众生自渡",体现了自由、平等、博爱思想,具有"现世精神"和"实践悟性"两大特性。他还认为:六祖思想具有原发性,他的悟道,除本人非凡禀赋之外,与珠江文化背景有较大关系。

当时岭南是流动人口汇集地区,商业较发达,离政治中心较远,人们政治意识和传统文化较淡薄,务实、重利、质朴、自由空间较大,对于悟性较高的思想者来说是一个很好的温床。所以,可以说六祖受到珠江文化哺育,又反过来哺育了珠江文化。

中山大学教授邓国伟在发言中充分论述了六祖禅宗发展与岭南(珠江)地域的关系,指出:第一,荒蛮之地受传统文化束缚较少,反易保持"直心"。第二,在等级社会中占主流位置的知识者已使佛教经典化和上层化,只有到疏离中心的边缘社会中,才会出现反拨的可能。第三,"獦獠"较少先入为主的偏见,由此岭南提供了适合禅宗生长的最佳土壤,实现了对佛教的重大变革,即摆脱原来既定轨道,有"在野"的独立发展空间;从上层回到民间,为普通百姓打开佛学之门;在荒僻之地发展玄思,形成整套学说。所以,正是边缘性的岭南地域,使禅宗的变革有了可能性,而且使之实现了佛教的民间化、人生化的变革过程,最终成为中国化的佛教。

最后,我总结这次论坛谈了三个问题:一是惠能的文化定位,二是对惠能思想特征以及对其核心的理解,三是惠能在中国文化中的地位及如何研究惠能文化现象。支持了刘斯翰、邓国伟教授从地域文化角度提出的见解，指出不管怎样，惠能思想既是珠江文化组成部分，也是中华文化的组成部分。

3. 对六祖惠能人生轨迹的全面考察及每个节点的初拟定位

从 2000 年 7 月初访南华禅寺并提交《关于支持南华禅寺筹办建寺 1500 周年庆典的建议》之后，直至 2002 年庆典举行时的两年间，我协同珠江文化研究会同仁，先后对六祖惠能在广东全境的人生轨迹进行了全面考察，理清了他的人生道路和思想发展脉络，对每个节点都在考察中有新的发现并作出初拟的定位，深化研究了惠能创造禅学与其生活环境和珠江文化背景的关系。

4. 对广州西来初地是禅宗始祖达摩登陆地及其文化意义的论证

2003 年 12 月，广州市荔湾区举办"西来初地"文化论证会，我应邀赴会，提交论文：《广州西来初地是西方海洋文化在中国的登陆地》，论证了南北朝时梁武帝普通年间（公元 520—527 年），印度禅僧达摩（即当时天竺国国王第三子）沿海上丝绸之路，经历时三年的海上航行首次到中国大陆的地点，即广州荔湾的西来初地，至今仍留下"西来古岸"四字碑石。这具有丰富而深厚的文化意义：一是佛教早传入中国，但其禅宗教派则是首次由达摩传入并持续发展，故称达摩为始祖，慧可为二祖，僧璨为三祖，道信为四祖，弘忍为五祖，惠能为六祖。所以，可称西来初地为中国佛教禅宗第一地。二是六祖惠能所创禅学源于海外而来的达摩始祖，故而西来初地可称中国禅学第一港或萌芽地。三是达摩沿海上丝绸之路到此登岸，西来初地自然也即是海上丝绸之路古港或登陆地。四是珠江文化的最大特质是海洋性，西来初地自然也即是珠江文化吸取海洋性的一个源头。

5. 关于走出神教迷信误区及惠能文化定位的创议

2004 年 3 月，云浮市新兴县为纪念六祖惠能诞生 1366 周年，举办了六祖文化节和六祖文化学术研讨会，并举行了省政府批准惠能出生地——集成镇改名六祖镇的挂牌仪式，受到了海内外人士热烈支持，约有 10 万人参加活动，有近百位来自北京、香港、澳门和广东省的学者参加了学术研讨会。我应邀参加了这些活动，并代表出席专家在研讨会上致辞。

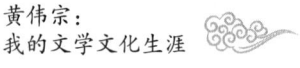

会后，我向省政府提交了题为《走出神教迷信误区，确立六祖惠能文化定位，弘扬妈祖、龙母文化精华》的参事建议，受到普遍重视，广西梧州市政府转发为参考资料。这份建议提出应当确立惠能的文化地位，提出：六祖惠能与一般宗教与神学有根本性的不同，因为大多宗教神学是人的精神力量寄托的外化或神化，而六祖惠能的禅宗和禅学思想，则是将已被外化或神化了的精神力量和精神寄托又转为人化和内化，他的一系列说法都表明他的人佛平等观、平民平等观，人和神的人性化、实用化、平民化，是"中国化""平民化"的佛教。所以，毛泽东同志称六祖惠能是中国禅宗的"真正创始人"，西方媒体亦称惠能是世界千年十大思想家之一、东方三圣人之一。许多人只注意惠能是宗教领袖，未注意他是大思想家、大哲学家，是"珠江文化哲圣"，所以应当确立其应有文化定位。这份建议还对妈祖、龙母文化进行了细致分析，明确提出：妈祖是"海神"，龙母是"江神"。此后，我还应德庆悦城龙母庙之邀，为其题词："悦城龙母，西江神源"。该庙将这题词作为庙旨，挂于庙前横额，并镌刻于主殿石碑上，受到普遍赞赏。

6. 关于六祖文化的定位和成立惠能研究会的呼吁

2004年7月，我率团到云浮市考察文化，提出云浮文化"三件宝"，即六祖文化、南江文化、云石文化，受到市委重视并接受，确定为该市的文化定位。会后提交的《关于云浮地区六祖文化、南江文化、云石文化的考察报告》获优秀参事建议奖。同年在《南方日报》"广东历史文化行"关于惠能的专版中，我发表了"专家说法"《应当成立惠能研究会》，以与全国性的孔子研究会、老子研究会并列。

7. 关于抢救广州海云寺和海云学派遗产的建议

2005年1月，我提交参事建议：《应立即抢救海云寺及海云学派文化遗产》。同年12月，我到广州番禺区参加了省政协举办的海云寺历史文化研讨会，并考察了海云寺原址。

8. 关于六祖"五大开创"和云浮"广东大西关文化"的提出

2008年12月上旬，我应邀到云浮参加六祖文化节，在"六祖文化论坛"

上作了题为《六祖惠能的"五大开创"》的发言。2009 年 7 月，我应邀到云浮郁南县为县中心组作了题为《市云浮三大文化与建设"广东大西关"》报告，突出六祖惠能文化的重要地位。同月，在云浮市参加"六祖文化博览园"学术研讨会。

9. 在影视中弘扬六祖文化并首创"中国禅道"文化概念

2011 年 4 月，我为广东电视台制作专题电视片《六祖惠能》提供了主导思想并接受多次采访，并在这部六集电视片中多次出现讲述镜头。2011 年 8 月中、下旬，我率南方电视台电视片摄制组先后到封开、郁南、端州、广宁、怀集等地拍制电视片"珠江文化星座"系列，并随即陆续播出，其中与六祖相关的专集是：《中国禅都——新兴》《南禅祖庭——南华寺》《燕都禅道——怀集》。2011 年 8 月底，我对怀集作出"燕都禅道"的定位，在前些年为怀集提出"中国燕都"文化品牌之后，又为其加上"中国禅道"的品牌，这是首创"中国禅道"文化概念，既切合当年惠能在怀集与四会之间避难 15 年的历史，又可寓含悟禅、修禅等进程之底蕴。故而以此为怀集正在筹划的六祖文化园提出"六祖禅道文化园"的名称，并作出以建造"悟禅道""修禅道""禅宗道""禅学道""禅境道"等"五道"的构思为意念和构建特色，既体现六祖在怀集避难并修禅 15 年的特点，又体现禅宗体系和"花开五叶"的特色。2012 年 8 月，我作为县文化顾问，到怀集县参加"六祖禅院"工程奠基仪式，与怀集县委书记江森源、县长江启宁以及投资方国叶公司主席叶选廉、董事长李昱更，达成举办"六祖禅道"论坛共识。该县举办全市运动会时，还用我的题词"怀志游燕都，集德走禅道"作主席台标语，印在 2012 年"中国燕都，中国禅道"挂历中，并印制在怀集高速路口竖立的大广告牌上，引人注目。

（四）参加全国参事代表咨询会，支撑建设文化大省和泛珠三角（"9+2"）经济区

2002 年 8 月，我受广东省人民政府参事室委派，作为广东参事代表，到北京参加国务院参事室为制定有关全国参事工作文件而召开的咨询会议。我在会上提出：高校或研究机构现任或原任专家教授在被聘任为参事

后，应该有作为政府工作人员的身份和待遇，并应将此列入参事条件的建议，受到国务院参事室重视。2003年中共中央办公厅、国务院办公厅联合颁发了中办发10号文件：《关于进一步做好新时期政府参事工作的意见》。在2003年4月广东省人民政府参事室研究广东如何贯彻这个重要文件的咨询会上，我再就聘任制参事的政府身份和待遇问题，进一步具体提出在参事聘任期间享受副厅级待遇的意见，被省政府采纳，正式写入广东具体贯彻的文件中。

此外，在此之前，有一件关系广东省人民政府参事室生死存亡的大事，是应当在这段关于参事工作的文字中补述的。1998年，广东省对政府机构进行调整，在初步方案中，拟撤销参事室机关编制，其职能划入省府办公厅行使。此消息传至参事群中，引起震动不安。参事自发签名上书时任国务院总理朱镕基，当时我因病住院也参加了签名。后来据说很快受到重视，朱镕基总理即批示当时中共中央人事部部长宋德福，请其"商广东领导"，终于保留参事室机构，划归省府办公厅领导。再就是1997年8月，国务院参事室在广州召开中南地区参事工作理论研讨会，我受邀参加并就如何发挥智库作用作了发言，《南方日报》作了报道。

2002年春，中央政治局委员张德江同志到任广东省委书记。在任期间，他先发出了建设文化大省的号召，2003年秋，又提出"泛珠三角"区域合作的战略。"泛珠三角"区域与珠江文化区域基本一致（包括广东、广西、贵州、云南、湖南、江西、福建、海南、香港、澳门，唯四川不属，但可称其为辐射地带）。这些发展战略的提出不是偶然的，是根据社会经济基础和现实发展需要提出来的，又是有历史和现实文化依据的，并且必须是以这区域的文化（即珠江文化）底蕴为基础和对其研究开发作支撑的。仅从这个视角，即可看到珠江文化研究开发重要性、迫切性，又可见其潜质可持续发展性。

由此，我作为分工主要在文化上提决策咨询的省政府参事，及时提交了两份省政府参事建议，一是《充分发挥珠江文化优势，建设文化大省》，二是《以自身特性和共性文化为纽带，促进区域及对外经济合作，促进文化与经济的相互转化》参事建议，都受到张德江书记高度重视，前者批给省委宣传部办理，后者批给时任省委副书记蔡东士、省委常委兼宣传部部长朱小丹"请东士、小丹同志阅处"。随即约请我到省改革办谈话，面陈具体建议和要求。随后正式批准了我刚组建的以参事馆员为主体的学术团队（即 2000 年 6 月成立的广东省珠江文化研究会），正式升格为在省政府参事室（文史馆）的直接领导和支持下的省一级学会，开始了以田野考察提交参事建议、结合学术研究而编著《珠江文化丛书》为主要方式的"多学科交叉的立体文化工程"；同时成立了以参事文教组为主体的广东省海上丝绸之路项目组，在发现徐闻西汉古港是中国海上丝路最早始发港的基础上开展两广沿海古港的普查工作；并且以我个人名义，及时地在有关学术会议或在媒体上发表谈话，明确指出《泛珠三角经济圈需珠江文化支撑》（见 2003 年 11 月 20 日人民日报）和《泛珠三角不仅是经济概念，也是一个文化概念》（见 2004 年 4 月 12 日南方日报）等理论观点和策略建议，随即被时任广东省省长黄华华写序、广东人民出版社出版的《泛珠三角区域合作研究》编入。由此，我以实际行动表示对张德江同志号召和创议的积极响应和支持。同时，我们又根据新的形势和升格为广东省珠江文化研究会的需要，制定了《珠江文化工程规划》，进行了《粤港澳文化交流的回顾和展望》（与香港《中国评论》合作）等课题的论坛，并在"泛珠三角（'9+2'）高峰文化论坛"上作了专题讲演。

（五）从始祖、哲圣的发现而初显珠江文化体系

在逐步完成以上课题之后，我感到要揭开深化的盖子必须对珠江文化进行系统研究，弄清其结构系统、理论框架、学术和形象定位，发现和论证出其系统性和可持续发展性。于是我仍继续采用从现实所需引发历史文化研究的做法，逐步探究下列课题：

首先是珠江文化的始祖是谁？众所周知，黄河文化的始祖是黄帝，长江文化的始祖是炎帝，由此才有中华民族子民是炎黄子孙的说法。这说法又源于两帝分别是生活在这两条江河流域的华夏民族首领，两族战争后并为一族，后来才取名为中华民族。位于中国南部的珠江水域，民族众多，均各自立，故被统称为百越族，长期没有统一，也无共同首领，所以，一直未有珠江文化始祖是谁的说法。2001 年春，我应邀参加广西梧州历史文化研讨会，发现这里是古苍梧之地，有关于虞舜的史料和遗迹，经认真研究包括《尚书》《山海经》《史记》在内的许多史书和现场考察之后，

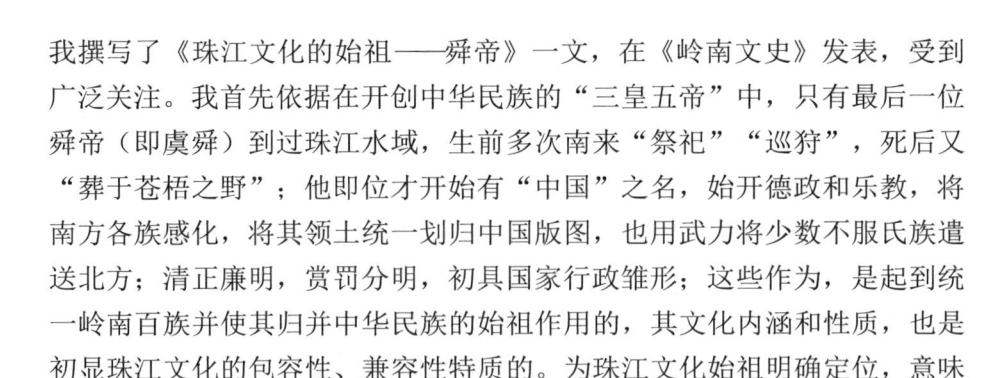

我撰写了《珠江文化的始祖——舜帝》一文，在《岭南文史》发表，受到广泛关注。我首先依据在开创中华民族的"三皇五帝"中，只有最后一位舜帝（即虞舜）到过珠江水域，生前多次南来"祭祀""巡狩"，死后又"葬于苍梧之野"；他即位才开始有"中国"之名，始开德政和乐教，将南方各族感化，将其领土统一划归中国版图，也用武力将少数不服氏族遣送北方；清正廉明，赏罚分明，初具国家行政雏形；这些作为，是起到统一岭南百族并使其归并中华民族的始祖作用的，其文化内涵和性质，也是初显珠江文化的包容性、兼容性特质的。为珠江文化始祖明确定位，意味着找到这块水域文化的开端，明确这一文化系统之原始元尊。

接下的问题是珠江文化的古代思想领袖（即哲圣）是谁？梁启超在《论中国学术思想变迁之大势》一文中有言：中国传统文化"实以南北中分天下，北派之魁，厥惟孔子，南派之魁，厥惟老子，孔学之见排于南，犹老学之见排于北也"。以我理解，梁启超所说的"北派"即黄河文化，"南派"是指长江文化，可惜喝珠江水长大的梁启超当时尚未能注意到珠江文化的存在事实，否则他定会找出珠江文化之"魁"的。其实，梁启超已为解决这问题开了路，一方面是以这段话为黄河文化和长江文化的哲圣定了位，另一方面是在其他著作中对六祖惠能评价甚高，极高评价惠能禅学对学术和诗坛的影响，称"唐宋两代皆六祖派""宋儒皆从佛书来""宋士大夫晚节皆依佛"，并说"自唐人喜以佛语入诗，至于苏（轼）王（安石），其高雅之作，大半皆禅悦语"。这些话实际上已尊惠能于哲圣地位，只是未点明而已。

令人感叹的是这点学术距离要梁启超百多年后，才由要人、洋人和后人逐步解开。所谓要人，是指毛泽东同志。据曾在毛泽东同志身边工作过的人回忆，毛泽东同志曾说："惠能主张佛性人人皆有，创顿悟成佛之学，一方面使繁琐的佛教简易化，一方面也使从印度传入的佛教中国化。"因此他被视为禅宗的真正创始人，亦是真正的中国佛教始祖。另据有关人员回忆，毛泽东同志在20世纪60年代来广东视察时，曾问当时广东领导人陶铸是否知道广东出了两位伟人是谁，陶铸只答出一位孙中山，毛泽东同志当即解说另一位是六祖惠能。可见毛泽东同志早称惠能是创立禅宗的伟人了。外国洋人和华人又将这说法推前一步，在英国伦敦大不列颠博物馆所立世界十大思想家头像中，有孔子、老子、惠能三位中国哲圣，西方媒体评其为"东方三圣人",加拿大华人会馆尊奉三位哲圣的坐像,以尊崇他们在三教(儒教、道教、禅宗)和三学(儒学、道学、禅学)的至尊地位,又可以说是沿着梁启超的思路而潜在地缩小其学术距离,以列尊的方式分别显示他们黄河文化、长江文化、珠江文化的哲圣定位。而其未能消除的一点距离,只好由我们这些后人去点明了。

2001年11月,六祖惠能的发祥地广东韶关南华寺,为庆祝建寺1500周年而举办了惠能禅学研讨会,我提交了题为《珠江文化的哲圣——惠能》的长篇论文。我从六祖《坛经》这部中国人写的第一部,也是唯一的佛典中发现,这既是一部佛教禅宗经典,又是一部自成体系的思想哲学经典,堪称惠能所创造的禅学思想专著,可与孔子的儒学、老子的道学相并列,从而可称惠能为与孔子、老子并列的代表一种哲学思想的哲圣,同时又可以称惠能为与"黄河文化哲圣"孔子、"长江文化哲圣"老子并列的"珠江文化哲圣"。这不仅是因为惠能出生于广东,长期活动在广东,主要是他的思想文化特点体现了珠江文化特质,体现了珠江人在中古时代的文化意识、思维方式和行为方式,是从珠江文化土壤中诞生,又影响并促进珠江文化的发展。

他主张"人人心中有佛""人虽有南北,佛性本无南北,獦獠身与和尚不同,佛性有何差别""见性是功,平等是德",体现了中古时代在南方随商品经济萌起的市民意识和平等思想;他创造修佛"顿悟"之说,撰出"菩提本无树,明镜亦非台,本来无一物,何处惹尘埃"的名偈,所体现的唯心思想,可谓后来以陈白沙为代表的南方"心学"之先声;他认为"我心自有佛,自佛是真佛,自若无佛心,向何处求佛",反对向外求佛,反对崇拜,反对去追求"西方净土"之"彼岸",典型表现了他自立自强、不信神、反权威的个人意识,与后来从西方传来的个人主义和自由主义异曲同工,是中古时南方商品经济兴起而初显资本主义思想的胚芽。

他主张"农禅合一""农禅并重",强调自食其力,不拘修行场所和方式,重在实效,使南方禅宗在唐武宗灭佛之时(会昌大难)得以幸存,后来成为佛教主流,这种思想和举措,正是重实用、实际、实效的小农经济思想向商品意识过渡的体现;惠能的南宗"顿悟"派虽与神秀代表的北宗"渐修"派有分歧,禅学也与儒学、道家不同,但惠能均无排斥之意,指出"本来正教无有顿渐,人性自有利钝,迷人渐修,悟人顿契";他尊奉父母，力行孝道，倡导修行中的辩证法，都与孔子、老子不悖，可见其器量和兼容气度。

这些学说和行为，都是源自并体现着珠江文化的市民性、重商性、平等性、自由性、实在性和包容性的特点或特质，并且体现得最全面、最集中，而时间也最早、影响最深广，所以，称惠能为"珠江文化的古代哲圣"是实至名归的。

至此，由于发现舜帝是珠江文化始祖，惠能是珠江文化哲圣，使得珠江文化初显自身系统，从而使其可与以黄帝为始祖、孔子为哲圣的黄河文化，以炎帝为始祖、老子为哲圣的长江文化相并列，初显作为一种水域文化的文化系统。

（六）珠江文化理论的确立与文化形象系列

2003年春，广东省领导发出建设文化大省的号召，对珠江文化研究开发也进入学术定位阶段，正在这样的时候，我们这个团队组织力量编著的五部都分别具有填补空白意义的学术著作也应运而生，这就是陆续出版的《珠江文化论》（黄伟宗著）、《珠江文化与史地研究》（司徒尚纪著）、《广东海上丝绸之路史》（黄启臣主编）、《广府寻根》（谭元亨著），和《海上丝路文化新里程——珠江文化工程十年巡礼》（广东珠江文化研究会等编）等。

《珠江文化论》是首部关于珠江文化的系统论著，主要从文化学为珠江文化定位，全面概论了珠江文化的概念、形态、源流、发展、特质、特性、系统，并以系列的开发建议、文化散文和文化批评而多视角、多方式地扩展深化开发研究，从而对珠江文化不仅作出历史文化上的定性定位，而且对其在现实文化及其发展的作用、地位和前景也作出论析，是一部寓静态研究与动态研究于一体的文化学术论著。

《珠江文化与史地研究》是首部从历史地理学对珠江文化学术定位的理论专著，它在观念、概念、城市、区域、学术等文化层面上，论述了珠江文化的地域特色及其依托的地理环境与变迁，提供了它们在各断代的历史地理剖面，总结了它们的发展规律，是一部以地理学为主对珠江文化进行多学科、跨学科研究的学术论著。

《广东海上丝绸之路史》是广东海上丝绸之路研究上的首部巨型专著，也是首部从数千年海上丝绸之路的历史发展事实和历史科学的论证为珠江文化学术定位的专著，它以丰富的中外历史文献资料，阐述了自西汉由徐闻、合浦港出海，魏晋南北朝时从广州港起航，历隋、唐、宋、元、明、清以至民国时期2000年经久不衰的海上丝绸之路的形成、发展的历史进程，同时记述了广东对外贸易的国际航线、进出口商品结构、贸易地域、管理体制的发展，以及由此引起的海外移民、中外文化交流和广东经济的变迁状况，有力地论证了珠江文化特质（尤其是海洋性、重商性、开放性、包容性）形成和发展的必然与内在依据。

《广府寻根》是谭元亨为珠江文化重要组成部分的广府文化确立文化系统的理论专著，是广府文化研究中首部大型学术专著，是他前些年完成的《客家圣典》之姐妹篇，为珠江文化的成分和结构作出了奠基性的理论建设。

《海上丝路文化新里程——珠江文化工程十年巡礼》，是首部对包括研究开发海上丝绸之路文化在内的珠江文化工程进行全面总结和全方位论证的学术论著，它一方面以选编有代表性文章的方式，将历时十多年学术进程中的重大学术活动和成果缩影出来，另一方面又将在《岭南文史》、香港《中国评论》、美国《世界日报》等报刊发表的有关论文或报道选编，借此将这工程取得成果的质量和社会反响展现出来，起到全方位论证的学术作用和实证效果。这五部著作的完成，是有里程碑意义的，一方面是珠江文化研究取得阶段性成果的标志，另一方面还在于这标志着珠江文化学术定位的明确，从而显出了学术系统之端倪。

自从开始对珠江文化研究以来，我在进行理论和实践研究开发的同时，一直注意以塑造文化形象而作出文化定位的方式去进行，十多年来可以说是塑造了珠江文化的系列形象：一种是在各县市考察时结合对当地人文研究和观察地理风光的感受而写的散文，如《澳门之"门"》《香港之"风"》《深圳之"窗"》《珠海之"珠"》《高州三树》《河源四源》《肇庆五气》《南珠之都——湛江》《岭南燕都——怀集》，等等，既是旅游抒情散文，又是为每地文化定位之作，以系列形象为珠江文化作形象定位。

另一种是从珠江水系及其水域的人文地理形态和文化特质，从总体上为其塑造形象：我依据珠江是由来自四面八方的东江、西江、北江、珠江三角洲水网等在广州交汇的走势和形态,将其称为多龙争珠的形象;又以此形态及其包容性、开放性、辐射性、网络性的文化特质,将其称为蜘蛛网似的珍珠光芒向四方进射的形象。这样的总体形象定位,是可与黄河以龙、长江以凤的形象定位并列而媲美的。

此外,我还以我国三条大江河的文化神韵,用有代表性的诗句体现出来,以李白的"黄河之水天上来,奔流到海不复回"诗句,体现黄河文化之神圣;以苏轼的"大江东去,浪淘尽,千古风流人物"词句,称道长江文化之气派;以"岭南第一诗人"张九龄的名句"海上生明月,天涯共此时"来显现珠江文化的宽宏、平和、共时的气度和风度。这些形象的塑造及其系列性、总体性,既是以形象定位的方式和效果推进和显示了珠江文化研究开发的深化,又是以形象定位的系列显示了珠江文化以及对其研究的体系之形成。

(七)南江文化、金燕文化等多项文化的发现和倡议

自此之后多年,我们在珠江文化的研究考察过程中,层出不穷地发现过去从未受到注意的多种文化带或文化遗存,挖掘或整合出多项文化门类或文化品牌,对于促进各县市经济文化的开发与建设起到直接的有力的推动作用,为建设文化大省,促进泛珠三角("9+2")区域合作作出贡献。其中较突出的是:

2004年发现并论证出南江文化带。这是在研究有关历史资料之后,率领一批多学科专家教授前往云浮、罗定、郁南等地考察而发现并论证的。原来现在的罗定江,古名南江,不知何时改称现名。这条江发源于信宜鸡笼山,流经信宜、罗定、云安、郁南,在郁南南江口汇入西江。南江虽然从长度或水量均不能称大江,但意义重大。

首先,它的发现,意味着珠江以方位而命名的四大支流达到完整,即填补了有西江、北江、东江,却缺南江的空白,完整了珠江水系及其"光芒四射"的风姿。其次,从地理上看,这条江是广东境内西江以南水域的代表,因为它是粤西南地区唯一自南向北流入西江,从而归属珠江水系的江河,而它在粤西南地区,又与其他三条主要江河密切交错着,即:与它同样发源于信宜的鉴江往茂名于湛江出海,它流经的云安区相邻的新兴县则是从阳江出海的漠阳江发源地,虽然都未能与这些江河交汇,但在自然、

地理、经济、文化方面息息相关，具有代表这些江河从属珠江水系及其水域的象征性意义。

从文化上说，南江及其相邻的江河流域，包括云浮、阳江、湛江、茂名四市共同构成的粤西南地区，可称之为南江文化带。如果这看法得到普遍认同，那么，则意味着岭南本土祖先百越族的文化有了具体江河文化为载体，同时也填补了粤西南地区从无总体文化名称的空白。因为广东文化构成的各种主要成分，都是分别以某地区或某江河文化为载体的，如：粤北地区北江文化是客家与广府文化的载体，粤中西地区西江文化是广府文化载体，粤东南地区东江文化是客家文化载体，粤东地区韩江文化是潮汕（福佬）文化的载体。由此，粤西南地区南江文化，也即可称之为百越文化或后百越文化的载体。因为在这文化带迄今古百越文化遗存较多，保存较好，遗风尚在。所以，南江文化带的发现和论证，是有填补学术空白和确认岭南文化祖根的重要意义。

可喜的是，自发现南江和提出南江文化带倡议之后，《南方日报》等媒体纷纷报道，在国内外产生强烈反响，粤西南四市（云浮、阳江、湛江、茂名）的领导和专家均表支持；云浮市成立了南江文化研究会，陆续出版了《南江文化丛书》，并于2006年初举办了"南江文化艺术节"，盛况空前，影响甚大。

2005年在怀集发现并论证金燕文化。这是2002年到怀集县考察时发现的。源于该县桥头镇燕岩，是金丝燕栖息之地。这是一种珍奇燕种，每年冬天到太平洋生活，夏天回燕岩孵卵生子，是海陆候鸟，全国只有云南某地和怀集有此燕种，所以此地以产燕窝驰名，而且传统有燕子节的习俗。我认为这种文化极其珍贵，便为其题词"岭南燕都"，随后即写出同题散文在《南方日报》和《西江日报》先后发表，经网上传播，影响颇大。在怀集县领导和群众支持下，将县城中心广场命名为"燕都广场"，从而确认了怀集为"燕都"之名。2005年夏天，在怀集举办了"金燕文化研讨会"，近百名专家教授肯定了这文化定位和这种文化的价值和意义，并在燕岩举行了"广东省珠江文化研究会金燕文化研究中心"挂牌仪式，在同时举办的招商会上，签约合同金额达35亿元之多，体现了文化促进经济的新格局。怀集还先后出版了《燕岩诗选》和《泛珠三角与燕都文化》等书。

2004年春，我在新兴县参加六祖文化节和六祖文化学术研讨会，在六祖家乡集成镇改名六祖镇挂牌仪式之后，提交省政府参事建议《走出神教迷信误区，确立六祖惠能的文化定位，弘扬妈祖、龙母文化精华》，受到政界、宗教界、学术界的重视和好评。由于在此之前，我先后支持南华禅寺1500周年庆典并提出收回部分土地的建议，提出惠能是"珠江文化哲圣"，宣扬惠能在怀集15年修炼史迹的影响，使这建议更受重视，我开始有了将佛教的禅宗教派与作为哲学的禅学分开的提法，使惠能的禅学与孔子的儒学、老子的道学在学术上相并列，并使六祖及其所开创的禅宗、禅学成为一种文化。也由于在此之前，我曾为德庆悦城龙母庙题词"西江神源"，以及曾到龙母的出生地广西岑溪（原属广西藤县）考察的影响，使得本来是由人变成祭祀神的龙母，又从祭祀神衍化为一种精神形态的文化现象。同时，我又应肇庆市人文丛书编委会之约，为《包公兴端州》一书撰写引言《包公文化论》。也由此率先将这历代受人祭拜的神，升华为一种历史文化现象。

2005年春，我提出一份省政府参事建议：《应即抢救广州海云寺及海云学派文化遗产》，为恢复和保护明末清初岭南高僧天然和尚的旧址和遗产呼吁，确认其作为一代高僧和开创一个学派（包括诗派、书派）的功绩，借此确认其也是一种优秀文化传统和文化现象。

2005年春，南方日报社在肇庆市开会，就其在2004年期间出版"广东历史文化行"专版系列进行总结。在这系列中，我曾为多个专版（韶关、六祖、封开、南江、海上丝路）以"专家说法"作出文化定位。我在总结会上作了题为《打造多项文化工程，将文化大省建设推上新台阶》的发言，会后又向广东省政府提交了以此为题的参事建议。同年8月，广东省社科院在怀集举办"广东历史人文资源保护开发"学术研讨会，我也以切身经验提交了题为《在整合中挖掘，在开发中保护》的调研报告。这些建议和报告，都是对多项文化的发现和倡议的实录。

（八）以《珠江文化系论》为首的《十家文谭》确立珠江文化学术体系

在发现南江和论证南江文化之后，我感到必须再从横面和纵面扩展对珠江文化的研究，使之在广度和深度上更进一步构成体系或系统。于是，我便趁着广西请我参加在梧州举办"西江文化"学术研讨会的机会，在会上作了题为《以多元文化观研究开发西江文化》的学术报告。随后，我又在广东省水利厅邀请为策划建设"北江大堤文化园"而考察北江文化之后，写出《北江文化刍论》一文；接着又到东莞市东江引水工程考察后，写出《东江文化大观》；连同之前完成的《南江文化报告》，构成了对珠江文化的江河文化分析体系。这些论文均于2005年间在多家媒体或学术报刊发表，产生一定影响。

另一方面，是我在前些年先后写出《珠江文化始祖——舜帝》《珠江文化哲圣——惠能》的基础上，继续研究在珠江文化发展史上具有开创意义的代表人物，陆续写出并发表长篇论文：《古代珠江文化诗圣——张九龄》《近代珠江文化"第一"先驱——容闳》《近代珠江文化诗圣——黄遵宪》《近代珠江文化文圣——梁启超》，从而使珠江文化构成了代表人物系列。

以在《广州日报》发表长篇论文《以珠江文化包括并扩大岭南文化的内涵和优势》为标志，我明确提出珠江文化的概念和领域是属世界水文化系统，是属与黄河、长江等对接并列的江河文化体系，覆盖珠江水系流域及其辐射地带，即泛珠三角（"9+2"）区域，所以可包括岭南文化的内涵和优势，从而在学术上明确了珠江文化的概念，确立了总体理论，构成了理论体系。于是便在2002年出版的《珠江文化论》的基础上，增补新的系统内容，按体系要求，增版为《珠江文化系论》。全书包括：《总体论》《江河论》《人物论》《对接论》《建设论》《形象论》等篇章。

接着我又总主编《珠江文化丛书·十家文谭》，由中国评论学术出版社2006年初出版，共达300多万字，共十册，包括：我所著的《珠江文化系论》、朱崇山编《珠江文化的历史定位》、周义编《海上丝路的研究开发》、司徒尚纪著《泛珠三角与珠江文化》、黄启臣著《海上丝路与广东古港》、罗康宁著《粤语与珠江文化》、张镇洪著《岭南文化珠江来》、洪三泰著《珠江诗雨》、谭元亨著《珠江远眺》、戴胜德著《珠江流韵》。各册分别从文化学、文章学、经济学、地理学、历史学、语言学、考古学、诗学、美学、地域文化学论述珠江文化，是多学科立体交叉文化工程的结晶，在更深广的基础上，确立了珠江文化的学术体系。

（九）开创古巷、古道、古港、古村文化研究和论坛

2006年上半年，连续发现并论证了四项古文化。具体是：

（1）古巷文化

鉴于对南雄珠玑巷文化价值的最早发现，我被珠玑巷后裔联谊会会长黎子流（原广州市市长）聘请为电视片《千年珠玑》（中央电视台拍摄）的学术顾问，并任评审组组长。11月，我参加了该片在广州举行的首发式。6月间，我在韶关为中央电视台拍摄《走遍中国》韶关卷珠玑巷集作讲解，借此开拓古巷文化。

（2）古道文化

为促使丝绸之路申请世界文化遗产提供依据，我到粤北考察海陆丝路对接通道，发现南雄梅岭古道、乌迳古道和乳源西京古道，都可列入，并可代表古道文化，即提出在韶关打造古道文化的参事建议。接着我又为中央电视台在韶关拍摄《走遍中国》栏目论证粤北古道文化，并为韶关发展马坝人和大南华规划提出建议。

（3）古港文化

在洪三泰发现的基础上，广东文化组考察了湛江市霞山区海头港村，确认其是被历史埋没了打出抗法第一枪的圣地，作出了"百年和谐的抗法英雄村"的文化定位，并提交调研报告，弘扬古港传统精神。同时又对胡锦涛总书记关注的特呈岛进行调研，提出这海岛的发展建议。

（4）古村文化

应肇庆市之邀，我到该市考察古村文化，并在香港凤凰卫视台《文化大观园》栏目，与主持人王鲁湘对话，以论证这种文化。同时又提交参事建议：《开发古村文化，建设新型农村》。《西江日报》整版发表这篇建议。

同在这半年时间先后举办了四个论坛：

一是在广州市越秀区委举办《珠江文化丛书·十家文谭》首发式，著名学者张磊、管林、曾昭璇等40余人与会。他们认为这套书体现了珠江文化工程有六个"新"：运用新方式，连续新发现，提出新理论，开辟新领域，初现新体系，打出新品牌。

二是在东莞粤晖园举办洪三泰长篇小说《女海盗》研讨会，《广州日报》

整版报道座谈记录，通栏标题是："岭南文学有了海味"。我在会上的发言及提交的论文题目是：《论珠江文学及其新的典型代表之一洪三泰》。

三是广州南沙区与中国诗学会等单位共同举办：山海相约——南沙珠江文化论坛与红三角诗歌节。珠江文化研究会《十家文谭》作者均在会上作了专题发言，反响甚大、甚好。

四是在中国评论学术出版社举办中国评论思想者论坛，题目是：走向世界的珠江文化。《十家文谭》作者均为评论员，分别以所长学科及写作体会，论述了珠江文化从历史、地理、特质，到现在、将来，何以能够、又如何走向世界的中心主题。

（十）对珠江多个地域和领域文化的开拓与定位

2006年下半年，珠江文化研究开发工作，主要放在对当今一些地域或领域文化，进行开拓性的研究开发，首先是发现其价值和意义，并对其文化内涵进行深入挖掘，对其文化性质作出定位，对其文化特色作出理论概括，对其文化开发提出策划建议。其中主要是：

（1）高要民族瑰宝文化

在肇庆市所属县市中，唯高要无旅游点并缺少文化定位。8月间我特地前往考察，撰写散文《民族瑰宝之乡》为其作出文化定位；提交参事建议《应特别重视石头和尚文化遗产》，受到省市领导和宗教部门的重视；我根据高要金利镇茅岗村的先秦水上木结构建筑遗址，提出这是疍家文化发源地的说法，《西江日报》《广州日报》《羊城晚报》和香港《大公报》先后作了报道，引起国内外关注。

（2）广竹文化

广宁县是全国十大竹乡之一，是广东唯一竹乡，有悠久种竹历史和竹文化，但欠缺文化定位与开拓。8月我前往考察，撰写散文《广竹之乡》为其作出文化定位，并提交参事建议《打造南竹文化，擦亮南竹品牌》，甚受重视，在该县首届竹文化节上，我被聘任为广宁县四位经济顾问之一。

（3）龙母文化

1997年我为德庆龙母庙作出文化定位的题词"悦城龙母，西江神源"，被新刻于庙内石碑上。2006年9月我应邀前往揭幕式，并接受该县龙文化研究会荣誉会长兼顾问聘书。此前不久，我新撰的为该县作文化定位的散文《盘龙之乡》在《南方日报》发表。

（4）监狱文化

应佛山监狱党委书记黎赵雄邀请，5月前往考察之后，提交参事建议《开拓监狱文化，建设文化监狱》，受到各级重视。广东省政法委员会批示称此建议"极具创新性、开拓性"。《佛山日报》等多家媒体作了报道。

（5）侨乡文化

10月我率专家团到江门市考察侨乡文化。在蓬江区棠下镇良溪村，发现从南雄珠玑巷人南迁来此遗迹，有罗氏大宗祠，祠中有楹联："发迹珠玑，首领冯、黄、陈、麦、陆诸姓九十七人，历险济艰尝独任；开基萌底（（即今良溪原名），分居广、肇、惠、韶、潮各郡万千百世，支流别派尽同源。"并有南下首领罗贵墓。据此为其定位"后珠玑巷"。《江门日报》和《广州日报》作了报道，反响甚大。在台山市发现"侨圩"遗址多处并提出打造，在开平提出碉楼文化乃海洋文化遗存新视角。我作出侨乡调研报告，提交参事建议：《打造侨乡文化，使历史更辉煌》。又应约为《开平碉楼文化丛书》撰写总序：《凝现海洋文化的一串明珠》。

（6）广信文化

自1996年在封开发现古广信并提出"岭南文化古都"后，该县一直利用这文化资源发展经济、文化和旅游。11月18日，该县就广信塔落成，举办首届广信节，并与省政府参事室（文史馆）、珠江文化研究会联合举办"广信文化论坛"，我担任论坛主持，并提交论文：《广信文化是岭南汉代的文化形态》。文中提出：从汉武帝平定岭南（公元前111年），建交趾部首府于广信开始，至东汉末年（即三国吴时分治广州、交州，公元264年），持续375年时间，岭南地区一直是以广信为首府的管治。在这将近四个世纪的漫长岁月里，社会发展必会形成一定文化形态的，其特征是：以汉化为主导的多元融合，以汉化在本土中除旧，以融合在汉化中创新。《西江日报》、香港《大公报》作了专版报道。

（7）茂名特色文化

我应约为"茂名特色文化"研讨会提交论文《南江——鉴江文化是茂名地域的母文化》，引起重视和强烈反响。12月上旬，应邀率团再赴茂名考察，有新发现，并有郑和下西洋的记载和遗迹值得追踪，提出开拓茂油文化，达成今后合作共识。

（8）校园文化

12 中旬，应广州市荔湾区政府邀请，我前往考察校园文化。实地考察了西关实验小学、康有为纪念小学、詹天佑小学、真光中学、市四中和十一中学，概括出六种自找资源打造校园文化的模式，写出调研报告，提交参事建议：《挖掘自身资源，打造校园文化》。年底，我到广东轻工职业技术学院考察，对该校以岭南务实文化办学的做法和经验作出调研报告，提出《高校体制应按社会人才需要作战略调整》的省政府参事建议。

在这一年里，我还同时进行文化论著和文艺批评方面的工作，除主持洪三泰长篇小说《女海盗》论坛外，尚发表一些专论、评论和谈话。其中有：为林雄主编的《肇庆人文丛书》之一《东土西儒》撰写引论《论利玛窦及其现象》；为周义论著《先声广东》写序：《献言献策，参事主事》；为朱崇山"深港澳小说系列"写了题为《民族振兴的文学碑记》的评论；评论梁凤莲、韦名、郭福平等的新作；为黄洁峰、陈昭庆、韩春华、周作学、李俊航等的新作写序；12 月 16 日在《广州日报》发表关于铁凝当选中国作协主席标志中国文坛"四大突破"（"权威时代""男性时代""传统时代""老人时代"）的谈话，传遍海内外媒体。

香港中国评论通讯社网站，从本年 3 月开始单设"珠江文化"专栏，经常、及时地报道珠江文化活动，使影响日益扩大。著名日本通讯社朝日新闻社广州支局记者铃木晓彦特来专访，并于 2006 年 9 月 5 日发表专访报道《再走海上丝绸之路》；9 月 8 日《南方日报》发表记者郑照魁专版报道《学者走出书斋"拥抱"珠江——珠江文化研究成果转为经济动力》；10 月 9 日《广州日报》发表记者卜松竹专访《珠江文明是后工业文明代表》等大型报道，更使影响扩大。此外，在本年内分别应邀为省委组织部和省军区、省档案馆和档案学会、省参事室文史馆、省轻工学院、华南师大历史文化学院等举办的讲座，作了六场关于文化时代、珠江文化、岭南文化的学术报告，听者达千人以上。12 月 3 日，部分广州学生于贺吾 71 寿辰时，成立"珠江文化联谊会"志庆，并志珠江文化事业后继有人。

（十一）策划《中国珠江文化史》等"五个一"工程启动

2007年元旦，我给广东省政协领导写信，请求支持广东省珠江文化研究会创编《中国珠江文化史》，获得支持，我们随即初拟了《中国珠江文化史》工程策划书，分别作了篇目分工：引言（周义），概论（黄伟宗），第一章是珠江文化的地理环境（司徒尚纪），第二章是珠江文化在史前时代的孕育（张镇洪），第三章是珠江文化在先秦时代的萌动（曾骐），第四章是秦及汉魏六朝时代的珠江文化（黄淼章），第五章是隋唐五代时期的珠江文化（罗康宁），第六章是宋元时代的珠江文化（戴胜德），第七章是明清时代的珠江文化（黄启臣），第八章是近代珠江文化（司徒尚纪），第九章是现当代珠江文化（谭元亨），第十章是新时期珠江文化（洪三泰），代跋是珠江文化研究历程及其意义（朱崇山），附录是珠江文化研究大事记及著作索引（关向明、邓小群）。共约200万字，争取2008年6月完成初稿。

与中国电视纪录片学术委员会合作的电视节目《中国珠江》。在立项报告中确定指导思想是：立足广东，以珠江水系主干流（西江、北江、东江、南江、珠江三角洲水网），以及相邻河流（如韩江等）和南海为脉络，全方位地展现泛珠三角（"9+2"）省区各有特色的世态风情，体现丰富多彩而又息息相关的珠江文化；以改革开放的现实发展为主线，纵观从办经济特区，到发展珠三角，到大珠三角合作，再到泛珠三角合作，以至成为全国"排头兵"的前进轨迹；全片以世界大文化为视角，从中国俯视珠江，以珠江映现中国，从现实追溯历史，以历史返照现实，深层次地揭示何以中央决策广东"先走一步"，以及何以珠江文化代表中国后工业文明的总主题。全片将以政论片、诗情片与纪录片、史料片结合的思路，力争创作出一部从思想到艺术都是崭新的大型电视节目。全片30集，分为八篇：1—2集放眼看珠江；3—7集西江源流长；8—12集北江通南北；13—16集东江连山海；17—20集南江领海潮；21—23集韩江贯东南；24—29集多龙汇珠江；30集珠江的光芒。争取2008年完成，为改革开放30周年献礼。

2007年3月，《珠江文化》杂志创刊号正式出版，是内部刊号，季刊。

本期内容主要发表去年夏天在"山海相约":南沙珠江文化论坛上的论文,以及去年初举办的"走向世界的珠江文化"论坛上,评述《珠江文化丛书·十家文谭》的发言。至此,标志着珠江文化研究从开创到奠定基础的"五个一"工程,都已经启动。所谓"五个一"工程:一是珠江文化研究会社团活动并为现实服务的系统工程;二是《珠江文化丛书》学术和创作的系统工程;三是《珠江文化》杂志的理论探讨与推介工程;四是《中国珠江文化史》工程;五是《中国珠江》30集电视节目工程。

【按:遗憾的是此项基本成熟、筹措就绪的工程,因故搁浅,改为拍摄以"五古"(古道、古村、古镇、古巷、古港)为题材的电视系列片《古风今韵》工程。】

(十二)联合国赞赏"海上敦煌"及引起的争议与打捞出水

2003年9月,我率领专家组到阳江考察"南海Ⅰ号"宋代沉船,根据当时国家水下考古队确定其是海上发现的文物中体积最大、年代最早(宋代)、保存最好、数量最多(估计5万—8万件,与陆上丝路文物之冠的甘肃敦煌比肩)、价值最高等"五个最"的情况,我即为其作出"海上敦煌"的文化定位(意即海上丝绸之路文物之冠),并于该市文化馆挥毫题词:"海上敦煌在阳江"。同行的司徒尚纪教授是阳江人,也挥毫题词:"壮哉阳江,海上敦煌"。当地媒体《阳江日报》及时作了报道,很快在新闻网上传播,在海内外影响很大。2004年元旦,联合国教科文组织正在中山大学开会的专家闻讯,即要求我陪同前往考察。他们本来的任务是研究审定世界文化遗产会议开完之后,前往开平审察开平碉楼申报世界文化遗产事宜,特地改变路线,先到阳江考察"南海Ⅰ号",高度认同了我所作的文化定位。随后不久,正在美国的著名海洋学家吴京教授(美国工程院院士、美国《国家地理》杂志总顾问,中国台湾"中央研究院"院士、中国台湾教育事务主管部门原负责人、台湾成功大学校长)也闻讯,专门从美国打电话到中山大学,请求我邀请他前来考察"南海Ⅰ号"。吴京也在考察中认为"中国和世界的海洋史都应该由此改写",从世界海洋史的范畴上将我所作的"海上敦煌"定位提到更高档次。特别值得高兴的是，"南海Ⅰ号"的研究开发项目，随即被批准正式列入当时正在制定的文化大省建设计划，由中央和广东共同投资3亿元人民币进行。

此后，我作为广东省海上丝绸之路研究开发项目组组长，一直关注并参与"南海Ⅰ号"打捞计划和安放整个船体"水晶宫"建设方案的审定。在2007年12月进行的系列打捞活动，担负在现场接受来自世界130家媒体记者采访的任务。自"南海Ⅰ号"进入广东海上丝绸之路博物馆后，我们项目组也一直参与组织系列学术活动，先后出版了《海上丝路的辉煌》和《海上敦煌在阳江》等著作，促使层层深入研究开发，持续不断地焕发海洋文化和"海上敦煌"光辉。据最近媒体报道，"南海Ⅰ号"最近全部完成文物清理工作，查实全船文物总数达14万余件，大大超越了原估计5万—8万件的总数，完全是世界海上出水文物之冠，也是海上丝绸之路文物之冠，更证实了"南海Ⅰ号"是实实在在、当之无愧的"海上敦煌"！

同年4月上旬，《南方日报》有一专版报道"南海Ⅰ号"，其中本有一段关于我所作"海上敦煌"定位的报道，被时任省文化厅副厅长景李虎审稿时删去，记者不服，提出要有学术争鸣。景副厅长同意。于是，同年4月18日《南方日报》A04版下半版，同时发表了景李虎和我的不同观点：景李虎以"应是水下考古新坐标"定位，我是主张"海上敦煌有助享誉国际"。这个争议使媒体报道更热，《羊城晚报》《新快报》和《共鸣》杂志等广州报刊，《新京报》《生活周刊》和中央电视台《走进科学》专栏，以及多家网站均作报道。有鉴于此，我们又以广东文化研究组和广东省海上丝绸之路研究开发项目组名义，于同年6月27日至29日，再到阳江考察，向省政府提交题为《擦亮"海上敦煌"品牌，将阳江打造成国际性的海洋文化中心》的调研报告。《阳江日报》及网站作了同步报道。

同年12月下旬，"南海Ⅰ号"出水，我专程到阳江，因要出海，不能到现场，只留在市内接受媒体采访。前来采访的中外媒体有130家，其中有20余家对我专访并作报道，包括甘肃、湖北、辽宁、北京、天津、上海、重庆、广西、江苏、福建、香港等地报刊，以及新华社、中国评论通讯社、中国新闻社、《人民日报》《光明日报》《第一财经日报》《中国知识产权报》等。唯《南方都市报》对"海上敦煌"提法有微词。在这个时候，我们还对海上丝绸之路和珠江文化进行新的考察，很快又有新的重大发现。首先是对阳江海底发现的一艘宋代沉船"南海Ⅰ号"作出文化定位。因为这是迄今我国水下考古发现中时间最早、文物数量最多、保存最完好的古代沉船，是海上丝绸之路的重要发现，具有不亚于作为陆上丝绸之路代表性的文物集中地甘肃敦煌的研究开发价值，文物数量也远比敦煌多，所以我们将其定位为代表海上丝绸之路的象征"海上敦煌"。

另一件事是在粤桂交界的怀集、封开和贺州、梧州等县市，发现许多文物和遗址，更进一步证实了我们提出的：在海上丝绸之路与陆上丝绸之路之间，具有交接点或对接通道的观点。这是迄今学术界尚无人问津的发现，具有填补学术空白的意义，具有极其深广的研究空间和开发价值；可能将来不仅在两广，在泛珠三角区域，以至全国全世界，会发现许多这样极有历史文化价值的点或通道，从而对此进行研究开发，极有利于促进区域、省际和国际合作，极大地推进珠江文化和对其研究开发工程的持续发展。

鉴于以上海上丝绸之路与珠江文化的研究开发成果，对建设文化大省和促进泛珠三角（"9+2"）区域合作起到积极作用，我们于2004年举办了"海上丝路与建设文化大省"学术研讨会，雷于蓝等省领导和专家学者均充分肯定珠江文化工程的成绩。会后由中国评论学术出版社出版论文集：《海上丝路文化新里程——珠江文化工程十年巡礼》。2005年初，以我个人名义给当时的中央政治局委员、广东省委书记张德江写信，以对海上丝路与珠江文化研究开发的经验，提出《以自身特性和共通性文化为纽带，促进区域和对外经济合作，促使文化与经济相互转化》的战略性建议，受到了张德江和蔡东士、朱小丹等省领导的重视和批示。

（十三）对乳源瑶族自治县、珠三角、连州等地独特文化的发现与开拓

2007年，珠江文化研究会的学术活动，在进行《中国珠江文化史》的研究和著述工作的同时，我还应各地市的邀请，对各地独特文化资源进行发现、挖掘、概括、定位和开拓工作。其中主要有：

5月底，我应邀到粤北乳源瑶族自治县考察文化资源，发现该县有五个"道"的独特资源，即：以"世界过山瑶之乡"为代表的"山道"，以西京古道为代表的"古道"，以大峡谷为代表的"地道"，以红豆杉林为

代表的"林道",以云门寺为代表的"佛道"。由此提出在乳源名道以"建设大南岭名道生态文化旅游区"为中心,"整合本地独特文化资源,打造山区特色文化"的建议。

6月上旬,我率团到佛山市考察文化资源,为禅城区作出"中国陶瓷之都和南方市镇文化发祥地"的文化定位,为南海区作出"南海文化都会"的文化定位,顺德区则堪称"南粤水乡文化都会",提出佛山市应"整合名优资源,凝铸珠三角文化"的省政府参事建议。

8月中旬,我应鹤山县国土局曾金玉局长的邀请,到鹤山考察文化,为其定位为"双翼"文化之乡,稍后写出散文《"双翼"文化之乡——鹤山》,在《江门日报》《鹤山工作》《鹤山文学报》发表,影响颇大。

11月,在广州市荔湾区西关实验小学创办培训基地,属讲学与培训委员会,由陈昭庆、刘研科负责,从踢毽班招生开始,再逐步增设多种专业班,以进行珠江文化的普及工作。

11月下旬,我应恩平县歇马村邀请,从其"举人村"提炼科举文化。

11月末,我应江积祥镇长的邀请,到云浮市云城区腰古镇水东村考察,为其定位为"岭南理学第一村"并题字。

12月2日,我应广西贺州市委时任领导的邀请,在广州市番禺区樟树湾与茂德公草堂有限公司董事长陈宇会谈,达成共办首届中国科举文化论坛共识;12日,应邀到贺州富川秀水状元村和贺街镇临贺古城考察,并接受贺州市文化顾问聘书;2008年1月2日,在番禺草堂,该公司与贺州富川28人代表团商定,为状元村首期投资3000万元。与此同时,珠江文化研究会决定增设科举文化专业委员会,由陈宇任主任,在该公司挂牌,设立研究基地。

10月和12月,《清远日报》先后发表我的地域文化散文《阳山,天下之文处也》《仙龙文化之地——连州》。

(十四)良溪"后珠玑巷"的发现与"珠玑巷文化"概念的提出

2007年11月6日至7日,在广州迎宾馆和江门逸豪酒店举行了"良溪——后珠玑巷"学术论坛,由广东省政府参事室(文史馆)、江门市委宣传部、江门市蓬江区政府主办，珠江文化研究会承办。来自上海、北京、武汉、香港、澳门及广东学者、记者共50余人与会，其间，还专程到良溪村考察。南雄珠玑巷人南迁后裔联谊会（现名广东省广府人珠玑巷后裔海外联谊会）会长、原广州市市长黎子流为论坛发来贺词，南雄珠玑巷代表与良溪"后珠玑巷"代表互赠建立兄弟合作关系纪念品。

发现并为江门蓬江区良溪村定位为"后珠玑巷"，是2006年10月在江门考察侨乡文化时的事。因为在这里发现了南宋时率领南雄珠玑巷人南迁的首领罗贵的墓，还有建于清康熙年间的罗氏宗祠，祠堂内有副长联，记述了罗贵从南雄珠玑巷迁此发祥的历史："发迹珠玑，首领冯、黄、陈、麦、陆诸姓九十七人，历险济艰尝独任；开基萌底，分居广、肇、惠、韶、潮各郡万千百世，支流别派尽同源。"由于我早在1993年夏，即发现南雄珠玑巷是中原人南迁岭南的中转地，从南宋至元代，先后有三批百万以上的移民经此南迁珠江三角洲，后又迁至海外南洋、美洲等地。所以，许多广府人、港澳人和华人华侨，都称珠玑巷为"吾家故乡"。为此，我当即提出这是中华本根文化和后裔文化的体现，即提出发展寻根旅游和后裔联谊活动，受到香港著名人士霍英东和时任广州市市长黎子流的支持，倡议成立南雄珠玑巷人南迁后裔联谊会，在海内外引起强烈反响。

此后我又多次到该地考察，每次都对其文化内涵有新的发现；2006年春，为六集电视节目《千年珠玑》担任学术顾问，又为中央电视台《走遍中国》专栏讲解珠玑巷。所以，对珠玑巷是很熟悉的。但始终对珠玑巷人南迁珠江三角洲后，如何进一步向各地及海外发展的路线及中转地问题特别关注，现在在良溪找到这些历史遗存，是很有说服力的答案和证据。由此，我为良溪村作出文化定位："后珠玑巷"。同行专家学者均表赞同。

媒体公布这发现和定位后，引起社会反响和重视。于是，才有举办论坛的计划。为此，我特撰写了长达8000余字的长篇论文提交论坛，既作主题报告，又作为调研报告，提交省政府参事建议发表，题目是：《前后"珠玑巷"的发现及其文化意义——"珠玑巷"文化调研报告》。

在这报告中，我首次提出了"珠玑巷文化"概念。这是一种文化现象的概括，是有其独特内涵和意义的。从时间跨度上说，从南宋算起的珠玑巷南迁移民，迄今已有近千年历史，是中原人进入岭南的第三次移民潮（第一次是秦始皇50万大军南下，由赵佗近百年统治而造就南越文化；第二次是汉武帝平定岭南，由以广信为岭南首府而造就广信文化，达400年之久）。如果说，以罗贵为首的97姓人家从南雄迁至江门良溪立足，开发珠江三角洲等地，是这部史诗的前半部；那么这批移民的后代，从以良溪为代表的地点继续向海外移民，分别到南洋、美洲等地开发，形成了大批海外华人华侨群体，则可以说是这部史诗的下半部，其时间也大致（从在良溪立罗贵墓和康熙年间罗氏大宗祠算起）占一半，约有500年。

从族群的意义上说，无论是从南雄珠玑巷南迁的人群，或是从良溪再迁各地及海外的人群，都共属同个族群。这是一个历史悠久的，至今仍在发展的族群。这个族群，实际上是促使岭南广府文化成熟的中坚和持续发展的主干力量，即使分布甚广而传承多代，也仍有其族群的凝聚精神和共性，这就是："异性一家、同舟共济、爱国爱家、勤劳勇敢、务实包容、开拓创新"。

从文化上说，如果说，前珠玑巷人南迁，意味中原文化的南移，而与岭南文化结合并融合；那么，后珠玑巷人再迁海外，则是将中原与岭南融合的文化，又与海外各国文化结合，既将中华文化输出，又将海外文化引入，从而在相关他国形成海外华人华侨文化，在国内又明显地形成侨乡文化。从水文化理论上说，前珠玑巷起到将黄河文化、长江文化与珠江文化对接的作用，后珠玑巷则有将中华江河文化，尤其是珠江文化与海洋文化（也是内陆文化与海洋文化）交流融合的功绩，对于珠江文化具有江海一体和形成海洋性强的特性，起到重要作用。

所以，从学术上说，前、后珠玑巷是各有特色而又密切关联的整体，是一曲交响乐的两部乐章，两者同属并构成为一种文化，即"珠玑巷文化"。

这次论坛的论文及相关报道，结集为《良溪——"后珠玑巷"》，由中国评论学术出版社出版，由广东省珠江文化研究会、江门市蓬江区委宣传部合编，我与周惠红主编，共30余万字。

12月17日，南雄珠玑巷人南迁后裔联谊会在广州举行理事扩大会暨恳亲会。会长黎子流在会上所作报告中表示：支持对"后珠玑巷"的研究，具体名称尚待进一步研究确切。

（十五）举办"郁南：南江文化论坛"，首创并开拓科技文化概念及领域

2008年2月24—26日，先后在广州广东科学馆和郁南县都城举行"郁南：南江文化论坛"。这是由广东省政府参事室（文史馆）、郁南县委和县政府主办，珠江文化研究会承办，《南方日报》《广东科技报》协办的学术活动。来自北京、安徽、湖北武汉、香港、澳门和广东的专家教授、记者约50人与会，列席的云浮市、郁南县干部近百人，隆重热烈，成果累累，效果显著，影响甚大。《南方日报》《广州日报》《广东科技报》、广东省电视台、云浮市和郁南县媒体，以及全国多家网站均作了报道。

我在论坛上作了主题报告：《南江文化的发现及其重要意义》。追述了从2004年开始到最近，珠江文化研究会同仁发现和多次考察南江文化的过程，论述了提出与弘扬南江文化的理论和现实意义，对如何打造南江文化提出了具体建议。

与会学者分别从文化学、历史学、地理学、考古学、民俗学、语言学、建筑学、规划学、旅游学等多学科、全方位地对南江文化进行了论证，肯定了南江文化的客观存在，是有其自身地域、自身历史、自身系统、自身特质的一种水域文化形态；既是郁南县和云浮市的母文化，又是粤西四市（云浮、阳江、湛江、茂名）的代表文化，是岭南文化与八桂文化的对接地域，是岭南的土著文化——百越文化遗存较多地域，是珠江文化不可或缺的有机组成部分。

会后，提交论坛的论文及相关报道，被汇编为《郁南：南江文化论坛》一书，由中国评论学术出版社2008年5月出版，广东省珠江文化研究会和郁南县委、县政府合编，我与金繁丰主编，共30余万字。

2007年11月，我依据邓小平同志提出的"科技是第一生产力"的重要论断，特到广东省科技界进行调研，先后到省科协、广东工程技术职业学院、广东科技报社、广东科学馆考察，与中国科普作家协会理事长、中科院院士张景中教授，广东省科普作家协会理事长、广东工程技术职业学院院长汤少明教授，广东科技报社社长兼总编辑吴仕高，广东科学馆馆长蔡延钊等进行了深入交谈，写出了省政府参事建议《科技是第一生产力，也是第

一文化软实力——科技文化调研报告》。广东电视台、《广东科技报》先后作了报道,并开辟了由我题签的《科技文化专刊》。随后,珠江文化研究会成立了科技文化专业委员会,汤少明任主任,吴仕高、蔡延钊任副主任。从时间上说,这是全国最早提出"科技文化"概念。随后,广东科技报社和广东科学馆创办"科学与艺术'沙龙'",我应邀先后担任主持人,即:与中科院吴硕贤院士、画家卢小根教授的对话;与中国工程院钟世镇院士、画家李喻军教授的对话。2009年3月间,为倡导科技文化与校园文化活动,在广东工程技术职业学院举办了"科学与艺术"沙龙活动,我与中科院院士吴硕贤就"理工类高职院校营造人文与艺术氛围的重要作用"课题进行对话,并受聘为该院兼职教授。同年4月间,还应邀到广东工程技术职业学院作了题为《文化时代与珠江文化》的报告。6月间,在广东科学馆再次举行"科学与艺术"沙龙活动,与北京科协副主席、北京机械工业自动化研究所技术员、著名发明家张开逊对话,主题是:"科技发展与人文文化发展的辩证关系"。这些活动,《广东科技报》等多家媒体作了报道。

自此以后,我们与广东省科协、广东科学馆、《广东科技报》一直保持着密切联系,大型的学术活动大都相互支持配合举行,如2010年6月广东省珠江文化研究会成立10周年与2015年11月成立15周年庆典,都在科协支持下在广东科学馆举办,每年广东科普大奖赛和珠江文化论坛都共同进行;我作为《广东科技报》顾问,经常参与报社举办的活动,以及珠江文化研究会举办的所有大型活动。

2018年3月8日,我到广东省社科院参加"王有钦(贺朗)研究员文学创作研讨会"并作了发言。

2017年11月13日,我应邀为评审委员,参加广东省科协举办的"广东十大科学传播达人"评选活动,这是全国首次举办这类活动。这些相互支持的事例一直持续到近年,如:2018年3月23日,我应邀到广东科学馆参加第十一届广东科普作品大奖赛,担任评选组长。2019年8月2日,我应邀到广东科学馆参加广东科普作品大奖赛第十二届总结暨第十三届启动仪式,并与谢先德、刘焕彬院士一道受聘为大赛顾问,接受省科协党组书记郑庆顺颁发聘书。2019年12月17日,我接受《广东科技报》邀请,与黄健、冯海波、胡漫雨访谈,建议做好科技新成果的知识普及和系列报道,注意收藏院士手稿和活动资料,等等。其余活动不胜枚举,持续不断。

（十六）为办广州亚运会、上海世博会、世界海博会出谋划策

2008年，我参加了许多重要的学术活动、考察活动，在报刊上发表谈话或提交参事建议。其中主要有：

3月，列席省人民代表大会，在佛山代表团讨论时，与黄华华省长对话。他表示很赞同"文化搭台，经济唱戏"的做法。

4月，应广州市亚运会筹委会办公室之邀，参加亚运会纪念邮票设计咨询会，提出要从中展现珠江文化风情的建议。该会于8月公布"乐羊羊"为吉祥物时，采用展现"南粤珠江文化风情"的说法。这意味着政府已接收我的建议。

5月，应上海世界博览会广东馆筹委办邀请，参加展馆主题及设计方案评审会，于7月作为专家组成员参加展馆口号评选会。在会上提出要抓住广东文化特质是海洋性及领潮性的建议。从修改方案看，已接受这建议。

5月，应《江门日报》《西江日报》《云浮日报》《珠海特区报》之邀，担任四报共同举办的"西江文化之旅"总顾问，在江门研讨会上作了"中国海洋文明始于西江"的发言；7月，在珠海总结会上作了大力倡导海洋文化的发言。

5月，到韶关、乳源、南雄考察，向省政府提交《关于举办古道文化论坛并发表"韶关宣言"的倡议——古道文化调研报告》。

5月，先后参加广州市文联举办的两个研讨会：一是关于叶曙明创作的历史性散文《万花之城》，一是关于梁凤莲的《乱云飞渡》。均作了发言。这两次研讨会，连同上述多项活动，我感到对广东文化特质认识很有重视的必要，便写出了省政府参事建议《广东文化的特质、优势、概念和定位》。

7月，洪三泰抗震救灾长诗《神州魂》出版发行。在书面封底称其是："真实地记录了四川汶川大地震的历史性事件，热烈地讴歌了在抗震救灾中震撼人心的中华民族大爱大勇的英雄精神，情真意切，感人肺腑，气势恢宏，发人奋进，是这场伟大的抗震救灾斗争中的首部史诗性的民

族英雄颂歌"。下旬,到鹤山市鹤城镇考察,提出该地是"客家人南迁的中转站"。

8月,我提交省政府参事建议:《广东如何再创海洋文化新辉煌——海洋文化调研报告》。文中提出争取在广东举办世界海洋博览会建议,受到时任中央政治局委员和广东省委书记汪洋同志高度重视,批示有关部门照办,后经了解早已安排韩国承办,故改为在湛江办全国海博会。在这期间,我还应邀在广东省社科院学术论坛上,作题为《海洋文化如何再创新辉煌》的报告。中旬又应邀到佛山传媒集团为"珠江小姐"重走海上丝绸之路活动作报告:《珠江文化与海洋文化》。下旬,与珠海市委宣传部合作,提出举办"珠海——海洋文化之珠"国际论坛筹备方案。为东莞市石排镇"岭南学堂"作第一讲:《岭南文化与珠江文化》。

8月8日,举世瞩目的北京奥运会开幕。应《广州日报》记者电话采访,对精彩的开幕式表演大加赞赏,尤其是以展现长卷的构思很独特、别致,有民族特色,容量丰富,含义深厚。

10月,在广州市文联举办的"改革开放与广州文学论坛"上作《社会主义批判现实主义的提出及现实意义》的发言,并先后到阳江旅游文化论坛作《海上丝路与海洋文化》报告,到东莞石排"岭南学堂"作《珠江文化与海洋文化》演讲,到广西梧州"西江经济发展论坛"作《西江文化与海洋文化》报告。

(十七)设计"领潮争先"彩车参加新中国成立60周年天安门庆典游行

2009年,是中华人民共和国成立60周年,中央决定国庆节在北京天安门举行盛大庆典,要求每个省区市制造一部彩车届时参加游行。彩车的制造,要体现出本省区市60年来的主要成就和地方文化特色,以列队游行经过天安门接受检阅的方式,向中央汇报并向世界展示,实际上也是各省区市之间在展现建设成就、彰显文化风采上的比赛和竞争。

广东省领导将制造这辆彩车的任务,交给了广东省旅游局,局领导分工副局长张振林负责,委托中山大学艺术学院姚友毅组织设计小组具体策划。2009年5月间,省参事室办公室电话通知,说管外贸及旅游的副省长指名要到省旅游局指导彩车设计工作。旅游局办公室负责人即带我和《南方日报》一位社委前往花都芙蓉山庄，到设计小组工作现场观看设计雏形，设计初现了龙舟竞赛造型的构想。在这基础上，我以珠江的地理文化形态是"多龙争珠"的理念，提出应设计4条龙舟于桅杆两边，底座为一条大龙船，以喻珠江由西、北、东、南4条江，汇合于珠三角水网之意；每舟有6人划舟，以喻60周年大庆；又以赛龙舟之船中击鼓形象，寓现多江汇聚广州之"珠"并现"珠光四射"的意境。设计小组接受了这设计，并增加以琶洲会展馆的海浪形象于船车之底部，整体构成了端午节南粤赛龙舟的风情画图。省局领导即决定将此设计投入制作，8月中旬完成后，要求取一个8字以内的彩车名称。省旅游局办公室打电话请我拟定，并要在半小时内提出。当时我正在中山二院住院，答应10分钟后回复。我即根据原有构思提出"赛龙夺锦，领潮争先"为车名，前4字是一首广东音乐曲名，又是彩车总体图像，如彩车经天安门时高奏此曲，更有声有色地展现广东风采；后4字是珠江文化，也即是广东文化特质的概括，"领潮"显示了海洋性、共时性，"争先"显示了"敢为天下先"的传统性和改革开放的时代性。省局领导当即同意上报。后来因统一规定每个车名为4个字而删去"赛龙夺锦"，定名为"领潮争先"。

《广州日报》于9月25日最早报道了广东彩车定名"领潮争先"并在北京预展的新闻，设计者姚友毅教授当晚从北京打来长途电话报告喜讯，并致感激之意。事后才知道，原来正是这一天，中共中央政治局委员、北京市委书记刘淇视察全部游行彩车，在广东彩车前询问为何挂5条船？因当时彩车前无设计者解释，随行一位北京官员以自己理解答曰：可能是比喻"亚洲四小龙"（中国香港、中国台湾、韩国、新加坡）加上广东为"五条龙"之意。虽然设计者和题名者的本意并非如此，但却产生如此"意外"效应，是值得高兴的。

国庆节当天，广东彩车同各省区市彩车一道，浩浩荡荡地通过天安门广场接受检阅，受到了游行队伍的热烈注目和赞赏，在天安门城楼上检阅的党和国家领导人，尤其是曾在广东工作的张德江、李长春、王岐山、张高丽和时任广东省委书记汪洋等领导热烈鼓掌欢迎，被认为是全部彩车中最有地方特色、最有文化内蕴的彩车。多家媒体都在国庆报道中对广东彩车报道尤为突出。游行结束后,仍留在北京展出达月余之久。10月底,广东省旅游局在琶洲会展中心的香格里拉大酒店举行庆功宴,时任副省长特请我与姚友毅等设计人员一道照相留念。

《广州日报》以《珠江文化最大特色》为题,整版报道珠江文化研究会自创会以来的成果及其所体现的"领潮争先"理念和精神,并发我的半身照片。更为重要的是,这种"领潮争先"的理念和精神,画龙点睛地体现了珠江文化的精神和理念,也由此而主导着我的理论和实践,在2009年引领出文化创意种种。最有代表性的是2009年秋天,广州日报报业集团为广州新建的电视塔在网上发起征名活动,全球参与者达18万人次之多,征名中选者奖人民币10万元。我被聘为评委之一,在获票最多的10个选名中,挑中"海心塔"之名,以广州和珠江文化的海洋性、中轴性、商业性,以及电视塔所在江岛地名海心沙等因素,以"领潮争先"的意念,说服评委会多数通过选取"海心塔"之名,否决"广州塔"等欠缺文化内涵之选名。没料到的是,上报时被某领导否决,确定用"广州塔"之名,广州群众及媒体不予认同,通用"小蛮腰"的俗称。后来在亚运会举办前夕,我还提交了省政府参事建议:《应当维护广州新电视塔全球征名活动的成果和声誉》。

2009年元宵节,我应邀到佛山参加"岭南文化名人走通济桥"活动在电视台发表谈话,支持这地方风俗节日活动,提出"传统民俗节日转化为群众性的社会活动"是很有创意的观点。这项活动,前年创办时只万余人参加,去年上升为17万,今年剧升为70余万之多,可见越来越受欢迎,有生命力。

2009年3月间,我根据国务院颁布的《珠江三角地区改革发展纲要》精神,提交两份省政府参事建议:《以现代文化学眼光,解读〈纲要〉文化内涵》和《转变发展方式,建设"广东大西关"——创议在广州荔湾区(老西关)与云浮市郁南县(新西关)之进行错位跨越合作报告》。后者在汪洋书记批示后,广州、云浮两地高度重视,两地全部常委一同在广州开会落实,我应邀列席与会,促使了广州与云浮两市领导全面会谈合作,开创了错位跨越合作的先例。同年7月间,我应邀到云浮市为市中心组扩大会300余人作了《文化引领与西关文化》的报告,并到郁南县对县中心组扩大会200余人作了《云浮三大文化与西关文化》的报告。

同年8月间，我到广州市荔湾区文广新局为全体干部作了题为《建设文化强省与西关文化》的报告，并提交省政府参事建议：《将西关文化打造成文化建设经典品牌——关于广州市西关文化调研报告》。以这些活动为广州荔湾区与云浮市两地文化发展及相互跨越区域合作，起到倡议性的推动作用。

2009年5月间，珠江文化研究会与南岭中丝创业园、广东丝绸集团总公司合办丝绸与人类文明论坛，作为深州文博会的一个分会场，也是整体活动的组成部分，意味着丝绸文化与商贸文化结合，通向世界。我作了学术报告，并为珠江文化研究会丝绸文化专业委员会挂牌。

2009年5月间，我应邀到鹤山市主持中国首部农民史诗《中国农民之歌》（曾金玉作）座谈会并作了题为《农情·史情·诗情》的发言。

2009年6月间，我应邀到肇庆参加"中国首届砚文化研讨会"并作了题为《揭开端砚文化新篇章》的学术报告，并为端州区干训班200余人作了《文化引领与端州文化》的报告，同年7月提交省政府参事建议《强化文化引领，再生文化资源——关于端砚文化与端州文化的调研报告》。

2009年6月间，我到东莞市凤岗镇考察，为其定位为"客侨文化之乡"，题词："客家第一珠玑巷，岭南独此排屋楼"。"客侨文化"和"排屋楼"两个概念是我首创，受到当地领导和文化人热烈赞许，随后向省政府提交《整合古今文化资源，开拓客侨文化》的调研报告。年底，在凤岗举办了首届"中国客侨文化"论坛，来自北京、上海、武汉、福建、江西和广东的30余位学者与会，翌年出版了同名论文集。

2009年8月间，我到东莞市厚街镇调研，提交省政府参事建议《鼓励自觉文化转型，弘扬现代商居文化——东莞市厚街镇在经济转型中并行文化转型的调研报告》，最早发现这种新的文化现象，首创了"现代商居文化"的概念。

三、水润业地期
——21世纪10年代初期至20年代初期

（一）《中国珠江文化史》填补学术空白，珠江文化揭开亚运会开幕式

2010年6月28日，是广东省珠江文化研究会成立10周年。当日上午，在广东科学馆举行庆典大会，中共广东省委常委兼统战部部长出席并讲话，省委原常委方苞，省政府参事室主任周义，省科协党组书记梁明及有关部门领导张宇航、王社科，中国社科院院士杨义，上海复旦大学教授葛剑雄等著名学者，以及首批"珠江文化星座"单位代表，省及各县市文化界人士300多人与会，同时举行《中国珠江文化史》《黄伟宗文存》首发式暨《珠江文化星座》颁匾仪式。著名作家王蒙、冯骥才和美国、加拿大等多国学者致电祝贺，《南方日报》《羊城晚报》《广州日报》《南方都市报》《信息时报》《新快报》和南方电视台等主要媒体于庆典前后分别作了长篇报道，《深圳特区报》还辟专页对《珠江文化星座》作了连续报道，百度、搜狐、中新社、中国评论等多家海内外网站均发布相应信息。

在创会10年庆典中隆重推出的《中国珠江文化史》，由广东教育出版社2010年6月出版，分上、下册共300万字，由珠江文化研究会组织10位专家撰写，编委会主任为周义，我与司徒尚纪担任主编，其余编委和作者是：张镇洪、曾骐、黄淼章、罗康宁、戴胜德、黄启臣、洪三泰、朱崇山、关向明、邓小群。历时3年时间，如期于庆典当日出书，及时献礼。《黄伟宗文存》也同时作为献礼而出书，全书分上、中、下册，共380万字，是我从1958年至2009年底共50年间发表作品的选集，由广东教育出版社2010年6月出版。这是中共广东省委常委兼宣传部部长林雄同志特批的项目，由陶己、邱方任责任编辑。

庆典当天下午，来自北京、上海、湖北、云南、贵州、广西、海南和广东专家举行了座谈，均对"史""存"两著表示赞赏，尤其是对"史"的评价甚高，认为是继北方学者先后完成《长江文化史》和《黄河文化史》之后，由南方学者完成的"填补中国江河文化史空白"的扛鼎之作。数十家文化单位和企业致电祝贺，十多位海内外文化名人致信祝贺，其中包括：著名作家王蒙、冯骥才，美国作家黄运基、学者袁清，日本学者松浦章，加拿大学者汤有志等。到会祝贺并发言的学者有：北京学者杨义、陈梧桐、李孝聪、王莹，上海学者葛剑雄，武汉学者徐少华，云南学者方铁，贵州学者冯祖贻，广西学者黄启善，海南学者周伟民、唐玲珍，广东学者张磊、张荣芳、管林、容观琼、司徒尚纪、叶春生、张镇洪、曾骐、黄启臣、叶国泉、罗康宁、陈其光、邱立诚、刘正刚、李庆新、梁凤莲、钟晓毅、谭元亨、朱崇山、戴胜德、洪三泰、黄启光等。

庆典结束后，我当即通过省参事室将《中国珠江文化史》和《黄伟宗文存》呈赠时任中央政治局委员和广东省委书记汪洋同志，并以我个人名义写信汪洋同志，请他赐教指示。万没料到，很快收到汪洋同志于2010年7月8日的复信，给我很大的支持鼓励。

2010年7月13日《南方日报》即对此作了突出报道，标题是："汪洋书记致信黄伟宗给予高度评价：《中国珠江文化史》填补我省江河文化史空白"。内文称：

近日，广东省珠江文化研究会成立十周年庆祝大会在广州举行。而伴随庆祝大会的举行，珠江文化研究会举行了《中国珠江文化史》和"珠江文化工程""珠江文化品牌""珠江文化星座"等系列专题座谈会，不仅回顾了珠江文化的研究和探索历程，同时也吸收了国内许多专家的意见建议，使珠江文化的品牌更加发展壮大。广东学者关于珠江文化的探索研究，已引起国内外的广泛关注。省委、省政府领导同志对该项工作非常重视，7月8日，中央政治局委员、省委书记汪洋在收到300万字的《中国珠江文化史》后，亲自给省人民政府参事室参事、中山大学教授黄伟宗写信，高度评价专家们对我省文化建设事业所作的积极贡献，高度肯定了珠江文化的研究对于广东文化建设事业所作的贡献。汪洋指出："文化建设是中国特色社会主义事业的重要组成部分，只有加强文化建设，实现文化的大发展大繁荣，才能为改革开放和社会主义现代化建设提供强有力的思想保证、精神动力和智力支持。当前，加强文化强省建设，是广东努力当好推动科学发展，促进社会和谐排头兵的题中之义，是广东加快转变经济发展方式，切实增强文化软实力的客观需要，也是满足人民基本文化权益、提升广东文化形象的重要举措。这项事业需要全省人民特别是文化、教育领域广大专家学者的积极参与，希望你对我省推进文化强省建设提出更多的意见建议。"

报道指出：在20世纪与21世纪相交的历史时刻，广东以中山大学教授黄伟宗为代表的一批学者，在广东省人民政府参事室的支持下，成立了珠江文化研究会。10年来，这批学者不畏山高路远，探访秦汉古道，追溯珠江源流，在穷村僻寨与海岛古港，都留下这批学者艰辛的足迹。近日，集结了该研究会十年研究成果的巨著《珠江文化史》开始出版发行。有专家认为，该项成果填补了我国江河文化的空白，意义十分重大。这部专著的出版，也是对广东建立文化强省的一个很有意义的献礼。

报道还指出：研究与弘扬珠江文化，是广东建设文化强省其中的一个重大课题。黄伟宗教授等一批研究珠江文化的学者认为，珠江是中国的第三大河，其水流地域文化覆盖整个华南和南海诸多港湾与海岛，在中华民族历史和现代文化上有重大贡献和重要地位。珠江文化有着自己明显的特征。首先是多元性和兼容性，这似乎与珠江是多条江河自西、北、东之流而交汇的水态有关，还有海洋性、开放性、前瞻性等等，将江与海联系起来考察，把珠江文化和"海上丝绸之路"贯通起来，使得珠江文化的研究具有更广阔的时空观。

在庆祝大会上，广东省委常委、统战部部长在讲话中，对珠江文化研究会的工作充分肯定，并表示："珠江是我们的母亲河，对珠江文化的挖掘和研究意义非常重大。珠江不仅属于广州，也不仅仅属于广东，她属于全中国。前不久国务院颁布《珠江三角洲地区改革与发展规划纲要》，就是国家战略。而且这些年珠三角作为一个符号已经被世界公认。在全球化的今天，任何一个地方的发展，面对的都是整个世界。珠三角这些年的发展，面对的就是全球化的世界。珠江作为珠三角的一个符号，对珠三角和珠江文化的研究和挖掘，包括对历史的梳理，研究珠三角现实与历史规律的必然性，改革开放的大背景，它的文化特征，它的文化个性，不但有学术意义，而且对我们的发展具有现实意义。"

在接着举行的珠江文化系列座谈会上，来自全国各地的专家学者不但充分肯定了珠江文化的学术价值,同时也对珠江文化研究、对现实中的广东发展提供了不少有价值的建议。中央民族大学教授陈梧桐认为,由于珠江文化具有黄河文化、长江文化所没有的诸多特性,因此也就决定其建筑、民间艺术、戏曲等方面,都会具有与黄河文化、长江文化所不同的本土特色,而这些特色也必将在中国传统文化中占据重要的地位。在历史发展洪流中,不同的文化必然会有交流和碰撞,会有不断的发展和创新,而珠江文化的多元性和开放性,则使得这一文化必将在未来的发展中呈现出更具特色的形态。

北京大学历史学系教授李孝聪则认为,如今我们只拿珠江文化与长江文化、黄河文化相比,就是说我们只注重国内对珠江文化的看法,却忽略了国外对珠江文化的态度。事实上,珠江文化作为一种海洋性文化,其具有的发散性海洋文化特征,对国外也会有非常重要的发散作用。因此,珠江文化未来研究的方向,应该更突出珠江文化与海外文化之间的交流。

中国社科院文学研究所研究员王莹认为:从中国的经济中心不断南移就可以看出,珠江文化正逐渐成为不可替代的文化中心。在这个背景下,珠江文化所辐射的范围也就更加凸显出其地位,并且,由于其辐射范围广、涉及学科多,因此在覆盖面积上,也已经成为中国文化中不可忽视的一部分。比如,从地域上珠江文化就覆盖了云南、贵州、广西、广东等广大地区,从学科上也包括了人类学、文化学、历史学、考古学、地理学、经济学、语言学、美学、文学等诸多种类。这种不仅在地域上向外辐射,在广义文化学中更包容一切的特色,正是珠江文化能够发展壮大的主要动因。

(记者:郑照魁报道)

庆典会后出版的《创会十年——广示省珠江文化研究会成立十周年庆典文集》汇集了全部大会文献。

庆典过后不久,2010年11月间在广州举办了第16届亚洲运动会,其开幕式的文化形象震动世界,使广州市在一夜之间成了世界名城。

在广州举办的亚洲运动会筹办期间,我参加了多次有关文化咨询会议,先是在时任筹委会常务副秘书长、广州市副市长许瑞生主持的亚运会邮票与岭南文化风情画研讨会上,我提出以"南粤"名称为宜的建议受采纳。随后在广州市外宣办与广州市邮局召开的咨询会上,我提出选五羊雕像、广州塔、琶洲会展中心等广州地标作为广州迎亚运会邮票画面的意见受到采纳。当时广州歌舞剧院未竣工，故未提出，竣工后才补上，共为4枚一套邮票。这些建议也是从广州特有的水文化风情而提出的。

尤其是举世瞩目的亚运会开幕式，是汪洋提出建议，创新在体育场馆之外举行，场景背景是羊城，依靠珠江，以高科技展现珠江文化，从而使这次亚运会开幕式，既有时代精神，又有鲜明的中华民族风格、广东特色、广州风采，是水文化理念和"江海一体"的珠江文化特质的活灵活现，与在北京举办的以黄河文化为底蕴的奥运会分显南北文化春色，并呈文化大潮之势影响全国和世界！

也许正因为如此，在亚运会开幕前，中共广东省委常委兼秘书长徐少华专门打电话邀请我参加开幕式观礼（我因病未出席）。开幕翌日，《广州日报》在关于开幕式的长篇报道中，在4段文稿中引用了我的谈话，详释了开幕式内蕴的珠江文化和海洋文化意义；《光明日报》在11月19日发表的《广州亚运：向世界展示中国海洋文明》专版中，大段引用了我关于海洋文明和珠江文化在开幕式中的体现及其世界意义的论述。同时，我还在这期间先后在广州电视台英语台、广州电台、广东电台《魅力亚运》节目中发表关于亚运文化精神的谈话，在广州市文联举办的"亚运精神"研讨会、广东省委宣传部举办的"广东文化形象工程"座谈会、广东电视台"广东文化名城行"顾问会、羊城新八景建议会作关于亚运文化的发言，尤其是在省委、省政府年底举行省参事咨询会上，就亚运文化作了《文化实体化战略》的发言和建议，将亚运文化升华到战略高度。这些作为，也都是具有以珠江文化揭开亚运会开幕式并在亚运文化大潮中起到"润业地"的作用和体现。

（二）提出广东时代文化精髓，大力支持建设广东文化强省

2010年7月间在广州召开的中共广东省委十届六次全会，发出了建设文化强省的号召。据我所知，在中国共产党历史上，广东省委举行全会专题议政文化是首例，而其做法也是创新的，在省内外以至国内外都引起了强烈反响，举世瞩目，我更是积极响应，欣喜若狂！因为这正是我十多年来一贯孜孜以求的目标。

前节所谈的《中国珠江文化史》填补学术空白，珠江文化揭开亚运会开幕式的作为，不是偶然的，正如《南方日报》在当时报道所称，是"以水为源流，以长江、黄河为参照，研究广东文脉的传承与创新"的举措，也正如我在2000年写《浮生方旅》后记中几句小诗"超前创启冒风雨，事后功成薄利名。力以水文润业地，开花结果见识情"所写的那样。诗中所说的"水文化"，是指水文化理念，尤其是标志珠江文化特质的江海一体文化理念；"业地"是指事业和地方，"润"就是以这种文化理念研究开发古今社会和文化建设事业，同时为各地方或行业服务。从20世纪90年代初从发现封开是两广"广"之所在而开创珠江文化工程时，已开始自觉这样做了，从发现广信文化、广府文化、珠玑巷文化、西江文化、北江文化、南江文化、东江文化，到建议以水文化概念引领文化大省建设，以珠江文化支持泛珠三角（"9+2"）经济区建设，以至发现中国海上丝绸之路最早的西汉徐闻始发港，从而将中国海上丝绸之路史推前1300余年等重大事情，都可以说是直接以这种理念指引下去做的，实际上这些事也都是为建设文化大省到文化强省而一贯努力做的，现在省委明确发出建设文化强省号召，正是我的长期心愿，怎能不欣喜若狂呢！所以我这部口述历史文稿，也从这个时段开始称之水润业地期。

我既是从10多年的珠江文化实践理解和支持这个伟大号召，也是从近期的参事活动感应和呼应这个号召的。因为早在当年（2010年）1月，汪洋已经在我提交题为《铸造文化板块，打造广东文化经典50强》的参事建议上，作出了重要批示："请林雄同志（时任广东省委常委兼宣传部部长）阅酌，筹备全省文化工作会议时，这样的思路列之借鉴。"显然批示中所称的"全省文化工作会议"，是指即将召开的决定建设文化强省的省委十届六次全会。而且，汪洋同志还在同年7月6日致我的信中，也明确提出"加强文化强省建设"的要求。还有就是在会前起草大会文件时，省委政策研究室派人专程到省参事室请专家咨询，我也被邀请参加，当讨论如何确定广东时代精神精髓议题时，我提出了列入"开拓进取，领潮争先"的建议。全会结束后，在发表的文件中，公布了"广东时代文化精髓是：改革开放，先行先试，开拓进取，领潮争先"的提法。可见在这四句话中采用了我所提的"开拓进取，领潮争先"两句。由此，使我既为确定广东时代文化精髓尽了微薄之力而欣慰，也使我进一步体会到以珠江文化支持文化强省建设是完全正确而很有必要的，因为这两句话，既是广东时代精神的精髓，又是珠江文化的时代特质和优势。

还值得特别报告的是，2010年7月，在这次号召建设文化强省的省委全会开幕前夕，汪洋同志委托林雄（时任省委常委兼宣传部部长）和雷于蓝（时任广东省副省长）分别拜访10位文化界名家征求意见，按照分工，雷于蓝副省长登门造访我。2010年7月15日《南方日报》作了突出报道，题为《雷于蓝对话黄伟宗——文化资源需要整合提升》。摘要如下：

点睛之笔

黄伟宗：孔子是"黄河文化"的代表，老子是"长江文化"的代表，惠能是"珠江文化"的代表。开放包容、争潮领先，这是"珠江文化"最本质的东西，也是海洋文化的本质特征。

雷于蓝：从古至今，广东人不但有走向世界的想法，而且有走向世界的勇气和智慧。我们不但有令人自豪的对外开放的古代历史，还有30年来对外开放的辉煌成就。

文化定位强调"珠江文化"并不是排斥"岭南文化"

雷于蓝：广东的文化，以前大家以"岭南文化"称呼，现在您把它定义为"珠江文化"。"岭南文化"以山为坐标，"珠江文化"以水为坐标，这是出于什么考虑呢？

黄伟宗：以前研究广东的历史文化，都讲"岭南文化"，我把它命名为"珠江文化"，就是要重新认识广东的文化特质。世界各国的文明都是水文化，只有"岭南文化"是山文化。再看看国内，多年前，北方已经有学者专门研究"黄河文化""长江文化"，并且出版了很有分量的专著，而关于"珠江文化"的研究还是空白，我们很着急。"珠江文化"是从概念上跟世界对接，体现出海洋文明的风范。讲"珠江文化"，就是要发挥珠江的辐射作用，将珠江流域和泛珠江三角洲整合在一起，从而和"黄河文化""长江文化"并列，不居一山之隅，这样的研究更有意义。

雷于蓝：文化有地域特性。用不同的眼光和标准认识、界定文化现象，得出的结论是否是不一样的？换一个角度看问题，换一个坐标衡量问题，也许会有新的发现。

黄伟宗：孔子是"黄河文化"的代表，老子是"长江文化"的代表，惠能是"珠江文化"的代表。开放包容、争潮领先，这是"珠江文化"最本质的东西，也是海洋文化的本质特征。广东的文化现象都与海有关，与水有关，有开放包容、敢为天下先的传统，这是广东发展的最重要的精神动力，也是广东建设文化强省要强调的重点。正因为如此，我把广东的文化定义为"珠江文化"，强调海和强调水的作用。当然，强调"珠江文化"，并不是排斥"岭南文化"。

广东与世界：广东人有走向世界的勇气和智慧

雷于蓝：珠江连着南海，面向海洋的文化，就是面向世界的文化。历史上，广东与世界的联系从未中断，而且曾经有80余年的时间是"一口通商"。研究广东的历史文化，过去的经验，能够给我们今后的发展提供哪些有益的借鉴？

黄伟宗：西方说中国没有海洋文明，我在美国参观过一个展览，讲哥伦布发现新大陆，其中在一个很小的部分讲到郑和下西洋，说郑和七下西洋，海航技术很厉害，但因为中国人没有海洋意识，所以没有发展出海洋文明，看了心里不是滋味。古代中国人海洋意识确实不强，但广东有不容忽视的海洋文明，例证就是自汉朝以来从未间断的对外贸易。我认为，到目前为止，中国海洋文化的理论体系还没有建立，这是一个很大的课题，也给我们留下了很大的空间，加强这方面的研究，可以为广东面向世界的开放和发展提供新的动力。广东不仅是外来文化的中转站，也是中外文化的汇聚地，还是海洋文化和陆地文化的连接点。

雷于蓝：徐闻古港、黄埔古港、"南海Ⅰ号"、光塔寺、华侨来往，随着时间的推移，这些物质的东西都凝固成文化了，这些都是广东与世界紧密联系的物证和实例。从中我们看到，从古至今，广东人不但有走向世界的想法，而且有走向世界的勇气和智慧。我们不但有令人自豪的对外开放的古代历史，还有30年来对外开放的辉煌成就，放眼未来，我们对广东的发展充满信心。明辨得失，提供借鉴，总结过去，指导未来，这是历史文化研究的使命所在。

文化资源的保护开发，文化学术可以转化为经济后劲

雷于蓝：广东的历史文化资源极其丰富，我们虽然没有长城、故宫，没

有秦始皇陵、兵马俑，但是我们有广府文化、客家文化、潮汕文化、海上丝绸之路文化、华侨文化、商贸文化、禅宗文化、海洋文化、中国近现代革命文化，以及改革开放以来形成的社会主义新思想新观念新文化，如此丰富的历史文化资源，我们应怎样研究、继承和弘扬？

黄伟宗：您说得对。文化强省建设的重要任务之一就是对文化资源的保护、开发和利用。文化资源分为四个层面：物质资源、精神资源、制度资源、人才资源。第一，物质文化资源不仅是文物遗存，也包括商品文化理念，广东商人讲诚信、能融会贯通、能沟通中西，这些都是非常可贵的。第二，精神文化资源，也就是非物质文化遗产，包括内容更多了，如粤剧、潮剧、汉剧、客家山歌剧等，各种传统工艺技术、民俗表演、民俗活动等，他们从另一个方面，用另一种形式记录了广东人的精神轨迹。当然还有广东人最重要的精神文化特质——领潮争先，这是宝贵的精神遗产，应当传承和保护。第三，制度文化资源，千百年积累下来的伦理道德，如"礼义廉耻、忠孝节义"等，这些东西不是法律，但能够在道德的层面对人的思想和行为起作用。第四，人才资源，古的、今的都要发挥作用，这是富矿。学习别处的先贤重要，挖掘广东的先贤更重要；引进人才重要，用好现有的人才更重要。

雷于蓝：广东考古界、史学界多年来有一系列的研究成果，是否更需要在文化学术上予以提升，并且要转换为促进经济、社会发展的动力。2007年，开平碉楼"申遗"成功，当地政府在履行好保护责任的同时，积极发展文化产业，由此带来了明显经济效益；"南海Ⅰ号"打捞成功，带动了阳江的文化、旅游、休闲娱乐、餐饮住宿等产业的健康发展。有学术力量的支持，广东可以打造更多闪光的文化名片，让文化为经济的发展提供后劲和动力。

黄伟宗：文化研究与经济发展关系密切，与社会和谐稳定发展关系密切。经济欠发达地区加快发展的动力之一，就是文化上的整合与提升。比如，我们根据史料、实物和古迹提出，江门良溪村是继南雄珠玑巷之后，中原文化与岭南文化、海外文化交接的一个重要中转站，即"后珠玑巷文化"，自从这一提法被广泛传布后，现在每年有差不多10万人前往江门祭拜罗贵墓，直接催生了当地的文化产业发展；德庆龙母庙香火很盛，实际上是一种"报恩文化"。政府只要对这些文化现象准确定位，对群众心理加以正确引导，历史文化的研究成果就成了经济发展、社会稳定的推动力。

还有一个现象值得重视，广东的宗祠很普遍，宗祠文化很发达，因为大家都是从很远的地方迁徙来的，离家久了就会想家，无法回到老家，就建个宗祠纪念祖先、怀念家乡，宗祠文化的作用发挥好了，对加强团结、促进和谐有好处。这也是对历史文化的有效保护、开发和利用。

（本文由《南方日报》记者李培、实习生吴敏撰，后编入南方日报出版社出版、顾作义主编《文化强省》一书）

从这篇对话可见，珠江文化在广东建设文化大省中是大有可为的。

此外，还值得报告的是，在这一年中，我与珠江文化研究会还为建设文化大省做了不少事情，如：引领并参与评选"岭南文化十大名片"活动；提交参事建议《打造"南学祖地"文化板块，创造"广东新语"文化园——广州市番禺区古文化调研报告》，受到时任中共中央政治局委员、广东省委书记汪洋以及省委常委徐少华的先后批示；在肇庆端州区顾问会上提出"将沉默千年的端州文化'端出来'"的口号，引起强烈反响；到云浮举办首届石文化论坛并作《中国石文化传统及其发展》的报告；到肇庆举办"两广总督府"研讨会和陈焕章学术研讨会；到广宁举办竹玉文化研讨会；到云浮参加"和谐人居"研讨会并作主题发言，以及到阳江学院作《海洋文化与海上敦煌》报告，到东莞道滘作《文化引领与水乡文化》报告，到广东技术师范学院作《文化时代与珠江文化》报告，等等，都是在建设文化强省中"力以水文润业地"的有效作为。

（三）播出18集《珠江文化星座》，捐赠百部《珠江文化丛书》

2011年的珠江文化学术活动，主要是以两个系列进行：一是以《珠江文化星座》为代表的电视片制作系列，二是以"献百部书"为标志的《珠江文化丛书》出书及调研报告系列。

早在创会之初，我即提出珠江文化"五个一"工程，即：一个会（珠江文化研究会）、一个杂志（《珠江文化》杂志）、一个理论体系（以《珠江文化丛书》体现）、一部史（《中国珠江文化史》）、一部电视片（《领潮珠江》）。前四个"一"，可以说已经完成，唯最后一个"一"

（电视片《领潮珠江》），经多年努力并多次反复，仍未能理想地完成。早在2001年，曾与广东电视台合作电视系列片《祝福珠江》，因制片与创作文字有悖，故文字本由花城出版社2002年另行出版。2008年，曾与中国新闻纪录片学会广州制片中心合作，拟作为新中国成立60周年献礼片《话说珠江》，已写出22集文字稿，并有初步资金筹措，但于上报审批时，被认为与另一单位所报项目的题材重复而退回。直至2011年，我会在南方电视台支持下，再次与中国新闻纪录片学会广州制作中心合作，写出了电视片《领潮珠江》10集文字稿，上报项目获初步同意，又因领导要求有变而告吹。如此坎坷曲折而失，深感"触电"之可怕也。

可幸中国新闻纪录片学会讲交情，改项目为合作摄制电视系列片《古风今韵》包括：《生生不息》《歌舞民族》《古恒瑶绣》《西京古道》《发现古村》《雄根南雄》。我与蔡照波任顾问、策划，李德祥导演，颜汇制片。这套小片，算是聊补第五个"一"之不足。

在2011年的电视片制作中，《珠江文化星座》的制作，可谓达到费尽苦心而精疲力竭之境地，始得起死回生的成果。原因是：自创会10年庆典而评出20个在珠江文化发展史上具有里程碑或开拓创新意义的文化板块为《珠江文化星座》后，广州兰江广告公司认为可制作为系列电视片播出，由"星座"单位付款，南方电视台播出。但由于兰江公司摄制质量不达播出要求，只得另行由南视盛典公司重制，拖延了甚多时间，始能在年尾陆续播出，完成使命。这套电视片共18集，包括：《中国砚都——肇庆》《竹玉之都——广宁》《燕都禅道——怀集》《发端之都——肇庆端州》《广府首府——封开》《客侨之乡——东莞凤岗》《辛亥之魂——中山》《南禅祖庭——南华寺》《三古之都——韶关》《南江百越地——郁南》《中国禅都——新兴》《中国石都——云浮》《珠江文明灯塔——南海西樵》《水乡之都——顺德》《世界之宝——开平碉楼》《海上敦煌——南海1号》《南海明珠——湛江》《现代商居文化城——东莞厚街》等。我与蔡照波为总策划。

2011年7月7日，珠江文化研究会在中山图书馆举办向该馆献"百种珠江文化著作"仪式，我作了《习亿年史，走万里路，写千字文，著百种书——珠江文化工程15周年巡礼》的汇报，著名学者张汉青、周义、梁明、田丰、陈中秋、张荣芳、司徒尚纪、叶春生、张镇洪、谭元亨、陈其光等与会，广州各大媒体及澳大利亚《澳洲新报》作了报道。这项活动，标志着珠江文化学者坚持走"田野考察与著书立说相结合"的学术道路取得了丰硕成果，学术团队曾往考察的县市占全省80%以上，有许多新的文化发现，打造了许多文化"星座"，举办了不下百次的学术研讨会或论坛，提交不下千份的参事建议或调研报告，出版了百种以上珠江文化著作，作为学术研讨会成果的结集而编入《珠江文化丛书》系列者也达35种之多，作为参事建议或在媒体发表的谈话更是不少。

在2011年主持或参加的活动并出版或发表的论著有：

在郁南参加"诚信文化"论坛及调研，发言后提交省参事建议《大力倡导诚信文化，正面化解信誉危机》，受到省领导的重视和批示；

在《羊城晚报》就省委新提出"建设幸福广东"发表谈话；

在《广州日报》发表"深掘历史遗产，建设广州为国际文化名城"的谈话；

到广州南沙参加"羊城新八景"论坛，并发表"珠江之珠"的发言；

在东莞凤岗参加第二届客侨文化论坛，出版《客家第一珠玑巷》一书；

在省委宣传部举行的"珠三角绿道"建设座谈会上，提出"绿道文化"概念；

在东莞桥头"节庆文化论坛"上，提出东莞可打造为"中国节庆文化之都"的建议；

到广州芳村参加"白鹅潭经济圈"论坛及我编著的《白鹅潭志》首发式；

到江门良溪参加"罗贵迁入良溪880周年庆典"并发表谈话，提出罗贵是中国的"哥伦布"，俗语"唔使问阿贵"出自罗贵，并在电视片《良溪—后珠玑巷》中发表谈话；

到阳江海陵岛主持首届"'南海Ⅰ号'与海上丝绸之路论坛"，出版论文集《海上敦煌在阳江》；

到肇庆端州参加"伍丁诞"庆典并发表谈话，提出石业祖师伍丁相当木业祖师鲁班，建议将祭师活动发展为民俗活动；

到南海西樵参加"在中华文明视野下的西樵文化"国际研讨会，作了《西樵—南海文化定位》的发言；

到封开主持"广府首府论坛"，宣读《封开宣言》，并出版论文集；

在广州东方宾馆与黎子流同志等人举行"广府人珠玑后裔联谊会"筹

备会，落实徐少华同志有关批示；

到中山市参加交通运输部举办的"珠江片中国航海日"活动，发表《增强珠江水系文化力，提高江海水运"动脉"功能》的谈话，随后到海事局与珠江航务局作《世界水文化与水运文化》的报告；

到怀集写出调研报告《文化引领有成效，燕都禅道有奔头》，为"中国燕都"增加"中国禅道"品牌，提出"燕都禅道"定位，写下"怀志游燕都，集德走禅道"题词，提出以"悟禅道、修禅道、禅宗道、禅学道、禅境道"等五道兴建中国禅道园建议；

到云浮参加第二届石文化节，主编出版《云浮：中国石都文粹》；

到韶关参加国际旅游文化节，提出旅游发展要"六化"（国际化、乡土化、日常化、多元化、文化化、产业化）的方向，并在广东省旅游局举办的中高级导游班上作《岭南文化与珠江文化概说》报告；

到广州市西关实验小学参加芳村校区开办典礼，前些年在受聘为该校顾问时所作题词被采纳印出，即："放开眼界看未来，脚踏实地打基础""弘扬西关文化传统，汇教中外科学精华""校品科品师品生品层层上品，德优智优体优艺优比比争优"，被作为办学口号、宗旨、目标；

到罗定参加"南江文化研讨会"，作了《南江文化集粹地——罗定》的主题发言，并到云安县为全县干部作《建设文化强国与云安文化》，后到该县横洞村考察道德文化，写出调研报告；

到郁南参加南方报业集团等举办的"区域文化与特产开发"研讨会，作了《特产文化与区域文化》的发言，并为郁南全县干部作了《建设文化强国与郁南文化》的报告；

根据中共十七届六中全会发出的建设文化强国号召和我省实际，提交省政府参事建议：《破五论立八系，促进广东文化大发展大繁荣》，受到省领导的高度重视和批示；

2011年6月2日，在省委大院召开的"省参事决策咨询会"上，中共中央政治局委员、广东省委书记汪洋在与参事握手时，对我感谢他去年收到《中国珠江文化史》和《黄伟宗文存》两书的复信时说："是应该的"。这表明领导对去年之事印象犹新，也表明对参事和珠江文化工作及其成果的重视和鼓励。

（四）描绘西江、北江、南江、东江"四江"文化建设新蓝图

珠江文化研究会在2012—2014年的活动，突出而贯穿全程的是为珠江水系及其所属西江、南江、北江、东江的文化定位和建设，分别作出新的升华并对其建设描绘出新的蓝图。

1. 在肇庆西江文化建设上

2012年2月，我到肇庆参加广东旅游出版社出版的《人文肇庆》系列丛书首发式，作了题为《星光灿烂的文化银河》的发言。3月中旬，我与司徒尚纪应聘为怀集县文化顾问，在颁证典礼上，我作了《发挥对接优势，实现跨越发展》和"燕都禅道"文化定位的发言，司徒尚纪评析了该县文化发展规划纲要。随后，我到肇庆市端州区参加一年一度顾问会议，提出了以"广府世界·世界广府"的理念建设"广府文化城"，以及以"端州'五气'文化"的内涵和现代科技手段而建设科普文化创意园的建议。20日，在省参事室举行了"广府文化园专家咨询会"，我重申了这建议，得到了与会专家司徒尚纪、谭元亨、叶春生、张镇洪、王培楠、陈志红、梁凤瑗、郑佩瑗、罗康宁等，以及肇庆市、端州区和华南智慧城领导的赞同。2012年4月，我提交了《广东参事馆员建议》：《请大力支持建设"广府文化城"》（关于肇庆市端州区筹建"广府文化创意园"的调研报告），省委常委徐少华随即对此件作出重要批示。

2. 在英德北江文化建设上

2012年5月7日至9日，我协同司徒尚纪、张镇洪、郑佩瑗、李海春到英德考察，根据从牛栏洞出土中石器时代稻作化石，为其作出"人类稻耕文明原始地"的定位，《广州日报》及多家网站报道。为英德定位"五原英都"，即原始地、原生地、原态地、原汁地、原味地，应"三星（新）高照"，即新定位、新高度、新观念和发展方式。将考察结果提交调研报告《应大力保护并弘扬英德栏洞"人类稻耕文明原始地"的遗存及其文化意义》，参事室于《广东参事馆员建议》2012年第16期发表。

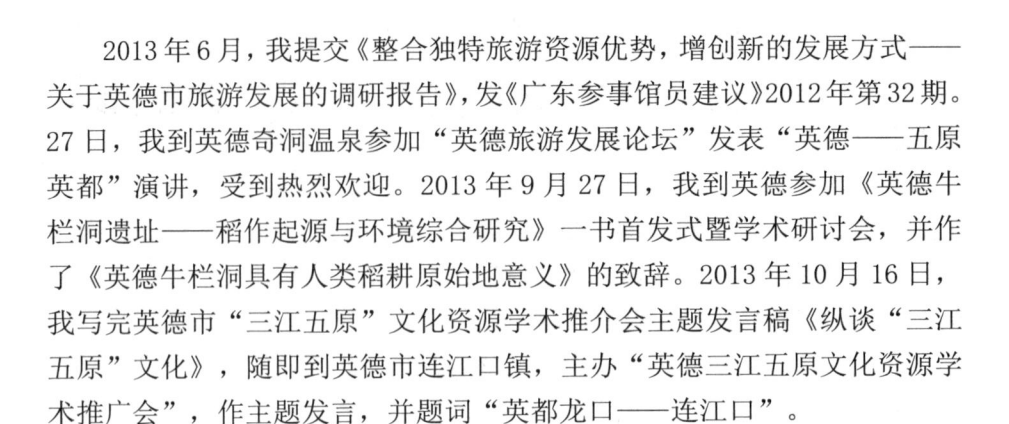

2013年6月,我提交《整合独特旅游资源优势,增创新的发展方式——关于英德市旅游发展的调研报告》,发《广东参事馆员建议》2012年第32期。27日,我到英德奇洞温泉参加"英德旅游发展论坛"发表"英德——五原英都"演讲,受到热烈欢迎。2013年9月27日,我到英德参加《英德牛栏洞遗址——稻作起源与环境综合研究》一书首发式暨学术研讨会,并作了《英德牛栏洞具有人类稻耕原始地意义》的致辞。2013年10月16日,我写完英德市"三江五原"文化资源学术推介会主题发言稿《纵谈"三江五原"文化》,随即到英德市连江口镇,主办"英德三江五原文化资源学术推广会",作主题发言,并题词"英都龙口——连江口"。

3. 在韶关北江文化建设上

2012年5月下旬,我考察丹霞山风景区,为其作了"珠江文化三圣祖地——丹霞山"题词,为管理区干部作了《丹霞世界,世界丹霞》的发言,撰写了《"申遗"成功后怎么办——关于世界自然遗产丹霞山文化的调研报告》一文,发表于《广东参事馆员建议》2012年第31期。

2012年11月28日,《中国社会科学报》第398期发表该报记者翟江玲对我的访谈《古道是人类历史文化的载体》。

2013年4月27日,我应邀到韶关参加建设文化名城座谈会,作了发言,并接受韶关市政府颁发的"文化顾问"聘书。5月1日,我写完《升华"源流交融"圣地,建造"韶阳文化之都"——韶关文化资源及其研究开发的调研报告》,发表于《广东参事馆员建议》2013年5月10日第15期,时任广东省委常委、副省长徐少华22日对其作了批示。2013年10月20日,我到韶关参加"旅游专家问策会"。

4. 韶文化传承与发展高峰论坛

此后与韶关断断续续有合作。2019年3月15日,我接到广东省省情调查研究中心发来的4月20—22日举办"韶文化传承与发展高峰论坛"邀请函,于2019年3月26日,我写就《韶关文化旅游资源开发战略刍议》一文,提交给该论坛。2019年4月20日,我到广州珠江宾馆参加"韶文化传承与发展高峰论坛",并在会上作了发言,将题目改为《韶关文化的特质、当代价值与开发战略》。该文于27日《韶关日报》摘要发表。

5. 在清远北江文化建设上

2013年3月4日，我与司徒尚纪赴清远市，与该市宣传部、文广新局商定年内举办中国首届北江文化论坛并立即组织专家调研。3月25—29日我率团赴清远、清新、阳山、连州、连南考察北江文化。2013年4月6日，我提交参事建议《整合五古"通津"，建造五大"天桥"——清远北江文化调研报告》（于4月17日第12期发表，徐少华、梁伟发先后作了批示）。

2013年5月20—21日，在清远狮子湖举行"北江文化研究会成立暨首届中国北江文化论道大会"，我先后作了中心发言、学术总结，并召开新闻发布会，司徒尚纪等14位省专家和30余位清远专家在会上发言。22日，《南方日报》A8版和《清远观察》均以全版发表专家们在北江文化论道上的发言摘要，随即海内外多家媒体连续报道。同年6月23日，我写完了《清远文化的十大"亮点"——中国首届北江文化论道学术总结》，标志此项工作顺利结束。

6. 在云浮南江文化建设上

2012年10月23日，珠江文化研究会与罗定市共同主办首届罗定稻耕文化研讨会，我与其他专家均作发言，为罗定定位"南江稻耕文化的古今都会"，多家媒体作了报道。2012年12月中旬，我为中央旅游电视台拍摄的专题片《南江文化探源》作了发现"南江文化"意义的谈话。

2013年3月18日，我与司徒尚纪应云浮市民政局邀请，为该市兴建新城及其街道取名，提议取名"石都新城"，并以"云浮"原为壮语"竹乡"之意，结合中国画的竹石联体的文化内涵，作为主要街道取名的依据和底蕴，直的大街用各种竹命名，以表社会发展"节节高"之志；横的则用各种石取名，意味根基"坚如磐石"。8月6日，我与司徒尚纪应邀到云浮市参加"西江新城"命名方案评审会，建议易名"云都新城"。

7. 在惠州东江文化建设上

2013年10月21—23日，我到惠州市考察东江文化，提出打造文化"要么第一，要么唯一，起码之一"的理念，为惠州作出"东江明珠"的文化定位，发现惠城区合江楼码头是海上丝绸之路始发港，提出葛洪是中国道家理论确立者的观点，与该市达成共同打造这些文化瑰宝的共识，写出《擦亮"东江明珠"品牌,建造"养生文化之都"——关于惠州东江文化的调研报告》,在 2013 年 10 月 18 日《广东参事馆员建议》51 期发表,26 日徐少华同志批示"请转省文化厅负责同志阅研"。

(五)发挥水文化和文化软实力之"五力",为广东广州文化建设献新策

2012 年 10 月 18 日,我与司徒尚纪应邀到广东水利电力职业学院参加"广东水文化研究推广中心"暨"广东水文化研究基地"挂牌仪式,并接受新华网和广东卫视教育台记者采访。

2013 年 2 月 5 日,我提交的《增创水文化研究的领域和方式,统筹规划建设具有丰富文化内涵的水利工程——关于广东水文化资源及其研究开发的调研报告》在《广东参事馆员建议》2013 年第 1 期印发。21 日,时任广东省委常委兼常务副省长徐少华对我提交的《广东水文化资源及其研究开发的调研报告》(《广东参事馆员建议》2013 年第 1 期)作了如下批示:"此调研报告选题新颖,调研深入,举例翔实,分析透彻。在实际工作中可以运用借鉴。转请省水利厅、发改委负责同志阅研。"

2013 年 5 月 22 日,我应邀到广州市委党校作题为《珠江文化与广州文化》的学术报告,首次对"文化软实力"概念提出其内涵"文化对应力""文化激活力""文化伸张力""文化浸润力"和"文化持续力"的理论观点,500 多名广州处级干部与会,反响强烈。

2013 年 6 月 7 日上午,我应邀到广东省水利电力规划勘探设计研究院作《世界水文化与文化软实力》报告,近 500 名设计技术人员参加,反响较好,新华网广东频道等多家媒体作了报道。2013 年 12 月 2 日,我应省水利厅邀请到增城为其举办的首期水文化骨干培训班作"现代水文化与珠江文化"报告。

为回应时任中共中央政治局委员、广东省委书记胡春华在省参事决策咨询会上的提问,我提交参事馆员建议:《强化文化软实力之"五力",发扬光大广东文化的特点和精髓》,收录在《广东参事馆员建议》2013 年第 31 期,9 月 3 日发表,全文 7000 余字,对广东文化建设献上新策。

在广州文化建设上也是持续如此。

2012年2月26日,我应邀参加广州市荔湾区"三月三,荔枝湾"民俗活动,在"名人名嘴说西关"讲坛上作了"西关文化特质与发展"的发言,报道称有150万人参加这项群众文化活动。

2012年8月1日上午,我应邀参加广州市荔湾区委理论学习中心组(扩大)推进新型城市化发展务虚会,就该区文化发展策略提出建议:"世界定位、软硬并举、轮番突出、纵横整合、综合开发",引起强烈反响。

2012年12月上旬,我作为评委,先后参加庆祝《广州日报》成立60周年举办的"温暖广州60人"评选活动。2012年12月28日上午,我受广州日报社邀请作为评委,参加"广州60名楼"评选活动。

2013年6月29日,广州市十三行文化促进会在广州文化公园(十三行旧址)成立,我被选为名誉会长,谭元亨等为副会长。

(六)创编《中国南海文化研究丛书》,开拓客侨文化、广侨文化、海洋文化

2013年8月16日上午,由珠江文化研究会组编、我主编的《中国南海文化研究丛书》首发式,作为2013年南国书香节活动之一在琶洲会馆举行。汪洋同志对于我申请编著《中国南海文化丛书》项目,他也亲转林雄同志批办,使我们能够在完成《中国珠江文化史》之后,持续进行南海文化研究,完成了《中国南海文化丛书》,荣获国家优秀出版奖。这套丛书是汪洋同志重视、林雄同志批准的《中国南海海洋文化研究》项目的学术成果,从2010年开始,历时3年完成,共300万字,含6分册:《中国南海海洋文化论》(谭元亨著)、《中国南海海洋文化史》(司徒尚纪著)、《中国南海海洋文化传》(戴胜德著)、《中国南海商贸文化志》(潘义勇著)、《中国南海古人类文化考》(张镇洪、邱立诚著)、《中国南海民俗风情文化辨》(蒋明智著),广东经济出版社2013年7月出版。这是首创的中国南海文化研究大型书系,标志着珠江文化学者在完成300万字大型史著《中国珠江文化史》之后,持续深入向海洋文化进军。

其实,早在启开珠江文化工程的时候,已经同时向海洋文化进军了,研究海上丝绸之路和华侨、侨乡文化,即属海洋文化范畴。在2012至2014年间,在这领域也有不少新的发现和开创。2012年4月我提交《着

力打造"侨乡世界·世界侨乡"——以新高度整合转型江门侨乡文化的调研报告》。前些年在东莞凤岗发现和开创的"客侨文化",已影响到海外。2012年7月,《星岛日报》美洲版于6月30日和7月7日,以两个整版篇幅报道了我在东莞凤岗提出的"客侨文化之乡"和"客家第一珠玑巷,岭南独此排屋楼"重大发现和文化定位。2014年8月15日,我应邀赴东莞凤岗出席东莞市社会科学院"客侨文化研究中心"、广东省珠江文化研究会"客侨文化基地"挂牌仪式并举行了研讨会。

2012年10月29日至31日,我率专家组到江门、台山考察侨乡文化,为台山作出"广侨文化之乡"的定位,以"贯通中西古商市,独占鳌头侨圩楼"的题词概括其文化特质。《南方都市报》《江门日报》及《星岛日报》美洲版等媒体先后作了报道。2012年11月,我提交《保护开发"侨墟楼"遗存,开拓研究"广侨文化"——关于台山侨乡文化的调研报告》,于《广东参事馆员建议》2012年第61期发表。2012年11月5日,珠江文化研究会在台山举办"中国首届广侨文化(台山)研讨会",20余名专家与会,我作主题发言,海内外多家媒体作了详尽报道。

2013年10月25日,我在广东电视台接受《广侨文化侨墟楼》电视片采访。2013年12月20日,《广侨文化论——台山:中国首届广侨文化论坛文集》由中国评论学术出版社出版。24日,我到台山参加"首届广侨文化艺术节"启动仪式,向台山文化局局长黄伟华传旗。27日,《南方都市报》发表整版报道:《广侨之花》。

此外,我还同时支持和进行了海洋文化的项目和创作。2012年12月6日,我致信汪洋,推荐《南方日报》8月1日发表的丘树宏长篇组诗《海上丝路》为省重点项目。10日,我应广东省旅游局根据汪洋同志关于开创海上绿色通道旅游项目指示要求,为该项目拟出了宣传口号和广告词。21日,我到省委宣传部参加"打造广东舞台艺术精品专题座谈会"并作了发言,时任部长庹震了主持座谈会并告知我致汪洋同志信已批转宣传部。2012年9月7日上午,我在中大中文堂接受德国科隆媒体艺术学院学者列雅访问,会谈关于海上丝绸之路和"南海Ⅰ号"学术项目。10月10日,广东省政府参事室网站公布了时任中共中央政治局委员 广东省委书记汪洋8月6日对我的致信,推荐中山市政协主席、著名诗人丘树宏创作的大型音乐舞蹈史诗《海上丝路》歌词台本并作了批示:"请有关同志阅酌"。

10月12日,我就莫言荣获诺贝尔文学奖在《广州日报》发表谈话:"莫言获奖标志着中国大陆文学界与世界文学界的同步与对接。诺贝尔文学奖的基本原则是推动人类进步、弘扬人道主义精神,而莫言作品的人性女性的主题及思想深度,符合这条原则,获奖实至名归。"

2013年5月8日,《中国文化报》发表记者屈菡撰写的《南国海风煦,敢为天下先——"美丽中国·海疆行"走进广州》一文中,报道了我与司徒尚纪的谈话。2013年6月6日下午,我与司徒尚纪接受广东电视台记者《广东沿海行》系列片采访。

(七)创议将禅学之路纳入"一带一路",首倡六祖文化分流佛教禅宗惠能禅学

在21世纪10年代这个时段,我在参事工作和珠江文化学术活动中,关于六祖惠能文化建设的指导思想,是创议将禅学之路纳入"一带一路",首倡六祖文化分流佛教禅宗与惠能禅学为中心,达到促进禅宗六祖文化实体化、体系化、当下化、世界化目的。为此所做的事情,按时间先后叙述如下:

1. 菩提树下的对话:禅与新时期广东精神

正值广东省委号召建设文化强省,倡导新时期广东精神的时候,2012年8月8日上午,我到广州光孝寺参加"菩提树下的对话:禅与新时期广东精神",与广东省社科院院长梁桂全、明生法师、宗性法师对话,《南方日报》等多家媒体报道。2012年8月下旬,我与妻子在仇江夫妇陪同下考察丹霞山风景区,作了"珠江文化三圣祖地——丹霞山"题词,为管理区干部作了《丹霞世界,世界丹霞》的发言,撰写了《"申遗"成功后怎么办?》的调研报告。所提"三圣"是:珠江文化始祖舜帝、珠江文化哲圣惠能、珠江文化诗圣张九龄。2012年9月21日晚上,我应邀到星海音乐厅与广东省佛协会长明生法师、广州市佛协会长耀智法师、美国夏威夷大学成中英教授,作了"禅与诚信道德的对话",有500人与会,反响强烈。

2. 佛山仁寿寺扩建提升项目的文化定位与策划

2012年2月23日，我应邀到佛山市参加"佛山仁寿寺扩建提升项目研讨会"，有10余位全国著名佛学、宗教、文化、建筑学者与会，由佛山市市长刘悦伦主持。29日写出《佛山本姓"佛"，禅城应有"禅"——关于佛山市佛禅文化的调研报告》，提交《广东参事馆员建议》（后于12月12日第75期发表）。

2013年7月2日，我应邀作为专家评委，第三次到佛山参加仁寿寺改造提升建筑设计国际竞赛专家评审会，评定了网上公示建筑设计方案。

3. 支持云浮六祖文化研究会成立并首倡"感恩文化"

2013年6月4日，我应邀参加云浮市禅宗六祖文化研究会，被聘为顾问，并向该会一百多位会员作了题为《六祖惠能的五个"双全"与感恩文化》的学术报告，《云浮日报》与多家媒体作了报道。2013年6月24日，我应邀到云浮市委党校向500多位在校师生作了题为《六祖惠能文化与当今社会管理》的报告。2013年7月25—26日，我与谭元亨应邀到新兴县水台镇金水台温泉度假村，为其筹建六祖文化园定位，提议以"五禅台"为名，既可与国恩寺对称，又可以禅学圣山和禅宗圣寺分别彰显六祖神圣，并可以"北有五台山，南有五禅台"美称而对应佛圣雌雄。"五禅"包括禅养、禅林、禅修、禅碑、禅居。确定将云浮市六祖文化研究会编列为珠会的六祖文化专业委员会。

4. 《中国禅都文化丛书》正式出版，是将六祖文化分流佛教禅宗与惠能禅学的一个界碑

2013年8月，由我任名誉主编、吴伟鹏任主编的《中国禅都文化丛书》（6册）由汕头大学出版社在新兴举办的纪念六祖惠能圆寂1300周年大典上正式发行。内含由我撰写的长篇引论《六祖惠能的"五说""五创""五地"》、吴伟鹏写序《"中国禅祖"惠能》、罗康宁著《出生圆寂地》、戴胜德著《顿悟开承地》、郑佩瑗著《坛经形成地》、谭元亨著《农禅丛林地》、洪三泰著《报恩般若地》、冯家广著《禅意当下地》等。尤其是我在这套丛书的引论中概括的"五说"，全面地论证了惠能禅学是一套完整哲学；"五创"全面地论述了惠能禅学在中国以至世界思想文化史上的

重要地位和贡献;"五地"详述了称新兴为"中国禅都"的依据,具有重要的学术文化意义,是将六祖文化分流佛教禅宗与惠能禅学的一个界碑。

5. 纪念六祖惠能圆寂1300周年暨六祖文化节系列活动

2013年9月5日,我应邀到东方宾馆参加纪念六祖惠能圆寂1300周年暨2013年禅宗文化节大会及学术研讨会,6日,《中国禅都文化丛书》在新兴国恩寺首发。7日,我应邀参加南华禅寺系列纪念活动,写就《六祖惠能的伟大与贡献》一文,连同《中国禅都文化丛书》引论,提交省佛协举办的"纪念六祖慧能圆寂1300周年国际学术研讨会",均被选入大会论文集中。我在会上发表《六祖惠能的伟大与贡献》演讲,近千人与会。

6. 倡议大力促进六祖惠能文化"中国化""平民化""世界化"

2013年9月18日,我写完《应当大力促进六祖惠能文化"中国化""平民化""世界化"——关于"中国禅祖,世界惠能"的调研报告》,8000余字,于《广东参事馆员建议》2013年第37期印发,广东省委常委、副省长徐少华10月10日对此件批示:"阅黄伟宗教授的调研报告,我们对六祖惠能文化的外延、内涵有了全面、深入的理解,深受启发。"2013年10月29日,我应邀以这份调研报告为专题到云浮"六祖文化大讲堂"作了报告,同年11月6日《云浮日报》"禅都文化"专版全文发表。

7. 支持倡导"禅廉文化"并发现云浮的海上丝路文化遗存

2014年初,时任省纪委副书记、云浮市委书记和云浮市纪委书记陈小娟在广州与我商讨"禅廉文化"事宜。2014年1月16日,我应邀到云浮市参加六祖文化研讨会,就"禅廉文化"及云浮"三大文化"的海上丝路文化内涵作了发言,17日到其"禅廉文化基地"——郁南连滩兰寨村参观,意外发现海上丝路文化遗存,这在内地山区中是罕见的,说明云浮"三大文化"有海上丝路文化内涵的观点是成立的。18日,我在陈小娟的陪同下,到新兴国恩寺西侧开始兴建的"禅廉文化园"场地听取设计方案,对其定位和内涵提出具体建议,并回答了云浮电视台记者的提问。6月间,云浮市纪委多次找我商讨打造"禅廉文化"方案。7月1日在《云浮日报》开辟"专家访谈"专版,开篇发表我关于"禅廉文化与海上丝绸之路"的谈话。

24日,我应邀到云浮市国税局"道德讲堂"作《承传本职本土文化精华,尽力尽责弘扬担当精神》报告。2014年3月11日,云浮市纪委书记陈小娟率相关人员到中大向我征求提倡"禅廉文化"意见。2014年6月3日,云浮市纪委书记陈小娟率团到中大,与我研讨打造"禅廉文化"。4日下午,广东省佛教协会会长、光孝寺住持明生大师派车接我至光孝寺,商讨创立诃林书院并请我任院长事宜。我以年事已高为由婉辞。

2014年11月5日,云浮市云城区委常委蔡春仙率队到中大拜访我,报告几年前我题词为"岭南理学第一村"的该区腰古镇水东村已正式决定开发,特来征求我对开发方案的意见。方案仍采用我的定位和题字,我提出要突出岭南理学"第一"和"唯一"古村,以及独特的"山腰水乡"特色。29日,我为其题对联"理学古村,山腰水乡""云腰水东,程理古村",以此为中心打造。

2015年3月17日,云浮市和新兴县纪委请我评审禅廉文化园设计方案。8日,我到光孝寺见明生大师,商议《六祖坛经》申报世界记忆名录与两广共建"珠江—西江佛禅民俗文化带"事,云浮市纪委书记陈小娟同行。9日,陈小娟率云浮纪委人员向我征求关于"禅廉文化教育基地"建设方案的意见。10日,广东省佛教协会办公室主任谭红霞致电给我,请我支持省佛协明年9月办"宗教与海上丝绸之路论坛"。

8. 在承传本职本土文化精华中弘扬六祖担当精神

2014年3月16日,我应邀到云浮市检察院作《倡导崇德明法,弘扬担当精神》的报告。2014年3月24日下午和4月16日下午,我应邀到云浮市国税局、检察院向数百位干警作《承传本职本土文化精华,尽力尽责弘扬担当精神》的报告,根据六祖惠能人生五段精神("顿悟佛性,下人上智""潜修禅道,坚忍负重""心动去发,担当济世""坛开经世,鹏展寰宇""法乳长流,感恩本根")提炼出核心是担当精神,结合当今社会和职业文化实际,大力弘扬,深受欢迎。

9. 提议申请《六祖坛经》为世界记忆文化遗产

2013年5月29日,联合国教科文世界记忆委员会亚太地区副主席、民间艺术国际组织IOV全球主席卡门·帕迪拉等访问省政府参事室(文史馆）请求介绍推荐广东记忆文化元素，我当即推荐《六祖坛经》、东莞莞香、怀集金燕三项，颇受重视。7月22日，我与人合作，向省政府提交《关于〈六祖坛经〉申报"世界记忆名录"的建议》。

10. 创议两广合作共建"珠江—西江佛禅民俗文化带"

2014年11月初，我提交省政府参事建议《关于两广合作共建"珠江—西江"佛禅民俗文化带的创议》。11月18日在广西梧州学院主办的研讨会上作主旨发言：《论牟子精神并创议两广共建"珠江—两江佛禅民俗文化带"》。

2015年3月，我到广州市荔湾区理论学习中心组作"一带一路"与荔湾文化报告后，到"西来初地"和华林禅寺考察，提交《擦亮"西来初地"品牌，在广州建设"一带一路"世界禅学文化中心》的调研报告。这是创议将禅学之路纳入"一带一路"并促其国际化的重要节点。

2017年5月14日上午，我应邀到珠岛宾馆红棉厅参加省民族宗教事务委员会主办的"弘扬禅宗六祖优秀文化"座谈会并作了发言。

2017年11月23日，我应邀到省政府参加"宗教中国化与广东实践"座谈会并作了发言，随后将发言提交参事建议，题目是《将国际化的惠能禅学学术化、学派化、网络化，并纳入"一带一路"》。

11. 提出惠能禅学与当今社会的"六大对应点"

2016年6月，应广东文史学会的邀请，我到肇庆参加"禅宗六祖文化与当今社会"学术研讨会，并在会上作了题为《惠能禅学与当今社会的"六大对应点"》的发言，强调惠能禅学是一套完整的思想哲学，其思想仍有现实意义，其对应点是：当下社会主义核心价值观、"一带一路"、感恩文化、担当精神、廉政建议等。

12. 提出惠能禅学学派化并是珠江学派和宋明心学的思想基础或基因之一

2017年12月23日，我应邀到省政府参加"宗教中国化与广东实践"座谈会并作了发言，随后将发言提交参事建议，题目是《将国际化的惠能禅学学术化、学派化、网络化，并纳入"一带一路"》。这个建议，是根据习近平总书记2016年4月在全国宗教工作会议上强调的"积极引导宗教与社会主义社会相适应,一个重要的任务就是支持我国宗教坚持中国化方向。"以及2017年9月24日《人民日报》"构建中国学派恰逢其时"专版提出"学术中国""理论中国"的精神提出的。全文在《广东参事馆员建议》2018年第7期发表。2018年1月22日,我在南海举行的"理学心学与珠江学派"论坛的主题报告《以珠江学派坚挺中国学派,以千年南学辉煌学术中国——千年南学论纲》中,专门阐述"惠能禅学是珠江学派和宋明心学的思想基础或基因之一"的观点。

2019年8月,我完成《〈红楼梦〉：惠能禅学小说经典——超脱境界对话录》一文,以《红楼梦》这部清代北方人写北京生活的国宝经典所受惠能禅学的重大影响为实例,彻底否定2002年在南华禅寺创建1300周年惠能思想研讨后上,北京大学宗教学权威楼宇烈教授认为惠能的影响只是"一时"(唐代)、"一地"(华南地区)的说法。

13. 出版《惠能禅学散论》,确立惠能禅学学术体系

2018年3月3日,广东省佛教协会通知我,《六祖慧能文库》收入我的《珠江文化哲圣——惠能》《六祖惠能的"五说""五创""五地"》《六祖惠能的伟大与贡献》三篇文章,请予授权。我表示同意,又考虑到数十年来一直关心支持六祖文化,发表文章和参事建议甚多,对每个时期都发挥实际影响和实际作用,拟编出一部论文集出版。便于2018年3月4日发短信致广东省民族宗教事务委员会主任,请求支持有关六祖论文集出版。他当即回复"好的",即由办公室主任罗龙电话联系具体做法。14日,我编完书稿,取书名《惠能禅学引论》,共约20万字,电邮发省民族宗教研究院黄心怡、王维娜办。

2018年3月20日,广东民族宗教研究院宗教所副所长陈延超电话告知我,省委统战部副部长兼省民宗委主任批复支持论文集《惠能禅学引论》出版,并同意为该书写序。

2018年3月27日,我所著的《惠能禅学引论》书稿排版,由广东省民族宗教研究院编发。

2018年5月,《〈红楼梦〉：惠能禅学小说经典——超脱境界对话录》完稿,万余字。2019年7月27日,我应邀到省委党校参加广东省黄氏宗

亲总会举办的六祖禅宗文化座谈会并作了发言，提出将六祖禅宗教派与惠能禅学区别、姓氏与祠堂文化区别的理念。广东省社会政策研究会常务副会长黄乐庆、广东省黄氏宗亲总会会长黄秉峰、《黄族》杂志主编黄泉章、怀集六祖禅院主持释衍梅（黄满晃）、党校教授黄泽才等与会。

2018年9月3日，省民族宗教研究院王维娜短信告知：我所著《惠能禅学引论》已获审定，交广东人民出版社出版。

2018年10月27日，省民宗委办公室主任罗龙介绍深圳华影影业公司《禅宗六祖》总制片人曾映丽拜访并请我任电影《禅宗六祖》顾问。在谈话中，我告知《红楼梦》有六祖惠能的记载且受惠能禅学重大影响，其深受振奋，表示要写入片中，并表示接受我提出的六祖惠能有"八个两方面"贡献的说法，即：一是开创中国佛教禅宗，同时开创了中国禅学；二是禅宗教派领袖，又是"珠江文化哲圣"；三是将外来宗教中国化，又是促使中国宗教世界化之先驱；四是中国禅宗禅学之祖，又是世界千年杰出思想家；五是中国禅学的开山祖，又是中国心学和禅境诗派的奠基者；六是使禅宗禅学成为佛教教派的促成者，又是使其成为思想哲学的禅学学派的首创者；七是造成禅宗禅学学术化、学派化、经典化的理论家，又是促使禅宗禅学平民化、现实化、广泛化的实践家；八是开创佛教既"出世"又"入世"，既是宗教又超越宗教的"圣人""始祖"。

2018年12月中下旬，云浮市委宣传部多次与我磋商，拟以"岭南祖地，禅学故里"作云浮文化定位，并于2020年举办论坛弘扬，届时需要我这部确立惠能禅学学术体系的书，于是广东人民出版社确定此书以《惠能禅学散论》书名于2020年3月出版。

（八）促成举办世界广府人恳亲大会，创办广东广府学会成立

2011年8月9日，在封开举办了"封开：广府首府论坛"，发表了《封开宣言》。会后，我提交参事建议：《关于组建"广府（珠玑）人海外联谊会"与"广府学会"及其开展活动的建议》。同年9月7日，省委常委徐少华同志对此件作出批示："黄伟宗教授多年来致力于广府文化研究，既形成了很多学术成果，又推动了各地关注广府文化的传承，其精神令人

钦佩。所提建议有针对性，建议省有关部门阅处"。

2012年5月15日，我到东方宾馆参加黎子流同志主持的南雄珠玑巷后裔联谊会执行会长会议，通过改名为"广东省广府人珠玑巷后裔海外联谊会"。

2012年6月下旬，我写完《广府文化的五座里程碑及其标志的五个历史时期》，1万字，拟在广东广府学会成立大会暨学术研讨会上发言。

2012年8月8日下午，我在中大中文堂接受凤凰卫视中文台记者关于梅关珠玑巷文化的采访。

2012年9月18日上午，我和谭元亨、郑佩瑗参加了在广州东方宾馆举行的"倡议召开世界广府人恳亲大会暨筹委会成立会议"，并作为首位倡议单位——广东省珠江文化研究会、广东省广府学会代表在"倡议书"上签名，同时接受会长黎子流颁发的纪念牌。

2012年12月14日，我和谭元亨、郑佩瑗到中国大酒店参加黎子流主持的"首届世广会"第一次筹委会工作会议。

2012年12月25—26日，广东广府学会成立大会暨"广府寻根·珠玑祖地"学术研讨会在南雄市举行，60余位海内外学者参加。选举我为首任会长，谭元亨为执行会长，郑佩瑗为常务副会长，陈志红、陈泽泓、钟晓毅、梁凤莲为副会长。我提交题为《广府文化的五座里程碑及其标志的五个历史时期》的主题报告。各大媒体及网站和《澳洲新报》均作出报道。

2013年3月1日上午，广东省广府学会在中国大酒店举行首次工作会议，黎子流同志讲话，我主持，确定在11月召开世界广府人恳亲大会期间，举办"祖根珠玑·世界广府"论坛，出版《广府大典》《珠玑·广府学刊》，以及《广府寻根·珠玑祖地》论文集。

2013年7月27日，我和谭元亨参加首届世界广府人海外联谊恳亲大会新闻发布会，回答了关于广府人和珠玑巷的提问。

同年国庆假期，我提交首届世界广府人恳亲大会"广府文化论坛"的长篇论文：《论广府文化的概念、特质及其在珠江文化、中华文化、世界文化中的地位和贡献》。5日，《广府文库》首部《广府寻根，祖地珠玑——广府学会成立暨学术研讨会论文集》，由中国评论学术出版社出版。12日，我作为评委，提交广府十杰人物和广府十杰青年选票。12日，我与谭元亨等到广州白云国际会议中心主持"广府文化论坛及《广府大典》首发式"，我作了题为《论广府文化的概念、特质及其在珠江文化、中华文化、世界文化中的地位和贡献》。12日，我参加了"首届世界广府人恳亲大会"，来自世界39个国家和地区的3000多"世界广府人"，在这里"共圆中国梦"。我和其他珠江文化学者，从1993年先后发现广信首府和珠玑巷，促进珠玑巷联谊会成立，又促进扩大为广府人珠玑巷后裔海外联谊会并成立广府学会，进而筹办这次世界性大会。19日，我向参事室党组呈报《参事馆员发起、参与首届世界广府人恳亲大会记事》。

早在1993年夏天，我受聘为广东省人民政府参事不久，即协同当时参事室文教组的参事到粤北南雄市考察，发现标志粤赣分界大庾岭上的梅关不远，与唐代张九龄开辟的贯通南北的梅岭古道紧接相连的珠玑巷，是自古以来（尤其是唐、宋、元、明、清）中原人南迁的主要中转站，是中原文化南移岭南，并与本土百越文化及海外文化结合的桥头堡。据史料记载，自唐代后，从中原经南雄珠玑巷迁入至珠江三角洲的人群有156个姓氏之多；自北宋末期至元代初期的200年间，大规模的南迁有3次，每次有百万人以上，陆续个别南迁则有130多次。南迁到珠玑巷后，居住一段时间，再迁往岭南（包括广东、广西、海南）各地定居；后又有相当多的后裔，继续向海外迁移发展。所以，岭南各地及海外（尤其是南洋和美洲）华人华侨，许多都称自己是珠玑巷人南移后裔，称南雄珠玑巷是自己的故乡，其中大多有族谱或家谱为据，实证凿凿。由此，我认为这是中华传统本根文化和后裔文化的典型体现，当即向当地提出：应即抓紧研究开发珠玑巷文化，尤其是开辟寻根旅游并进行珠玑巷人南迁后裔联谊活动的建议，受到当地领导重视。不久，香港著名人士霍英东先生和广州市市长黎子流同志也到了珠玑巷。他们很重视这项建议，当即带头捐款，筹办南雄珠玑巷人南迁后裔联谊会。1995年正式成立时，黎子流同志亲任会长，会址设在南雄市政协内。联谊会迅速而有效地在华南各地和香港、澳门等地，以及新加坡、印度尼西亚、马来西亚、泰国等亚洲国家与包括美国等在内的欧美国家中，联系了数以万计的珠玑巷南迁后裔人，在港澳同胞和海外华人华侨中掀起了一股"珠玑巷寻根问祖"热，在短短1年时间里收到来自世界各地多家姓氏后裔的捐款1亿多元。珠玑巷也用这些捐款，在珠玑巷旁建起了多间各家姓氏宗祠，形成了一条新珠玑巷。在国内外产生了强烈影响。之后，我应广州市原市长、南雄珠玑巷人南迁后裔联谊会长黎子流同志的邀请，为他担任总监制的六集电视片《千年珠玑》担任学术顾问，又为中央电视台四频道《走遍中国》专栏韶关专辑解说珠玑巷。

1996年10月,在广州市委原书记、广东炎黄文化研究会会长欧初,广东省委宣传部原副部长、广东炎黄文化研究会执行会长丁希凌,广东省政协原副主席祁烽的倡议下,与来自京、粤、赣以及港澳地区的60多名专家、学者在南雄举行了为期三天的"珠玑巷与广府文化研讨会"。本次会议,从文化学术研究的角度,研讨了珠玑巷与广府文化的关系,提出了"珠玑文化是岭南文化与中原文化交流、接种、孕育、发展的一个源头""珠玑文化与广府文化有着血肉相连、情同母子的亲情关系""珠玑古巷是联系中华母体和岭南地区的纽带,移民后裔心目中的血缘、地缘、族缘的情结之乡"等观点,珠玑巷并被美誉为"珠江三角洲之母"。其间,任广东省人民政府参事的谭元亨先后撰写了最早的广府文化专著《广府海韵》《广府寻根——华南最大一个移民族群探奥》。

2000年8月,我在韶关讲学期间,又抽空到该巷进行了第二次考察,发现从1993年到2000年的7年间,珠玑巷不仅在建设和旅游上有很大发展,而且在文化和学术上也有了扎实的、系统的研究成果,编辑出版了《珠玑巷丛书》十卷,包括著名历史地理学家曾昭璇教授等专家的专题研究成果,标志着珠玑巷文化的研究开发,已上升为较高的文化和学术档次,是很可喜的。鉴于当时有人质疑珠玑巷大办姓氏宗祠是否属于"封建迷信"的现象,我即有针对性地将考察结果,向广东省政府提交《关于开发南雄珠玑巷和中华姓氏文化的建议》,指出姓氏文化是中华悠久传统之一,在全国和海外华人华侨中都很普遍。这种文化观念,还衍化为门徒、师生、乡邻、校友、同学、武林、艺林等情结,如引导不好会产生宗派纠纷,引导得好则是推动社会和谐和向前发展的力量,能为各地的经济文化发展作出贡献。珠玑巷的姓氏文化是起到积极作用的,其研究开发姓氏文化的经验也是值得借鉴的。这个建议,对于珠玑巷文化的研究开发起到深入一步的作用。

2004年11月,时任广东省侨联主席陈毓铮(原任省政府参事室主任)专门邀请广州市原市长、广东南雄珠玑巷后裔联谊会会长黎子流举行座谈会。双方就有关筹备成立"广府人海外联谊会"事宜进行了讨论,形成筹备工作方案。

2007年4月,为了拓展会务,广东南雄珠玑巷后裔联谊会在广东省政协常委会议室召开"联席会议"。时任广州市委书记朱小丹、广东省政协副主席许德立等省、市领导及黎子流、梁广大、倜志广、邓苏夏、吕伟雄、林楚欣等联谊会领导出席了会议。与会领导提出了有关建议：将"广东南雄珠玑巷后裔联谊会"迁址羊城，升级为"省级社团"。

与此同时，广东省珠江文化研究会亦致力于广府文化的发掘与研究，早在20世纪90年代，便参与了南雄珠玑巷联谊会关于广府文化的研讨，并作为《千年珠玑》的顾问参与相应工作，我到广府发祥地广信（即今封开、梧州）考察，后来，又找到了珠玑巷移民大规模抵达珠三角的重地江门良溪，使整个广府文化地图得以全面完成。也正是珠江文化研究会，率先并多次向当时的广东省南雄珠玑巷后裔联谊会，尤其是黎子流会长提出召开首届世界广府人恳亲大会的动议。

长期以来，广东南雄珠玑巷后裔联谊会与珠江文化研究会，自建立起，便建立了紧密的合作关系，这包括最早发现、确认珠玑巷的文化价值，组织珠玑文化研究，拍摄《千年珠玑》专题片，等等。广东省珠江文化研究会始终认为，广府文化是珠江文化的代表，珠玑巷后裔是广府人的主体，也就是，广府之根在珠玑，珠玑巷是广府人公认的祖地。为此，我于2011年8月亲自撰写并向省委、省政府提交了《关于组建"广府（珠玑）人海外联谊会"与"广府学会"及其开展活动的建议》参事建议，得到了时任广东省委常委兼秘书长徐少华的高度重视及批示。

在这之前，即2011年的7月19日，黎子流会长在广州市东方宾馆接待了专程来拜访的我和谭元亨、郑佩瑗等一行，听取了我们提出的筹建"广府人海外联谊会"以及请黎子流会长担任筹委会领导人的建议和意见。

2011年8月9日，广东省侨联、广东省珠江文化研究会、广东南雄珠玑巷后裔联谊会等，在封开县委、县政府主持下，在古广信故地封开举办了"广府首府论坛"，这是关于广府文化研究的重要会议，黎子流会长发来祝贺批复信，省参事室主任、省文史研究馆馆长周义参加会议并致辞，由我主持会议。会议发表了《封开宣言》，宣言中称：

随着张九龄凿通大庾岭古道，中原移民又一次大规模进入南雄珠玑巷，其后裔在以良溪为代表的珠江三角洲拓殖，融入岭海，成为广府民系和广府文化的主体。其开发的五邑，亦形成了我国最大的"第一侨乡"。他们根在珠玑，开枝散叶五大洲、四大洋，乃海外华侨华人的主要基干。改革开放之初，作为世界第二大商业集团的华商，率先投资，对推动中国经济腾飞功高至伟。由此，珠玑后裔及五邑侨乡侨人，均同源广府民系，同流广府文化，实为承前启后之大群也！

正当盛夏时节，来自全国多家大学和研究机构的30余位专家教授，团聚于广东封开，热议广府首府历史、广府民系和广府文化的发展大计，一致认为很有必要提出如下建议：

（一）成立"广东省广府（珠玑）人海外联谊会"。鉴于广东南雄珠玑巷后裔联谊会在广泛联系全省以至全国各地广府人，尤其是以广府人为主体的海外华侨华人发挥了重大作用。现当以该联谊会为基础，在广东省侨联指导下，在广东省珠江文化研究会的参与下，组建"广东省广府（珠玑）人海外联谊会"（暂定名），与业已组建的广东省客属海外联谊会、广东省潮人海外联谊会并列。

（二）成立"广府学会"。在客家学、潮汕学蓬勃发展的今日，广府学也当早日后来居上。为此建议，在组建"广东省广府（珠玑）人海外联谊会"的同时筹建"广府学会"，共同开展广府民系联谊和广府文化研究工作，并准备将正在编辑的《广府文化大典》等作为该会的首项文化工程。

这是第一次正式提出整合资源、组建"广东省广府（珠玑）人海外联谊会"的动议，也为日后提出发起世界广府人恳亲大会创造进一步的条件。

2011年9月19日，广东省珠江文化研究会和广东南雄珠玑巷后裔联谊会等单位的代表，在东方宾馆举行了筹建联席会议，就筹建"广府（珠玑）人海外联谊会"与"广府学会"进行了初步研究磋商。会议由黎子流主持，我和时任广东省侨联联络部部长华清文，广东南雄珠玑巷后裔联谊会常务副会长兼秘书长衷玉华、副秘书长林冬梅，以及广东省人民政府参事室副处长李海春等12人参加了会议。

与会人员一致认为，广东省早已成立了"广东省客属海外联谊会"和"广东省潮人海外联谊会"，两个联谊会都对本民系的海外联谊和文化研究，开展了许多活动，进行了大量工作，取得显著成效。而作为广东三大民系中的最大民系——广府民系（其人口所占比例近60%，比另两大民系总和还要多），到今天尚未成立一个统一的民系组织，实为憾事。

由此，参加筹建联席会议的单位代表，认为很有必有筹建广府（珠玑）人海外联谊会和广府学会作为广府民系一民系组织及其学术团体，并建议在广东省侨联的领导下，由广东南雄珠玑巷后裔联谊会和广东省珠江文化研究会共同进行具体的筹建工作。因为广东南雄珠玑巷后裔联谊会成立近20年以来，实际上已成为广府人联谊的主体组织，从南雄到广州，尤其拓展到江门、佛山等珠三角和港、澳各地，广东南雄珠玑巷后裔联谊会不仅覆盖了大部分的广府地区，更重要的是，它承担了与海外近2000万广府人的联谊、交流工作，在团结海外广府侨胞、积极开展文化教育、慈善公益活动上，成果斐然。广东省珠江文化研究会从筹备到建立也有近20年。广府文化本身就是珠江文化的典型代表，近300万字的《中国珠江文化史》的主要篇幅便是广府文化。与此同时，广东省珠江文化研究会还推出了《广府寻根》《千年国门》《广府海韵》《广信：岭南文化古都论》《珠玑祖地》等数10部广府文化研究的专著，为创立"广府学会"打下了坚实的基础。所以，经近20年的酝酿，尤其是近20年的积极筹划，成立"广东省广府（珠玑）人海外联谊会"和"广府学会"的时机已经成熟。在这次会议上，各方面已经一致认为建立"广东省广府（珠玑）人海外联谊会"和"广府学会"，对团结广府族群、弘扬广府文化很有必要且有重大意义。会议最后达成共识，即成立"广府（珠玑）人海外联谊会"和"广府学会"筹备小组，由广东南雄珠玑巷后裔联谊会会长黎子流担任筹建小组组长，我和广东省人民政府参事室（文史馆）党组书记、主任（馆长）周义，肇庆市委常委、宣传部部长陈以良，广东省侨联副主席华清文，广东省人民政府参事室参事、华南理工大学教授、博士生导师谭元亨，广东南雄珠玑巷后裔联谊会常务副会长兼秘书长衷玉华等任副组长。筹备小组下设办公室，挂靠在广东南雄珠玑巷后裔联谊会办公室开展工作，办公室主任由衷玉华兼任，副主任由广东省侨联（1人）、肇庆市（1人）、广东省珠江文化研究会常务副会长谭元亨、秘书长郑佩瑗等担任。

在此期间，筹建小组领导成员何万飞、谭元亨、衷玉华等先后请示广东省侨联华清文副主席、广东省民政厅民间组织管理局方向文局长和登记管理一处等登记管理机关领导有关变更业务主管、变更名称等事项。

2012年1月3日，黎子流会长在珠玑联谊会秘书处召开筹建小组工作会议，听取谭元亨等有关筹建工作汇报，并就有关会名问题、学会名称问题和办理程序问题进行研究。

综合各相关领导部门的意见，鉴于已成立的"广东省潮人海外联谊会"和"广东省客属海外联谊会"均由广东省归国华侨联合会作为业务主管单位，为了便于与上述两个联谊会沟通、联系，携手争创海外联谊工作佳绩，2012年1月4日，黎子流会长和筹建小组副组长衷玉华等分别就有关变更业务主管单位的原因、意义和目的向广东省侨办吴锐成主任、主管领导黎静副主任等作了说明和汇报，并呈送了《关于变更业务主管单位的请示》。2012年1月5日，广东省侨办下发了《关于同意变更业务主管单位的批复》。

2012年1月6日，为尽快办好申请登记工作，广东南雄珠玑巷后裔联谊会向广东省归国华侨联合会呈送了《关于请广东省归国华侨联合会担任业务主管单位的申请书》。

此间，筹建小组副组长何万飞、谭元亨、陈尚妹、衷玉华等先后多次前往广东省侨联、广东省民政厅，请示筹建方案和办理登记事项。广东省民政厅民间组织管理局要求"变更业务主管单位"和"变更名称"同时办理申请。

2012年2月22日，在广州市长堤大马路"广府皇"，筹建小组组长黎子流召开筹备会议，听取筹建小组办公室关于筹建工作情况汇报，了解筹建工作进程，筹建小组成员我和谭元亨、衷玉华、郑佩瑗等参加了会议。黎会长强调：广府人根在珠玑，这是不可磨灭的事实，有史料、族谱为据。广东南雄珠玑巷后裔联谊会的荣誉会长有5位国家领导人（吴桂贤、雷洁琼、霍英东、马万祺、何厚铧）。至今，广东南雄珠玑巷后裔联谊会是广府民系级别最高，影响最大，基础最好的社团。广东省珠江文化研究会对广府学的研究长达十几年，成果丰硕，占据广府学研究的高地，为"广东省广府（珠玑）人海外联谊会"的成立提供了坚实的理论支撑。因此，我们的筹备工作是正确的，希望筹建小组办公室同志积极努力工作。

2012年2月27日上午，筹建小组组长黎子流率筹建小组成员谭元亨、衷玉华、郑佩瑗等到广东省侨联，拜会广东省侨联领导。黎子流会长感谢广东省侨联一贯以来对珠玑联谊会工作的支持，并就有关"名称"问题向广东省侨联领导介绍了珠玑巷在岭南经济文化发展史上的历史地位、珠玑联谊会的组织架构以及在此基础上提升、建设"广东省广府（珠玑）人海外联谊会"的目的、意义，重申了"珠玑巷"是广府人的"根"。

2012年2月29日黎子流会长率"广府（珠玑）人海外联谊会筹备工作组"成员衷玉华、谭元亨、郑佩瑗等，前往省民政厅民间组织管理局，就筹备"广府(珠玑)人海外联谊会"有关工作进行协商。

2012年2月29日,为争取筹备成立的"广东省广府(珠玑)人海外联谊会"能保留"珠玑"两字并能体现"根在珠玑"的历史,黎会长又亲自率筹建小组工作班子谭元亨等到广东省民政厅,拜会广东省民间组织管理局局长方向文和副局长黎建波、廖焯荣等领导并召开座谈会。

黎子流会长认为:广府人的社团很多,但没有一个统一的组织,广东省广府(珠玑)人海外联谊会建立后,各项工作应与"广东省客属海外联谊会""广东省潮人海外联谊会"齐头并进。

关于"名称"问题,黎子流会长向与会领导阐述了观点和意见:倡议筹办"广东省广府人海外联谊会"呼声已久,其目的是凝聚世界广府人,在爱国爱乡的旗帜下,海内海外同心协力,为建设社会主义祖国建设出力。

会议还就机构组建方式等进行了讨论。同意黎会长的要求,在广东南雄珠玑巷后裔联谊会的基础上,提升、建设"广东省广府人珠玑巷后裔海外联谊会"。

2012年2月29日广东省侨联发出《关于同意担任广东南雄珠玑巷后裔联谊会主管单位的批复》函(粤侨联函〔2012〕9号文),同意担任本会的业务主管单位。

2012年3月1日,广东省侨联正式发出《关于同意担任广东南雄珠玑巷后裔联谊会主管单位的批复》(粤侨联函〔2012〕9号文)。

2012年3月21日本会广东广府学会举行2013年工作会议,会议主要讨论了编辑《广府大典》、举办广府文化论坛和创办《广府人》杂志学术版等工作,黎子流、黄伟宗、谭元亨、郑佩瑗、陈志红、梁凤莲、司芳、衷玉华等出席会议。

2012年4月3日,黎子流会长与广东省侨联王荣宝主席商定,按广东省民政厅民间组织管理局意见办。

2012年4月9日,筹建小组成员谭元亨、衷玉华、郑佩瑗等前往广东省侨联,拜访华清文副主席,并送呈了《关于批准广东南雄珠玑巷后裔联谊会更名为广东省广府人珠玑巷后裔海外联谊会的请示》。

2012年4月9日,广东省侨联发出了《关于同意广东南雄珠玑巷后裔联谊会更名为广东省广府人珠玑巷后裔海外联谊会的批复》(粤侨联函〔2012〕32号文)。

2012年4月17日,按照国家社会团体管理规定,召开了"广东南雄珠玑巷后裔联谊会第四届理事会会员代表大会",讨论有关事项。会议结束后,按照社团管理规定，办理了变更登记手续。

2012年5月15日，广东省广府人珠玑巷后裔海外联谊会在东方宾馆召开了执行会长会议，并且在多家报纸刊登了更名公告，至此，广东省广府人珠玑巷后裔海外联谊会正式更名、升格，在广东省内，与客联会、潮联会并行。

2012年7月25日，联谊会属下成立了广府学专业委员会（简称广东省广府学会）并召开了"广府寻根：珠玑祖地"研讨会，大会上多名专家发表了论文，认证了召开"首届世界广府恳亲大会"的重大意义与可行性。广府学会由我担任会长，谭元亨担任执行会长，郑佩瑗为常务副会长兼秘书长。

至此，筹备召开"首届世界广府恳亲大会"的条件已经完全成熟。首届世界广府恳亲大会筹备委员会由黎子流任主席，我和谭元亨等任常务副主席。

是年底，召开的世界广府恳亲大会筹备工作大会，由筹备委员会常务副主席、筹建小组副组长、广东省政府参事、广东省珠江文化研究会副会长谭元亨作了《关于倡议召开首届世界广府人恳亲大会的筹备工作报告》。

2013年，筹备工作进入了倒计时。我和谭元亨、郑佩瑗、李海春直接投入到巨大的会议召集、文案等工作中。

2013年5月1日，中共中央政治局委员、广东省委书记胡春华到韶关、南雄视察。5月6日，"首届世广会"广州市组委会正式成立并召开第一次会议，对广州市29个成员单位作出动员部署。陈建华、黎子流同志出席会议并作重要讲话，对近期工作作出部署。确定大会的主题是："世界广府人·共圆中国梦"。确定了办会规模、办会目标。同时提出了是否成立"广府人联谊总会"，并将总部设在广州等问题。出席会议共50多人，伍亮会长在会上作了前期筹备工作情况汇报。

2013年5月20日首届世界广府人恳亲大会广州市组委会下发《关于印发〈关于筹办"首届世界广府人恳亲大会"方案〉的通知》（广府穗组委〔2013〕1号）。

2013年6月19日国务院侨务办公室发出《关于在广州市举办首届世界广府人恳亲大会的批复》（国侨外发〔2013〕21号），同意广东省广府人珠玑巷后裔海外联谊会、广州市侨办、广州市侨联于2013年11月12日至14日在广州联合举办"首届世界广府人恳亲大会"。

2013年7月27日，我和谭元亨参加首届世界广府人海外联谊恳亲大会新闻发布会，回答了海内外媒体记者关于广府人和珠玑巷的提问。

2013年7月至10月,我和谭元亨、郑佩瑗应邀担任首届世界广府人"十大杰出人物、十大杰出青年"评审委员会委员。

2013年9月由我、司徒尚纪任学术顾问,谭元亨任主编,陈其光、郑佩瑗任副主编的《广府文化大典》由汕头大学出版社出版。该大典是"首届世界广府人恳亲大会"的主要材料之一。

2013年11月12日,由广东省广府人珠玑巷后裔海外联谊会主办,广州市文化广电新闻出版局、广州市社会科学院协办,广东广府学会、广州文学艺术创作研究院承办,主题为:"广州——世界广府人的共同家园"的"广府文化论坛暨《广府文化大典》首发式"在广州市白云国际会议中心举行。出席论坛的有来自中国(包括港澳地区)、美国、澳大利亚、马来西亚的53位专家学者。到会嘉宾250多人。论坛由世界广府恳亲大会筹备委员会常务副主席、广府学会执行会长谭元亨主持,省政府参事、珠江文化研究会执行会长司徒尚纪作了大会发言,我作为世界广府人联谊会副会长、广府学会会长,作了《论广府文化的概念、特质及其在珠江文化、中华文化、世界文化中的地位和贡献》的主题发言。广东省广府学会组编的《广府文库》首部《广府寻根,珠玑祖地》同时出版。馆员郑佩瑗、叶春生、黄启臣、黄淼章、张镇洪、戴胜德和参事室原副巡视员罗康宁、交流合作处副处长李海春参加了论坛。

2013年11月13日世界广府恳亲大会开幕式于白云国际会议中心举行,李长春、胡春华、叶选平、朱小丹等出席。省参事室主任、文史馆馆长周义及参事黄伟宗、谭元亨,馆员郑佩瑗等应邀出席大会并参加合影。

(以上由广东省珠江文化研究会、广东省广府学会供稿,谭元亨2013年11月20日执笔,编者整理)

从2017年春天开始,我因年事已高,活动不便,向广府人联谊总会辞去常务理事、副会长和广府学会会长职务,但必要时仍参加一些活动,如:

2017年11月20日,我应邀到广府人联谊总会参加新老常务理事座谈会,作了"三个继承"(联谊会机构性质能继承、联谊关系继承、广府文化学术继承)的发言,作正式辞去副会长职务的告别辞。2018年3月13日,广府学会在中大开会,正式确认我辞去会长职务,由谭元亨接任,正式申报独立法人单位,由广府人联谊总会拨专款300万元人民币,出版

《广府文库》丛书,三年出齐,由中山大学出版社出版,成立编委会和顾问会进行操作。总部代表卢荫和、谭元亨、司徒尚纪、郑佩瑗等与会并签名。2018年7月24日,广府人世界联谊总会《广府文库》编纂委员会,于当天正式成立并启动仪式,黎子流等任顾问,我任学术顾问,谭元亨任主任。2019年3月19日,广府学会谭元亨、卢育和到中大与我和中大出版社徐劲等商议《广府文库》出版困境事宜,随后我即向广府人总会常务会长何健华提出维持黎子流同志原定方针意见。2019年9月6日,广府联谊总会《广府文库》书目会议在中大开,我的《欧阳山评传》被列入书目。

(九)快速响应"一带一路"倡议,《海上丝绸之路研究书系》立项

习近平主席在2013年夏天和秋天,分别在西行哈萨克斯坦、南下印度尼西亚时,先后提出建设"丝绸之路经济带"和"21世纪海上丝绸之路"(简称"一带一路")的重大号召和倡议,在全国和世界引起强烈反响。

2013年11月底,我接到了省参事室转来省委办公厅关于"推进海上丝绸之路建设的探索与思考"的约稿信,同时收到中山大学党委办公室打来相同内容的电话,我即响应号召,应约于2013年11月25日凌晨,历时三天完成近万字报告《持续研究开发海上丝绸之路文化,全面发挥海洋文化软实力——关于研究开发海上丝绸之路的调研报告》,发中山大学党委办公室和省参事室,作为省政府参事建议呈交。省参事室于2013年12月4日在《广东参事馆员建议》2013年第57期上印发上报了这个建议。我在报告中简要汇报了从2000年6月在徐闻发现和论证出中国古代海上丝绸之路"第一港",到2013年11月的10余年间,我们项目组研究开发广东海上丝路的过程、成果和体会。

这份建议很快受到时任广东省委领导的高度重视,接连迅速作出重要批示。同年12月11日,时任省委常委兼常务副省的长徐少华同志首先对此件作出批示:"黄伟宗教授的研究报告符合党的十八届三中全会精神,系统归纳多年来研究成果,凝聚了他和许多研究者对海上丝绸之路发展战略的深入思考和宝贵心血,不仅对文化而且对经济、对开放,都有重要的参考价值,十分必要在以后中长远规划中吸纳借鉴。转请省发改委、文化

厅进一步阅研。"

尤其是时任中共中央政治局委员、广东省委书记胡春华同志于同月16日对此件又作出重要批示："请庹震同志阅。建设二十一世纪海上丝绸之路，广东要承担起自己的责任。常委会上已明确少华、玉芳同志牵头研究具体的实施意见。有关宣传工作请你负责，对广东在海上丝绸之路历史上的意义，近代以来广东闯南洋并由其形成的紧密联系，在建设海上丝绸之路中广东的地位、作用等，进行研究和适当的宣传。"由此，全省各级党政领导和各地方各行业机关，都迅速响应习近平总书记的伟大号召，踊跃按省委战略部署积极行动起来，使我这份"海丝"报告起到应约应时的作用。

在胡春华同志批示翌日（12月17日），广东省委常委、宣传部部长庹震同志，即对此件作出批示："蒋斌、广宁同志：要认真贯彻落实春华书记重要批示精神，抓紧开展专题研究，策划组织专题报道。要抽调社科研究骨干，细化课题分工，尽快形成一批成果。媒体报道要体现深度，创新形式，注重效果，形成建设21世纪海上丝绸之路广东大有作为的良好舆论氛围。"

同时，省政府副秘书长江海燕也作出批示："黄伟宗教授自入参事室后，在参事室领导下就组织研究广东海上丝绸之路并获取一大批成果，填补了我国广东海上丝绸之路的空白。根据《中共中央关于深化改革若干重大问题的决定》，该文就组织推进海上丝绸之路建设，进一步促进广东对外开放提出建议意见。呈少华、云贤同志审阅。"同月18日，副省长陈云贤批示："转省文化厅。"

由此，我被邀请参加响应"一带一路"号召和贯彻省领导有关批示的一系列活动，同时也促使我踊跃地与各级党政领导和各地方各行业机关一道，按省委战略部署积极行动。如：2013年12月18日，省委宣传部新闻处来电话咨询如何宣传此件。同月19日，省政府办公厅副主任赵玉珍率三位副处长到参事室对此件进一步征求意见。当日中午，我与省海洋协会负责人商讨如何贯彻批示精神事宜，确定共同举办"海上丝绸之路经济带暨《中国南海海洋文化丛书》研讨会"。21日，省珠江文化研究会与省丝绸协会在南海西樵举行了"丝绸文化与海上丝绸之路传承发展研讨会"，我作了主题发言。

2014年1月13日，广东海洋协会与珠江文化研究会、广东经济出版社在广州联合举办"21世纪海上丝绸之路建设暨《中国南海文化研究丛书》研讨会",来自北京和广东专家30余人与会,我作了主题报告。16日,我应邀到云浮市参加六祖文化研讨会,并就"禅廉文化"及云浮三大文化的海上丝绸之路文化内涵作了发言。17、18日,我先后到郁南南寨、新兴龙山就"禅廉"文化建设进行了考察并提出建议。同月24日,省海洋局在中大小礼堂举行广东省海洋文化组会成立大会,中山大学许宁生校长任会长,我等任常务理事。

2014年2月8日,我应邀为省参事室(文史馆)全体机关干部作《海上丝绸之路与文化软实力》报告。同月10日,我由于连任四届省政府参事期满,改任特聘参事,再任期5年,并连任广东省海上丝绸之路研究开发项目组组长。22日,我应广东省社科院邀请参加广东海上丝绸之路研究院成立大会,并受聘为学术委员。同时广东省发改委正式发出文件,任命我为广东21世纪海上丝绸之路建设专家智库成员。

2014年2月15日,徐少华常委在广东大厦接见周义与我,指示省参事室重点进行"建设21世纪海上丝绸之路工程",并赋予以软件在全省带头(领先)的任务,要求项目继续坚持研究、考察、发现、定位、开发相结合,将研究著述与到各地宣讲开发并进。同月17日,徐少华常委以书面正式批准项目组组编《海上丝绸之路研究书系》立项。同月19日,参事广东文化组(广东省海上丝绸之路研究开发项目组)举行当年首次会议,确定《海上丝绸之路研究书系》方案及分工,首先出版礼品书《开拓篇》,包括:《海上丝绸之路的研究开发》(周义主编)、《海上丝绸之路与海洋文化纵横论》(黄伟宗著)、《广东海上丝绸之路史》(黄启臣主编)、《中国古代海上丝绸之路诗选》(陈永正编注),接下出版《星座篇》等。同月20日,《研究书系》正式确定由广东经济出版社出版。

2014年2月27日,我应邀到省发改委参加海上丝绸之路专家座谈会。2014年3月1日,我的《建设21世纪海上丝绸之路战略刍议——并论全方位发挥文化软实力的"五力"》一文在《南方日报》发表,并同时在《广东参事馆员建议》2014年第2期发表。同月4日,我的《广东海上丝绸之路十大"星座"及星群》一文,在《广东参事馆员建议》2014年第5期发表,徐少华常委13日批示转省发改委阅研。

2014年2月8日，广东21世纪海上丝绸之路建设工程项目《海上丝绸之路研究书系·开拓篇》，由广东经济出版社正式出版。其中我的《海上丝绸之路与海洋文化纵横论》也同时出版。省参事室随即遵照省政府部署，将这套凝聚我们十余年研究开发海上丝绸之路的学术成果《海上丝绸之路研究书系》首篇《开拓篇》（四部共200万字），作为2014年春天胡春华书记赴东盟越南、马来西亚、新加坡三国访问、亲自领团开拓"一带一路"时，赠送到访诸国的礼品，使项目组的学术成果在国际性的"一带一路"建设中发挥了交流作用。在《开拓篇》进入东盟三国之后，其他东盟国家（如印度尼西亚）也相继购买了这套书的版权。同月18日，我受广州市外宣办安排，在广州越秀宾馆接受中外驻广州40多家媒体记者关于海上丝绸之路的采访，也介绍了这项学术成果，更使这成果名扬海外。

2014年2月20日，我应邀到深圳龙岗文化中心参加"谢鼎铭海上丝绸之路国画展"开幕式并发表贺辞，肯定其在现实、历史、国际交流、民族与地方文化、艺术创新等方面意义。2014年8月6日，我与花城出版社社长詹秀敏商定中国首部《海上丝绸之路画集》（谢鼎铭著）出版及在南国书香节首发事宜，杨泽英同志在座；同月10日，《羊城晚报》发表我为谢鼎铭画集写的序：《海上丝路的无声之诗》；同月17日，珠江文化研究会等在广州二沙岛华侨博物馆举办了谢鼎铭《海上丝绸之路》画集首发式和画展开幕式。

2014年2月，我等对封开博物馆展出方案提出评审意见。2014年6月18日，我被《南方农村报》聘为评委，评出岭南十大魅力名镇。

2014年5月8—9日，我到珠海考察，根据其历史地理文化实际，为其定位"近代中国海上丝绸之路第一港"，珠海横琴港是21世纪海上丝绸之路最新模式港。同时，到深圳特区考察，为深圳作出文化定位：21世纪海上丝绸之路改革开放第一港。此后20余年，我多次到深圳、珠海考察或开会，仍对深圳、珠海开展特区文化与珠江文化研究开发提出建议，如2015年11月16日，我与王元林赴珠海参加"中国佛教与海上丝绸之路"学术研讨会并作了大会发言。直到2016年3月14日上午，深圳南山区文广新局副局长周保民等领导还到中山大学，当面向我请教"一带一路"文化打造问题。

（十）向省政协省参事咨询会进言，向省直单位报告"一带一路"并合作开发

根据徐少华同志要求坚持研究、考察、发现、定位、开发相结合，将研究著述与到各地宣讲开发并进的方针，我在2014—2015年期间，一直参加各种"海丝"活动，宣讲"一带一路"的同时，对所在单位或地方的文化特质或优势进行研究考察，力求有更新的发现，作出切合实际的文化定位和开发方案，以共办论坛或合作开发。

2014年2月24日，我应邀到省政协参加海上丝绸之路专家座谈会。2014年3月3日，我再次受邀到广东省政协参加"建设21世纪海上丝绸之路"座谈会并作了发言。

2014年8月，我在2014年广东省政府参事决策咨询会上作了发言，题目是《全方位强化理论、优势、模式、方式、实力建议——关于广东建设21世纪海上丝绸之路的调研报告》，受到胡春华书记等省领导亲切接见。

向省文化厅报告"一带一路"——2014年5月13日，我等到省文化厅调研我省海上丝绸之路文化建设。19日，我在广东省戏剧研究所为文化系统戏剧作家讲海洋文化与海上丝绸之路课。2014年夏天，先后在省文化厅的报告中，以广东十大文化星座的确定和介绍，提出文化打造要做"三个一"（第一、唯一、之一）的雄心和战略。

与交通运输部珠江航运管理局对接"一带一路"——2015年4月，在交通运输部珠江航运管理局报告中，提出珠江航运要对接"一带一路"；2015年5月5日下午，我到交通运输部珠江航运管理局为全体干部作《珠江文化与"一带一路"战略》的专题报告。2016年1月17日下午，交通运输部珠江航务管理局工会谢锐亮、罗春艳、虞飞虎到中大拜访我，请教中央电视9台合作拍摄《珠江》电视片事宜；24日下午，在珠江航运局再次会谈，由该局党组副书记朱论升主持。

与省海洋局省海洋协会合作"一带一路"——2014年6月5日，我等应邀至广东省海洋协会评审广东省海洋文化发展规划。2015年4月28日上午，我应邀到广东省海洋渔业局参加《广东海洋发展报告》专家咨询会并就广东海上丝绸之路和海洋文化作了发言。2016年1月7日上午，我

与司徒尚纪应邀参加广东省海洋协会专家委员会成立大会。2016年11月3日，我与司徒尚纪受广东省海洋局委托，对中国生态文化协会组编的《中国生态文化》（送审稿）提出阅读意见，6日又补充意见，7日下午面谈意见。

与省交通厅合作"一带一路"——2014年6月25日，上午我应邀到省交通厅与厅、处干部开展关于海陆丝绸之路文化座谈，并于同日下午与其所属的邦鑫公司、惠州市交通局交流海丝文化。8日，我应省交通厅请求提交"海陆丝绸之路对接通道"项目策划方案。7月14日，我应邀到省交通厅向300多干部作《海上丝路与江河文化》报告。

与省旅游局和旅游集团合作"一带一路"——2015年5月12日，我到白云宾馆参加广东省旅游局和广东省旅游控股集团总公司主办的《广东旅游与21世纪海上丝绸之路与区域旅游合作丛书》首次编委会并作了发言。

与省科协合作"一带一路"——2015年5月24日，我出席广东省科协主办的"海上丝绸之路科技文化展"并发表了"海上丝绸之路也是科技之路"的讲话。2015年9月17日，我应邀到清远为广东省科协举办的科技文化研讨会作《从三个理论看"一带一路"》报告，提出"科技是文化的翅膀，文化是科技的灵魂"的概念，受到与会者好评。

与大学合作——2014年7月2日，我应邀到广东开放大学讲海洋文化与海上丝绸之路课。2014年5月21日，我应邀到广东航海学院参加航海日活动，并评审广东省交通厅广东江河经济文化发展史项目。2015年6月2日，我应邀到广东财经大学文学院作《"一带一路"与珠江文化》报告。

与水利及水文化系统合作江河文化——2014年冬，应《中国水利报》邀请，在全国水文化学会于杭州举办的"江河文化的传承与创新"研讨会上发表主旨演讲《人类文明之道——从珠江文化与泛珠三角谈江河文化的传承与创新》，提出当今正是人类从数千年江河"摇篮文明"时代，迈向"航空母舰"海洋时代。由肖飞代表在会上宣讲。2015年4月30日，《中国水利报》《水文化》专刊发表我答记者问的文章《传承弘扬珠江文化，服务国家长远发展》，并同版发表文章《从珠江文化看江河文明摇篮史道》。6日，我与司徒尚纪在中大地学院与省水利厅办公室主任肖飞、广东新华影视艺术中心主任黄泾炜等会谈，商定合作电视片《广东江河》《珠江史话》。2015年7月31日，我与司徒尚纪到省水利厅评审广东水利博览园布展方案。

12日下午，我与司徒尚纪到东塔评审广东新华文化影视公司制作的大型文献纪录片《地名中国》并接受该公司顾问聘书。

2015年9月15日上午，我与司徒尚纪到广州市东塔23层评审新华影视艺术文化公司《南粤江河行》影视专题片脚本。2015年8月18日，我与司徒尚纪到新华影视文化公司评审八集电视片《海上丝路之珠》。

与地税系统合作设计2015年中国印花税票《岭南钩沉》——2014年底，与广州市地税局合作，完成了2015年中国印花税票《岭南钩沉》九张票面系列的设计项目。2015年7月18日，《广东地方税务》杂志2014年7月号发表我的文章《广信文化的历史与贡献》。2015年7月27日，我到台山为全省地税党组织培训班近百人作专题报告：《"一带一路"与广东的海丝10大"星座"与12个"第一"》。2015年7月16日，我提交《羊城税萃》论文：《岭南文化节点与亮点的纵横剪影——2015年中国印花税票〈岭南钩沉〉的文化内涵与艺术结构》。2015年1月15日下午，我率项目组到广州市税务局参加2015年中国印花税票《岭南钩沉》成功完成庆祝活动。2016年1月27日下午，广州市税务局林琳向我送上2016全国印花税票《岭南钩沉》原件图片编印《岭南记忆》画册。

（十一）为广州市打造多个海丝"第一港"和世界"一带一路"的"五都"等献策

1. 为南沙港定位为"21世纪海上丝绸之路第一港"

2014年2月，省参事室和省海上丝绸之路项目组为贯彻胡春华书记重要批示进行"一带一路"考察，第一站——广州南沙港，我为南沙港定位为"21世纪海上丝绸之路第一港"，受到同行专家和该港领导的赞许，并表示要以此定位进行港口建设。随后，《羊城晚报》发表我与记者张林的谈话：《打造世界文化名城，发挥南沙领潮作用——南沙被学者定位为"21世纪海上丝绸之路的第一港"》。

2. 策划白云山建"广东海丝第一峰"碑与岭南十佳"百花园"

2015年2月5日，我应广州市白云山风景名胜区管理局邀请，为其打造文化献策，提出"广东海丝第一峰"的文化定位并建议建碑亭，提出建设世界性的岭南十佳"百花园",包括岭南百树园、百草园、百花园、百水园、百诗园、百文园、百家园、百史园、百画园、百碑园等,受到该局负责人刘巍、张曦和同行的《广东科技报》记者李士燕、冯海波的赞赏。2015年5月6日,我到广州市白云山风景区管理局参加广东科技报社主编的《广州白云山通览》咨询会并作了发言。2016年8月17日,李士燕、冯海波请我评审广东科技报社编的《白云山往事》并任该书顾问。

3. 赞广州是"上善之城,宜居宜业,魅力都市"
2015年5月24日,《广州日报》A2版新年展望专版《上善之城宜居宜业魅力都市》发表我的多段谈话,同版发表谈话的有:联合国人居署前高级顾问游建华、德国法兰克福市长彼得·费德曼、法国里昂市长钱拉·科隆、加拿大温哥华市长罗品信等。

4. 策建广州荔湾"西来初地"和"十三行"为两大海丝"第一港"
2015年4月10日,我应邀到广州市荔湾区对500名副处级以上干部作《荔湾文化与"一带一路"》报告,在报告中提出,西来初地是印度高僧达摩从海上丝绸之路传入佛教禅学登陆的"第一港","十三行"是清代300年对外贸易最为重要的"第一港",具有重要的历史文化底蕴,应使其近重新为建设21世纪海上丝绸之路服务。报告后,我代表珠江文化研会和项目组,立即与荔湾区常委、宣传部部长李黎同志进行会谈,就西来初地、十三行两个"第一港"合作申办"海丝"项目达成共识。同月15日上午,在荔湾区委宣传部召开筹备会,我提出进行方案,决定5月下旬举办"西来初地文化定位学术研讨会",会后参观西来初地和华林寺。同月22日,我与王元林完成参事建议:《擦亮西来初地品牌,将广州建设成为"一带一路"禅学文化研究交流中心》。同月24日,我等应邀到华林寺与住持释光明就此方案交换意见,受到热烈赞许。同年6月4日徐少华常委对此件批示"转请广州市建华市长阅"。

5. 助广州以五大战略建设世界"一带一路"的"五都"
2016年3月31日,广州市委副秘书长周德平、市委政策研究室主任邓建富到中大访问我,就广东省委常委、广州市委书记任学锋同志对我提交关于佛山陶瓷冶铁文化调研报告的批示("请市委研究室建富等同志研阅")交换意见,并就珠江文化最大特征是海洋文化,广州是世界海洋文化中心之一等课题达成共识。2016年7月7日,我拟就《广州调研报告提纲》,晚上在中大学人馆向广州市委政策研究室邓建富主任提出合作,题目是《以构建"三个国际枢纽"驱动,将广州市建设为世界"一带一路"的港都、商都、网都、智都、海洋文化之都》。

2016年9月5日,我与广州市委政策研究室邓建富主任会谈,就合作撰写参事建议:《以构建枢纽型网络城市为创新驱动战略,将广州市建设为世界"一带一路"的港都、商都、网都、智都、文都》达成共识并完成初稿。

2016年9月25日,我与广州市委政策研究室合作的参事建议《以五大战略建设世界"五都"——关于将广州市建设为世界"一带一路"之港都、网都、智都、商都、文都的战略刍议》脱稿。2016年11月3日,在《广东参事馆员建议》2016年第48期发表。

2016年11月23日,广东省委常委、副省长徐少华同志对我提交的参事建议:《以五大战略建设世界"五都"——关于将广州市建设为世界"一带一路"之港都、网都、智都、商都、文都的战略刍议》在《广东参事馆员建议》2016年第46期作出批示:"请转广州市国辉市长阅研。"22日,广东省委常委、广州市委书记任学锋同志也对我建议作出批示:"安排与伟宗教授一起沟通直接听取建议"。2016年12月4日,我与广州市委政研室邓建富主任商议贯彻任学锋书记批示事宜,符文申、阵梅英在座。

6. 为白云机场策建空中丝路大港和三个"文化长廊"

2017年1月3日,我应邀到广州白云机场艺术中心,为其建造海天文化长廊出谋划策,提出建造空中丝路大港(或第一港)的文化定位,提出建造世界空中丝路沿线国家文化长廊、广东海上丝路千年文化长廊、21世纪"一带一路"文化长廊等三个长廊。机场集团董事长邹忠伟和艺术中心主任黄湘穗一道策划。2017年2月3日,我向省参事室提交建议《发挥优势,突出特色,将广州建设成世界空中丝路"四型"大港》,在《广东参事馆员建议》2017年第15期发表。

2017年4月1日,徐少华同志对我在《广东参事馆员建议》2017年

15期发表的《发挥优势，突出特色，将广州建设为世界空中丝路"四型"大港》作出批示："请转广州市政府负责同志阅研"。

2017年8月16日下午，我应邀到广州白云机场参加"海天文化走廊"竣工仪式。

7. 支持出版《广州珠江游》《珠江古韵》等文化旅游书系

2019年8月22日，我在广州市文化广电旅游局与广东旅游出版社召开的《广州珠江游》一书编修会上提出：要在表现广州珠江之貌中，体现出广州珠江之脉、之位、之心、之味、之风、之魂，其魂应是江海一体之"潮"，正如"海上明月共潮生""领潮争先"。2019年10月30日，我到广东旅游出版社评审广州市文化书系《珠江古韵》书稿。

（十二）助东莞连续承办三届海丝博览会，开拓民间陶瓷莞香海丝路

2014年夏天，广东省确定由东莞市主办首届"广东省海上丝绸之路博览会"。9月3日我应邀到东莞市委理论学习中心组作《丝绸之路与东莞文化》报告，由此，开启以三个理论宣讲"一带一路"，同时为当地在丝绸之路上作出文化定位和开发建议的报告系列。三个理论是指：丝绸之路既是最有中国传统文化内蕴的一种世界文化，又是最具有中国文化特质的世界和平发展战略；既是中国传统对立统一纽带理论，又是现代水文化、海洋文化理论和文化软实力理论。并以此对"一带一路"进行深层次解读；提出要全方位从理论、优势、模式、方式、实力等方面，进行21世纪海上丝绸之路建设的主张；对东莞特别提出全面研究开发东江文化、广侨文化、客侨文化、莞香文化、制造业文化等东莞"五大文化"的建议。同年10月14日，我又应邀到东莞市对宣传文化界作题为《当今世界文化与东莞文化的来龙去脉》的专题报告。2014年12月22日，在东莞莞香文化论坛作主旨发言：《莞香的文化意义及其开发前景》。

2014年2月24—26日，我率团到东莞厚街、大岭山、寮步考察制造业与莞香文化海上丝绸之路。2014年6月28日与东莞刘丹商讨莞香文化申报世界记忆文化事宜。2014年8月15日，我应邀赴东莞凤岗出席东莞

市社会科学院客侨文化研究中心、广东省珠江文化研究会客侨文化基地挂牌仪式并举行了研讨会。

2014年11月14日，我参加东莞横沥镇"小城大爱"研讨会并发表演讲：《践行社会主义核心价值观的五个"新"与五个"结合"》。

2015年5月20日，我与王元林到东莞横沥逸颐艺术博物馆策划"民间海丝敦煌"申请"海丝"项目及参展海丝博览会事宜。

2015年9月14日，东莞"广东21世纪海上丝绸之路国际博览会"组委会执行秘书长陈仲球等对我进行专访，商谈民间海丝文物参展论坛事宜。30日，我与王元林赴东莞参加21世纪海博会，主持"民间海丝陶瓷文化"研讨会并作主旨发言。

2016年1月15日，东莞横沥镇文办主任吴炳晟和逸颐艺舍博物馆长陈焕伦到中大向我请教建设民间海丝陶瓷文街事宜。

（十三）帮梧州对接海陆丝路，援贺州复建"临贺古城"

早在20世纪90年代初期，我们发现广东封开和广西梧州是汉武帝平定南越后岭南首府（交趾部）"广信县"所在地，并进行研究开发岭南古都、广府文化和粤语发祥地、海陆丝绸之路最早对接点的时候，已经开始了密切合作。自2013年后，为响习近平主席建设"一带一路"号召，两广共建海陆丝路和文化建设的要求更迫切，交流更密切了。

2014年12月1日，我在中山大学，与广西梧州市文化局领导会谈合作进一步打造"广信文化"事宜。同月18日，我到广西梧州参加"纪念牟子诞辰千年暨梧州作为岭南古代佛城地位学术研讨会"，在会上作了题为《论牟子精神并创议两广共建"珠江—西江佛禅民俗文化带"》的主旨发言，并于当日下午在梧州学院作《丝绸之路与梧州文化》专题报告。2014年12月27日，我提出《关于两广共建"佛禅民俗文化带"的建议》，于《广东参事馆员建议》2014年第40期发表。2014年12月30日，2014年第12期出版的《广西社会科学杂志》发表了我的《论牟子精神并创议两广共建珠江—西江佛禅民俗文化带》一文。

2015年9月9日上午，广西梧州市文广新局局长冯绍溪、副局长王庆彪到中大同我与王元林会谈，就12月举办"岭南文化古都梧州"研讨会及项目达成共识。

2015年9月20—21日，我与司徒尚纪、王元林赴广西梧州参加《岭南两汉首府文化调研报告》评审会，并与梧州市委常委兼市委宣传部部长黄振饶、广西梧州市文广新局副局长王庆彪就共同打造梧州是海陆丝绸之路最早对接点、岭南文化古都课题达成协议。

2015年12月24日，在广西梧州举办岭南文化古都研讨会，我为梧州定位"岭南五代文化古都，最早对接海陆丝路，21世纪'一带一路'西江第一大港"。25日，我与王元林等为梧州"最早海陆丝路对接点碑记"揭幕后，参加"2015粤桂文化高峰论坛"并作了主旨发言，我提出建设"珠江—西江文化带"建议。

广西贺州市是我出生的家乡。早在21世纪初，我率团在广东雷州半岛发现西汉徐闻古港，从而将中国海上丝绸之路史推前1300多年时，即率团到贺州考察，发现从湖南永州潇水至贺州贺江水陆联运的"潇贺古道"，是最早的海陆丝绸之路的对接通道。此后，两广在科举文化等多个领域都进行过密切合作。自2013年习近平总书记提出共建"一带一路"倡议后，彼此合作更到位了。

2015年3月31日，我与王元林应邀至广西贺州参加"贺江论坛"，发表"潇贺古道是最早的海陆丝绸之路对接通道"的演说，作出贺州是"潇贺古道中心枢纽"的定位，提出以潇贺古道对接"一带一路"，对接全国和世界古道文化，举办全国和国际性古道文化论坛，整合贺州古今文化，建设"世界的贺州，贺州的世界"的建议。同年4月2日，《贺州日报》、人民网广西频道和《广西日报》发表我的《潇贺古道是海陆丝绸之路最早对接通道》一文摘要。

2015年6月5日，我应邀到广西贺州为贺州市委理论学习中心组作《"一带一路"与贺州文化》专题报告，为贺州定位"千年文化古邑，海陆丝路通衢"。

2015年6月11日，我应邀在广西贺州八步区作"一带一路"与"八步文化"的报告，为八步定位"千年桂东重镇，海陆丝路商埠"。同月12日，我与王元林参加贺州贺街历史文化研讨会，我作了专题发言《观古寻根之都——贺街古城》，并题诗曰："潇贺古道枢纽，海陆丝路要津；千年县郡积淀，十代古城结晶；民族习俗荟萃，生态人文美景；山水记住乡愁，观古寻根之都。"(《贺州日报》6月26日发表)2015年7月18日,我写就《关于贺街临贺古城复兴工程方案》及其立项报告的两份建议,即发贺州市八步区委书记徐海浪和该区贺街镇委书记曾小燕。2015年7月25日,贺州八步区委书记徐海浪、贺街镇委书记曾小燕专程到中山大学拜访我,就制定"贺街临贺古城复兴工程方案"立项报告达成共识。2016年,广西电视台制作系列电视片《潇贺古道》,请我为学术顾问,并派记者到广州对我采访,后又请我到北京参加中央电视台拍摄同题影片,我因事未成行。2017年,贺街临贺古城复兴工程方案获批立项,贺州市八步区委书记徐海浪特邀请我返贺,参加此项工程奠基盛典并商议其中孔庙、瑞云亭复建方案事宜,我即以电邮表述建议,并撰《瑞云亭记》碑文纪念。

2016年6月18日,《贺州日报》记者曾志专访我,带来他在《今日贺州》杂志2015年第9期发表的文章:《赤子情怀,心系故里——访贺州籍广东省珠江文化研究会会长黄伟宗》。广东省广西贺州商会会长曾新如一同来访,邀请黄光临贺州同乡会。同时收到贺街镇黄丽江寄来的专题片《临贺古韵》解说词,文内列举我与黄进、林文山等三人作为贺街"走向全国"的大批专家学者代表。

2016年6月28日,我将专题片《临贺古韵》解说词修改稿发给贺州八步区委书记徐海浪、贺街书记曾小燕,受到好评,并请文庙复建工程启动仪式时返贺。2016年11月17日,我与黄进(黄芳宗)返乡参加广西贺州贺街镇历史文化名城复建工程启动仪式。

2017年2月13日,广西电视台晚上播出五集大型电视片《潇贺古道》首集,导演黄汉专信感谢我出镜支持帮助。

2017年8月11日,与黄进联名写信祝贺家乡国学教育基地——孔庙复建典礼。

2017年11月22日,广西桂学研究会与贺州市文联,在贺州举办"第三届湘漓文化暨潇贺古道研讨会",我致信祝贺,王元林出席,中新网、新华网、《广西日报》等媒体作了报道。

2018年8月15日,广西贺州市八步区委书记徐海浪致电给我,请求支持贺街镇"瑞云亭"风景区建设,经广西政协原副主席、著名书法家钟家佐,北京中国棉麻学会会长黄进和广西社科院研究员陈冰联系,一致表示积极支持这项建设。25日,我通过电邮向贺州八步区委徐海浪书记提交《贺州"瑞云亭"文化策划建议》，附上撰写《瑞云亭记》和献碑《情恋瑞云》全文，并表示为刻建献碑捐款 1 万元人民币。徐海浪书记即复："谢谢黄老！我等会结合实际认真采纳您老的建议。得到您的关心支持，我等倍感鼓舞，信心倍增，一定加快建设进度，把临贺故城的历史文化挖掘好，传承好！海浪上。"

2019 年 6 月 30 日，广西贺州贺街陈冰寄来《瑞云亭》文化长廊选诗，向我咨询。

2019 年 7 月 1 日，广西政协原副主席、贺州乡贤钟家佐致电给我，交流对《瑞云亭》文化长廊选诗意见。

（十四）在台山发现广府人出洋"第一港"，在江门报告华人华侨海上丝路

2015 年 5 月，在台山市广海湾发现广府华人华侨"第一港"，媒体报道，引起强烈反响。

2015 年 6 月，在江门市的报告中，提出华人华侨之路就是海上丝绸之路，是华人主动开拓世界之路，要打造"侨乡世界，世界侨乡"和"广侨文化"牌。

2015 年 5 月 13 日，我与王元林到台山考察，为广海湾定位为"广府华人华侨海上丝绸之路第一港"。14 日上午，我为江门市理论学习中心组作《"一带一路"与江门文化》报告，提出华人华侨之路是海上丝绸之路主要内容；是中国人走出去开拓世界之路，建设世界侨乡、侨乡世界，打造"广侨文化"；确定广海湾是华人华侨之路第一港，并以该港为中心建设珠江口西岸经济带，与粤港澳大海湾广东自贸区对接，将江门建设为"一带一路"中心枢纽、世界广侨之都。14 日下午，我与王元林考察了新会崖门炮台、古井唐窑遗址。15 日，我到江门蓬江区潮连岛考察，为其定位"后珠玑岛"，题词"潮连江海，岛通天下"，如以鸽子生产为特点则可称"鸽冠天下"。《江门日报》及多家网站作了报道。

2015 年 6 月 9 日，江门市侨务局长梁富鸣等到中大同我与司徒尚纪、王元林会谈侨务如何纳入"一带一路"倡议事宜。

2015 年 7 月 2 日，我托王元林向江门外侨局转达对华侨华人文化的

五点新视野：改变只是被动的"卖猪仔"出洋的旧观念，开拓为主动出洋开拓海上丝绸之路的新视野；改变出洋只是受雇打工的旧观念，开拓为西方以至世界建设（开金山、修铁路、建橡胶园等）的新视野，尤其是在17—18世纪西方是争夺殖民地，出洋华人则是开发建设；华侨华人遍布世界，并在许多国家自成民系和文化圈，因而是世界性的文化（如粤语与普通话被尊为世界语种），而侨乡接受华侨华人传入西方先进文化特多，拥有人才特多，所以称"中国侨都"是不确切的，应称"世界侨乡"，建设"侨乡世界"；应注意到世界华侨华人和国内的侨乡，都是有民系性、地域性、氏族性，由此在共性中各有个性，应区分广府、客家、潮汕等民系，五邑、兴梅、潮汕等地域，赵、陈、张、王、何等姓氏，从其三个"性"的结合或融合的特质中予以文化定位，如广侨文化、客侨文化、潮侨文化等；华侨华人出外多年或多代都不忘祖国家乡，主要原因在于有中华民族传统本根文化意识，并具有承传性。这种本根承传性正面临淡化和泛化走向，尤其在第四代华侨华人中，所以，应以新视野看待这种特性和新走向，采取新对策新措施。应以新视野去认识并助力世界华侨华人的"新形象"（李克强总理2015年7月在世界华人华侨工商大会提出）。我还表示珠会与江门共同举办两个论坛：一是"台山广海湾是广府人出海第一港"论坛，二是"江门是世界广侨文化中心地"论坛，将江门建设为"一带一路"的世界广侨文化枢纽中心。

2015年9月28日，我与谭元亨参加广府人世界联谊会常务理事会，会上选定2017年举办恳亲会城市为江门市。

2016年3月1日，台山市邝俊杰常委电邮发来兴建台山海口埠"广府人出洋第一港"主题公园计划。2日，我复件台山邝俊杰同志提出今年共办"广府人出洋第一港"学术研讨会，并纳入2017年第三届世界广府人恳亲大会组成部分。

2016年3月15日，我应邀到台山深井镇盘皇岛考察，提出开发该岛三个方案：一是海岛文化岛，二是世界文化名著中的"海上乐园"，三是中国远古神话（如《山海经》《封神演义》）中的"神奇古怪，海上仙岛"。

2016年6月20日，我撰长篇论文：《广海湾——广府人出洋第一港的文化定位与建设"一带一路"大广海湾文化圈的建议》，16500余字，即发台山市委陈刚严转常委邝俊杰，随后转发江门市委常委领导。

（十五）在松口发现客家人出洋"第一港"，与梅州共办"一带一路"论坛

2014年8月，在梅州市的报告中，提出要以客侨文化和印度洋之路挂上"两洋战略"和"一带一路"。

2015年2月8日，我与王元林提交《打造松口是印度洋海上丝绸之路第一港品牌，将梅州建设成21世纪海上丝绸之路战略高地——关于梅州市海陆丝绸之路文化调研报告》，于2015年第6期《广东参事馆员建议》发表。24日省委常委、副省长徐少华同志对此件作了批示："请转省发改委、省侨办、省侨联负责同志阅研。"中共梅州市委时任书记也于2015年3月2日对此件作出如下批示："一、请印发市四套班子成员、各县（市、区）党政主要领导参阅；二、请章新同志牵头筹备好研讨会；三、我今年出访主题围绕此主题进行，请外事侨务局研究安排。"

2015年8月5日，梅州市文联主席肖伟承访我与王元林，就梅州印度洋海上丝绸之路论坛安排达成共识。

2015年8月28日，"世界客商与海上丝绸之路"研讨会在梅州举办，我主持并作主旨发言，毛里求斯文化部原部长、联合国教科文组织"印度洋之路项目"倡导人之一曾繁兴，以及来自美国、新加坡、澳大利亚和国内专家30余人与会，多家媒体作了报道。9月，《梅州："一带一路"世界客都》一书出版并即用于"第四届世界客商大会"礼品，受到好评。

2015年12月17—20日，我应梅州市委书记邀请前往考察，王元林同行。17日我为"客家讲坛"作专题报告：《"一带一路"与梅州文化》，18日我为梅县松口作出"印度洋之路第一港"的文化定位，19日我为大埔作出"青花瓷敦煌"的定位，多家媒体报道。

2016年1月2日，我与王元林联名提交参事建议：《擦亮松口是印度洋之路第一港品牌，将梅州建设成21世纪海上丝绸之路战略高地——关于梅州海陆丝绸之路文化调研报告》。梅州市委书记很重视这项调研成果，连续两次批示有关部门提出方案实行。

2016年3月7日，我向梅州市文联主席肖伟承电话提出：通过"广东院士联谊会"组织客家籍院士为家乡服务的建议，受到时任梅州市委书

记的批复："建议很好，已作安排，请代感谢"。

（十六）助乳源开拓瑶族世界交流之路，与罗定合办古道海丝文化论坛

2015年8月3日上午，乳源县委常委简连英与赵丹丹、许化鹏访我，就举办"一带一路"与"世界瑶族交流之路"研讨会达成共识。24日，简连英等到中大，与珠会商谈会办"一带一路"与"世界瑶族交流之路"论坛一事达成共识。2015年12月21日，在乳源举办"'一带一路'与世界瑶族文化交流"研讨会，我提交论文《以三个跨越融入"一带一路"》，王元林等赴会。

2016年1月13日，乳源县委常委、宣传部长简连英到中大访我，请教建设"一带一路"世界瑶乡立项事宜。

2016年3月9日，我与王元林联名提交参事建议：《挖掘岭南古道文化，与绿道交相辉映，纳入"一带一路"倡议并申报"世遗"——关于广东古道文化调研报告》（3月26日第22期印发此建议）。

2016年6月10日，我同王元林在中大与罗定市委常委、常务副市长关向明达成共识，在罗定打造古道文化工程，挂靠"一带一路"。

2016年6月14日中午，乳源文化局局长赵丹丹、原社联主席许化鹏拜访我，我再次建议出版为乳源作"一带一路"定位的学术论文集。

2016年8月4日，我与王元林、符文申到罗定市政府，与市长罗天生、常务副市长关向明商讨合作举办古道文化论坛事宜，取得共识。

2016年11月3日，我与罗定市常务副市长关向明确定"古道文化与'一带一路'"论坛于2017年春节后在罗定举行。

2017年2月21日，罗定市文化局局长杨振东到中大，同我与王元林商办"南江古道文化论坛"事宜。

2017年4月21日，我为罗定"古道文化与一带一路论坛"写贺信，题目是：《罗定是南江和古道文化中心地、集萃地》。

2017年4月24日，罗定市委书记罗天生来电话感谢策划罗定论坛成功。

同年5月4日，罗定市委常委刘炳权常委、文化局局长杨振东代表罗定市专程来广州慰问感谢我。

2017年9月22日,《罗定——南江文化与古道文化研讨会论文集》出版。

（十七）15周年庆典献"著百种书",300图片展览"走万里路"

2015年11月15日,在广东科学馆主办广东省珠江文化研究会成立15周年庆典、换届大会、学术成果汇报展——暨《海上丝绸之路研究书系》《珠江文化丛书》赠书仪式,省领导徐少华及近百人与会,我致欢迎辞《人生就是走路》,珠会正式换届,我为创会会长,司徒尚纪为名誉会长,王元林为会长和法人代表。同月23日,时任广东省委常委兼统战部部长林雄同志也到广东科学馆参观广东省珠江文化研究会成立15周年学术成果汇报展。我与王元林等陪同。同时,在赠书仪式上,由广东旅游出版社出版的我著的《珠江文行》《珠江文珠》等《珠江文化丛书》新著,连同广东经济出版社出版的《海上丝绸之路研究书系》的《开拓篇》《星座篇》,以及论文集《梅州："一带一路"世界客都》等著作,向广东省档案馆、广东省科学馆,有关市图书馆、博物馆以及该研究会各专业委员会等单位赠送留念。现将媒体有关报道摘要如下:

徐少华出席广东省珠江文化研究会赠书仪式并为成果汇报展揭幕

广东省珠江文化研究会在省科学馆举办了"广东省珠江文化研究会成立十五周年学术成果汇报展",展出了该会自2000年至今15年来在12个文化领域学术的300余幅活动图片,出版的《中国珠江文化史》等百余种著作,数百件有关报刊等学术成果。广东省委常委、常务副省长徐少华出席揭幕赠书仪式,并偕同与会嘉宾一起参观了成果汇报展,对研究会取得的丰硕成果及汇报展的精心编排表示赞赏。徐少华在观看汇报展过程中指出：广东省珠江文化研究会致力于服务大局,专业研究精神深厚,研究成果熠熠生辉,充分弘扬了岭南文化、珠江文化,具有承前启后的意义。希望省参事室、科协、文联等单位加大指导支持力度,充分发挥全省各文化研究会在推动文化强省建设的积极作用。

据悉,珠江文化研究会主编的《海上丝绸之路研究书系》（开拓篇）被作为省领导出访纪念品用书。

（《南方日报》2015年11月15日报道，2015年11月16日广东省人民政府官网，以及搜狐、金羊网、《羊城晚报》、新华社、网易、中国广州网等同）

走万里路著百种书

广州中山大学有一位教授，在15年间带领一批批广东学者，在广东12个文化领域展开田野考察与文案研究，足迹遍及广东全省并上溯到母亲河珠江源头，先后出版《中国珠江文化史》等百余种著作，提出多个文化发展战略构思和概念……他就是广东珠江文化概念最早提出者、广东珠江文化研究会创办人黄伟宗。

昨天，出席广东省珠江文化研究会举办成立15周年学术成果庆祝大会的黄伟宗，发表了题为《人生就是走路》的热情洋溢的致辞。

黄伟宗回顾了珠江文化研究会成立15周年走过的学术道路。他说，15年来，广东省珠江文化研究会全体会员可谓是学术发现与学术论著同步，"走万里路，写千字文，著百种书"。据介绍，在本次展览汇集的广东省珠江文化研究会会员15年来的出版学术著作，以及发表文章和相关评论报道的书籍报刊选件，共约200余种；另外展示了自开始研究开发珠江文化和海上丝绸之路以来，在各地考察或举办学术活动的图片，共约300幅，分别达12个"行"（行就是走路）之多。

令人瞩目的是，作为"广东珠江文化"概念最早提出者，黄伟宗认为，珠江是中国的第三大河，其水流地域文化覆盖整个华南和南海诸多港湾与海岛，在中华民族历史和现代文化上有重大贡献和重要地位。珠江文化有着自己明显的特征。首先是多元性和兼容性，这似乎与珠江是多条江河交汇的水态有关，还有海洋性、开放性、前瞻性等等。

珠江文化研究会创立的15年间，黄伟宗带领一批批广东学者组成一支文化研究团队，将江与海联系起来考察，把珠江文化与"海上丝绸之路"贯通起来，使得珠江文化的研究有了更广阔的时空观。

广东省珠江文化研究会是广东省人民政府参事室（文史馆）指导的学术团体，是省一级学会，2000年6月正式成立。（记者：黄丹彤）

（《广州日报》2015年11月16日报道，大洋网、新浪财经报道等同）

以学术研究服务经济社会发展,十五载珠江文化研究熠熠生辉

广东省珠江文化研究会、广东科学馆、广东经济出版社、广东旅游出版社、中国西樵艺术院联合举办了"广东省珠江文化研究会成立15周年学术成果汇报展暨《海上丝绸之路书系》《珠江文化丛书》赠书仪式"。本次展览汇集了广东省珠江文化研究会会员15年来出版的学术著作,以及发表文章和相关评论报道的书籍报刊选件,共约200多种;另外展示了自开始研究开发珠江文化和海上丝绸之路以来,在各地考察或举办学术活动的图片,共约300幅,分列珠江文化行、海上丝路行、广府文化行、侨乡文化行、珠三角文化行、西江文化行、南江文化行、北江文化行、东江文化行、韩江客家文化行、六祖禅学文化行、科技考古文化行等12个"行"进行专栏布展。

以"领潮争先"的学术特质,取得花繁果硕的学术成果

在省政协常委、广东文史学会会长江海燕,广东省政府参事室(文史馆)党组成员、副主任(副馆长)黄尤,广东省作协党组书记、专职副主席吴伟鹏,广东省科协党组书记、副主席何真等先后在会上致辞,对珠江文化研究会成立15年来所取得的成就给予了高度评价。

省科协党组书记、副主席何真在会上表示,珠江文化研究会成立15周年学术成果汇报展暨《海上丝绸之路研究书系》《珠江文化丛书》赠书仪式在科技文化的殿堂——广东科学馆举行,对于进一步扩大珠江文化的影响,促进我省文化人才成长和文化事业发展,大力提升我省的文化软实力,必将产生积极的影响。

何真说,广东省珠江文化研究会是由省政府参事、文史馆馆员、大学教授、相关专家和作家组成的一个大型学术团体。成立15年来,在黄伟宗会长的带领下,研究会的专家们身体力行,一方面奔走于珠江水系的各省、市、县,进行文化考察、发现和论证,为泛珠三角区域合作和广东经济社会发展提供文化支撑和策略;一方面致力于珠江文化理论体系的建立,推动广东用"珠江文化"和"海上丝绸之路"概念与世界和中国对接。他表示,珠江文化研究会的专家们心系党和政府工作大局,努力顺应历史潮流,正确把握社会发展趋势,成功地走出了一条学术为推动经济社会发展服务的路子。珠江文化研究会的许多学术成果或学术主张,得到包括历届省委、省政府在内的各级党委、政府的重视、采纳和运用。此次举行学术成果展以及赠书仪式的《海上丝绸之路研究书系》《珠江文化丛书》，从一个侧面反映了研究会领潮争先的学术特质和花繁果硕的学术成果。

何真表示，七年前，为了推动科学与艺术的结合，为我省的科技创新和科技普及提供更好的文化支撑，省科协在珠江文化研究会的大力支持下，在全国科协系统率先成立了科技文化专业委员会。科技文化专业委员会成立以来，打造了科技文化高峰论坛、科技文化沙龙、《科技文化周刊》等全国知名的科技文化品牌，为推动科技与文化的融合发展，作出了积极贡献。他希望科技文化专业委员会在此次活动中多向专家们请教，多与同行交流，并结合科技文化发展的实际情况，消化吸收，把学习成果转化为推动工作发展的动力，为加快我省科技文化事业的发展，为我省实现"三个定位、两个率先"目标作出新的更大的贡献。（记者：冯海波）

（《广东科技报》2015年11月20日、11月15日报道）

林雄参观珠江文化研究会成立15周年学术成果展

2015年11月23日，广东省委常委、统战部部长林雄参观了广东省珠江文化研究会成立15周年学术成果汇报展。他对珠江文化研究会15年来取得的丰硕成果给予充分肯定，对研究会的专家们多年来痴心不移地持续深入开展学术研究表示钦佩。林雄说，珠江是我国流量第二大河，珠江水系在我国历史地理上占有重要位置，珠江文化是中华文化的重要组成部分，因此，对珠江文化的研究非常必要。他希望，要加大宣传力度，通过在媒体上广泛宣传，进一步扩大珠江文化的影响；各方面要更加重视对珠江文化的研究，加大研究力度，重点关注广东人务实、开放、包容的精神特质与珠江文化的关系，通过学术研究为经济社会发展服务；推动珠江文化与世界海洋文化对接，做好区域的文化定位，为"一带一路"倡议的实施提供文化支撑。（记者：冯海波）

（《广东科技报》2015年12月4日报道）

（十八）与佛山市合作打造"海上陶瓷冶铸丝绸产销大港"

2015年6月27日，我到佛山市迎宾馆与佛山市委常委、副市长黄志豪会谈打造"海上陶瓷冶铸丝路第一港——佛山"事宜。

2015年6月8日，我与王元林同佛山市科协主席黄文会商筹办"海上陶瓷冶铸丝路第一港——佛山"研讨会事宜。2015年9月20日，我与王元林应邀赴佛山参观"一带一路"陶瓷艺术展，黄志豪等一同观展。

2015年8月11—12日，我与王元林、黄启臣到顺德参加广东丝绸博物馆构想研讨会，我提出"南海丝路博览园"构想，受到一致赞许。

2016年3月7日，我提交佛山海上丝绸之路及丝绸文化调研报告《弘扬千年海上丝绸之路产销大港传统，创建世界"一带一路"丝绸文化立体博览园》，在《省政府参事建议》（增刊）2016年第4期发表；16日，徐少华同志对此件作出批示："转请省'一带一路'办会佛山市研究，提出对应之见。"

2016年1月发参事建议《弘扬千年海上丝绸之路丝绸产销大港传统，创建世界"一带一路"丝绸文化立体博览园——关于佛山海上丝绸之路及丝绸文化的调研报告》至省参事室。

2016年3月22日，在佛山西樵国艺大酒店举办"佛山：海上丝绸之路丝绸产销大港"学术研讨会，我作主旨报告，司徒尚纪、王元林作了大会发言。会前黄志豪同志接见座谈。

2016年4月6日，我关于佛山陶瓷冶铁文化调研报告《以新定位、新理念、新举措，将佛山建设为世界"一带一路"陶瓷冶铁丝绸"大港""名城""自贸区"》提交省政府参事建议，并于《省政府参事建议》2016年第8期4月19日发表。徐少华常委于5月19日对此件作出批示："转请佛山市鲁毅、朱伟同志阅研。"广东省委常委、广州市委书记任学锋5月18日对此件作出批示："请市委研究室建富等同志研阅。"

2016年6月7日夜，时任佛山市委常委、常务副市长、南海区委书记黄志豪电邀我适当时候到南海座谈如何研讨胡春华同志为西樵定位理学文化中心事宜，并表示要到西樵考察"珠江文库"。8日，珠江文化研究会微信发表了黄志豪同志考察"珠江文库"照片。13日，佛山南海区委常委李晓佳、文化局局长梁惠颜到中大拜访我，就打造南海西樵文化磋商，我提出共建"珠江文明论坛"并为南海定位"珠江文明的八代灯塔"的建议，王元林在座。

2016年6月29日，我上午在佛山宾馆向佛山市长朱伟，佛山市委常委、秘书长葛承书及有关部门负责人介绍关于佛山陶瓷冶铁文化调研报告,下午在石湾宾馆举办的"佛山:海上丝路陶瓷冶铁大港"论坛作主旨发言,多家媒体报道。

2017年1月17日,两次论坛文集《佛山:海上丝绸之路丝绸陶瓷冶铁大港》正式出版。

(十九)启动"珠江—南海文化论坛项目",树起"珠江文明的八代灯塔"

2016年7月1日,佛山市委常委、常务副市长、南海区委书记黄志豪同志致电给我,热烈祝贺佛山论坛成功,并邀请我到南海考察打造文化。5日,我拟就《珠江与南海文化论坛项目策划书》,经王元林、司徒尚纪赞成后发南海区文化局局长梁惠颜转黄志豪书记。

2016年7月28日,我与司徒尚纪、王元林到佛山南海,考察了朱九江(朱次琦)故居、丹灶康有为故居、葛仙祠旧址,在南海宾馆与黄志豪书记、李晓佳常委、梁惠颜局长就"珠江—南海文化论坛"项目达成共识。

2016年8月1日晚广东文化组在中大开会,通报"珠江—南海文化论坛项目",一致认同。

2016年6月12日,时任佛山南海区文化局局长梁惠颜电告我:区领导高度重视并基本同意《珠江与南海文化论坛项目策划书》,并同意立即启动。18日,珠江文化研究会中心组会议,通过与佛山南海区委和区政府、广东旅游出版社会合作《珠江—南海文化论坛项目策划书》。具体内容是:

总 则

广东省珠江文化研究会、广东省佛山市南海区委和区政府、广东旅游出版社联合主办"珠江—南海文化论坛"项目,旨在通过三个分项目的完成,确立南海西樵是"珠江文明八代灯塔"的文化定位,确立珠江文派、珠江南海历代学派的学术体系,以弘扬珠江文化与南海文化的千年优秀传统,使其在当今文化大省建设和世界"一带一路"倡议中持续发挥积极的作用和影响。

论坛的三个分项目,以编撰出版系列著作和举办系列论坛两种方式进行。三个主办单位的分工是:珠江文化研究会负责组织专家队伍编撰著作和主持论坛，南海区委、区政府负责提供举办论坛和编撰出版著作的经费，广东旅游出版负责出版论坛及系列著作。

第一分项目：珠江文明的八代灯塔——南海西樵文化系论

一、"八代"主题及定位

第一代：新石器时代初期的人类智人文明；

第二代：秦代南海郡开始的郡县制文明；

第三代：晋代葛洪道学理论与养生文明；

第四代：唐代开始的移民与古村落文明；

第五代：明代湛若水等的理学书院文明；

第六代：明代桑基鱼塘开始的生态文明；

第七代：清代陈启元开始的机器工业文明；

第八代：清末朱次琦康有为开始的"经世"文明。

二、举办五次论坛

第一次：2016年夏，举办"南海西樵——珠江文明的八代灯塔"论坛；

第二次：2017年夏，举办"南海西樵——珠江文派与记住乡愁"论坛；

第三次：2017年秋，举办"南海西樵——养生文明与生态文明"论坛；

第四次：2018年春，举办"南海西樵——珠江学派与理学心学"论坛；

第五次：2018年夏，举办"南海西樵——珠派南学与珠江文明"论坛。

三、每次论坛出版论文集，共5部。

第二分项目：珠江文派之"记住乡愁"书链

一、书链书目

1.《珠江文典》。选析20世纪20—80年代欧阳山、陈残云、秦牧等28位老一代著名广东作家记住乡愁代表作品，侧重散文、短篇小说和节选中长篇小说（下同）。

2.《珠江文粹》。选析20世纪70—90年代陈国凯、杨干华、吕雷等当年中年一代著名广东作家记住乡愁代表作品。

3.《珠江文潮》。选析20世纪90年代至21世纪10年代新生一代广东作家记住乡愁代表作品。

4.《珠江文流》。选析19世纪40年代至20世纪40年代珠江文派萌动期广东作家作品。

5.《珠江文港》。选析香港、澳门两特区作家记住乡愁代表作品,包括在两特区的粤籍作家作品。

6.《珠江文海》。选析海外粤籍华人华侨作家记住乡愁的代表作品。

7.《珠江诗派》。选析现当代广东著名诗人记住乡愁代表作品。

8.《珠江文评》。选析现当代广东著名文学评论家代表作品或论著简介。

9.《珠江民俗》。选析自古以来富有珠江(岭南)文化色彩的民间习俗、风情、节日和信仰文化。

10.《珠江民歌》。选析咸水歌、渔鼓、渔歌、客家山歌、潮州歌册等广东民歌的代表作。

11.《珠江民谚》。选析珠江(岭南)民间文化有代表性的谚语、楹联、故事、神话、传说。

出版珠江文派书链11部。

第三分项目:珠江历代学派——千年南学书链

1.《珠江上古学说学派》(千年南学发轫期);
2.《珠江中古学说学派》(千年南学兴旺期);
3.《珠江近古学说学派》(千年南学灿烂期);
4.《珠江近代学说学派》(千年南学涅槃期);
5.《珠江现代学说学派》(千年南学新生期);
6.《珠江当代学说学派》(千年南学开放期)。

补充说明:签协议时确定,《珠江—南海文化论坛项目》,出版书时称《珠江—南海文化书系》,要求2018年底完成。项目确定后,黄伟宗提出由佛山市委常委兼南海区委书记黄志豪同志任项目总主编之一。2016年11月6日,黄志豪书记复电黄伟宗,说按中央八项规定精神,自己不能任《珠江—南海文化书系》总主编,南海区委、区政府也不能列入组编单位,只在书中标明南海区委、区政府支持即可。所以整套书系每册书版权页中都按此要求标明:"《珠江—南海文化书系》工程承蒙广东省佛山市南海区委、区政府鼎力支持,特此鸣谢!"

根据合作协议，三方即进行"珠江文明的八代灯塔"论坛筹备工作。

2016年8月21日，我写完《竖起"珠江文明的八代灯塔"，建造岭南"八宝"文化新高地——关于佛山南海区历史文化的调研报告》，作为省政府参事建议提交省参事室，并作为主题报告提交论坛。

2016年10月21日上午，在南海西樵镇举行"珠江文库"揭幕仪式，近百人参加盛会。同日下午，即在西樵大酒店举行"南海西樵——珠江文明八代灯塔"论坛，张荣芳、曾骐、邱立诚、王培楠、周永卫、刘正刚、罗康宁、潘义勇、吴建新、冷东、陈诗仁、候月祥、郑佩瑗、邢照华、闫晓青、刘益、于霞、许桂灵、金峰等数十位学者与会并作了学术报告，会长王元林主持论坛，名誉会长司徒尚纪作学术总结。

我作题为《竖起珠江文明八代灯塔，照亮南海千年海上丝路》的主题报告，首先介绍，本项目之所以冠上"珠江—南海"文化书系，首先是由于主办的是珠江文化研究会和南海区委、区政府，还在于书系的学术范畴和视野，是覆盖中国南部珠江水系的珠江文化和广义的南海文化（即古代涵盖广东全境的"南海郡"，以及与珠江"江海一体"的中国南部海文化）。同时又特别说明，"珠江文明八代灯塔"是指南海西樵山在历史上曾产生标志或影响世界的八个珠江文明亮点；所称的"八代"之"代"，既有"朝代"之意，但不受某个朝代的历史时限束缚，而是以某种文化现象萌起和发展的时段，所以，有些是跨两个朝代为"一代"，有些是同一朝代中有两个"一代"。具体是：第一代，新石器时代初期的人类智人与江海文明；第二代，秦汉时代南海郡制开始的封建文明；第三代，东晋时代的道教、佛教与养生文明；第四代，唐宋时代的村落、移民与农耕文明；第五代，明代的理学、书院与学术文明；第六代，明清时代的桑基鱼塘与生态文明；第七代，清代的丝绸机器与工业文明；第八代，晚清时代的"经世""维新"文明。会后多家媒体作了报道。2017年5月广东旅游出版社出版了这次论坛文集《珠江文明的八代灯塔》。

2016年10月27日，徐少华同志对《广东参事馆员建议》42期发表我提交的关于佛山南海区历史文化的调研报告《竖起珠江文明"八代灯塔"，建造岭南"八宝"文化高地，照亮南海千年海上丝绸之路》作出批示："转佛山市鲁毅书记、朱伟市长阅研。黄伟宗教授之调研报告很好，很有借鉴价值。"我即转告佛山市南海区委书记黄志豪。

（二十）以西樵论坛记住文脉乡愁，以11部书链构建珠江文派体系

早在确定"珠江—南海文化论坛项目"之前的2015年，我已经在20世纪90年代研究倡导"岭南文派"的基础上，重新开始了"珠江文派"的倡导和研究，并且于2015年9月3日，在庆祝抗日战争胜利70周年假日期间，完成"广东记住乡愁丛书"之一：《珠江文典——广东作家记住乡愁作品选析之一》篇目，以及该书序言《时代中的山水乡愁，文学中的珠江文化——并论一个有实无名的文派》初稿。2016年1月13日，我发《记忆乡愁丛书之一：珠江文典》书稿给广东旅游出版社。2016年3月30日，我和王元林在中大康乐园代表珠江文化研究会与广东旅游出版社合作"珠江文派之记住乡愁书链"项目，同社长刘志松、总编辑助理官顺达成共识，随即制订出《珠江文派之"记住乡愁"书链项目策划书》，并呈报广东省委宣传部新闻出版处和顾作义副部长。2016年8月31日，广东旅游出版社排出首部《珠江文典》书样。可见这个项目已经成熟并启动，但我们考虑到，"珠江—南海文化论坛项目"学术面更深更广，应当将这项目并入其中，统筹组织进行，效率会更高，于是决定将这个项目作为书系工程第二分项目，以办一个论坛和组编11部书的书链列入整个《珠江—南海文化书系》之中。

由此，2016年10月16日，我即在广州白云宾馆举行《珠江文派记住乡愁书链》论坛筹备会和书链组稿会，请有关专家商议论坛方案和书链选题及分工，与会各书主编均表赞同。

经筹备将近一年之后，"珠江文派记住乡愁"论坛于2017年6月28日在南海西樵"珠江文库"开幕，广东省作家协会副主席张梅、李国伟，省政府参事蔡玉明、谭元亨，广东省文艺评论家协会常务副主席梁少锋，广东省民间文艺家协会副主席肖伟承、曾应枫，深圳市作家协会副主席于爱成，书链各书主编易文翔、王文捷、李俏梅、何光顺、卢建红、王维娜、张叔晖、赵双喜、陈周起、包莹、练海虹，以及欧阳山儿子欧阳燕星，秦牧侄子曾日华等30余人与会。论坛由王元林会长、周永卫秘书长主持。司徒尚纪名誉会长作学术总结。

我在主题报告中谈了三个问题：

1. "珠江文派与记住乡愁"论坛为何在南海西樵举行？

因为南海西樵是：广东文才辈出、文脉悠长之圣地。据《南海县志》载，明清时代曾登此山的大名人陈白沙、湛若水、戚继光、屈大均、袁枚、李调元、丘逢甲，以及南海乡贤方献夫、霍韬、屈大均、朱次琦、康有为、詹天佑等，都是流传千古的文章大家。现当代的许多领导人或文化名人董必武、郭沫若、赵朴初、何香凝、马万祺、贺敬之等，也都在西樵山留下足迹和诗文；欧阳山、草明、陈残云、秦牧、华嘉、冯乃超、冼玉清、曾昭璇、陈芦荻、易巩、黄施民、何求等著名广东作家，还有许多默默上山未列入史册的著名文人，或者在此地出生，或者在此地留下足迹文踪。尤其是珠江文派泰斗欧阳山，童年时代从湖北荆州入籍广东南海，并且自青年时代到老年时代都多次到过南海，整个人生历程与南海有千丝万缕的联系，他的代表作品《三家巷》《苦斗》中，大量篇幅写到"南海震南村"，以及在此出生的"生观音"般的美女胡柳、胡杏姐妹；20世纪50年代他写的中篇小说《前途似锦》，就是在南海体验生活之作，写的也是南海的故事。因此可以说，南海西樵是岭南（珠江）文化和文学的名家圣地与活动中心之一，是岭南（珠江）文化之海、文学之山，是"珠江文派"发祥地之一。所以在这里举办珠江文派论坛，编辑出版珠江文派书链，承传珠江文脉，倡导珠江文派，作为建造珠江文明新高地工程的重要组成部分，是最适合的。

尤其值得注意的是，在珠江文派中的著名南海籍作家都是很注重记住乡愁的作家，都写有很多著名的代表作品，其中有三位是我的前辈、师长和文坛挚友，即冯乃超、华嘉、陈芦荻，是著名南海文化名人，书链中都选析了他们记住乡愁的代表作，在此就不一一列举了。

2. 珠江文派为何要与记住乡愁并论？

众所周知，"望得见山，看得见水，记得住乡愁"，是习近平总书记在全国城镇化进程中提出的号召。如果说这个号召，是要求在农村现代化进程中保持原有山清水秀的自然环境和传统文化风情的话，那么，对于文学创作来说，则是要求作家创造出能够使人"记得住"山水乡情的艺术作品。鼓励各地开展"记住乡愁"创作，正是实现全国地域文化与文学创作多样化的重要途径，也是鼓励或发现文学流派的重要途径。所以，从"记住乡愁"创作入手，正是发现和倡导珠江文派的重要途径。

乡愁，即乡情、乡恋。每个人都有生长或久居的故乡，都有思恋或憧憬的心灵故乡。正如中央电视台曾播出的专题片《记住乡愁》主题歌词所言：乡愁是"记得土地芳香"之故乡儿女"追寻"的"一生情"，又是"年深外境犹吾境，日久他乡即故乡"之游子，多少次"叩问"的"一朵云"。乡愁是一种中国传统文化，是中国人普遍具有的民族情、故土恋。乡愁所念之故乡，既是哺育乡人生长之母亲河的"一碗水"，又是乡人心灵世界中共饮共醉的"一杯酒"；既是分布世界各地华侨华人心灵世界的凝聚点、互联网，又是聚居各地异乡人之间心灵世界的交叉点、相通语。乡愁，尤其对于"文章本是有情物"的文学作品而言，简直是不可欠缺的文化与情感元素；对于每个地域的文化和文学，更是对其进行挖掘或体现本土特质的文化艺术要津，是造成和体现地域之间在文化与文学上差异和特色之重要所在，也即是发现和造就地域性文学流派的重要途径。

这对于广东文学创作来说，是具有特重特强指导意义的。因为广东有史以来一直是移民大省，本土先民是从南海海岛移居上岸的百越（南越）族，现有广府、客家、福佬（潮汕）三大民系，都是秦汉以后逐步从中原南下入粤的移民，港澳同胞大多数的祖籍是广东，遍布世界的华人华侨百分之七十是广东人，现居广东的近亿人口也有近十分之三来自全国各地。无论是历代祖居、移外定居、新入定居的广东人，都有各自"记住乡愁"之情，但这种乡情尽管千差万别、人人有异，但都凝聚在"珠江情"的基本点上。因为珠江是广东的母亲河，是广东古今山水风情与"记住乡愁"凝现点，是东南西北中先后入粤民系的生活交叉点、相通语，是历代迁入或移外的粤人心灵世界之凝聚点、互联网。所以，这是探究广东地域文化特质的关键，是造就广东文学创作特色以至文学流派的凝视点。因此，我们以"记住乡愁"作为珠江文派的凝视点，既展现和证实珠江文派的存在及其来龙去脉，又进而探求和展现珠江文化在广东文学中的内蕴、根基及其向海外的扩散和影响，也即是：以"珠江情"凝现珠江文派，并构建境内或境外所有新老粤人心灵世界的"互联网"。

3. 如何研究珠江文派？

（1）研究目标

这次论坛，可以说是我们进行"珠江文派与记住乡愁"课题研究的一个阶段性的学术研讨会，也可以说是为编著《珠江—南海文化书系》之《珠江文派与记住乡愁书链》的研讨和组稿会议。因为早在2015年8月，我们已经正式开始了这项课题的策划和研究，确定以完成这套书链作为完成这项课题的目标，并为此组织了相关专家学者共同进行，并作了明确的分工。所以，这次论坛是在近年分工研究的基础上进行的学术交流，中心是如何通过这套书链的写作和研究，探讨确立珠江文派而实现以文学方式永远"记住乡愁"的途径和经验，同时以这套书链所包括的《珠江文典》《珠江文流》《珠江文粹》《珠江文潮》《珠江诗派》《珠江文评》《珠江文港》《珠江文海》《珠江民俗》《珠江民歌》《珠江民艺》等11部书确立珠江文派体系，以挺进珠江学派，建设珠江文明。

首部《珠江文典》已经出版，在这次论坛正式开始发行。这部《珠江文典》，以选析20世纪20—80年代欧阳山、陈残云、秦牧等28位广东新文学经典作家"记住乡愁"代表作品（侧重散文、短篇小说和节选中长篇小说，下同），证实珠江文派的存在，并从这批典范作品中分析出这批经典作家成员，部分是走南闯北的岭南人，部分是多年前来自五湖四海的"老广"的作家群，在创作上大都是以"珠江情"为"记住乡愁"的聚焦点、互联网，凝现在创作中都有写作气派相通之"五气"，即："天气"，包括自然气候环境和时代精神之"气"；"地气"，即广东独特的风土习俗之"气"；"人气"，包括在千姿百态的作家风格、人物典型、乡里亲情之间相通之"人气"；"珠气"，即珠江文化气质、特质、内涵相通之"气"；"海气"，即海洋文化及宽宏如海纳百川之大"气"。（详见《珠江文典》跋）这"五气"是这批广东作家群相通为"派"的血脉，是珠江文派的风骨和特质。故曰：珠江文派者，写作气派相通之广东作家群是也。

（2）研究走向

《珠江文典》所展示和证实的是珠江文派成熟的一代。为了更深层次地证实和展示其来龙去脉，我们进而分别从纵向、横向和根向组编这个书链系列。

从纵向上，一是以《珠江文流》探索和展现珠江文派的缘起发祥之流，选析19世纪10年代—20世纪40年代的近现代广东前锋作家的代表作品，从梁启超首倡"新民说""文界新说""学术新论"，到欧阳山首倡的"粤语文学""大众小说"，追溯珠江文派之"来龙"。二是以《珠江文粹》选析20世纪70—90年代陈国凯、杨干华、吕雷等新时期广东精英作家们代表作品。三是以《珠江文潮》选析20世纪90年代至21世纪10年代的跨世纪崛起的广东作家代表作品，以探析和展现珠江文派的发展轨迹之"去脉"，同时也揭示"记住乡愁"文化的心灵世界互联网的上下纵深开拓之走向。

从横向上，一方面是以《珠江诗派》选析现当代广东著名诗人记住乡愁代表作品，并以《珠江文评》，选析现当代文学评论家有关珠江文派和记住乡愁的重要著述，以扩大珠江文派的艺术空间和领域，并提供理论支撑；另一方面，以《珠江文港》选析香港、澳门两特区作家记住乡愁代表作品，包括在两特区的粤籍作家作品，并以《珠江文海》，选析海外粤籍华侨华人作家记住乡愁的代表作品，从而探索和展现珠江文派在地域上的扩展和影响，也显示出记住乡愁是遍布港澳和海外华侨华人心灵世界的凝聚点、互联网。

从根向上，即是寻找珠江文派和"记住乡愁"文化之根。19世纪法国著名理论家丹纳在《艺术哲学》中指出："要了解艺术家的趣味和才能，要了解为什么在绘画或戏剧中选择某部门，为什么特别喜爱某种典型，某种色彩，某种感情，就应当到群众中的思想感情和风俗习惯中去探求。由此我们可以定一条规则：要了解一件艺术品，一个艺术家，一群艺术家，就必须正确地设想他们所属的时代的精神和风俗概况。这是艺术最后的解释，也是决定一切的根本原因。"由此，在书链系列中特地编入《珠江民俗》《珠江民艺》《珠江民歌》三部著作，探求决定珠江文化和记住乡愁之"所属的时代的精神和风俗概况""群众中的思想感情和风俗习惯"，找出珠江文派和记住乡愁文化在时代精神、群众思想感情和风俗习惯中之"文根"，也可以说是建造珠江文明高地的一项根基建设。

（3）研究方式

这次论坛，实际是多方位多学科立体交叉论证同一课题的学术研讨会，这是我们珠江文化研究会的20多年来的学术传统和特点，现在再次用于论证"珠江文派与记住乡愁"。从论坛选题可以看出多方位多学科分工论证的方式包括：主体研究、羽翼研究、凝聚与辐射研究、风俗与基因研究、多学科方位研究、体验与实践研究、根基与土壤研究等。

会后，2016年10月16日，《羊城晚报》A10版"人文周刊"发表我的文章，《珠江文派者，写作气派相通之广东作家群是也——跋〈珠江文典〉并从粤派批评论珠江文派》，论坛文集《珠江文派与记住乡愁》由广东旅游出版社2018年1月出版。

《珠江文派与记住乡愁》书链申报广东省委宣传部顶尖资助项目获得批准。

2017年4月4日，首部《珠江文典》出版之后，其余10部均于2018年陆续出版，由此，《珠江—南海文化书系·珠江文派与记住乡愁书链》全部完成，现将11部书各部编著者列下，以志鸣谢。

《珠江文派与记住乡愁》书链共11本，包括：《珠江文典》（黄伟宗、李俏梅编著）；《珠江文流》（黄伟宗、李俏梅、包莹编著）；《珠江文粹》（司马晓文、王文捷编著）；《珠江文潮》（梁少锋、易文翔编著）；《珠江诗派》（温远辉、何光顺、林馥娜编著）；《珠江文评》（黄伟宗、于爱成、包莹编著）；《珠江文港》（卢建红编著）；《珠江文海》（龙扬志编著）；《珠江民俗》（张菽晖、练海虹、王维娜编著）；《珠江民歌》（肖伟承编著）；《珠江民艺》（陈周起编著）。

（二十一）从葛池鱼塘倡生态养生文明，登理学名山挺珠江千年南学学派

由于在南海西樵"珠江文明八代灯塔"中，第三代是晋代葛洪道学理论与养生文明，第六代是明代桑基鱼塘开始的生态文明，所以决定以这两代"灯塔"为依托，举办第三次南海西樵论坛——养生文明与生态文明论坛，2017年9月22日，在南海西樵"珠江文库"举行；又由于当年葛洪做养生制药的"药池"遗址尚存，明代创造生态环境的桑基鱼塘古迹仍在，故以"葛池鱼塘"代称两者开创的养生文明与生态文明为"两生"文明。

此次论坛的一大特色和亮点，是除了人文学者之外，论坛还邀请了

十余位自然科学领域的专家学者，分别有生物学、医学、中医学、养生学、营养学、生态学、环境保护学、现代科技等方面的专家教授，包括：广东省科协科普部部长吴仕高，中国科学院华南植物研究所总工程师蒋厚泉、研究员王瑛，中山大学公共卫生学院营养与食品安全学教授蒋卓勤，中山大学附属第七医院副院长兼中医药教授秦鉴，中国古文献研究所研究员江晖，原中山大学音像出版社副社长丘彩霞，华南农业大学教授吴建新及副教授翟麦玲、刘玲珶，华南师范大学教授周永卫、曹旅宁和讲师陈椰，广东省人民医院医师刘贵浩，广州华侨医院主任医师赵仓焕、主治医师林炎龙，广东省委党校研究员许桂灵等20余人与会并发言，中山大学中文系主任彭玉平教授等32人提交论文，对养生文明和生态文明进行多学科全方位的探讨，试图跨越人文学科与自然学科的藩篱，力求为养生文明与生态文明建设作出力所能及的贡献。

本次研讨会由广东省珠江文化研究会主办，由会长王元林教授主持，名誉会长司徒尚纪教授作学术总结，我作主题报告。

我在报告中指出：南海西樵山与博罗罗浮山，自古是广东名山，并称为"二樵"。由于东晋著名道教理论家、中国最早医药科学家葛洪，在这两山写出《抱朴子·内篇》而创建了中国道教的系统理论，同时以采药和"炼丹"的科学实验进行了许多开创性的养生医药科学研究，成果斐然，因此，"二樵"是中国古代养生文明科学的发祥地之一。另一方面，在南海西樵，早在明代首创了世界著名的"桑基鱼塘"生产方式。这是一种以围海造田和循环使用土地而发展农渔业与丝绸业的生产方式，实质上是利用和改造自然生态的一种科学方式，是自觉创造生态文明的发端，因此，南海西樵山也是生态文明的科学发祥地之一。南海西樵在中国古代养生文明与生态文明的科学发展史上，具有十分重要的地位，是珠江流域的养生文明和生态文明的发祥圣地。

我还详细论述了：养生与生态文明是当今中国和世界的迫切命题；养生与生态文明是个体与整体、主体与客体（人与环境）的关系，必须结合互动；葛洪的道教理论与养生生态文化和科学试验的当代价值；桑基鱼塘对水利事业和养生生态文明的贡献；弘扬科学的养生生态文明传统；跨科学研究和建设养生生态文明等专题。此次论坛文集《养生文明与生态文明》由广东旅游出版社2018年3月出版。

同样由于南海西樵"珠江文明八代灯塔"中，第五代是明代湛若水等的理学书院文明的原因，由广东省珠江文化研究会主办的"理学心学与珠江学派"论坛于2018年1月21—22日在佛山市南海区西樵山举行。司徒尚纪、王元林、刘志松、蔡玉明、周永卫、黄明同、谭元亨、衷海燕、吴建新、谭运长、刘兴邦、宁新昌、许桂灵、孙延林、陈柳等教授学者与会并作了发言。

　　我在题为《吸取"理学名山"和宋明理学心学的学术文明智慧》的学术报告中，解释了这次论坛在南海西樵山举行的缘由和主旨，指出明代中叶，合称"西樵三大家"的湛若水、方献夫、霍韬，在南海西樵山创办了四大书院，达10年之久，弘扬宋明理学心学与书院文化，营造了"乃照四方"（屈大均语）的学术文明，使西樵山成为蜚声天下的"理学圣地""理学名山"，发挥了"有明"一代珠江文明灯塔作用，为倡导学术文明、确立学说学派和发现珠江学派——千年南学的辉煌，提供了许多有益的启示和依据，其学术文明智慧尤其值得认真吸取，所以在这举办这次论坛，以求登上理学名山而挺进珠江千年南学学派的主旨。

　　我认为，在明代被誉为"理学名山"西樵山的"西樵三大家"（湛若水、方献夫、霍韬）的学术文化成就，主要是在弘扬宋明理学和书院文化上的贡献，是在宋明理学心学发展史上具有阶段性的代表人物，在周敦颐、程颢、程颐、张载、张栻、朱熹、陆九渊、陈白沙、王阳明等历代大师先后创立的学说学派体系建设中具有其地位和作用。因而，既从其在明代的学术和书院文化上的作用和影响上，又从宋明理学心学史上，对其进行系统探讨，无论是对历史经验和智慧的评价与传承，或是对当今现代科学学术文明建设，尤其是地方学说学派建设是很有借鉴意义的。

　　为此，我在报告中梳理出宋明理学各阶段的代表人物是：理学开创者——周敦颐，理学奠基者——程颢、程颐，理学关学创始者——张载，理学集大成者——朱熹。心学发展各阶段的代表人物有：心学开创者——陆九渊，心学承前启后者——陈献章，心学集大成者——王阳明。西樵山湛若水、方献夫、霍韬三大家，其中湛若水是陈献章弟子并且是与其齐名的理学心学大家，陈献章和湛若水分别是"白沙学派"和"甘泉学派"的首领。他们在学说学派的创立上，同时也在书院的创立上，都作出了卓越贡献，并对当今提供许多有益启示。

我还在主题报告中对珠江学派（千年南学）的地域性结构、"六重"特点与特质、六个历史时期的发展态势、地域文化特性、传统文化精神及其成果与影响，进行了全面论析，并对惠能禅学与宋明心学的传承关系、宋明心学可否纳入珠江学派等课题作出新论证，提出"以珠江学派坚挺中国学派，以千年南学辉煌学术中国"的坐标。指出：珠江学派（千年南学）是珠江人以珠江文化为底蕴而创立的学说，并在珠江水系地域滋生发展的学群；它有自身的学术体系、学术基地、学术队伍、学术影响；它是地域文化的一种，有明显的传承性，又有鲜明的时代性，从本地土壤而生，又随时代气候而变，但万变不离其宗，始终有相通或共同的特点。同时又阐述了珠江学派（千年南学）的"六重"特点，即重实、重心、重新、重民、重海、重粤；还概括了珠江学派的六个历史时期，即：上古（秦汉至南北朝）、中古（隋唐至元代）、近古（明初至清末）、近代（鸦片战争至辛亥革命）、现代（中华民国成立至中华人民共和国成立）、当代（中华人民共和国成立至今）。并且在总体发展上，每个时期的发展态势是：上古是发轫期，中古是兴旺期，近古是灿烂期，近代是涅槃期，现代是新生期，当代是开放期，也可以说是千年南学的六个发展阶段。

此外，还提出了下列新观点：惠能禅学是珠江学派和宋明心学的理论基础或基因之一；宋明心学当是珠江学派（千年南学）的组成部分；珠江学派（千年南学）具有独特的坚挺精神、辉煌成果和影响。从而可见，珠江学派（千年南学）为坚挺中华民族千年文化学术作出了辉煌的贡献，今后也当继续努力，以珠江学派坚挺中国学派，以千年南学辉煌学术中国、理论中国。

此次论坛文集《珠江学派与理学心学》由广东旅游出版社 2018 年 8 月出版。

珠江历代学说学派——千年南学书链。包括：《珠江上古学说学派》（司徒尚纪、许桂灵编著）；《珠江中古学说学派》（孙廷林、王元林编著）；《珠江近古学说学派》（衷海燕、徐旅尊编著）；《珠江近代学说学派》（周永卫、王德春编著）；《珠江现代学说学派》（谭元亨编著）；《珠江当代学说学派》（陈剑晖主编、程露副主编）。

（二十二）以3年努力完成书系工程，以3套书链增添南国书香

2018年8月10日，广东省珠江文化研究会、广东旅游出版社和佛山市南海区委、区政府在南海西樵山举办了"珠派南学与珠江文明"论坛，这是经过近200位专家学者达3年的努力完成《珠江—南海文化书系》的总结盛会。广东省人大常委会原副主任张汉青、中共佛山市委常委兼南海区委书记黄志豪发来贺信。广东省文艺批评家协会名誉主席黄树森；广东省作家协会副主席、中山市政协主席丘树宏；广东省政府参事蔡玉明；中山大学原副校长张荣芳；广州市文联原主席乔平；广东省文艺评论家协会主席林岗；广东省社科院文学所所长钟晓毅，副研究员潘义勇、陈诗仁、朱子庆；广东省作家协会创研部主任谢石南；广东旅游出版社社长刘志松、社长助理官顺、编辑部主任彭超、责任编辑厉颖卿；佛山市南海区委常委、宣传部部长黎妍，文体局局长梁惠颜，文联副主席杨新明；书系副总主编司徒尚纪、王元林；3套书链各部书的编著或主编谭元亨、陈剑晖、温远辉、梁少锋、易文翔、于爱成、衷海燕、吴建新、董阳、王德春、龙扬志、许桂灵、李俏梅、孙延林、程露、包莹、徐旅尊；"珠江文库"负责人颜汇等近50人与会，都作了热情洋溢的发言，对3年努力完成的书系工程作出高度评价。

广东省人大常委会原副主任、著名作家张汉青（贺青）致贺信称："深为珠江文化研究会学术研究取得的丰硕成果感到高兴。岁月沧桑，斗转星移。如何对珠江文化进行探索、梳理、评说，是岭南文化界应尽的责任。这个文化工程现在已经有了很好的进展，可喜可贺。南粤居五岭之南，踞群山，拥珠水，临沧海之烟波，接中原之毓秀。爱山爱水，从来都是岭南人的宽广情怀。最后，谨以四句话与大家共勉：中华文化，山高水长，久久为功，撷取辉煌！"

中共佛山市委常委兼南海区委书记黄志豪致贺信称："《珠江—南海文化书系》共有22册，达600余万字。拜读这批丰硕的学术成果，使我获益良多，深受启迪。对于我们佛山南海区来说，作为改革开放40年以来珠三角制造业中心区域，书系最直接而有重大意义的是，对南海西樵

'珠江文明八代灯塔'的发现和梳理,使我们的地域增添了鲜明而光辉的文化定位,凸显文化引领对经济社会转型发展的促进作用,并由此促使我们更自觉地纳入千年珠江文明史和海上丝绸之路史,进行珠江文明新高地和'一带一路'建设。我深深感到珠江文化学术团队是一个实干敬业的学术团队,你们所完成的这项文化工程必将在我国文史界掀起讨论珠江文化的又一轮高潮。""今天的总结论坛标志着《珠江—南海文化书系》工程全面完成。在此,我代表南海区委、区政府,向黄伟宗教授和珠江文化学术团队致以崇高的敬意和衷心的感谢!向指导和参与这项工程的广东省政府参事室(文史馆)、广东省珠江文化研究会、广东旅游出版社表示衷心的感谢!向关心、支持、参与这项工程的所有专家学者和工作人员表示衷心的感谢!最后,预祝本次论坛取得圆满成功!"

广东省文艺评论家协会名誉主席黄树森在致辞中称:"这一套丛书我觉得是一部经营很多年、动员广泛、有鲜明主题的地方文化的选粹;在一定的意义上,编创者的历史视野、个性眼光和问题意识,都展示了广东文学乃至整个岭南文化的省情区貌的概况。我稍微算了一下,它牵涉到的、选择的作者恐怕有几百人。前人还没有做过这么大的一项工作,就从汪洋大海里面,而且不光是文学、戏剧、音乐、美术,整个大的文化概念里面的代表性的人物。所以从这个方面来讲,是一个具有开创性的一种价值。就从广东这么多文艺家里面,选出这么几百人出来,编成这样一个系列来选析,它可以说是文化选本的一个历史小百科。另外我想讲一个就是黄伟宗现在耳朵不好,眼睛也弱,还能够做这么大一个事情,所以是我们这一代的楷模,也就寄望岭南的后辈、未来的学者,能够把这样一个事情,把这样一个事业传承下去。这一次这套书系已经是做了很多的工作了,但是它在理论上的探讨,还有很多的、深一步的工作要做。"

广东旅游出版社社长兼总编辑刘志松在致辞中说:"首先要表达我们的敬意。在这三年时间里面,在这洋洋洒洒的800万文字、20多本图书中,在3年的时间里,我们能够把它出版出来,我也感到无比的激动。在和黄伟宗教授,跟司徒教授、王元林教授以及在座的各位专家、各位教授的交流过程中,大家宽容、包容的人格魅力,还有对咱们珠江文明热爱的赤子之心,以及严谨创新的治学精神都深深地打动着我们,是我们学习的榜样。我们也非常荣幸能够成为各位专家、学者的合作者,能够为珠江文明的传承贡献出一己之力。""凡是过往皆是序曲，今天这个项目完成了，我们更期望、更期待做好这套丛书的总结，做好这套丛书的宣传、推广，让我们的价值更加放大，让我们八代灯塔照得更远，影响更深远。同时，我们广东旅游出版社作为出版机构，也希望紧跟上时代的脉搏，希望以文化为魂，以旅游为载体，做好咱们的广东文化的传承，建立起广东的文化自信！"

广东省作家协会副主席、中山市政协主席丘树宏致辞说："我对黄伟宗老师崇敬有加，他很不容易，非常不容易。所以我在这里建议大家以热烈的掌声对黄伟宗老师表示尊敬和感谢。对他的掌声其实也是给我们自己的掌声，鼓励我们接下来要继续把珠江研究这个事业做下去。就是我个人来说也是跟珠江文化有缘。首先从人生方面我十分感恩改革开放，让我从遥远的九连山区来到我们的珠江三角洲工作，在伟人孙中山家乡工作。没有这种社会变革，就没有我这个人生经历。第二也要感恩珠江文化。我跟珠江文化结缘应该说有26年了，我记得是我在珠海平沙区做副区长的时候，珠江文化一次会议在那里开，引导我从心灵深处进入珠江，这应该感恩我们的珠江文化研究会。就从那次我作为副区长参加了这个会之后，一路与珠江文化就结下了不解之缘。""我在珠海调到中山之后任的是组织部部长，后来做了宣传部部长。在做宣传部部长的时候就刚好要创建国家历史文化名城，当时我就提出一个概念——孙中山文化概念。我个人认为孙中山文化应该是珠江文化的最集中的一个代表，最高的一个代表，为什么呢？因为他是站在中国看世界，站在世界回望中国的一个最有代表的一个人物。所以我说为什么很崇敬我们黄伟宗老师，因为我是大大小小算一个领导干部，我做这些工作都很难，黄伟宗老师就更难。""对于珠江文化，我个人认为不仅是今天，前几年我已经这样说，珠江文化在学术上已经是成果累累，很不容易，珠江文化完全可以从学术上立起来。今天的活动是个重要标志。但是问题在下一步怎么走？我也向省政协提了一些提案：第一，是学术工作继续要做，不做不行，我们在学术上还有很多不足；第二，一定要注意学术成果的转化和利用，这一条至关重要。有学术成果的转化和利用，我们才能将珠江文化落到地上来，老百姓才关心你，地方政府才支持你，领导才能支持你。我建议要利用好几种力量：一是党政力量，要坚持这个核心力量的支持。第二，媒体力量很重要，要善于利用媒体。要很好地考虑怎么利用媒体来扩大我们成果的影响力。第三个就是地方的力量,例如珠江涵盖很多的地域,我们每一个地区都可以跟珠江文化研究会合作项目,让地方跟珠江文化结合最紧密的东西来做文化交流与合作。第四个力量就是社会的力量,我们不能关起门来做文化,一定要利用社会的各种力量来为我们学术成果转化来做服务,包括各种机构。第五种力量就是市场的力量。这五种力量综合配合起来,下来我们的珠江文化就会走得更高,走得更远,走得更好。"

广州市文学艺术界联合会原主席乔平致辞说:"我觉得黄伟宗教授走出了一个编撰大型学术专著的很成功的路子。把专家、学者和地方党委、政府,以及出版社等一些企业结合在一起,黄伟宗教授是一个专家、学者,就靠着他这种学术精神,通过他的人脉、他的能力,把社会各界的力量统一在一起,集中在一起,就像我们丘主席刚才说的那五种力量,凝聚在一起,共同来做这么一件事情,是很不简单的。所以就给我们一个今后的专家学者怎么样走提供了一个很好的思路,也走出了一个新的路子。所以这是一个很有意义的事情,也可以说开创了一个学术研究的新时代。""这套丛书可以说是一套鸿篇巨制,种类齐全、内容丰富、题材多样,很有特色的一套丛书。这里面不仅让我们能够看到珠江的风情、风光、风物、风俗等,而且透过这些能够看到全国,也能够看到世界。所以与珠江有关系的这些文化、人文、政治、历史、经济,这些元素都能够在这部丛书里面能够感受得到。所以我觉得这是一本非常有意义的,非常有学术价值的一套鸿篇巨制。这说明了我们黄伟宗教授他的那种国际视野、中华情怀,特别是对珠江文化的这种追求,非常可贵。"

广东省人民政府参事、南方报业传媒集团原副总编辑蔡玉明致辞说:"广东省珠江文化研究会创会长黄伟宗老师,坚持20多年,带领专家学者们坚持做一件事——提倡并研究珠江文化。3年前,他80多岁高龄,发起编撰《珠江—南海文化书系》,亲任总编辑。其间,他患肾结石多次住院,开刀治疗,承受常人难以想象的病痛,却坚持不懈,为我们奉献出三大系列、22本、共600多万字的巨作,老人家双目几近失明。一个文化学者的坚守与坚持,其实就是力量,就是神奇。《珠江—南海文化书系》是倡导研究珠江文明、珠江学派的一个里程碑,系统梳理集结了珠江文明和学派的学术内容和成果,是其研究的高地,更期待珠江学派的研究从高地走向高峰!"

我在题为《焕发珠派南学新辉煌，建造珠江文明新高地》主题报告中说，《珠江—南海文化书系》工程，是在众多专家学者积极参与和大力支持下完成的，是一项多学科交叉的立体文化工程。现在我们也是以同样的指导思想，邀请在座诸位多学科专家一道，共同总结这项书系工程的战略与成果，探讨如何进一步焕发珠派（百年珠江文派）南学（千年珠江学派）新辉煌，建造珠江文明新高地。我们初步认为主要的战略和成果是：

一是以"记住乡愁"擦亮百年珠江文派品牌，包括领悟凝现"记住乡愁"是地域文派的新亮点，以《珠江文典》证实并确立珠江文派，发现并理出珠江文派相通之"五气"，以"记住乡愁"为圆心建立珠江文派体系，以《珠江文流》及书链之各部展现了珠江文派的首创者和百年发展进程。二是以"粤海风"助力千年南学续新篇，即在《珠江历代学派——南学》书链包含的 6 部著作，分别以上古、中古、近古、近代、现代、当代六个时期，梳理从汉至今历代珠江学说学派之源脉、特质和优势，展现千年南学从发轫、兴旺、灿烂、涅槃、新生、开放的发展进程，承传千载南学——珠江历代学派之"六重"之风，并将其以"六重"为内涵之学风——粤海风传扬为整个社会的学习风气、学术风气和学术文明风气。三是以"一带一路"建造珠江文明新高地，即在《珠江文明书链》的五个南海西樵论坛论文集，以至整个《珠红—南海文化书系》工程，都是旨在发扬珠江文明的"灯塔"传统和优势，建设珠江文明新高地。建设"珠江学派—南学"文化学术体系新高地，为构建中国学派，建设学术中国、理论中国作出贡献。

广东省珠江文化研究会会长、省政府参事室特聘参事、广州大学十三行研究中心主任王元林教授，在会上作了以《构建走向世界的珠派南学体系》为题的《珠江—南海文化书系》工程的学术总结报告。他首先指出：自从 20 年前，广东省珠江文化研究会创会会长黄伟宗教授率领珠江文化研究会大批学者，开始研究珠江文明、珠江文化，经过近二十年的耕耘，特别是近年来，不断深化、提升，"珠江文派""千年南学"（"珠江学派"）呼之欲出，已基本成形。其间，黄伟宗教授贡献至伟，亲力亲为，为珠江文化研究积累了宝贵的财富。正是黄伟宗创会会长、司徒尚纪名誉会长以及谭元亨教授等前辈学者的积淀，多年来，广东省珠江文化研究会出版了近 200 部著作，林林总总，汇集了可以说珠江文派、岭南学派的一系列成果，可谓是时代结晶，思想集成，不仅对历史上珠江文化作了深邃的总结、回顾，而且在前人基础上，推陈出新，现有必要对这一体系作出研究与拓展。而从 2016 年 8 月开始，广东省珠江文化研究会在佛山市南海区委、区政府的支持下，与广东旅游出版社合作出版了《珠江—南海文化书系》工程 22 部著作，更是在前述基础上的锦上添花，基本上奠定了珠江流域文明的地位。随后他以下列专题进行总结，即"流域学"的结晶——珠江流域文化的汇聚；"分门别派"——珠江文派、千年南学（珠江学派）；"百川归海"——流域学与海洋学的文化碰撞、融合；"岭海渊薮"——拓展珠江文明与世界文明的对话。最后希望珠江文化研究像滔滔珠江一样，奔腾不息，永远与世界文明对接，成为中华文明绚丽多彩华章的美妙音符唱响在南海之滨，珠江两岸。

广东省珠江文化研究会名誉会长、中山大学教授、书系副总主编司徒尚纪作了"珠派南学与珠江文明论坛学"总结，指出《珠江—南海文化书系》工程的总体成就，包括梳理大量的历史文献，构建起珠江文化工程体系，提出"珠江学派"概念，是一种创新。借助于珠江文明、珠江文派、珠江学派三大书链，以"记得住乡愁"为主题和号召，擦亮近百年来珠江文派在珠江文典、文流、文粹、文潮、文评、诗派、文港、文海、民俗、民艺、民歌等方面的成就品牌，阐述它们的产生、发展的历史过程，昭示它们的历史地位和贡献，即以珠江学派为对象，划分其自古至今发展的上古、中古、近古、近代、现代、当代六个阶段，每个阶段相应一部专著，分论各阶段的学术发展背景、代表人物和著作、地位与贡献，最后总结珠江学派整个发展转化过程、特点和规律，并以"南学"之称与珠江学派并用。书链目的在于为建造珠江文明、两生（生态、养生）文明、学术文明、珠江文派、珠江学派、南学文化学术体系新高地服务。而这些成就的取得，与书链写作目标明确、体例得当、多学科合作、注重野外调查等密切相关，更离不开有关党政部门、出版部门的支持、配合，从而取得令人瞩目的成就。

会后多家媒体作了详细报道。2019 年 5 月 15 日，《珠江—南海书系》总结论坛文集《珠海南学与珠江文明》印刷发行。

紧接书系总结论坛的翌日即 2018 年 8 月 11 日上午，广东旅游出版社在琶洲中国进出口商品交易会展览馆"南国书香节"主会场，举行《珠江—南海文化书系》首发及赠书仪式，我与王元林、林岗、李亚平、刘志松、官顺出席并讲话，中山图书馆、广州图书馆、佛山市南海图书馆、赣州市图书馆等接受了赠书,为中国南部增添了书香。省内外多家媒体作出了突出报道。

2018年10月3日,《南方日报》A07版发表广东省文艺评论家协会主席林岗教授在这次论坛和书香节仪式上讲话写成的文章《广纳众流成就自身》,并加"编者按"称:"由中山大学中文系教授黄伟宗主编的《珠江—南海文化书系》22册,历经三载编撰,已告完成,这不仅是黄伟宗教授积30年之功倡导的'珠江文化'的新成果,更被广东省文艺评论家协会主席、中山大学中文系教授林岗誉为广东地域文化研究达到了新的高度。"全文如下:

广纳众流成就自身

由黄伟宗教授领衔主编的珠江文化建设大项目《珠江—南海文化书系》经历三年编定告成,全书分"千年南学""珠江文明灯塔"和"珠江文派"三个系列,共22册。前者是学术文脉发展史的梳理和集萃,其次是历史文化变迁的学术探讨的荟萃,后者则是近现代以来文派的精华集萃。这是广东文化建设的又一实绩。黄伟宗教授创立珠江文化研究会,近20年来做了大量弘扬地方文化的工作,并为地方发展决策提供了诸多有益的咨询和建议,而书系的编定和出版是学术方面的盘点和总结。

地域文化和地域史的研究一向就是中国文化学术领域的重要方面。传统史学有正史与方志之分,这一惯例一直延续到如今。中国的文化学术领域,也有全国性的方面和地域性的方面。正如正史不能囊括中国史的全部,必有待于方志和野史来补充。近代海通,国家意识萌发生长的同时,专注地方发展的地域意识亦同时萌发生长。所以广东近代以来因得地利之便,就多有仁人志士出来呼吁呐喊,期望光大和高扬历2000年发展而自成格局的粤地文化。黄遵宪、梁启超首开其例。黄伟宗教授则是粤地文化研究的当代人物,他在20世纪90年代初从研究广东作家陈残云小说时得到启发,提出"珠江文化"的概念。如今将近30年过去,"珠江文化"的概念不但萌芽生根,而且开花结出了丰硕的成果。《珠江—南海文化书系》的出版就是证明。

近代中国顺承西学东渐,知识面临大变革、大转变,更兼文言和现代白话文的嬗替,译书、编书广为盛行。魏源的《海国图志》首开风气,采自传教士翻译的西籍和通商口岸的报刊新闻,编述成一介绍世界大势、各国沿革的图志，为有志者打开获取知识的新窗口。晚清鸿儒张之洞的《劝学篇》其中就有一篇叫《广译》。他认为译书不但是"治生之计"，也是"开物成务"的功德。他还鼓动时人多做编述和选本的工夫，认为编书的普及之功不亚于著述。同一个道理，历代先贤关于粤地思想文化的著述已经积累甚多，晚清以来尤为显著，将它们的精华集萃成"南学""灯塔"和"文派"三个系列，为读者展现珠江文化研究的成绩，大有功德于年轻后学进入和熟悉这个地域历史文化研究的领域，推动地域文化的繁荣。

中国五岭以南这片地方，过去一直叫作岭南。发育生长于斯的文化自然就称为岭南文化。这是以地取名，顺其自然。长久以来以地取名的习惯根深蒂固，但今天使用的时候显然也有名实分离的情况存在。历史上的岭南由秦征南越起，即包括秦设的南海、桂林、象郡，约略相当于元人所设的两广。但今天讲岭南，多不含广西。也许有鉴于此，黄伟宗教授别出心裁，以水取名，谓之珠江文化。这个称呼带来意外的好处，非常生动而直观地将地域文化的特征表现出来。想到水，就会想到海纳百川。珠江文化所以有它的特性与光辉，就如同珠江一样，因其广纳众流成就自身。珠江上纳西、北、东三江，才成为浩瀚的巨流。黄伟宗珠江文化"八代灯塔"的说法，形象地道出粤地社会文化变迁的特征。我赞同他的观察。"八代灯塔"就是粤地社会文化发展的八个阶段和它的特征。每一个阶段的社会演变与发展，外来的刺激都扮演了十分重要的角色。这些刺激粤地社会发展的外来因素，古代时期多来自北方中原，海通以来则多来自南面海外。一北一南，珠江流域恰好就在中间，既得天时，又得地利。它们不仅推动了广东地域的发展，更成就了它在近现代整个中国发展变化主流中的独特地位。这个地方既得风气之先，又是风云汇聚之地。革命年代自不待言，建设年代亦复如是。20世纪80年代初第一批设立改革开放先行一步的4个特区，有3个在广东。直到今天广东都是全国经济总量最大的省份。社会经济有如此独特的成就与地位，它的文化同样是值得好好研究和总结。黄伟宗主持的这套书系，是对近代以来珠江文化成就的全面的盘点和对近代以来珠江文化发展历程的梳理。这个工作过去还没有人做过，他有开创之功。同时这个书系所表现出来的努力，代表了广东地域文化研究达到了新的高度。

改革开放以来思想解放，广东地域的文化自觉意识逐渐高涨。1986年老前辈吴有恒写文章《应有个岭南文派》，随后黄树森发起并主持"珠江大文化圈"的讨论，2004年郭小东撰文，呼唤"新南方文学"。去年蒋述卓、陈剑晖联同媒体发起讨论"粤派批评"。这些声音与黄伟宗提倡的珠江文化，同流而不同源。它们从各自的起点，站在各自的视角，关注共同的对象与问题，众源归一，汇聚成时起时伏又绵绵不绝的地域文化的自觉意识，推动着地方社会与文化的发展。"珠江文化"研究有近30年的积累，黄伟宗和他的同仁持之以恒，才成就今日研究和出版的实绩。

（二十三）为粤派批评理出"群""气""风"，为百年珠江文评梳出9次热潮

2016年夏天，中国文艺理论学会和广东省文艺批评家协会，在暨南大学举行了理论研讨会，来自全国的近百名文艺理论批评家与会。粤籍评论家古远清教授、广东文学评论家陈剑晖教授在会上提出：应当有粤派批评。随后，《羊城晚报》于2016年6月5日推出整版的"粤派批评"讨论版，发表了陈剑晖的《"粤派批评"已是一个客观存在》，2016年6月27日《文艺报》理论与争鸣版，发表了古远清《"粤派批评"批评实践已嵌入历史》，接着《羊城晚报》又先后发表了洪子诚、杨匡汉、蒋述卓、刘斯奋、黄树森等著名评论家就"粤派批评"的文章或访谈。讨论一直延续至2017年秋天，受到广东省有关领导重视，决定由广东人民出版社出版《粤派评论丛书》50本左右，包括：文选35本，精选35位最有代表性的粤籍批评家，每人出一本代表性文论集，分4个版块出版。分别为，"大家文存"：《黄遵宪集》《康有为集》《梁启超集》；"名家文丛"：第一辑——《黄药眠集》《钟敬文集》《萧殷集》《黄秋耘集》《梁宗岱集》，第二辑——《刘斯奋集》《黄树森集》《饶芃子集》《黄伟宗集》《黄修己集》《谢望新集》《李钟声集》；第三辑——《蒋述卓集》《程文超集》《林岗集》《陈剑晖集》《郭小东集》《宋剑华集》《陈志红集》《徐肖楠集》；"新锐批评"（谢有顺、温远辉、申霞艳、胡传吉、李凤亮、世宾、柳冬妩）；"新世纪粤派评论"（李德南、陈培浩、杨汤琛）。此外，另有专题著作15本（书目略）。同时组织有关会议专题讨论，定于2016年12月，在北京举办"粤派评论丛书"座谈会，全国文学评论大家，云集首都，共议粤派评论的历史与现状，共商今后发展大计，使百年珠江文评又掀起更大热潮。

巧合的是，同时在 2016 年夏天，广东省珠江文化研究会在佛山南海区委区政府鼎力支持下，与广东旅游出版社合作，联合进行《珠江—南海文化书系》工程，被列入广东省原创精品出版项目。这个工程项目计划编著三个书链 22 部论著，倡导珠江文明、珠江文派、珠江学派。具体是，珠江文明灯塔书链：《珠江文明的八代灯塔》《珠江文派与记住乡愁》《养生文明与生态文明》《理学心学与学术文明》《珠派南学与珠江文明》。珠江文派之记住乡愁书链：《珠江文典》《珠江文流》《珠江文粹》《珠江文潮》《珠江诗派》《珠江文评》《珠江文港》《珠江文海》《珠江民俗》《珠江民歌》《珠江民艺》。珠江历代学说学派——千年南学书链：《珠江上古学说学派》《珠江中古学说学派》《珠江近古学说学派》《珠江近代学说学派》《珠江现代学说学派》《珠江当代学说学派》等。这项工程是在一边研究著述，一边举办论坛中进行的。所以，它是与粤派评论讨论著述同步。更巧合的是，在这套书系的《珠江文派与记住乡愁》书链选题中，有一部《珠江文评》，是选析百年珠江文艺批评代表作的专著，由我与于爱成、包莹负责选析，我负责写全书概论，题目是《百年珠江文评的九次热潮》，我们编著这部书和我写概论的时间过程，也正好与《羊城晚报》关于粤派批评的讨论同步。所以，我这段口述史将这两件事合为一段述说。

2017 年春天，当我正在筹划"珠江文派"书系的编写与出版工作时，羊城晚报也在发表倡导"粤派评论"的系列文章，并向我约稿，我当即将正在付印的《珠江文典》跋寄去，以表支持和赞许。因为我始终认为：文学创作与文学评论，是文学事业之两翼；前者是土壤，后者是庄稼；"皮之不存，毛将焉附？"两者共存共荣，相互促进。所以，我感到倡导粤派评论和珠江文派，是双簧一曲、异曲同工之事。同时，最近接到通知说：按照"粤派评论丛书"出版计划，要我编出个人评论选集（下称《选集》），列入其中"名家文丛"第二辑。在进行编选时，又使得我从自己文学生涯即届 60 周年的文学批评活动回顾中，对个人追求的文化批评风格有所感悟，进而对当今广东的文化批评之"粤海风"颇为认同和赞赏。于是便利用为《选集》写前言的机会和方式，将粤派评论、珠江文派、文化批评等三个相关而又各有不同的命题，分别以"群""气""风"三字切入简述自己的想法和看法。这篇作为我个人选集"代前言"的文章，既是我个人的体会，但更主要是从个人实践基础上，从数十年广东文学批评的历史谈

对粤派批评的看法,从中理出"群""气""风"等三个聚焦点或特点。具体内容是:

"群"——以粤派评论凝聚批评群体,以批评群体领潮创作批评

顾名思义,粤派评论姓"粤",理当是粤地粤人粤风的文学评论。既然称之为"派",则应当有"结群"和"可群"之能量,也即是当有群众、群体、成群结队之"群",又应有古语所云:"诗三百"(即《诗经》),"可以群"之群众、群知、群情、群潮之"群"。粤派评论就是这样一个早已具有并充分发挥出这两方面"群"之功能的文派。

广东文学在新中国成立后有两度辉煌:一是20世纪五六十年代,以《三家巷》《香飘四季》《花城》为代表的老一代作家新作的涌现;二是20世纪70年代末至80年代初,以《我应当怎么办》《海风轻轻吹》《雅马哈鱼档》为代表的第二代中年作家的"伤痕文学"和改革文学的兴起。与此同时,广东文学批评界也创造了自己的辉煌:一方面表现在最早而及时地为这些作品及其代表的文学新潮鼓与呼,另一方面是从同时期创作现象升发深度的理论批评,如60年代初从《金沙洲》升发关于典型问题的讨论,20世纪70年代末从"伤痕文学"升发关于"社会主义悲剧"和"社会主义批判现实主义"的理论争鸣。这些批评活动的群体性及其反响的群潮性,说明当时的广东文学评论界与广东文学创作界一样,在创造两度辉煌的同时,已自觉地形成一个成熟的文派,只不过是与珠江文派那样,"有实无名"而已。

其实,粤派评论在这两度辉煌中成熟和崛起,不是偶然的,而是有其来龙去脉的。《黄伟宗集》中有篇2万字长文《百年珠江文流的三段历史波澜》,详析了珠江文派和粤派评论在正式成熟和崛起之前的百年文流长河中,掀起三段历史波澜的辉煌,具体是:由梁启超在维新运动前后,开创的"新民说""文界革命"和"学术新论"掀起的历史波澜;由朱执信、杨匏安、洪灵菲等革命者和作家,分别在五四运动前后掀起的"土话文""美学"与"革命文学"波澜;以欧阳山从"粤语文学""大众小说"到"新写作作风"之路,蒲风、温流与"中国诗坛",以及黄谷柳的《虾球传》和粤港"方言文艺运动",在抗日战争和解放战争时期掀起的第三段历史波澜。从这三段历史波澜的辉煌可见:珠江文派的文脉是源远流长、光辉灿烂的。同时,也可看到粤派评论的文脉不仅同样如此,而且尤其鲜明突出地在这三段历史时期,对当时的

文学创作以至整个时代的历史文化洪流，都持续地发挥着领潮争先、推波助澜，以及文学评论的"群体""群知""群潮"作用。

"气"——以"五气"聚现珠江文派，以珠江文派记住乡愁

要种好粤派评论的"庄稼"，必须培育好珠江文派之"土壤"；要培育好珠江文派，就应当响应习近平总书记发出的"记住乡愁"号召，从强化本土写作入手，挖掘出本土文化之"底气"，聚现（也即是"结群"和"可群"）珠江文派，并以珠江文派之创作永远记住乡愁。

"气"者，即精神之气，包括有形或无形的气派、气势之"气"。三国时期，曹丕以点化"文章以气为主"（《典论·论文》）之"气"，由曹操父子创造了流传千古的"建安文学"；明清时期，方苞、刘大櫆先后以"义法""神气"造就了"桐城派"300年的承传历史；珠江文派也是以"气"为主，但却是"五气"相通之气派而聚现的广东作家群体。"五气"包括：一、"天气"，即时代之气和本土独特自然天气；二、"地气"，即本地水土自然环境之气；三、"人气"，即本土社会环境和风俗人情之气；四、"珠气"，即珠江文化之气；五、"海气"，即海洋文化之气。

这"五气"也是粤派评论凝聚之气。因为粤派评论是珠江文派之羽翼，是重要组成部分和理论支撑。粤地粤人粤风之文学评论与珠江文派一样，要有立足之地，这就是本地的生活与创作，尤其是对本地的深情厚谊，也即是习近平总书记号召的：要"望得见山，看得见水，记得住乡愁"。这对于粤地之新旧粤人作家、评论家而言，是尤有指导意义的。因为粤地自古是移民繁殖之地，出生本土者固然有其深厚乡愁，非本土出生者，也皆因"年深外境犹吾境，日久他乡即故乡"而具有粤地之乡愁，从而可以立足粤地而群为文学创作和评论之文派，又由此而使其创作和评论或浓或淡地具有记住乡愁的粤地印记。所以，聚现珠江文派与记住乡愁是互为因果、相辅相成的。

广东省珠江文化研究会组编《珠江—南海文化书系》，是为实现这个双向性目标铺垫或铺路之作为。从《选集》录其总序分列之《珠江文派与记住乡愁》书链序中的书目及其结构可见：首部《珠江文典》是轴心，即以"五气"聚现珠江文派和记住乡愁之座碑；接连的书目是梳理百年历史波澜的《珠江文流》，评析新时期精英作家作品之《珠江文粹》，评析跨世纪崛起作家作品之《珠江文潮》，是从纵向梳理其源流和传承发展之碑记；《珠江诗派》

《珠江文评》，是从领域横向而丰其羽翼之论著；《珠江文港》《珠江文海》，则是从地域横向展示其对海外的凝聚力和辐射力之实录；而《珠江民俗》《珠江民歌》《珠江民艺》等三部民俗风情录，则是从文化根源寻其基因与血脉之本根之作。从这些书目展示的内容和整体结构可以窥见：这个书链的完成是可以达到以"五气"聚现珠江文派，以珠江文派记住乡愁之预期目标的。

"风"——以文化铸就风格，以风格增强粤海风

所谓粤人粤地粤风之文学评论之"粤风"，包括两个方面：一是指个人风格，二是指文派群体相通并聚射之文风。据说"粤派评论丛书"出版计划，列入其中"名家文丛"出版专辑的人，都是有影响、有个人风格的前辈和同代文学评论家。我认为这是很幸运的文坛盛事，这意味着当今可以倡导文派、学派，并重视作家、评论家的个人风格了，过去一直是忌谈文派学派和个人风格的。

其实，文派或学派并不可怕，而是可喜。正如开创百年珠江文流的大学者大作家梁启超所说："学派之为物，与国家不同。国家分争而遂亡，学术分争而益盛。"至于个人风格，也不是有些人说的那么高不可攀。照我看来，个人风格，不过是作家、评论家个人的经历、学识、专业、职业、事业等因素之渐进与融合，逐步形成一定的写作范围和写作习惯的特点而已，尤其是专业或职业的需要和事业的追求起重要作用，起码在我来说是如此。

现在这部《选集》，是从我已经出版的20多部个人专著（基本汇集于最近出齐的《黄伟宗文存》4部）中选出来的，可以说是我这60年文学生涯的缩影，又由于是侧重选辑评论文章，所以也是我个人批评风格的缩影。概括而言，这些篇什都可以说是：以文化观照文学，从文学透视文化的评论，几乎每篇都有文化或文学，"双文"融于一体，均可称之文化批评或文学的文化批评。如果这可以说是我的批评风格的话，那正好说明这是由于我的专业、职业和事业的因素造成的。1959年我从中山大学中文专业毕业，到《羊城晚报》的《花地》文艺副刊任《文艺评论》责任编辑开始（当时还是《三家巷》首篇评论的作者），到现在（除"文革"10年外），我从事的专业、职业和事业，都主要是文化和文学领域的工作，并都是按专业、职业和事业的需要，写文章、出专著。所以，《选集》中"宏观论评""珠江文评"等栏目中所选篇什，都是我在中山大学中文系任教时，按讲授中国当代文学和文艺理论批评需要，而写的专著或文章中选出来的；"决策咨询""珠江文化""文化发

现""珠江文派与珠江学派"等栏目中的文章,是自1992年开始,我受聘为省政府参事并任省参事室广东文化组组长和珠江文化研究会会长的职务要求,而写的参事建议或调研报告;"海洋文化与'一带一路'"栏目中的文章,则是2000年6月我率考察团到雷州半岛发现徐闻是中国海上丝绸之路最早始发港,而被任命为广东省海上丝绸之路研究开发项目组组长(2013年后又任海上丝绸之路研究书系学术委员会主任兼总主编),所编写的专著或报告。总之,这些篇什,是文化中的文学,文学中的文化,是以文化为主体的"多学科交叉立体文化工程",是既有理论又有实践,既有决策参考价值又有实际操作成效的学术成果。所以,尽管有人认为我这些作为,是文学界的"个别",又有社科界的人视为"另类"(参见"文海感言"中的《珠江文痕》后记),我也不以为悔,反以为荣。因为被多个学科人士均视为不能入其"类"、其"格"的"边缘人物",不就是本身"自成一格"吗?这不就是个人风格吗?怎能不引以为荣呢!

我的学术道路和学术风貌实际如此。如果这样的文化批评也能算是有个人风格的话,那么《粤派评论丛书》及其《名家文丛》,也会同我主持的《珠江文派与记住乡愁》书链及其《珠江文典》所印证的珠江文派存在那样,印证出粤派评论也是实际存在的,因为两套书系所列举的代表人物,都是既有共性又有个性,也即是既有文派共有之气派文风,又都各有自己独特风格之作家、批评家群体。因为拥有相当数量各有个人风格而又有相通气派文风的作家、评论家群体,才能称得上是成熟的文派或学派。

那么,当今粤派评论相通之气派文风是什么呢?我认为与珠江文派一样,是"五气"相通相聚而迸发出来的"粤海风"。这是因为"五气"中的"珠气"和"海气"是凝现"天""地""人"三气之轴心,其根是海洋性特强、江海一体的珠江文化特质,其文化风格和气派文风,正如唐代南粤"第一诗人"张九龄所写:"海上生明月,天涯共此时。"故名之"粤海风"。我本人一直追求以文化铸就批评风格,也旨在以文化批评风格为增强粤海风而尽个人力所能及的绵薄力量。

(《粤派批评丛书·名家文丛·黄伟宗集》由广东人民出版社2018年1月出版)

这篇代前言,虽是我个人在文学文化批评上的体会和追求,实际上也是广东百年文学批评九次热潮中第八和第九次热潮的缩影,现将我在《珠江文评》概论中所概括的《百年珠江文评的九次热潮》摘要如下:

第一次:20世纪初至10年代梁启超开创珠江文流而掀起的"新小说""新派诗"热潮

主要标志是:在鸦片战争后的维新运动中,梁启超以他创立的新民说、文界革命(含新文体、新小说、新派诗、新曲艺、新史学),及一系列学术新论构成的新学,掀起了举世知名的维新运动,铺垫了划时代的五四运动,发起了现代中国的文界革命和学术革命,同时也作为百年珠江文流的发端而为创立珠江文派和珠江学派,以及珠江文评,掀起了百年珠江文评的首次热潮。这次热潮,典型地体现于他倡导新小说的评论,以及为开创新小说而采取的支持行动及其影响中;同时体现在梁启超支持首创"我手写我口"之"新派诗"的黄遵宪并使"新派诗"形成理论的诗论家,并共同发起一场"诗界革命"的壮举中。

第二次:20世纪20至30年代吸取西方文化而分别掀起革命文学与象征主义热潮

主要标志是:在这个年代,广东更是吸取西方文化的桥头堡,在全国领思想文化思潮之先,也领文艺思潮之先。对此作出最突出而全面贡献的是杨鲍安。1919年11月《新青年》发表李大钊的《我的马克思主义观》。同年11月11日至12月4日,杨鲍安在《广东中华新报》副刊《通俗大学校》上,连载他的长篇论文《马克思主义》,只有不到一个月的时间差,而且,这是广东最早系统宣传马克思主义之文章,可谓最早与李大钊南北呼应之作。尤其是在1919年6月至8月,也即是五四运动方兴未艾的时候,杨鲍安在《广东中华新报》的《通俗大学校》专栏连载他以《美学拾零》为总标题的3万余字的美学文章,系统介绍西方美学大家柏拉图、康德、费希特、黑格尔、哈特曼等的美学理论,可谓开辟中国现代美学理论和领域的开山之作,他的短篇小说《王呆子》被称为广东新文学首篇《狂人日记》式小说,而且也是五四时期"问题小说"之前锋,与稍后同是广东人许地山同类作品异曲同工,杨鲍安和许地山的小说创作也是珠江文流与全国文流同步的体现。在这年代掀起革命文学热潮的代表人物洪灵菲,1930年春,中国左翼作家联盟在上海成立时,他被选为七位常委之一;1932年夏,中国左翼文化总同盟成立时,他也被选为七位常委之一。他在上海加入了蒋光慈、阿英、孟超等人创办的领军当时全国革命文学潮流的"太阳社",同时,又与广东同乡人林伯修(杜国庠)、戴平万组成"我们社",出版《我们》月刊,与"太阳社"异曲同工地倡导并创作大量的"革命文学"作品;他在左联工作期间,既在理论与组织上着力倡导革命文学,同时又在创作上写出了大量具有浓郁珠江文化色彩的革命小说。最典型的是他的长篇小说《流亡》三部曲,这是"四·一五"反革命政变后地下革命斗争的史诗性作品,又是当时文坛的"革命加恋爱"的浪漫革命文学的领潮之作,与郁达夫的《沉沦》、蒋光慈的《少年漂泊者》和《短裤党》等著名小说是同类创作。在这年代掀起象征主义热潮的代表人物,是梁宗岱、李金发、冯乃超,以及在文艺理论上作出贡献的黄药眠和钟敬文。

第三次:20世纪30至40年代从方言文学切入的文艺大众化热潮

主要标志是:民主革命领导人之一朱执信,在这年代初发表《广东土话文》一文,提出"白话是活的,文话是比不上的",白话文表达上"自然",应用上"明白",对胡适倡导的白话文既表赞成又作了重要补充。更为重要的是,朱执信在这篇文章中,还提出:"我想各省各县,除是没有土语,或是土语太不完全、不堪用的以外,都可各自用土语来做文章。""主张广州人对广州人讲广州土话,并不主张广州人对中国人、对世界人,都讲广州话。更不能要求中国人、世界人,都对广州人讲广州话。而现在广州人,除自己谈话以外,还有对中国人讲话,听中国人讲话的必要。所以没有地方性质的出版,应该用国语。"这个观点,是从谈话与写作对象不同出发而分别使用国语或本土语,并以"自然""明白"为宗旨的,不是一概将国语与本土语对立起来,较能使人接受,对于广东文学来说尤有重要意义,所以朱执信关于"土话文"的主张不仅对珠江文流有重大影响,对全国各地都有普遍意义。其次,使粤语方言问题成为20世纪30至40年代珠江文评热潮的主要代表人物是欧阳山,他早在30年代初即在《广州文艺》杂志提出"粤语文学"口号,发表大量粤语文学作品进行倡导。1941年,欧阳山到当时抗战的"陪都"重庆,提出创作"大众小说"的口号,并创作出不少反映抗战的大众小说作品。1942年,欧阳山在延安参加了延安文艺座谈会,积极响应毛泽东号召,深入生活和工农群众，创作了《活在新社会里》等作品，尤其是长篇小说《高干大》。毛泽东在"快要天亮"的时候，挥笔写信，"替中国人民"为他的"新写作作风庆祝"！这是对欧阳山数十年来坚持从"粤语文学""大众小说"到"新写作作风"之路的最高评价和肯定，也是对欧阳山这条创作道路的肯定。在这期间，以"抗战叙事"小说走革命大众小说之路的广东作家丘东平，同以"恋爱小说"走通俗文学之路的广东作家张资平，虽然道路不同，但目标都是为文艺大众化作出努力。抗日战争时期，以蒲风、温流为首的《中国诗坛》，是与胡风在北方主办的《七月》齐名的南方诗派。这诗派的诗，是抗战的火把、炮手，是珠江诗派的一代歌手，又是珠江诗评的高手，《中国诗坛》的诗歌创作与"成为大众歌调"的理论主张和创作实践，使文艺大众化推向高潮。此外，1949年春天在粤港两地共同开展的"方言文艺运动"讨论，实质上也是这热潮的继续和扩展。

第四次：20世纪50年代末至60年代初关于典型多样化和反对批评简单化的讨论热潮

主要标志是：这个时期，中国的文学创作和文艺理论批评都取得了全面的繁荣，尤其是长篇小说《青春之歌》《红旗谱》《红日》《红岩》《林海雪原》《创业史》《三家巷》等接连问世，好评如潮，影响很大；文学理论的活跃，也首先体现在对这些名著的评论和讨论中，当时这些名著的主人公，都是成功的艺术典型，又都是各有其典型意义和独特个性的多样化艺术形象。这些形象，因其别开生面、独具一格，受到广大群众热烈欢迎，但也有部分受"左"倾思想影响的读者不理解，受"阶级性即典型性"的理论影响，对有些人物形象提出非议，造成了文学批评简单化、庸俗化倾向，最突出表现在对《青春之歌》主人公林道静和对《三家巷》主人公周炳的评价上（其实，之前对《慧眼》《老油条》的论争也是由于对其主人公是否无产阶级形象的看法分歧），由此而引发了关于典型多样化和反对批评简单化的讨论热潮。在这热潮中，珠江文评的切入点，主要是对广东作家欧阳山创作长篇小说《三家巷》和于逢创作的长篇小说《金沙洲》的讨论。《三家巷》于1959年春开始在《羊城晚报》《花地》副刊连载前5章，全书于同年9月正式出版。《花地》副刊于同年10月发表我与黄树森合写的首篇评论，热情肯定其是"动人心魄的史诗，泥香喷喷的鲜花"之佳作。此后陆续发表不少有关评论，其中有文章认为：

从《三家巷》的主人公周炳是革命的"风流人物",但又是有"小资产阶级情调"的形象,在典型塑造上有"性格分裂""双重人格"之嫌;另有文章对此说持异议,认为这是文学批评简单化看法,并肯定周炳形象是成功的符合典型创造规律的艺术形象,由此提出和讨论了典型塑造与评价问题,主要是怎样对待人物典型的复杂性、发展性和多样性问题。可惜自1964年后,受到政治因素和"左"倾思潮干扰,造成《三家巷》的正常讨论夭折,转变为对宣扬"修正主义"思想的批判。关于《金沙洲》的讨论,是1961年上半年在《羊城晚报》文艺评论版上开展的。这是由萧殷(时任广东作家协会专职副主席、党组副书记)主持的一场讨论,最后以连续发表广东作协文艺理论组(包括易准、曾敏之、黄树森)写了《典型——熟悉的陌生人》《艺术构思和作品效果为什么会脱节》《文艺批评的歧路》等3篇文章结束。同年第8期《文艺报》转载了《典型——熟悉的陌生人》全文。这场讨论以深刻而系统的典型理论,批评了文艺批评简单化、庸俗化倾向,同时又对文艺规律(主要是形象创造规律)进行了深入探索,是以文艺规律解决当时具体问题的批评实践,事后被多部中国当代文学史评述其价值和意义,在全国影响甚大,可谓珠江文评这次热潮的高峰。

第五次:20世纪70年代末至80年代初关于"伤痕文学"、现实主义、现代主义之论争热潮

主要标志是:粉碎万恶的"四人帮"后,广东率先对"文革"造成的冤假错案进行了彻底平反,对"文艺黑线专政论""根本任务论""三突出论"等,进行了彻底批判,在全国率先开始"三个活跃"(思想活跃、组织活跃、创作活跃),珠江文派复苏,珠江文评重振雄风,突出表现在关于"伤痕文学"、现实主义、现代主义的论争热潮。具体是:从《"歌德"与"缺德"》《向前看呵,文艺》引发关于"伤痕文学"之论争,从我的《社会主义批判现实主义》引发的关于现实主义的论争,从"朦胧诗"意识流引发的关于现代主义的论争。

第六次:20世纪80年代中期至末期关于"经济文化时代"和广东文学特质及走向的讨论热潮

主要标志是:广东是改革开放的前沿地,是经济特区的开创地,是社会主义市场经济的试验地,也由此使广东的文化与文学,在气势磅礴的时代大潮、

日新月异的时代大势中,提出了许多重大而尖锐的现实问题,必须回答和讨论。珠江文评队伍,持续发挥领潮争先的传统和前个热潮所重振的雄风,敏锐地提出和探讨了迫切的重大现实问题。主要有:

1. "经济文化时代"应有怎样的文化与文学？1984年11月,《当代文坛报》和《特区文学》联合召开"文学的改革与改革的文学"座谈会,在全国率先探讨了商品经济运动中文学的地位与价值,以及由商品经济运动所引起的人生、人际、人伦关系的变化,调整与转型的关系的缔造,最早发现并解决了文学与商品经济的理论误区。

2. 应如何认识改革开放前沿地的广东文学特质及走向？如1986年吴有恒提出:《应有个岭南文派》掀起了广东文学特质及走向的讨论热潮,1986年年中,《当代文坛报》《文艺报》《文学评论》《上海文学》与天津《文学自由谈》、福建《当代文艺探索》等刊物负责人和评论家60余人在深圳举行座谈会,研讨如何反映现代文明生活、如何揭示现代文明美问题,其中也提出了广东文学如何反映现代文明问题,这是全国首见的关于现代文明的理论主张;1988年,《当代文坛报》又以《粤军的最佳视点:大都市文明之美感》为题,报道了广东作家协会理事会年会的讨论成果,可谓这次讨论热潮的不是结语之结语;刘斯奋的长篇小说《白门柳》在这期间荣获茅盾文学奖,又发表了关于《朝阳文化》的长篇论文,从实践和理论上,给这次讨论热潮之斑斓风景添上了浓重的一笔。

第七次:20世纪80年代中期兴起的"文化热"及其引发的地域文化和珠江文化热潮

主要标志是:随着改革开放的深入和现代西方文化学的传入,中国文坛在20世纪80年代中期兴起了以"寻根文学"为起点的"文化热"而引发的地域文化热,连续涌现了对岭南文化、南方文化和珠江文化的倡导热潮。包括:黄树森的岭南文化和"珠江大文化圈"论,郭小东的"新南方文学"论,谢望新的"南方文化"论,我的珠江文化和海上丝绸之路研究等,都是有助于促进了广东文化文学建设并促进珠江文评走向世界的文化研究和建设理论。

第八次:20世纪末至21世纪初新兴文化文学现象的新文化批评热潮

主要标志是:随着改革开放的深化和全国城镇化地域的扩大,在20世

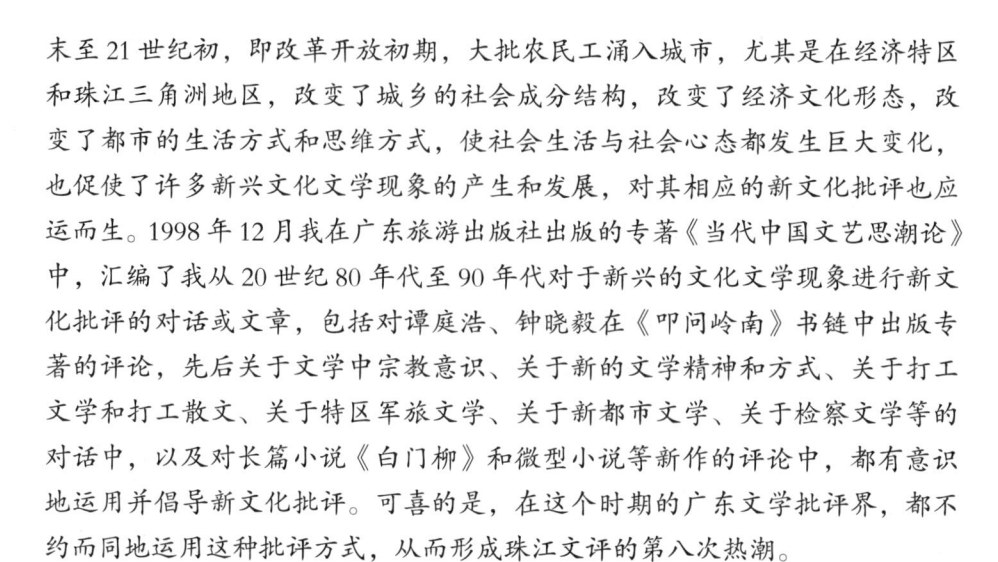

末至21世纪初,即改革开放初期,大批农民工涌入城市,尤其是在经济特区和珠江三角洲地区,改变了城乡的社会成分结构,改变了经济文化形态,改变了都市的生活方式和思维方式,使社会生活与社会心态都发生巨大变化,也促使了许多新兴文化文学现象的产生和发展,对其相应的新文化批评也应运而生。1998年12月我在广东旅游出版社出版的专著《当代中国文艺思潮论》中,汇编了我从20世纪80年代至90年代对于新兴的文化文学现象进行新文化批评的对话或文章,包括对谭庭浩、钟晓毅在《叩问岭南》书链中出版专著的评论,先后关于文学中宗教意识、关于新的文学精神和方式、关于打工文学和打工散文、关于特区军旅文学、关于新都市文学、关于检察文学等的对话中,以及对长篇小说《白门柳》和微型小说等新作的评论中,都有意识地运用并倡导新文化批评。可喜的是,在这个时期的广东文学批评界,都不约而同地运用这种批评方式,从而形成珠江文评的第八次热潮。

具体表现在：新都市文学的批评,特区文学的批评,打工文学的批评,女性文学的批评,"后现代"文化现象的批评,城市文化与通俗文艺现象的批评,网络文艺现象的批评,网络文艺批评,文体分类(小说、散文、诗歌)文学的批评,以新文化批评各种方式展现和推动珠江文派和珠江文评走进欣欣向荣的新时代。

第九次：21世纪10年代至20年代关于粤派评论和珠江文派的讨论和出版书系热潮

主要标志是：从粤派评论讨论和珠江文派论坛及其促使《粤派评论丛书》与《珠江—南海文化书系·珠江文评》的出版,使珠江文评又掀起新的热潮,标志着百年珠江文评第九次热潮落幕,又迈步新的征程,走向新的胜利。

在这次高潮期间,还有不少值得回味的事情,如：2017年5月8日,我参加"萧殷百年诞辰纪念研讨会",作了题为《广东文学两度辉煌领军人物之一萧殷同志——并论文艺繁荣发展的五大动力和"珠江文派"》的发言。2016年11月17日下午,我应邀到广东省文艺评论家第五次全国代表大会会场,接受新任主席林岗颁发顾问聘书。

2018年1月11日,我向广东省文艺评论家协会常务副主席梁少锋转达陶萌萌在龙川办萧殷文学馆情况,建议评协支持其扩大"粤派批评百年展"内容,并推动其与萧殷女儿陶萌萌商议。2018年6月25日,我与省评协常务副主席梁少锋,由陶萌萌陪同,到河源市客家公园内萧殷文学馆参观,并向市文广新局提出具体建议。2018年12月7日,河源萧殷文学馆开幕研讨会正式开幕,我因疲劳过度,未能赴会,提交了题为《弘扬萧殷精神,壮大粤派批评》发言稿,献上1977—1978年萧殷给我的亲笔书信原件5件,并赠送《珠江文派》书链2套、《珠江文评》30册作为纪念。直到2019年3月3日,我在《南方日报》《文艺评论》发表《壮大"粤派批评"需推出五大实力举措》一文,编者还加了按语,以示重视。这些活动和作为,也当是这次热潮的内容或余波。

(二十四)5年完成5"篇"丝路书系,书香节亮相"前世今生"

习近平总书记2013年夏秋发出建设"一带一路"倡议,到2018年夏秋,正好5周年。广东省海上丝绸之路研究开发项目组于2013年底,获省政府批准,承担《海上丝绸之路研究书系》工程任务,也正值5周年,我们也正好在这个值得纪念的时候,胜利地完成了这项工程任务。

现将这项工程的组织结构与《海上丝绸之路研究书系》书目及编者、作者列下:

组编:广东省人民政府参事室(文史研究馆)、广东省珠江文化研究会、广东省海上丝绸之路研究开发项目组。

总主编:黄伟宗。

副总主编:司徒尚纪、王元林。

出版:广东经济出版社2014年3月—2019年6月出版。

第一篇:《开拓篇》(黄伟宗总主编),包括《海上丝绸之路的研究开发》(周义主编);《海上丝绸之路与海洋文化纵横论》(黄伟宗著);《广东海上丝绸之路史》(黄启臣主编);《中国古代海上丝绸之路诗选》(陈永正编注)。

第二篇:《星座篇》(黄伟宗总主编),包括《徐闻古港——海上丝绸之路第一港》(刘正刚、乔素玲著);《南海港群——广东海上丝绸之路古港》(周鑫、王潞著);《海陆古道——海陆丝绸之路对接通道》(王元林著);

《海上敦煌——南海1号及其他海上文物》（崔勇、张永强、肖顺达著）；《沧海航灯——岭南宗教信仰文化传播之路》（郑佩瑗著）；《广州十三行——明清300年的曲折外贸之路》（谭元亨著）；《侨乡三楼——华侨华人之路的丰碑》（司徒尚纪著）；《古锦今丝——广东丝绸业的"前世今生"》（刘永连、谢汝校著）；《香茶陶珠——广东特产及其文化交流之路》（冯海波著）；《广交会——海上丝绸之路的新生和发展》（陈韩晖、吴哲、黄颖川著）。

第三篇：《概要篇》（黄伟宗总主编），包括《"一带一路"广东要览》（王培楠主编）；《海丝映粤》（江海燕主编，李庆新、孙长山副主编）。

第四篇：《史料篇》（王元林主编），包括《秦汉至五代卷》（周永卫、冯小莉、张立鹏编）；《宋元卷》（孙廷林、王元林编）；《明代卷》（衷海燕、唐元平编）；《清代卷》（刘正刚、钱源初编）。

第五篇：《港口篇》（司徒尚纪、王元林主编），包括《汕尾港》（汤苑芳编著）；《潮州港》（李坚诚编著）；《阳江港》（许桂灵编著）；《珠海港》（孟昭锋编著）；《深圳港》（熊雪如、王元林编著）；《广州港》（李燕编著）；《茂名港》（李爱军编著）；《南澳港》（黄迎涛编著）；《汕头港》（刘强编著）；《湛江港》（陈立新、张波扬、陈昶编著）。

这套《海上丝绸之路研究书系》，包括《开拓篇》《星座篇》《概要篇》《史料篇》《港口篇》共5篇共近千万字，入选广东省原创精品出版工程，是南方传媒股份公司"一带一路"重点选题。2014年春，书系首篇《开拓篇》被省委书记胡春华选为出访东盟越南、新加坡、马来西亚三国的礼品用书，后又被广东出版集团向印尼等国输出版权，最早在"一带一路"建设中发挥国际交流作用。从上可见参与这项工程的专家团队，是庞大而实力雄厚的，是敬业心强、协作努力、效率高、效果好的，在此一并致以谢意和敬意！

在这5年期间，这项工程，我们作为广东省海上丝绸之路研究开发项目组，除了组织专家团队分工有序进行相关课题的考察研究之外，还同时为各地市或单位进行"一带一路"的宣传教育与研究开发工作，持续不断地取得新的发现和成果，连续举办了许多各种方式的学术活动，在海内外产生影响，也发挥了建设"一带一路"的积极作用，也有力地促进了这套书系工程任务的完成，同时也使书系的每"篇"都在写作和出版时起到应时所需的作用。因而项目组认为在这5周年纪念日子，应当进行总结，向批准和领导这项工程的省委、省政府作书面汇报,为结束这个项目作出交代。由此,由我执笔,写出《在"一带一路"建设中的"四化"体会》一文,作为《海上丝绸之路研究书系》项目总结报告。报告概述了自习近平总书记首创"一带一路"建设5年来项目组的工作历程,以"四化"体会总结主要经验,具体是:

1. 活化,即以活化咨询,在咨询中活化

咨询方式主要是提交参事建议和为各地作报告,发挥文化的复活、用活作用。如:当习近平总书记倡议"一带一路"之初,即应省委办公厅约稿,于2013年12月4日提交了参事建议《持续发掘海上丝绸之路文化,全方位发挥海洋文化软实力——关于研究开发海上丝绸之路文化的调研报告》,受到时任中央政治局委员的广东省委书记胡春华同志的高度重视并作出批示;此后5年来提交相关参事建议30余件,到省直厅局及各地市作《从三个理论看"一带一路"》专题报告30余场,均起到咨询活化作用。其中对东莞市连办3届"海上丝路博览会",对惠能禅学在"一带一路"建设中所起的复活、用活作用,比较典型突出。

2. 深化,即以深化考察,在考察中深化

始终坚持走深入考察、不断发现之路,尤其是对重要发现,更是不断加深、层层深入。对广州在"一带一路"建设的中心作用尤为关注,2014年初,即在深入考察中发现并作出定位:以南沙为代表的广州港是广东21世纪海上丝绸之路"第一港";随即于2016年冬,又深入一步提交了《以五大战略将广州建成世界"五都"——关于将广州市建设为世界"一带一路"之港都、网都、智都、商都、文都的战略刍议》;2017年3月,再深入考察,又提交了《发挥优势,突出特色,将广州建设为世界空中丝路"四型"大港》的建议。此外,对"印度洋之路"和"客家人出海第一港"的发现,对"广府人出洋第一港"和华侨华人海上丝路的发现,对乳源过山瑶发展为"过海瑶"的发现,对海外冼夫人文化的发现和升格,也都是考察中深化的硕果。广府人海外联谊会从缘起到连续举办三届"世界广府人恳亲大会"的过程,及其在"一带一路"建设中发挥积极作用,更是在考察中不断发现和深化的生动写照。

3. 实化，即以实化论证，在论证中实化

始终坚持在考察研究中的发现，都要以多种论证方式证实，并通过研讨会或论坛的方式予以确认、推广和运用于实践，产生实际效用，即所谓用实。如：2013年底，即习近平总书记倡导"一带一路"之始，即举行"21世纪海上丝绸之路建设与海洋文化"研讨会，时任中央政治局委员的汪洋同志（现任中央政治局常委）在致信祝贺大型史著《中国珠江文化史》出版之后，再支持出版《中国南海文化丛书》（6部）的学术成果，证实"一带一路"倡议的英明正确，并率先以研讨会的方式，响应贯彻习近平总书记的倡议。随后5年来在各地举办了一系列论证会，包括：在广西梧州举行"岭南文化古都与海陆丝路对接点"研讨会，在广西贺州举行的"潇贺古道与临贺古城"研讨会，在罗定举行的"南江古道文化与'一带一路'"研讨会，在佛山举行"海上丝绸之路陶瓷冶铁丝绸大港"研讨会，在南海西樵山举行"珠江文明的八代灯塔"研讨会等。每次会后都出版了论文集，都对当地的"一带一路"建设起到实化作用。

4. 体系化，即以体系化著述，在著述中体系化

5年来，先后完成两大书系的著述。一是《珠江—南海文化书系》，包括3个书链，共22部著作，共达600万字，构建了珠江文明、珠江文派、珠江学派（千年南学）等三大文化学术体系。另一个是《海上丝绸之路研究书系》，由5个篇章构成，包括：《开拓篇》（4部）、《星座篇》（10部）、《概要篇》（2部）、《史料篇》（4部）、《港口篇》（10部），共30部，共约800万字。加上未列入书系但却是本项目的有关著作，包括有关的参事建议、调研报告、媒体文章、论坛文集等，则达1000万字以上。在总体上既是一个理论与实践结合并行的研究项目，又构建了广东"一带一路"的文化学术体系。

这份长达12000余字的总结报告，我于2018年9月5日脱稿后，经项目组讨论，一致同意上报省参事室，并建议以我个人名义给时任中央政治局委员的省委书记李希写信、送书并呈这份报告。2018年9月10日，我按项目组决议，写出信稿和报告修改稿呈参事业务处上报。同年10月15日，省参事室向省委办公厅呈上这份报告，并附上《海上丝绸之路研究书系》与《中国珠江文化史》赠书。

在项目组进行总结这段时间，广东经济出版社将书系最后一篇，即第5篇《港口篇》的10册全部出齐，同时标志着《海上丝绸之路研究书系》工程最后完成。由此，我建议将这套书系投入2019年南国书香节活动，经筹委会批准，列为重点项目，决定于书香节开幕当天上午在广州琶洲会展中心南国书香节主会场举办《海上丝绸之路研究书系》新书首发并赠书仪式。

2019年8月16日上午10时半，仪式正式开幕。书系组委会主任、省人大常委会副主任徐少华致电祝贺："对活动和黄教授表示祝贺。鉴于现在不分管这一块工作，按各方面的管理规定，就不出席这次活动了。另嘱请我们转达对黄教授的祝贺！"省政协常委江海燕，广东省委宣传部、省参事室、南方出版集团、广东经济出版社等单位领导和专家王桂科、赖斌、周义、陈小敏、蔡玉明、王培楠、谭元亨、郑佩瑗等百余人出席仪式，《港口篇》10部作者及所写港口代表参加仪式并接受赠书。

广东经济出版社社长李鹏致开幕辞。我作为主讲嘉宾，以《为"今生"谱写"前世"，借"前世"发展"今生"》为主讲词，介绍这套书系的缘起和结构，进行组编写作出版的过程，以及在进行过程中和在总体上对"今生"现实所发挥的积极作用；介绍这套书系是广东海上丝路文化遗存研究的代表作品，是研究广东海上丝路文化特点和亮点的标志，并向社会和海外推介的最新学术成果，既是广东海上丝绸之路文化精华和优势的集萃推介，又是向中国和世界推介海上丝绸之路文化的知识读本；整套书系研究梳理了广东"前世"2000年来海上丝绸之路历史脉络、发展进程、文化传统、遗址景点、世界网络、开发走向的古今风貌，全方位展现改革开放以来广东研究开发海上丝路光辉历程与成果，是一套为"今生"谱写"前世"，借"前世"发展"今生"的大书。广东省珠江文化研究会秘书长、华南师范大学历史文化学院教授、博士生导师周永卫在会上介绍：《港口篇》是从历代历史文献梳爬、整理，简明扼要地展示了广东各港口海上丝绸之路的历史发展过程，发展特点、重点和亮点，从各港口的港口变迁、航线扩展、船舶建造与航海技术、经贸发展、人员交流、文化交流等方面展现各港口的特色，并具有图文并茂、自成体系的专著，对于当下我省进入了以港口建设为重心的聚焦粤港澳大湾区建设具有现实意义。

中国新闻网、光明日报网、央广网、南方+、《广州日报》《广东科技报》

等媒体在报道中介绍说：由广东省珠江文化研究会组成的编写这套书系的学术团队，有数十位专家学者，自20世纪90年代初以来，一直进行珠江文化与海上丝绸之路研究开发工作，致力于认识和献策、考察和发现、定位和开发、范围和方式、著述和致用5个方面的不断深入扩大，始终坚持"五结合"（参事文史工作与学术研究结合、理论与实践结合、田野考察与文案研究结合、古代文化研究与现代文化研究结合、文化研究与多学科交叉研究结合）的方针，持续深入地以纵横开拓的研究方法，不断有新的发现和新的成果。整个书系最大的特点是：较全面地展现了广东"一带一路"的纵横风貌。"纵"，是历史源流和发展历程；"横"，是指各方面或各阶段的整体面貌。无论是从作者学术团队还是从书系学术规模上来说，都可以称得上广东省响应中央关于建设"一带一路"的精品力作，是一套研究梳理2000年来广东海上丝绸之路历史脉络和优良传统的系列专著，又是展现改革开放，广东研究开发海上丝路光辉历程与成果的大型书系，对于进一步深化"一带一路"和粤港澳大湾区建设具有重要参考价值。

此外，我在这书系中的专著《海上丝路与海洋文化纵横论》一书，2019年3月被广东省江门市图书馆纳入"海上丝绸之路专题资料库"国家项目，由承包承建单位北京今朝在线科技有限公司代表何宇等与我签署版权合同。

与此同时由于佛山南海西樵"珠江文库"结束，珠江文化研究会将原存该库的千册图书，转赠南海图书馆。

（二十五）为弘扬海丝和地域文化，助中央电视台和各种媒体报道拍片

广东省珠江文化研究会从20世纪90年代初创业开始，即一直高度重视报刊电视媒体和各种研讨会的宣传推介作用与工作，始终认为这是我们进行文化发现和研究开发工作的有机组成部分，是不可或缺的要素，我们所有新的发现和研究成果，都是与媒体的支持和努力的成果，谨表衷心谢意和敬意。本文稿的前部分，已将媒体的贡献融于各个时段的记事中，现将近年有关要事列下：

2016年1月19日下午，我接受中央新闻纪录制片厂导演肖光毅关于

广府文化的采访。

2016年3月3日,我与王元林到广东省民间文艺家协会参加广东海上丝绸之路文化地理坐标座谈会,同意与《南方日报》等共同主办"一带一路"十大历史地理坐标活动。

2016年3月28—29日,我应广东省旅游局邀请,赴增城金叶子温泉主持"广东专项旅游产品形象宣传策划制作项目"评审会,这是北京世纪大象群文化传播有限公司中标承办的项目。

2016年5月7日上午,我应邀到广州岭南印象园为中央电视台制专题片《广府春秋》讲解广府文化来龙去脉及其对世界文化的四大贡献。

2016年5月28日上午,我接受新华社广东分社副社长兼总编辑赵东辉率领记者进行关于"一带一路"的采访。

2016年6月14日下午,我在住宅接受广东电视台根据徐少华同志批示制作的宣传参事馆员事迹的专题片《南粤群贤》的记者专访。

2016年6月24日上午,与《南方日报》、省文联、省民协合办的"寻找一带一路十大历史地理坐标"活动在省文联举行启动仪式。2016年3月25日,《南方日报》发表记者对我关于此项活动的专访。

2016年7月20日上午,我与司徒尚纪、王元林到省旅游局,参加《南方日报》举办的"海上名粤,丝路新旅"大型系列采访活动专家论证会并作了发言。

2016年8月23日,司徒尚纪赴京参加北京联合大学举办的2016年全国地方学学术研讨会,提交论文《从珠江文化研究试论地方学的内容体系——以广东省珠江文化研究会十五年研究成果为例》,受到与会专家重视和好评。

2016年9月29日,我与司徒尚纪到广州东塔新华文化影视公司评审电视专题片《南海商道》。30日,我到广州文化公园参加"广州十三行博物馆"开幕式,并与中央电视台12频道记者郑阳一道为拍摄专题片现场解说。

2017年1月20日,凤凰网记者向我采访广州春节花市的历史变迁、文化意义和发展建议。26日凤凰网广州站发布。

2017年9月24日,广东电视台南方频道《西京古道》摄制组专访我,该片于国庆后播出。

2017年10月20日,我到广东电视台"无线广东"参加广东河长制宣传标语、符号、照片评审会,经省水利厅核准,月末公布了评审结果。

2018年1月24日,我向《广州日报》黄艺峰、梁倩薇提出《广州水文化三部曲》系列版策划提纲,包括以湖美市、以江旺市、以海强市。26日,我接受《广州日报》"湖泊与广州"专题采访组采访。

2018年3月15日,中央电视台12频道通知我,我参加拍摄的电视片《南海商道》3集,分别于16日、23日、30日播出。

2018年3月2日,《广州日报》2018年4月2日A5版"广州生态全扫描"大型系列全媒体报道第三大专辑——"泛舟羊城湖"专版《古湖烟波渺水城润泽长》中,发表记者采访我关于广州湖泊史和"湖美笑美心态美"的长篇谈话。

2018年8月26日,中央电视台科教频道(10频道)郑导演寄来电视片《南海商道》光盘,共6集,第一集《十三行》有我在广州文化公园参加"广州十三行博物馆"开幕场面。

2018年11月13日,我应广东省旅游控股集团有限公司邀请,到广州白云宾馆为浙江宁波博地控股集团开发建设中心作"历代广东文化景点故事"报告,并商议在广州黄埔长洲创办岭南文化影视项目事宜。

2019年3月10—11日,我与谭元亨应邀到封开,为该县录制中国影像方志介绍该县古文化,我还为该县提出创建"两园一会"建议,即"广府文库博览园"(含语言库、访视库、文献库、民俗库、文物库)和"北回归线生态特产博览园",以及举办"广府文化前世今生研讨会"(或称广府文化论坛)。

(二十六)促进茂名冼夫人纳入"一带一路",助云安挖掘"陈璘文化金矿"

1. 促进茂名冼夫人纳入"一带一路"

2016年9月3日,我就《南方日报》记者郑幼智在马来西亚发现冼夫人文化,向茂名市文联主席车永强推荐就此做大文章,并在报上发表谈话。

2016年11月22日,我在《南方日报》等单位为冼夫人诞辰举办的冼夫人文化节暨冼夫人与"一带一路"国际论坛发表主旨演讲。2016年9月15日，中秋节，黄启臣来电告知，加拿大《工商报》发表了我关于冼夫人与海上丝绸之路的谈话和单人照片。2017年2月3日，广东参事馆员建议《以新高度研究开发冼夫人文化，纳入"一带一路"战略并申报"世遗"》。（以上建议均于3月初安排为2017年第18期发表）

2017年4月1日，茂名市社科联姜桂义发《冼夫人文化发展纲要》给我，征求意见并请我到茂名参加座谈会，我推荐王元林参加。

2018年12月2日晚上，茂名市冼夫人俚族文化研究会在中山大学蒲园举行，中山大学、华南师范大学等高校教授、专家学者交流活动。我与华南师范大学历史文化学院原院长、中国魏晋南北朝史学会副会长陈长琦教授，华南师范大学历史文化学院周永卫教授等出席了交流活动。广东省珠江文化研究会郑华星会长、戴国伟秘书长、郭安胤副秘书长，广州工作站周忠泰站长、香港中文大学博士生吴至通会员等，一同出席本次交流活动，我被聘为该会名誉会长。

2018年12月30日，茂名市俚人文化研究会在"冼夫人文化周"期间，举办"两广三会"关于冼越文化座谈会，我致贺信，由珠江文化研究会秘书长周永卫宣读并代表珠会提出众多方案。

2019年1月3日，《茂名日报》发表茂名关于冼越文化座谈会发言专版，头条是我的书面发言：《以天时地利人和理念开拓冼越文化领域》。

2019年8月7日，我应邀赴中山市"五觉斋"公司参加茂名市俚人文化研究会与茂名市冼夫人文化研究会举办的座谈会并作了发言，提出冼越文化概念并创建冼越文化联谊会与学会的建议。

2019年8月22日，我于2019年1月3日在《茂名日报》发表关于茂名冼越文化座谈会发言专版条发表的书面发言《以天时地利人和理念开拓冼越文化领域》一文，荣获"茂名地方特色文化研究奖"二等奖。

2019年7月17日，周永卫与郑华星、刘志松会谈冼夫人文化项目事，我电话告周永卫要抓四件事：一是全面弘扬冼夫人文化，办论坛，成立省学会；二是组合发挥东南沿海千多处冼夫人文化遗存，纳入"一带一路"；三是协助将冼夫人文化申报世遗；四是编冼夫人文库。

2021年底，我在对茂名俚人文化研究会题词中，提出以"族系地域化，族史学术化，族理体系化，族心群众化，族群国际化"等"五化"，促使冼俚文化"更上一层楼"。

2022年1月11日，我又对茂名市文化局副局长冯照年，茂名冼俚文化研究会常务副会长戴国伟提出：希望茂名擦亮"百粤祖地，岭南圣母，南江源头，郑和船坞"的文化根基和品牌，使茂名的知名度更高更茂。

2. 助云安挖掘"陈璘文化金矿"

2018年7月16日，云安县发改委主任李妍姬到中大拜访我与王元林，商谈"云安中韩海上陈璘驿道"论证和申报事宜，冯家广参加。

2019年10月7日，重阳节，我提交云安"陈璘文化研讨会"论文《陈璘文化的历史和当代意义》完稿。

2019年10月25日，珠会与云浮市云安区联合举办"陈璘文化"研讨会，有韩国陈璘后裔代表参加。因感冒未能赴会，提交论文《陈璘文化的历史和当代意义》。《南方日报》作了报道。

（二十七）为南江文化带定位五个"最"，为郁南创建"南江文化小镇"

2018年9月18日，应郁南县人大常委会副主任许澄江（原文化局局长）之邀，为"南江文化带"作出文化定位：南江文化带的五个"一"，即广东珠江的西北东南四大支流文化带之一，广东最老土著——百越族文化遗存地之一，最新发现与北京猿人同时的人类发祥地之一，最早对接海陆丝绸之路的古驿道之一，最美丽的绿水青山宜居生态环境之一。20日，再将南江文化带定位改为五个"最"，即"最老的广东珠江主干流文化带，最古的广东土著百越文化祖地，最新发现的广东人类起源遗址，最早的广东对接海陆丝路驿道，最美的绿水青山宜居生态环境"。并以书信方式向郁南提交《关于南江文化带定位和举办"南江文化、生态环境与人类起源"研讨会的建议》。

2018年10月16日上午，郁南县人大常委会副主任许澄江、杨雪媚到中大，与我商谈"郁南·南江文化旅游特色小镇项目"建设事宜，我提出南江文化带五个"最"文化定位即受赞许（原来他们未看到改后的信），并接受举办"南方人类发祥地——南江文化带"论坛的建议，争取在明年南江文化节举行。司徒尚纪参加会谈。23 日，我写出《应当大力开发郁南磨刀山遗址与南江旧石器地点群的历史文化资源》参事建议，王元林赞赏，与其共同署名提交参事室、郁南县委和省科协。

2018 年 12 月 5 日，我到郁南参加"郁南南江小镇设计汇报会"并作了发言，提出要把握南江文化五个"最"的特点，以磨刀山旧石器时代遗址为依托，将人类起源与生态环境、太空时代结合起来的高度进行规划的建议，受到郁南县领导、佛山顺德投资公司的一致赞赏，即被聘为该项目顾问，作为设计方的清华文旅设计院领导和设计师也表认同。

2018 年 12 月 15 日，我先后与郁南县委书记梁子财、佛山广域集团副总裁曾庆璋通短信，均表合作南江文化带项目诚意。

2019 年 1 月 9 日，郁南县人大常委会副主任许澄江及文化局局长到中大同我与王元林、吴仕高会商南江文化小镇建设规划事宜。2019 年 1 月 16 日，佛山广域集团副总裁曾庆璋、项目总经理罗永强，郁南县人大常委会副主任许澄江等到中大，同我与王元林、吴仕高会谈"郁南南江文化小镇项目"合作事宜并达成共识。

2019 年 2 月 27 日，我与王元林到新兴县六祖镇观看《六祖大典》，与广域集团罗志强、赵丽红会谈六祖文化与南江文化合作事宜。

2019 年 3 月 4 日，我与王元林在中大与广域集团罗志强、赵丽红再次会谈六祖文化与南江文化合作事宜。

2019 年 6 月 25 日晚，我与王元林在中大与佛山广域集团南江小镇项目负责人罗志强、赵丽红会谈，确定这个项目，珠会只负责文化设计，由该集团另请公司负责策划。

2019 年 7 月 1 日，我为郁南写出《打造"南江文化小镇"的四项策划方案》，包括《山海经》太空科技城、南江文化博览园、两江海丝生态文化走廊、举办论坛并编撰"南江文化书系"等四个实施项目的初拟策划方案。

2019 年 7 月 15 日，我与王元林在中大蒲园与广东旅游出版社刘志松、彭超等，以及广州智立策略机构创办人、首席策略师符文祥会谈"南江文化小镇"策划项目事宜，确定增补刘志松任珠会常务副会长、彭超任副秘书长，主要负责这个项目。

2019 年 7 月 30 日，我在中大与佛山广域集团赵丽红、智立策划机构符天祥、广东旅游出版社彭超共商南江文化小镇策划事宜，初步达成共识。

2019年1月11日，广东省作协专程接我参加迎春茶话会，我同时赠送《珠江—南海书系》19册及《黄伟宗集》1册给作协资料馆。

2019年9月11日，广东省珠江文化研究会与佛山广域集团、广州智立策略机构三方聚会，达成合作共识，共同策划建设郁南"南江文化小镇"，罗志强、赵丽红、符文洋、刘志松、彭超、王元林与我等12人与会。20日三方正式同意签订合同。27日，三方在广州东风东路羊城同创会编辑楼（羊城晚报社原址）举行报告会，由我作关于南江文化专题报告，对南江文化五个"最"的文化定位和"南江文化小镇"四项策划方案作了系统详细的讲解。

2020年2月22日，郁南县人大常委会副主任许澄江发件告知我，广东省文化和旅游厅发文件宣布正式确定云浮市郁南县为全省五个"文物保护利用示范区"（试点）之一，拟出宣传口号五个请选定，我选其中第一条"探秘南江古建艺术，寻梦岭南族先祖地"。

现将我所拟的《打造"南江文化小镇"的四项策划方案》附录如下：

前　言

郁南和南江文化带的文化定位是五个"最"，即：最老的广东珠江主干流文化带，最古的广东土著百越文化祖地，最新发现的广东人类起源地标，最早的广东对接海陆丝路驿道，最美的绿水青山宜居生态环境。这五个"最"也应当是"南江文化小镇"的文化定位，是使其建成为南江文化的聚焦和缩影之中心理念和实现坐标。由此，提出"《山海经》太空科技城""南江文化博览园""两江海丝生态文化走廊"，举办论坛并编撰"南江文化书系"等四个实施项目，初拟策划方案如下：

一、"《山海经》太空科技城"策划方案

（一）当今高科技界掀起"《山海经》文化热"现象的重大意义

《山海经》是我国古代文化经典，其中的神话故事，体现了中华民族祖先对宇宙的认识和想象的智慧和美感，以及对征服自然和太空的愿望和自信力，是宝贵的文化科学遗产。当今我国最新的高科技，尤其是远征太空的尖端科技，多从这部经典中汲取文化元素为发展动力，使科技长上文化翅膀，

啸傲长空，所向披靡。如中国航天登月探测器名为"嫦娥"，月球车名为"玉兔"，嫦娥三号探测器着陆点周边区域也被命名为"广寒宫"，附近三个陨坑则命名为"紫微""太微"和"天市"，引领嫦娥四号在月背软着陆的那颗卫星叫"鹊桥"等，都是出自这经典中嫦娥与后羿的故事，从而在我国远征太空领域掀起"《山海经》文化热"现象。

这种现象还发展到其他高科技领域，在当今世界领先5G高地的华为集团，很早就用《山海经》的神兽名称化为产品的注册商标，如麒麟、朱雀、腾蛇、青牛、青玄、当康、玄机、白虎、灵犭、饕餮、巴龙、鲲鹏、泰山、凌霄、昇腾等，以表《山海经》中所表现的原始混沌的鸿蒙时代人类发祥初期，如同"盘古开天地"那样的雄心气魄。华为最近还为新建的自主操作系统，冠名"鸿蒙"，更明显寓有继承祖先"开天辟地"的雄心和浪漫，再开当今太空时代之"天"，再辟高科技"高地"之意。

这种现象说明，我国现代高科技工作者，正在运用中华民族人类祖先在原始时代创造的鸿蒙文化，赋予当今高科技时代创造的太空文化，以原始时代的神话故事所体现的想象和追求，与当今远征太空的科技目标从文化理念上相结合，使苍白的太空和单纯的高科技都具有了深厚的文化意蕴，从而使其所进行的发射行为与成功以至每个项目目标的实现，不仅有重大科技意义，而且都具有文化意义，标志着《山海经》体现的想象与追求的实际进行和实现，放射出中华民族传统文化的灿烂光芒。这就意味着原始鸿蒙时代与当今太空时代的对接，以《山海经》为代表的鸿蒙文化正在融入当今的太空文化之中，可谓以历史文化推动现代科技发展的创举，具有体现和提高文化自信与科技自信，尤其是具有开创中国特色的太空科技建设和科技文化的重大意义。

（二）在"南江文化小镇"中创建"《山海经》太空科技城"的依据和前景

郁南和南江文化带的文化定位是五个"最"，即：最老的广东珠江主干流文化带，最古的广东土著百越文化祖地，最新发现的广东人类起源地标，最早的广东对接海陆丝路驿道，最美的绿水青山宜居生态环境。这五个"最"的前三个"最"，都是取决于被列入2014年度全国十大考古新发现的"郁南磨刀山遗址与南江旧石器地点群"。这是一个被称为"改写广东古代史"的发现，标志着广东早在距今20万年的前旧石器时代，与北方周口店的北京人同时进入了原始鸿蒙时代，从而在印证这是最新发现的人类发祥地标的同时，印证了这既是最老的广东珠江主干流文化带,又是最古的广东土著百越祖地。作为"南江文化小镇",必须具有这三个"最"的内涵,而体现这些内涵的方式,则当以创建"《山海经》太空科技城"为首选,因为《山海经》所体现的鸿蒙时代文化,包括"郁南磨刀山遗址与南江旧石器地点群"的旧石器时代和稍后的百越族时代的原始文化,从而也就有历史和地理依据,以创建"《山海经》太空科技城"为载体,体现原始鸿蒙时代与当今太空时代的对接与融合,为中国传统文化同现代高科技与太空文化双普及,创建新的模式和载体,是以最古的中国传统文化与最现代的太空科技结合的太空科技城。

这个载体,是跨越古今两个时代的文化与高科技的融合体,实则是以当今高科技手段,生动地再现《山海经》中的文化形象,重现其生命力、艺术力、文化力,是有高科技的智慧和远古文化的灵感结合的体现,是具有深远的历史感、持续的新鲜感和生命力的,正如其中的神话故事从鸿蒙时代流传至今数十万年仍活在人们心中一样;如今在这些神话故事真正在太空中实现的时候,将这些神话故事活灵活现地表现出来,岂不是更具有无穷历史感、新鲜感和生命力吗?其认识价值、欣赏价值、审美价值、科学价值不是更广阔更深厚吗?所以,这个"《山海经》太空科技城"项目建设是前景美好、前途无量的。

(三)以文化理念和高科技手段创建"《山海经》太空科技城"的初步设计

1. 活化鸿蒙时代原始人在"郁南磨刀山遗址与南江旧石器地点群"的活动情景;

2. 活化鸿蒙时代《山海经》中《山经》《海内经》《海外经》的人文地理态势;

3. 活化鸿蒙时代《山海经》中的神兽长廊,包括麒麟、朱雀、腾蛇、青牛、青玄、当康、玄机、白虎、獬豸、饕餮、巴龙、鲲鹏、泰山、凌霄、昇腾等,依书中插图所画形象造型,以科技手段活化,以艺术设计排列带有神圣性、情节性、神秘性的神兽长廊,这是当今世界绝无仅有的动物园,是世界所有动物园都无可比拟的神圣宫殿;

4. 活化鸿蒙时代《山海经》中的神话故事,如盘古开天地、女娲补天、夸父追日、后羿射日、嫦娥奔月、精卫填海等显示古人改天换地、远征太空的雄心愿望,并在千百年历史长河中流传得家喻户晓、世人皆知,而又在当今高科技的太空时代真正得以实现的神话故事,以高科技手段塑造出具有生命力和艺术感染力的形象,使这些人们常年可望而不可即的太空神仙回到地面,同时又交错配上当今我国发射神舟火箭,发射卫星,登上月球及其背面,探测火星、金星、木星、水星,以及卫星通信等的过程与成果,尤其是乘宇宙飞船遨游太空的宇航员影像,使当今世人在参观过程中也如亲登太空,与久仰的古代神仙古圣,以及盖世远征太空英雄零距离接触,同温跨越千万年的登天故事,岂不是天大的美事、乐事!

所以,如能建成"《山海经》太空科技城",必将是中国也即是世界第一座人类起源的鸿蒙时代与当今太空时代对接的文化科技城,是当今世界唯一以高科技再现古代神话故事的文化艺术殿堂,也是举世无双的文化旅游和科普教育胜地。

二、"南江文化博览园"策划方案

(一)创建"南江文化博览园"的意义和依据

在广东境内的珠江主干流,分别为西江、东江、北江,以及相邻的韩江。每条主干流自古都主要是一种民系或民族聚居地,如西江是广府民系,东江是客家民系,北江是客家广府民系,韩江是潮汕(福佬)民系,同时也各自体现和代表其民系文化。由此,使得广东境内的珠江主干流,都各自是一种民系或民族及其文化的体现或代表,从而也在总体上体现了广东民系民族及其文化的结构体系。

在郁南南江口发现和提出南江文化带的重大意义,一是填补了珠江主干流有东、西、北江,独缺南江的空白;二是填补了在各主干流所代表的广东民系中独缺最老土著百越族及其文化的空白。所以,为南江文化带作出"最老的广东珠江主干流文化带"与"最古的广东土著百越文化祖地"这两个"最"的文化定位,是有重大历史和现实意义的,也是很有实际依据的,应当而必须在"南江文化小镇"中体现出来,以供人们在一个有限的空间和时间内,能够穿越千年一览这个填补两个空白的广东最老的土著文化祖地,这就是创建"南江文化博览园"的意义和依据。

(二)创建"南江文化博览园"的初步设计

建议在郁南现有的"兰寨南江文化创意基地"基础上,扩建为"南江文化博览园"。以文化与旅游结合的理念指导进行园的建设,分设两个馆:即史料馆与风情馆。

史料馆:主要从三个方面搜集展出史料。一是以郁南和粤西四市南江文化带的百越族历史资料和遗存文物；二是以史料和科技影像展现百越族从海上登陆中国陆地，东至江浙东越、福建闽越、广东南越，再逆西江而至广西骆越、贵州黔越（夜郎）、云南滇越，以至开发整条珠江流域的光辉历史；三是百越族在两广、海南以至环南海诸国，先后分化迁移的历史，尤其是在南北朝至隋朝期间，以冼夫人为首的俚族所创造的光辉业绩和历史。均以图像和实物展现之。

风情馆：一方面搜集展现传统习俗、节日风情、服装、农具等的实物或场景，另一方面组织表演具有百越风情的禾楼舞、草龙舞、龙船舞、山歌对唱等活动，使观众也能参与，同乐同舞，共享百越风情的淳朴美。

三、"两江海丝生态文化走廊"策划方案

（一）创建"两江海丝生态文化走廊"的意义和依据

在郁南和南江地带的文化定位的五"最"中，具有主干和基础作用的是最后一个"最"，即"最美的绿水青山宜居生态环境"。从历史上说，由于这里是绿水青山宜居生态环境，原始人才能在这里生存，才会将这个广东最原始的人类起源地标保存下来，才会是"最老的广东珠江主干流文化带，最古的广东土著百越文化祖地，最早的广东对接海陆丝路驿道"。从现实上说，自党的十八大以来，以习近平同志为核心的党中央高度重视生态环境建设，十九大后更提高到前所未有的历史高度。生态环境是人类生存空间，人与生态环境是休戚相关的。生态环境的好坏，决定当今和以后人类生存的大问题，也是人类从起源至今亿万年的发展都始终离不开的大问题。因此，以"最美的绿水青山宜居生态环境"为主干和基础，将南江文化定位所包含的五种文化元素组合一体，着重将"最早的广东对接海陆丝路驿道"与"最美的绿水青山宜居生态环境"元素组合，创建"两江海丝生态文化走廊"，作为"南江文化小镇"建设的组成部分，不仅是重要的，而且是不可或缺的，也是切实可行的。

（二）创建"两江海丝生态文化走廊"的初步设计

所谓"两江海丝生态文化走廊"，是指在郁南县境内从连滩至南江口的南江流域两岸，以及从都城至南江口之西江沿岸，选择15—20个生态环境基础较好的古村落进行微改造，挖掘或注入其古驿道（包括绿道与红色古道）文化内涵和生态环境建设项目，依据其原有生产基础或特点，支持其进行具有地方生产或外销传统的土特产养殖，将其产品作为旅游或"一带一路"出

口商品,将其生产基地作为旅游景点和古驿道驿站,使其连成一道集宜居生态环境、海丝驿道文化、土特产生产、旅居与旅游于一体的亮丽风景线;并在南江口建立走廊的文化中心,竖立"最早对接海陆丝路驿道"和"最美的绿水青山宜居生态环境和旅居旅游胜地"的文化走廊石碑或艺术塑像,体现古驿道活化与古村落改造结合、"最早的广东对接海陆丝路驿道"的历史文化与"最美的绿水青山宜居生态环境"和旅游胜地建设结合的理念和特点,全方位结合并发挥生态环境建设、古村落改造、古文化活化、土特产生产、文化与旅游等的功能和优势。

四、举办论坛并编撰"南江文化书系"策划方案

(一)举办论坛并编撰"南江文化书系"的意义和依据

"郁南磨刀山遗址与南江旧石器地点群",是在郁南和南江流域一带发现的人类发祥地遗址,是广东省首次发现并经科学发掘的旧石器时代早期旷野类型遗址,当时即被评审专家称:"此遗址的发掘改写了广东的远古历史。"这句话的评价,意味着这个发现将广东在考古上记录人类起源时间大大提前,即过去一直确认的以封开人、马坝人为标志的15万年前的中石器时代,提前到与世界著名的北京周口店原始人同时的旧石器时代。这是很了不起的发现,具有重大历史意义!在客观事实上,广东的历史已因此被改写,但在人们的认识和广东的历史研究中,仍未能跟上这个已经改变了的客观实际,未有新的认知和同步的研究成果。显然这是由于自2014年后的4年来,未能重视这项发现的历史意义而未能采取相应举措进行研究开发造成的,现在应当是"补课"的时候了——应将已经改写的历史补写出来,由此,必须举办论坛并编撰"南江文化书系",将这项伟大发现深化研究,扩大宣传,并且将其"改写"的历史补写出来。

(二)举办论坛并编撰"南江文化书系"的初步设计

1. 举办"南方人类发祥地——南江文化带"论坛,以这项"最新发现的南方人类起源地标",带动整个南江文化五个"最"。全面研讨,将"最老的广东珠江主干流文化带,最古的广东土著百越文化祖地,最早的广东对接海陆丝路驿道,最美的绿水青山宜居生态环境"等之"最"亮点,充分挖掘并展现出来,以贯彻习近平总书记"立文化、展形象"的号召;并且进一步将研讨重点伸展为探讨当今生态环境建设与人类起源、远征太空研究联系问

题,将南江文化、生态环境与人类起源、远征太空的科技普及的主题突显出来。

  2. 编撰"南江文化书系"。首先,以南江文化定位的五个"最"为系列,每个"最"出一部专著,即《郁南南江文化带》《郁南南江旧石器群》《郁南百越文化祖地》《郁南海陆丝路驿道》《郁南绿水青山环境》,再加《郁南:南方人类发祥地——南江文化带论坛文集》,构成第一套书链,即郁南南江文化书链,列入广东省珠江文化研究会组编的《珠江文化丛书》出版;接下继续编撰出版第二套书链,即南江水网文化书链,包括《罗定江(泷江)文化》《鉴江文化》《新兴江文化》《漠阳江文化》《黄华河文化》《雷州河文化》等,共12部,以此作为郁南和南江文化带的文化"名片",通过论坛的举办和书系的编撰,深化南江文化研究,将已有的研究成果稳固下来,将"已改写的历史"补写出来,将本有的特质和优势发挥出来,将被尘封的品牌亮出来。

(2019年7月1日)

(二十八)为云浮文化地标答两次访谈,为塑造文化形象办三次论坛

  2019年12月16日,云浮市委宣讲团团长刘于湖,与云浮市文化局原局长白健、郁南县人大常委会副主任许澄江等人,到中山大学拜访我和广东省珠江文化研究会现任会长王元林教授,商谈如何打造该市文化地标事宜,并送交《禅文化的继承创新与云浮融湾发展研讨会方案》进行讨论。我表示要突出弘扬郁南磨刀山遗址与南江旧时代遗址群的"改变广东古代史"之文化意义,以及南江文化带的"五最"优势,建好"南江文化小镇",尤其是《山海经》太空科技城。翌日又为云浮作出"岭南族先祖地,禅学文化圣源"定位,并建议以此为主题于明年8月举办全国性的学术研讨会。10天后,即2019年12月27日,云浮市委常委、宣传部部长郭亦乐又带队再次造访我和王元林教授,双方就云浮优势传统文化的传承发展问题再次进行交流。经过两次关于云浮文化地标的访谈,双方达成了于2020年为塑造云浮文化形象举办三次论坛的共识。现将刘于湖团长整理的两次访谈之后情况报告转录如下:

岭南祖地·禅学故里

——关于与珠江文化研究会座谈交流"打造云浮文化地标，塑造文化形象"情况报告

省委十二届九次全会强调：塑造与广东经济地位相匹配的文化优势和文化形象，推动传统文化创造性转化、创新性发展，打造一流文化地标，实施人文湾区纽带工程。我们在前期调研的基础上，带着"打造云浮文化地标，塑造文化形象"定位问题，两次走访了珠江文化研究会，取得了很好的效果，现将相关情况和建议报告如下。

一、座谈交流成果

（一）禅宗禅学二分，破解了禅文化研究的窘境，开辟社科研究新路径

就新兴而言，禅文化已经融入经济文化生活，人气还在聚集，但是仍有敢做不敢说的"后顾之忧"。纵观国内外关于禅宗的各种研讨座谈会，惠能禅宗禅学主要是以宗教性为主体的阐释传播，与当前意识形态的要求有矛盾，存在较大的误区、风险、悖论。

座谈交流会的最大收获就是找到了禅文化的研究传播新路径，即珠江文化研究会创始会长黄伟宗创造性提出的禅宗禅学双重性、双向性研究传播，将其学术性独列并强化，进行学术化、理论化的研究传播。从而将禅宗禅学二分，在宗教界言"宗教"，在社会言"禅学"，各正其位各得其所，通过禅学理论先行，为已开发项目和后续项目提供法理支撑，破解当前禅文化研究开发的"敢做不敢说""做了再圆说"的窘境。

（二）百越族先祖地，对南江文化在全国标志性历史地位有了新认识

郁南磨刀山遗址与南江旧石器地点群的发掘改写了广东的远古历史。它是距今60万至80万年的百越族文化，将岭南史、中国历史推前了，具有标志性意义，黄伟宗先生给南江文化带定位"五最"，这"五最"是它的优势，同时也是我们现在的对接点对应点，即磨刀山遗址表明云浮是最老的广东珠江主干流文化带、最古的广东土著百越文化祖地、最新发现的广东人类起源地标、最早的广东对接海陆丝路驿道、最美的绿水青山宜居生态环境。这五个"最"说明云浮是岭南族先祖地，这笔宝贵的文化遗产使云浮由文化的"流"升格为文化的"根"和"源"，对寻根文化，对民族融合文化研究，对发展文旅产业融珠融湾意义重大。这是座谈交流会的第二大收获。

（三）"岭南祖地·禅学故里"，对云浮文化地标、文化形象有了新定位

1. 关于"岭南祖地"的定位

鉴于郁南磨刀山遗址与南江旧石器地点群的发掘改写了广东的远古历史，将中国的历史推前了，黄伟宗先生"五个最"的论断证明，南江、云浮是百越（岭南）族先祖地，我们将之概括为"岭南祖地"，这是云浮的文化地标，同时是岭南、中国的文化地标。

2. 关于"禅学故里"的定位

"中国禅都·禅学故里"，这是云浮的文化地标，同时是岭南、中国乃至世界的文化地标。鉴于意识形态的规矩，对外宣传建议采用"禅学故里"。

云浮是"中国禅都"：云浮市新兴县被确认为"中国禅都"，主要根由在于这个地方，是六祖惠能的"五地"，即出生圆寂地、顿悟开承地、《坛经》形成地、农禅丛林地、报恩般若地。云浮还是"禅学故里"：黄伟宗先生的研究成果证明，惠能是佛教禅宗派的六祖，是佛教的一位大师和领袖，而且是中国禅学文化的创始人，是中国和世界思想史、哲学史上有重要地位的思想家、哲学家。特别是他创始的禅学文化，典型地体现了珠江文化的传统特质，尤其是在中古兴旺时期的思想文化意识，体现了珠江文化在古代的思维方式和行为方式，标志着珠江文化与黄河文化、长江文化的明显区别，创造了与孔子的儒学、老子的道学并驾齐驱、广传天下的一套完整哲学——禅学，这是"学术中国""理论中国"的一个重要支撑、重要标志。

3. 关于"岭南祖地·禅学故里"的复合定位

在实际操作层面，对内而言，岭南祖地主要对接南江文化，即郁南、罗定、云城、云安；"禅学故里"主要对接新兴（江）境域的禅文化。对地级云浮市、市外统一采用"岭南祖地·禅学故里"文化地标、标识（这是在黄伟宗先生提出的"岭南族先祖地，禅学文化圣源"基础上，为凸显形象简明、特色底色、易懂易记的文化优势，我们将其简化为"岭南祖地·禅学故里"）。在"岭南祖地·禅学故里"总定位的前提下，云浮文化形象的设计可以涉及岭南祖地、百越族先，禅学故里、禅宗故里，禅都、石都、民族融合之都等系列文化地标概念。

（四）"珠江文化"的塑造者，对"珠江文化研究会"的历史地位与作用有了新认识

1. 珠江文化研究会与云浮合作的历史、成效

从 2003 年开始，以黄伟宗为创始会长，后来以王元林为会长的珠江文化研究会与云浮市和所辖五个县（市、区）一直有着良好的合作关系，举办了多层级多次数影响力较大的学术研讨会，为云浮传统文化的挖掘、整理和提炼，为云浮发现发掘打造禅宗文化、云石文化、南江文化三大文化品牌，作出了原创性的贡献。近几年先后在罗定市主办"罗定：南江古道与'一带一路'文化论坛"，在云安区主办"陈璘文化交流会"，目前正在推进南江文化南江小镇的文化创意与建设。

2. 珠江文化研究会的使命与担当

珠江文化研究会是 2001 年 6 月正式成立的由广东省人民政府参事室（文史馆）指导，以参事馆员为主体的省一级学术团体。珠江文化研究会是以水为源流，以长江、黄河为参照，研究中国珠江流域文化的传承与创新的学术团体。珠江文化研究会"走万里路（田野考察）、写千字文（提交参事建议）、著百种书（《珠江文化丛书》迄今已出版百余部，达千万字）"，坚持参事文史工作与学术研究结合，致力于为社会实践服务，为建设广东文化强省、为泛珠三角建设提供文化产业决策参考。研究会进行持续深入的专业研究，充分弘扬了岭南文化、珠江文化，填补了中国珠江流域文化史的空白，详尽而且生动地记录了珠江几千年来丰富而独具特色的文化，揭示了广东改革开放、领潮争先的历史基因、悠久性和必然性。

二、云浮同珠江文化研究会合作意见建议

（一）构建战略合作伙伴关系

适时与珠江文化研究会签订战略合作框架协议，共同致力于我市优势传统文化的发展规划，文化地标、文化形象的塑造以及文旅市场开发。

（二）建立云浮文史研究馆

通过建立云浮文史研究馆，强化与珠江文化研究会的对接合作事宜。

（三）今年具体项目策划实施的建议

1. 总体安排：打响三联炮

第一炮：今年 7 月，在郁南举办"百越族先，岭南祖地"论坛。

举办单位：珠江文化研究会牵头，市委宣传部、珠江文化研究会等单位共同主办，郁南县委、县政府等单位承办。

主要议题：将黄伟宗先生提出的"五最"、民族融合、古驿道丝路通道

文化等相关内容"打包",在岭南区域打响第一炮。

第二炮:今年9月在新兴举办"禅学文化的当代和世界意义"论坛。

举办单位:珠江文化研究会牵头,市委宣传部、珠江文化研究会等单位共同主办,新兴县委、县政府等单位承办。

主要议题:禅学在中国和世界思想史、哲学史上的影响;禅学对宋明理学、唐宋诗风诗派的影响;禅学与"一带一路";禅学对珠江文化的传统特质的影响;禅学与珠江文化、黄河文化、长江文化的明显区别;禅学对构建"学术中国""理论中国"的支撑。

第三炮:今年10月,在广州举办"云浮:岭南祖地,禅学故里(圣源)"文旅融合论坛。

用好第一炮、第二炮成果,联合社科界、文化旅游界、企业界、媒体界等相关界别,从城市文化地标、文化形象塑造,从文化旅游品牌打造,"十四五"文化发展规划等多角度多维度,打响今年最后最响一炮。

2. 总体路径

依托两个国家文物保护单位——磨刀山遗址、国恩寺,叫响两大文化地标——"岭南祖地·禅学故里",融入省规划的两大生态旅游圈"环云雾山——云开山""环天露山",以文化优势融湾融珠融核。具体做到"三个转化":一是通过举办研讨会,将地标性优势传统文化转化为理论化体系化的现代文化;二是通过文旅融合,将地标性优势传统文化转化为旅游产品旅游品牌;三是通过研讨会、文旅融合、舆论宣传,将地标性优势传统文化转化为城市文化形象和城市文化品牌。

(二十九)《珠江文事》了犹未了,《珠江文化综论》凝现始终

2019年6月初,广东省政府参事室参事业务处副处长符文申电话通知我,说国务院参事室发来电文,为其正在主编的《履职参事轶事实录》征集稿件,要求全国每省区和中直部门的参事各选一件,共选百件稿成书,规定每篇3000字,并附作者简介,尽快送来。据此,省参事室领导决定,在数十位省参事中只选我撰写这篇约稿。我便领命加班加点,于6月11日呈上约稿,题为《26年履职广东省政府参事轶事选录》,是写3位中

央政治局委员在广东任省委书记时,对我提交参事建议审批的有关轶事的实录,包括张德江同志在广东首倡建设泛珠三角("9+2")经济区和文化大省,汪洋同志在广东高度重视参事工作和珠江文化、海洋文化,胡春华同志在广东高度重视并亲自领团开拓"一带一路"等三件大事。不多不少3000字,是广东唯一推荐稿件。据符文申副处长告知,约稿经省参事室审正后,于同月15日电发呈报,不久国务院参事室即回复可用。但迄今未见收入这篇约稿的《履职参事轶事实录》一书出版。

在写这篇约稿时我想到,从1992年至现在2019年,我做了26年省政府参事,值得写的履职轶事实在太多了,仅一篇3000字文章怎能完呢?当然只能简单写写几件事情,其他的事只能以后有机会才写了。但转念一想,这件了犹未了的事却使我感慨良多。为什么呢?

首先是对在我履职省政府参事26年中历届广东省政府参事室老领导和省主管领导的尊敬感激之情,尤其是时任省委常委兼常务副省长徐少华同志,时任省政府参事室主任(文史馆馆长、党组书记)周义同志,时任参事室业务处长后任副巡视员罗康宁同志,是在这些老领导的直接领导和大力支持下我才能以参事的身份和条件,做出"习亿年史,走万里路,写千字文,著百种书"的事情,破格地完成了省政府参事的任职届数和年限(规定是任期两届,每届5年,至70岁),做完了任职期间分工做的事。所以,参事的事是做完了,但犹未了。事情未了,即26年履职,无论是对单位或同事的人都是有感恩思念之情的,从领导到共事的参事馆员和工作人员都待我不薄,大约提交百来篇参事建议大都采用,要做的事大都办成,连年都获积极贡献奖或优秀建议奖,每次因病住院都受到亲切慰问,真是情深谊长;履职时做的事也是"完犹未了",自2018年离职后到现在已近两年,我仍在做,因为有些我开创的事情还得我继续做,有些新发现发展的事情即使自己不做也有人要你做,不再是"天生我材必有用,别人不用自己用",而是"老骥伏枥,志在千里"。

其次,是从任职省政府参事想到,其实这26年及其前后,我也主要是做珠江文化和海上丝绸之路研究开发之事,简而言之,所做参事之事也即是珠江文事。但是,参事任职已"了",珠江文事未"了",虽然在5年前换届时,广东省珠江文化研究会已由王元林教授任会长,仍选我为创会会长,还得做点力所能及或不得不做的事,这一方面是事"犹未了",

另一方面是情"犹未了",因为从20世纪80年代末起步珠江文化研究,2000年正式创办广东省珠江文化研究会到2020年,已有二三十个年头,无论是对这项事业和整个团体,或者是对历届的同事或各项课题团队成员,尤其是司徒尚纪、谭元亨、王元林、周永卫等与我长期亲密合作的教授,都是永远感激,始终铭记于心的。

再就是正在这个时候,广东旅游出版社于11月15日,在广州环市路中环大厦为我贺84岁大寿,刘志松、王元林、梁坚等同贺,翌日在网上发布报道:《出走半生,归来仍是少年:中国珠江文化理论的首创者和倡导者——黄伟宗》,同时决定出版我的第5部文集《珠江文事》,使我在由衷感动之余,又有"了犹未了"的感慨。因为自从我开创珠江文化和海上丝绸之路研究以来,广东旅游出版社一直与我保持着良好的合作关系,从李亚平、胡开祥到现任社长刘志松等该社历届领导,都是我的学生和诤友,从《珠江文化丛书》开山之作"海上丝绸之路专辑"、《珠江—南海文化书系》,到我个人专著《珠江文珠》《珠江文行》《珠江文事》(并将三部汇编为《黄伟宗珠江文化散文报告集成》发行),都是该社一贯大力支持的实证和成果,这种深情厚谊是永远不会忘怀的。另一方面,《珠江文事》一书,虽然主要是从2016年至2019年我个人所做的事情的文字记录,但却是我晚年著作总汇,尤其是内有我人生最清楚的做人做事的直白和成果清单。直白是这书开篇代序中的"题记":

> 人生如同三更梦,世事不过一盘棋。
> 做事过一生,不做事也过一生;
> 不如做点事、多做事;
> 当然是做好事、做实事;
> 以超脱做事,以做事超脱。

从这题记可见,我直白以"做事过一生",自然是"了犹未了"地做事,正如我在《珠江文痕》(《黄伟宗文存》续编)题记所云:"做事人走做事路,步步留痕步步新"。所谓成果清单则是指书末附录的《黄伟宗撰编专著及主编〈珠江文化丛书〉书目》,现转录如下:

一、黄伟宗撰编专著25部书目

1.《创作方法史》（黄伟宗著），花山文艺出版社1986年9月出版；

2.《创作方法论》（黄伟宗著），花山文艺出版社1989年3月出版；

3.《新时期文艺论辩》（黄伟宗著），中山大学出版社出版；

4.《欧阳山创作论》（黄伟宗著），花城出版社1989年9月出版；

5.《欧阳山评传》（黄伟宗著），花山文艺出版社1993年2月出版；

6.《文化与文学》（黄伟宗著），花城出版社1995年12月出版；

7.《当代中国文艺思潮论》（黄伟宗著），广东旅游出版社1998年12月出版；

8.《文艺辩证学》（黄伟宗著），广东教育出版社2000年7月出版；

9.《当代中国文学》（黄伟宗著），广东旅游出版社2001年2月出版；

10.散文集《浮生文旅》（黄伟宗著），广东旅游出版社2001年11月出版；

11.《珠江文化论》（黄伟宗著），汕头大学出版社2003年3月出版；

12.《珠江文化系论》（黄伟宗著），中国评论学术出版社2005年11月出版；

13.《珠江文踪》（黄伟宗著），中国评论学术出版社2008年11月出版；

14.《黄伟宗文存》（上、中、下册），广东教育出版社2010年6月出版；

15.《海上丝绸之路与海洋文化纵横论》（黄伟宗著），广东经济出版社2014年3月出版；

16.《珠江文珠》（黄伟宗著），广东旅游出版社2015年11月出版；

17.《珠江文行》（黄伟宗著），广东旅游出版社2015年11月出版；

18.《珠江文痕》（黄伟宗文存续补），广东教育出版社2017参1月出版；

19."粤派评论丛书名家文丛"《黄伟宗集》，广东人民出版社2018年1月出版；

20.《中华新文学史》（黄伟宗、王晋民编著），广东高等教育出版社1998年11月出版；

21.《英州夜话——知名文化人在英德"五七干校"的日子》（黄伟宗、江惠生主编），花城出版社1999年11月出版；

22.《当代中国文学名篇选读》（黄伟宗、朱慧玲主编），广东旅游出版社2001年2月出版；

23.《珠江文事》（《黄伟宗文存》).广东旅游出版社2020年1月出版；

24.《惠能禅学散论》（黄伟宗著），广东人民出版社2020年4月出版；

25.《文艺辩证学》（黄伟宗著），《中国语言文学丛书·典藏文库》之一，中山大学出版社2020年出版。

二、黄伟宗主编《珠江文化丛书》20系列156部书目
（一）丛书奠基专著
1.《珠江文化论》（黄伟宗著），汕头大学出版社2003年3月出版；
2.《珠江传》（司徒尚纪著），河北大学出版社2001年1月出版。

（二）《海上丝绸之路研究专辑》（黄伟宗、胡开祥主编，广东旅游出版社2001年11月出版）
1.《开海——海上丝绸之路2000年》（洪三泰、谭元亨、戴胜德著）；
2.《千年国门——广州3000年不衰的古港》（谭元亨、洪三泰、戴胜德、刘慕白著）；
3.《广府海韵——珠江文化与海上丝绸之路》（谭元亨著）；
4.《中国古代海上丝绸之路诗选》（陈永正编注）；
5.《交融与辉映——中国学者论海上丝绸之路》（黄鹤、秦柯编）；
6.《东方的发现——外国学者谈海上丝绸之路与中国》（徐肖南、施军、唐笑芝编译）。

（三）《珠江文化工程系列》（2013—2015年陆续出版）
1.《海上丝路文化新里程——珠江文化工程十年巡礼》（黄伟宗、罗康宁执行主编）；
2.《广东海上丝绸之路史》（黄启臣等编著）；
3.《珠江文化与史地研究》（司徒尚纪著）；
4.《祝福珠江》（洪三泰、谭元亨著）；
5.《通天之路》（洪三泰主编）；
6.长篇小说《女海盗》（洪三泰著）；
7.《岭南文化古都论》（谭元亨编著）；
8.《岭南状元传及诗文选注》（仇江、曾燕闻、李福标编注）；
9.《客家圣典：一个大迁徙民系的文化史》（谭元亨著）；
10.《客家文化之谜》（谭元亨著）；

11.《岭南文化艺术》（谭元亨著）；
12.《广府寻根》（谭元亨著）；
13.《南方城市美学意象》（谭元亨著）；
14.《海峡两岸客家文学论》（谭元亨著）；
15.《古代中外交通史略》（陈伟明、王元林著）。

（四）《珠江文化丛书·"十家文谭"》（中国评论学术出版社2005—2006年出版。"十家"，是以十位学者之所长从十个学科探析珠江文化之意）

1.《珠江文化系论》（黄伟宗著）；
2.《珠江文化的历史定位》（朱崇山编）；
3.《海上丝路的研究开发》（周义编）；
4.《泛珠三角与珠江文化》（司徒尚纪著）；
5.《海上丝路与广东古港》（黄启臣著）；
6.《粤语与珠江文化》（罗康宁著）；
7.《岭南文化珠江来》（张镇洪著）；
8.《珠江诗雨》（洪三泰著）；
9.《珠江远眺》（谭元亨著）；
10.《珠江流韵》（戴胜德著）。

（五）《珠江地域文化系列》（2005—2008年陆续出版）

1.《广信：岭南文化古都论》（谭元亨主编）；
2.《良溪——"后珠玑巷"》（黄伟宗、周惠红主编）；
3.《郁南：南江文化论坛》（黄伟宗、金繁丰主编）；
4.《南江文化纵横》（张富文著）；
5.《顺德人》（谭元亨著）；
6.《顺德乡镇企业史话》（谭元亨、刘小妮著）；
7.《宝安百年》（洪三泰、谭元亨、戴胜德著）；
8.《珠江文化之旅》（谭元亨著）；
9.《珠江文行》（黄伟宗著）；
10.《珠江文珠》（黄伟宗著）；
11.《中国地域文化通览·广东卷》（司徒尚纪主编）。

（六）《珠江特色文化系列》（2009—2012年陆续出版）

1.《海上丝路的辉煌》（黄伟宗、薛桂荣主编）；

2.《海上敦煌在阳江》（黄伟宗、谭忠健主编）；

3.《千年雄州》（许志新、刘清生主编）；

4.《云浮：中国石都文粹》（黄伟宗主编）；

5.《岭海名胜记》校注（王元林古籍标点校勘注释）；

6.《雷区1988：中国市场经济的超前探索者》（谭元亨著）；

7.《内联外接的商贸经济：岭南港口与腹地、海外交通关系研究》（王元林著）；

8.《断裂与重构——中西思维方式演进比较》（谭元亨著）；

9.《城市建筑美学》（谭元亨著）。

（七）《珠江民系族群文化系列》（2011—2012年陆续出版）

1.《封开：广府首府论坛》（黄伟宗、张浩主编）；

2.《客家第一"珠玑巷"——凤岗第二届客侨文化论坛》（黄伟宗、朱国和主编）；

3.《中国（凤岗）客侨文化系列丛书——凤岗排屋楼》（张永雄主编）；

4.《客家图志》（谭元亨著）；

5.《客家与华文文学论》（谭元亨著）；

6.《华南两大族群文化人类学建构》（谭元亨著）；

7.《瑶乡乳源文化铭作选》（梁健、邓建华主编）；

8.《雷州文化概论》（司徒尚纪著）；

9.《雷州文化研究论集》（蔡平主编）。

（八）《珠江文化专史系列》（2009—2012年陆续出版）

1.《中国珠江文化史》上、下册（黄伟宗、司徒尚纪主编）；

2.《创会十年——广东省珠江文化研究会成立十周年庆典文集》（黄伟宗主编）；

3.《客家文化史》上、下（谭元亨著）；

4.《广东客家史》上、下（谭元亨著）；

5.《客家文化大典》（谭元亨、詹天庠著）；

6.《客家经典读本》（谭元亨著）；

7.《湛江港与海上丝绸之路》（陈立新编著）；

8.《西江历史文化之旅》（江门日报等主编）；

9.《中国珠江文化简史》（司徒尚纪著）。

（九）《珠江海商文化系列》（2011—2015年陆续出版）

1.《海国商道》（谭元亨著）；

2.《开洋：国门十三行》（谭元亨著）；

3.《十三行世家》（谭元亨著）；

4.《十三行习俗与商业禁忌研究》（谭元亨著）；

5.《客商》（谭元亨著）；

6.《城市晨韵》（谭元亨著）；

7.《国家祭祀与海上丝路遗迹——广州南海神庙研究》（王元林著）。

（十）《中国禅都文化丛书》（黄伟宗、吴伟鹏主编，汕头大学出版社2013年出版）

1.《出生圆寂地》（罗康宁著）；

2.《顿悟开承地》（戴胜德著）；

3.《坛经形成地》（郑佩瑗著）；

4.《农禅丛林地》（谭元亨著）；

5.《报恩般若地》（洪三泰著）；

6.《禅意当下地》（冯家广著）。

（十一）《中国南海文化丛书》（广东经济出版社2016年出版）

1.《中国南海海洋文化论》（谭元亨、敖叶湘琼、廖文著）；

2.《中国南海海洋文化史》（司徒尚纪著）；

3.《中国南海海洋文化传》（戴胜德著）；

4.《中国南海古人类文化考》（张镇洪、邱立诚著）；

5.《中国南海经贸文化志》（潘义勇著）；

6.《中国南海民俗风情文化辨》（蒋明智著）。

（十二）《广府文化系列》（2015—2016年陆续出版）

1.《广府文化大典》（谭元亨主编，陈其光、郑佩瑗副主编）；

2.《广府人——首届世界广府人恳亲大会广府文化论坛论文集》（谭元亨等主编）；

3.《广府寻根·祖地珠玑——广东省广府学会成立大会论文集》（黄伟宗等主编）；

4.《珠江粤语与文化探索》（郑佩瑗著）；

5.《广侨文化论——台山中国首届广侨文化论坛文集》（黄伟宗、邝俊杰主编）；

6.《广府人史纲》（谭元亨著）；

7.《东莞历史名人》（王元林等主编）；

8.《袁崇焕评传》（王元林、梁姗姗著）；

9.《肝胆相照——饶彰风与邓文钊合传》（谭元亨、敖叶湘琼著）。

（十三）《海上丝绸之路研究书系》第一辑《开拓篇》（黄伟宗总主编，广东经济出版社2014年3月出版）

1.《海上丝绸之路的研究开发》（周义主编）；

2.《海上丝绸之路与海洋文化纵横论》（黄伟宗著）；

3.《广东海上丝绸之路史》（黄启臣主编）；

4.《中国古代海上丝绸之路诗选》（陈永正编注）；

5.《海上丝绸之路画集》（谢鼎铭著）。

（十四）《海上丝绸之路研究书系》第二辑《星座篇》（黄伟宗总主编，广东经济出版社2015年出版）

1.《徐闻古港——海上丝绸之路第一港》（刘正刚著）；

2.《南海港群——广东海上丝绸之路古港》（王潞、周鑫著）；

3.《海陆古道——海陆丝绸之路对接通道》（王元林著）；

4.《海上敦煌——南海1号及其他海上文物》（崔勇、肖顺达著）；

5.《沧海航灯——岭南宗教信仰文化传播之路》（郑佩瑗著）；

6.《十三行——明清300年的曲折外贸之路》（谭元亨著）；

7.《侨乡三楼——华侨华人之路的丰碑》（司徒尚纪著）；

8.《古锦今丝——广东丝绸业的"前世今生"》(刘永连、谢汝校著);
9.《香茶陶珠——广东特产及其文化交流之路》(冯海波著);
10.《广交会——海上丝绸之路的新生和发展》(陈韩晖、吴哲、黄颖川著)。

(十五)《海上丝绸之路研究书系》第三辑《概要篇》及发现要港系列(黄伟宗总主编,2015—2017年陆续出版)

1.《"一带一路"广东要览》(王培楠主编);
2.《海丝映雪》(江海燕主编,李庆新、孙长山副主编);
3.《梅州:"一带一路"世界客都》(黄伟宗主编,肖伟承、王元林副主编);
4.《梧州:岭南文化古都》(王元林等编);
5.《佛山:海上丝绸之路丝绸陶瓷冶铁大港》(王元林等编);
6.《罗定:南江古道与"一带一路"论坛论文集》(王元林、刘炳权主编)。

(十六)《海上丝绸之路研究书系》第四辑《史料篇》(黄伟宗总主编,司徒尚纪、王元林副总主编,王元林执行主编,广东经济出版社2017年12月出版)

1.《秦汉至五代卷》(周永卫、冯小莉、张立鹏编);
2.《宋元卷》(孙廷林、王元林编);
3.《明代卷》(衷海燕、唐元平编);
4.《清代卷》(刘正刚、钱源初编)。

(十七)《海上丝绸之路研究书系》第五辑《港口篇》(黄伟宗总主编,司徒尚纪、王元林副总主编兼执行主编,广东经济出版社2018年出版)

1.《汕尾港》(汤苑芳编著);
2.《潮州港》(李坚城编著);
3.《阳江港》(许桂灵编著);
4.《珠海港》(孟昭锋编著);
5.《深圳港》(熊雪如编著);
6.《广州港》(李燕编著);
7.《茂名港》(李爱军编著);
8.《南澳港》(黄迎涛编著);

9.《汕头港》（刘强编著）；

10.《湛江港》（陈立新、张波扬、陈昶编著）。

（十八）《珠江—南海文化书系》（包括3个书链共22部著作，共约600万字）第一书链《珠江文明灯塔书链》（黄伟宗总主编，司徒尚纪、王元林副总主编，广东旅游出版社2018年8月出版）

1.《珠江文明的八代灯塔》（黄伟宗、王元林主编）；

2.《珠江文派与记住乡愁》（黄伟宗、王元林主编）；

3.《养生文明与生态文明》（黄伟宗、王元林主编）；

4.《珠江学派与理学心学》（黄伟宗、王元林主编）；

5.《珠派南学与珠江文明》（黄伟宗、王元林主编）。

（十九）《珠江—南海文化书系》第二书链《珠江文派与记住乡愁书链》（黄伟宗总主编，司徒尚纪、王元林副总主编，广东旅游出版社2018年8月出版）

1.《珠江文典》（黄伟宗、李俏梅编著）；

2.《珠江文流》（黄伟宗、李俏梅、包莹编著）；

3.《珠江文粹》（司马晓文、王文捷、施永秀编著）；

4.《珠江文潮》（梁少锋、易文翔编著）；

5.《珠江诗派》（温远辉、何光顺、林馥娜编著）；

6.《珠江文评》（黄伟宗、于爱成、包莹编著）；

7.《珠江文港》（卢建红编著）；

8.《珠江文海》（龙扬志主编）；

9.《珠江民俗》（张蒛晖、练海虹、王维娜编著）；

10.《珠江民歌》（肖伟承编著）；

11.《珠江民艺》（陈周起编著）。

（二十）《珠江—南海文化书系》第三书链《珠江历代学说学派——千年南学书链》（黄伟宗总主编，司徒尚纪、王元林副总主编，1—4册由广东旅游出版社2018年8月出版，5—6册联合中国旅游出版社2020年4月出版）

1.《珠江上古学说学派》（司徒尚纪、许桂灵编著）；

2.《珠江中古学说学派》（孙廷林、王元林编著）；

3.《珠江近古学说学派》(衷海燕、徐旅尊编著);
4.《珠江近代学说学派》(周永卫、王德春编著);
5.《珠江现代学说学派》(谭元亨编著);
6.《珠江当代学说学派》(主编陈剑晖,副主编程露、陈泽曼、陈鹭)。

顺向上列书目的作者、编者和各家出版社致以衷心的谢意和敬意。

转录这份清单是为了说明我自己一直践行"做事过一生"的自白,也是说明我所做的事总是"了犹未了",是做完还得做的事;同时,也说明从数量看是做了不少事,其实只是一件事,即珠江文事,而做这件事的成果分得那么散,不集中,不完整,岂不是还得要做一件集中完整体现珠江文事始终的事?所以,这就必须继续做了。

怎么做呢?广东旅游出版社刘志松社长首先想到,在《珠江文事》出版的时候,将我原在该社出版的《珠江文珠》《珠江文行》两书,合编为一套《黄伟宗珠江文化散文报告集成》,装入书盒,以此作为我作家身份的代表作问世,我很赞成而感激。由此我想到,也应当有一件作为我学者身份的代表作才好,于是我便着手选编近30年来研究开发珠江文化的成果与论著的综合选录,取名《珠江文化综论》,作为原创珠江文化研究总体的代表作。内含自20世纪90年代初至今,我在从事为政府决策咨询的参事工作与文化研究开发过程中,创建了广东省珠江文化研究会学术团队,一直走参事文史工作与学术研究结合、理论与实践结合、田野考察与文案研究结合、古代文化研究与现代文化研究结合、文化研究与多学科交叉研究结合的"五结合"道路,持续不断地有新的发现和成果,先后撰写了《珠江文化论》《珠江文化系论》《海上丝路与海洋文化纵横论》《珠江文踪》《珠江文痕》《珠江文珠》《珠江文行》《珠江文事》等专著10余部,陆续主编出版了《珠江文化丛书》《中国珠江文化史》《中国南海文化丛书》《中国禅都文化丛书》《海上丝绸之路研究书系》《珠江—南海文化书系》等书系,达百部书千万字以上。现经统编梳理,分列15项专题选录代表性篇什,结构一册,自立一论。所列专题是:总体论、先哲论、江河地域文化论、民系氏族文化论、华人华侨与侨乡文化论、"一带一路"与海洋文化论、古驿道与海陆丝路对接论、地方特种文化论、六祖文化与惠能禅学论、科技文化论、珠江文明论、珠江文派论、珠江学派(千年南学）论、文化形象论（文化散文）、基本理念及策略与深化走向论等。所列专题，既是著者研究开发珠江文化的探索开拓领域，也是其建构珠江文化学术体系的节点与综合架构，故谓《珠江文化综论》。

《珠江文化综论》书稿的目录是：

总体论

1. 珠江文化纵横论——《中国珠江文化史》概论；
2. 多学科交叉的立体文化工程——《珠江文化丛书》总序；
3. 珠江文化与海洋文化——《中国南海文化丛书》引论；
4. 在"一带一路"建设中的"四化"体会——《海上丝绸之路研究书系》总结报告；
5. 建造珠江文明、珠江文派、珠江学派的新高地——《珠江—南海文化书系》总序。

先哲论

1. 珠江文化始祖——舜帝；
2. 古代珠江文化哲圣——惠能；
3. 古代珠江文化诗圣——张九龄；
4. 近代珠江文化先驱——容闳；
5. 近代珠江文化诗圣——黄遵宪；
6. 近代珠江文化文圣——梁启超。

江河地域文化论

1. 以五大战略将广州建成世界"五都"；
2. 珠三角文化宝库——佛山；
3. 南江文化的发现及其重要意义；
4. 南江——鉴江文化是茂名地域的母文化；
5. 西江流域是重要的广府文化带；
6. 西江文化之梧贺篇；
7. 东江文化之东莞篇；
8. 东江文化之惠州篇；

9. 北江文化之韶关篇；

10. 北江文化之清远篇。

民系氏族文化论

1. 广府文化发祥地——封开；

2. 前后"珠玑巷"的发现及其文化意义——"珠玑巷文化"调研报告；

3. 论广府文化的概念、特质及其在中华和世界文化中的地位和贡献——在首届世界广府人恳亲大会"广府文化论坛"的主旨发言；

4. 广府文化的五座里程碑及其标志的五个历史时期——在广东广府学会成立大会暨"广府寻根，珠玑祖地"学术研讨会的主题报告；

5. 以新高度研究开发冼夫人与百越俚族文化；

6. 以"天时、地利、人和"理念开拓冼越文化研究开发领域——提交"两广三会关于冼越文化"座谈会的书面发言。

华人华侨与侨乡文化论

1. 保护开发"侨墟楼"遗存，开拓研究"广侨文化"；

2. 客侨文化之乡——东莞凤岗；

3. 关于华侨华人文化的新发现、新观念、新形象与开拓的新思路——江门市"一带一路"文化调研报告。

"一带一路"与海洋文化论

1. 徐闻——西汉海上丝绸之路始发港；

2. "海上敦煌"在阳江"南海1号"；

3. 潮汕也是海上丝绸之路的重要港口；

4. 持续发掘海上丝绸之路文化，全方位发挥海洋文化软实力——关于研究开发广东海上丝绸之路文化的调研报告；

5. 路漫漫其修远兮，吾将上下而求索——《海上丝路与海洋文化纵横论》后记；

6. 从三个理论看"一带一路"；

7. "今生"谱写"前世"，借"前世"发展"今生"——在南国书香节《海上丝绸之路研究书系》新书首发式暨赠书仪式上的主讲辞。

古驿道与海陆丝路对接论

1. 挖掘岭南古道文化，与绿道交相辉映，纳入"一带一路"建设——关于广东古道文化的调研报告；

2. 南雄梅关珠玑巷是一条海陆丝绸之路对接通道；

3. 潇贺古道是最早的海陆丝绸之路对接通道——在贺州"潇贺古道"论证座谈会上的发言；

4. 擦亮松口是"印度洋之路第一港"品牌，将梅州建设成21世纪海上丝绸之路战略高地——关于梅州市海陆丝绸之路文化的调研报告。

地方特种文化论

1. 特产文化与区域文化——在郁南首届区域文化与特产开发研讨会上发言；

2. 论以端砚为代表的中华砚文化精神——在肇庆市"第二届中华砚文化研讨会"上的发言；

3. 莞香的文化意义与开发前景——在东莞市莞香节暨莞香文化论坛上的发言；

4. 论中国石文化的传统及其开发——在"中国石都"云浮市石文化论坛上的发言。

六祖文化与惠能禅学论

1. 与惠能禅学的不解之缘——《惠能禅学引论》自序；

2. 六祖惠能的"五说""五创""五地"——《中国禅都文化丛书》引论；

3. 将外来的"中国化"，使中国的"国际化"——在"宗教中国化与广东实践"座谈会上的发言。

科技文化论

1. 科技是第一生产力，也是第一文化软实力——广东科技文化考察报告；

2. "科学艺术沙龙"的四场对话；

3. 首创"《山海经》太空科技城"——打造"南江文化小镇"的首项策划方案。

珠江文明论

1. 竖起"珠江文明的八代灯塔",照亮南海千年海上丝绸之路——南海西樵文化调研报告并"珠江文明灯塔"论坛主题报告;

2. 弘扬科学的养生生态文明传统,跨学科建设现代养生生态文明——在南海西樵举行的"养生文明与生态文明"论坛主题报告;

3. 吸取"理学名山"和宋明理学心学的学术文明智慧——在"理学心学与珠江学派"论坛的主题报告。

珠江文派论

1. 珠江文派者,写作气派相通之广东作家群是也——跋《珠江文典》并论珠江文派;

2. 百年珠江文流的三段历史波澜——《珠江文流》概论;

3. 百年珠江文评的九次热潮——《珠江文评》概论;

4. 粤派评论·珠江文派·文化批评——《粤派批评丛书·名家文丛·黄伟宗集》代前言。

珠江学派（千年南学）论

1. 以珠江学派坚挺中国学派,以千年南学辉煌学术中国——珠江学派（千年南学）论纲并《珠江历代学派——千年南学》书链代序;

2. 焕发珠派南学新辉煌,建造珠江文明新高地——"珠派南学与珠江文明"论坛主题报告并总结《珠江—南海文化书系》。

文化形象论（文化散文）

1. 珠江文珠;

2. 情恋瑞云——寄贺州;

3. 澳门之"门";

4. 香港之"凤";

5. 深圳之"鹏";

6. 珠海之"珠";

7. 清远飞霞;

8. 仁化丹霞。

基本理念及策略与深化走向论

1. 人类文明之道——从珠江文化与"泛珠三角"谈江河文化的传承与创新——在《中国水利报》于杭州举办的"江河文化的传承与创新"研讨会上的主旨演讲；

2. 增强珠江水系文化力，提高江海水运"动脉"功能——在中国航海日珠江水运（中山）发展大讲堂的主旨报告；

3. 以自身特性和共通性文化为纽带，促进区域及对外经济合作，促使文化与经济的相互转化——从建设文化大省和泛珠三角经济合作提出的战略性建议；

4. 以文化实体化的战略和举措，提升广东文化整体形象和实力——从广州亚运会启示"十二五"文化发展战略；

5. 关于构建文化学科并在中山大学设立文化学科专业及珠江文化研究院的建议；

6.26 年履职广东省政府参事轶事选录——应国务院参事室编《参事履职轶事实录》的征文；

7. 从江海一体的珠江文化到中国特色的山水文化——在广东省珠江文化研究会第五届会员大会暨换届大会上的讲话；

8. 中国特色山水文化的概念、底色、源流和发展——在首届"山水文化与生态珠海"研讨会上的主题报告；

9. 毛泽东诗词中的山水文化与超脱境界；

10. 在第三届广东文艺终身成就奖颁奖会上的答谢辞；

11. 附录：南方日报 2022 年 3 月 16 日《第三届广东文艺终身成就奖颁奖特刊》报道《黄伟宗：珠江文化学术体系的构建者》。

代后记

1. 双文化情写天涯，一心耕耘度浮生——原《浮生文旅》跋，再用为《珠江文化综论》代后记。

（三十）对中山大学中文系尽心尽力，感恩广东作协评协"以会为家"

中山大学是我受教的母校，又是我任教的母校。我在广东文坛六十秋的经历，前期30年是用中山大学受教的学问做事，后期30年是在中山大学任教的职责中做事；更直接地说，是在中山大学中文系受教任教中做事，自然中山大学中文系也即是我的母校中的母系。所以，无论前期或后期，我在广东文坛做的事都是与中山大学中文系有密切关联的，不应当将自己在广东文坛做的事与母校母系的抚育恩泽与扶持机遇分割开来，应当将为广东文坛做的事看作同样是为中大中文系做的事，因为都是作为一位中文系教师职责应当做的事，也同样是为母校母系作出贡献的事。

事实正是这样。1979年春，我受欧阳山、杜埃的委托，与刚恢复活动的广东省作协和广州市文联筹办华南文艺业余大学，作为继承新中国成立初期创办的华南文艺学院的重办业余高校，向具有同等学力的社会青年（重点是文艺爱好者和业余作者）招生，这是新时期广东文坛的创举之一，很快获得高教厅批准，很受学生欢迎。这时我也正好受到时任中大中文系主任吴宏聪恩师登门邀请，回母系任教。顺便交代一下，吴老请我回系的缘由之一，是希望我发挥沟通中文系与广东文坛密切联系的作用。我从当时筹办华南艺大受到启发，向时任教研室主任陆一帆教授提出创办中文刊授教育的建议，受到系校的重视采纳，很快办出了一所"没有围墙"的大学，开始报名人数高达10万，正规化后持续办学达20余年之久，可谓史无前例的壮举。

从教学与科研上说，也是相辅相成密不可分的。例如，上编谈到我写的《欧阳山创作论》《欧阳山评传》，既是我获得广东文坛最高奖——鲁迅文艺奖的作品，又是吴宏聪教授主持的国家科研重点项目——华南作家研究课题之一；《文艺辩证学》既是文坛首部集文学、美学、哲学为一体的理论专著，又是全国高校最早开设的艺术辩证法专业化课程；《创作方法论》既是文坛上首部创作方法理论专著，又是中山大学首批全校可跨学科选修课程之一；《当代中国文艺思潮论》《当代中国文学史》，既是在国际性文学文化论坛上的报告，又是在中大中文系基础课程——中国现当代文学使用教材。再就是以上这些专著，既是实用的教材，又是作为科研成果，分别获得学校的优秀教学奖或科研成果奖，以及广东省优秀社会科学成果奖，我也因此享受国务院特殊津贴专家待遇。

自从我年迈退休之后，始终不忘为母校母系做事情。如：2017 年 11 月 11 日，我在中大中文系 1977 级同学高考 40 周年纪念会上向蔡东士建议，办中大校友书法展览，并以此提出"珠江（岭南）书法学派"。2018 年 1 月 19 日，我向前来贺年的广州市书法家协会主席许鸿基提出：举办中大中文系校友书法展览，进而推出与岭南画派并列的岭南书法派。并向他告知在去年国庆节期间中文系 1977 级同学聚会上，曾向蔡东士、许鸿基、戴小京谈及此事，3 位中文系校友书法家均表赞许。2018 年 1 月 23 日，中山大学出版社社长徐劲等在中大与我面商，我提出建议：以出版"中山大学百年学术精典"和"千年南学学术精典"两部丛书庆祝中大建校百年，并庆建国建党两个一百年，并争列世界一流大学。尤其重要的是，2018 年 3 月 19 日，我提交《关于构建文化学学科并在中山大学创办文化学专业和珠江文化研究院的建议》，于《广东省政府参事建议》增刊 2018 年第 6 期发表。广东省委常委兼宣传部部长傅华对此件作了批示并转省文旅厅厅长汪一洋阅研。2018 年 3 月 20 日，我应邀到中山大学出版社与时任社长徐劲，副总编辑嵇春霞、丘彩霞，会谈珠江文化广府文库合作事宜。2021 年，中山大学出版社编委会，还在徐劲总编辑提议下，出版我的《超脱寻味〈红楼梦〉》与《珠江文化综论》两部专著，使我和中文系的联系更密切了。2018 年 12 月 9 日，下午接受中大中文系"口述历史"录像采访，回答了两位学生提问的在中大中文系学习过程、人生历程、文学道路、学术历程，重点是研究开发珠江文化和海上丝绸之路的过程与成果。2019 年 3 月 18 日，中大中文系党委副书记罗干坤、副主任林华勇到家慰问我，交流了研究珠江文化及南江文化开发项目近况。2019 年 4 月 29 日，中大中文系学术委员会公示，决定将我的《文艺辩证学》一书，纳入《中国语言文学丛书》中的"典藏文库"，由中山大学出版社出版。2019 年 9 月 10 日教师节，中文系办公室通知我签署《文艺辩证学》一书列入中山大学《中国语言文学丛书·典藏文库》并由中山大学出版社出版的合同。2019 年 10 月 11 日，我将总主编的《海上丝绸之路研究书系》《中国南海文化丛书》和《珠江—南海文化书系》3 套书系共 60 册捐赠中山大学图书馆，同时另赠中文系档案室储存。2020年1月12日,中山大学中文系党委书记于海燕亲自对我家访,致以春节慰问,并对如何进行口述历史与中文系档案收集工作交换意见。

　　从中国作家协会广州分会改制而来的广东省作家协会,也当是我的母会。因为从我自中山大学中文系毕业,到羊城晚报社任《花地》文艺副刊编辑开始,并担任《文艺评论》版责任编辑之后,即从事文学编辑和文学评论工作,并且是在时任作协副主席萧殷直接领导下工作,同时又分工负责与欧阳山、杜埃、陈残云等著名作家联系,以及扶持陈国凯、杨干华、程贤章等业余作者培养工作;同时与当时作家协会一起组织进行《三家巷》《金沙洲》讨论、郭老谈诗、在流花湖为"数红阁"取名并谈散文等活动,直到"文革"时到英德"五七"干校受灾受难,都是与作协领导和作家们同甘共苦、患难与共的。1976年初,我调任被称为文艺家"收容所"的广东文艺创作室,任《广东文艺》编辑,更是与老文艺家们共坐一条船,同受煎熬,又同迎粉碎"四人帮"后的文艺春天,共同进行广东省作家协会和省文联各协会的恢复活动,进行一系列的平反和大批判工作,并有幸于1978年荣升《作品》编辑部副县级编辑和担任广东作协文艺评论委员会专职委员职务,还由欧阳山、曾炜(时任作协秘书长)介绍参加中国作家协会成为正式会员。1979年后调中山大学中文系任教,但仍连年被选为广东作协理事、文艺评论委员会委员,先后担任多届文学职称评审委员会委员、鲁迅文学奖评审委员、报刊优秀作品评奖委员,还参加中国作家协会首届茅盾文学奖评选工作等,数十年一直参与广东作协活动,一直以广东作协为自己的"家",同样,广东作协也一直待我为本"家"一员。

　　最难忘的是,我现已届耄耋之年,行动不便,很少参加活动了,但作协仍连年邀请我参加春节团拜会,有时还派专车接我赴会。难得的是2018年1月18日,广东作协创研部主任谢石南来电话,提出拟办"黄伟宗文学活动研讨会",望我支持。我当时感到条件尚未成熟,建议办"珠江文派"研讨会为好,后来改为作协派谢石南做代表参加研讨会,我对作协的心意是很感激的。更难得的是2017年刚开始筹建广东文学馆的时候,11月22日,广东省作家协会专职副主席范英妍即率队到我家造访,征求兴办广东文学馆意见,并摄像和征收资料,我当即提交了四部《黄伟宗文存》《中国珠江文化史》《海上丝绸之路研究书系》(《开拓篇》《星座篇》

《要览篇》）及《珠江文珠》《珠江文行》《珠江文典》等近年新著赠送，以表支持。2019年12月9日，我又应邀到省作家协会参加"广东文学馆筹建作家代表座谈会"，作了发言并赠送刚出版的《珠江文派》书链。会后又向协会领导张培忠、范英妍提出增加"口述历史"项目，向报社出版社收集作家手稿校稿清样和初版本建议，受到重视采纳。也正是由于广东作家协会如此盛情的驱使，我即开始撰写这本口述历史文稿，力争于广东文学馆落成前出版，作为给母会广东作协和广东文学馆开幕的献礼。2020年7月，广东省作家协会"著名作家访谈录像系列"项目启动，主持人高小莉率领录像团队，于7月14日和8月22日，连续两次与我访谈（第二次是受中国作家协会委托摄制5位广东作家访谈录像之一而增加的），并于2021年春给我发来两次访谈的录音笔录稿，达2万余字之多（详见本书末之"忆念轶事篇"）。2021年，广东作协决定进行以张培忠、蒋述卓为总主编的重大项目《广东文学通史》，特地邀请我参加研究座谈，并任编委；还推荐我为第三届广东文艺终身成就奖候选人。可见广东和中国作协对我的高度重视和关怀，更使我倍增"以会为家"的情感。

当然，从我进入广东文坛的文学活动而言，大多数的时间和精力主要从事文艺评论活动，所以文艺评论界更是我的"家"。其实，我进入文坛的起步，就是从文艺评论开始的，从大学毕业进羊城晚报社发表首篇文章是对《三家巷》的评论，担任报纸首个《文艺评论》版责任编辑，并且在萧殷直接领导下组织进行了影响全国的文学讨论和评论。粉碎"四人帮"后，即任恢复活动的广东作家协会文艺评论委员会的专职委员和《作品》理论编辑，负责具体组织对极左路线的"批判清毒"和对受害作家作品昭雪平反的评论，同时为"伤痕文学"等新起文艺思潮作出了许多大力的鼓与呼的评论。尤其是1993年11月25—26日，在广州举办了"纪念文艺评论家萧殷逝世十周年暨萧殷文艺思想研讨会"，我提交了题为《萧殷与广东的当今的文艺批评》的长篇论文并在会上作了发言。在这篇发言中，我概括了萧殷一生的革命道路和文学道路，在文艺创作、教学、培养人才，尤其是在文艺理论批评上的卓越贡献，并将其文艺理论批评特点，与新中国成立后广东文艺理论批评发展历程与特点联系起来，概括出三个特点，指出其优势与劣势，并最早提出创建广东文艺批评家协会的建议。翌年在广东省委宣传部的支持下，又成立了广东文艺批评家协会（后改为广东省文艺评论家协会）。由时任省委宣传部副部长任首届主席，我与饶芃子、黄树森、谢彬筹等任副主席。此后全国各省区市才陆续成立了文艺评论家协会，广州市也成立了文艺评论家协会，并请我任名誉主席。

迄今数十年来，广东省文艺评论家协会已数次换届，在刘斯奋、黄树森、蒋述卓、林岗等历届主席的领导下，做了许多工作，成绩卓著，影响亦大，尤其注重关心会员，充分发挥广大会员作用，使会员都有"以会为家"之感。协会仍请我这位年迈体衰的老会员先后担任名誉副主席、顾问，不时征询意见，关怀备至。2020年春后新冠肺炎疫情紧张之时，梁少锋等评协同志多次电询健康状况，敦促注意防范，有似春寒中吹来暖风，尤使我有"以会为家"之感，永远难忘！

（三十一）进入《超脱寻味〈红楼梦〉》境界，终身成就奖及家族母校情与红色记忆

早在2018年春，我为《惠能禅学散论》一书集稿的时候，特地写上《惠能禅学小说经典——〈红楼梦〉》一文，补进书稿中，说明当时我已经开始了《超脱寻味〈红楼梦〉》一书的写作，也说明从一开始我即是以惠能禅学去超脱寻味《红楼梦》的。2019年初，我以《超脱：一种普遍而极致的境界》为题的对话，作为即将出版的《珠江文事》代序，说明书中所写的事，就是力求"以超脱做事，以做事超脱"的事，同时我还指出："天地间皆有超脱，超脱中自有天地。超脱中自有的天地，就是超脱境界。天地间无处不有，问题是你要找的是什么境界，以怎样的超脱去寻找自己要追求的境界"，并且表示"以后另找时间交谈"。这就是当时已经明确地撰写《超脱寻味〈红楼梦〉》的指导思想和预示的对话。可见这本书，实际上是从2018年春开始到2021年春共3年时间断续完成的，并且一直是在这种超脱境界的追求中进行的。

正因为如此，我在《题记》写道：本书是以《红楼梦》的创作为例探讨这种境界和方法的。因为这部古典小说，典型地体现了"创造一部作品，从开始到结束的全过程，都是以超脱境界再创造新的超脱境界的过程；甚至早在未动笔之前的酝酿时期，以至成书出版以后，都莫不贯穿着这样的过程。这个过程，包括许许多多、方方面面、反反复复、此伏彼起、无穷

无尽的超脱,有似长江后浪推前浪的态势那样,不断地从一个超脱境界再创造新的超脱境界;也好似宇宙飞船那样,不断地依托而又超脱层层运载火箭的输送,飞上太空遨游的宇宙境界!"所以,这本书既是通过《红楼梦》探讨这种超脱境界和方法的书,又是以这种超脱境界和方法寻味欣赏《红楼梦》的书。也正因为如此,我才在这本《超脱寻味〈红楼梦〉》的书中发现了许多亮点。主要是:

1.《红楼梦》是一部中华文化美味集成大著,蕴涵着丰富多彩的人生世态之美味境界。本书以层层的超脱境界,寻找出 12 个美味境界,既解答了曹雪芹设下的"谁解其中味?"的神秘提问,又开拓了享受欣赏的超脱境界。

2. 本书寻找出《红楼梦》的 12 个美味境界是:憧味、辩味、禅味、恩味、情味、诗味、画味、特味、食味、余味、争味、假味。

3. 全书既以 12 个美味境界概括出整部《红楼梦》思想艺术的主要特点和成就,又以 5 个时代及其论争"五味"(谜味、奇味、时味、斗味、学味)聚现出 300 年间历代"红学"的主要观点和发展轨迹。

4. 本书不仅全面深刻地寻找出《红楼梦》的美味超脱境界,还以其为典型事例,探索出超脱境界的方法和理论,使人不仅可以借此更好地读懂和享受《红楼梦》,还可以在读其他经典作品时,也能"寻味进去享受,超脱出来欣赏",而且,还能以此作为文学批评或研究以至进行文艺创作的方法借鉴。

5. 全书共 33 万字,是一部既有享受性又有欣赏性、既有学术性又有知识性、既有历史性又有前沿性的大众读物。

6.《红楼梦》是一部超脱当下回味往事而创作出的憧憬境界作品。

7.《红楼梦》是一部以对立统一辩证理念与艺术创作出的超脱境界作品。

8.《红楼梦》是为感恩而起而写的感恩之作。

9.《红楼梦》的性恋超脱境界与贾宝玉的"五方情缘"。

10. 林黛玉"木石前盟"与薛宝钗"金玉良缘"的矛盾,实质是"人性情"与"社会情"的冲突。

11.《红楼梦》诗词境界是王国维"境界说"的全面体现。

12.《红楼梦》是以"小说写画,以画写小说"的跨界杰作。

13.《红楼梦》"以形写神"之妙笔神工。

14.《红楼梦》中酒茶餐宴之"食味"超脱境界。

15.《红楼梦》后 40 回所体现的惠能禅学与宋明心学的传承及其与儒学的对峙关系。

16.《红楼梦》流传 300 年的五个时代及其"五味"论争现象。

17.《红楼梦》的"先天性"不足和"超时代"成就。

18.《红楼梦》300 年论争提出艺术形象与文学现象相互关系及其区别的新课题。

19.《红楼梦》的作者是吴梅村吗?——从《吴氏石头记增删试评本》的出现看《红楼梦》的"假味"现象。

20.《红楼梦》的作者是冒辟疆吗?《癸酉本石头记》后 28 回本是真本吗?——从《红楼梦》前 80 回本艺术形象看《癸酉本石头记》后 28 回本的真伪。

正因为这些发现,使我感到"寻味进去享受,超脱出来欣赏"的甜头和好处,故以此为题写此书的后记。也因为如此,这本书即是我进入《超脱寻味〈红楼梦〉》境界的心得和标志。

更可喜的是,中山大学出版社在 2021 年春节前我交稿时,即同意此书于 2021 年 9 月前出版,以作为我向中国共产党百年华诞,以及我的家乡母校广西贺县中学(今广西贺州第四高级中学)百年校庆的献礼,略表我的念根感恩之情。

2021 年,是新冠病毒反复肆虐的一年,所有活动都在这阴影笼罩下进行,但又不能不进行,只能在阴影中尽力抓住机会进行,尤其是围绕中国共产党建党百年的纪念活动,无论是直接或间接,无论单位或个人,抑或大或小,莫不如此。拙作《超脱寻味〈红楼梦〉》一书的写作与出版是这样,2021 年春节后与我密切相关的几件大事也是这样。

第一件是,2021 年春节前后,广东省作家协会和广东省文艺评论家协会分别正式通知我:各都决定推荐我参评"第三届广东省文艺终身成就奖",各都发来推荐表要我填写,我均按要求填报了,并按规定由中山大学纪律检查委员会出具"廉政证明"。当时在两会的推荐表中,填报我的"主要成就"转录如下:

黄伟宗从 1958 年开始发表作品,由此起步他的文艺生涯,迄今已走过 62 个春秋。在这漫长岁月中,他的前 30 年,主要是进行文艺理论批评,中国现当代文学的研究、教学；后32年，是侧重现代文化学和珠江文化、海上丝绸之路的开拓、发现、咨询、策划、定位、开发工作，迄今发表《黄伟宗文存》《黄伟宗珠江文化散文报告集成》等个人专著25部，总主编《珠江文化丛书》《海上丝绸之路研究书系》等多种书系20系列156部，达千余万字，在文艺评论和文化研究开发上作出了突出贡献。具体表现在：

1. 在当代每个时期文坛、文艺评论和文化学术上都有所建树和影响。

早在20世纪50年代，他在《羊城晚报》的《花地》副刊任《文艺评论》版责任编辑，具体策划组织广东的文艺理论批评，参与了许多影响全国的文坛大讨论，1959年他最早发表对欧阳山著名小说《三家巷》的评论，最早肯定这部作品表现的人性和地方风情，以至在"文革"中被划为"黑秀才"而受到批判。粉碎"四人帮"后，他任广东作家协会《作品》编辑，为批判极左路线及为受害的作家作品平反，在全国报刊发表了大量评论文章，影响甚大。他最早支持"伤痕文学"，提出创作方法多样化理论，被海外学术界称其为现实主义"新学派"代表，被列入1980年《中国文艺年鉴》和《中国文学研究年鉴》大事记中（近年出版的《广东省社会科学志》也有记述）。随后他出版的《创作方法史》《创作方法论》，被称为中国首部创作方法理论专著。20世纪70年代末，他是以辩证哲学与现代文化学，引入文艺理论批评和中国现当代文学研究的先行者，写出中国最早体现这种跨学科的学术论著《文艺辩证学》（2020年中山大学中国语言文学文库将此书列入"典藏文库"再版）、《文化与文学》，以及用现代文化视野透析观照的《当代中国文学》《当代中国文学思潮论》等专著。20世纪80年代初，他应中国作家协会邀请，参加了首届茅盾文学奖评选工作，为这项当代中国文坛具有开创意义的大事作出贡献；80年代中期，他倡议成立广东文艺批评家协会并被选为该会首届副主席，起到了参与创建广东文艺评论队伍的作用。21世纪20年代，他总主编的《珠江—南海文化书系》，以《珠江文明八代灯塔》书链梳理了千年珠江文明史，以《珠江历代学派》书链梳理了从上古至当代"千年南学"流派史；尤其是在广东省委宣传部列入"广东省原创精品基金项目"的《珠江文派》中，以11部书链纵横梳理确立了珠江文派（岭南文派）体系，并在其中以《珠江文流》梳理了百年珠江文化与文派的源流史，以《珠江文典》《珠江文粹》《珠江文潮》梳理了珠江文派三代作家代表作及其传承发展轨迹，以《珠江诗派》梳理了百年珠江诗派代表作及发展历程，以《珠江民歌》《珠江民俗》《珠江民艺》梳理出珠江文派的民俗文化土壤，以《珠江文港》《珠江文海》梳理出珠江文派在大湾区和海外的辐射和影响，以《珠江文评》梳理了百年珠江文艺思潮与文艺批评史，整套书链具有体系性开拓意义，为文学粤军和粤派批评以至中国江河文明、学派、文派的建设起到倡导和推动作用。2018年初，他的文艺评论代表作《黄伟宗集》被列入《粤派评论丛书·名家文丛》出版。

2. 率先开拓珠江文化学术领域，在文化研究开发上持续不断地有新的发现和成果，促进了广东文化大省建设和中国江河文化学术体系建设。

黄伟宗长期从事文艺理论批评和教学研究工作，自1992年任广东省政府参事后，主要从事政府决策咨询和文化研究开发工作。多年来，他先后提交了省政府参事建议百余篇，受到各级政府重视并付诸实施，为建设文化大省、泛珠三角（"9+2"）区域合作和珠三角经济圈提供了理论支撑。他一直倡导珠江文化，创建广东省珠江文化研究会，建设多学科交叉的珠江文化工程，持续不断地有新的学术发现和新成果，如：1995年在南雄发现并提出珠玑巷及其寻根后裔文化；1996年在封开发现广信文化、广府文化和粤语发祥地，为岭南文化找到源流，为广府文化研究领域的开拓，以及广府人世界联谊会的成立与发展奠定了学术基础；2005年在粤西考察发现南江文化、鉴江文化、雷州文化；2007年在东莞、台山提出莞香文化、客侨文化、侨圩文化，均被称为"填补学术空白"的新发现和新概念，均被各地各级政府作为重点项目进行研究开发。在他首创的珠江文化概念和理论的影响下，2019年参加庆祝新中国成立60周年天安门庆典的广东彩车，使用了"赛龙夺锦，领潮争先"的定位与设计；同时，在广州举办的亚运会采用了"以羊城为背景，以珠江为舞台"的开幕式，使广州"一夜名扬世界"。在他总主编的包括《珠江文化论》《珠江文化系论》等专著在内的《珠江文化丛书》中，尤其是在300万字的大型史著《中国珠江文化史》中，确立了珠江文化体系和学术体系，填补了中国江河文化史的珠江文化史空白，奠定了珠江文化在学术上与黄河文化、长江文化并列的地位，受到时任中共广东省委书记、现任中共中央政治局常委汪洋同志致信表扬。此书还被北京中国现代文学馆和美国加州大学东亚图书馆收藏。

3. 发现中国最早的海上丝绸之路始发港，最早提出海上与陆上丝绸之路对接通道，主持《海上丝绸之路研究书系》项目，为"一带一路"建设作出贡献。

2000年6月,他率领考察团在徐闻发现中国最早的海上丝绸之路始发港,将中国海上丝绸之路史推前了1300多年,接着在湛江举办了全国性的学术研讨会予以确认。2002年,在南华禅寺1500周年庆典提出并参与主持六祖禅宗文化国际论坛,开拓惠能禅学学术研究领域并提出禅学海上丝路概念。2007年在粤北梅关珠玑巷以及广西贺州潇贺古道等地,最早发现并提出海上与陆上丝绸之路对接通道。2003年在阳江为"南海Ⅰ号"宋代沉船定位为"海上敦煌",受到联合国教科文组织和世界著名海洋学家的赞许。2013年先后在梅州发现印度洋海上丝路和客家人出海始发港,在台山广海湾发现广府人出海第一港。2013年,他积极响应习近平总书记建设"一带一路"倡议,应省委办公厅之约提交的关于海上丝绸之路调研报告,受到时任中共中央政治局委员、广东省委书记胡春华同志的高度重视和批示,并于2014年春出访东盟三国(越南、马来西亚、新加坡)时,将他总主编的《海上丝绸之路研究书系》中的《开拓篇》(其中包括他的专著《海上丝绸之路与海洋文化纵横论》)作为礼品用书,赠送到访诸国并在海外发行,影响甚大。此后还接连出版了这套书系的《星座篇》《概要篇》《史料篇》《港口篇》等专著30部,800余万字,是广东省政府特批的原创精品项目,是迄今我省最大型最全面完整的海上丝绸之路的研究书系,为我省和国家"一带一路"倡议和建设提供了系列学术成果。

这项评奖,由广东省委宣传部等省级文化部门和单位主办,经过一年时间逐级评审。终于2021年11月公布评选结果,我作为从事文学创作64年的文学家,登上获奖榜公示,这是对我终身成就的肯定和赋予的殊荣,也是对我终身成就的检阅和鉴定,同样是应当感激党、国家和人民的培育之恩,对终身培育之恩应献终身以报,其中当然包括推荐我参评的单位,也即是我"以会为家"的广东省作家协会和广东省文联及其文艺评论家协会,当然包括我的工作单位、让我受到高等教育的母校——中山大学及其中文系。我们中华民族的本根文化意识,包括对祖国、族系、家乡、父母、母校、故地之念根感恩之情,是永不可忘,必当涌泉以报的。

第二件是,2020年10月,正当我欢度85岁生日的时候,家乡传来两条信息:一是作为广西贺州市八步区贺街"千年古镇"建设项目之一的"瑞云亭"复建工程竣工,内有我应约撰写的《瑞云亭记》碑文石刻,已耸立于亭中碑林之首；二是我的祖家故居"天济堂"药店，也是作为这项建设项目之一，被纳入第二批重点保护"历史建筑"推荐项目之中。这两条信息之所以使我的生日喜上加喜，是因为前者意味着我对家乡的文化发现获得了肯定，后者则是我家族的文化贡献，开始受到重视和肯定，分别标志着我的家乡文化和家族文化具有重新再生并更上一层楼之意义。于是我题写了《具有一百七十年传统的医药文教政经世家——关于"天济堂"黄氏家族历史的记忆》一文，达22000余字。具体章节是："瑞云亭"碑记定位，"天济堂"标志世家；医术医业贯六代，药材药店福四方；文章正气弥全族，古今文化扬海外；读书之风传世代，以教为业遍族群；参政革命有传统，经济源远代代传。在总体上，既梳理出家族在广西贺县贺街繁衍七代的历史，又对近200年的传统世家作出文化定位。这篇文章，一方面作为申报"历史建筑"或建"家族文化博览馆"的筹建资料或宣传资料；另一方面，连同新制定的《天济堂黄氏家族族谱》分代分房横排版一道，与其他族人所写回忆录一并编入《天济堂黄氏家族回忆录》一书出版，以使族史家风永存永记，家族念根感恩之情传世代。

第三件是，2021年，是我家乡母校——广西贺县中学（今贺州第四高级中学）建校百年大庆，学校发动校友写回忆录并捐献著作或文物。我即响应号召，写出了一篇15000多字的回忆文章《瑞云巍巍，临贺泱泱——关于广西贺县中学百年历史的片断记忆》，具体段目是：从创办时的学校门联看贺中育才教育传统；家族四代"同堂"校友与贺中地方人文特色；贺中校歌的时代精神与"并用汇合"校风特点；新中国成立前后亲见亲历的贺中几片红色记忆；贺中的校友情结及其体现的民族本根文化意识。全文既写下贺中百年历史各个年代中值得记忆的历史片断，又在总体上概括了贺中的历史和校风特色。2021年5月22日，在全球性的新冠肺炎疫情尚在肆虐的情况下，贺中刘建福校长亲领多位老师，专程到广州看望贺中校友，在中山大学北门外的顺峰山庄，举行贺中百年校庆座谈会，表达了母校对校友的亲切关怀和问候。正在广州生活的老校友、中央党校沈冲教授，已年届93岁高龄，由她女儿黄卓坚（原《广州日报》常务副总编辑）推着轮椅与会；我也迈着86岁老躯，作为老一代校友参加；还有数位年富力强的一代校友到会了。两代校友在会上都作了热情洋溢的发言，与母校领导老师深切交流，其乐融融，期盼殷殷，充分表现了母校与校友的深厚情结，正如母校发出的《贺州第四高级中学百年华诞庆典预告片》所写的那样："云山万仞，贺水流长"！我当即为贺中百年校庆捐献了《黄伟宗文存》等著作14套书70册，并于当晚写下《贺中百年校庆献辞》，以表对家乡母校的祝福和感恩之深情厚意："广西贺州四中，百年光辉学宫。文武栋梁育地，代代英才泉涌。现代传统汇合，中西文化并用。教学相长不息，德智美体交融。跟党同生共进，红旗漫卷校风。面向世界未来，振兴民族前锋。"

第四件是，2021年，是中国共产党建党100周年华诞，全国掀起了党史学习教育热潮，广东文化界开展了热烈的弘扬红色记忆活动。我除了在上述关于家族和家乡母校的百年回忆录中，分别以"参政革命有传统""新中国成立前后亲见亲历的贺中几片红色记忆"两个章节，详述了中国共产党及其领导的中国革命对我的家族和家乡母校的重大影响，以表对党的感恩之情外，还通过答记者问的方式，分别在《南方日报》大型报道上对陈残云、欧阳山两位恩师，也即是广东文坛两泰斗革命道路和文艺代表作品，发表了科学的高度的评价，以恩师毕生业绩的红色记忆，热烈地歌颂弘扬革命文艺事业的红色记忆。2021年5月20日，在《陈残云与〈香飘四季〉：广东红色文学"南国风格"的开拓者》报道上，我提出：陈残云有一个显著的创作特点——作品涉及的文学艺术形式极为多样。他几乎使用了每一种主流的文学体裁，并且都写出了有影响力的作品，反映了历史和现实中珠江流域多姿多彩的生活。在陈残云涉猎广泛、著作等身的文学成就背后，是其始终紧跟现实，遵循"文章合为时而著"的创作信条。从而开创性地指出："陈残云是珠江文化的典型代表。"还进一步指出：陈残云不但具有一名优秀作家不可或缺的、敏锐的审美感和能力，而且其创作既有坚实的生活根基又有高于现实生活的气度，他的超脱与踏实，为中国百年红色文艺增添了一抹独特的岭南色彩。同时，在2021年6月19日《南方日报》记者发表的大型报道——《欧阳山创作长篇小说〈三家巷〉塑造红色记忆中鲜活的"广州形象"》上，开篇我即指出：欧阳山这部作品，不仅是首部全面反映这一时期岭南革命历史的红色经典，也是同题材和类型的艺术创作中时空跨度最长，最为完整、深刻的史诗性作品之一。欧阳山这位历经时代巨变的老人，为社会主义文学倾注了终生热血，将其跌宕起伏的革命经历熔铸成《三家巷》，塑造出红色记忆中独特而鲜活的"广州形象"。我还指出：欧阳山对于主要人物的性格、关系网进行了深入细致的刻画，写出了人性和社会的多面性和复杂性，折射出革命历程的漫长和艰辛，具有高度思想艺术价值和鲜明的个性风格，这是《三家巷》具有持久的艺术生命力，能产生广泛社会影响的根源所在。此外，我还特别指出：《三家巷》的另一大特色是极富岭南人文色彩，却又不囿于地域限制。这是因为欧阳山在创作《三家巷》时，将自己运用普通话、粤语方言、陕北方言进行创作的艺术经验进行了重新提炼，开辟出一条"古今中外法，东西南北调"的新路，让大量日常生活细节通过文字变得可触、可感，从而令来自不同地域文化背景的读者都能产生身临其境之感。这些论述，都是我数十年来研究岭南两位革命文艺大家的理论结晶，是永不褪色、光辉无限的红色记忆。

  2021 年 6 月 25 日，广州市首座珠江两岸人行桥正式开通，命名海心桥，是当今世界跨度最大的曲梁斜拱人行桥。由此，这座新建珠江人行桥正式公布了"海心桥"的名称并正式开通。参加这次定名活动的广州岭南文化研究会会长、文艺评论家、广东财经大学江冰教授，兴高采烈地在网上发布信息称："今天，广州塔前珠江步行桥由政府公开征集桥名。政府通告：6 月 25 日开通！入围的 10 个名字为（排名不分先后）：海心桥、海琴桥、彩琴桥、花城桥、花桥、同心桥、大凤眼、小凤眼、珠江眉、广州虹。我投了海心桥。理由如下：一是与地点吻合；二是与海印桥等呼应；三是直观亦诗意优雅。前些年，广州塔网上征名时，'小蛮腰''羊巅峰'名列前茅。后由专家组定名为海心塔，取自海心沙地名，同时诗意概括：'海洋之心'。中山大学教授黄伟宗时任专家组长，他曾经不无遗憾地对我说：'广州人务实，花了那么多钱，还是叫回广州塔。'想想老广将羊城曾经的最高建筑称为'六十三层'，你就不会感到诧异。今天，在广州塔面对珠江上建成一座宛如彩虹一般的步行桥。我以为，可以弥补一下黄伟宗老先生的心愿了：取自地名，不易重复；'海洋之心'，切合广州海洋个性。"这个信息，道出了广州地标的一段命名史，讲出了我的苦衷和心愿。而这座世界性的珠江新桥在"七一"前得以确切定名并正式开通，作为广州人民向中国共产党百年华诞的献礼，也当是与我有关的一段红色记忆。

（三十二）从珠江文化和毛泽东诗词研究发现中国特色山水文化，并以对其深化研究开发为走向

2020年春天，受习近平总书记提出建设中国特色社会主义思想指引，我从珠江文化和毛泽东诗词研究中，发现了中国特色山水文化，并初步认识到这是中华民族最有代表性、根本性的传统文化。于是，在2020年12月20日举行的广东省珠江文化研究会第五届会员大会暨换届大会上，作了即席讲话，提出了从江海一体的珠江文化到中国特色的山水文化的新课题，受到与会者重视，都希望我写成文章并举办专题学术研讨会。但因一直未有适当机遇而未能进行。直到2021年8月，从电视上看到黄志豪博士调任珠海市市长。因他2016年任佛山市委常委兼南海区委书记时，曾支持珠江文化研究会主办珠江文明、珠江文派、珠江学派论坛，并编辑出版《珠江—南海文化书系》，达32册，600万字，颇有影响。现主政珠海市，很有可能也会支持这个新的学术课题研究开发。于是，我便着手进行这篇讲话的补写工作，于2021年中秋节完稿，提要摘录如下。

本文从近30年来研究开发江海一体的珠江文化的切身经历，逐步体会到中国特色山水文化，是中华民族最有代表性根本性的传统文化，应当持续深入研究开发。其认识过程的要点是：一、从珠江文化与海洋文化探索过程的逐步发现和认识；二、从考察珠江水系及其他大江大河源流的启示；三、为泛珠三角（"9+2"）经济区域合作提供文化基础；四、海陆丝路对接通道与"一带一路"的文化实质；五、从广东三大民系的迁移途径看山水文化渊源；六、从南江文化"五最"看山水文化的核心作用和价值意义；七、在珠江文明、珠江文派、珠江学派发展史上的哺育和亮点作用；八、从珠江文化三祖圣的贡献看中国特色山水文化的意义。

果然不出所料，2021年国庆节后，应市长黄志豪邀请，我与王元林、周永卫、刘志松、彭超等珠江文化研究会领导人到珠海市，提出了共办"山水文化与生态珠海"研讨会，并讨论编辑出版"中国特色山水文化书系"与"生态珠海文化丛书"方案，受到市长黄志豪和珠海市文化广电旅游体育局局长王玲萍的支持，但尚待书记决定。据此，我即着手撰写首届"山水文化与生态珠海"

研讨会的主题报告稿,题目是《中国特色山水文化的概念、底色、源流和发展》,2021年11月8日完稿。提要如下:

"本文对博大精深的中国特色山水文化,提出新的概念,认为其丰富多彩之底色,是"山水一体生态,天人合一理念"。其主要特色体现在四条源流中,即:一、山水一体生态实体体现之天人合一山水文化现象源流;二、山水一体生态形象再现之天人合一山水文化境界源流;三、对称统一的生态规律凝现之天人合一山水文化科学源流;四、虚实相生的生态寓意升华之天人合一山水文化形态源流。尤其重要的是首次提出和论述了中国特色山水文化在习近平新时代,以新的理念和新的底色,焕发了新的时代光辉,并以新的姿态和新的方式走向世界的新发展。稿件共2万余字,经珠江文化研究会领导传阅修正通过。"

随即我进行《毛泽东诗词中的山水文化与超脱境界》一文写作,至2021年12月12日完稿,25000字。全文提要是:本文全面论述毛泽东诗词中的山水文化与超脱境界,同时以毛泽东诗词论述中国特色山水文化与超脱境界,分为三个部分。一是新中国成立前诗词中的山水一体与天人合一的艺术和境界,包括以山水天人一体的活动生态景象,展现理想襟怀和时代风云的层层境界;以系列山水天人的活动生态实景,展现革命斗争的步步进程和层层境界;以自然山水的动态化景象,展现艰苦处境中的乐观壮丽襟怀与境界;从"江山如此多娇"的动态风景画,到"天翻地覆慨而慷"境界。二是新中国成立后诗词中以对称统一与虚实寓意艺术,创造的山水天人一体境界,包括以新旧对比的寓意景象,创造"换了人间"的层层境界;以故地重游的山水景象对比,创造"当惊世界殊"的境界;以对称统一的山水天人合一境界,体现人物高风亮节和崇高心灵形象;以虚实相生寓意的山水天人合一形象,创造体现时代风云的深厚哲理境界。三是毛泽东有关山水文化与超脱境界的诗论与实践,包括关于"江山如此多娇"的山水文化形象和理论;关于"形象思维"与超脱境界和理论;关于"赋、比、兴"与对立统一规律和理论;关于旧体诗与新体诗的理论与实践。其实,这既是以中国特色山水文化和超脱境界理论研究毛泽东诗词,也是从毛泽东诗词研究中国特色山水文化和超脱境界理论的学术报告,待研讨会开幕时提交。

2021年11月14日,广东省委《南方》杂志社南方+网站发布第三届"广东文艺终身成就奖"获奖者名单公示,我以"从事文学创作64年文学家"之荣誉而名列榜上，文艺界、文化界、教育界人士，尤其是中大中文系师生和校友以及家族亲人均表热烈祝贺。

2022年3月16日上午，在广州珠岛宾馆举行第三届广东文艺终身成就奖颁奖大会。中共中央政治局委员、广东省委书记李希同志以及四套班子省领导接见获奖者并颁发获奖证书。我作为获奖文学家代表在会上致答谢辞。南方日报以《第三届广东文艺终身成就奖颁奖专刊》作了专题报道，其他多家媒体也连续作了报道。

（2022年3月25日写于广州康乐园）

特 篇
忆念轶事篇

一、关于欧阳山的回忆

（一）40年不解之缘——《欧阳山创作论》后记

对于欧阳山和他的创作研究，开始我是出于一种喜新好奇的热情，后来则是出于"不平则鸣"的呼喊。前者可说是自发行动，后者则是被"逼"出来的。这个过程，造成了我与欧阳山之间，似乎结下了一种不解之缘，迄今竟达40年之久。

远在1948年冬天，我还是个13岁的刚上初中一年级的学生，跟随哥姐们爱上了文学，读的多是"五四"以后的新小说，鲁迅、茅盾、巴金等作家是我们家中的热门话题。一天晚上，当时已参加党的地下工作的哥哥拉我到房间，将两三本用旧报纸包着封面的书，神秘地从书包里拿出来，要我偷偷看，不能告诉任何人。我紧张地打开书的扉页，才看清楚是解放区出版的"人民文艺丛书"，其中有一本是欧阳山的长篇小说《高干大》。刚看开头，我便被书中的故事吸引住了。高生亮这位新型的朴实农民和小说中所写的新生活，是我在过去所读的小说中从未见过的，洋溢着清新的气息，令人神往，使我在旧社会的黑暗中看到了即将到来的光明究竟是什么样儿，也模糊感到这种新文艺不同于"五四"时期的新文艺。我这些对革命和新文学朦胧的认识，是从欧阳山等作家的作品开始的。

20世纪50年代，我在中山大学中文系读书，从中国现代文学史课程中，懂得了欧阳山在我国新文学发展上的地位，并且知道这位作家就在广州工作，便有意识地找他过去和新写的作品来看。他在20世纪20年代用罗西笔名写的《玫瑰残了》《爱之奔流》，40年代的《战果》，以及那时刚问世的《前途似锦》，与当时正在热烈讨论的系列小说《慧眼》，我都读了。这些作品，使我对这位仰慕已久而未曾谋面的作家有一种独特的印象，也同时产生如果将来从事文学研究工作的话，要好好地研究一下这位作家的想法。1959年9月，我被分配到《羊城晚报》的《花地》文艺副刊工作。

在这时候,欧阳山的《三家巷》,分别在《花地》和《作品》上连载,并在 10 月初出了单行本。我和同时被分配到《作品》编辑部的黄树森同学,很快看了这部小说,都有为这小说写评论的热情。于是我们用几天时间赶出了文章,记得还是约定在西堤的邮局大厅见面讨论定稿,在《羊城晚报》发表(即现在收入这本书的《动人心魄的史诗》《泥香喷喷的鲜花》两文)。这是最早评论这部小说的文章,也是我们在大学毕业后发表的第一篇文章。对我来说,写这评论有着对欧阳山作品向往的原因,万没想到因此而使我与欧阳山的创作结下了不解之缘。

1961 年《苦斗》问世时,我患了肾结石,尚在病中。一天,当时在《作品》理论组工作的黄培亮同志来找我,说应该为这广东创作的新收获写点评论。当时我在《羊城晚报》也分管理论批评工作,感到义不容辞,于是便与培亮同志合作写了评论(即现在收入本书的《〈苦斗〉的艺术特色》)。这篇评论又使我与欧阳山创作的不解之缘增进了一步。

1961 年秋,《羊城晚报》文艺评论版从广东作协转由我们副刊部主编,分工我任责任编辑。主编杨家文同志要求革新版面,办个面向文艺爱好者的"文艺信箱"专栏,请老作家传授创作经验。我们首先想到请欧阳山同志为这栏目写开栏之作。我当时还是个小青年,从未见过大作家,要我去组稿实在胆怯,硬着头皮去了。我手颤颤地敲了房门,门开所见的这位著名作家,原来是位慈祥的长者。我不知怎么地很快就消除了局促,和他熟络起来。也许是我的腼腆所现出的幼稚打动了欧阳山同志吧,他很爽脆地答应了约稿(这就是 1961 年发表的《懂事・知人・善于假设》)。我初次感到了组稿成功的欢欣。因为那时我听说,欧阳山由于集中精力进行《一代风流》创作,辞去了一切行政工作,也谢绝了一切约稿。

1962 年中秋节前后,报社有几件事情需要召开报社的顾问会。这顾问会由欧阳山、周钢鸣、萧殷、陈残云、秦牧等著名作家组成。这个会是由中南局宣传部部长王匡、报社总编辑杨奇主持的。当时这顾问会成员也是首届"花地"文学创作奖评奖委员会的委员。经过我们初选,需要评奖委员会开会决定下来。此外,当时全国正在讨论散文创作。杨家文同志认为这些顾问又都是散文家,何不一同讨论,也谈谈散文,多请几位散文家与会,于是增请了杨石、林遐、紫风等同志。我是作为工作人员参加会议的。会议在流花湖公园新开的渔林饭店举行。当欧阳山知道广州市园林局认为"渔林"之名不理想,公开征集新名的时候,便提议到会作家各草拟一个名字,不记名写出交我,由我一个个宣读,大家讲评。最后评出"数红阁"之名为好。原来这是欧阳山提出的。他解释说,这名字有几方面的用意,一是与毛泽东的词"数风流人物,还看今朝"之意暗合,二是与流花湖公园的红花朵朵之美景较切,三是可与越秀公园的"听雨轩"饭店之名对应。后来广州市副市长林西采纳了这个名字,并请周钢鸣同志题了匾。这个会评出了首届"花地"文学奖的获奖作品,包括陈国凯、杨干华、程贤章、谭日超等青年作家的作品。值得一提的是在当时陈国凯受到某种非议的情况下,评奖委员会果断地决定给他的短篇小说《部长下棋》评为一等奖。这是全国首次文学作品评奖,后来《文艺报》作了报道,在全国影响甚大。这些工作完成之后,谈散文创作,每个作家都作了发言,经过整理,《文艺评论》发表了《海阔天空说散文》专版。

欧阳山在会上发言的题目是《应当有浪漫主义精神》。他这发言是从有的同志对《三家巷》写区桃是"美人儿"和写周炳是美男子的意见而发的。他认为历来都是将工农群众写得破破烂烂、肮肮脏脏,似乎成了定规,要改变这种审美偏见,应当而可以将工农兵写得很美,这也是一种浪漫主义精神。在会上他还提出必须提倡题材多样化。他说他刚给《人民文学》杂志寄去短篇小说《天下奇人》(发表时改名为《乡下奇人》),又将刚写出的《骄傲的姑娘》当面交给巴金。这样做是看看《人民文学》《上海文学》敢不敢发表,就是要试试是否可以题材多样化。这段发言始终未公布出来。后来这两篇小说,还有《在软席卧车里》《金牛和笑女》陆续发表了。我写了一篇评论这些短篇小说的评论(即收入本书的《题材·讽刺·风趣》)。这样,我与欧阳山的不解之缘又深入了一步。

1964年和1965年,"左"倾思潮步步升级。本来文艺界对《三家巷》《苦斗》和欧阳山几个短篇小说的评价,从问世之初就有分歧,这时更是将分歧加大砝码,上纲上线。在这样的政治背景下,《羊城晚报》转载了《文学评论》上发表的一篇否定《三家巷》《苦斗》的文章,并以"学术讨论"之名,开展了批判。有关部门当时还专门印出包括欧阳山几篇短篇小说和我的评论文章在内的资料,供组织批判之用。这样,我上述几篇评论欧阳山作品的文章自然也属"清毒"之列。由于我毕竟是小人物,批与不批无伤大雅,故不点名。我是《文艺评论》版的责任编辑,又没有什么理由将我撤换（当然有我的领导保护的原因），便将我作为"百家争鸣"的"对立面"的角色，"戴罪"去参加批判组稿工作。这场"大批判"实际是"文化大革命"的前奏曲，"文化大革命"一来，便将欧阳山打成广东文艺界头号"反党反社会主义分子"和"走资派"。我也因为写了几篇文章，被大字报点名。毕竟我没有什么名气，又挂不上半点"官"边，便封我个"黑秀才"的称号了事。

我身不由己地被绑在欧阳山的"贼船"上，实在是"抬举"了我。自己是个无足轻重的小人物，写出的几篇东西也没什么分量（虽然在发表时有好些读者和前辈赞赏，不过是出于鼓励后辈青年之心意），更说不上对欧阳山有什么研究。但这样的"火烧"却反而逼出我的"硬气"。在"五七"干校养猪的时候，反复对有关欧阳山的往事进行思索。记得他过去是住在他夫人虞迅同志所在的单位宿舍里，小小的两房一厅。他当时还是挂着几个部长级的衔头，住这样的宿舍算什么"走资派"？ 1963 年他住到德泥路（今东风西路），与我所住的报社宿舍是对屋。我常在午饭的时候，从窗口看到他出来，手提饭盒到街上买饭。看着他那孤单的身影，时时使我沉思良久，所得甚多：他有官不做，有福不享，而是埋头创作，过着这种"寂寞梧桐深院锁清秋"的生活，是为了"复辟资本主义"？我开始领悟到在欧阳山作品中未看到的那种为文艺事业的献身精神，也更深地认识到社会上和文艺界的不合理现象，产生了"不平则鸣"的愤懑之情，狠心"将错就错"，打算有朝一日就干脆研究欧阳山。1972 年夏天，当我在韶关回广州探亲的时候，特地到欧阳山的住处去探望。他当时被置于一个大约只有 8 平方面积的小房子里。时值傍晚，正是全市烧烟熏蚊子的时候。他当时还未被"解放"，不知是烟熏的缘故还是内心的酸楚，我的眼角湿了，但他却拿着把葵扇，谈笑自若。在这样的处境，受这么多的冤屈，仍能如此，使我不自觉地获得了一种力量。

1976 年春，我从韶关调回广州，在《广东文艺》编辑部工作。编辑部属广东省文艺创作室。创作室是容纳一批已经"解放"而又不能分配工作的著名作家的单位，被人们戏称为"收容所"。欧阳山也被安置于此。我只是每周学习时才见到他。谁心里都明白，见面是不能谈遭难之事的。所以每次见面只是点点头，寒暄两句而已。粉碎"四人帮"后，1977 年冬，文艺组织恢复活动，欧阳山仍任广东省文联和作家协会主席。《广东文艺》

改为原来的刊名《作品》，我也随之到了这刊物编辑部理论组，并分管广东作协理论批评委员会的工作。有一天，主编萧殷同志和黄宁婴同志（这两位尊敬的师辈今已作古，我以无限的深情怀念他们），嘱我整理欧阳山的讲话，我才第一次到他新搬的屋子去。这次见面，他才第一次对我说："这些年我一直挂念着我受批判株连你。"这句话使我深受感动！"文革"中我是在报社，与作协是不同单位，欧阳山被斗的情况我不大清楚，我受罪的情形他又怎会知道呢？他所受的是大难，我受的不过是一点冲击。而且当时我与他交往不多，不过写几篇评他的作品的文章而已。他在受难中对我这微不足道的"泛泛之交"仍有念于心，可见他为人想得甚多，为自己是思之甚少的。这次敞开心扉的谈话，促使我接着写了为《乡下奇人》和《三家巷》《苦斗》的平反文章，并提出了把在干校时下的研究欧阳山的决心付诸行动的计划。

我是带着这个计划和其他研究设想，于1979年到中山大学中文系工作的。主要是我感到写作与编辑工作在时间上有很大矛盾，认为在大学边研究边讲课可将这矛盾解决。经过多次陈述，欧阳山和萧殷同志才同意我的请求，再三叮嘱我搞研究切勿脱离现实实际。到中大后，我的老师吴宏聪教授即支持我原来的计划和设想，并将我的欧阳山研究计划列入他主持的"六五"社会科学规划重点项目之中，由我负责《欧阳山评传》的写作。为此，从那时到现在，我与欧阳山的接触比过去更多了，受到的教诲难以列举。值得一谈的是1985年的《一代风流》讨论会。由于我在1980年提出了一个理论观点引起争议（顺便在这里说一下，我这观点提出前和提出后，欧阳山都是不赞成的），随后又受到种种非难，使我一连几年处在"冰箱"中"冷藏"的处境。省文联和省作协这时却突然通知我参加这个讨论会，实是意外。到会后我才知道是由于欧阳山的提名。也就是因为参加了这个会，使我重新振作起来，动笔写了这本《欧阳山创作论》的主要篇章，即本书的《论〈一代风流〉的来龙去脉》。长篇论文《论欧阳山的创作道路》，则是我在中山大学讲课用的教材。

在《欧阳山创作论》出版的时候，写下这些我与欧阳山从仰慕到交往的不解之缘，是为了使读者了解本书的若干背景，同时也有提供一些有关欧阳山和广东文艺界的史料之意。如果将本书作为一项研究成果，是分量甚轻、于心有愧的。尊敬的杜埃同志不嫌拙著浅薄，在百忙中拨冗赐序，勖勉后学之情溢于言表;花城出版社在隆重出版《欧阳山文集》的同时出版拙著,想来都是由于欧阳山这位在我国数十年新文学发展史上作出重大贡献的作家,是值得我们后辈认真学习研究之意,我不过是贡献一点学习心得而已。本书的出版得到我的朋友邓良、刘祝庆、黄永东等同志的大力支持,在此深表谢忱。

(1988年9月16日于广州流花湖畔)

(二)十年寒窗吾自问——《欧阳山评传》后记

在拙著《欧阳山创作论》后记的开头,我曾写道:"对于欧阳山和他的创作的研究,开始是出于喜新好奇的热情,后来则是出于'不平则鸣'的呼喊。"这是从1959年开始,到20世纪70年代末,我所写的一系列有关欧阳山创作的评论,以及由此引起的数十年的坎坷曲折的过程而言的。也许正因为如此,在10年前,也即是1979年,使我意外地领受了撰写《欧阳山评传》的任务,而这任务又拖延至现在才完成,这是怎么回事呢?

1979年初,我刚从中国作家协会广东分会调至中山大学中文系工作。一天,我突然收到花山文艺出版社李屏锦同志的来信,说他正在主编一套《中国现代作家评传丛书》,约我撰写其中选题之一《欧阳山评传》。我即向当时中山大学中文系主任吴宏聪教授作了汇报,他很支持,便将这选题列入他主持的广东省社会科学"六五"规划的重点项目之一《华南重要作家研究》之中。从此这选题便作为我的科研任务而必须完成的了。

谁知领受任务后,遇到了一个又一个的实际困难,使我迟迟不能动笔,只能断断续续地做些准备工作。首先碰到的问题是,作为欧阳山最主要的代表作《一代风流》尚未完成,当时刚开始重写第三卷,写他的评传是必须待这大型作品完成之后。为了抓紧时间,当时我还是打算先写新中国成立前部分。没想到进行起来碰到的困难更大:欧阳山过去的作品数量很大,发表的报刊又多又广,他过去的作品集子也是种类多,旧社会出版书籍都是印数少,要找到十分困难,找齐更难;"文革"也造成了各地图书馆和资料室的破坏,本来过去我在中山大学图书馆借读过的书刊也见不到了;更惨的是欧阳山本来保存有他过去的作品,也在被抄家时弄得片纸无存。没有资料是不能进行研究的，我陷入了窘境。幸好这时省委给欧阳山配了助手；欧阳山又趁他准备续写《一代风流》的空隙，派他的助手吴绍醒、谭方明两位同志到各地图书馆、资料室查找他过去的作品，为编《文集》做准备工作。这两位同志花了很大力气仍未找齐，接任的助手欧阳燕星、胡子明两位同志再继续找，还有北京、上海等朋友的帮助，我自己也到北京、上海等地找到了一两个绝版本，经多方协助和长达数年的努力，才算基本找齐（20世纪30年代初欧阳山倡导"粤语文学"的代表作品《跛老鼠》等，至今仍未找到）。资料基本汇齐以后，面临的实际困难是：数量大，欧阳山过去的作品实在多得惊人，在1000万字以上；他数十年文艺活动历程的有关资料更多，仅"文革"前后对他批判的文章也约有200万字；要读完这多得像座小山的资料是很不易的，更何况旧报刊和书籍纸质差，印刷质量低，年长时久更看不清楚，复印的效果又差（有的版本还不许复印），无可奈何，只得硬着头皮，死读下去！

研究欧阳山虽是我的科研任务，但实际上不容许我只做这件事情，我还担负着中国当代文学的教学和科研任务（这是我的本职工作），而使我更费精力的是文艺界促使我投身简直没有间歇的文艺批评活动、文艺理论批评的写作与研究工作，实在是读不完的新作品和报刊、开不完的会、写不完的文章、研究不完的课题，即使每天20小时工作也对付不了！自愧无力无才，而微微80多斤之躯，又有多大能量呢！我还是死顶着尽力做了。10年寒窗生活，总算讲了几门课，写了些文章，出了几本书，虽不能说质量高，但自问是不偷懒好闲的。说这些是为什么呢？是坦率地讲出为何拖延10年之久才写出这《评传》的另一方面的原因。

1985年下半年，《一代风流》末卷出版。为参加欧阳山这主要代表作的学术讨论会提交学术论文，又为在大学讲课的需要，实际上也是为写这《评传》做理论准备，我用了从1985年到1987年初的部分时间和精力，写出了《欧阳山创作论》中的主要篇章，并完成这本专著。从1987年7月才正式开始写这部《评传》。本来以为由此可以顺利地进行了，谁知受的干扰更多。好些干扰可以不管或以自己的努力克服，唯有文艺理论和研究著作出版困难实在使我心烦！不得不怀疑"爬格子"的价值和意义，造成每每动笔都陷入愁境之中，对于王国维所说的做学问"三境界"另有一番体会：真是"独上高楼望断天涯路"，"衣带渐宽终不悔"实则是无可奈何，"蓦然回首，那人却在灯火阑珊处"的兴奋往往一瞬即逝。这两年时间里，我大都是在这种心境下坚持写完这本《评传》的。

尽管这样，我还是本着做学问的良心和责任感，以实事求是的精神进行研究和写作，不敢马虎，力求立论确切，论证翔实，以"传"引"评"，以"评"带"传"；尽力从70年中国新文学史的框架上去述评欧阳山65年文学道路，透过对欧阳山的创作管窥各个时期的整体文艺态势；从整体创作上看欧阳山的艺术经验，又以他的经验探讨数十年来反复出现、迄今仍在的普遍性或尖锐性的文艺创作与理论批评问题。由于材料丰富，估计读者和今后有志研究者查找不易，故采取引述材料较多的做法，亦有力求论据充实和客观公正之意，所以篇幅较大，这也许可说是本书特点之一。还有就是记述了一些从未见诸报刊的材料。这得衷心感谢我曾奔波各地走访过的、曾与欧阳山在各个时期分别共事过的文艺前辈们：曾与欧阳山在20世纪30—40年代共同生活与战斗的著名作家草明，著名作家刘白羽、胡采、杜鹏程、王汶石、康濯、曾克、陈白尘、秦兆阳、黎辛、易巩等；欧阳山的夫人虞迅同志和欧阳山的助手们，也给我许多实际的支持和帮助；欧阳山给我的指教、支持、帮助更是多得说不胜说，简而言之，没有他的教诲和支持，我就写不出这本书。

值得特别说说本书的责任编辑李屏锦同志。10年前他向我约稿的时候，我们并不相识，他是之前从报刊上看过我评论欧阳山作品的文章知道我，并在征求欧阳山和黄秋耘同志意见后才向我约稿的。那时候，我正进行着《创作方法史》和《创作方法论》两部专著的写作，一时不能写这部《评传》。他知道后即支持我先完成这两部专著，并尽力帮助出版。我是到石家庄看这两部专著清样的时候才拜识他的。可见从《评传》的约稿到两书的出版，我们都无任何"私交"，全是秉公办事。这在做什么事都要"关系"的年头，恐怕是不多的吧？我的两本专著是亏本的学术性东西，这本《评传》也是如此。花山文艺出版社这种宁亏本而支持学术著作出版的做法和精神，在当今出版界虽不乏其例，但也是甚少而值得称道的吧？本书的出版还得到陈国凯同志和中国作家协会广东分会的鼎力支持，也一并在此鸣谢。

在这后记里拉杂写下这些过程和感受，只是说明写出此书和出版此书之不易，抒发一下十年寒窗生活之心境。相信许多作家、评论家、研究家和大学教师,都有类似经历和感受,以己身而代人言,想来是可以的吧?我始终感到这本书是文艺前辈和许多朋友的精神结晶,我不过是用笔将这结晶化为文字而已。遗憾的是我水平低,心有余而力不足,错误或不当之处在所难免,祈望得到读者和专家们的校正。

(1989年7月30日写于广东清远飞霞洞)

(三)追求完美,坚持信念——纪念欧阳山师百年诞辰

我有幸在著名作家欧阳山的直接指导下,先后完成了《欧阳山创作论》和《欧阳山评传》两部专著的写作,而且,因工作关系,与欧阳山的直接接触,从20世纪50年代末至21世纪初,已有40多年历史,经历过时代的风风雨雨,受过严峻的考验,受到他的关怀和教导甚多,今值欧阳山百年诞辰之际,对他的无限怀念之情,更是难以言表!

记得欧阳山于2000年9月26日以92岁高龄逝去时,我曾在《光辉的道路,杰出的贡献——痛悼欧阳山师》一文中,称他为中国文坛为数不多跨世纪的"世纪老人"。世纪者,百年也,现值他的百年寿辰纪念,正名副其实。"百年"是个完美的数字。由此使我重新回顾欧阳山的"百年"历程,顿然发现了我在上述两部关于欧阳山的论著中,尚未论及或论述不够的闪亮精神,这就是:他的创作始终都是在追求完美,他的人生始终是坚持他的理想信念。这个发现,是在于我想起未写进上述两书的一些事情。

20世纪60年代,我在《羊城晚报》的《花地》副刊任《文艺评论》版责任编辑。1962年秋,报社委托我负责首届"花地"文艺评奖的具体工作。评委会由欧阳山、周钢鸣、萧殷、秦牧、陈残云和报社领导杨奇、杨家文(周敏)等组成。报社决定在中秋节后一天,举行评委会,以决定获奖名单,并同时举行散文创作座谈会,增加邀请当时著名的散文作家杨石(杨应彬)、林遐(江林)、紫风参加。这两项会议内容是在于两个目的:前者是为了扶持青年业余作者,首届获奖作家(如陈国凯、杨干华、程贤章等)都于后来成长为著名作家;后者是响应《文艺报》对当时广东作家在全国主要报刊发表不少有影响的散文作品(包括陶铸的《松树的风格》)

而称"岭南散文"流派兴起的评价。会后发表与会作家发言的《海阔天空说散文》专版,影响颇大,被称为"岭南散文"兴起的理论宣言。

欧阳山当时是省文联主席和作家协会主席,又是这个座谈会的主席,对于这两项内容所反映出的业余创作和散文创作的新成果,自然是高兴的,同时,对于当时初露的极左倾向也有所觉察。于是在会上作了一番既表达欣喜之情,又"实有所指"的发言。会后由我整理出来,以《应当有浪漫主义精神》为题发表(注:在《欧阳山文集》第十卷中,易题为《小说、散文、浪漫主义精神》)。他"所指"的是:当时有人说他刚问世不久的《三家巷》《苦斗》都是写美男美女,是"资产阶级思想"。由此他在发言中说:"许多人认为写工农兵就一定离不开肮肮脏脏,破破烂烂,粗粗笨笨,写知识分子才是秀丽的。这传统观念要根本改变过来。巴尔扎克将资产阶级人物写得很美,今天我们为什么不可以将工农兵群众写得很美呢?""我们主要是表现人们的精神美。"其实,他在《三家巷》中写的美女区桃、陈文婷等美女,都是试图在共有的外在美中,对比出彼此内在的精神差异,体现出像区桃那样既有外在美又有内在美的人,才是真正的完美的人;整部《一代风流》所写主人公周炳,数十年的奋斗历史,即是一部在改造客观世界的同时改造自己主观世界的历史,是从只有外在美的"美男子",成长为内外皆美的、革命的一代"风流人物"的历史。

在《欧阳山创作论》中,我对欧阳山全部小说中所写的主要人物形象,总称为"奇人"家族,即:他写的人物都有被人们认为"奇"的特点,他往往是在"奇"中表现出其实际"不奇"。现在看来,这艺术手法,实际是以外在的"奇"写出人物的"有奇有不奇",也即是写出人物的完美形象。所以,我认为欧阳山写一辈子的小说,都是塑造各种各样的完美人物。他塑造形象如此,他的创作主张和创作精神也是如此。例如,他曾提出创作要用"古今中外法,东南西北调",就是主张吸取各种创作方法和语言精华,各取所长、自创完美的一格。他在晚年视力严重衰退的情况下,用助手整理录音的方式,坚持写完《一代风流》第五卷,也即是为自己的创作做个完美的交代。所以,我认为欧阳山的一生,从革命到创作,都是追求和创造艺术的完美、人生的完美、社会的完美。

此外,我还想到另一件事:在我完成《欧阳山评传》初稿后,也即是1989年五一劳动节(欧阳山往往是利用节假日时间约我交谈)那天,我向他交稿并向他介绍全书的章节目录。当讲到所写1949年至1956年时期的标题是"春风得意马蹄疾"的时候，他感慨地说：用这句唐诗来形容当时的新中国是很恰切的，但用于对我个人，则有些不敢当了，因为那时还不能说我很"得意"，"马蹄"也不怎么"疾"呵！当时我理解他是谦虚之词，所以我保留原题，未做改动。其实我知道，欧阳山在那段期间是受过挫折的，只是不方便说出而已。现在想来，欧阳山的感慨，似乎还包括从那时期和之后的"文化大革命"灾难，以至在20世纪80年代中文艺界对他的一些非议与批评。显然，他是从自己数十年文学生涯中，始终不断地受到争议而发出这感慨的。

在《欧阳山创作论》中，我曾称欧阳山是"长期迸发出两种艺术生命力的作家"：其一是他在每个历史时期都创作出具有较大或重大社会影响的作品，这些作品以本身所具有的奇特的思想艺术，影响当时和后世，发挥出及时和持久的艺术生命力；其二是他在每个时期的作品，几乎都因其接触的社会或文艺问题的尖锐性而产生种种争议，对当时和以后都产生重大影响，这影响也就是一种艺术生命力。因为照我看来，创新往往受争议，越争议越有生命力。欧阳山的可敬可贵，就在于他始终直面接连不断的争议，并在争议中既吸取好的意见修正或充实自己，又不是像某些"风派"作家那样，以"风向"的变幻左右摇摆，而是始终坚持自己的理想和正确的信念去工作和创作，即使被讥之"固执""僵化"，他也等闲视之。我想，他这种坚持信念的韧性精神，是尤其值得我们学习的。

这使我想起著名大学者梁启超的《自励》诗："献身甘作万矢的，著论求为百世师。誓起民权移旧俗，更研哲理牖新知。十年以后当思我，举国犹狂欲语谁？世界无穷愿无尽，海天寥廓立多时。"当然，欧阳山与梁启超是不同时代人物，理想观念各异，但两人"献身甘作万矢的"的精神和气魄，我想是相通的，所以录之，以表自勉效学之志，并表对欧阳山师的永远怀念。

（2009年1月9日于中山大学）

（注：本文是在广东省委宣传部、省文联于2008年12月22日举行的"永远的丰碑——纪念欧阳山诞辰百年作品研讨会"上作了即席发言之后写出来的。）

（四）欧阳山关于《新时期文艺论辩》的一封信

  1988年10月，中山大学出版社出版了我的首部论文集《新时期文艺论辩》，当即送欧阳山请教。送书时，我知道他患严重白内障，眼力很差，一般是不亲自看书或动笔写字的，都是由助手代劳，所以估计不会看这个区区小书。他果真叫他的助手胡自明向他读了拙著中的主要篇章，万没想到，还让助手按他口授写出致我的信并亲笔签名。致信全文如下：

伟宗同志：
  新春将至，读过你送来的《新时期文艺论辩》有几点感想，供你参考。
  一、你在理论与实践的结合上是做得比较好的。你一方面在文艺理论领域刻苦钻研，写出了几部学术专著；另一方面，你并没有忘记现实的文学运动和创作实际，而及时地写出了大量有关当代文学创作（特别是广东文学创作）的有积极意义的评论文章，这对推动广东文学创作的发展，无疑是有好处的，从《新时期文艺论辩》一书中，可以看到这一点。
  二、你在教学之余，仍关心现实生活的发展，特别是文学事业的发展和走向，积极参与到文学事业的实践中去，发表文章，作出呼应。这种不把自己关闭在课堂里，而是把教学与实践结合起来的精神，是值得肯定的。
  三、你近几年来写出了6部学术专著（已出版4部），又发表了100万字的散见在各报刊的评论文章，从这些成果可以看出你有一种辛勤努力、锲而不舍、默默奉献的精神，望今后继续发扬之。
  新的一年开始了，新的希望会伴随着新的一年到来。90年代将是中国大有希望的时期。作为一名老一辈的文学工作者，我希望包括你在内的广大中、青年作家、评论家，能真正在马克思主义文艺观的指导下，坚持四项基本原则，反对资产阶级自由化，在改革开放的大潮中，沿着"为人民服务、为社会主义服务"的方向，为建设和繁荣中国特色社会主义的文学事业作出应有的贡献！对于你那本书，我还没有做深入的研究，这些都是肤浅之谈罢了。匆匆，并祝安好！

欧阳山（签名）
1991年1月12日

二、关于萧殷的回忆

（一）文学评论家的勇气和责任心——萧殷七年祭

1983年8月31日，中国著名文学评论家、作家、编辑家、教育家萧殷同志结束了他战斗的光辉一生，到现在整整7年了。从1959年开始，我有幸直接或间接地在萧殷教授的教导或领导下工作，断断续续，粗算也有20余年之久，可说是他的众多学生中的一个。值先师7年忌日之际，缅怀他生前的许多往事，特别是他在一系列重大的历史和文坛风云中的表现和处世为人的气度，重温他的著作，使我认识到有一条贯穿他近40年文学生涯的基本脉络和他在文艺各个领域作出贡献的核心所在，这就是：高度的文学评论家的勇气和责任心。

1

1982年夏天，《当代文艺思潮》编辑部写信向我约稿，说该刊拟办一个《文学评论家列传》专栏，着重从数十年中国现当代文艺思潮发展中论述著名文学评论家的地位和贡献，以此与一般传记文学区别开来，办出特色。编辑部希望我写写萧殷。收信后我即向萧殷汇报，他很有同感地说：中国的文学评论家主要是在风浪中搏斗出来的。

由于我当时和以后这些年，一直忙于其他论著的写作，腾不出手来完成这一使命，但我一直牢牢记着萧殷这句话，策己观人，并以此纵观变幻莫测的时代文学现象，越来越体会到其中包含的道理。以此而观萧殷数十年的文学道路，正如他自己所说，主要是在风浪中搏斗出来的。他作为文学评论家的勇气和责任心，也首先是在时代的社会思潮和文艺思潮的风浪搏斗中显现出来的。

虽然早在20世纪50年代初我已读过他的许多文章，从他的《与习作者谈写作》等著作中逐渐懂得什么是文艺创作，我是他参加主编的《文艺报》的热心读者，但对他只有仰慕而无缘谋面。有幸的是1958年夏天，他从他的故乡也是他当时被下放"劳动锻炼"的地方龙川到广州来，被请来中山大学中文系向全体学生作报告，谈的是当时文艺界热烈讨论的新诗与民歌的关系和发展问题。这是由于毛泽东主席给当时刚创办的《诗刊》主编一封谈诗的信引起的，也在于当时毛泽东主席提倡民歌，在"大跃进"中掀起民歌创作运动的背景。萧殷在当时到处"头脑发热"的情况下，在报告中，一方面热情肯定群众的创作热情，批评了某些人轻视民歌创作的观点；另一方面又认真地分析了当时民歌创作的优势与不足，从艺术规律上指出新诗的发展道路的民族化问题，反对脱离现实和民族基础去创立"新格律诗"的主张。对于新诗与民歌的评价和诗的形式问题，自然是学术性的问题，大可见仁见智，百家争鸣，萧殷的观点亦可讨论，但这场论争是当时文艺思潮的一种表现。萧殷在当时公开发表多篇文章谈这问题，并在报告中慷慨陈词，鲜明地体现了他在文艺思潮浪尖中既勇敢投入又保持冷静头脑的革命科学精神。这首次的谋面，他那瘦弱的身躯迸发出强烈论战精神，给我留下的是敢于在浪尖中拼搏的形象。

  1961年春，萧殷因下放广东体验生活，而正式调来广东工作，任中国作家协会广东分会副主席、党组副书记，并兼任《作品》常务副主编、暨南大学中文系主任。他的职务虽多，主要精力却仍放在文艺理论批评工作上。由于这个缘故，当时刚与《广州日报》合并的《羊城晚报》，为加强文艺评论，决定创办《文艺评论》专版，每周一期，并决定由萧殷直接主持这专版的编辑工作。当时正是我国经过"大跃进"后的经济困难时期，整个政策进行调整，文艺也进行调整，主要克服某些片面强调主观意志和"左"的偏向，文艺上主要是简单化和违背文艺规律问题，创作和理论批评都有这些现象。萧殷敏感地意识到克服这些现象是文艺理论批评的时代使命，上任后不久即率领当时广东作协理论组的成员，从来稿和广东实际中进行调查研究，以《文艺评论》版为阵地组织讨论长篇小说《金沙洲》，并由易准、曾敏之、黄树森三位同志分头执笔、集体定稿而写出了《典型形象——熟悉的陌生人》《事件的个别性与艺术的典型性》《文艺批评的歧路》等三篇文章，以深刻的理论切中时弊，向简单化和违背文艺规律的现象进行了有力的拨乱反正。当时《文艺报》连续转载了这三篇文章，在全国文艺界影响甚大。萧殷在这三篇文章里所倡导的典型论，与这段时间和前后由《文艺报》提出的"反题材决定"、邵荃麟提出的"写中间人物"和"现实主义深化"等理论观点，都是具有同样的作用和价值的。

《文艺评论》版从 1961 年夏天开始由报社副刊部负责编辑。我刚参加"整风整社"回来，领导分配我任此版的责任编辑，交代我仍继续直接向萧殷请示工作。由此直到 1966 年"文化大革命"开始不久《羊城晚报》被封闭，事实上我都因这项分工而在萧殷领导和教导下工作。1964 年后《羊城晚报》由中南局领导，萧殷任中南局宣传部文艺处长，对我们领导和教导更直接了。在这 6 年的时间里，我国的政治风云变幻频繁，文艺思潮同样是波澜起伏，文艺批评稍有不慎，即招致甚大风波，要正确把握文艺走向，分辨出正确或错误很不容易。在这多事之秋，萧殷在迷雾中点醒我的事例更是不胜枚举，他在风口浪尖中的拼搏精神和机智战术更使我钦佩。其中有两件事尤为印象深刻。

1962 年秋，《羊城晚报》副刊《花地》举办首届作品评奖，领导委托我做具体工作。在初选作品的时候，有两篇小说认为可以入选但又把握不准，一是林里（用王群父笔名发表）的《新闻记者的日常生活》，一是陈国凯的《部长下棋》，对前者难把握的是：小说写了主人公的爱情生活，而当时的气候是将写爱情视为犯忌的，动辄即会被作为"人性论"批判；后者写主人公在日常生活中与群众打成一片的事例和个性为多，不正面表现人物的忘我劳动或进行激烈斗争的情节，这又与当时强调的在阶级斗争中塑造英雄典型的理论不合拍。显然，敢不敢给这两篇作品评奖，实质上是敢不敢对"左"倾文艺思潮抵制和斗争的问题。讨论前我请示萧殷，他经过一番认真考虑，坚持支持这两篇作品获奖，在评奖委员会上，大家同意他的意见，但考虑到评奖主要是对业余作者，林里同志职务较高，故不评《新闻记者的日常生活》。这件事证明了萧殷在文艺思潮中的胆识和慧眼。

另一件事是 1966 年初的《韶山的节日》事件。这时正是"文化大革命""山雨欲来风满楼"的时候。《韶山的节日》是周立波根据毛主席重返韶山的实事写成的散文，1965 年秋发表于《羊城晚报·花地》。发表后影响甚大，有多家报纸转载。由于此文写到杨开慧烈士，犯了江青之大忌；也由于其中写到当时陪同毛主席回故乡的罗瑞卿同志，而且这篇文章又受到陶铸同志的赞赏，江青便通过康生借此发难，托词说此文写"上坟"等是"丑化"领袖的"反党大毒草"，责成中南局和报社检讨，实际是借此打倒陶铸同志,美化江青。这是后来才知道的政治阴谋,在当时谁也看不清江青和康生的罪恶企图,但在领导层也不是毫无觉察个中的政治气候的。在江青、康生的压力下,中南局和报社领导决定再次发表周立波根据韶山革命纪念馆纠正个别细节的修改稿,并加了"编者按语"。这"按语"就是萧殷执笔写的。这"按语"只是郑重说明修正个别细节,以示对领袖的尊重和对待这篇文章的严肃性,并不苟同于江青血口诬蔑,正因为如此,重发后更激怒了江青,后来即成了打倒陶铸同志、封闭《羊城晚报》、将周立波斗死的"罪状"。当时重新发表《韶山的节日》和所加的"编者按语",表现了中南局和报社领导的高度革命原则性和机智斗争艺术,萧殷也在这事件中显出了这样的气节和本领。

"文化大革命"中,萧殷在广东连山县的中南局"五七"干校养鹅,我则在广东英德县黄陂"五七"干校养猪,各受其苦,无缘相见。我是1972年秋在广东清远县城重逢萧殷的。当时我被作为"尚可用"的人被分配到韶关地区文艺办工作。林彪事件后开始有关于落实政策的空气,一些老同志被"解放",好像有些希求繁荣文艺的样子。萧殷也被安排在当时被戏称为"收容所"的省文艺创作室工作。由于当时省文艺创作室和韶关地区文艺办都有办文艺创作学习班,有培养业余文艺作者的打算,于是共同决定在清远同时分别办班,以便于作家两边讲课。我被派往清远主持地区班的工作,由此而得与为讲课而来的萧殷会面。当时尚在"四人帮"的高压之下,整个文艺界仍是根本违背文艺规律的"三突出"一套统治着,要向业余作者传授些真正的文艺写作知识,坚持正确文艺思想是很困难的,要担风险,对于知名作家来说,由于受注目,影响大,风险更大。萧殷也深知利害,但他不顾一切,仍坚持讲真话,在讲课中陈述了"写英雄人物是主要任务,但不是唯一任务"的观点,以毛泽东同志提出的"革命文艺应当根据实际生活创造出各种人物来,帮助群众推动历史的前进"的思想,向江青的"根本任务论"和极左文艺思潮进行了有力的挑战,震惊四座。在1975年的所谓"反文艺黑线回潮"中,萧殷又被作为"代表人物"而受审查。萧殷拒不检讨,坚持真理。这事件的前后过程,更显出萧殷作为一个文学评论家的铮铮硬骨和巍然正气!

1976年我被调回广州,在《广东文艺》编辑部工作,属广东省文艺创作室,与萧殷同一单位,但很少见到他,虽然他已得到"解放",实际仍是"靠边站"，我只是有时私下到他家里看望他，彼此倾吐衷肠。他长期身体不好，一直带病工作，在当时"风雨如磐"的岁月里，他更瘦弱苍老了！但每次谈话他都在沉重叹息之余显出对前途的希望和信心，使我看到前景和力量。记得北京天安门事件以后，"四人帮"大搞白色恐怖，层层追查"谣言"和传抄的天安门诗篇，企图以高压手段掩盖事件真相和压制真相的传播。在一次私下谈话中，萧殷向我讲了他所知道的真相和他的看法，指出"四人帮"的日子不长了。在当时条件下的这种谈话，有似黑夜见到明灯，我深深感激萧殷的信任，更佩服他的崇高人品与胆识。

粉碎"四人帮"后，萧殷才正式恢复工作，从广东省文艺创作室副主任到任重新恢复活动的中国作家协会副主席，并任《作品》主编。他仍像过去那样将主要精力放在抓文艺理论批评上，我那时在《作品》理论组并分管文艺评论委员会工作事务，属萧殷直接领导。在这样重大的历史转变时期，掌握文艺理论批评的正确走向尤为重大而艰巨。1976年底和1977年间，极左的思想和路线的影响依然存在，好些冤假错案尚未得到平反。人们都感到要狠揭狠批"四人帮"，但如何揭批则有种种顾虑。广东文艺界在中共广东省委领导下，最早恢复了各个协会的活动，召开多次创作座谈会以活跃文艺思想，组织批判"四人帮"的文艺黑线理论。广东作协的理论批判工作是由萧殷负责的，开始是批判"四人帮"的所谓"文艺黑线专政论""三突出论""写真人真事论"等，接着又成立以萧殷为首的三人小组，写文章批评浩然的《西沙儿女》等为江青"涂脂抹粉"的作品，并且组织一系列文艺短论，针对现实存在的种种极左余毒表现进行有的放矢的批评。这些大大小小的文章在各报刊上发出，影响甚大，都是与萧殷的组织指挥分不开的。在当时，揭批"四人帮"和极左思想路线需要勇气，而且还要有冷静科学的头脑，分清两类不同性质的矛盾，分清政治问题与文艺问题的不同性质，分清是卖身投靠还是受到影响，这是很不容易的事，正是在这些问题上，检验出一个组织者和评论家的功力和水平。

在20世纪70年代末和80年代初，中国文坛先后出现了两股文艺思潮：一是"伤痕文学"，一是现代派文学。萧殷对前一种思潮是支持的，对后一种持有异议。"伤痕文学"的出现，体现了对长期"左"倾文艺思想和路线的重大冲击，也必然遭受"左"倾残余势力阻挠。萧殷在这时候，支持陈国凯的《我应当怎么办》等作品的发表，在各种会议上发表文章认为这些作品是"现实主义的胜利",反对《歌德和缺德》等文章的错误观点,在这场论战中作出重要贡献,显出了他反对"左"的思想的坚定性。另一方面,他对当时开始出现的将揭露黑暗面走向极端的倾向(如《骗子》《女贼》等作品)则是及时发现并坚决反对的。这也显出了他的原则性。诚如萧殷在《自选集》序言中所说:"……政治运动不断出现。几乎每次都一样,每进行一场运动,随之而来的总是向'左'转……现在可以看得很清楚,'左'的倾向越持久,影响越大,其后果就越严重。同时,也应看到,有时也出现右的倾向。由于政治上的左右摇摆,导致文学创作偏离了正确的道路,违背了创作的基本规律……这30多年来,我也就是针对不同时期的具体情况和具体问题,反反复复地阐述这些基本规律。"这是萧殷在风云变幻的文艺思潮中的基本思想和坚定性所在,而这基本思想和坚定性的发挥,又突出体现了他具有的文学评论家的勇气和责任心。

2

萧殷在他从事和关心的文艺工作各个方面,也强烈地表现出他作为一个文学评论家的勇气和责任心。

从20世纪40—80年代,他主要是从事报刊编辑工作,编过报纸文艺副刊,长期担任文学杂志的主编。他在文艺理论批评和培养青年作者这两方面作出有口皆碑的杰出成就,与他长期担任编辑工作,敢于并善于以报刊为阵地发挥文艺批评的战斗作用和培养作者的职能,是分不开的。他常说编刊物就是要"出作品,出人才"。这是总体概括,怎么"出"和"出"什么作品和人才,则大有学问,萧殷自有一套主张和途径。多年来他多次言传身教我做编辑工作,断续地讲了许多他的编辑工作经历,使我体会最深的是:对新事物和迫切需要解决的问题要敏感;敢创新、抓重点;与作家和作者做知心朋友,甘心为他们服务。他同我谈到他在《晋察冀日报》编副刊的时候,将杂文专栏办得颇有生气,就是因为他同一班作家交往密切,经常从闲谈中抓到好些新鲜题目,他当即要这些作家当场就写,有的无香烟写不出文章,他就亲自去买烟供应。他还谈到他在《文艺报》工作的时候,许多人来信提出怎样写作的问题,他就为此而办了辅导青年创作的专栏,密切了刊物与读者的关系,使刊物充满生机,他也由此而"迷上了向青年传授文艺ABC的工作",数十年如一日,孜孜不倦。他还讲到在《人民文学》编辑部工作的时候，经常查阅编辑的退稿，往往查到一些可以用的或有修改基础的稿件，因而他认为当编辑就是做伯乐，要有识人辨稿的慧眼，要尊重名家，更要有扶植新人的勇气和责任心，有好稿和发现新人，要不顾一切地大力推出，引人注目，扩大影响。1961年初，他调广东主持《作品》编辑工作，便不顾一切地进行了一系列重大改革，改刊为大32开，将每期目录改为框线直排，将广东著名作家列为"本刊特约撰稿人"在每期刊出名单，显出作者阵容和刊物的凝聚力，尤其是开辟"谈薮"专栏，每期发一组千字文，针砭时弊，文风泼辣。这些改革既有复古味又有创新，在当时全国文学期刊中是首例，影响甚大。这样做，在当时是冒风险的。可见萧殷在编辑工作上也显出他的风骨和特有风格。

萧殷长期埋头做培养青年作者的工作并做出显著成绩，固然有他长期担任文艺的组织工作和报刊编辑工作的职务原因，但更为主要的是他对这项工作有高度的认识和自觉性。他说："我相信一个简单的道理：任何大作家都不是天生的，都是从稚嫩的不知名的文学青年中产生出来，成长起来的。因此，发现、扶植、培养青年作者，是繁荣创作的一个根本措施，不可忽视……在辅导文学青年时，重要的是指引他们走文学的正路。当他们开始学步时，如果路走错了或走偏了，以后就越来越难纠正。所以，特别着力帮助他们弄清文学的任务和创作规律。"这些自白，说明他将培养青年作者提到文艺根本建设的高度认识，同时又着力于走什么文学道路和文学的任务与规律的指引。这种指导思想和做法，正属文艺理论批评的性质和范围，或者说是文艺理论批评工作的一个方面，萧殷长期坚持这样去做这项工作，实际上也就是以此作为文艺理论批评的一个领域，既以此把握培养文艺人才的走向，又以此作为阵地去介入整个文艺界的斗争，脚踏实地、卓有成效地发挥文艺理论批评的战斗和教育作用。萧殷也同样在这项工作中显现出他作为文学评论家的勇气和责任心。我每到他家里，都见到他收到许多相识或不相识的人寄来的信件，他收到后都一一在信封上写收信日期和复信日期，按时间先后次序捆扎保存。他每封复信都写得很认真，字迹十分工整，真不知道他为此付出多少时间和精力。他常对我说："离开这些信我就写不出东西来；我写的文章都是根据这些信来谈当今文艺问题的。"1963年夏天，他重返了故乡佗城一次。他回来时我去看望他，他即把一篇题为《二者必舍其一》的文章交我发表。这是一封给某初学写作者的信，这初学写作者曾认识萧殷，将新写的作品《春耕前夕》送他指教。在信中，萧殷指出作品只是将一大堆支离破碎的、肤浅的、粗糙的生活现象堆积，所歌颂的人物也多是堆上些"奇迹"和"豪言壮语"，没有形象，只是概念，进而指出这是由于急于求成，流露出急切想当作家的个人主义意识；还指出这位作者不好好劳动，同人民打成一片，因而写的人物和生活缺乏应有的理解和感情，才造成写得空洞无物，并由此进一步指出：在个人主义与做"灵魂工程师"之间，是"二者必舍其一"，是不能"兼而爱之"的。这封信所谈的问题，显然都是创作态度和道路的一些根本问题。

使我深受感动而永远难忘的是关于我的一件切身之事。1980年春，我根据"伤痕文学""反思文学"大量出现的创作实践，将这些文学现象概括为"社会主义的批判现实主义"文学，试图以此理论反击将这种文学现象贬之为"缺德"文学和"旧批判现实主义"的观点。事先向萧殷请教，他不同意，认为这会导致另一个片面。我未能接受，还是发出了文章，并在当时于广州举行的中国当代文学学会年会上提出来。萧殷到会上作报告的时候，毫不客气地批评了我，指出这会导致另一错误倾向。会后又在与我的单独谈话中，再三叮嘱我不要走向片面。这件事的前前后后，使我深切地感到萧殷对后一辈的教育培养，是关切而又有原则性的，是从整个文艺走向的正确把握和制止片面性的高度去论文论事的。所以，我认为萧殷在对后辈作者的关系上，同样鲜明地体现了他作为革命文学评论家的勇气和责任心。

萧殷早在20世纪40年代曾任华北联合大学文学系教授，50年代初任新中国成立后第一个培养作家的学校——中央文学讲习所副所长，60年代任暨南大学中文系主任，80年代初任暨南大学中文系和中山大学中文系的兼职教授，还任暨南大学文艺理论硕士研究生导师。从我与他的直接接触的许多事情来看，他从事高等文学教育的思想和做法，也是很体现出他的特有风骨与风格的。记得1959年冬，他刚任暨南大学中文系主任不久，我也刚从大学毕业出来到报社做副刊编辑。一天，我到我的老师楼栖教授家里，向他组稿，因他刚从民主德国讲学回来，希望他写写见闻。萧殷突然来到，要楼栖师去暨大讲讲课，谈些在外国讲学的感受。记得萧殷说：办大学不仅要本校教师讲课，还要请外校有名望的教师讲学；不仅讲计划开设的课程，还要讲计划外课程，使学生增知识、广见闻，不脱离现实和实际。这是我首次正式结识萧殷，他当时这番向楼栖老师讲的话之所以使我至今印象犹新，有初见面的缘故，更重要的是近十年来我从事大学教育工作，越来越体会到这是深刻的教育之道。他曾多次地向我谈到他怎样带进修教师和研究生。他的指导方法就是：既抓理论，更重实践，除布置必修书和定期听他讲课外，更要多写文章，特别是要密切关心和投入当今文艺斗争实际，他讲课内容是理论联系实际，尤其是当今文艺形势分析，写文章也是要针砭现实文艺问题。他的这种教育思想和方式显然与一般大学教授不同，是很有改革勇气和高度责任心的文学评论家才敢于和有能力这样做的。

萧殷说："我一向认为，无论是文学理论、中外文学史、中外文学批评史、中外作家作品研究、文学编辑工作、文学教学工作以及文学领导工作等，尽管它们彼此的研究对象或工作性质很不同，但归根结底，都是直接或间接地为繁荣创作、发展创作效劳的；倘若离开了这最终的目的，这些工作就将失去存在的意义和价值。"这个看法，在大学经院的学者看来，可能会讥之为"实用主义"，然而，反经院派正是萧殷的主旨所在。萧殷特别注重文艺理论批评的现实性、理论对创作实践的指导作用，并不意味着他否定或轻视文学研究工作，恰恰相反，他是很重视这个领域，不遗余力地支持这项工作，并且也有自己的特有主张的。记得1981年间，当他知道全国大多数省、自治区的社会科学院都有文学研究所，广东的社科院仍未有设立的情况后，即派我去社科院找张绰、杨樾、叶汝林同志，转达他建议设立文学研究所的意见。三位同志都很赞同，希望萧殷牵头请著名作家、学者一道向省委提出建议和方案。萧殷便委托我起草建议书和方案，并由我去征求欧阳山、王季思、楼栖、吴宏聪等前辈的意见，他们都表示赞同，并在建议书上签了名。建议书和方案上报省委后很快批复下来，终于建立了这个所。萧殷在建议书和方案中，提出广东的文学研究所应有与其他省不同的特点，要特别重视华南和港台文学的研究，要突出对现实的文艺理论和创作问题的研究，强调坚持从现实出发、从实际出发的研究方向和作风。他对我个人的要求也是如此。1979年我要求回母校中山大学从事文学教学和研究工作，起初他坚决不允，经我再三恳求才同意。他深情地对我说："我就是考虑到我们在大学从事文学教学和研究工作的中年评论工作者有理论而联系现实实际不够，在编辑和文艺部门工作的评论工作者则忙于现实文艺实际而难以进行系统理论研究的情况,才同意你去的,希望你努力探索一条弥补两方面缺陷的路子来,不管怎样,切莫脱离现实、脱离实际去搞什么经院式的文学研究。"这些嘱咐,始终是我的前进动力和指路明灯。

3

萧殷在《自选集》序言中,有一段可能不大引人注意的话:"从这三十多年不同时期所写的文章看来,特别是对形象创造的规律,其基本观点始终保持着一致;当然不能说在大风大浪中,自己从没有晕眩,好在晕头转向不久,能很快地醒悟过来,避免了踏上错误的岔道,这是值得庆幸的。"这实在是他发自肺腑之言,凝聚了他数十年饱经风霜的坚定信念和无限感慨,从另一个方面显出了他作为文学评论家的勇气和责任心的风骨和风格,也显现了他的崇高人品和气度。

众所周知,在过去的年代,政治运动和文艺斗争迭起不停,文艺这"时代的风雨表"常常是政治斗争的发难地带,文艺家们经常身不由己地被卷入政治风浪之中,时浮时沉;文艺理论批评又被赋予"斗争武器"的职能,文学评论家更是难以自主,常会由于政治运动的需要和职务的关系,写些无可奈何的文章。从我有限的阅历和经历看来,在那些年代的中国文学评论家是很难找出一贯正确、一切正确的"完人"的。萧殷数十年不同时期的文章能够"基本观点保持着一致"是很难得的,这是他的风骨的主要表现。但这只是一个方面。

另一方面是表现于他从真理出发而勇于承担和改正错误。他所说的"晕头转向"的事,是指1964年在全国根据毛泽东同志关于文艺的两次"批示"而开展的文艺整风和大批判中,对《三家巷》《苦斗》的批判,他被分配任务,写了一篇批判文章。他当时任中南局宣传部文艺处处长,职务要求他必须这样做。对这件事,他一直是引以为咎的。记得在1977年,广东作协刚恢复活动,他即支持我写为《三家巷》《苦斗》平反的文章,并经他亲自修改签发在《作品》发表,此后他又一直支持我进行对欧阳山的研究,并经常向我说必须充分肯定《三家巷》和欧阳山在中国当代文学史上的重要地位。这些事实,与某些将自己封为"一贯正确"或以隐错掩过而"保持形象"的人们,形成鲜明对比。

萧殷的这种风骨和风格,还体现在他对待在"文革"中批斗过他的后辈的宽恕态度上。"文革"中,我与他不同单位,对他被批斗的情况不清楚,只是后来才听说一些。他多次向我谈过:"在那样的政治压力下,这些同志也是迫不得已的。大家汲取教训就是,不要计较了。"他不仅这样说说,而且切实这样做了。

萧殷长期对我言传身教,值得写的事情很多很多,现在我只是将一些较能体现他的风骨和风格的事例写出来,是因为这种风骨和风格,最值得我们后辈永远继承和效法。

敬爱的萧殷,安息吧!

（1990年4月写于广州流花湖畔香港《新晚报》1990年5月发表,同年广州《随笔》杂志转载）

（二）风吹雨打20年——萧殷与我的不解之缘

仲夏8月,是个值得怀念的月份。因为这是中国现当代著名的文艺批评家、编辑家、教育家——萧殷教授97岁冥寿（1915年8月16日生）,又是他逝世30周年（1983年8月31日卒）的纪念日子,也是我与他结下20年不解之缘的30年纪念日子。

1961年夏天,萧殷从中国作家协会下放到他的故乡——广东龙川县体验生活一段时间后,正式确定留在广东作家协会任党组副书记、《作品》杂志执行副主编。他一上任即着力《作品》杂志改版,并要大力开展文艺评论。因为《作品》是月刊,出版周期长,篇幅有限,而《羊城晚报》的《花地》文艺副刊每日大半版,发稿量大,省委宣传部决定其每周出版一期《文艺评论》专版,由萧殷直接领导。我当时是这个专版的责任编辑,所以,我也随之直接受萧殷领导了。由此开始,我既是他的学生,又是他的下级和助手,与他结下了不解之缘,直至他辞世,共达20年之久。

值得怀念的是这20年期间,正是中华人民共和国成立时期文艺风雨最多最大的日子,而萧殷和我的工作岗位,也正可谓处在风口浪尖之中,我耳闻目睹他在风浪中搏斗着,并带领着我和一班同代人经受着时代的风吹雨打,值得回味的事情实在不少。

1. "文革"前的风风雨雨

萧殷早在20世纪20年代,在故乡龙川中学已开始革命文艺活动,接着到广州参加左联活动并发表作品,30年代到延安鲁艺和晋察冀边区学习和工作,直到中华人民共和国成立初期在北京筹办中国文联和中国作协工作,是中国文联和中国作协机关报《文艺报》三位主编之一(另两位是丁玲、陈企霞),又是辅导文艺青年杂志《文艺学习》的编委,还是全国作家权威期刊《人民文学》的编辑部主任。我当时是在部队里的文艺爱好者,又是上述三个期刊的热心读者,在每期刊物上都看到萧殷的名字或读到他的文章,都很仰慕,视他为精神上的老师。现在能在他手下工作,受他直接教导和领导,怎能不倍感荣幸呢!

萧殷抓《羊城晚报》的《文艺评论》版的第一件事,是开展对于逢写的长篇小说《金沙洲》的讨论,由他领导的广东作协理论组成员(包括易准、曾敏之、黄树森)具体进行,在开始时发表一些读者来信之后,接连发表三篇关于典型问题的长篇论文,不久《文艺报》连续转载,在全国影响很大,因为这场讨论实际上是从典型问题入手,针对当时极左文艺思潮中庸俗社会学倾向的斗争。这场讨论结束之后,他直接指导我在版面上重点发表关于全国性文艺问题和辅导业余作者的文章,如关于时代精神、典型的社会性、散文创作等热点问题,请欧阳山、关山月、黄新波发表致青年的"文艺信箱",请秦牧开设《艺术漫想录》(后易名《艺海拾贝》),萧殷则开设《习艺录》专栏,都是普及文艺写作知识的园地,深受欢迎。

萧殷就是通过抓《文艺评论》版而身体力行地教我,办刊物要抓"两头"的做法,一头是抓全国性文艺思潮,一头抓青年作者和普及创作。其实,这是他从晋察冀边区到北京办报刊传统做法的继续。最著名的是,他在中国作协工作时,他发现王蒙及其处女作《青春万岁》之事,虽然幸免未被划入"丁玲、陈企霞反党集团",但却因王蒙被划为"右派"而难逃厄运。可贵的是,他并不因之"觉今是而昨非",仍我行我素,到广东仍坚持抓"两头"的做法。他发现和支持陈国凯及其小说《部长下棋》就是一例。

事情出自1962年《羊城晚报》首届"花地"作品评奖。这是当年继《大众电影》杂志评"百花奖"之后,全国首例报刊办文学作品评奖。报社聘请欧阳山、周钢鸣、萧殷、秦牧、陈残云等名家组成评委会,由我担任评委会秘书,负责初评等具体工作。当时初选陈国凯的短篇小说《部长下棋》

为一等奖，但有争议，因有人说作者有骄傲情绪，出身不够纯，作品个别细节不妥。我将作品和有关反映提交评委会讨论。欧阳山和萧殷当即否定了这些反映意见，评委会通过了评奖决定，并委托我在公布前代表评委会与陈国凯谈话，还代萧殷约陈国凯交谈。这是萧殷支持陈国凯的开始。

另一件实例，则是无可奈何的事情。1963年和1964年，毛泽东同志发出"千万不要忘记阶级斗争"号召，对文艺界连续作了两次"批示"，说文艺界的问题不少。在毛泽东同志批阅过的一篇关于青年阅读状况的汇报材料中，指名欧阳山的长篇小说《三家巷》《苦斗》也是使青年受资产阶级思想腐蚀的作品之一。于是广东省委决定，立即在报刊上开展对这两部小说以讨论名义的批判。当时我是《羊城晚报》的《文艺评论》版责任编辑，职责所在，必须进行批判的组稿工作。萧殷当时是中南局宣传部文艺处长，仍兼任省作协领导工作，自然要承担领导这场批判的重任，并且发表了一篇题为《一服资产阶级思想的腐蚀剂》的讨论总结性长文。这件事情说明在当代中国文艺思潮的风风雨雨中，处于浪潮中的每个人物往往是身不由己的，大人物如此，小人物也如此。萧殷与我，就是这样的悲剧。

2. "文革"中的急风暴雨

1965年1月，《羊城晚报》归中南局领导。时任中南局第一书记陶铸，因怀疑癌症住从化温泉检查身体，自告奋勇在养病期间直接领导《羊城晚报》工作。在这期间，他亲自组织一班秀才撰写了学习毛泽东思想的系列专论，称毛泽东思想是"马列主义的顶峰"，举世瞩目，影响很大。另一件很有影响的事情，是发表著名作家周立波写毛主席回故乡的散文《韶山的节日》。这篇被江青诬为"大毒草"的文章，不仅使周立波和《羊城晚报》遭受灭顶之灾，也使陶铸受到迫害，直至含冤辞世。有意思的是，这件惊天动地的大事，我居然是始作俑者，萧殷也被席卷其中。

事情得从1964年《羊城晚报》筹备改版为中南局报纸时说起。当年8月间，羊城晚报派出以何军副总编辑为首的工作组赴湖南、湖北，我为工作组之一员，主要任务是向各省名作家组稿，传达陶铸要求改版后中南各省区每位名作家必须交一篇好文章给《花地》副刊发表的指示。在长沙时，我向正在家中吃面条的周立波讲了这要求，他谦虚地问我：写前不久毛主席回故乡韶山之行好不好？我不假思索地回答说：好！返穗之后，我又电话催稿,不久果真寄来了,主编杨家文(周敏)、副总编辑秦牧审稿后,都认为是篇好文章,特地安排在改版首期的版面上。陶铸在审阅时,也很赞赏,还着重说文中写毛主席为父母上坟时只插松枝和鞠躬,不跪拜不烧香是"最好的移风易俗"。文章发表后,中南各省报均转载,好评如潮,我沉浸在组稿成功喜悦之中。没料到约一月后,我在办公室突接上海《文汇报》打来的电话,询问周立波文章有无送审?我当即做了肯定回答,因为前不久有一篇写毛主席活动的文章寄送中央军委办公厅审查,回答是以后这类文章送各中央局审批即可,陶铸是中南局第一书记,不仅亲读此文,而且赞赏有加,岂不是比审批还高档次吗?更没想到的是,隔了一段时间,据说是陶铸接到康生的信,说《韶山的节日》有错误,要中南局和报社检查。萧殷任处长的中南局宣传部文艺处,负责向韶山纪念馆核查,回复称文章只有一个错字,严肃起见,即使如此也要认真改正重登,由萧殷亲自执笔写了一篇约两百字检讨性的"编者按"语。孰料发表之后,问题更大。1967年8月间,北京街头出现了"打倒陶铸"的大字报,所列罪行中有:"是造谣放毒的《羊城晚报》黑后台""再三发表《韶山的节日》大毒草"。随即周立波被揪出在湖南全省游斗致残,《羊城晚报》被封闭停刊,不久我随晚报同人被下放英德黄陂"五七"干校,萧殷也随中南局机关下放连山"五七"干校。事后才知道《韶山的节日》之所以闯下如此"大祸",皆因文中写下了杨开慧烈士的名字,犯了江青之"大忌",招致她的嫉恨,谁也难避这急风暴雨之灾。粉碎"四人帮"后的1977年春,湖南《湘江文艺》主编为周立波案来穗考察此事,萧殷和我都写了文章在《南方日报》发表,当年陪毛主席回韶山的罗瑞卿大将,也同时发表文章为此事平反。

  1972年春天,刚正不阿的陈毅元帅病逝,毛泽东同志穿着睡衣赶赴追悼会送别,带出了为干部"落实政策"的新气息,部分被认为"尚可用"的"五七"干校人员,被安排回城工作;再就是因要为纪念毛泽东同志《在延安文艺座谈会上的讲话》发表30周年搞点活动,便决定办一些培训创作人员的学习班。当时我被安排到韶关地区文艺办搞文艺创作,萧殷则从连山"五七"干校安排到省文艺创作室。韶关地区办的文艺创作学习班设在清远洲心,由我负责教学工作。省创作室办的学习班也设在清远太和洞,两班相距不远,我便请萧殷过来授课。自"文革"开始后到"五七"干校,我已几年未见恩师,过去他一直带病工作,没料到经风雨折磨后反更康健,精神更抖擞，尤其是在讲课时，他仍一如既往地坦陈自己的观点，主张不仅写英雄人物，还应写多种人物。这说法，无疑是对"四人帮"所炮制的"三突出创作原则"当头一棒。可恨的是这正义之声，被一个"小人物"写信向"四人帮"告发，萧殷的观点和我主持的学习班，都被作为"文艺黑线回潮"的实例而受到查究。值得一提的是，粉碎"四人帮"后，这个写信告发的"小人物"，求我带他面见萧殷认错，萧殷不计前嫌，鼓励他改过就好。这件事充分体现了萧殷在急风暴雨中的高风亮节和宽广胸怀。

1976年初春，我奉调回广州，到广东省文艺创作室，这是安置老文艺家的单位，萧殷也在其中，我被安排在《广东文艺》理论组工作，有时他也过问这个组的工作，从而咱俩又有了工作接触。他仍如过去一样对我完全信任，讲真话，说知心话，这在当时是很难得的。使我印象特深的是，当年清明节北京天安门事件时，他曾告诉我一些他所了解的事件情况。不久在所谓"追谣言"时，我俩始终守口如瓶，未受麻烦，从中也可见萧殷在急风暴雨中的是非分明、立场坚定的崇高品德。

3. "文革"后的风口浪尖

1976年10月6日，党中央一举粉碎"四人帮"，迎来了第二个文艺春天。1977年初，《人民日报》突出报道了广东文艺界最早出现"思想活跃、组织活跃、创作活跃"的新气象。广东省作家协会恢复活动，并成立了以萧殷为首的文艺评论委员会，由我负责具体工作；《广东文艺》复名《作品》出版，由萧殷任主编，我任理论组编辑，并且是作协以萧殷为首的三人"大批判组"成员，承担清算"四人帮"的罪行和流毒的组稿和写稿任务。记得当时由欧阳山、萧殷直接布置或支持我执笔写的重要文章有：批判"三突出"论、批判"文艺黑线专政"论的论文，为邵荃麟"写中间人物论"平反，为《三家巷》《苦斗》和《乡下奇人》平反的论文等，都分别在《人民日报》等大报刊发表。尤其是当时在北京文艺界尚未为周扬、林默涵、张光年、夏衍等要人安排领导职务的情况下，广东竟请他们南下作报告，要我为周扬做记录，并经萧殷和周扬本人审阅后，送《人民日报》发表。如此等等大事，在当时"四人帮"余毒尚未彻底清除的背景下，使我感到自己和萧殷都处在时代的风口浪尖之中，既兴奋而又心有余悸。

1977年冬和1978年，"伤痕文学""反思文学"思潮席卷全国，广东报刊和《作品》杂志，因连续发表陈国凯的《我应该怎么办》、王蒙的《最宝贵的》、孔捷生的《在小河那边》等伤痕作品，也成了这思潮的领潮大军之一。萧殷是这大军的主要指挥者之一。不久，因这思潮引出全国文艺评论界关于"歌德"与"缺德"的争论，在广东又发展为对《向前看呵，文艺》的争论，更是风口浪尖中的冲刺，我亲眼见证，萧殷始终是走在前列的。

1978年底，我以探求一条学术与实际结合的文艺批评之路为由，说服萧殷批准我应中山大学中文系主任吴宏聪教授邀请，回母校任教，萧殷也同时被聘为客座教授。这样，萧殷也仍然是我的同事和导师，此后他仍然一直指挥着我工作，如筹备社科院文学研究所，筹办华南文艺大学文学系，以及对文艺思潮的研究和论争等，尽管他对现代派和我提出的"社会主义批判现实主义"观点有异议，但他始终以关怀后辈、尊重后辈的态度，与我交谈，情真意切，诲人不倦，从而使我与他的不解之缘进入更高更深的境界。

（2012年6月22日写于广州康乐园（《羊城晚报·花地》2012年8月16日摘要发表）

三、关于秦牧的回忆

三次在秦牧手下工作及一封关于大学中文教学的信

秦牧是我文学生涯中共事经历最长、受教最多、影响最大的名师之一。他是我进入广东文坛的首位名师，曾先后三次任我的直接领导，我在他手下工作。

第一次是1959年9月开始，我从中山大学中文系毕业，分配到《羊城晚报》文艺副刊工作，他当时是主管副刊的副总编辑，坐在我办公桌对面办公，是最直接的领导，每天见他在办公桌上亲笔处理直接寄他的许多来信来稿，戴着深度近视眼镜审读修正每天报纸清样，所用红色或黑色毛笔画出的改正符号，纵横交错，笔飞墨舞，既似图画，又似军事家的作战地图。当时他每天都是乘公共汽车上班的，从未见他出过专车，也未骑过单车。当时是经济困难时期，也从未见他参加过宴会或聚会，也不抽烟喝酒，经常见他节日加班，有一次我假日值班，他关心地问我怎么不出去玩呵？随即送我一张公园优待券嘱我去玩。尤使我感动的是1961年我在东山葵园与陈淑婉女士结婚时，他在夜间徒步从东山龟岗穿过东山湖，与《花地》编辑部同仁一道参加我的婚礼。

第二次做我直接领导，是1964年《羊城晚报》归中南局领导的时候，他再任分管《花地》副刊的副总编辑，稍有不同的是他的办公室在报社后楼，经常有事到副刊编辑室来与同仁们接触，但都是说话不多，脚步轻快，匆匆来去，时时都是极其忙碌的样子。尤其难忘的是"文革"开始的时候，他多是被红卫兵拉去批斗，又常被押送回报社来，有时被打伤还显出鄙夷的表情，他从未有垂头丧气的样子。更难忘的是整个报社的人被下放英德黄陂"五七"干校时，要他养一大群牛，有时见他跟着牛在山上跑，他戴着深度近视眼镜看路不清，山路坎坷不平，人也踉踉跄跄，跌跌撞撞，实在可悲！

他第三次做我直接领导,是在 1975 年初,他好不容易才从博罗县调回被称为广东文艺界"收容所"的广东省文艺创作室,任《广东文艺》杂志主编,我也在这个时候,从韶关调到这个杂志编辑部工作,又是他的手下,直到粉碎"四人帮"后不久,他奉调北京参加注释新版《鲁迅全集》去了,临去前留下一篇批判"四人帮"文艺理论违反艺术辩证规律的文章,经我发稿,对我影响很大,是我后来写《文艺辩证学》一书的重要启发之一。

我自己也觉得莫解的是,秦牧与我如此熟悉,他的著作我大都看过(包括中华人民共和国成立前出版的《秦牧杂文》),他的名著《艺海拾贝》(开始书名是《艺林漫想录》)还是我经手组稿发稿,但是除了 1984 年我代《中学语文》杂志向他组稿并推荐他的新著《语林采英》而写过一篇文章《探求奥妙的境界》,以及在我主编的大学教材《当代中国文学》中写有他的章节之外,竟然没有就他的创作写过一篇像样的评论。所以,当筹备"庆贺秦牧创作五十周年暨秦牧作品研讨会"时,我一接到写稿任务时就格外认真起来,力求在有关秦牧的众多评论中找出新的视点,结果终于发现这期间我所探索的文化视角,也完全适用并是尚未有人用于评论秦牧创作的角度,于是我写出了《秦牧创作的民族文化意识》一文在研讨会上发言,会后秦牧特地走上前来说我的发言"有新意",我也自我感觉良好。

值得特别回忆的是,20 世纪 90 年代初,我在当时广东省文联主办的华南文艺大学兼职任文学系主任,秦牧是当时省文联主席,我请他来校作报告时,向他汇报系的学生大都是业余文艺爱好者和写作者,所以我们很重视写作和当代文学教学,他很高兴,过后不久,他即给我写了一封关于大学中文教学的信。

秦牧致信全文是:

伟宗同志:

收到你的赠书,谢谢。

这些年你写了一批论文,还出版了《创作方法论》等好几部专著,在教学和社会活动之余,能够这样认真进行研究工作,成绩显著,是很值得高兴的。祝你不断取得新的成就。

社会上人们对大学中文系的议论颇多。中文系的同学,毕业后工作能力出色，可以独当一面，文笔斐然成章的固然大有人在，但沾染了学究习气，脱离实际，离校以后，几乎完全不写东西，或者文字还不十分过关的，也不乏其人。为什么美术学院的毕业生个个都能绘画，而文科毕业生却不能个个都能写文章（这当然不是指习作，而是指一般能达到发表水平的作品），此中道理，值得人们深长思索。

我认为，症结所在，是文科大学生练笔太少，还有，高校文科有这么一个传统，就是厚古薄今。当代文学课程长期受到忽视，近十来年才比较有了转机，但研究和讲授当代文学的学人似乎还没有像古典文学专家那样普遍受到尊重，在这样风气影响下，有不少学生忽视了古今并重，更乐意去钻研国故以自鸣高深。脱离实际的结果，就是拉大了学生和社会的距离，使他们在敏锐观察现实方面存在缺陷，因而影响了学以致用。

加强当代文学的研究和讲授对于纠正这种倾向，大有好处。这个问题，你们当然比我更清楚。我在这里只是一陈管见，聊供参考。

并候 时绥

秦牧（签名）
1991年1月8日

四、关于陈残云的回忆

陈残云的珠江文化启示与对两部书的题词

陈残云是我从仰慕到知交的文坛前辈,早在新中国成立初期的20世纪50年代上半期,我已先后看过他编剧的电影《珠江泪》和《海岛风云》,还在1958年我们中山大学中文系学生在东莞虎门劳动时听过他的报告(他当时是作家深入生活而任东莞县委书记,林若是第一书记),当时我们在厚街参加堵河大战时,还见到他也亲临现场,随后我刚到《羊城晚报》副刊《花地》工作时,还在报上读过他写这场大战的记事散文。我是1961年下半年为连载《香飘四季》和《窗前杂议》而登门拜访才开始与他交往的。有趣的是在这期间,我用"荷红"(用闻一多《红荷之魂》诗意)笔名发表一些散文,没想到会引起他的注目,他向人打听"荷红"是谁,后来他才向我讲了这件事。"文革"后期,他也被安置在省创作室这个"收容所"里,与我同事;1978年广东省作家协会恢复活动并选举领导班子后,陈残云任主席(同一时间,秦牧任广东省文联主席,欧阳山任省人大常委会副主任),又是我的直接领导了。所以,翌年我回中大中文系任教当时是他批准的。

在筹备举办"庆贺陈残云同志从事文学创作55周年暨陈残云作品研讨会"时,也许是他认为我是知交的缘故吧,特嘱当时《作品》理论编辑张奥列约我写对他作品的评论。由此使我发现自己与残云同志从仰慕至结交多年,也读过他的许多作品,竟然没有写过对他的评论,实在内疚而感到义不容辞,便毫不犹豫地领受任务。但难为的是当时我下决心开始戒烟,平时习惯是边抽烟边写文章,要靠烟的刺激才能写出文章,现在领受了这个非写不可的约稿,不抽烟又老想不出来,多次动笔也未能完篇,磨磨蹭蹭,反反复复,费了整个月,才写出几千字连自己也不满意的论文,截稿时间又到,只好交请张奥列(我的学生)修正定稿了。虽然如此,但却是非常认真下功夫写这约稿的。因为当时四大名家的庆贺研讨盛会，关于欧阳山、秦牧、杜埃的会已经先后开过，我的有关文章也都对这三位名家的创作成就和特点，作出文化上的定位，由此，当我试图找出与前三位名家有别而又确切概括出其成就和特点的视角和定位时，发现陈残云的文学道路与创作状况与前三位有些不同，不仅在小说散文创作，还在诗歌电影创作上有杰出成就，当时他又被列为中国文化名人，又正是我试图开拓"从文学透视文化，以文化观照文学"之路的时候，发现现行岭南文化的概念和内涵不能充分概括和表述陈残云的成就和特点，应以珠江文化的概念称谓较为合适，于是，我便写出了《论珠江文化及其典型代表陈残云》一文，在会庆贺研讨会上发言后受到残云同志的好评，时任广东作家协会秘书长曾炜称赞这是"为陈残云作出了一个最贴切而新颖独到的定位"。会后收入研讨会论文集《文海风涛》，还在《开放时代》杂志1991年1月发表。这篇论文，既是我对岭南文派研究的深化，首倡珠江文化概念和理论研究的起步，也是从文学流派探究水域地域文化与珠江文化形态研究之发端。在这篇文章中，我从陈残云的创作实际，也包括从其他岭南作家和岭南画派及粤剧、广东音乐等的创作实际出发，将珠江文化的特性概括为：多样、平实、清新、洒脱。现在看来，这些概括是初步的，是仅限于文艺现象概括而有待持续深化的，但无可否认，我随后即进行珠江文化的系统研究开发，是从陈残云创作实际受到启示并由此起步的。

正因为如此，1995年春，花城出版社决定出版我的论文集《文化与文学》的时候，我考虑到这是我近年强化对岭南文派研究并将其升华为珠江文派研究，并有意识地倡导"从文学透视文化，以文化观照文学"的新文化批评之作，应当请这位以创作实践启示我开拓文化文学天地的大作家题词才是。陈残云很爽快地作了题词。

陈残云题词全文是：

文艺教学、理论批评和研究，要与文艺创作、社会实践相结合。
黄伟宗同志《文化与文学》留念

陈残云（签名）
1995年元旦

这题词过后不久，我在对英德县进行文化考察时，重访"文革"时文艺界和新闻界的"五七"干校旧址，当年患难时的辛酸岁月仍历历在目，感慨万千！意识到这是一种历史文化现象，应当以文字记下这段历史。经与时任英德市委书记江惠生同志商议，决定向当年曾到英德"五七"干校的文化界患难者约稿，由花城出版社出版《英州夜话——知名文化人在英德"五七干校"的日子》一书，获得普遍支持和赞许，纷纷赐稿或题词，除著名岭南画派大师关山月题写书名，时任最高人民法院副院长端木正教授作了"英本辈出，德才兼备"题词之外，陈残云也慷慨题词，全文是：

前事不忘，后事之师
题《广东文化人在英德五七干校的日子》

陈残云题（签名盖章）
1997年秋

五、关于杜埃的回忆

杜埃期望我"更上一层楼"的一封信

　　杜埃是一位始终和蔼可亲的文坛前辈。1962年我应约到他家组稿，他当时已是省委宣传部副部长，没有一点架子，同我亲切交谈，当即赠送刚出版的两本散文集《乡情曲》《丛林曲》给我，前者是写故乡的散文集，他是革命老区广东大埔客家人，是老革命，文章乡情特重；后者是抗战时期，他在菲律宾打游击记事，异国风情洋溢纸上。初次见面不久，他即寄来写珠江水上风情的散文《花尾渡》。他不仅是位文艺领导人，还是一位资深的评论家。据萧殷说，在20世纪30年代，他与杜埃、楼栖是当时广州最活跃的评论人，几乎天天报刊都会见到这三人的文章。

　　我早听他说，他一直在进行关于南洋题材的长篇小说创作，即《风雨太平洋》，但公务太多，精神容易分散，只能写写停停，往往要到他的写作基地（增城朱村）才能静下心来写。"文革"一来就停笔了。

　　他下放的省委"五七"干校在粤北乐昌，后期恢复工作是较早的。记得他恢复省委宣传部副部长职务不久，我尚在韶关地区文化局工作，因家在广州，近八年分居，我便向杜埃和另一位副部长张作斌同志申请调回广州。没想到两位部长都批了，造成省委宣传部有两份批准调我回广州的报告，其中有份报告写我的笔名"黄葵"，他见到发笑，说这是黄伟宗的笔名呀，怎么一个人变成两个人了？在他的关心下，我才被顺利调回。可见他当时已对我很熟悉和关心。

　　当作协筹备为他举办"庆贺杜埃同志从事文学创作60周年暨杜埃作品研讨会"的时候，他也特地嘱人告我与会，我即提交了近万字的长篇论文《论民族文化的兼融性及其典型作家杜埃》，随后还应《南方日报》之约，发表了《一位老文艺家的艺术细胞——从〈杜埃散文新集〉看杜埃的人品与文品》，这是我为这位令人尊敬的文坛前辈写的两篇文章（顺便说说，此外还遵杜埃所嘱，为他的夫人林彬的散文集《茉莉情思》写过一篇题为《真情流露化诗境》一文），太少了，实在遗憾。这两篇文章我也是从文化视角去写的，既从杜埃的创作看他的文化内涵和品格，又以杜埃的创作透视岭南文派的特色和文化特质，也是我开拓文化文学领域的一种努力。

1988年初，当我完成《欧阳山创作论》，花城出版社准备出版的时候，特地请他写序，他很快写出寄我，题目是《新现实主义的走向》。1992年春，花城出版社准备出版我近年论文集《文化与文学》，我又去麻烦他写序，他则写了一封热情洋溢、勖勉有加、期望我"更上一层楼"的来信，实在使我感动万分，感激不尽。

杜埃致信的全文是：

黄伟宗同志：

我是你的经常读者之一。从50年代末，你写的评欧阳山同志的五卷长篇第一卷《三家巷》的文章开始，我就常读你的评论了，迄今已有30多年。现在你是大学的文学教授、文艺评论家，仍坚持写作，经常发表作品。你是勤奋的，可以说是热衷教学工作又热衷于"爬格子"的"发烧佬"。

你在教学中，把中国文化和世界文化的优秀传统与我国新文学的传统，把文艺创作上的理论问题和作家们的新作及其创作经验，传授给你执教的大学的学生们，又注意把文艺教学与当今的文艺现实和创作实践结合，使大学课堂与当今文坛紧密相连；你还潜心著述，写出了6部理论批评专著以及大批评论文章。这是很难能可贵的。可贵之处在于你对文学教学与研究、对文学创作和理论批评的感情炽烈，有颗燃烧着的心。所以把文学事业的"发烧佬"这词儿送给你，是恰当的。

你这本即将出版的《文化与文学》的文章，对改革开放题材作品颇为重视，很好。

我们的文艺评论家，应有明确的阵地意识，即社会主义文艺阵地意识；文艺作品，尤其是文艺评论，应该大大发挥马克思主义、毛泽东思想的导向作用。你是文艺评论家，在这方面做了工作，希望更上一层楼。

杜埃（签名）
1992年4月18日

六、关于关山月的回忆

"关山月精神"是我们学习贯彻广东精神的典范

我是20世纪60年代初结识关山月大师的,直到他于21世纪初逝世前仍有交往,相识达50年之久,但以新时期开始时较为密切。在学习贯彻新时期广东精神"厚于德,诚于信,敏于行"的时候,我每每想到自己所见到的关老人品和艺品所体现的"关山月精神",与广东精神是极其一致!所以,在学习贯彻广东精神时候来纪念关山月大师百年寿辰,感到很有必要将"关山月精神"与广东精神结合弘扬。

1961年初,我在《羊城晚报》任《花地》文艺副刊编辑,分工联系著名作家和画家。由于每天都有大半版的《花地》版面,发稿量大,而且必须每天都要发表一幅新画作,我又不是学画出身,不专业,于是主编杨家文(周敏)特地要求我多向当时广东美术家协会领导黄新波、关山月等大师约稿和请教,经常请他们选发画稿,评选作品,来往较多,建立了深厚情谊。

"文革"十年,中断了联系。有幸的是1975年我从韶关调回省文艺创作室工作,与关山月同一单位,随即又一道参加粉碎"四人帮"后的恢复文艺界组织(文联、作协、美协等)活动,患难之后获新生,不仅情缘恢复,而且更深厚了,具体表现在下列使我永远铭记而又颇有意义的二三事中。

1978年春,是粉碎"四人帮"后迎来第二个"文艺春天"的开始,广东文艺界在全国率先活跃,在揭批"文革"灾难与"文艺黑线"的高潮中恢复文艺界组织,关老与我同属的单位广东省文艺创作室,分解为作家、美术家、戏剧家、音乐家的协会,逐步调回原单位人员归队工作。一个下雨天,在友谊剧院开完一个文艺界大会后,有幸与关山月共伞步行一段路,在交谈中他知道我从韶关调回不久,便主动向我了解同是下放韶关的著名画家王立近况，并表示应当落实政策，尽快调回。果然不久，王立同志即回穗恢复原省美协副秘书长职务。据说，关山月在"文革"中自己身处困境，不仅从不危害他人，而且尽力帮助他人，粉碎"四人帮"后，他帮助落实政策的人不少，可见他一贯有"厚德"的人品和艺品。

在这次交谈中，关山月还主动问我："你在《羊城晚报》工作时，经手发表我的许多画稿，你从未向我取过画，也从未扣过我的画，恐怕你至今也无一件我的画作吧？"我回复"是的"，内心实在佩服关山月的记忆力和对后辈的细心关切。没料到事隔半月再见关山月时，他竟然亲手将一幅新作赠我，即以王维诗句"山中一夜雨，树杪百重泉"而作的意境画，而且特地向我说明：这是"文革"后重新提笔创作的第一幅意境画。使我深受感动，倍感珍惜。一件小事即可见关山月"诚信"的人品和艺品。

1980年秋，我在母校中山大学中文系任教，开设选修课艺术辩证法。这是当时全国高等院校首先开设的课程，是我从事文艺理论批评的学术积累和经验结晶，旨在传授后辈并确立自己的理论基石。书既作为大学教材，又作为理论专著出版。我专程到关山月家中汇报了这个意愿，请他题写书名，他当即挥笔写了几件墨宝，由我选用。后来因出版困难，推迟到2000年7月，才由广东教育出版社正式出版。出版时我易书名为《文艺辩证学》，关山月不嫌麻烦，又为我重新题写书名，实在使我惭愧而深深感动！

我想这件事的意义，不仅是对我个人进行学术研究的支持，而是对整个文艺事业的理论建设的支持。因为当时我们都深切体会到，"四人帮"的极左路线，将基本的文艺规律都破坏了，亟须正本清源，重建理论基石。所以，关山月支持我做这样的事。记得在请关老题写书名的时候，我还与他同时回忆了20世纪60年代初我任《羊城晚报》的《文艺评论》版责任编辑时经常向他请教的往事，其中有请他与欧阳山、黄新波等名家开设面向青年的"文艺信箱"，尤其是请他开辟发表自己创作经验的专栏之事，他当时表示赞同，但因忙于画作而只能偶为几次，其中有一次是我根据他口授整理，由他审定发表。

同时，我们还回忆了当时画坛太少美术评论人才的问题。由此，我向他提出了两项重要建议：一是要设立从事美术评论的专业人才编制，选调专人负责；二是要设立岭南画派的专门研究机构和人员编制，进行系统的理论研究和建设工作。令人高兴的是，关山月采纳了这两个建议，很快在当时正筹建的广东画院中增加了专业的美术评论人才，在广州美术学院中新设了"岭南画派"研究所，这不仅体现了关老的虚心听取意见的长者作风，更体现了关山月对美术事业和理论建设的远见卓识。由此亦可见关山月"敏于行"的人品和艺品。

还有一件应特别说说的事：在1990年初，著名作家关振东写的《情满关山——关山月传》问世，作者特地送我并请我写评论，我应约写出《为艺术家绘传的难度和气度》在《羊城晚报》发表之后不久，在当年省文联举办的联欢会上遇到关老，他见面时即赞我这篇评论写得好，说作者抓住个"情"字写传，你也抓住个"情"字写评论，都写到点子上，是画龙点睛，并特地同他女儿与我夫妻一路交谈和照相。这事说明关老很重"情"，即传中所写的"艺情、师情、恋情"。1999年初，我与时任英德市委书记江惠生同志联合主编的《英州夜话——知名文化人在英德"五七干校"的日子》一书，特地将关振东写的《情满关山——关山月传》中的一节《关山月在"文革"和"五七干校"的日子》编入书中，并请关老题写书名，他也很爽快地写出寄来了。

仅从以上我切身经历的几件事，即可见关山月的崇高的人品和艺品，堪称其为"关山月精神"。这种精神与广东精神是一致的，是应当在学习贯彻广东精神中一并弘扬的。其实，照我看来，"厚德、诚信、敏行"实际上是广东精神的优良传统，关山月的光辉一生即是这优良传统的体现，是这种精神的最好实证。可惜这个优良传统，被"文革"十年中断了，近年又在经济大潮中受到"拜金热"的冲击，以至日渐式微，很有承续弘扬的必要。关山月是传承这个优良传统的楷模，"关山月精神"是我们学习贯彻广东精神的典范。

（本文是2012年10月11日在"关山月与阳江文化发展"研讨会的发言）

七、关于黄秋耘的回忆

数十年与我一直心灵相通的文坛前辈黄秋耘

  远在 20 世纪 50 年代初，我在广西公安总队当兵的时候，很爱好文艺，想学习写作，便订阅了当时很受青年欢迎的杂志《文艺学习》，每期都认真看，越看越喜欢看，成了自己很亲近的老师和朋友，对杂志的编者作者的名字和文章都很熟悉，但从未见过面。黄秋耘是我最熟悉的一个，因为他是这杂志的编委，每期都有他的名字，经常读他的文章，对他很仰慕，知他远在首都北京，有高不可攀的印象。

  20 世纪 50 年代后期，我在中山大学中文系读书，有段时间很喜欢读法国作家罗曼·罗兰的作品，尤其是对其名著《约翰·克利斯朵夫》，崇拜得五体投地，由此又连续读罗曼·罗兰的其他作品，其中有部名为《搏斗》的长篇小说，翻译者是黄秋耘，即又有熟悉之感，读得更是认真入味，但无论是对小说中写的"大勇主义"人物形象，或是对原已熟悉名字的翻译者黄秋耘，也都是有着亲切而又崇拜的印象，看作与自己心灵相通的人。

  1960 年春，我在《文艺报》上读到权威杂志首篇评论欧阳山新作《三家巷》的文章，格外兴奋！因为之前不久，我与同学黄树森合作两篇评论《三家巷》的文章在《羊城晚报》发表，是广东报刊发的首篇文章，主编杨家文觉得应该组织更多更高的评论，便要我给当时最红的李希凡、姚文元两位青年评论家各寄一册刚出版的《三家巷》并向他们约稿，时隔半年有余，未收到任何复音，突然见到《文艺报》发表这篇北京的评论，怎能不喜出望外呢？文章署名昭彦，打听才知道是当时在《文艺报》做编辑部主任的广东人黄秋耘，使我对其熟悉又加深了一步，更增加了敬仰之情。所以，在 1962 年我具体负责的首届"花地"文学作品评奖结束后，便将写出的报道消息直接投寄黄秋耘，很快就见报了。

  也许是这次直接联系的缘故，黄秋耘开始给《花地》投稿了，记得是在 1962 年间，寄过一些他写的历史题材小说，如《广陵散》《杜子美还家》等。1964 年文艺界根据毛泽东同志关于文艺的两个"批示"，开展了文艺整风和对修正主义思想批判，全国点名批判的作品和影片甚多，广东是拿欧阳山的《三家巷》《苦斗》作批判典型。在这时候，我偶然在《文艺报》上，发现邵荃麟写的文章《修正主义思想一例》，文中点名批评黄秋耘的文艺思想，说黄秋耘是约翰·克利斯朵夫式的"大勇主义和人道主义"。这个批评，恰与我在大学读书时崇拜的形象相吻合，在惊讶之余又有不平之感，由此更感崇敬而亲近，更感到他是与自己心灵相通的人了。

更为惊讶的是，读这篇文章不久，即见到中央报刊大张旗鼓地批判"写中间人物论"，说始作俑者是中国作家协会党组书记邵荃麟在大连村题材座谈会上的讲话，黄秋耘之"罪"是在沐阳（谢永旺）写的文章中，加上"中间状态人物"即是"不好不坏，亦好亦坏，中不溜儿的芸芸众生"之定义。这个事件，造成了黄秋耘这位久知大名、从未谋面的人物，却突然成为朝夕相处、共同命运、心灵相通的长者。为什么呢？

1965 年春，《羊城晚报》改为中共中央中南局领导的报纸。一天上午，《花地》主编杨家文（周敏）引领一位身材健壮、文质彬彬的长者进办公室，首先在门口见到我，即向这人介绍说"这就是你知道的黄伟宗"，随即向大家介绍，"这就是黄秋耘同志"。顿时使我兴奋不已！本以为秋耘同志要接着讲点什么话，他却一声不吭地随着杨家文到后面的编委楼去了。后来我才知道，自报纸上批判"写中间人物论"后，上面即决定派黄秋耘回广东工作，本来是安排在中南局文艺处，与时任该处处长的萧殷共事，后来可能与批判有关，不宜在党的领导机关工作，才改任《羊城晚报》编委兼《花地》副刊第二主编。从此秋耘同志则是我的直接领导并在一个办公室里朝夕相处了。由于他家住在广州东山梅花村，我住在西郊流花湖畔，一东一西，都与在人民中路的报社办公楼较远，中午都没时间回家，常在办公室休息，彼此交谈甚少，可能是大家都工作劳累，也可能与当时的政治空气和他刚受批判有关，但我看主要是他的性格内向，是沉默寡言、谨慎稳重的人。由此，我感到这位已经来到自己面前的久仰名人，虽然不善言谈，但心地坦诚，是值得信赖的前辈。

1966 年 5 月，"文化大革命"正式开始的时候，对"写中间人物论"的批判，已经从"资产阶级文艺主张"的思想批判，升格为周扬文艺黑线的"黑八论"罪行之一，还加上一个"现实主义深化论"罪。如此"重罪"，加上黄秋耘又是报社编委，属领导即"走资派"，但由于他调来不久，造反派搞不出什么名堂，便将他送回北京中国作协查办，由此使他避过在广州被批斗的灾难局面。后来，《羊城晚报》被定罪为"造谣放毒"被封闭，随即"一锅端"下放英德黄陂"五七"干校时，他才被送回来，于是又同我在一个连队劳动，他做木工，我养猪，虽不同一个班，但也常会在一起，接触多了，他也多话些了，我才了解到他年轻时，先后在清华大学、中山大学读过书，曾在军队做过参谋，骑过马，打过仗，还做过情报工作，是大学生，又是个行伍出身的文人。有趣的是，他被送回中国作家协会之后，经常被送去参加文化界的批斗会"陪斗"，亲自看到和自己受到一些幽默的事情。如在对《红楼梦》研究权威俞平伯的批斗会上，开场即要俞平伯读"最高指示"，他即讷讷念出"对俞平伯这样的资产阶级知识分子还是要团结的"，使得全场啼笑皆非。还有就是他自己的遭遇。因为在北京文化界，尤其是在中国文联和中国作家协会，比黄秋耘大的"牛鬼蛇神"太多，如周扬、田汉、夏衍、阳翰笙等"四条汉子"，张光年（光未然）、郭山川等"响当当"人物达百人以上，每次批斗会都是排队出场，每次都是一个个轮流揪出来斗，因时间有限，每每斗过前排的人即到时间了，他每次都排在最后，所以老轮不到斗他，只是当个"陪斗"角色。所以，也可能是这个缘故，又将他送回广东来"五七"干校劳动了，但仍不放过他，仍要他在全体会上"斗私批修"，作自我检查。使我印象特深的是，有一次他在会上说在北京批斗会上，他听郭小川（著名诗人，中国作协书记）检讨时提到关于知识分子"夹着尾巴做人"的一些内容，自己很反感，因为人是没有尾巴的，动物才有尾巴，难道知识分子不是人，是动物吗？太没人道了！黄秋耘说这段话，是交心式的自我批评，但在我听来，他所交的这个"心"，正是我当年在大学时代所崇拜的，并且在前些年邵荃麟《修正主义思想一例》中，批评的约翰·克利斯朵夫式的"大勇主义和人道主义"这个"心"！由此顿时感到面前这位年过半百的黄秋耘，还是像当年在大学读书时所崇拜而心灵相通的约翰·克利斯朵夫和罗曼·罗兰呵！

20世纪70年代后期，我在刚恢复的广东作家协会文艺评论委员会和《作品》编辑部理论组工作，主要负责清理批判"四人帮"制造的冤假错案和理论。我很快想到"写中间人物论"问题，应当为其平反。这是因为我从邵荃麟、黄秋耘提出这个理论开始就很认同，对其步步升格的批判一直反感，对他们所受的遭遇深表同情。当时了解到邵荃麟由此受到灭顶之灾，黄秋耘虽保存性命，但也实在冤枉，他只不过是加几句"不好不坏，亦好亦坏"无关痛痒的顺口溜，而且"中不溜儿"又是他女儿顺口说出的北京土话，他说的"芸芸众生"也不过是信手拈来的古语，如此构成的"大罪"，真是莫须有的"欲加之罪，何患无辞？"正当我踌躇之际，《人民日报》文艺部主任缪俊杰和编辑郑荣来同志来广州组稿，我向他们谈了这些看法，他俩当即表示支持，我便赶写出《"写中间人物"是资产阶级文艺主张吗？》一文，先是征求黄秋耘意见，他很快写个条子复我，条子的文字是"提不出意见，现在也不会有人能发此件"，我一看即理解这位当事人的为难之处和心境，不好再为难他。这篇文稿，我还请欧阳山看了，他刚从北京开会回来，告诉我茅盾见他时说："不为邵荃麟平反死不瞑目。"因为大连会议是茅盾提议开的，所以欧阳山也支持我的文章发表。果然不久，《人民日报》于1979年4月2日，以大半版篇幅将这篇5000字的文章发表了！过后半年有余，《文艺报》才发表为邵荃麟及"写中间人物论"正式平反的报道和文章。这件事，也当是我与黄秋耘之间一直心灵相通之事。

1980年秋，我到中山大学中文系任教不久，因为提出"社会主义批判现实主义"引起争议，处境尴尬。正当这个时候，河北花山文艺出版社定出一个"中国现代作家评传丛书"项目，其中有个《欧阳山评传》选题，该社责任编辑李屏锦（后任副社长）拟约黄秋耘撰写，秋耘同志因忙谢辞了，出版社要他推荐人选，他与欧阳山商量，推荐我承担这个任务。我想，这可能是他1959年在《羊城晚报》读到过我写的首篇评论《三家巷》文章，而他自己则是《文艺报》首篇《三家巷》评论的作者的缘故，这又是我与秋耘同志之间无意而聚、不谋而合的心灵相通之往事。

还有一件同在这个时候发生但却是事后我才知道的事情。1980年夏天，正是广州遭受台风之灾刚过的一天下午，美国纽约圣若望大学金介甫教授夫妇登门拜访，邀请我翌年赴美讲学并参加"当代中国文学现实主义"学术研讨会，不久即发来邀请函，我当即向学校提出申请，学校其实是不想让我去（事后知道是有人别有用心私下告状，借口以反对我提出"社会主义批判现实主义"观点为由），但却迟迟不批。正好这时，中国作家协会请我到京参加评选首届茅盾文学奖作品读书班，我顺便向作协领导（包括反对我所提观点的冯牧同志）反映，他们都表同情和支持，答应帮助我做中山大学领导的工作。因我在京读书两个多月之久，不知作协做工作的情况怎样，返校之后，领导才正式答复，说我不宜去，只同意提交论文赴会，我当然只能照办。直到1982年夏天，美国这个会开完之后，秋耘同志通知我到他家里才告知我不知道的详情。原来我在北京时，美国金介甫也向中国作协发出对黄秋耘的邀请，中国作协即表同意，并顺便给秋耘同志发封介绍信，委托他向中山大学领导商谈支持我赴美参加研讨会事宜。恰好在一次会议上，秋耘同志与中山大学校长黄焕秋坐在一起，刚开口谈起让我赴美之事，黄焕秋校长即痛斥我不该上京告状，认为这是无组织无纪律！弄得秋耘同志再难启齿，连中国作协的介绍信也不好拿出来了。秋耘同志向我讲完这些情况之后，即将金介甫托他转我的会议资料和美国中文报刊的有关报道交我，并简单介绍了研讨会情况，从中我才知道，是美国华人作家于梨华在会上代读我提交的论文，除大陆（内地）作家学者王蒙、乐黛云、黄秋耘外，美国、加拿大、英国等国家和台湾、香港等地区都有作家学者与会，是美国首次举办的研讨当今中国文学的国际性学术盛会。说完之后，天色已晚，秋耘同志便留下我吃晚饭，席间既不说安慰同情之语，也不说责备批评的话，仍是那样不露声色，不说不笑，但他的内心我是明白的，同数十年前一样，心灵相通，何必言表？由此，使我倍感他是与我一直心灵相通的文坛前辈。

（2020年2月28日补写于广州康乐园）

八、关于草明的回忆

坚毅一生，工业史诗——"百年草明"感言

2013年6月15日，是中国现当代文学史上有重要地位的著名女作家草明先生百岁冥寿。继中国作家协会当日在北京隆重举行纪念座谈会之后，现在草明的故乡——广东顺德市再举行"百年草明"纪念座谈会，是广东文学界、文化界的一件很有意义的盛事，我们应当为广东有这样的优秀儿女而骄傲，应当传承弘扬她的革命道路和创作精神。

1986年夏天，我受欧阳山的嘱咐，为撰写《欧阳山评传》搜资料，专程赴京拜访草明，她在书房盛情接待了我，详谈了许多相关的事情。仅这次有幸的一面之缘，使我印象很深，帮助甚大。因为我在大学从事的教学研究专业是中国现当代文学，专业要求不仅了解欧阳山，还要了解她。所以，这次晤谈，给我印象反差甚大，因为原来读她的著作都是工业题材，是"工业"小说，万没想到眼前的草明却是纤弱女子，温文尔雅，长者风度。从此，草明即以"柔中有刚"的前辈形象进入我的研究视野，直至现在数十年过去，不仅仍然如此，而且更清晰、更深刻了。在"百年草明"座谈会之际，我感慨对草明的人生道路和文学道路可以概括为：坚毅一生，工业史诗。

1. 坚毅一生

首先，草明的一生，是革命的一生，坚毅的一生。她原名吴绚文，1913年6月15日出生于广东顺德，2002年逝世，享年89岁。1940年在周恩来同志亲自关怀下参加中国共产党。1932年开始发表作品，在广州与欧阳山一道倡导"粤语文学"运动，加入中国左翼作家联盟，历任左联小说研究组成员，左联机关杂志《现实文学》创办人之一，在"两个口号"论争中站在鲁迅一边，曾被捕，鲁迅亲自救她出狱；抗日战争时期任《救

亡日报》记者,后到延安,任中央研究院文艺研究室特别研究员,曾参加延安文艺座谈会,并在会前与毛泽东同志多次交谈,会后奔赴抗战前线;解放战争时期在东北工业战线深入生活,任东北文协、东三省作协分会副主席,辽宁作协主席;新中国成立后调任北京市作协专业作家,先后到鞍山钢铁厂和北京工厂深入生活,与工人打成一片,写出大量优秀作品;"文化大革命"期间受到"四人帮"迫害,被迫停笔;"文革"后重新提笔创作,笔耕不辍,直至逝世。草明曾在1987年获五一劳动奖章、全国优秀作家称号,这是当时我国唯一获此殊荣的作家。从她经历可见,她的一生是革命的一生,坚毅的一生。

草明的坚毅一生,尤为独特地表现在:她在延安与欧阳山因感情破裂离婚之后,从当时31岁到89岁逝世,一直未婚,达58年之久。在这漫长的岁月,她始终独自生活,埋头工作,抚养孩子成人,可想而知,对一位纤弱多病的女子来说,需要多大多强的毅力,这不就是最突出的坚毅一生体现吗?毛泽东同志在延安知道她离婚后,说她感情更纯粹了,并亲自解决她的家庭困难,使她轻装上前线。中华人民共和国成立后见她时,曾询问她为何姓"草"?她解释说:开始是共产主义思想"萌芽",故将"萌"字分开为"草明";同时也有白居易诗"离离原上草,一岁一枯荣。野火烧不尽,春风吹又生"之意。从草明这段对名字的解释,亦可见她自步入文坛开始,即怀有"原上草"般的顽强坚毅之志。另一方面,从我作为文坛后辈和研究者的身份来说,虽然早知道草明与欧阳山在延安离婚之事,但在他们面前总是讳莫如深的,以免尴尬。但没料到的是,当欧阳山嘱我写《评传》并开列到京搜集资料名单的时候,毫不犹豫地写上草明,并提供联系方式。更出意料的是,我在京与草明晤谈时,她不仅对欧阳山毫无怨言,而是赞颂有加:在谈到上海左联时期,她特别动感情地讲述欧阳山在她被捕时四处奔走营救的往事,是鲁迅预支稿费给欧阳山才得取保出狱;谈到在延安时期,她特别详细地介绍了欧阳山同她一道多次见毛泽东同志的情景。在结束晤谈时,她特别郑重地、带总结性地肯定:欧阳山和他的创作,尤其是多卷长篇巨著《三家巷》在中国革命文学史上有重要地位。但对她自己的贡献却只字不提。这件事,使我更深地认识到她的坚毅品格,更深地赞服这位坚毅女性的宽容大度!

2. 工业史诗

草明的一生,是笔耕的一生,文学的一生,而她从事的文学活动,主要是写工业题材的小说。这些小说的先后写作和出版时间次序,可构成系列,即构成了她以坚韧不拔的精神坚持革命文学道路的全过程,可称之为草明文学人生的工业史诗;这些小说所写的工业题材,都是从20世纪20—70年代中国现代工业和工人生活的剪影或缩影,所以,草明的工业题材小说系列也即是中国的现代工业史诗。其史诗意义,体现于她在每个时期的代表作中。

(1)《缫丝女工失身记》(中篇小说),1932年自印

《缫丝女工失身记》是描写缫丝女工的苦难生活和对命运的反抗的小说。1932年在欧阳山倡导"粤语运动"中,她写出了这部约5万字的中篇小说,连同欧阳山的《单眼虎》一并出版。草明的家乡顺德,清朝时是机器缫丝的发祥地,有许多缫丝工厂,是中国现代工业文明发祥地之一。草明这部小说,既是她的处女作,又是她一生谱写工业史诗的序曲。

(2)《原动力》(中篇小说),哈尔滨东北书店1948年出版

《原动力》是新中国第一部以工人阶级斗争生活为题材的作品。小说描写东北玉带湖水电厂在抗日战争和解放战争中,先后在受到两次破坏而进行的斗争中取得胜利的故事,以陈祖庭为代表的工人阶级,英勇而智慧地保护了工厂和机器,帮助了新来的干部,粉碎了土匪的阴谋,电厂终于发出强大的电力。水电站的原动力是水,而作者所歌颂的原动力则是工人阶级。

(3)《火车头》(长篇小说),工人出版社1950年出版

《火车头》写的是中华人民共和国成立前夕,沈阳铁路工厂为支援关内仍在进行的解放战争而抢修火车头的故事,热烈歌颂工人阶级的劳动创造和现代工业文明,是新中国和新时代的"火车头";将工人阶级的革命性和代表现代工业文明的先进性,以及在共产党领导下发挥先锋作用的时代精神,都寓于"火车头"的主题中。

(4)《乘风破浪》(长篇小说),作家出版社1959年出版

《乘风破浪》是以鞍山钢铁厂在1958年"大跃进"期间为背景的作品。小说通过方晓红、宋紫峰、李少祥等主要人物之间的纠葛,反映了在"鞍钢宪法"诞生前,对"两参一改三结合"方针的探索过程,热烈歌颂了

工人阶级和"大跃进"时期的"乘风破浪"精神。

(5)《神州儿女》(长篇小说),工人出版社 1984 年出版

《神州儿女》是以"文革"前后,特别是"文革"时期北京机床厂为背景的作品,深刻地揭露了造反派和"四人帮"在企业的爪牙的罪行,尤其是对工业管理和生产制度,即对一般的工业现代性的全面破坏,对知识分子、技术专家、技术工人和革命干部的迫害,对工业生产的破坏;热烈歌颂了代表正确路线的工人、干部的斗争精神和高风亮节,淋漓尽致地表现了他们在激烈的政治斗争中,努力坚持生产、研制新产品并维护规章制度和秩序,并在"文革"结束和粉碎"四人帮"后重建工业秩序,英勇无畏地向实现工业现代化进军的英雄气概,他们才是伟大的"神州儿女"。

除以上五部代表作外,草明写工业题材的短篇小说和散文特写还很多,工业题材创作占她一生创作的绝大部分,无论从她从事工业题材创作的总体数量或从事历程时间的长短而言,她都是全国首屈一指的工业题材作家。虽然她的作品有着明显的"主题先行"和所肯定的事物前后矛盾的现象,但都是时代局限性所致,也正因为如此,这些作品才实实在在地反映了各个时代的历史真实,并且在总体上从正反两方面反映了中国现代工业文明和工业现代化的曲折坎坷历程;同时,她在全部作品中,始终如一地以工业现代化为主题,始终如一地以极大热情歌颂中国工人阶级的崇高品质和革命创造精神,这就是中国现代工业发展最根本的历史真实和主旋律。所以,草明的工业题材作品,是当之无愧的中国现代工业史诗。

(2013 年 12 月 27 日在广东顺德博物馆举行的"草明百年诞辰纪念座谈会"上的发言。)

九、关于吴宏聪的回忆

风风雨雨二三事——缅怀恩师吴宏聪教授

翻开日历，顿然发现我的恩师——吴宏聪教授逝世不觉近周年了！我是1957年开始有幸成为他的学生的。他当时刚就任中山大学中文系副主任，并为我们1955级学生讲授中国革命史课程。他上课时的翩翩风度，敏锐的眼光，广博的知识，精辟的见解，生动的讲述，给我深刻印象。毕业之后我离开学校，接触机会不多，直到20世纪70年代初以后，有较多较长的机会接触，尤其是在风雨年代发生的二三事，更使我刻骨铭心，感恩不尽，永远难忘。

1972春，兴许是因刚正不阿的陈毅元帅逝世，毛主席在关于电影《创业》批示中提出"调整党的文艺政策"，使得广东省的新闻文艺界有两件与我切身相关的大事：一是决定每个地区办报纸，以消化在英德黄陂"五七"干校中"尚可用"的"三报"（《南方日报》《羊城晚报》《广州日报》）编辑记者。由此，我便幸运地被列入"尚可用"之列，被分配到韶关地区，原说是办《韶关报》，到任后则在文艺办管文艺创作。二是要在1972年举行全省文艺汇演，纪念毛主席《在延安文艺座谈会上的讲话》发表30周年。由此，我便作为"尚可用"的文艺人员，负责筹办培训文艺骨干学习班，除负责选拔创作骨干之外，还要负责选请各种专业教师来讲课。由于我原是《羊城晚报·花地》文艺副刊编辑，与广东作家和中大中文系的老师工作往来较多，而且知道其中有些熟人已从干校回到原单位工作，于是领导便派我亲往省文艺创作室和中大中文系联系。宏聪师当时是系的负责人之一，当即应允了派老师到学习班讲课的请求。记得当时先后来讲课的老师是楼栖、黄天骥、黄渭扬、王晋民、金钦俊。学习班地点在清远洲心，与省创作室办的学习班相近，因此，省班讲课的老作家萧殷、韦丘、谭军等，也到韶关班讲课，两个班共有近200人之多，大都是全省各地的创作骨干，是"文革"中首次大批培训文艺创作"尖子",又是老作家返岗位的首次"亮相",所以特别引人注目。也许正因为如此,当时著名文艺理论家萧殷在韶关班讲课中提出"写无产阶级英雄人物是文艺的根本任务,但不是唯一任务"的观点,被人写信向"四人帮"控告为"公开反对'三突出创作原则'"而受到追查,这次办班也随即被列为"文艺黑线回潮"事例而受到查究。虽然宏聪师未到学习班讲课,但作为筹划者之一,可谓是与我同经一场时代风雨。历史证明,这件事是做得对的。

也许是因为这件事的关系,我与宏聪师结下了不解之缘。1978年夏,广东省委作出复刊《羊城晚报》的决定,筹办者放出所有原晚报人归队的讯息。当时我已从韶关调回广东作协工作几年,在欧阳山、萧殷的直接领导下,负责作协文艺评论委员会和大批判组日常工作,参与《作品》杂志清算"四人帮"文艺罪行和为受害作家作品平反的组稿任务,处身时代激流之中,满腔义愤工作,但也心有余悸(因为"文革"时在《羊城晚报》写"毒草"多而被划为第三号"黑秀才"),既有急流勇退的念头,又有恐"归队"后又遭"黑运"的顾虑,便萌生到大学进书斋做学问的想法。在一次偶遇场合,我不是很认真地向宏聪师表达了这个心愿,因为当时实际是未真正下决心的。意外的是宏聪师却非常认真地很快给我写信,热情欢迎我回母校任教,而且要我尽速去办调动手续。这封信使我兴奋,也使我犯难。兴奋的是恩师诚意可感,犯难的是估计作协不会放我走,因为前不久刚升我为副县级编辑,又直接协助欧阳山、萧殷工作。再三考虑之后,在欧阳山赴京开会的情况下,我以探求一条学术与实际结合的文艺批评之路为理由,说服了萧殷放我。在宏聪师亲自关照下,我很快办完了调动手续,到中大报到。欧阳山返穗后得知,即生气地要求我重返作协。为了打破僵局,我与夫人商议,请欧阳山和虞迅、萧殷和陶萍两对夫妇,以及宏聪师一道来家里吃一餐便饭,在友好的气氛中解决了留在中大问题。特别使我感动的是,宏聪师当时是冒雨骑自行车来到我家的,从中大到我当时住的东风西路宿舍,起码要一个小时的路程,而且他当时已是近六旬的老人了,怎能不使我感激万分呢?

现在看来1979年回母校工作,是我人生的一个重大转折点。显然,是宏聪师对我这转折点起到关键作用,所以他是我的恩师。

回到中文系后,本来是安排在鲁迅研究室工作,但宏聪师还是根据我与文艺界关系密切的所长，让我在现代文学教研室分工当代文学的教学，并且当即给我两项任务：一是代表中文系接待并协助一位美国加州大学学者考察新时期中国文学，让其旁听我正讲授的中国当代文学课，并安排其访问广东著名作家，这是中大中文系在新时期的首次国际性学术交流活动；二是参加1980年3月在广州举行的中国当代文学学会的会务工作，负责大会与广东作家协会的联系，安排到会著名作家姚雪垠、康濯、魏猛克与欧阳山会晤，以及邀请秦牧参加大会并作关于散文创作报告。大会选举了姚雪垠为首任会长，宏聪师等为副会长。这是新时期全国首届当代文学学者聚会，对清除"四人帮"在文艺界和学术界的流毒、拨乱反正、解放思想有重大影响和意义。这是中大中文系在新时期首次主办的全国性学术活动。我在完成以上两项任务（也即在参加这两项活动）的过程中，逐步理解到宏聪师力求以教学与现实结合，与全国和国际接轨的方针主持中文系工作的革新思想和引领时代的雄心壮志。这种思想和壮志，不仅在当时是正确的，直至现在也仍然是很有创意而当发扬光大的。

其实，我回中大中文系任教，本想从此稳定下来做学问，不再奔波于文艺界的风口浪尖之中，急流勇退，少惹麻烦。可是，没料到事与愿违，欲退急流反更进，欲减麻烦更麻烦。起因是在于我提出"社会主义批判现实主义"理论观点，先是提交1979年11月举行的中山大学学术研讨会和1980年3月举行的中国当代文学学会年会论文，后于1980年4月在《广州文艺》和《湘江文艺》发表，同月《新华月报》文摘版和中国社科院《文艺动态》转载，从而在国内外影响颇大，《美国之音》播发了论文摘要，苏联报刊称是"中国现实主义新学派代表"。美国纽约圣若望大学还向我发出邀请信，请我于1982年7月到该校参加包括海峡两岸学者参加的"当代中国文学"国际学术研讨会，并且由我选定另一位作家或学者同行赴会。如此强烈反响是始料不及的，随即而至的激烈反对和批判之声则更使我难以理解并大失所望。我写出《论社会主义批判现实主义》这篇论文，不过是对当时涌现的"伤痕文学""反思文学"思潮从创作方法上做出理论概括而已。在论文中，我概括这些作品的特点是"站在无产阶级立场上，着重通过揭露批判革命进程和人民内部存在问题去反映现实，并在真实的具体的描写中体现社会主义思想的现实主义"，其主要特征是"在揭露中表彰、在批判中歌颂、在思考中前进"。时至今日，我始终认为没有什么错误的地方。但当时却有所谓"权威人士"说我是"批判社会主义",由此被列为广东"精神污染"的三个代表理论观点之一,要求在报刊上不点名批判,要求所在单位帮助作者检讨。从此开始我被迫过着"冷藏"日子,熟悉的报刊不发表我的文章,公开性的文艺或学术活动也不让我参加,自然也包括不批准我赴美开会在内。

这场泼顶而来的风雨,使我进一步感受到人情世态的冷暖炎凉,认识到自己学术赤子心的幼稚,但对自己的立论和作为并无半点悔意。唯于心有歉者,是为自己增添了宏聪师的麻烦而不安,因为他是系主任,又是调我入系的最着力者,自己所闯之"祸",势必使他首当其冲,难避"祸"责。正因为如此,我特别感到他在一连串对我的问题处理上,是既有原则而又有胆识的。首先是在中文系召开的"帮助"会上,他做的是与有些人完全不同的"应酬"式发言;在如何回复美国圣若望大学邀请开会的问题上,他建议我提交论文,托病请假;尤其是当时在一片批判的紧张气氛中,他敢于批准我应邀到北京参加中国作家协会举办的读书班,同全国13位文艺批评家一道,为首届茅盾文学奖评选作品,历时两月之久;后来又在他亲自领衔申报国家科学研究项目《华南现代著名作家研究》,分工我负责《欧阳山评传》的写作,使我得以在几年"冷藏"的时间里,合理合法地完成了这项科研任务;同时,也使我获得精神力量和时间,完成了共达70万字的《创作方法史》和《创作方法论》两部专著,为自己"惹祸"的创作方法理论提供学术支撑。后来,据当时赴美参加研讨会的著名作家王蒙、黄秋耘告知,在纽约的研讨会上,由美籍华人作家于梨华代我宣读了寄去的论文《新时期以来中国小说艺术的发展》,中国台湾、香港等地区与美国等国家的多家媒体做了报道,同时还见到《1981年中国文艺年鉴》和《1981年中国文学研究年鉴》两书,均分别将我提出的"社会主义批判现实主义"理论观点列入"大事记"中。

宏聪师教诲和关切我的事情还很多,限于篇幅,现只写些相关时代风雨的事情,以表缅怀之情和恒久的思念!

宏聪师,安息吧!

(2012年6月15日初稿,9月6日二稿)

十、关于锦瑟年华的回忆

（一）贺江风情

美不美，乡中水；亲不亲，故乡人。

这是中国老百姓妇孺皆知的俗话。这俗话，简单明了地道出了中国传统文化意识，浅白而深刻地阐明了中国式的水文化理论。与这俗话异曲同工的著名词语尚有"饮水思源""滴水之恩，涌泉以报""饮水不忘掘井人""一方水土一方人""落叶归根""水涨船高"……说明了中国传统的水文化理论的丰富，也说明了中国水文化理论由来已久、源远流长，并不比西方的水文化理论迟，也不比它们的理论少。

1. 祖源

我出生在广西贺州市贺街镇河东街，自幼喝家乡的贺江水长大，16岁时志愿参加中国人民解放军，离开家乡后一直在外地工作，迄今已超过半个世纪，比我在家乡生活的时间长好几倍，但奇怪的是在我脑海里，留下最深印象的人仍是故乡的人，留下最深印象的事还是家乡的事，怀有最深的感情仍然是故乡的情。最奇怪的是迄今我进行思维活动（即写作时的内心语言，阅读时的内心语言，思考问题时的心理语言）的语言，仍然是我家乡的贺街话，只是在同广州的家人交谈时，从心理活动到用语都是用广州话，在讲课或开会发言时的心理活动和用语却又是普通话。这种现象不是我个人才有的，我曾向许多来自各地的或各种层次、不同年龄的人了解，也都有这种现象。因此，我想这恐怕是一种普遍性的文化现象，是中国传统的水文化理论或意识具体体现之一。唐代诗人贺知章的《回乡偶书》"少小离家老大回，乡音无改鬓毛衰。儿童相见不相识，笑问客从何处来"写的就是这种现象。

哺育我成长的贺江，属中国第三大河——珠江水系，是西江的一条支流，但它的历史是古老的，是珠江水系中具有最悠久最辉煌的文明史的河流之一。贺江在秦汉时代，本名封川，又称封江、封水，其流域（即封江流域中部）的地区，是秦汉时岭南经济最繁荣、人口最多的地方之一。正因为如此，秦始皇在桂林附近开凿灵渠，使湘江水与桂江水相连，也即是使长江与珠江水相连，沟通封江，密切中原与这一地带的关系。汉武帝统一岭南时，特地在这地带的中心广信（即今封开与梧州部分地方）设置统辖岭南的最高首府——交趾部，使中原文化与岭南文化在此交汇结合，开始了岭南文化崛起时代，成为岭南文化古都之一。可见贺江的文化传统是源远流长，灿烂辉煌的。

有趣的是我家祖辈，也即是我的祖籍，在广东肇庆市鼎湖区广利镇，正与广西贺州市属一江水，只不过贺州是上游，是支流，肇庆是下游，是主干流。如果说，从贺州到封开一带是秦汉进西江文化中心之一，那么，这个中心在明清时代则转移到肇庆了。我的祖辈在这明清文化中心成长，而后又到广西贺州受到秦汉文化传统的熏陶，可谓寓中国古代文化和近代文化于一身，也因此可见我的家庭文化底蕴，是深厚而丰富的。

从水文化的意识出发，我试图以贺江风情为总题，通过我所能忆及的童年和少年时代在家乡的经历，特别是一些丰富多彩的风土人情，从中管窥珠江文化的特质和丰富多彩的内涵。自然，首先是对西江的源流之一的贺江文化进行探究，以求对这自古本是繁华，而中道衰落的地带的自然资源与文化资源的开发有所促进和帮助。

2. 魁星楼记

早在1998年底，我的家乡（广西贺州市贺街镇）一座历史悠久、建造独特的宝塔式建筑——魁星楼，由群众自发集资、重建落成了。乡亲父老委托我的兄长振宗、德宗和弟弟黄进，嘱我写篇楼记。

始建魁星楼的确切时间，难以查考。据现有史料，可能是明太祖朱元璋时（1377年）的建筑。现在的贺州原名贺县，自汉武帝元鼎六年（前111年）统一岭南时已设县治，当时名为临贺县，因临水与贺江（又名封江，即封川）交汇之地而取名，但过去县治变化甚多，从汉以后的三国、两晋、隋唐、宋元各代，均有所变迁。贺县县名和县治定为贺街，则于此时开始，此后直至20世纪50年代初，凡600年不变。可想而知，贺街在确定为县治之前，已是人口相当聚集、经济文化相当发达之地；当定为县治之后，在建筑城池和衙署的同时，以县治规格进行规划建设，作为原在河西城内的文庙、学宫和文笔塔的配套或对应，而在贺江对岸的河东建一座魁星楼，作为原在河西城门出口过桥后的要塞孔道，是顺理成章的；从其艺术风格和具有风雨亭楼功能来看，也具有明代建筑特点。可见魁星楼起码有600多年的历史了。但据《贺县志》记载，则魁星楼建于清乾隆五年（1740年）春。当然，这一说自然也是有道理的，有史料依据的。

其实，我的看法不仅有史料依据，而且有中华民族传统文化的深广依据。数十年来我的足迹到过不下百个有较长历史的县城或府治，无不有与我家乡贺街相似的以衙署为中心而又有各种对应性（或对称性）的配套建筑，虽不及北京或南京等故都城池那样蔚为大观、庄严气派，却大都井然有序，自成格局。这是长期封建社会集权而又是封闭型的文化体现，也即是中华民族传统文化长期积淀的一种表现形式。但这只是民族文化特征的一个表现方面，即强化中心的意识和严谨的思维与行为方式，可见魁星楼是有代表性、象征性的。

然而，魁星楼使我尤有兴趣的是它的建造格局形状及其内涵的文化意蕴。它位于群山环抱的贺街镇中心，屹立于贺江东岸，贺江西岸则是贺县旧城。蜿蜒的贺江沿城边流过，恰似古代弓箭的一把弓；从河西城门码头，跨过河东水面的浮桥，像是正在弦上的一支箭杆；而对接桥头的魁星楼，恰似套在箭杆尖端的箭头。魁星楼的形状，也正如古代弓箭的箭头那样：上下两层，底宽顶窄，全用灰麻石柱砌成；层檐和塔顶，均镶嵌深绿色的琉璃瓦，阳光照射闪闪亮光，与锋利的箭头无异。跨过江面的浮桥，数十条船艇伸出桥面两边，好似只只鸿雁舒展两翼，排列成行地冲向云霄。从童年时代起，我每天都要到河西去上学。每当放学的时候，与同学成群结队地穿过魁星楼、跨过贺江桥，常常有像鸿雁列队齐飞的感觉，又有像是乘坐着箭矢似的飞艇，在无边无际的知识海洋上奋飞的联想。现在看来，不知设计和建造魁星楼的先贤们是无心还是有意，其所寓的有似弓箭的进攻、奋进的文化观念和意识是显而易见的。据我所知，魁星楼和以魁星楼为中心的建设格局，在旧县城建设中少见，贺街县城独有其观，想这不仅是其城建特色，而且是贺州历史文化及其意识的特征所在吧？

魁星，是指北斗星之第一星或一至七星。魁星楼之取名，想是祭奉天上掌管文运的魁星神之意。我童年时，曾上楼见过魁星神的泥塑全身雕像：一位身材高瘦的老叟，双眼特大，炯炯有神，左手托着墨斗，右手提笔高举，做着正欲点批金榜姿势，神圣庄严，栩栩如生。贺街的古典建筑，以"文"为多、为主。除魁星楼外，尚有文庙、学宫、文笔塔；这些建筑又以各据东、南、西、北之坐向而对称、对应。奇妙的是，贺州自古以来所出现的人才，也是以文人为多、为主。如：宋代写出《爱莲说》的著名理学家周敦颐出生于贺州，因13次"上书"而名垂青史的宋代政论家林勋，清末民初的外交家、教育家于式枚，著名女书法家、郭沫若的夫人于立群，也都是贺州人。据《贺县教育志》载：贺县在封建时代的历史上，有进士14人，举人140人，庠生总数在数千至一万之间。从民国至现在中华人民共和国时期，大学学历以上和堪称人才者，更是不可胜数，仅1995年出版的《贺州当代人才谱》的入编者也有1000多人。我想，魁星楼的建造和对魁星的崇拜，本就是崇文敬贤的传统文化精神的体现与弘扬，贺州的人才辈出，不正是这种精神代代相承，有如江河长流的最好体现吗？

  魁星楼还是贺街过去的交通枢纽、商业中心、风景中心和时事信息中心。贺江两岸，由它而贯东西；贺江航运，由它而靠码头；菜市圩集，各业百货，均分列它之两翼；街市马路，伸延数里，车水马龙，人流涌涌，日夜不息。20世纪50年代后，交通改道，市场转移，但它作为贺街风景的枢纽地位仍然未变；巍巍瑞云山和山腹中的古景沸水寺，在它的南端；像一顶美女碧玉花冠似的浮山，在它的北面；具有悠久历史并有传奇色彩的桂花井，以及文庙、文笔塔，在它的西边对应；具有浓郁地方风情的观音阁，则是它的东邻。由于魁星楼的自然景观和人文景观都具有中心的位置，使它又自然成为时事信息的传送纽带，各种布告、广告和报刊，大都在其楼底孔道和四周张贴，各种宣传讲演或表演，也大都在此举行。抗日战争时候，敌机轰炸频繁，为向群众发出警报，当局特在魁星楼顶竖起旗杆，以悬挂红色灯笼为号，并挂上大铁钟击鸣报警。处于战争状态的人们，无不日夜注视着魁星楼传出的信息。也许正是由于它的重要作用吧，20世纪40年代初，日寇曾两度以它为目标轰炸，各投弹一枚，造成其左、右屋塌人亡，而魁星楼离弹着点近在百尺，却安然无恙，岿然不动。当时我尚在孩提之年，亲临其境，迄今仍然记得当时人们莫不对此惶惑不已，倍增对魁星楼的神往和尊敬。现在想来，这也是我国民族传统的中心文化意识的一种体现吧？

魁星楼使我感慨最深的，是它经数百年沧桑，尤其是在抗日战争的烽火中两度被轰炸而未毁，却毁在"文化大革命"中。耐人寻味的是，外国的敌人、残酷的战争、现代的武器，都未能将它摧毁，而那个动乱的年代里，竟轻而易举地用"触及灵魂"的手段将其拆毁了！应当说，这是当年全中国多如牛毛的事例之一，也正如鲁迅在《再论雷峰塔的倒掉》中说的："人数既多，创伤自然极大，而倒败之后，却难于知道加害的究竟是谁。正如雷峰塔倒塌以后，我们单知道由于乡下人的迷信。"显然，魁星楼被拆毁是由于另一种迷信。可喜的是，经20年的改革开放，魁星楼得以重建，固然是国泰民安、民富国强的一个小小的标志，但更重要的，我想是它原所寓有的文化意蕴和传统精神的恢复与弘扬。所以，值得为它写篇楼记。

在此附上《重建魁星楼记》碑文："天下有文化传统之地，必有历史悠久之古典建筑；有远见卓识之士，方能格外重视凝视文化特征之圣地。今值进入文化时代，经济文化交往频繁，旅游鼎盛，人们物质和精神需求与日俱增。贺街乡人梁雨贵等率先集资，搜求魁星楼之历史资料，按其原有格局，方位及气势，重建具深厚历史价值及文化意义之名楼，诚甚有文化卓识之盛事。"

有史料称：原魁星楼建于清乾隆五年（1740年）。贺州设县早于汉武帝元鼎六年（前111年）统一岭南之时。因位于临水与贺江交汇处，原取名临贺县。贺县之县名和县治定位于贺街，系在明太祖洪武十年（1377年）。作为学宫及文笔塔对应之魁星楼，至今已经历250多年的历史沧桑。

魁星楼位于贺街交通枢纽之地。昔日，贺江两岸由此而贯东西；贺江航运由此而靠码头。菜市圩集，各业百货，分列两翼；政府文告、工商信息张贴于此。抗日战争时期，日寇轰炸频繁，当局于楼之顶层悬钟竖竿，作鸣钟挂球向市民报警之需。敌机曾两度以之为目标，近在百尺内各投弹一枚，而此楼却安然无恙。不幸的是，该楼在"文化大革命"中被毁坏。

魁星楼还是贺州文化历史和文化意识特征的凝现和标志。自古以来，贺州历代人才宛若星河，精英辈出、群星继起，皆为世用，无不具有这种贺州文化传统和精神特征。为瑞云献彩，萌渚流辉。重建魁星楼，正是继承弘扬这种传统和精神的象征，也是对今后涌现更多、更大、更亮的"魁星"的昭示和企盼。

（1999年7月1日）

3. 浮山记

浮山是我家乡——广西贺州市贺街镇的一个著名风景点。它位于贺街镇的东南，有公路直接到达，但不能直达其境，必须撑渡过江，才能登临其山。

所谓浮山，它实际是在临江与贺江交汇处，矗立着的一座小山岛，因两江交汇处江面宽阔，排水甚快，所以，连年洪水都不能将它淹没。人们甚感奇怪，以为它会随水浮起，故得名浮山。古称此山为玉印，是言其形状像人们常用的印把子之意。我看称其为一顶碧翠的玉冠较为确切。它的总体略呈长方形状，岛上的寺庙与岛下岩石大致齐平，但岛四周的苍翠老树，在岛的上方四面横向伸展，树上的簇簇绿叶红花，极似古时美女所戴玉冠的绒球；岛上寺庙的灰墙绿瓦，在簇簇绿叶红花覆盖下，若隐若现，恰似玉冠的冠顶；琉璃瓦在阳光射照之下，金光闪闪，正如玉冠所嵌珠宝的金辉银芒；阵阵清风，轻摇簇簇绿叶红花，宛若玉冠绒球轻盈晃舞，似乎所戴玉冠的美女在岛下潺潺流水所奏出的音乐声中，徐徐曼舞，一派秀丽温柔的情态。

然而当撑渡船过江向岛进发和登上山岛时，即会发现浮山的另一面神韵，这就是清廉刚毅。舟至河中，头顶一片蓝天，两岸青山连连，舟边绿水漪漪，真是天山流水清一色；奇妙的是在两江交汇的水面上，有条清晰的交界线，临江一边水浅绿，贺江一边水碧绿，江河之水交汇后一体直流，但这条交界水线却始终保持着，真是泾渭分明，巧夺天工，清廉的自然形态莫不使人有自愧不如之感！著名北伐将领、广西民主人士李济深在1944年7月曾游此地，写有《题浮山诗》："临江江水去悠悠，却有浮山水上留。纵历洪涛千万劫，依然砥柱障中流。"并题有"浮山"两字，刻于临岸的山口江亭的外壁上，十分醒目，其下壁还刻有清代一位13岁灵童所题的"中流砥柱"四字，刚劲有力，气势恢宏，使人回味渡河时在两河交汇的争流中，整座浮山所起的中流砥柱作用，可谓形气并存；当登

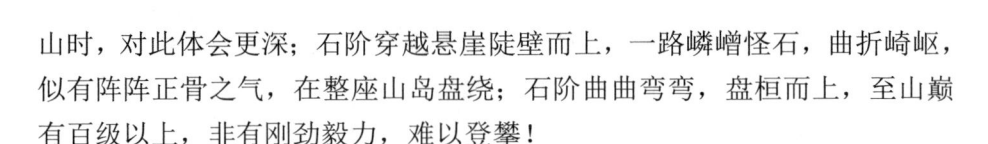

山时，对此体会更深；石阶穿越悬崖陡壁而上，一路嶙嶒怪石，曲折崎岖，似有阵阵正骨之气，在整座山岛盘绕；石阶曲曲弯弯，盘桓而上，至山巅有百级以上，非有刚劲毅力，难以登攀！

在山顶的陈王祠前，凭栏眺望，眼界开阔，心旷神怡，顿觉浮山又有山水连天之神韵；连绵起伏的两岸青山，使浮山又似巨人敞开胸怀，伸出双臂，拥抱着两条江水滚滚来，又双手合拢于一江，主管着山水之合分，主宰着大地之浮沉。此情此景，此气此势，若以我国古代著名山水学家徐霞客所言"以身许之山水"而视之，则又有人也莫如之感慨，试问从古至今，能主宰天地沉浮者有几人？在这些人中少年即有"谁主沉浮"之志的人有如此胸怀乎？

浮山是贺街八景之一，自古有历代文人墨客吟咏。可惜山岛上留下诗文石刻甚少。我童年时代曾在父亲的床头发现过一册浮山诗词，读之似懂非懂，只觉写得甚美，情不自禁地仿作几首，至今已记不清了。只记得童年时代能到浮山玩耍，视若天大乐事，读小学时，学校有项活动叫"远足"，是到野外活动的意思，所去地点也多是去浮山。真是百去不厌，因为到这景点，可爬山，可游水，可划艇，可赛跑，看风景，搞野餐，各种山、水、地之嬉戏和运动，都是最合适的场所，可见浮山又是儿童的乐园。最妙的是每年三月的浮山歌节，又谓之陈王祠诞，四乡男女乡亲父老，纷纷前来聚会，敬神拜佛，放烟花，演小戏，搞对歌，庆丰收，迎春耕，求风雨，兆吉祥。此时的浮山已是涛声滚滚，歌声如潮，人声鼎沸的欢乐海洋，可见浮山又有活似万马奔腾的神韵。

在浮山附近有个风景叫龙回头，是一条似龙的小山脉，沿着贺江而下，其山头凸在贺江之中截止，使这里水流特急，而伸出的山头正好似龙之头回转之状，故取名龙回头。这龙头的转向正好对着浮山，形成了龙欲抢珠、龙若恋珠的景观，也是浮山的一道风景线，显出了浮山又有如似龙珠之神韵。正因为如此，历代的贺州人每思故乡，都会思及浮山和龙回头。浮山是贺州人心中的龙珠，而人们思念故乡之情正就是龙回头之情。可见浮山又有甚深的文化寻根底蕴。

（二）少年时代

1. 开蒙

我的家庭，可以说是一个称得上书香门第的世家，从我父亲和长兄的叙说中，我知道从太祖父辈开始，至排列到我这一辈为五代，几乎每代都是读书人，太祖父和他的弟弟，都曾得过功名，做过小官，曾祖父和祖父两代，则在读书后做中医，并设中药店。他们都极其重视读书，想方设法让我父亲和他的三兄弟都进学堂读书。我父亲还一直读到广州的南越大学国文系，可惜在将近毕业时，祖父病逝，父亲只得回来继承家业，不能从文，只能从医。正因为父亲不能实现从文的志愿，便将希望寄托在他的弟弟和我们下一代身上，于是，父亲在从医之余，在家族开设了家塾，亲自执教，自定教材，以讲授《古文评注》为主，兼授唐诗、宋词，以及袁枚、曾国藩、梁启超等的文章，特别注重背诵，要我们做到朗朗上口、滚瓜烂熟、进入情境的地步。

这种家塾教育，对于我的叔姑和哥姐们来说，是一种学校教育之外的补充加料式的教育，对我来说则可谓学前的启蒙教育，因为我当时年纪尚小，未入学，只能算是"旁听生"。应当说，我之所以走上文学道路，走上教育和学者的道路，同我的家族和家塾的传统学风及其环境的熏陶是密切相关的，可以说是我的文化意识之源，是我的文学启蒙，是我后来走上文学道路并一直走了数十年的源头，由此使我想到我乡下有句俗话："人看起小，马看蹄藻。"过去理解这话的意思是指是否天才或有无成就，在童年时即可看出之意，其实是不正确或不准确的，但如果理解为童年所受的环境影响和受到素质教育，作为成长后的文化源流之源头，则是有道理的。

由此使我想到在家乡给每个儿童开始上小学读书时所举行的"开蒙"，即启蒙，顾名思义，想来是要由此使茅塞顿开、告别愚昧、开始进入知识境界之意。所以，这仪式是请家乡最有知识的人为启蒙老师，在孔夫子像前叩拜后，跟老师朗读一段古文，随后自己背诵，背熟后，老师才在我的额上画一个红笔圈，表示开蒙完毕，开了茅塞，进入新的求知境界。

为何我称开始读书为进入求学境界呢？因为我们兄弟姐妹住宿的房

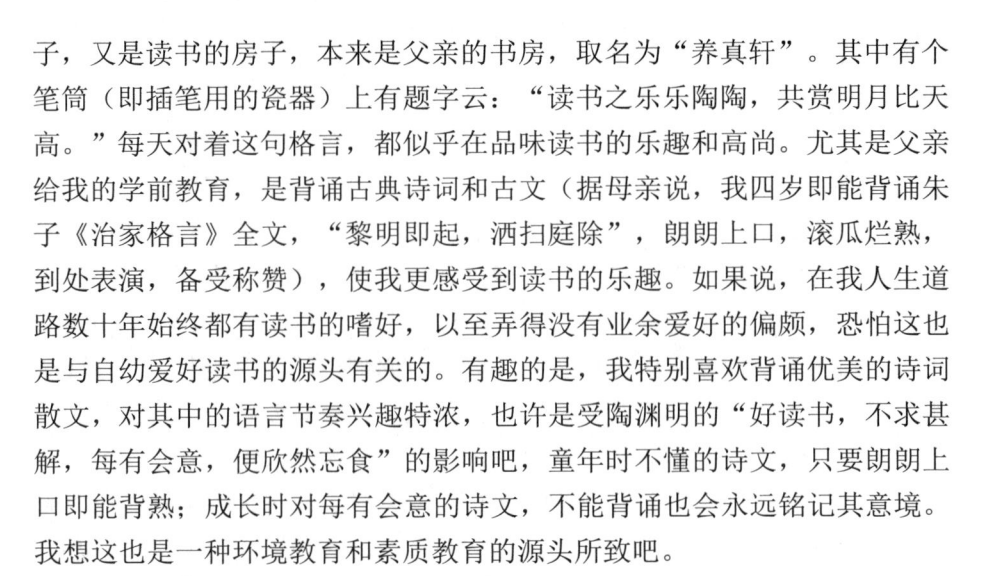

子,又是读书的房子,本来是父亲的书房,取名为"养真轩"。其中有个笔筒(即插笔用的瓷器)上有题字云:"读书之乐乐陶陶,共赏明月比天高。"每天对着这句格言,都似乎在品味读书的乐趣和高尚。尤其是父亲给我的学前教育,是背诵古典诗词和古文(据母亲说,我四岁即能背诵朱子《治家格言》全文,"黎明即起,洒扫庭除",朗朗上口,滚瓜烂熟,到处表演,备受称赞),使我更感受到读书的乐趣。如果说,在我人生道路数十年始终都有读书的嗜好,以至弄得没有业余爱好的偏颇,恐怕这也是与自幼爱好读书的源头有关的。有趣的是,我特别喜欢背诵优美的诗词散文,对其中的语言节奏兴趣特浓,也许是受陶渊明的"好读书,不求甚解,每有会意,便欣然忘食"的影响吧,童年时不懂的诗文,只要朗朗上口即能背熟;成长时对每有会意的诗文,不能背诵也会永远铭记其意境。我想这也是一种环境教育和素质教育的源头所致吧。

我的出生地——广西贺州贺街镇,是自秦始皇时代即设县治——临贺县(后易名贺县)的县城,地处贺江中游,是临江与贺江之汇合地,又是广西与湖南、广东的交界地,是桂东政治经济文化中心,是几种方言的交汇地区,有桂林话、湖南话、粤语、客家话、本地贺街话和官话。通行的贺街话以桂林话为基调,加上一些桂林话与粤语合并成的词,如:"你去哪嘟"的"嘟"字,是借粤语"边度"词而来;"你吃饭嘣"的"嘣"字,是"不曾"两字音之合并。这种兼容性的语言现象,既说明了贺街是多种方言交汇区,同时又是多地多族经济文化交汇区,而且说明了我出生和生长的社会环境和自然环境所给予我的文化熏陶,也是兼容性的。由此可以说,我的文化意识源头,正就是我国传统文化基本特色之一的兼容文化。

由于贺县是三省区交界和多种语言交汇区,这里的流行戏剧、音乐、美术和其他各种民间艺术,也是多种多样的,有桂剧、粤剧、京剧、湘剧、彩调、渔鼓、粤曲,以及舞狮、舞龙、飘色、彩灯、剪纸等。在我住的河东街街头,有个地方叫粤东会馆,是旅居贺街的广东人集资建造的,既是奉拜佛祖的教堂,又是贺街文娱活动的剧场,离我家不远。我经常同孩子们去看戏。没钱买票就用各种办法混进去,如见到单身进场的大人,即冒充他的小孩,跟着进去;有时爬墙进去;有时则去看"戏尾",即在接近散场时门卫走开,无票者即可进场看戏的结局。这种看戏方式比购票进场更有乐趣，因有一种凭机智和幸运所得的胜利感；而这种辛苦得来的艺术享受和教育更能进入脑际，所得更深更多。所以，小孩都由此学会一些戏剧唱段，无师自通，经常哼哼唱唱，高兴时更是得意忘形。至今我还记得我弟弟才两三岁时，看了桂剧《杨家将》，在大年初一早晨，尚未起床即高声唱："我大哥长枪把命丧，我二哥短剑身亡，我三哥……"如此不吉利的唱词，一下就被母亲喝断了，我们兄弟姐妹听了都哈哈大笑。我也有过类似的遭遇。后来我走上文艺道路，我想与幼年时所受的艺术熏陶是分不开的。我想许多人都有如此的经历和体会。

20世纪40年代的贺县，是抗日战争时期的小后方，日本帝国主义先后占领了贺县周围的地区，北向的桂林，西向的柳州，东向的韶关，南向的梧州、广州，均先后遭日寇的蹂躏，各地的难民纷纷逃难至此，造成了战火烽烟中的短暂繁荣，大批的著名文化人也先后而来，先进的文化和时代的新时尚也迅速地涌进了这个小小的山城。这种时代的战争环境和文化环境，对我来说也具有开蒙的意义，首先是开始懂得国家民族的存亡兴衰"匹夫有责"这句话的意思，第一次学唱的新歌是《义勇军进行曲》，每唱《大刀进行曲》中开头"大刀向鬼子们的头上砍去"就特别兴奋，过瘾！算是有了爱国仇敌思想的启蒙。

其次，就是对新文艺的启蒙。最早接触的是留声机，开始见到一个四方箱子里有转动的唱盘和唱片，音乐从伸出的喇叭口中发出，唱的竟是人唱的歌曲和戏曲，实在奇怪而纳闷，总以为是有个像孙悟空那样会变的人，躲在里面唱出来的，从留声机听到的第一首歌曲是粤曲《步步高》。其次接触到的是无声电影，记得第一次是在一个用竹布搭成的大帐篷里看影片《女镖师》，这个女豪杰用匕首似的铳镖扶危济贫，武艺高强，百战百胜，十分过瘾。不久即看到一个用粤语配音的电影《乾隆皇游江南》，迄今仍记得其中一段细节：一位餐馆老板为迎接乾隆，做梦也学讲普通话："你来了吗？请坐，请坐。"影片中映出老板学讲这话时，正好小偷进屋，听见这招呼声，以为老板是醒着的故作欢迎姿态，便逃之夭夭。接着映出一只大老鼠从洞中走出，听到老板又学讲欢送的普通话："你去了吗？不送，不送。"老鼠也以为是人在醒着，便夹着尾巴溜了。此外，少年时还看过粤剧现代戏（当时叫时装文明戏）和话剧。话剧主要是贺县中学的学生演出。我第一次看的话剧是《放下你的鞭子》，是抗日的街头剧。我的姐姐在贺县中学时是学校著名话剧演员和诗作者，我小时看过她演《茶花女》，读过她写的新诗《无题》。这些至今仍留脑际的事，说明这些现代新文艺对我的影响甚深，也说明新文艺对启发和奠定我的想象力和艺术感应力所起到的基础作用。

2. 观音阁

1942年秋季，我正式进入初级小学读书，当时叫上学堂。所读学校名叫进贤街小学，离我家不远。进贤街实际是条小巷，巷虽小而名气大，是当时贺街名门望族聚居之地，故谓之"进贤"，主要是严、钟、李三姓之家，都在晚清时代考得功名，做过官，是地主乡绅，但都在他们的"第三代"时，先后破落了，原因是这代子弟都在赌场中失去了祖业，坐吃山空。但正如《红楼梦》中刘姥姥说的那样："瘦死的骆驼比马大。"也正如俗话所说"烂船也有三斤钉"，故在20世纪40年代初仍能维持"太史第"之类牌匾之尊严，对平民百姓和莘莘学子仍具有影响力。这也可见鲁迅在《阿Q正传》中写"我祖宗比你阔多啦"的阿Q精神，以及孔乙己穷得做贼仍要穿长衫的遗风的普遍性和持久性。

进贤街小学原是祭祀观音菩萨的庙堂，故名观音阁。我入学的时候已经没有了观音的神像，全是课室，只有几个班级，规模不大。将庙堂改办学堂，是辛亥革命后，主要是20世纪30年代的全国性普遍现象，求神拜佛变为兴教育，将私塾改办学校，实是社会的一大进步。学校学的课程，已不是读"四书""五经"等古文，而是国文、算术课。国文课主要是学白话文，认字、写字，用毛笔描红字帖。记得第一篇课文是："来，来，来，大家来上学"；第一幅描红的字帖是："上大人孔乙己化三千七十士"。练习簿用的纸都是箱纸或玉扣纸，是土制纸，纸色稍黄，质薄易散墨，但易损。每周星期天放假，星期六有游戏课，因校园不大，没有球场，只可玩拔河、跳飞机、跳绳、捉迷藏这类游戏，高年级班尚可打乒乓球。上课严肃认真，下课轻松活泼，颇有朝气。我一进学校即喜欢上校园生活，每天都是最早到校，上课认真，心情舒畅，比在家里轻松愉快得多。

学校是对旧学堂、旧私塾的改革，有现代文明气息，但也仍有旧的残余。例如，后来学校通行的学生向师长报告，当时仍称为"禀出"，是旧私塾之用语。尤其是仍有女孩子不能同男孩子一道读书的风气。我的双胞胎妹妹当时是女扮男装同我一道上学的。其实扮的方法也简单，只留个小分头穿上男孩服即可，到高年级才改变过来，扮回女装，但男女不同一个课桌坐，老师安排必须同坐时，也是在课桌中间划一道粉笔线，好似象棋的楚河汉界，相互不许超越，以示"男女授受不亲"。再就是在作业批改上，老师仍采取私塾的做法，在认为好的优秀的字体或语句旁边，用红笔加圈加点。好的是加点（用毛笔写出的点像平日做菜的豆豉），优秀的加红圈（像小红鸡蛋），所以，学生都以得到点、圈多少为荣，笑称为吃几多豆豉或红鸡蛋（如果是零分，则叫黑鸡蛋）。我看这还是可取的，尤其是对作文的语句批改和个别优秀字体的评价。最不可取的是当时尚残留有部分体罚，如：迟到要罚站，不及格要留堂，犯校规要扫厕所或关禁闭。我从未受过这些处罚，但见有的同学受罚，虽有警戒作用，但也有几分怜惜同情。再就是在学生中有分帮派的现象，往往以家庭背景为界限，富人子弟逞威，穷人子弟受欺；有打架之风，强者为上，败者则拜下风，旧社会的阶级分野和弱受强欺的现象，同样在小学中存在。区区一个初级小学，也是旧社会封建文化的一个缩影或投影。

  我在观音阁小学读书期间，学习成绩不算优异也不算差，算是中等水平。但已开始有学习偏颇现象，即重语文，轻算术，欠缺数学头脑，尤其是生活能力差，记得上学时还不会自己脱裤子小便（因为旧时的裤子无裤门，要解开裤带脱裤小便，而我又不会解带结和打带结），在家时由大人或我妹妹帮我，回学校就麻烦了，弄得经常是裤带本打活结上学，放学时则是带着死结回家。有一次放学时正下大雨，我和妹妹冒雨跑回家，在路上不慎掉进了路边的池塘，跌得脚青额肿，浑身湿透，坐在路边大哭，妹妹像大人似的哄我不要哭，将她最心爱用过的红蓝铅笔（当时是最新笔）送我，我才止哭。这件事使我印象极深，固然是妹妹在受难中相救的难忘深情，也在于早认识到自己生活无能之可笑，又可见自己生活无能由来已久。

3. 表证校

  我读高级小学的学校，是位于贺街的河西城郊的贺县表证校高小部。表证校即现在的中心小学，全县只有一所，是表率、样板之意，由县府教育局直接管辖，教师的素质颇高，大部分是大学生，是在抗日战争中避难回乡的本县人，有的是从外地来的逃难者。所以，给学校引进最新的现代文化，教学水平甚高，学习风气甚好，完全没有观音阁小学的封建残余。

在我现在的印象中，贺县表证校的建筑，颇有现代学校的气派；校园总体是四方形，三面墙都是两层楼的课室，围绕一座八角楼在校园中，上层是教师办公室、会议室，下层是礼堂；此外尚有后座，则是音乐、美术课室和乒乓球室，后座门外是大操场，每天的升旗典礼和全校早操都在此举行；正门是三个连环尖顶造型，之前又有牌门，以苍劲的行书题上校名，甚有庄严的气势，又有上升的文化意味。可惜这座校舍，现已荡然无存，全变成菜地了。

贺县表证校是出人才的地方，用句俗话来说，这里的"风水"很好。河西自古以来是县府所在地，它在古城边上，古城墙成了运动场的跑道，学生赛跑都在此举行，过去驻军也常在此跑马。城墙边上有座文笔塔，是明清年代的建筑，至今尚存，这可是贺县"文星"的标志。附近尚有祭拜孔子的文庙，门前竖立着"路过官员在此下马"的碑，每次上学路过，都令我肃然起敬，深感孔夫子了不起。特别是附近有一口明代的水井，名叫桂花井，因井边植有桂花树，又因井水有桂花香味而得名，至今尚存。从读表证校时开始，几乎每天经过这口井，我都驻足端详：或将井水作为明镜，对井口看自己模样；或细细抚摸井沿一道道深深的绳痕，想象历代劳苦大众在此打水的情景；或认真观看井台的历代碑文，追寻其中深古的文化底蕴；或者深情对井边的桂花树冥思，想象着在这井边有多少牛郎织女式的爱情故事……我记得在高小时作文作业，就写过一篇关于桂花井的散文，在高小毕业前夕，曾经获得全县小学生作文一等奖，题目是《秋雨》，是写景的，其中好像也写到桂花井的朦胧雨景。后来我爱写散文，做作家，可能是同表证校和桂花井的哺育是有密切关联的。

记得我从高小时开始记日记，一直坚持到读贺县中学，以至在当兵和进大学时仍坚持写。后来在结婚时搬家，才全部销毁了，此后就不再做日记，幸好如此，否则"文革"时的遭遇会更惨。但我始终不忘做日记对提高写作水平的好处，日记不仅使人练熟了笔，写得通顺，而且有助提高观察事物的能力，增强艺术感受力，特别是加强记忆力。我现在尚能记起许多少年时代的往事，就是其明显作用的表现。这是我在表证校时一位名叫余自攻的校长规定的学习方法。迄今我仍记得他在我的日记作业中的批语，说"字是文人的衣冠"，要我注意学好写字，可惜我至今仍未学好。在这位校长和语文老师的启发教育下，我明确了将来做作家的想法，并动笔写小说，记得当时写小说主人公的名字叫"王杰雄"，设想他做了许多英雄行为，艰苦奋斗，可惜只写个开头，就未续写下去。这小说是我未完成的处女作，其实只有一个名字。我真正的未发表的处女作是一首叫《牛》的诗，用的是鲁迅所说"吃的是草，挤出的是奶"之意，具体文字记不起来了。其实是仿作，是模仿我一位堂哥（炳宗）一首诗作而写的。

在表证校读书期间，是开眼界和打基础的时期，比观音阁小学的启蒙时期前进了一大步。在这里，不仅有国文、算术课，还有常识、美术、音乐、体育等课程，在这里，我懂得了有散文、论文、诗歌、小说、日记等文体，懂得了历史和关心时事，知道了有西洋画、国画、版画、水彩画，知道了高尔基、鲁迅等大文豪，知道了贝多芬、肖邦和中国的聂耳、冼星海等音乐家，还第一次受到过风琴伴奏学唱歌，学会《松花江上》《黄河大合唱》等抒情歌曲，前些年看电影《城南旧事》，情不自禁地哼起少年时代学会的歌曲："长亭外，古道边，芳草碧连天……"回忆起在表证校的读书日子，更深地体会到"回忆的生活是甜蜜的"，也更体会到时代和环境对于每一个人的成长，尤其是少年时代的影响，是十分重要而巨大的；又可见我的故乡小学的校园的风情，既有传统性，又有时代性。

外婆桥

摇摇摇，摇到外婆桥；
外婆叫我好宝宝，
问我爸妈好不好？
我说爸好妈也好。
外婆听了眯眯笑。

这是贺江流行的儿歌，恐怕也是全国各地流行的，可能只个别句子不同，可见有普遍性。之所以有普遍性，我想是在男尊女卑的社会里，出嫁的妇女往往得不到婆婆的恩宠，婆媳关系一般不那么好，这样就特别受到外家的同情，尤其是得到母亲的宠爱，这种爱，往往延续到外孙身上。所以，外孙对外婆又特别亲密，特有感情。贺街的家庭大都如此，我家也是这样。

我母亲的家庭，不算富裕，也算是有点家产，是一个已经解体（分家）的大家族，堂兄弟各房，仍住在一个大庭院子里。庭院有三座连锁的厅房，有前果园和后果园，是典型的青砖大屋，宽敞大方，布局得体；正门对进有红漆屏门，平时关闭，只从两旁出入，盛典时则敞开，甚有威望。我的外祖父是什么身份我一直不清楚，在我出生前过世了。我妈只有一位亲哥哥，即我的大舅父，是贺街业余桂戏班的打鼓师傅，逢年过节，演出时他即是剧团班头，颇有威望。我妈的亲弟弟，即我的小舅父一直在国民党军队做通讯工作，是个校官，20世纪60年代在台湾过世。我妈妈在外家地位颇高，我的外祖母和舅父、舅母们都听她的，她常回外家住宿，每每带着我们一群小孩子（我有八个兄弟姐妹）回外婆家去住。我们很高兴，因为有机会离开父亲的严格管束。外婆家的院子大，有果园，孩子又多，热闹得很，简直可以说，外婆家是我们童年时代的乐园，也是切身品尝贺江风俗的风情园。

最难忘的是外婆家果园有黄皮树和柚子树，在表证校读小学的时候，每当黄皮果熟的季节，我往往放学路过时，便顺路进到外婆家，串通表兄弟妹到果园摘黄皮果吃，将书包挂在树丫上，爬到树上，挑最熟最亮的一个个品尝，清鲜香甜，自在得很，比孙悟空偷吃仙桃、猪八戒偷吃人参果还痛快，似乎在以后，再也没有如此畅快地吃过如此清鲜的黄皮了。更妙的是中秋节前到外婆家果园偷吃柚子，这时的柚子是酸的，我们也无所谓，照样在树下边摘边吃，虽酸却鲜，先酸后甜，特有滋味。每年过年前的冬至节，我们都惯例到外婆家吃柚子，这时的柚子是甜的，虽然好吃，但总不如吃酸柚子那样够刺激。更妙的是冬至节特做的芥菜糍，这是用芥菜、猪肉、腊肉、虾米做馅，用糯米包裹而做的盐汤圆，鲜美极了，堪称稀世珍肴，同贺街镇特有的名菜——瓜花酿那样，是其他地方没有或做不出来的，我想是贺江水的水质特好的关系（因为水质好生产的芥菜特别清甜，南瓜花少毛可口，所用的水豆腐特别鲜嫩）。过年的时候，在外婆家不仅有大人给的利是（封包），吃各种菜式，还有种种为过年专制的果蒸、粉利、叶仔糍、年糕等食品。其中有两种也是贺街特有的：一种是用糯米粉包芝麻糖馅的汤圆，蒸熟后再用炒香的花生粉覆盖其面的糍粑，叫豆卜糍；一种是用粘米粉包的粉饺，内包猪肉和嫩笋合制的馅，清鲜爽脆，俗名叫水局糍，实际是粉蒸饺。这些贺江传统食品，使外婆家对我更有吸引力，也因此使我在外几十年的回忆中，外婆家成了我思念故乡和思恋贺江风情的萌发点之一。

外婆家不仅使我饱尝贺街镇特有的饮食文化，还使我对贺江世态风俗大开眼界。我亲见的最隆重盛典是结婚仪式，那是我童年时所见大表兄的婚礼。婚礼是从新郎去接新娘进屋正式开始。我和一群小孩在大门见到，花轿到时，锣鼓八音齐鸣，鸣放花炮，只见新郎头戴嵌着红花的黑礼帽，身穿青长袍黑马褂，轻轻地掀开轿帘，与陪娘各扶一边将新娘款款地从轿上扶下来。只见新娘穿着古戏上的贵妃装束，红底金边，满身珍珠闪闪，头戴凤冠，珍珠夹着只只小线球，悠悠荡荡；面罩一块红布，粉黛红装，欲露未露，宛若贵妃出巡，仙姑下凡。当新娘出轿后，即由另一女长者打伞，徐徐走进大门、二门，一路撒红纸花瓣，到厅堂后，先向祖先神位叩拜，后向父母行礼，再由夫妻互拜，然后进入洞房，由新郎揭开红布面巾，典礼算是完成。值得一提的是：在新婚的床上，撒有不少百合、花生，房里的厕桶也特地要我弟弟去先拉尿，以示百年和好、早生贵子之意。其他许多风俗仪式（如贺寿、出殡等）我都是在外婆家亲自参加过的。外婆家是我通向懂得社会知识和风情之"桥"。

我的外婆家是在贺江之西，即河西。我每天上表证校读书，每次去外婆家，都要走过横跨贺江的浮桥。浮桥由二三十只木艇支撑着，在艇上等距离地铺上木板，扣上铁链构成。因是浮在水面，人走过桥会摇摇晃晃，我童年初走过桥时，害怕摇晃，弄得双脚直颤，要我哥哥扶着才敢过桥。后来走多了才习惯，也就不害怕了，甚至喜爱过桥了，因为它不仅好玩，而且想到是要去表证校求学，是去知识和乐趣兼有的乐园——外婆家，欢喜雀跃，于是每当过贺江浮桥时，情不自禁地会唱起这首儿歌："摇摇摇，摇到外婆桥……"

4. 马骑田

从我出生到读完小学，我一直是在抗日战争的背景下度过的。可能是由于贺州地处三省（广西、广东、湖南）交界的缘故，日本鬼子的铁蹄已踩躏贺州的四面（北至桂林、平乐，西至南宁、柳州，东至韶关、连州，南至梧州、广州），唯独未能踏进贺州地带。所以，我始终未见过日本鬼子，但受到日本鬼子的威胁和侵扰，却是不停的，是十分惊恐和痛苦的。

最直接的是受到日本飞机空袭的灾难，记得是20世纪40年代初，贺街镇中心的魁星楼附近。那是我大约7岁的时候。记得是一天中午时分，突然魁星楼发出紧急警报。警报声刚停，即听到"嗡——嗡——嗡——"的飞机声，人们都来不及跑到郊外的防空洞避难，即听见飞机从天上俯冲下来的强烈呼啸声，接着一声巨响，炸弹片纷飞，炸坏房屋数间，事后在贺江边上，见到一个深约10米宽数米的弹坑。敌机轰炸的时候，我和家里的人都在家中的堂屋里，听从大人指挥，都匍在地下，不敢抬头。记得当敌机俯冲时，其巨大的冲击波将本已紧闭的窗门也冲开了，可见冲力之大。吸取这次突然遭轰炸的教训，父亲决定在城郊双莲乡的马骑田租借一间泥砖瓦顶小屋，给我祖母和我们一班兄弟姐妹居住，免得警报时走避不及，我们亲昵地称这间小屋为屋仔，简称马骑田，于是我在这里过上了一年左右的真正农村生活。

马骑田小屋位于马骑田村边，是一座单独的小屋，本来是收获季节作收谷晒谷之用。正南屋前有个晒谷场，场外则是稻田，冬天种甘蔗或油菜；屋的东边是通往村内之路；在屋后和西边，则被一大片竹林拥抱着，真是不折不扣的竹林小院。当时我正读小学，已在父亲办的家塾中读过欧阳修的《秋声赋》，我也学着"欧阳子方夜读书，闻有声自西南来者，悚然而听之"，果然听到"初淅沥以萧飒，忽奔腾而砰湃，如波涛夜惊，风雨骤至。其触于物也，鏦鏦铮铮，金铁皆鸣。又如赴敌之兵，衔枚疾走，不闻号令，但闻人马之行声"，真可谓竹林所发之秋声也。每天清晨，见到农民凌晨即开始耕作，到傍晚才回家歇息，过着"日出而作，日落而息"的日子；凌晨薄雾袅袅，黄昏炊烟缕缕，实是令人迷醉的幽雅恬静的农田生活境界！然而，在战火纷飞岁月，如此小小农村也难避战争的灾难，敌机仍不时经过上空干扰。有一次，敌机经过，我们兄弟姐妹都匍匐在床底下；又有一次躲进竹林里，姐姐带我们祈求观音菩萨保佑。又有一次我正在灶前倒开水时，因灶台过高，又误以为是有敌机飞来，心慌失手，整个茶煲从我身上倒下，滚滚的开水泼溅我的前半身，痛苦万分，幸好家人和邻近农民及时赶到，用鸡蛋清敷伤处才解除痛楚，经一段时日始得康复。这些在马骑田小屋的遭遇，迄今印象犹深，使我领会到世上没有绝对优雅的田园生活。

大约是在1944年，日本帝国主义为解除战线过长的困境，发动了新的攻势，试图打通湘桂铁路与粤汉铁路的通道，于是便向尚未占领的广西贺县发动猛攻，面临这样的威胁，人民群众纷纷逃难。在这形势下，我父亲便决定全家老小，逃避到更远的乡村地方，在离贺街有近百里的虎步乡，借他的一位姓徐的同学家中居住，当时我尚不足10岁，要徒步走50公里是很吃力的，为了逃避也只得尽力而行。记得是天未亮出发，傍晚天黑始到，一路没有歇息，是什么力量促使我顺利完成这百里跋涉进程的呢？迄今仍记得是由一座座连绵美丽的山峦：当眼前见到一座像老虎的山时，力求自己尽快向前走去，作为目标，走近欣赏其雄姿；当走近之后，又发现前面有一座像披满滑溜溜长发的美女头颅似的山峦，吸引着自己一路欣赏一路前进；不久又发现前方有似巨龙腾飞的山脉，自己向其走近，脚步也似有腾飞之感……如此将一个个山头作为自己行进的坐标，而又是以拟人法将每个山头美化，在当时是无师自通，不知从何而来的知识和灵感，想是得益于童年时所受的文学教育吧，恐怕也得益于我自幼喜爱山水的感情和文化底蕴。

在虎步借住的徐家，是当地颇有地位的士绅，所住屋子是座巨大的炮楼。这是典型的南方农村有钱人住的建筑，集住家与防守工事于一体，全是青砖瓦屋，有四五层高，每层的窗口，实际上都是可以用来打枪甚至开炮的枪眼，里宽外窄，可开可闭，墙厚近尺，坚固耐用，枪炮不入，所以称为炮楼。这是南方建筑的一大景观，几乎每乡每村都有，像是西方的教堂，在村中是最高大的建筑物，平时起到显示权威的作用；当贼寇入侵时，它又成为全村的避难所和防御工事，起到战争碉堡作用。所以，我们在此逃难是安全的。奇怪的是日本鬼子攻占贺县部分地区后，又往后退却了，直至1945年8月抗战胜利，日本鬼子都未能攻占贺街，真是不幸中的万幸！

5. 贺中

1948年秋，我考进了广西贺县县立中学。因当时贺县县治设于贺街，是政治文化中心，这所中学也就是贺县的最高学府；因当时教育不很发达，中学不多，邻近县（如富川、信都、钟山、昭平）的人也前来就读，故它又是桂东的中心学府之一。

贺中于1921年创办,有悠久的历史,我家族的三代人,从我父亲、叔叔、兄弟、姐妹,以至我的侄子女们,都在这所中学读过书,都对它有深厚的感情,如今它已易名为贺州中学,比过去的规模更大了,发展更好了。

贺中坐落在美丽的瑞云山麓,濒临贺江,清秀的山水,像慈母似的抚抱着摇篮的儿女,哺育着代代莘莘学子,为祖国培养了许多优秀人才。尤其是在中国新民主主义革命的各个历史时期,它作为贺县精英文化的集萃之地,得时代之先声,跟时代之脚步,最早引进和传播民主、科学、革命信息,唤起人们觉醒,均起到先锋和桥梁作用,也培养和锻炼了一批批民主先贤和革命骨干,为中国的民主科学和革命事业作出了不可磨灭的贡献。

我是在读初中一年级时开始接触革命思想和革命文艺作品的。当时贺中已有中国共产党的地下组织活动,我的堂兄炳宗和亲兄德宗是其中的成员。两位兄长常从学校拿回一些进步书籍和革命文艺作品给我看,如:艾思奇的《大众哲学》,翦伯赞的《中国历史教程》,周而复主编的《解放区文艺丛书》,包括《吕梁英雄传》《新儿女英雄传》《洋铁桶的故事》等。这些书籍都是用其他书的封面包装而传给我看的,都不能带回学校看,更不能公开读,只能是晚上在家里或睡在被窝里偷偷看。这些书籍,使我对革命和解放区有初步认识,甚感新鲜,很是向往。炳宗兄曾询问我参不参加新民主主义青年团,我不懂怎么回事,便说去参加游击队吧,后来我果真向当时的班主任(姓莫,当时我已知他是地下党组织成员)提出参加游击队的要求,并准备了一套衣服一双鞋子作为行李前往,没想到因年纪小而遭到拒绝,当时,两位哥哥已秘密地参加在乡下的游击队去了。

1949年11月中旬,中国人民解放军和平解放了贺街。由于地下党组织宣传工作做得好,解放军进城时没受到什么阻挠,也没造成群众惊慌或疏散,许多群众都自觉地上街欢迎,贺中停课了,好些同学都同我一样参加欢迎解放军进城队伍,我还特地取出炳宗兄托我秘密收藏的毛主席木刻像,挂在堂厅的镜框上,以表示欢欣鼓舞之情。

大约是停了一周的课,贺中通知学生回校恢复上课。回校才知道许多老师和高中学生是地下党组织的活动分子,都投身革命队伍去了,还不能完全恢复上课,学校决定临时合并班级组织学习。当时县的党团组织,委派一位名叫李灵光的同学（是新民主主义青年团员，是比我低一班的初中学生）回校组织这项工作。李灵光串联我一道做这件事，在面听当时中共贺县县委书记、军管会主任苏丹指示之后，决定县团组织直接领导成立"贺中工作学习团"，请黄振宗、王辑生等为指导教师，李灵光任团长，我任副团长兼宣传部部长，毛玉美任副部长。贺中工作学习团的活动，主要是组织学习和参加各项宣传活动，做街头宣传，写标语，出墙报，组织游行，组织学习文件和讨论，选代表参加各种会议，反映学生和教师意见。记得当时我就参加过县的人民代表会议，并在一些县领导工作会议上担任记录。大约活动了两个月，直到寒假开始时，贺中工作学习团的活动才停止，自动解散。

1950年上半年，我休学在家，到我家所办的后龙地农场劳动，主要是放牛，负责养两条大水牛，过了半年真正当农民，做牧童的日子，亲尝"日出而作，日落而息"的田园生活，是新鲜有趣的，但也是艰苦寂寞的。每天吃到自己亲手种植的新鲜蔬菜和水果，特别鲜甜可口；当劳动一天后在疲乏中睡眠，更是沉静香甜；当夏日炎炎似火烧时放牛，汗流浃背；当雷电交加时在野外放牛，胆战心惊；当北风呼呼雪花飞舞时放牛，浑身颤抖。这些感受也是永远难忘的。最可喜的是在这期间，得到当时在贺中任教的亲兄振宗的特别关切，经常从贺中图书馆借书回来给我阅读，使我在这期间读了大量的文艺作品，如《白毛女》《赤叶河》《太阳照在桑乾河上》《暴风骤雨》等新文艺作品，还有《铁流》《日日夜夜》《被开垦的处女地》《绞刑架下的报告》等苏联和捷克作品，我大都是在放牛时，骑在牛背上看这些书的。这不仅使我缓解了在放牛时的寂寞，更主要是使我大开眼界，更深地懂得革命，更爱文学。这期间，实际我仍是在校外读书的贺中学生。

1950年秋季，在我亲兄振宗的支持下，我回到贺中复学，读初中三年级的上学期。经过半年的停学，求知欲更旺，使我一开学即投入学习中去，如饥似渴地读各种书籍，高速度地阅读各种小说，积极投身各种学生活动，关心时事政治，迫切要求上进。当学期将近结束时，抗美援朝战争爆发，中国人民志愿军"雄赳赳，气昂昂"地开过了鸭绿江。当时中央发出了"抗美援朝，保家卫国"的号召，动员青年学生报名参加军干校，以实际行动抗美援朝。贺中同学们都热情澎湃，热烈响应号召，几天时间即有一百多人报了名，我也在报名的行列中，我的堂兄达宗也同时报了名，得到当时任我们班主任的亲兄振宗的支持，使家中也同意，得以顺利前往。

经检查身体合格之后，当时报名参军的同学，背着简单行李，徒步20多公里，到八步的中共地委报到，记得当时行走途中，同学们兴高采烈，斗志昂扬，高唱着《团结就是力量》等革命歌曲，以及"瑞云巍巍，临贺泱泱，莘莘学子，国之栋梁"的贺中校歌，精神抖擞地迈着大步前进。我们到地委招待所住了两三天，即被分配到广西军区军政干校和广西公安总队去学习或工作。吴志仁等同学被分配到军干校，莫家贤和我则被分配到广西公安司令部，我们大家都很高兴，服从分配，一早即分乘两辆汽车向桂林进发，拟到桂林后再转火车到柳州，再乘汽车到当时广西省会南宁报到。

不幸的是汽车开出半小时到西湾矿区附近，我和数十位同学所乘汽车在平地转弯时突然翻车，致使车上的同学大都受伤，幸无死亡，重伤是断手、头破。我是晕倒过去，乱讲胡话，苏醒后才发现头破血流，被及时抢救至八步医院，左额被缝了三针，住了半个月医院始痊愈。另一车未伤同学先走，其他受伤同学几十人也先后治愈。此时已近新年，要求参加革命队伍的迫切心情，使我们不拟回家过年，急匆匆地乘专车再次踏上革命征途。

当时的汽车烧煤炭，速度慢，要沿路加燃料，每次加料都近一个小时；公路又不好走，是黄泥沙路，崎岖不平；特别是当时解放不久，各地城乡正在开展清匪反霸斗争，社会治安不大安宁；而我们汽车又常要赶夜路，司机担惊受怕，开得更慢，今天只需几个小时从八步到桂林的路途，当时走了两天两夜。说来好笑，当时大家谁也没有见过火车，也没听过火车声。当到桂林行走在大街上的时候，突然听到"呜——呜——"的汽笛声，以为是火车开来，便赶紧让开路，殊不知火车是不能走上汽车路的。从桂林到柳州，乘一段火车，"乡巴佬出城"，算开了眼界。从柳州到南宁，现在火车只需几个小时，在当时我们乘煤炭汽车，却走了三天三夜，完全是吃在车上，睡在车上，日夜赶路，辛苦至极，但却无一人叫苦，也无一人患病，未出任何事故，均平安到达目的地，至今想来真是奇迹，也许是"受难在前，得福在后""大难不死，必有后福"的缘故吧？

（2000年元旦至春节完稿）

（三）当兵岁月

同熟悉的朋友聊起来，说我曾当过兵，几乎都没有人相信，大都反问："是真的吗？"这是因为看到我身材矮小，个子不大，又文质彬彬，一副书生的样子。真是人不可貌相，水不可斗量，我不仅当过兵，而且当了整整四年半之久。

我曾在一篇文章中说过：在20世纪50年代初，我响应"抗美援朝，保家卫国"的号召参加中国人民解放军，可说是"抗美援朝未过江，当兵未曾扛过枪"的兵。这就是说，当兵期间未曾去朝鲜战场打仗，也未真正做过扛大枪上战场的战士。我是在参军后，被分配到广西人民公安总队（即现在的武警总队）司令部，先后做文印员、打字员、文印组长，直到1955年夏天公安司令部撤销才离开部队的。当时的公安总队属中国人民解放军中南军区公安司令部和广西军区双重领导，是中国人民解放军的一个兵种的部队。

1. 初穿军装

1950年底，我在广西贺县中学报名参军，经中共平乐地委转当时的广西省委介绍入伍。经过征途上遭受汽车翻车的遭遇，在医院治伤之后，到达广西公安司令部已是1951年初，即将过春节的日子。记得晚上到南宁的省委组织部招待所，住了一晚之后，一早告别了被分配去广西军区军政干校的吴志仁等同学，我只同莫家贤等几位同学来到了广西公安总队司令部。见到门前警卫森严，威风凛凛，有几分畏缩，又感到光荣，因为意识到自己从此开始，即从学校门走进解放军的大门，是光荣的人民解放军公安战士，又是省公安司令部机关的一个成员了。进门到军务科报到之后，我和莫家贤同志被安排在司令部文印组做文印员，其他则被派到教导队学习，然后再到连队中去。也许是我们两人个子小、年纪小（当时我们实际只16岁，为参军而报大为18岁）的缘故吧。开始我们俩都不安心，认为满腔热情来到部队，应当到连队去，应当到前线去，后来才认识到这安排是适合的，是我们自不量力。

报到后即被安排在工作间里，马上动手学习写蜡版，操作油印技术，学会并不难，学精则不易，主要靠经验，熟能生巧，自有水平。第一晚上的首要任务，是洗澡。经几天几夜坐长途汽车的跋涉，疲乏不堪，通身脏透，当洗澡时，竟发现全身污泥，洗了一层，再用力擦拭，又出现一层，连洗几层，才算干净，这是我从自身会洗澡以来，从未碰过的尴尬事，也从未体会过洗澡后有如此的轻松爽快，从而感到我自己是从此开始自立，从此开始为成年人了。由此更自慰，更有自豪感。

最有光荣感的是发了军装，首次穿上军装的那一天。总务科一早通知我们去领军装，是一套军棉衣和军帽，挑合适的试身。我是挑到小号的衣裤，大号帽子，还发有"中国人民解放军"的徽章，"八一"红星的帽徽，"公安"的盾牌袖章。当我们穿上新的军装和佩戴上徽章、帽徽和袖章，精神抖擞地回到工作间时，同志们都拍手称好，亲切握手，热烈地祝贺我们正式成为人民解放军的战士，我们也感到前所未有的自豪。兴奋得马上给我们的家人写信，后来又颁发了"军人证明书"，寄回家中，亲人们更是高兴。

记得到部队吃的第一餐饭，是到大饭堂吃馒头，这是我从未吃过的食物，高兴得很，以为满可以吃它几个，没想到又大又硬，要慢咬细嚼，吃了一两个，牙齿累了，肚也饱了，新鲜感也就消失了。可能是正好碰上这餐馒头面粉太粗、发酵不够的缘故，后来吃的面好些，松软可口，与初次馒头不同。也正因为如此，才印象深刻，迄今几十年仍未忘记。在生活从来是"第一次"印象最深的，这也是一种带普遍性的常理和思维方式吧？

在部队第一次包饺子吃，也是印象深刻的。这次包饺子，也是我离开家乡后在部队过的第一个春节，我到部队才几天，正好碰上这节日。司令部的成员，多数是领导干部和参谋干事，除警卫通讯人员外，一般战士很少。北方人多，按部队传统和北方人传统，过春节主要是包饺子过年。由伙食部门将面粉、肉、菜、盐、油发给各单位，由大家自己去做，每人都要动手。北方人很讲究做饺子的和面与擀饺子皮技术，我们新手只有学包的份儿。经反复几次练习，算是学会了，但包得慢，容易破。正因为始终没有资格干和面和擀皮之活的缘故，所以后来我始终未学会这两门技术，抱憾至今。包饺子过春节的气氛热烈亲切，官兵亲如一家，温暖和睦，有新鲜感，比在家过年还好。

2. 初学操练

我虽然是在部队司令部机关里做文印工作，但也要同一般连队那样要学军事操练，这是每天早晨起床后必修的科目（星期天和假日除外），修完之后才正式上班做机关的工作。按照老兵的说法，最为难的是学"立正、稍息"，但这都是军事训练的 ABC，必须认真操练、学好。这也是队列军风的基本标志之一。在操练中，对此我并不感到太为难，感到为难的只有两项课目：一是"齐步走"时口令突然叫"向左转走"，或者"向右转走"时，一时反应不过来，分不清左右，经常转到相反的方向，引起哄笑；二是集队时按个子高矮排队，自己个子矮，都在队列排尾，操练起来，老走在队列后面。"齐步走"时，前面的高个子脚步大，自己脚步小，别人一步几乎等于自己两步，所以老掉队，跟不上，则要跑步；"跑步走"时，也是基于同样原因，加上自己体质差，跑起来距离越拉越大，要跟上特别费劲，所以比别人辛苦得多。有些指挥官看到这个情况有普遍性，有时会让队伍掉转过来，让个子小的跑在队伍前列，效果则好得多。但这不是能经常做的，因为军队毕竟是军队，老让个子小的走前面也不行；再说老让能力低的遏制能力高的，以慢牵制快，也不符合事物发展规律。好在后来我也习惯了，能跟上队伍了，虽然仍是吃力些。现在部队征兵规定身高体重，是有道理的，队列人员个子差不多，才能做到整齐，步伐一致，威风凛凛，显出军威。

打字技术主要是看速度，而速度的高低取决于对字盘掌握的熟练程度，当时打印行业的比赛主要就比每小时打出多少字。我的速度不算高，一般每小时只有 2000 字左右。这水平也不是一下子达到的，而是经过一番苦练逐步达到的。

最难忘的是当时部队领导鼓励我学自行车和学游泳。因为自行车是最轻便的交通工具，而学游泳既是锻炼身体，又是当兵必备的技能。记得第一次学骑自行车时，跨上坐包，双脚离地，踏上车的脚踏，顿有一种离地浮起的感觉，虽然有人在后面扶着座架，有安全保证，内心也还是紧张的；当车子在自己的用力踩踏下转动时，却有一种往前冲的感觉，又似有一种外在的力量在推促自己前进，有点箭离弓弦的味道，由此越踩越使劲，车也就越走越快，弄得扶车的人放了手也不知道，当发现是无人扶自己时，失去了安全感，连人带车即翻在地上。如此反复多次，又先后学会自己上车和下车，才算过关，能骑车上街了。第一次骑车上街，因一位老婆婆突然横过马路，惊慌失措，转车不及，碰倒了她，幸好无伤，道歉一番了事。第一次学游泳的感觉更是心慌，因自小在家中都不许学游泳，从未下过水，充其量只是在洗澡池里下过水。初次下水，特别是水过胸脯时，全身即有不完全由自己掌握的感觉，水的浮力和身躯的重力在不断地变化着，屏住呼吸，头入水中，身躯浮起，全身即有一种轻浮感，再用手脚划动，增加浮力，又有前进力，顿感畅快，因有人在旁，有安全感，也就克服了心慌，而初尝游泳滋味，有点瘾头，以后坚持常游，学点姿势，算是达到浮出水面、游数十米的水平。后来坚持不够，水平愈降，想来现在也游不起来了，但在部队初学游泳的印象是我永生难忘的。

在部队的生活是严肃、紧张而又活泼、愉快的，但也有不愉快的时候。其中一次是全军规定所有排级以下人员都必须剃光头，这是我当时最难接受的。因为自己从来是留分头，有自我要求的基本美感，剃光头像个和尚，怎么受得了？但军令如山，不能不剃，只好服从。但内心的抵触情绪，持续甚久。大约一年后这规定在机关执行中有所松动，我最早恢复头发，抵触情绪也随之消失。这件不愉快的事情，按当时的说法，反映出自己的小资产阶级知识分子习气是浓重的。

3. 战斗和运动

在部队期间，我虽然做的是司令部机关的文印和打字工作，但也不是平平常常、风平浪静地过日子，是有不少紧张尖锐、惊心动魄的战斗和运动经历的。因为这四年半的时间里，我国还在战争威胁中，社会尚未完全安定，国家尚未太平，为巩固和加强无产阶级专政和进行社会主义建设，进行了一系列的政治运动，作为地方公安部队，不仅不能例外，而且是必须开展的。

20世纪50年代初期，虽然全国大陆已经解放，但反革命分子仍然猖獗，当时全国开展了"抗美援朝""镇压反革命"和"土地改革"三大运动。公安部队主要参与镇压反革命运动。这项运动的主要目标，是肃清有形的阶级敌人，即当时仍残留在广西十万大山的土匪和反革命分子。当时主要由公安部队负责清匪工作。我所在的文印组，属司令部的作战科领导，又是保密室的一个小单位，来往的清匪军事情报和文件都经我们的手打印，事实上也参与了清匪的战斗。有一次,在夜间突然收到前方电报和电话,在十万大山发现空投特务降落,总队的司令员、政委、参谋长和其他领导,都集中在作战室,认真细致地观察地图,研究敌情,通过电话和电报发布命令,我也有幸被召到旁,亲眼见到这一战斗的指挥场面,直到战斗结束,获取全歼来犯之敌的胜利,由我负责打印这场战斗的总结,我有似亲临前线参加战斗一般,感到胜利的喜悦。

肃清反革命运动的另一方面,是在革命队伍内部清理出隐藏的反革命分子,当时采取的方式是搞坦白与清查结合的政治运动,小会自查,大会推动,上下结合,内外结合。当时也的确清除了一些留在部队的历史反革命分子,使我大为惊讶,因为在我这样单纯的年轻人看来,革命是崇高的,伟大的,革命队伍也是如此,是纯之又纯的,事实粉碎了我的和平麻痹观念。

特别是后来进行的"三反"(反贪污、反浪费、反官僚主义)、"五反"(反腐蚀、反贿赂、反偷工减料、反走私、反漏税)运动中,在司令部竟有一名参谋长和一名后勤处长畏罪自杀,他们是在运动中自知犯下贪污受贿罪,而走上自绝之路的。这两位人物,都是老干部,是久经战争考验的人物,但却在和平的、胜利的年代垮掉了,同当时毛主席批准枪毙刘青山、张子善两位著名人物一样,被"糖衣炮弹"打垮了。这也是使我触目惊心的。

1953年时,中国共产党党内发生过一次高岗、饶漱石反党集团事件。部队司令机关也开展了学习运动,要求领导干部划清界限,这场运动虽然波及面不大,影响面不广,但在我来说,是第一次知道党中央领导出现分裂集团,更是不可思议。接着又开展了文艺界的肃清"胡风反革命集团"的运动,更使我思想上应接不暇,万万没想到这神圣的作家队伍中也有"反革命集团",更是惶恐之至。虽然如此,连续的运动和引起的惊讶,也使我政治上逐步成熟,越来越看到和懂得事物的复杂性了。

4. 工作和学习

20世纪50年代初的中国人民解放军成员,绝大多数是工农子弟,是名正言顺的工农子弟兵。大多数人参军前没书读,是"大老粗"。所以,解放初期大量吸收知识分子,在每个连队配备文化教员,一般初中毕业或接近毕业,即够格担任这个职务,是副排级待遇。同我一道参军的同学到部队,也大多担任此职。我所在的司令部机关,虽是领导干部多,一般参谋干事的文化程度也不高，多是高小程度，像我这样读过初中三年级（实际只是两年多点）的人，也算"高级"知识分子了。所以，在我担任文印组长之后，领导特别授予我对打印文件的明显错误文字有修改权，而且是职责"打印人"，在每份打印文件上都要署上自己的名字，弄得全总队各级机关都知道我的"大名"，有点今天所说的"知名度"。其实，我知道自己的水平实际还是很低的，写东西还不大通顺，时有错别字，标点符号也未完全掌握好，我有自知之明。于是采取边工作边学习的办法。

当时我采取的学习方式，主要是自学，自费订阅《语文学习》等报刊，购买《词典》和《语法修辞讲话》（吕叔湘、朱德熙著）等书籍研读，平时做读书笔记、写日记，磨炼笔头，特别是与文件起草人一道研讨每份文件的文字写作和修改，更是真刀真枪的实践，对语言文字水平的提高甚有帮助，也有力地促进了工作，加强了团结，树立了合作的好风尚。在1953年期间，工作量特别大，每天日夜都要加班干活，均及时地完成了任务，于是机关领导便给整个文印组评为集体三等功，选我为代表，参加全总队的功臣代表大会。我也在这时成为中国新民主主义青年团团员。

记得是在1953年朝鲜停战协定签字以后，正值夏季，当时部队提出了正规化的口号，要向苏联学习，连机关作息制度也要学苏联夏天上班半日制的做法。从5月至9月都是每日下午不上班，晚上都休息，只是急事才加班。这个作息制度，对于好学的我们文印组几位青年人来说，正是天赐良机，有了充裕的时间读书学习。在这期间，我们除了有时去游泳个把小时之外，其余下午和晚上时间全用来学习，或读书，或写作，或读报，很少参加其他文娱活动，成了书呆子。但我们也不是完全没有娱乐和休息，经常傍晚到野外散步，学吹口琴、弹秦琴、拉二胡，但都学得不像样子，欠缺音乐才干，假日到南宁市区漫步，逛公园，上馆子，品尝别具南国风味的小吃：糯米鸡蛋甜酒、粉利汤、麻汤圆等。情趣盎然，其乐融融。

在部队几年的丰富生活，不仅是我人生道路的重要部分，而且是具有基础性和持久影响的阶段。部队的革命教育和训练，使我增强了优良的品质和素质，使我学到了优良的作风和学风，培养了我的上进心和自信心，增长了我的经验和学识，特别是长期机关文印工作和自学，使我养成了能够坐得住和好读书的习惯，造就了既稳定又不死板的性格。这些受益，对于以后我走上既做作家，又做学者的道路，是有奠定基础的意义的。

5. 文艺的吸引

应该说，在部队工作的几年，对我以后所走的道路，最有直接影响的，是各种文艺对我的吸引。自幼对文艺的爱好和家庭的影响，使我对文艺具有特别的敏感和兴趣，在部队生活的时期，正是年轻的共和国百废俱兴、欣欣向荣、朝气蓬勃的年代，又是仍然进行着众多的、复杂的、尖锐的斗争年代，作为"时代风雨表"的文艺，最及时地将这些本质和现象反映出来，使时代更吸引着我，也使文艺更吸引着我。

最早吸引我的是在20世纪50年代的一些作家谈创作的书籍和文章，如：茅盾的《创作的准备》、艾芜的《文学手册》、艾青的《诗论》、巴人的《文学论稿》、萧殷的《与习作者谈写作》等。我还订阅《文艺报》《人民文学》《解放军文艺》等报刊，关注一些名作家谈创作体会的文章，如丁玲、赵树理、周立波等谈写作体会的文章。这些书籍和文章，使我懂得文学的基本知识，开始明白创作的过程和做法，开始懂得一点文艺规律。对于当时刚兴起的文艺论争也特别关注，如：批判电影《武训传》时特地去看这影片，批评写小资产阶级作品时，看丁玲为《我们夫妻之间》而写给萧也牧的信，看路翎的小说《洼地上的战役》；批判俞平伯《红楼梦研究》时读《红楼梦》，从报上剪贴李希凡、蓝翎的批评文章，以及冯雪峰在《文艺报》关于不重视扶持新生力量的检讨等。这些关注，对于我以后从事文艺理论批评和研究文艺思潮，具有原始性的和持久性的影响和作用。

在这期间，对我具有最大吸引力的是苏联小说，尤其是众所周知的《钢铁是怎样炼成的》，此外，尚有《普通一兵》《恐惧与无畏》《卓娅和舒拉的故事》《古丽雅的道路》《金星英雄》等。保尔·柯察金成了我的偶像，他的话"人最宝贵的是生命，生命对于我们只有一次，人的生命是应该这样度过的：当他回首往事时，不为虚度年华而悔恨，不为碌碌无为而羞愧……"也是我的座右铭，我很希望学到保尔和其他英雄人物那样的革命精神，具有像他们那样的成功事业，有像他们那样的光辉生涯和际遇，同时也希望自己将来能成为作家，写出像他们那样鼓舞人们前进的作品。

一些新出版的我国作家的作品和上映的电影，对我也影响很大，如：魏巍的《谁是最可爱的人》、杨朔的《三千里江山》、陆柱国的《上甘岭》、吴运铎的《把一切献给党》、白朗的《幸福的明天》，以及《白毛女》《草原上的人们》《上甘岭》等电影，特别是其中的主题歌，激动人心，深受欢迎，普遍传唱，更吸引着我，增强和鼓舞了我对文艺的爱好和从事文艺事业的追求。

这些文艺吸引，似形成一股巨大的推动力，使我不仅如饥似渴地狂读文艺作品，而且有跃跃欲试动笔写作的愿望。记得当时在订阅《长江文艺》《文艺学习》等杂志时，两个编辑部都有在读者中招收通讯员的做法，我自愿报名，经批准成为通讯员，分别投过稿，但未发表过。这些初次实践，对于我走上文学道路具有像我刚参军时初学操练的意义。

6. 柳州到桂林

1955年初夏，军队整编，广西省公安总队司令部要撤销，领导问我对前途去向有何想法，我毫不犹豫地说：希望组织上能够安排我去考大学。领导很惊讶，说：你读初中只两年多，考大学有把握吗？我说：只要给我机会，给我时间。当时距离公布全国统一高考的时间（7月7日）只有三个月了，我也不知是从哪里得来的自信心，说出了这些话。领导见我决心已下，又了解我的自学精神和在部队几年自学中达到一定水平，便同意我提早离开司令部，以转业复员的途径去准备和参加高考。

按当时规定，从部队转业到地方和复员回乡，要经过一段时间训练，学习政府法规法令，了解地方城市和农村情况，懂得方针政策，以免到地方后犯错误，能在新的岗位上作出新的贡献。于是，我便来到了驻柳州的广西军区训练团，受了为期两个月的训练。这是我自参军后首次离开广西首府南宁，来到柳州市郊区的一个兵营。同原在司令部机关几年的生活大不一样，每天都学着一般连队的操练，睡的是通铺，吃的是集体伙食（原在机关是吃饭堂），晚上还要轮流站岗放哨，这是我原在司令部机关从未做过的，虽然辛苦紧张得多，但也感到新鲜。我满脑子都想着如何抓紧学习高考课程考大学，抓一切机会看书学习，做读书笔记，连日常开大会或小会时，我都这样做，别人还以为我在认真看文件，做会议记录呢！连吃饭睡觉时也默念功课，简直到了如醉如痴的地步。因此，在柳州训练团学习两个月的时间里，我自学完了高中三个年级全部课本，对面临的高考初步有了基础和信心。

1955年5月底，我正式回到故乡广西贺县人民武装部报到，领导问我有何工作安排要求，我也说是考大学，领导同意介绍我以同等学力资格报考，我在回家见了父母亲后，即到在八步芳林临江中学（现是广西贺州高级中学）任教的亲兄振宗处投宿，日夜温习功课，到高三班旁听上些课程，同亲弟芳宗一道听课，有将近一个月之久，颇有收获，对高考更有信心。

　　当距离高考只有10天时间的时候，我和一群考生结伴来到桂林。当时全国每省只有一个考点，广西的考点设在桂林。我们在办完报名手续后，在街道办事处的协助下包租了一间民房，集体住宿，各自温习，饮食自理，相处和睦。高考日期一天比一天临近，每个人的心情也就一天比一天紧张。我似乎紧又不紧，并不是无后顾之忧（当时似乎没考虑过落选后的工作安排问题），而是有点盲目乐观和天真的信心。当时我每天经过设在桂林城内的广西师范学院门前的时候，看到一个个大学生跨进门去，我的心里即冒出这样的话来：我就不信跨不进这大学的门槛，定要跨过比你更大更高的门槛！因为当时我填的志愿表中，报考的是中山大学。

　　在桂林参加高考之后，我回到了八步，在振宗哥处等候录取通知。我的双胞妹妹筱宗也同时参加高考，她未参军，而是一直读高中毕业而参加高考的。对于高考结果，我心里有数。作文题目是《我的志愿》，这是我在做《长江文艺》通讯员时写过的文章题目，有把握；其他学科也自知考得不错。结果不出所料，我接到的是中山大学的录取通知，我妹妹筱宗则考上湖南林学院。同年8月底，我们动身奔赴各自考上的大学，在八步分手的时候，我将仅有300元的复员费分一半给妹妹，我自留一半，然后分别乘向北和向南的汽车，她向长沙，我向广州，各奔前程，跨上新的征途。

（2000年2月完稿）

（四）康乐路思

　　位于广州珠江南岸的康乐园，过去是岭南大学校址，新中国成立后岭南大学并于中山大学。所以，康乐园是既有岭南大学的地理和历史，又主要是体现中山大学的历史和现在的地方。从1955年到1959年，我在康乐园里读书四年，每天都在校园里漫步，逐渐发现这里有许许多多的路，有形形色色的路，有通直的大道，有曲折的小路，有古榕覆盖的水泥路，有草丛夹道的通幽曲径，有通向课室之路，通向湖边之路，通向市区之路，通向江边之路；有许多曾在或正在这里读书或教书的人走过的事业之路，爱情之路，生命之路；还有人们种种在不同的时代和社会背景下而走过的千差万别的路。如此等等有形的或无形的路，使小小的康乐园，像是提供人们练习或学会走路的操场，又像是汇聚或散开众多的人所走过的路或各奔前程的终点或起点。而且，对于在这里住过相当一段时日的人来说，还会由于时代背景和际遇的不同，会走着或走出种种不同感受或形态的路。起码我年轻时在这里所走过的路，就是如此。

1. 奋斗之路

我是从康乐园的北门（也即是当时中大的正门）踏进学校的。当我乘船临近中大码头时，远远即见到江边矗立着一座华表型的灰石碑坊，上刻红漆毛体的"中山大学"几个大字，苍劲潇洒，洋溢朝气，像是向我热情招手；上岸后路经一座红木栏杆的小拱桥，桥下潺潺流水，流汇珠江；桥边有几株树，笼罩着一座红墙绿瓦的小亭，宛若一角幽雅的小花园；转弯即面对校门，只见门前的大道两旁，排列着两列高大的宝塔松树，路边两行秀壮的九里香和大红花，红绿交错，相映夹道，好似热烈鼓掌欢迎。当我跨进如此有气势而秀丽的校门第一步的时候，感慨万千，热泪盈眶——跨进这大门不易呀，不知花费了多少心血才跨过这一步。我意识到，从此开始我又跨上了新的人生里程，走上了新的奋斗之路。

前进的路是走过的路的继续。当刚跨过新的路程界碑的时候，往往会回首端详走过的路。回首走过的路，会更激励自己往前走路。经过一段时间放冷了进校的热情之后，我则较多回首走过的路，特别是当接到录取通知书后，从家乡动身到广州之路。在这条路上，首先向我告别的是我的亲兄振宗哥，他是新中国成立前从广州读完大学回乡做中学教师的，当时他已连年被评为优秀教师，可谓事业有成者，他对我言传身教，就是两个字：奋斗。在八步给我饯行的三叔父维愚，是在抗日战争参加"学生军"时学医，此后一直在广州做到校级军医的人物，当时在乡下已是政协委员，见我也到广州发展，他的无言嘱咐是：自强不息。在梧州的四叔父懿光，是少年离家读书创业的高级会计师，他的告别期望是：自主机遇。

最感动的是我父亲在贺街的送别情景，他和我母亲都在汽车渡口等候我所乘的长途汽车路过，趁下车乘渡船的短暂时间向我叮嘱，说他过去在广州读大学时，乘船的码头很高，上下船要特别小心，并没有说正面鼓励我的话。然而，这句叮嘱却使我后来越想越有哲理：一个人的一生不就是像乘船那样漂泊吗？不小心就时有沉溺致命的危险。自然当时我尚未有这觉悟和体会，只是以平常的心听这平常的话。当渡船过了渡口，我乘车离开很远时，还远远见到父亲和母亲站在对岸渡口竹林下的默默身影。顿时我马上想起朱自清在《背影》中写他父亲送他上学的情景，我眼前所见的不是同样的情景吗？这些送别的嘱咐和情景，在大学几年始终萦绕着我的心怀，像一股巨大的动力在敦促着我前进。

1955 年 11 月 12 日，是我进入中山大学读书所经历的第一个校庆日。这一天，也是孙中山先生诞辰 90 周年纪念日。学校更隆重纪念。作为以孙中山命名的大学的一个学生，我也是以孙中山为荣的。这一天，重要纪念活动之一是在校中心广场举行孙中山铜像的揭幕式，我在参加这仪式时，发现铜像是坐南朝北，便询问老师何故，回答是：孙中山创办了两所学校，崇文尚武，文是办中山大学（原名广东大学），武是黄埔陆军军官学校（即黄埔军校），是为了北伐，统一中国，所以铜像向北。我还知道孙中山曾在学校的小礼堂发表过演讲，主题是鼓励青年"要做大事，不要做大官"。这说法也鼓励着我。然而，最使我崇敬的是在他临终时发出"和平，奋斗，救中国"的呼唤，孙中山的一生，就是为这呼唤而奋斗的一生。我从而感到，在中山大学读书，向孙中山学习，就是要走为此而奋斗之路，就是要遵循孙中山对中山大学所题校训"博学、审问、慎思、明辨、笃行"的学习和做学问之路。

大学一年级的中文系学生，都住在康乐园东区的翘燊堂。这个 3 层楼的建筑，是 20 世纪 30 年代建造的，迄今尚在。当时每天从宿舍到中区的教学楼上课，都要经过一条从东到西的主干校道（当时没有命名，现名叫岭南路），这条校道不算宽敞，却十分优美，路两旁分列高高的小叶桉树，有些路段绿荫覆盖路面，有些路段半露碧蓝晴空，有些路段笔直通畅，有些路段曲折起伏。每天上课走在这条路上，有时预习教材，有时回思听课内容，有时考虑作业，有时思虑考试……简直可以说，在这条路上每天走过多少步，也就想过多少事，然而想得最多的则是在大学期间学走什么样的路?所以,我对老师关于治学方法和治学道路的介绍,是特别有兴趣的。记得当时著名的宋词学家詹安泰、元曲学家王季思、古文字学家容庚、文艺理论家楼栖等教授,都在讲课或专题报告中谈过他们自己的治学道路,共同的主题就是:成才靠自己的勤奋,就是要不管是在顺利或是在曲折的情况下都要坚持勤奋。当时这些名教授只有40岁,或接近50岁年龄,我想自己只有20岁,与他们相距二三十年时间,如能坚持学他们走勤奋之路,恐怕用这相距的时间,也是可以达到他们的成就的吧?我暗下决心去追赶他们,简直天真得可笑。

尤其是在读罗曼·罗兰写的多卷长篇小说《约翰·克利斯朵夫》时,我简直被主人公的个人奋斗精神和大勇主义迷住了,我从中看到过去在《牛虻》《钢铁是怎样炼成的》里所弘扬的英雄主义精神中相通而又有所不同的东西,就是不仅在为社会神圣或革命事业中的奋斗精神,还要有在学术事业中的奋斗精神,还要有在人性、人道主义中的精神,尤其是在世俗和屈辱中的自强自尊精神。当读到小说写约翰·克利斯朵夫在战斗中默默死去的时候,我几乎吃不下饭,睡不着觉,深为这样一位人物夭折而悲哀,更为社会屈杀这样一位天才而愤怒,并且极大程度地激奋了我的奋斗精神,深情感激罗曼·罗兰所昭示的奋斗之路。

2. 向往之路

鲁迅,对于中山大学中文系的学生来说,是倍加敬仰的,一方面因为他是中国新文学的开山鼻祖,另一方面因为他在1926—1927年间,曾在中山大学任教务主任兼中文系主任、教授。加之,毛泽东对鲁迅评价极高,号召向鲁迅学习。崇敬鲁迅,也是我报考中山大学中文系的原因之一。进校之后,自然特别关心鲁迅当年在中大的故事,特地找他在中大写的小说《眉间尺》、散文《钟楼上》等文章来读,并多次到设在康乐园中区一栋小屋里的"鲁迅纪念室"瞻仰。从纪念室的介绍中,我知道了他当年为中大学生开设了文艺论、中国文学史、中国小说史等课程,在1927年"四一五"反革命政变中为营救被捕学生奔走呼号,并冒着危险到广州知用中学作《魏晋风度及文章与药及酒之关系》的讲演。我特别感兴趣的是鲁迅当年在中大所作的《读书不忘革命,革命不忘读书》的讲演,认为这个提法很好,是青年学生理当走的道路。我想,敬仰鲁迅,学习鲁迅,就是要走鲁迅号召走的这条道路。

1956年，正当我开始读大学二年级的时候，中央向青年发出了向"科学进军"的号召，提出要向苏联学习，建立博士和副博士学位的制度，当时全国文联主席、中国科学院院长郭沫若，还特别号召青年，学术上要超出前辈科学家，资料的掌握上要超过陈寅恪。当时我对郭沫若也是敬仰的。他同鲁迅相似，是中国新文学的开路先锋，也曾在中山大学任文学院院长。1926年他在中大期间，曾发起过一场改革旧教学的运动，产生巨大影响，后来一直是在革命斗争中和文坛上叱咤风云、功勋卓著的人物。当时他连续发表为曹操和武则天翻案的文章，他给我的印象是专做"翻案"文章的人物，同他过去在中大教书时一样，是个"造反派"。

郭沫若所提到的陈寅恪，当时我只知道是历史系著名教授，后来才知道陈寅恪是梁启超特别推崇的国学大师之一，是蒋介石指名要运去台湾的"国宝"，是郭沫若组建中国科学院时特地邀请去北京任职而不愿上任的人，是毛泽东特定的中国科学院学部委员（即当今院士），是一位不问政治、不问马列，熟通十多种文字的史学家。他当时就住在康乐园中区的一座两层楼的小红砖房子里，眼已盲了，靠助手念书写作，有惊人的记忆力，能随口说出自己书架上每本书所放的位置，并能准确抽出每册书，翻开某行而找到要查的资料。郭沫若号召青年在资料上超过陈寅恪，也从一个方面印证了这位神奇人物的学术功底和功力。陈毅、胡乔木和当时中南局书记陶铸，都专程登门拜访。后来陶铸更是多次关心陈的饮食起居，规定每天给他特殊供应鲜活的鱼，在其门前专铺一条水泥小路，染上白色，供其散步（这即是著名的"陈寅恪小道"），可见其不同一般。说实在话，每当路过见到陈寅恪穿着旧式马褂，头戴黑色小帽，下穿扎脚棉裤，配着盲人眼镜，手持"士的"棍在小路上散步的时候，我都有难以言表的感觉：我十分钦佩这位大学者，自知无能超越他，只想学他做学问的精神，却不想走他那样的路。他是一种埋头做学问的学者典型，而郭沫若则是另一种典型，我同样敬仰这位大作家、大学者，但只想学他投入时代洪流的革命精神，却不怎么想走他那样的人生路，也自知没有能力走他那样的路。陈寅恪和郭沫若所走的路，可说是我向往之路，但却不是我实际能走和自己想走的路。

康乐园整个就像是一座公园，几乎整个园都是绿树成荫，浓荫覆盖，座座古老的建筑几乎都是红墙绿瓦，错落有致地分布于绿树丛中，仿佛是颗颗红绿珊瑚点缀于一片绿海之中，时隐时现；又似深山老林中的亭台楼阁，盘陀于柳暗花明的山林中，浓荫傍倚，半露峥嵘。在园内沿着曲折的小路散步，尤有闲情逸致，充满画意，诗情意浓。康乐园中有一块"风景这边独好"的地方，是马岗顶，人们称其为"岭南沙面"（沙面过去是外国的租界区，是幽美的圣地），更是茂林修竹，幽雅怡人。据说在抗日战争时期，日本侵占广州后，其警备司令部设在康乐园，当时投降日本，做伪国民政府主席的汪精卫所住的公馆就在这里。可见达官贵人也看中这里的幽雅。

马岗顶使我特别欣赏的是它的一条路（现命名为马岗顶路），整条路有两三百米长，路面不宽，路旁是两列挺拔的柠檬桉树，树干光滑发亮，同灰石的水泥路面相辉映；在阳光映照之下，又镀上一道金黄色；沿路仰望，似漫步于南天门之路上，神圣、肃穆、清高、淡雅，别有一番境界，充满崇高清新之感。这条小路是我在康乐园最喜欢的路之一，也是我向往的路之一。这不仅是因为它体现了我向往的清淡境界，而且在于有一段向往的记忆。

1957年5月底的一个中午，我下课路过马岗顶，偶然见到副校长冯乃超和著名翻译家戈宝权，陪同来访的苏联作家代表团走上马岗顶路。代表团的成员是我仰慕已久的人物：当时苏联作家协会书记、著名诗人苏尔科夫，著名传记小说《卓娅和舒拉的故事》的作者、卓娅和舒拉的母亲柳·科斯莫杰米扬斯卡娅等。陪同的人物也是我仰慕已久的人物：戈宝权的翻译作品，我读过许多，但从来未见过面，可谓仰望已久。冯乃超虽是学校的副校长，但在此前只见过一次，因他身体不好，一直养病，所以只是进校时听他作过一次报告。他在20世纪30年代是著名文艺社团——创造社后期的主要成员，是著名诗人和文艺理论家，在文艺界很有威望，我也对他向往甚久。可以说，我是在向往的小路上幸遇这班向往已久的人物。我意外地发现这班著名作家诗人，也同我一样特别欣赏这条幽雅的小路；当时作为主人的冯乃超抬起右手，做着招手引路的姿势，请客人走上小路，戈宝权更抢步走在前面引路，苏尔科夫扶着眼镜，仰头详看沿路两旁的灰白整洁两列柠檬桉树，想是迸发了写诗的冲动，卓娅和舒拉的母亲高兴地呼叫起来，拥抱着一棵树杆，请戈宝权给她拍照，想是打算要将这条小路写进她将要写的传记作品。然而,他们都不知道也不会想到,他们这些一瞬"镜头",嵌入我对这条小路的回忆中,持续许久,许久……

在康乐园的东区,还有一条小路是我特别喜爱的,这就是从翘桑堂到广寒宫(女生宿舍)之间,沿着荷花池边的弧形小路。这条路两旁的树林不多不高,多是一些刚过人高的花丛草丛,有玉兰花、九里香、夜来香等生香的植物,还有一些难得一开的昙花。记得有一天半夜,路边的昙花开了,几乎整个宿舍的同学都连忙爬起床去欣赏"昙花一现的幻影"(普希金诗句)。简直可以说这是一条香花之路,又可以说是荷花池路。每当荷花盛开的季节,碧绿的荷叶和浅绿的湖水,映照着池中的荷花和路旁各种香花,红绿辉照,香风阵阵,荡起池中片片涟漪,其美无穷,其味无穷。我经常漫步在这条路上,在这荷花池边,读诗背词,也在此情景中特别爱读李清照和闻一多的诗词,因为这两位诗人既有荷花似的品格(李清照有"生当作人杰,死亦为鬼雄。至今思项羽,不肯过江东"的诗句;闻一多为国为民"拍案而起",以致被害捐躯);他们都写过荷花的诗词(李清照《一剪梅》中"红藕香残玉簟秋",闻一多有《红荷之魂》诗);他们的作品又似荷花那么高洁,那么优美(李清照词公认婉约秀丽,闻一多诗作和诗论,都提倡格律和唯美主义)。因此,我当时即选定以论李清照词为学年论文题目,请著名的诗词学家陈寂教授指导,打算毕业论文写闻一多论(可惜后来因连续的"运动"要求,取消了学年论文和毕业论文写作)。可见这条荷花池畔的小路,也是我喜爱和体现自己所向往的路,后来我写散文发表时用的笔名"荷红",也就是为了纪念和体现这一向往之情。

3. 迷惘之路

1957年5—6月间,著名的"不平常的夏天"开始了,即是"大鸣大放运动"和紧接而来的"反右派运动"。浪潮冲进了幽雅的康乐园,宁静的校园,一下变成了浪潮阵阵,沙尘滚滚,大鸣、大放、大字报、大批判的"四大"之声,一浪高过一浪。学校停课了,上课改为开会,大会连着小会,日夜开会不停。在康乐园中心伸直于孙中山铜像两边的主干道(今定名为逸仙路),都架起了墙板式的竹棚,贴满了一张又一张、一层又一层的大字报,从南到北,延续数里,变成了名副其实的"大字报路"。大字报的内容,开始是发扬民主,自由鸣放,提意见,提建议,揭露矛盾,讲存在问题；没多久，大字报的内容却又变成了对"猖狂进攻"的右派分子的大批判，原来"鸣放"积极分子一下变成了革命的敌人，原来的善意批评一下变成了"恶毒攻击"。当运动开始的时候，曾使我感动，认为敢于广开言路，公开批评自我批评，应是胸怀宽阔的作为，但一下却变成"枪打出头鸟"的"阳谋"行动，便感到茫然了。每当走过这段"大字报路"的时候，我都沉思良久而不得其解，正是陷于迷惘之路中。

从号召"向党提意见，帮助党整风"的动员会开始，我即不怎么关心，简直置运动之外，这倒不是我有什么"先见之明"，而是对连续不断的运动厌倦，只想埋头读书，认为在大学只有那么几年，老搞运动怎能读到书？怎能做学问？所以未参加任何运动，也因为这个缘故，后来开展"反右派"运动时，我作为团干部而不得不参加班上的"反右派"活动，人云亦云地参与对班上右派分子的"批判"。虽然自己不是主干，我也为此而感到内疚和羞辱。说实在话，在当时我处于麻木状态，稍后倒有所疑虑，越来越陷于迷惘之中。

首先是因为我在对中文系教师的右派分子批判中，对一些名教授的批判难以理解，特别是我所尊敬的詹安泰教授。对于著名戏剧家董每戡教授被批判，我也感到莫名其妙。因为在校报上看到他在座谈会上讲他写的两句诗"书生自有嶙峋骨，最重交情最厌官"时，当即受到陶铸的赞赏，而他被划为右派分子正在于这两句诗（当时我也的确是欣赏这两句诗的，幸好未说出来）。对于同班同学曾马权、姚龙波的"批判"更使我纳罕，他们只是说当时有些地方农民生活苦，有些农村干部作风差，也不知怎样被领导知道他们说了这些话，由此而被划为右派。更使我伤心的是当时我的堂兄炳宗，也莫名其妙地被划为右派被遣送回乡，悲愤成疾致死；我亲兄德宗也被划为右派分子，被送劳教，后又被遣送回乡。他俩曾在新中国成立前冒生命危险参加党的地下活动，却遭到如此处置。我亲长兄振宗却因为同情这两位弟弟而受到株连，受到降三级的处分。而我自己呢？当时本已提出入党申请，党支部已正式表态即讨论通过，却因为几位兄长出了问题而不了了之，所以迄今我仍是无党派民主人士。我的几个妹妹（筱宗、瑞华、美华、丽华）和堂弟学宗、文宗也受到不同程度的株连，以优秀成绩高中或初中毕业而不能继续考大学或上高中，亲弟芳宗幸好在"反右"运动前靠自己的优异成绩考上人民大学，如果是在运动之后也在劫难逃。

尽管自己内心对这样的运动有疑虑、纳罕、苦闷、反感,处于迷惘之中,但在当时情况下是不敢露于言表的。因为知道自己也正处在危险境地,只不过是没有什么"言行"而已。所以,反而更"积极"地去完成布置的任务。当"反右"运动结束,松一口气,正想埋头读书,认真做点学问了,却又来了一个"红专辩论"运动,要在教师和学生中"拔白旗",即所谓不紧跟革命("红"),只是埋头走"专"的道路("白专"道路)的典型人物。运动矛头所向,首先是著名的非党员的教授,发动学生对其授课、教材、著作进行"大批判",并号召学生敢想敢干,破除迷信,打破权威,自编教材,大搞"教学革命"。当时系领导见我对文艺理论和古典文学有点研究,便嘱我负责全系学生开展学术批判的组织工作,编辑出版油印的《批判集刊》。这项嘱托,自然要求我起带头作用,于是在这时我便写出了对王起、黄海章、陈寂等著名教授的大字报,对几位老师在课堂教学、教材和著作中的所谓"厚古薄今"倾向提出批评。这些大字报,经过补充,在当时人民文学出版社为配合运动及时出版的《厚古薄今批判集》发表了。当时的《光明日报·文学遗产》和广东的《学术研究》也分别发表了我写的同类文章(即《是现实主义文学史,还是艺术形式发展史》《关于李清照词的评价问题》《关于柳永词的评价问题》),使得同学都很羡慕,自己也有点飘飘然。然而,没想到批判教师结束,矛盾即转向学生了。这样矛头一转,我即首当其冲,即成了"白专道路"的典型之一,被有组织地写大字报和开会批判,幸好没有戴上什么帽子,运动即又转入下农村劳动,去与"生产劳动相结合"了。

当时社会上正在高举"总路线、大跃进、人民公社"三面红旗,大搞人民公社、大炼钢铁、高产"放卫星",提倡新民歌等运动。要求大学生也到农村中去投入这些运动,我们中大中文系学生被派到位于珠江口的东莞虎门公社,我所在班级是到该社的沙田乡,后到白沙乡。当时正是1959年初,春寒料峭,冷气袭人,我们都与农民一样,半夜起床去堵河,赤脚踩在冰冷的烂泥里,铲泥运泥,每天都是起早贪黑,日夜劳动,货真价实地与农民"三同",切实改造世界观。同时我们也做了一些错误的事,参与农民的并稻穗"放卫星"活动(即在禾苗抽穗扬花之时将许多亩田的禾苗并在一亩田里,以示"密植高产"达"亩产万斤"),连夜点汽灯代农民写诗歌,以达到"人人写诗"的指标,帮助农民搞宣传,鼓吹"人有多大胆,地有多高产"的口号,同农民一起将好端端的钢铁投进"小高炉",结果都变成废钢铁等。这些事,实际上是为"吹牛皮说大话"的"运动"为虎作伥。当然,在当时不可能有这样的认识,但也是有困惑、有疑问的,现在是引以为愧的。

有一天,正当我们在集训住宿的海军礼堂开会学习的时候,中南局第一书记陶铸突然来到,即向全系师生作了《论读书与劳动》的报告,当时随行的有位散文作家,叫林遐(原名江林,曾任陶铸秘书,后任《羊城晚报》秘书长,在"文革"中被批斗成疾致死)。陶铸所作报告的内容,同他后来发表的著名散文《松树的风格》完全一致。据说,这篇散文就是林遐根据报告内容而代陶铸写成的。虽然当时是在"左"倾思潮的背景下写的,其所歌颂的做人风格仍是可贵的,值得学习的。尽管我对这样的"教育与生产结合"的改造世界观方式有所怀疑,但为人要有为国为民为事业而"鞠躬尽瘁,死而后已"的献身精神,我是认同并受鼓舞的。应该说,这点鼓舞,在迷惘的年代里,未尝不是一点动力和自慰。

4. 读书之路

上述奋斗之路、向往之路、迷惘之路,既是我在康乐园4年的生活历程,又是我的心灵历程,主要是心灵历程。从人生历程的意义上说,这段时间,实际上主要是学习的历程,是真真正正认真地走读书之路的历程。我之所以特别喜爱康乐园的路,主要是我经常在校园的每条路上一面读书一边走路,或者一路背书、一路想书而走路,是读书之路,又是思书之路。同时,我也走出了一条自己安排的读书之路,这就是:既关心和投身革命的现实,又埋头读书,而且是拼命地读书,要下决心在大学几年读完中外古今的经典著作,有意识地结合学习课程,在一年级着重读文艺理论,二年级着重读外国文学,三年级主要读中国古典文学,四年级读中国现当代文学。这一埋头读书的决心和安排,主要是受先辈们的影响和老师的榜样,在于特别重视和珍惜在中大的读书时间和条件,意识到毕业出校工作,不可能有如此充裕的读书时间,也没有如此便利的条件,中大图书馆的藏书是丰富的,不及时利用将会永远悔之莫及。所以,我对俄国著名的文学评论家杜勃罗留波夫的"读书诗"特别欣赏:

呵，我是多么希望拥有这样的才能，
在一天之中把整个图书馆的书都读完；
呵，我是多么希望具有巨大的记忆力，
要使一切我所读过的东西都不遗忘；
呵，我是多么希望具有这样的财富，
能够替自己买下这所有的书籍；
呵，我是多么希望赋有巨大的智慧，
要把书本所写的都传达给别人！
呵，我多么希望自己也变得这样聪明，
使我能够写出同样的作品……

杜勃罗留波夫这首诗，他的理论建树，他在二十几岁即写出轰动文坛的理论批评文章，他的卓越才华，都是很使我向往的，也是极大鼓励和鞭策我发奋读书的重要动力。当然，我也不完全是受他的影响，而是受到几乎所有先辈的影响，特别是取得卓越成就的大师们的影响。我是向往权威，但不崇拜权威，因为崇拜意味着盲从，不能分清其正误优劣，不能分析出先进抑或落后，不能分析出是否适合于自己而吸取。应当择正确而从之，择先进而学之，择适自己者而用之；应当采百家之长，集千家之精，学百家而自成一家。

正因为自己下决心在大学走老老实实的读书之路，所以，在几年的寒暑假我都从未离校回乡探亲或出外旅游，每天都到图书馆去埋头看书，像杜勃罗留波夫所说的那样"把书读光"，希望将来能够"写出同样作品"。在被作为"白专道路"典型而遭批判后，我心不服，特别想到朱自清、闻一多，想学这两位既是著名作家又是著名学者所走的道路。1959年夏天暑假，我产生了利用最后一个假期去北京看看的想法，正好这时先后收到近百元稿费，可以解决半价来回路费了，姐姐在京工作可解决吃住问题，弟弟芳宗在北京人大读书，可以做导游，于是我便乘火车到了北京，在芳宗的陪同下，专程到清华大学，瞻仰了当年朱自清在《荷塘月色》中写的荷塘，以及闻一多牺牲后为纪念他而建的"闻亭"。也许是年代久远的缘故吧，还可能我们去看时是中午而不是晚上，文中所写的幽雅荷塘，只有半池莲叶，几枝荷花，池水发黄，在烈日暴晒下蒸发水汽，丝毫未见蝉声，

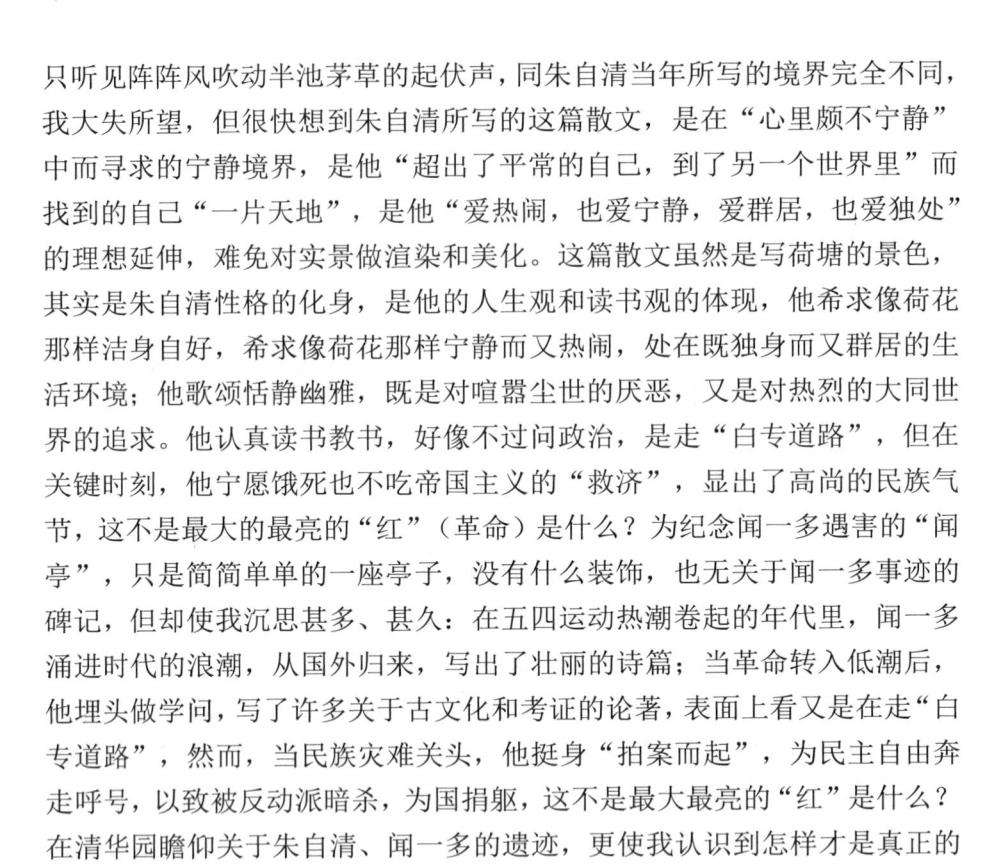

只听见阵阵风吹动半池茅草的起伏声,同朱自清当年所写的境界完全不同,我大失所望,但很快想到朱自清所写的这篇散文,是在"心里颇不宁静"中而寻求的宁静境界,是他"超出了平常的自己,到了另一个世界里"而找到的自己"一片天地",是他"爱热闹,也爱宁静,爱群居,也爱独处"的理想延伸,难免对实景做渲染和美化。这篇散文虽然是写荷塘的景色,其实是朱自清性格的化身,是他的人生观和读书观的体现,他希求像荷花那样洁身自好,希求像荷花那样宁静而又热闹,处在既独身而又群居的生活环境;他歌颂恬静幽雅,既是对喧嚣尘世的厌恶,又是对热烈的大同世界的追求。他认真读书教书,好像不过问政治,是走"白专道路",但在关键时刻,他宁愿饿死也不吃帝国主义的"救济",显出了高尚的民族气节,这不是最大的最亮的"红"(革命)是什么?为纪念闻一多遇害的"闻亭",只是简简单单的一座亭子,没有什么装饰,也无关于闻一多事迹的碑记,但却使我沉思甚多、甚久:在五四运动热潮卷起的年代里,闻一多涌进时代的浪潮,从国外归来,写出了壮丽的诗篇;当革命转入低潮后,他埋头做学问,写了许多关于古文化和考证的论著,表面上看又是在走"白专道路",然而,当民族灾难关头,他挺身"拍案而起",为民主自由奔走呼号,以致被反动派暗杀,为国捐躯,这不是最大最亮的"红"是什么?在清华园瞻仰关于朱自清、闻一多的遗迹,更使我认识到怎样才是真正的读书之路,解决了在迷惘之路中的疑惑与困惑,从先辈中找到杰出的榜样,找到坚实的道路和前进的力量。

这次北京之行,虽然只有短短半个月,收获却是甚多甚大的。除从朱自清、闻一多的道路更深地认识到读书之路外,还认识到不只读死书,还要读活书之路。活书就是生活之书,实践之书,做人之书。要将读死书与读活书相结合。当时正值迎接中华人民共和国成立10周年,北京正在大搞建筑(修天安门等)迎接大典,一派欣欣向荣景象;另一方面,"反右派"运动和"三面红旗"运动造成的负面影响,在生活中和人们脸上都显出了若干阴影,开始出现经济困难的局面,票据供应扩大,人们怨言增多。这些好的或不好的现象,对于我这样一个长期埋头书斋的书生来说,都是很新奇的,有大开眼界之感,又对社会和人生的复杂性有所初悟,对于即将离校到社会工作,将会面临怎样的生活感到茫然,更深切地感到在康乐园书斋之可贵,走读书之路的可贵。

然而，在当时的旅游中，使我甚有兴趣而受启发的是参观故宫的时候，见到御膳厅摆着满桌菜肴，其实多是摆设的，每餐皇帝所吃的只是摆在他面前的几样菜肴；在皇帝接见大臣的大厅后面，是皇帝的休息厅，这里所摆设的是西式沙发，与正厅摆着的皇帝宝座的古老款式完全不同；我还发现在休息厅墙壁上的绘画，竟是《红楼梦》的人物图像，有"刘姥姥进大观园""黛玉葬花图""贾宝玉林黛玉同看《西厢记》图"等。人们都知道封建皇帝的传统威严，怎么在皇宫竟兴起坐西式沙发？早就听说《红楼梦》是清朝时斥之为"淫书"而被禁读的书，怎么在皇宫的墙上也公然绘上其中的人物画？这些眼见的真实，使我意识到传统里面也有非传统的东西，了解到皇帝也爱看他所禁止的而又是老百姓喜爱的文学作品，从而我更了解到《红楼梦》的价值，了解到世界和人们爱好的复杂性和多样性。这是在书本中看不到的东西，是从"活书"中才能更好地了解"死书"之一例。

另一件事情是我们兄弟在参观中苏友好展览馆的时候，见到餐厅里有西餐供应，我们从未见过更未吃过西餐，因为价钱贵而不敢问津。餐厅的服务员见到我们这两位穷大学生进退维谷的样子，看穿了我们的荷包不足负担两份西餐的经费，于是便主动招呼我们，说两位共吃一份西餐也是可以的，在如此热情鼓励之下，我们便决心花两元钱购买一份西餐试试，只见服务员用托盘将一份西餐端来，内有两个面包、两条香肠、一碟生的西红柿和生菜，两杯热气腾腾的红茶，还有两副刀叉餐具。于是我们便尽情地享受起来，真是大饱眼福、口福，吃得特别新鲜有味，实在地见到尝到西餐是怎么回事，感慨良多。固然有穷书生之寒酸之感，但并不以此为耻，而是以此为荣，因为表现了我们有敢尝新鲜事物的勇气，有点敢于解剖梨子的实践精神。所以，餐后所得，不仅是一种满足感，而且是一种胜利感、进步感。这件小小的趣事，之所以使我至今难忘，就在于当时具有这些感受，也因此而体会到这是走读死书与读活书结合之路的一得。

1959年9月初，我从康乐园之路踏上了风风雨雨数十年之路。

（2000年2月29日完稿）

十一、关于"天济堂"黄氏家族历史的记忆

(一)"瑞云亭"碑记定位,"天济堂"标志世家

正当我欢度 85 岁生日的时候,家乡传来两条信息:一是作为广西贺州市八步区贺街"千年古镇"建设项目之一的"瑞云亭"复建工程竣工,内有我应约撰写的《瑞云亭记》碑文石刻,已耸立于亭中碑林之首;二是我的祖家故居"天济堂"药店,也是作为这项建设项目之一,被纳入第二批重点保护"历史建筑"推荐项目之中。这两条信息之所以使我的生日喜上加喜,是因为前者意味着我对家乡的文化发现获得了肯定,后者则是我家族的文化贡献,开始受到重视和肯定,分别标志着我的家乡文化和家族文化具有重新再生并更上一层楼之意义。

原因是:从前者而言,早在 2000 年 6 月,我率领专家考察团在雷州半岛发现徐闻是中国海上丝绸之路最早始发港后,2003 年初又到广西贺州考察,发现"潇贺古道"是对接海陆丝绸之路最早通道,随后又在 2015 年 6 月提出建设"临贺故城"建议,并且为贺州八步区贺街镇作出了文化定位:"潇贺古道枢纽,海陆丝路要津;千年县郡遗址,十代古城结晶;民族习俗荟萃,生态人文美景;山水记住乡愁,观古寻根之都。"在《瑞云亭记》文中不仅记下了重建贺街镇这个"千年一亭"的历史和现实意义,还记下了这个文化定位,并且以碑文刻出,这不就意味着家乡的文化内涵与定位得到了确定与体现并使其再生和新生的意义吗?

从后者而言,早在 20 世纪 90 年代初期,我带队到粤北考察,发现南雄珠玑巷是中原人南下第一站,是岭南广府文化、姓氏文化、家族文化发祥地之一,应当将这三种文化大胆、大力开发。2015 年在提出建设"临贺故城"方案中,我也强调了以姓氏宗祠为载体的姓氏家族文化。现在以"天济堂"故居为载体的黄氏家族传统文化,正被广西贺州八步区纳入"历史建筑"系列,又被贺街镇列入"河东街街区历史建筑"系列,这不就意

味着我对家族文化的观点和建议,获得了肯定与落实并使家族文化具有新的开发前景吗?

值得进一步探究的是:既然已有家乡文化定位,那么,我的家族文化定位是什么呢?据1992年7月由我长兄黄振中编写的《黄氏家族族谱》(以下皆称《族谱》)载:"天济堂"我们黄氏家族,是高祖福桂公1850年从广东高要(今划入肇庆鼎湖区,下同)广利罗园村,到广西贺县贺街开设"天济堂"药店,行医治病出售药材药剂开始,至今历经晚清、民国、中华人民共和国三朝及家族七辈世代,共有170余年历史了。著名的鸦片战争1840年爆发,揭开了中国近现代史的序幕;我们家族也在此后不久,开启了黄氏家族的新历史。这部历史,是以高祖创办"天济堂"药店为标志的,所以这也就是我们这个黄氏族系的字号标志。在这170余年的历史中,我们家族的事业,经历了七辈世代的发展历程:高祖福桂是第一代;太祖文龙(妙尼)、作霖(雨亭)是第二代;以毓麟为首的"麟"字辈为第三代;以正光为代表的"光"字辈为第四代;以振宗(振中)为代表的"宗"字辈(女改"华"字辈)为第五代;以黄钊为长的"耀"字和单名辈为第六代;还有就是20世纪末以来出生的第七代。就家族事业与聚散状况而言,从第一代至第四代,家族成员主要在广西贺县贺街镇河东街180号"天济堂"屋宇聚居,经营中医药诊治与药材药剂生意。中华人民共和国成立前后,尤其是1956年"天济堂"参加公私合营直至1960年国营以后,家族则分散全国各地了。经过数十年变动,近年才大致定居下来。当今的状况是:除少数仍留在八步贺街祖地外,还有较多人分别定居在南宁、桂林、广州、北京等地。从事的职业也超出了原本的中医药业,但仍是以医药业为多。家族之风也仍是地散神聚的。"天济堂"老字号仍是具有凝现整个家族历史文化传统的标志意义,从而可以对其定位为:具有170年传统的医药文教政经世家——"天济堂"黄氏家族。现根据历史资料和历史记忆,将其依据和标志分述如下。

(二)医术医业贯六代,药材药店福四方

医药传统是"天济堂"黄氏家族文化的主干。从19世纪50年代初至当今21世纪20年代初,是6代5个时期:

第一，开创时期。清朝同治年间，约1850年，高祖福桂公在已精通医术并已成家娶室的情况下，从广东高要广利镇罗园村，迁移至广西贺县贺街镇河东街，行医并开设"天济堂"药店。因术高药良，德高望重，信誉日增，招牌日亮，开创了良好局面。

第二，从发展至困难时期。清朝道光年间，高祖福桂公辞世后，由其二子，即太祖作霖公承继"天济堂"医药家业，并接收其兄文龙（妙尼）公因弃医从政而停业的药店。还由其子毓麟、耀麟、书麟、鹤麟，分别开设"济堂"与"顺昌"店。在广东高要原籍的超麟，也开设了"培春堂"店号，使家业进一步扩大发展。可是时间不长，当太祖作霖公辞世后，其子毓麟、耀麟、书麟及长孙奎光，也以强寿而先后早故。"诚济堂"与"顺昌"随之歇业。原籍超麟开设的"培春堂"店号也因生意不前而停业，从而进入困难时期。坚持下来的"天济堂"家业遂由家族第四代长孙奎光及第三代幼子鹤麟在艰难中维持。辛亥革命爆发，贺街治安混乱，奎光带领全家回广东高要暂避，留鹤麟一人独自在贺街守业。

第三，从困难转入繁荣时期。1916年，第三代幼子，也即是我的祖父鹤麟（号履仁）公独立门户，正式承接"天济堂"老字号，经营药材店并以医术行医。因讲究医德，医术高明，药材精多，价廉物美，经营得法，因而享有盛誉，生意兴隆，将医业和家业从困难推向了繁荣时期。此时家族人财并旺，建起了迄今尚在的"天济堂"老字号四层楼大屋的前后座。记得我童年时代见过墙上有"黄履仁产业"字样砖刻。鹤麟公生育了四子三女，即家族第四代。四子是：正光、有光、锦光（维愚）、懿光。三女是：浩光、璧光、国光。

第四，从单元转入多元时期。1931年，我祖父鹤麟公辞世，由其长子，即我父亲正光接位，为家族第四代承业"天济堂"之始。我父自幼随祖父学习中医医术，又进当时开办不久的学馆学堂读书，特爱文学，擅长诗词文章，是当时创办不久的贺县县立中学的初期学生，后在广州南越大学国文系就读。因祖父辞世而辍学回乡承业，不到而立之年担起执掌"天济堂"医业族首之使命，由他开启了"天济堂"从单元转入多元时期。首先，在医学医业上，当时已近百年历史的"天济堂"，一直是中医术与中药店一体的单元经营方式，而且只重中药和售药，药源也多是就地取材。从他为首的家族第四代开始，一是特重视出诊，我自幼即见我父亲和有光叔经常徒步到乡村为人治病,寒暑不改,风雨无阻。二是特重药材货真价实,每年有光叔都专程到广州的药材厂家购药,平日也常到八步的厂家代售店进货。药源跨两广,确保药真实价和店誉药效,我年幼时也曾随从取药。三是增加了西医诊所,由锦光(维愚)叔及其妻仇茂松在"天济堂"右侧边铺面开设。四是开辟了家族文化教育先河。正光父自接家族族长位开始,即以其所长所学,对弟妹及后辈倡导学习古典文学,开设家塾,亲自执教。以至此后家族文化,在医药之外,又新增了文化教育传统。五是扩大了家族谋业之路。自从锦光(维愚)叔在20世纪40年代任钟山县卫生院长,懿光叔进入贺县八步税务局工作之后,我家族即与政治经济结下不解之缘,以至发展为世家传统的一种标志性文化元素。值得注意的,尽管这个时期开始了多元化,但医术医业始终是主干的,药材药店的经营也一直是主要的,对社会的影响和造福也比过去广泛。

以上四个时期,贯穿了"天济堂"一个世纪的发展历史。天济堂历经百年而不衰,黄氏家族繁荣兴旺,根本原因是医德高尚、书香传家。自170年前创办"天济堂"的福桂公到我父正光,几代都是当地名医。他们坚持替天行医、济世救民的宗旨,为百姓看病、治病,不仅医术高超,而且医德有口皆碑。他们面对的病人有城镇居民,更有大量邻乡农民,但不管什么人,都一视同仁,认真诊脉,"望、闻、问、切"绝不少一个环节。"天济堂"用药也十分考究,许多成药都由店里师傅专门加工,一丝不苟,获得群众极大信任,在当地五家药店中首屈一指。据说,我祖父鹤麟生前常为邻乡野鸭寨村民治病,救人众多,在他去世时,村民感恩,主动要求在该村安其坟茔,保证世代守护。我父正光、我叔有光为减少村民进城看病奔波之苦,更是开启"出诊"下乡的先河。还有人记得,民国时期贺街闹饥荒、病灾,我父正光开店门义诊,免费为群众看病、施药,救人无数,造福乡里。1991年10月《广西日报》还曾登载《六十春秋天济堂》的署名文章,除盛赞我父正光"为人谦和、名望很高"外,还回忆了他在抗战时期冒险抢救被日机炸伤的青年,并从此不管日机如何轰炸都不停业的事迹(见《广西日报》1991年10月6日)。我家先辈的良好口碑,为家族赢得了声誉,也激励后人树立良好的道德风尚。我们家族世代酷爱读书,四代名医均靠家族传统和艰苦的自学得以成才。家中藏书很多,名声在外。新中国成立初期,当时的广西省图书馆曾从我家"借"去许多古籍图书(均有借无还)。我家后三代族人，也继承了家族的读书传统，正因为此，才使我家人才辈出，为国家和人民作出贡献，并能适应时代的变迁，顺利实现从单元转入多元，使家族后人得以安居乐业。

第五，是产权变更，经营传统医业仍继续时期。在1956年全国私营工商业改造高潮中，"天济堂"中药店的药业和铺面，参加了公私合营，1960年改为国营。这标志着"天济堂"中药店的药业和铺面的产权，从黄氏家族所有变更为国家所有，但并未因此完全断绝"天济堂"与黄氏家族的关系。一是自公私合营后，有光叔的妻子邓燕珍仍作为家族代表参与经营，改国营后仍作为该店职工，直到退休；二是经营传统仍在承传。公私合营后，药店一如既往地为病人提供良药，热情迎送南来北往的顾客，每天坚持营业到晚上10点。深更半夜，只要有病人需要，药房同样服务。后来药店成为贺街镇供销社医药批发和零售门市部，直接从广东、湖南、云南和我区博白等地进货，经营中西药品达1300多种，邻近30多个乡镇（村）卫生院（室）都在药店购买药品。对到药店询问用药常识的顾客，店职工热情解答；对质量不过关的药品，坚决包退包换。有一次，大鸭村病人李某拿错别人的药，工作人员跑了1.5公里才追上李某，将药物换回。这些都说明公私合营后的药店，仍在传承"天济堂"的经营宗旨。党的十一届三中全会后，因市场经济的发展，贺街镇的经济中心地域发生转移，药材门市部须另建新址。鉴于"天济堂"老店在贺街的历史渊源与特殊地位，领导决定将新店使用"新天济堂"店名，并派专人到梧州、恭城等地征求我家族后人意见。此实为肯定贺街"天济堂"历史作用及发挥老店新姿之举。

自1956年"天济堂"公私合营后，我父正光作为名冠乡里的老中医，参加了贺街中医联合诊所工作，仍以年迈之躯四处奔走，为乡亲治病救人。他还持续整理祖传秘方，捐献给政府以确保黄家数代医术的积累能继续造福国人。他曾被选为中医代表，先后到南宁、桂林进行学术交流，至今我仍保存着他老人家的验方和在桂林参加中医交流的照片。锦光（维愚）叔也在20世纪50年代先后进入贺街镇卫生院和贺县人民医院工作，还被选为贺县政协委员；他的妻子仇茂松婶是助产士，一直随他行医到退休。尤其值得高兴的是，家族医业还传到了我们"宗"字辈的第五代，如炳宗（秉忠）哥曾任平乐地区人民医院党委书记；我的妻子陈淑婉数十年一直在中山大学孙逸仙纪念医院做医务工作,从助产士到主管护理师;瑞华妹从参加解放军医疗队转入贺县人民医院,从医生升为科主任,她的丈夫李乔石,也是从部队转业,曾任贺县防疫站站长,其子李宇也工作在防疫医疗的第一线;美华妹自幼主随父学习中医,曾到新疆生产建设兵团支边,后转到广东清远源潭医院工作,其丈夫弓增禄是 X 光医生,其子弓晓阳现任防疫站长。可以说两个妹妹都是两代承继医业。第五代之长振宗(振中)哥的儿子,即第六代单名辈的黄丹及其妻子林建民从事金融工作,黄欣及其妻子郭燕,以及丽华妹的女儿吕冰,健宗弟的儿子黄康及其妻子陈纹玮等后辈,也都曾经或长期从事医疗器械或医务业工作。可见"天济堂"黄氏家族的医业传统,也是贯穿六代,造福四方,源源不绝,长盛不衰。

(三)文章正气弥全族,古今文化扬海外

黄氏家族的文学文化传统,源头可追溯到第二代的长子文龙(妙尼)公。据《族谱》载,他曾跟随其父福桂公到广西贺县以中医为业。不久弃医从文,投奔在贵州任抚台的广西贺县人林肇元,任其幕僚,亦文亦政。他能诗能文,尤工书法。晚年返回原籍广东高要,无子,由其弟作霖第三子超麟承祧,同在广东高要守治黄氏家业。超麟生二子浩光、进光,生第四代一子景林,一女凤莲,曾开"培春堂"药店,停业后均务农为生。文龙公在世时文名颇高,据传鼎湖山名胜曾有其诗作碑刻,碑已无存,声誉尚在。

黄氏家族的文学文化传统的真正开拓者,是我父黄正光。他自幼勤奋读书,天赋文质灵气,出口成章,才思敏捷。幼年曾修蒙馆,少年进考初中时,仅以九十二字短文阐明学问之至理,荣获作文第一名。全文是:"貌不自鉴,则不知不扬;行不自察,则不知不庄;亦犹学之不学,则不知不足也。夫学问之道,广而且宏。如高山之巍巍而靡极,如长江之浩浩无穷。然不登高山则不知其高,不临长江则不知其深;不学学问则不知不足。故曰:学然后知不足。"可见文才出众,不同凡响。读中学时因才华卓著,受名师钟弘卿赏识。中学尚未读完,他即只身奔赴广州,考取南越大学国文系,可惜因祖父辞世返贺承业而停学。但他不因此停止文学追求,而是边承学家业,边修文学文化。他的为人为学,正如他的大名正光就寓含正大光明、正直正派、正气刚阿之意;他的字号"显修",显然有重修养并

修医修文之意；他的居室取名"养真轩"，也含有修养、修医、修文皆以"真"为核心和前提。他特别尊崇倡导"知行合一"论的王阳明和诗论家袁枚，视这两位先贤的文集为至宝。我曾亲耳听他向母亲交代："死后要将这两文集放进棺材！"其意旨在倡导文章正气，身体力行，即：既要读正气的文章，又要写正气的文章；既要自身修养去体会学问，又要以自身的行动去力做学问。所以，他很注重言传身教，特在家族开设"家塾"。讲授的不是"四书""五经"和"八股文"，而是选讲他喜爱的正气文章。他曾说："不读诸葛亮的《出师表》则不忠，不读李密的《陈情表》则不孝，不读韩愈的《祭十二郎文》则不义。"规定这"老三篇"必读。此外，使我印象特深的是，他在讲授陶渊明的《五柳先生传》《归去来辞》，李白的《春夜宴桃李园序》等文章时，都情入文中，讲得绘声绘色，令人陶醉。他的作品我所见不多，年幼时在他的床头见过一本他手写的《咏浮山》（浮山是贺县的名胜）诗集，曾偷取来学习。德宗哥落难在家时间长，收集不少，他称父亲尤擅对联，凭记忆手书一些予我。其中有些痛悼亲人之作令人泪目，如悼我母亲联："明知春节期间儿女相约省聚，何不稍待先故去；可恨寿终时刻孝忠难得周全，乃至奔丧后归来。"代学宗弟拟悼其父维愚联："贺水悲鸣，望断椿园空有泪；瑞云裹素，欲亲庭训杳无音。"挽亲家婆联："亡妹不禄，侍姑未终年，撒手忍从冥路去；有子多才，抗日还救国，伤心难自首都归。"挽妹夫联："数十年郎舅相亲，一朝顿成殁世恨；五六回床前探病，伤心难得回天功。"仅从这几副对联可见，我父的文章都是人情才情深入文中、文气正气溢于言表的。在他言传身教的带动和影响下，全族后辈，无论从事什么职业的工作，都会承传这种文章正气，使这种文章正气弥漫全族，成为标志我族世家文化传统之"族气"。

我们第五代之长振宗（振中）哥，是我亲长兄，是我家族这种"族气"的首位承传者和发展者。在我们兄弟姊妹出生和读书的居室里，窗顶上挂着父亲自题写的"养真轩"牌匾，窗台上摆着一个漂亮的白瓷花瓶，铸有题字："读书之乐乐陶陶，共赏明月比天高"。据说这是振宗哥读小学时获作文比赛第一名的奖品。每当我在窗下书桌读书的时候，看着这花瓶，也有题字中"乐陶陶"的滋味，怡然自得。振宗哥是在家乡读小学，中学是在广东省立庚戌中学读的。20世纪40年代中期，他在广州读大学，是广东省立文理学院中文系。每年暑假，他都回家，与正在读贺县中学的振华（黄沙）姐、炳宗（秉忠）哥、德宗哥交谈文学，既讲在大学学的古典文学，又讲当时流行的新文学，并且订阅了《中国作家》等杂志传看。当时我在读小学，旁听他们交谈，似懂非懂，但影响很大。直到现在我还清楚记得他讲述《红楼梦》绘声绘色、如醉如痴的动人情景。当时我还翻阅了他带回的大学课本之一——李何林著的《近二十年中国文艺思潮论》，知道了当时的著名作家情况。后来我立志读大学中文系及工作后写出《超脱寻味〈红楼梦〉》和《当代中国文艺思潮论》等研究著作，均与他的榜样有直接关系，可见其影响深远。应当说，振宗哥是我和我们家族"族气"，在20世纪40年代，从传统转入现代的树碑人。

在这个年代中，我们家族的文学文化新潮，是当时正在家乡最高学府——贺县县立中学就读的振华（黄沙）姐、炳宗（秉忠）哥、德宗哥的文学活动和创作所代表或标志的。振华姐是我亲姐，乳名桃子，天生丽质，是才貌双全的美女佳人。20世纪40年代，她在贺县中学读书时，是全校公认的"校花"，是全校文学戏剧活动的积极分子和骨干。她主演小仲马的著名戏剧《茶花女》，轰动校内外，更为她锦上添花，誉满乡里。振华姐还擅长写文写诗，常有佳作，不仅在校内墙报发表，还在当时桂东唯一报纸《八步日报》副刊上发表，为此又被称为"贺中才女"。新中国成立后，她进入北京中国建设银行工作，与同行陈静结婚，全身投入经济领域。20世纪60年代支边到青海西宁也是从事经济工作，晚年退休返京。其长女陈颖，曾在国家地质部工作，后下海经商，一度成名商海，可惜英年早逝；次子陈宁及妻子陈莹，自办公司，博弈商海，构成经济世家。桃子姐虽未能持续发挥其文艺天才，但在其后期的人生经历和构建的经济世家中，始终弥漫着我们家族的文艺族气和她的才貌盛名。2001年5月，贺县（贺州）中学举办建校80周年盛典的时候，我们兄弟姐妹都回母校参加庆典，当时任广西政协副主席又是当年同学的钟家佐同志，见到已年逾古稀的振华姐时，仍称赞她的"校花"才貌不减当年，风韵犹存。可见"族风"在她身上始终如旧！

炳宗（秉忠）哥是我叔伯兄弟，在我们家族中最早参加中国共产党的革命者，也是向我最早传播革命思想和解放区新文艺的引路人。他在20世纪40年代初期进读贺县中学时参加党的地下活动，曾秘密询问我是否愿意参加新民主主义青年团。我当时不知道"团"是怎么回事，想请他解释,因有人走近而打断了。不久他去了游击区,入团这事就不了了之。他多次讲述高尔基、鲁迅的作品,秘密传赵树理的《李有才板话》《李家庄的变迁》等解放区作品给我看,还郑重地送过一张毛主席的版画半身像给我。他是班上墙报主编,编作品也写作品。我曾读过他写的一首题为《牛》的诗,弘扬鲁迅说"吃的是草,挤出的是奶"之"孺子牛"精神。他的思想与行动,为我家族在新中国成立前的文章"族气"输入了革命的血液和正气。可惜在1957年受难,使他从命运之多舛到遭受灭顶之灾。但他在延续十多年的磨难中,始终是保持着他输入革命血液的我们家族这种文章正气的。下文将进一步详述。

德宗哥与我是亲兄弟,他比炳宗哥小两岁,在贺中是低一班同学,两人同受我父亲"家塾"哺育,同受哥姐的文学影响,但两人性格不同,文学志趣也有异。德宗哥思想活跃,才思敏捷,记忆力特强。他特爱鲁迅的杂文和古典诗词,特别使我崇敬的是,他在贺中读书时不仅主编校报,还同振华姐一样,在《八步日报》发表文章,甚有文采和新意,是公认的"少年才子"。显然这也是我家族文章正气的承传弘扬。新中国成立后他在基层领导岗位上,更充分地发挥了这种才气和"族气"。遗憾的是他的命运也与炳宗哥相似,厄运连连,在经历了7年劳动教养后,与炳宗哥一道在故乡受难。尽管如此,他在艰苦的条件下仍怀着乐观的精神,创作了一些抒发情感的诗篇,保持着我们家族的文章正气。但这种在逆境中的保持,与在顺境中的正面弘扬情况是大不相同的,下文将再详述。

相对而言,作为黄氏家族第五代"中间人物"的我,基本上算顺利和幸运的了。从文学事业上说,新中国成立前一直受着父辈和兄姐们的哺育熏陶,20世纪50年代上半期,在人民解放军的革命大熔炉里铸炼;1955年考入中山大学中文系,进入文学殿堂;1959年本科毕业即到创办不久的《羊城晚报》任《花地》文艺副刊编辑,正式进入文艺界和新闻记者编辑行列,直至1969年报纸停刊下放"五七"干校。10年之后,才调回广东作家协会《作品》编辑部重任文艺编辑工作,直到1979年调回中山大学中文系任教,做文艺编辑工作将近20年之久。所以,我承传家族的文学事业,是从新闻和文艺编辑开始的,除特殊年代外,还算是顺利的。值得同时写出的是,筱宗妹是与我同时出生的"双胞胎",同时于1955年考上大学,她从湖南林学院毕业后,做过一段林业工作,后来一直在北京中学任教。

她的丈夫林凤生是我在中大的同班同学，毕业后到北京《光明日报》做编辑，后任编辑部主任，后又曾任国家新闻出版署报纸司司长、海南省委宣传部副部长兼《海南日报》社长和总编辑，晚年退休返京，也是文学和编辑世家。还值得并提的是，我的女儿黄敏，自1984年在中山大学中文系毕业后至今，一直在《广州日报》工作，从编辑到主任编辑，是名正言顺地承传父业；她的丈夫陈咏芹是广州外语外贸大学教授，他们的女儿陈海天，则在该校读书，分别教中文和学读英语专业，也是个文科的小家。

其实，我承传家族这种文章正气，确切地说，是源于报刊编辑工作。1979年后从事大学中文教学研究工作中，投身时代浪潮，先后提出的理论和重大的文化发现与成果，既在省内外，又在海内外，对时代浪潮和文化建设都引起强烈反响和推动作用。

从文艺理论批评上说。由于从20世纪50年代起，我在《羊城晚报》文艺副刊工作的时候，主要是做《文艺评论》版的责任编辑，粉碎"四人帮"后，我又是广东省作家协会文艺评论委员会委员兼《作品》编辑部理论编辑。1979年进中山大学中文系任教后，又主要从事当代中国文学的教学研究课程和任务。这些职务和任务，促使我在文艺理论批评上写出不少文章和专著，提出了很多对时代有影响的理论观点。广东省社会科学院副研究员潘义勇先生在《黄伟宗的江海情结》（2016年3月21日《中国社会科学报》发表）一文中说："黄伟宗先生是20世纪80年代中国伤痕文学流派的代表性人物。在文学评论界声名鹊起，成就斐然。他1959年毕业于中山大学中文系，怀着一颗虔诚之心，在文学事业耕耘。在那命运多舛的年代，和许多知识分子一样命运坎坷，他因为文学评论思想前卫，说真话，追求真善美，而受到冲击、批判、冷藏，身陷囹圄仍不放弃信念。20世纪70年代末，迎来改革开放与文学繁荣的春天。他以《社会主义批判现实主义》一文，确立了新时期一个学派的产生。他在1980年春中国当代文学学会年会论文上提出'社会主义批判现实主义'的观点，对当年涌现的'伤痕文学''反思文学'思潮从创作方法上作了理论概括。特征是'在揭露中表彰''在批判中歌颂''在思考中前进'，在国内外文坛产生巨大震动与反响。论文在美国纽约圣若望大学召开的包括有海峡两岸学者参加的'当代中国文学'国际学术研讨会上获得好评。苏联报刊称其为'中国现实主义新学派代表'，《美国之音》摘要转播。他成为新时期文学理论学派中伤痕和反思文学的奠基人。这个理论还被1980年《新华文摘》全文转载，载入了当年《中国文学研究年鉴》和《中国文艺年鉴》。此外，他还出版了《创作方法史》《创作方法论》《当代中国文学》等10多本专著，在文学理论研究上作出贡献。"

  从古今文化发现和研究上说，潘义勇先生在同篇文章指出："黄伟宗先生20世纪90年代初担任省政府参事，同时组建和担任珠江文化研究会会长，转入江海文化研究，对珠江文化体系创立和海洋文化开拓，做得风生水起，硕果累累。在江海文化研究上，为挖掘和弘扬中国海洋文化作了贡献。由于在宋代和宋以前的一切历史中，中国都是一个善于利用海上交通运输发展贸易的海上丝路大国。唐代在广州设了市舶使，宋代设市舶司。即便以后800多年实行封关锁国政策，直到清朝的康乾年代，片板不能下海的严酷时代，仍然保留开放一个广州港。从元到清末这800年间，中国实行闭关锁国政策，直至近代落后挨打。以致德国哲学家黑格尔说中国是一个闭关自守的内陆型国家，海洋对他们毫无意义。20世纪80年代的改革开放初期，国内也曾出现一阵子以《河殇》为代表的悲情思潮。当时正在从事文学评论和文艺理论研究的黄伟宗，意识到江河和海洋文化对振兴中华太重要了。20世纪90年代初他从临近花甲之年转入了江海文化的研究。他从文化视角上关注海洋，想到海洋对中国经济文化的驱动与促进作用上去了。""黄伟宗对珠江文化和海洋文化研究，做了开拓性又精深的研究，成果累累，重拾国人对海上丝绸之路的光辉历史和业绩，创造性地提出珠江文化概念，以及珠江文化与海洋文化一体化概念。并提出珠江文化始祖是舜帝、珠江文化哲圣是惠能、珠江的文化形象是多龙争珠等创新观点，为构建珠江文化体系奠定了学术基础，使珠江文化成为能够与黄河文化、长江文化并列的中国三大流域文化体系之一。他通过对海洋文化、广府文化、惠能文化、"南海Ⅰ号"南宋商船文化等综合研究，把珠江文化体系最本质特征定位为海洋性。具体描述为：'宽宏性、共时性、领潮性；多元性、包容性、开放性；重商性、务实性、时效性；敏感性、变通性、机缘性'。用36字概括反映了珠江流域文化体系在中国三大江河文化体系的近现代史上处于领航的历史地位与当代无可替代的领潮作用，提高了人们对海上丝绸之路的认知和树立海洋文化的自信。黄伟宗无愧是江海一体化的海洋文化研究的一代楷模。"

特别值得一提的是：2013 年，习近平总书记发出建设"一带一路"伟大倡议，我应广东省委办公厅和省参事室、中山大学党委之约提交的关于海上丝绸之路调研报告，受到时任中共中央政治局委员、广东省委书记胡春华同志的高度重视和批示，并于 2014 年春出访东盟三国（越南、马来西亚、新加坡）时，将我总主编的《海上丝绸之路研究书系》中《开拓篇》作为礼品用书，赠送到访诸国，随即印尼等国又购买了版权，在海外发行。这些评价虽有过誉之词，但基本事实还是体现出我所进行的古今文化研究成果传扬海内外，以及我们家族文章正气承传之实际的。

（四）读书之风传世代，以教为业遍族群

我们家族既是有近 170 年传统的医药世家、文章世家，也是读书识礼、教书育人的医药世家、书香世家。高祖福桂公、太祖文龙和作霖两公，以至祖父鹤麟辈，都是自幼读书、学医学文之名士，又是授医授文之名师，有良好的医德师德的传统和声誉。尤其是到我父亲正光，更是将这种传统和声誉发扬到高峰，"天济堂"黄氏家族不仅成为名扬本地的医药世家、文章世家，也成了较有知名度的医药世家、书香世家。他自幼从读私塾到读新办的中学和大学，又为家族创办"家塾"并亲自执教，而且是边行医边施教，历时 20 余年达三届：第一届是教他的弟弟——锦光叔、懿光叔；第二届是国光姑和我的哥姐——振宗、振华；第三届是我哥炳宗、德宗、达宗。每届都是中学暑假时开课。最后一届时，我在读小学，所以只能是这届的旁听生。这种家教连三届的历史，很能说明我们家族读书之风的传统。值得在这里一并说说的是，我母亲蒋泽惠也出自书香门第，她的娘家在贺街河西的"蒋家大院"，目前已被列为历史建筑。据我表姐蒋融融说，我幼年时尚未学会讲话的时候，见她和振华姐在读书的时候，又哭又闹，母亲屡哄不止，她拿着正读着的书过来哄我，我将她的书抢过来，哇哇哇地学着读书，就不哭了。她还记得母亲教我读书，也是从她读的书中取出"种菜，种菜，农民老伯伯爱种菜"这几句话开始的。她有时也来列席听父亲讲课。我还清楚记得，有一次父亲讲授明代散文家归有光的《项脊轩记》时，要母亲也来听讲。当时芳宗（黄进）弟尚在吃奶，她也抱着听课了，可见我父母特重读书之风世代相传。

我父亲的教风师德，尤其突出地体现在他对恩师、乡贤、母校的崇敬和深情。在德宗哥记录留下的父亲遗件里，有好几篇父亲凭记忆口述的对联，充分体现了他这种情操风范。如龙吉卿是家乡著名乡贤，又是贺中初办时的老师，父亲曾写过一篇回忆这位恩师的文章《记存诚学校龙吉卿老师并贺县中学创校的史实》，被编入贺县中学建校70周年纪会特刊。1921年贺县中学开办时，时任县长李孝先委托乡绅钟弘卿为创办贺中撰写两副门联，大门是："圣哲本天生，想陈王食庙，林子上书，濂溪于此地发祥，应毋忘凤岫钟灵，螺峰毓秀；人才为世用，看黔省封旗，古州作镇，翰院亦群英继起，也曾报龙门跃浪，马岭骧云。"二门是："山水甲名区，瑞云献彩，萌渚流辉，苍翠望中收，七一奇峰当柱笏；人文开宋代，桐甫交推，紫阳见重，渊源今上溯，十三本政有传书。"父亲还记下了这位乡贤写贺县八景之首浮山之名联："放棹绿波中，吹来细雨微风，听几声渔唱樵歌，乘兴客乖志和钓；眠琴芳树下，坐对清泉明月，奏一曲高山流水，知音人上伯牙台。"还有他留下贺县其他著名乡贤的名联，也是很值得细读的。如清代贺县人刘宗标，以他从卖菜儿苦读考中翰林的身世，而为子孙留下之名联："读书难，写字难，作文尤难，应从难处下功夫，方知先难后易；耕田苦，学圃苦，习艺更苦，要在苦中受折磨，才能以苦得甘。"刘宗标为官后叹昔日受人白眼之联也很动人："忆当年，八九十月间，柴米尽枯完，家无四两铁，赊不得，借不得，虽有内亲外戚，谁肯雪中送炭；看今朝，一二三数场，文章得及第，连中五经魁，姓也香，名也香，许多张三李四，都来锦上添花。"刘宗标成名后述志联是："原从寒士出身，昔耕田学圃，不忘读书，四十年倒在泥途，谁识英雄落魄；本是秀才底子，由举人拔贡，渐登词翰，五十载磨穿铁砚，也教吾辈扬名。"刘宗标家中庭联是："心术求无愧于天地；言行留好样与儿孙。"再就是乡贤袁俊卿为其家香火堂题联："非因果报方行善，多行善，必得其报；岂为功名始读书，多读书，必得其名。"这些名联都很能体现父亲行善和读书的正统思想，所以很喜爱而铭记。作为祖籍广东人，父亲也很关心广东史上教育状况。明清时代广东科举考试，时有状元探花，百年未有榜眼，某生得中，全粤欢腾，贺庆上有一名联："金榜亚状元，经而园，禀而园，四十年礼训西庭，营上昔时心始慰；锦衣莹巨庆，家之庆，邦之庆，五百年蛟腾南海，粤东今日眼方开。"父亲对家乡文化教育更是关心备至。母校贺县中学在"文革"时被改名贺城中学,显然降低档次,他先后上书要求恢复校名,又不惜年迈体衰,亲到有关部门上访要求,后来终于如愿,他不禁欢慰之至,可见他对母校、乡里和文化教育事业情深意浓。在他去世后,贺县中学特派出十多位师生代表到我家灵堂悼念。在我父亲身上,典型地凝现了我们家族正统的书香风范和深厚的文化底蕴。

我的亲兄长振宗,既是我们家族第五代之长,是家族文化世家从传统转入现代的树碑人,也是在教育事业和书香世家上从正统风范转入现代楷模的标杆。自20世纪40年代中期,他大学毕业后回乡任广西贺县中学教师开始,直到他于21世纪初辞世,一直做教师,数十年如一日,为教育事业鞠躬尽瘁,死而后已,桃李满天下,风范代代传。他的教书生涯可分为前后两个时期,前期是从20世纪40年代中期到60年代初期,先后在广西贺县中学(今贺州中学)、贺县第一中学(今贺州高级中学)、昭平黄姚中学做语文教师;后期是从20世纪60年代初至21世纪初,先后在广西梧州师专(今梧州学院)、广西民族学院(今广西民族大学)中文系任副教授、教授。

在振宗哥教书生涯前期的20年里,正是我们国家从旧社会进入新社会,一切都发生了地覆天翻的变化,他也从自由职业者变为人民教师,他很快适应时代变化,从教学内容到教学方式都进行一系列改革,受到学校和教育部门重视,将他提升为平乐专署教育局教研室主任(仍保留教师身份)。可惜为时不久,1957年后因炳宗和德宗哥被错划为右派和阶级异己分子而受株连,被下放到当时贫困山区的昭平黄姚中学任教。可贵的是他在苦难中忍辱负重,坚持钻研业务,认真教学,声誉很高。当时梧州地区正筹办梧州师专,物色师资时,因他学术水平高,教学质量好,才将他调离山区,从中学进入大学任教。由此可见他无论在顺利中或挫折中都能坚持信念、与时俱进、兢兢业业,始终保持并弘扬人民教师的高尚情操,以及我们家族的书香风范。另一方面,在这个时期,由于"天济堂"药店公私合营,家庭经济变化和人员结构分化,他不得不承担起在经济上负担弟妹读书的责任。由于沉重的经济负担,使得他已远过而立之年而不能成家。同时,在新中国刚成立的时候,又由于当时从达宗哥到我和我妹筱宗、我弟芳宗,都在贺中读书,他又正在贺中任教,造成他既是家长,又是老师(还做过班主任)的"双肩挑"负担。但他任劳任怨、身教言教,既不搪塞推诿，也不偏私姑息，而是堂堂正正地尽到为兄为师之责，活现出一副令人难忘的慈兄严师形象，也映射出我们家族书香传统的人性光辉。

在振宗哥教书生涯后期的30多年里，开始正逢20世纪60年代初的调整宽松时期，他从落难的中学课堂转入大学课堂，从梧州调至省会南宁，正是春风得意，壮志满怀，大有作为之时，"文化大革命"开始了。由于他是当时广西民族学院的知名教师，且学问、资历、影响都是该校的佼佼者。风潮乍起，他即首当其冲，遭受磨难。连他的名字"振宗"的"宗"字，以及他以文天祥《正气歌》中"留取丹心照汗青"句而为两个儿子取名"黄丹""黄青"，也成了罪状，使他由此改名"振中"，黄青也改名"黄欣"。可喜的是10年之后，他也和全国人民一道获得新的解放，开启了他事业的"第二个春天"。由此，他以拼命的精神将10年的损失弥补回来，在教学与研究上不断取得新的成就，作出新的贡献。1980年，广西开始高级职称评选，他被评选为第一批副教授，随即成为广西壮族自治区高级职称评委。不久又晋升为正教授。他在坚持教学之余，还开拓了新的学术领域。他受广西文史学家、广西政协副主席莫乃群先生的委托，在广西通志馆主持大型书系《桂苑书林》编纂工作。这套丛书，是把有关广西的诗、文、史、地、科技、社会、民族、人物的古籍或资料，进行分别整理之书系，是广西古代文献的典藏文库，共10卷达千万字，由莫乃群任主编，振宗哥任常务副主编。在他的具体主持下，经数年艰苦努力终于圆满完成，并获得广泛好评。这些成就，标志着他在60年教学生涯的后期，靠他自己的努力和坚强意志，将教学与学术成就发展到人生的最高峰。

振宗哥是我们家族中终生从事教育事业的表率。在家族中终生或长期以教为业者几乎遍族群。如：振宗哥的妻子欧文杰嫂，德宗哥的妻子罗艳秋嫂，筱宗妹，芳宗弟的妻子朱纪容，裕宗哥，达宗哥的妻子李群英，丽华妹和她的丈夫吕玉权（曾任贺县政协副主席），学宗弟和妻子谢素萍及儿子黄希，一宗弟的女儿黄柯，以及文宗等弟妹，都是长期做中学、小学教师，或幼儿教师。可以说，在我国从幼儿到研究生教育体制中每个层次都有我们黄氏家族人担任教职，不仅有教授、副教授、讲师和高级教师，还有的在教育部门担任领导职务，如炳宗哥在新中国成立初期曾任平乐专区文教科长，德宗哥在20世纪50年代中曾任广西恭城县中学主持工作的副校长，80年代平反后任恭城县委党校校长，是高级教师和高级政工师。学宗（后改名黄燃）是我的堂弟，一生从事教学工作，大学本科毕业前，主要是教中学。本科毕业后，调至贺州师范学校任教，获高级讲师职称。后贺师并入贺州学院，在贺州学院获副高级职称，为国家教育事业作出了贡献。他儿子黄希，大学毕业后在广西经济职业技术学院工作，获中级职称，也是子承父业。还应特别指出的是，我们家族的每一代都是读书人，每一代对后代的传承也都是读书，代代教书，代代读书，教书之风传世代，读书之风也代代传。

我自己进入教坛较迟。从 1979 年进入中山大学任教至今已有近 40 年历史，从教员逐步升为副教授、教授。先后为学士生、硕士生、博士生开设当代中国文学、创作方法史、欧阳山创作论、文化与文学、当代中国文艺思潮论、文艺辩证学、珠江文化论、海上丝路与海洋文化纵横论等课程，并将这些课程教材出版为同名专著。先后或多次荣获广东省优秀社会科学奖、鲁迅文艺奖、中山大学优秀教学奖及科研成果奖。是中国作家协会会员，享受国务院特殊津贴。曾参加首届茅盾文学奖评选工作，历任广东省鲁迅文学奖多届评委、广东省文学职称评审委员会多届评委、广州市社会科学项目评审委员会多届评委，曾任中国新文学学会理事、广东省作家协会理事、广东省文艺批评家协会副主席、广州市文艺批评家协会名誉主席、广东省广府人世界联谊总会副会长兼广府学会会长等学术职务，先后总主编《珠江文化丛书》（156 部达千余万字）、《中国珠江文化史》（上下册共 300 万字）、《中国禅都文化丛书》（6 部）、《中国南海文化研究丛书》（6 部，300 万字）、《海上丝绸之路研究书系》（5 篇 30 部，800 万字，包括《开拓篇》《星座篇》《概要篇》《史料篇》《港口篇》）等专著，为我省和国家"一带一路"倡议和建设提供了系列学术成果。此外，我还总主编《中国南海文化研究丛书》6 部，开拓了南中国海及海洋文化研究领域，荣获国家出版基金优秀奖。2018 年，我总主编《珠江—南海文化书系》（3 篇 22 部，600 万字），属广东省原创精品出版项目。梳理并确立了珠江文明、珠江文派、珠江学派之学术体系，为建设中国学派、学术中国作出贡献。2020 年，新冠病毒开始肆虐全球，又恰逢我正届 85 高龄，面对深重的灾难，仍以眼蒙耳背之衰老身躯，先后完成了《黄伟宗：我的文学文化生涯》《珠江文化综论》《超脱寻味〈红楼梦〉》等书稿。这些既是教学又是文化学术成果，也算是为国家和文教事业和家族文教世家的传承，做出了力所能及的事情。

（五）参政革命有传统，经济源远代代传

从社会政治经济事业上说，我们家族也有近170年光荣传统。高祖福桂公开设的"天济堂"药店，经营中药材生意，本身就是商业经济。经过五代和五个时期的发展，在我父亲正光和我叔有光承传年代，达到了鼎盛时期。虽然在1956年因公私合营后经营中断，也为时长达个多世纪。但从更广的国家政治经济事业上而言，尤其是从决定国家民族前途命运的时代政治经济浪潮，与我们家族及族人的政治经济事业休戚相关、忧患与共、始终与时代主流保持一致的世家血脉而言，则不仅是从未中断，而且是源远流长、生生不息、与时俱进、代代相传的。

1850年，高祖福桂公从鸦片战争爆发地广东，移民到广西贺县，开设"天济堂"药店，行医并经营中药材生意，本身就是资本主义商品经济的事业和行为，是以鸦片战争爆发为标志而揭开中国近现代史而兴起的资本主义商品经济新潮的一个小小的投影。太祖文龙公也在这个时候，到贵州任抚台幕僚，当个为执政参政议政的官职，弃医从政，也不过是当时因清廷无能而引发以从政而实现改良主义思潮的一朵小小的浪花。但这小小的投影和浪花，却是我们家族作为政经世家的源头，由此启开了与时代健康主流同舟共济的历史航程。

据《族谱》载：在辛亥革命和大革命年代，我家族第四代"光"字辈之长奎光，率领正光、有光等全家回广东老家避乱，未写明我族人是否参与这场推翻两千多年封建王朝和民主革命潮，但避乱于这场革命的策源地广东的行动本身，表明族人对这场重大社会变革的向往和靠近。1980年，当父亲带着我和黄钊侄回肇庆市广利镇罗园村寻根问祖的时候，族人和乡里还记得当年情景，特地带我们参观了当时父亲读书的书房，从此重新沟通了分在两广的族人联系。

在抗日战争年代，锦光（维愚）叔是我家族最早参与这场战争的代表人物。他在20世纪40年代随当时广西的学生军走上前线，做军医为前线服务，后来还提升为医务管理官员，直至40年代后期，官至广州卫生材料库库长（上校衔）。因亲见当时国民党官场腐败，不甘同流合污，遂于1948年辞职回乡，在"天济堂"旁与妻子仇茂松合开西医诊所。新中国

成立后，锦光叔进入县人民医院工作，曾任广西贺县防疫站站长、县政协委员，是我们家族首位涉入军界，并先后在抗日战争和新中国成立初期曾经参政议政的首位人物。

懿光叔也是在抗日战争时期开始就业的。20世纪40年代初，他自会计学校毕业，即到当时在八步的平乐地区税务局工作，从会计升至主任会计。新中国成立后地区调整，他调至梧州市税务局仍做会计工作，直至20世纪80年代改革开放初期退休。他的儿子健宗及其妻子阮健都是从事经济工作，健宗还曾任梧州市地税局蝶山分局局长。其子黄康则在广州一个医药企业工作，可谓经济一家。从我们家族的政经世家谱系上说，懿光叔当是参与政府税务事业的第一人，是历经民国时期、过渡时期、十年探索、"文革"时代、改革开放初期等几个时代，为税务事业默默作出贡献的参政者，又是一家三代经济人。

我家族的光荣革命传统，从解放战争时期开始延续至今。早在20世纪40年代，炳宗哥即在广西贺县中学读书时参加中国共产党地下斗争活动，随后他又作为引路人，介绍了德宗哥参加革命并入党；同时又发动当时在贺中做老师的振宗哥帮助并掩护当时校内的革命活动，还传借解放区的革命文艺作品给我秘密阅读，尚在读小学的我知道并协助他们的革命活动。在革命形势进一步发展时，炳宗和德宗两位哥哥都先后进到游击区参加武装斗争，并在广西贺信怀边区人民解放大学政工队分队任正副队长，配合解放军南下部队，于中华人民共和国成立不久（1949年11月）解放了故乡全境，结束了解放战争时期的使命，标志着我们家族进入了具有光荣革命传统的政经世家之列。

1950年，在"抗美援朝，保家卫国"的热潮中，随着中国人民志愿军"雄赳赳，气昂昂，跨过鸭绿江"的步伐，先是达宗哥、瑞华妹和我都在这热潮中参加了中国人民解放军，正式成为革命军人。在后来和平年代，一宗弟媳韦兰妹也参军入伍，标志着我们家族又是光荣的革命军人之家。达宗哥当时编入第49军，他曾随军转战南北，并参团参党，复员回乡后，在贺县大平粮所工作多年，因患癌症病逝。他和他的儿女都是做经济工作，当是具有革命军人传统的一家。

瑞华妹高小尚未毕业即参加解放贺县的解放军145师卫生队学习。毕业后随卫生队做军医数年后，转业贺县人民医院工作，从X光科医生到科主任，直至退休。她的丈夫李乔石也是从部队转业的医务人员，曾任贺县计生委主任。其子李宇也从事卫生工作，堪称是具有光荣革命传统的医业之家。

我自己报名参军时实际年龄 16 岁，初中尚未毕业，身材瘦弱矮小，被分配到当时新成立的广西省公安部队（后改为总队，即现称武警总队的前身）司令部做文印工作，所以是个"抗美援朝未过江，当兵没有扛过枪"的革命军人，虽未能如上前线打仗之愿，但也安心工作，乐在其中，先后被升为文印组长，参加共青团，还被评为集体三等功，是总队庆功会代表。1955 年 6 月，在全国大裁军中，省级公安司令部撤销，组织上批准我复员考大学，至此结束了我 4 年半的革命军人生涯，由此在我人生经历和政经世家传统上，增添了从军参政的光荣史段和文化元素。

20 世纪 50 年代上半期，是新中国成立后从巩固人民民主专政、克服经济困难，正式进入社会主义改造和社会主义建设时期，整个国家一派欣欣向荣、蒸蒸日上的繁荣昌盛景象。我们家族和族人也都处在安康的生活中。当时已有百年历史的"天济堂"药店，经过五代和五个时期的发展，在我父亲正光和我叔有光承传年代，达到了鼎盛时期，可惜有光叔早逝。药店公私合营后，我父亲被安排到中医联合诊所继续行医并整理祖传秘方，振宗哥被调任平乐专区教育局教研室主任，炳宗哥先后任平乐专署文教科长、专区人民医院党委书记；德宗哥在恭城县，先后任区委书记、税务局局长、中学校长。我和筱宗妹同时考上大学，随后芳宗（黄进）弟也考入中国人民大学，真是各得其所，家族融融。可惜好景不长，随着国家政治经济形势的变化，我家族人纷纷陷入不同的厄运之中。

主要是在 1957 年炳宗哥和 1958 年德宗哥先后受难而使族人受到株连。尤其悲惨的是，德宗哥被迫离婚，儿子黄钊出世仅七个月，即被送回老家由我年迈的母亲抚养。德宗哥在劳教农场养猪，因过度饥饿吃了一点猪食也被处罚挑重担。过了几年，"文化大革命"爆发前夕，两人都被遣回原籍监管，在老家靠砍柴度日，十分贫困艰苦，还要随时准备接受批斗。1973 年，我曾用探亲假带从未回过我老家的妻子儿女回乡探望，见到一家在苦难中的情景，痛苦异常！记得见到炳宗哥时，我当即回想到新中国成立前他冒险传解放区小说的情景，而当时所见到的炳宗哥却是面黄肌瘦，与过去判若两人。使我永远难忘的是，当分别的时候，他拿着一小包在打柴时采到的一直舍不得吃的晒干野生草菇给我，作为纪念，万没想到这是永别的留念。后来才知道他当时已患上癌症，别后翌年，不幸病故，无妻无子，孤独一生，实在可悲！德宗哥被遣回家后，得与幼小的儿子黄钊重聚，但患难的父亲也只能每天带他进山砍柴，可怜儿子的"幼儿园"开在荒无人烟的深山野岭中！有一天小钊贪玩迷路走失了，德宗哥发现后，心慌得漫山遍野呼叫，太阳将近落山才在山沟找到，兴奋得砍下的柴也不要了，一路流着眼泪一路说着宽心的话，背着失而复得的儿子回家。这是德宗哥在当时与我见面时，含泪诉说的一段沉痛经历。德宗哥比炳宗哥幸运，经过十多年的磨难，终于熬到改革开放得以昭雪平反的一天，得以重返政坛，发挥余热（待后详述），安享晚年，痛惜他于2019年11月在广西桂林病逝，享年88岁。遗憾我年迈体衰未能前往哀悼。在追悼会上，黄钊对着德宗哥的遗体发出了"来生再世还要再做您的儿子"的誓言，全场大恸，无不为黄氏家族这对受尽磨难相依为命的父子感叹不已！难得呵！德宗哥，安息吧！

在20世纪50年代下半期至70年代上半期的10余年里，炳宗哥、德宗哥的灾难，实际是错误思潮造成破坏的亿万灾难案例之一，我们家族和族人也毫不例外地受到种种程度不同方式不同的灾难，如前文所说振宗哥先后被降级和受到残酷批斗。文宗弟更是不幸，当时被歧视下放到贺街小学当教师，以他的才华，在教师队伍中已是佼佼者了，在如此底层还为社会所不容，最后被人顶替掉，他后来只能是"响应号召"，上山下乡到贺城偏远的乡村插队做知青农民。一宗弟也深受其苦，他头脑聪明，学习一直很好。高中毕业后，他找到一份在贺街供销社卖杂货的工作，却被别人抢去，后被迫去修路，他有胃病，难以承受繁重的体力劳动，痛苦不堪。幸好后来经过努力，才获得正式工作，最后在广西武鸣卷烟厂任供销科科长。我自己从大学到羊城晚报社工作期间，先后被作为"白专典型"和"黑秀才"批判，下放"五七"干校养猪。芳宗弟也被下放到湖北国家计委"五七"干校劳动。我们家族和族人当时的处境和遭受的灾难，是这股思潮造成破坏的罪证，也说明了我们家族和族人站在这股政治思潮对立面，与其抵制和斗争，并在沉重的压力下，始终坚持革命的正义气节和做人道德良心的。这些事实，说明了我们家族族人，不仅在国家民族兴旺时期与时俱进，而且在灾难时期也能与国家民族共患难，并始终站在正义立场上与邪恶势力斗争到底。所以，是当之无愧的与国家民族同甘共苦的政经世家。

正因为这样，当这场历史灾难结束后，我们家族和族人更是意气风发地投身到改革开放的时代浪潮中去，从自身的职业和岗位上，在地方和国家政治经济事业中发挥积极作用，做出力所能及的努力和业绩。

首先是家族第五代"宗"字之长振宗（振中）哥，前文已详述过改革开放之初短短几年，他在教学与学术研究上做出的光辉业绩。还值得提到的是，他具体主持大型书系《桂苑书林》完成后，又马不停蹄，应命率专家代表团赴美国考察，开展学术交流合作活动。是当时改革开放初期广西有数的几个赴美考察团之一。令人高兴的是，在考察中振宗哥发现当时新兴起的高科技医疗技术设备——B超可以交流合作时，当即与美方签订了合同，回国不久即很快正式开展了实际合作的商务经济活动。振中哥这次考察访问取得的成果，开创了广西与美国以B超为开端的科技医疗技术设备合作，既是中美科技文化交流，又是医药和商务经济合作。就振中哥个人的事业来说，是跨出了他数十年从事教育学术领域，在科技医药和商务经济领域及其对外交流作出了贡献，也标志着我们家族政经世家传统，在改革开放后不仅获得新生，而且增进了新的科技文化元素，开拓了新的商务经济领域。后来振中哥的儿子黄丹及其妻子林健民从事金融工作，黄欣及其妻子郭燕，则从事医疗器械和医务业工作，使其数十年传统教育世家发展为医药和商务经济之家，这是时代的发展，也是政经世家与时俱进的发展。

在20多年灾难中挣扎出来获得新生的德宗哥，在得到平反昭雪之后，虽已年过半百，仍再发青春，重登政坛，更是尽心竭力。由于1958年他被诬陷时在任广西恭城县税务局局长，1978年平反落实政策先复原职后，调任县委宣传部副部长，又被任命为恭城县委党校校长。他上任后，锐意改革，开拓创新，在党校建设和教育岗位上，提出许多改革建议，作出许多积极的贡献。在后来的职称评定中，他被评为高级政工师和高级教师。尤其值得高兴的是，他的儿子黄钊，自幼在老家由祖母抚养，因受歧视，只能靠自学得些文化。德宗哥复职后，他利用平时读书积累，并抓紧复习，凭自己的努力考取到恭城县税务局工作，后来通过考试取得国家干部身份。由此开始，黄钊才成为国家税收经济部门干部，并进业余大学读书。2008年德宗哥与夫人罗艳秋嫂退休后，迁移至桂林市定居，黄钊和他的妻子万春也调至桂林市工作。黄钊在桂林郊区税务局，从科级至享受副处级待遇退休。万春原是中学教师,后经公务员考试,考入桂林市药品食品监督管理局工作,现任该局药品流通科科长。也算是扩大了我们家族由药材经营到药品管理范围。由此使德宗哥开创的革命政治和税收经济之家,承传并发扬光大。黄钊和万春也作为我们家族第六代单名辈之首,传扬了政经医药世家的血脉与文脉。

我作为家族第五代的"中间人物",除20世纪50年代上半期4年半的参军经历外,严格地说,参政议政的经历从1992年夏天才开始的,因为从这时开始,我受聘为广东省人民政府参事,这是一个由省长签发聘书、属于政府工作人员、享受副厅级待遇的职位,主要在高级专家和民主人士中选任。职责是:参政议政,决策咨询,统战联谊。每届5年,任期两届。由于工作需要,我连续受聘五届(含特聘),至2019年夏天,长达26年之久。在任期间至今,并任广东省珠江文化研究会创会会长、广东省海上丝绸之路研究开发项目组组长、广东省建设21世纪海上丝绸之路专家智库成员、广东海上丝绸之路研究院学术委员。在任职参事期间,每年均获参事积极贡献奖、优秀成果奖或优秀议政奖,先后提交参政议政的省政府参事建议百余篇,大都受到省领导的重视和批示,被各级政府或单位采纳并付诸实施,为广东建设文化大省、建设泛珠三角("9+2")区域合作和珠三角经济圈、建设21世纪海上丝绸之路和国家"一带一路"倡议,提供了坚实的历史文化基础和理论支撑。

综合多家媒体报道称:黄伟宗是在退休前后受聘为省政府参事的,但退而不休,任职26年,一直倡导珠江文化,创建广东省珠江文化研究会,建设多学科交叉的珠江文化工程,坚持走参事工作与学术研究结合、田野考察与书案研究结合、发现论证与计划开发结合、文化与经济结合等"五结合"方针,足迹踏遍岭南山山水水,游遍江边海上,持续不断地有新的学术发现和取得新的开发成果。如1995年在南雄发现并提出珠玑巷及其寻根后裔文化,1996年在封开发现广信文化、广府文化和粤语发祥地,为岭南文化找到源流,为广府文化研究领域的开拓,以及广府人世界联谊会的成立与发展奠定了学术基础,对广府族群的迁徙形成和分布等都有独到的研究见解,促进并参与了世界广府人联谊会的创建。2005年在粤西考察发现南江文化、鉴江文化、雷州文化,2007年在东莞、台山提出莞香文化、客侨文化、侨圩文化,均被称为"填补学术空白"的新发现和新概念。黄伟宗以主持编著《珠江文化丛书》和《中国珠江文化史》，填补了中国江河文化史空白，确立了与黄河文化、长江文化并列的珠江文化体系，受到时任中共中央政治局委员、广东省委书记汪洋同志致信表扬。2000年6月，黄伟宗率领考察团在徐闻发现中国最早的海上丝绸之路始发港，将中国海上丝绸之路史推前了1300多年，接着在湛江举办了全国性的学术研讨会予以确认；2002年，在南华禅寺1500周年庆典提出并参与主持六祖禅宗文化国际论坛，开拓了惠能禅学学术研究领域并提出禅学海上丝路概念；2007年在粤北梅州关珠玑巷以及广西贺州潇贺古道等地，发现并提出海上与陆上丝绸之路对接通道；2003年在阳江为"南海Ⅰ号"宋代沉船定位为"海上敦煌"，受到联合国教科文组织和世界著名海洋学家的赞许；2013年先后在梅州发现印度洋海上丝路和客家人出海始发港，在台山广海湾发现广府人出海第一港。2019年，还应广东省政府参事室约定，完成了为国务院参事室编的《参事履职轶事实录》入编的《26年履职广东省政府参事轶事选录》之唯一广东专稿。

  以上这些参政议政的作为和成果，既是与时俱进的决策咨询，又是为时代所需而开拓的事业或领域；既是文化学术上的策划与开拓，又是政治经济上的决策和开发。这就意味着我这位长期从事文艺和教育事业的人，正式地跨入政治经济领域了，也即意味着我也是黄氏家族政经世家传统的名正言顺的传承者之一了。更欣慰的是，我的儿子黄葵，从中山大学毕业后，即从事南方测绘科技有限公司的创办工作，经30余年磨炼，现已升任为该公司广州分公司总经理；他的妻子邓红燕则在奥迪汽车集团任财务总监，他们的儿子黄路扬现在美国康奈尔大学读电子与计算机工程专业，最近本科毕业，取得学士学位并继续攻读硕士学位。他们这个小家，称得上是实实在在的科技经济小家了，也当是黄氏家族政经世家第六、七代的传承者了；如果加之我的妻子陈淑婉、女儿黄敏都分别长期从事医务和报刊编辑工作，那么，咱们这个定居在广州之家，也可以称得上是具有近170年传统的医药文教政经世家的一个分支。

  我的同胞四兄弟，年纪最小的芳宗（黄进），20世纪60年代初从中国人民大学毕业后，走上了从事经济工作的人生道路。他被分配到国家统计局。在能力暂露、颇受器重之时，"文化大革命"夺走了他10年最美好的时光。"文革"后期他奉调到刚恢复的中华全国供销合作总社工作。

粉碎"四人帮"后，随着改革开放的大潮，他的潜力获得释放，在工作中发挥了越来越大的作用。在中央机关首批职称评审中，被评选为高级经济师。随着中央机关机构改革和调整，他先后被任命为商业部计划司副司长、政策法规司司长、国内贸易部农业服务司司长、中华全国供销合作总社常务理事和棉麻局局长。在不同的岗位上为推进我国商品流通市场化改革，为制订和完善市场经济体制下的政策和法律体系，在国家棉花资源严重短缺的情况下协调和解决棉花供求平衡等方面都做出了极大努力并取得明显成效。1999年，受中央组织部推荐，被选为中华全国供销合作社监事会副主任，执行监督理事会工作的任务，直至退休。他还积极参与社会团体的学术研究活动，先后被选为中国供销合作经济学会副会长、中国棉麻流通经济研究会会长。在此期间，他组织对棉花产业宏观性和深层次的问题开展课题研究，亲自撰写课题报告。多项报告受到国务院总理的批示和国家决策部门的重视。在他年满70岁，准备安度晚年时，又在中国合作经济学会代表大会上被选为学会副会长，继续为合作经济理论研究和促进我国合作经济的发展发挥余热。他的夫人朱纪容，一生从事教师工作，在北京一小学副校长岗位上退休。儿子黄涛早年进入期货行业，成为棉花行业分析师，此后进入某国有企业集团，曾先后担任市场研究部、期货部副总经理职务，其间协助审计署做行业调研，在业内具有一定的知名度；儿媳李坤是中级审计师，目前也在国企工作。女儿黄卉、女婿卢小龙从事广告业务，并取得了一定的成就。这个北京家庭也是我们家族近170年政经世家传统代代的重要代表和标志。

纵观我们"天济堂"黄氏家族的历史，虽然没有出现过惊天动地、叱咤风云的人物，也没出过祸国殃民、贪赃枉法的败类，但代代都是勤俭为业、正当为生、忠心为国、诚善为人的文人赤子，一直都是书香正气、与时俱进、奉公守法、为民造福的医药文教政经世家；虽然"天济堂"药店早已消失，但其"历史建筑"尚在，将被纳入永久保护的文化遗产之列；黄家族人虽已分散全国各地生根开花，但其世家血脉文脉始终在每个族人身上流淌。所以，特撰此文，记忆我们黄氏家族170多年创造和积淀的历史和传统，期望后辈们代代承传，发扬光大。

（2020年12月12日完稿于广州中山大学康乐园寓居）

附记：本文是为支持广西贺州市八步区贺街"千年古镇"建设，列"天济堂"药店为"历史建筑"提供历史资料而写。本稿是在我写完初稿后，经芳宗（黄进）弟多次修改补充，并与弟妹及黄钊侄核对史实后，最后由芳宗弟统编而成的定稿，编入《天济堂黄氏家族的记忆》中，特此鸣谢！

十二、关于广西贺县中学百年历史的片段记忆

我于1948年春考入当时名为广西贺县县立中学（以下简称"贺中"，今名广西贺州市第四高级中学），编入64班，二年级合并为六十四五班，班主任何畏。1950年春休学半年，1950年秋复读，编入六十六七班，班主任黄振宗。进校时校长王祥珩，离校时校长阮亮。1951年1月我正读初中三年级上学期时，响应"抗美援朝，保家卫国"号召，在学校集体报名参加中国人民解放军，由此离开母校，迄今已达70年之久，转眼间，迎来家乡母校的百年华诞了，不禁感慨万千，浮想联翩！现将几段历史记忆片段录后，作为纪念。

（一）从创办时的学校门联看贺中育才教育传统

1921年贺县中学开办时，时任贺县县长李孝先委托乡绅钟弘卿起草，并由他亲自定稿签署，以他的名义，为学校题了两副门联，大门是："圣哲本天生，想陈王食庙，林子上书，濂溪于此地发祥，应毋忘凤岫钟灵，螺峰毓秀；人才为世用，看黔省封旗，古州作镇，翰院亦群英继起，也曾报龙门跃浪，马岭骧云。"二门是："山水甲名区，瑞云献彩，萌渚流辉，苍翠望中收，七一奇峰当柱笏；人文开宋代，桐甫交推，紫阳见重，渊源今上溯，十三本政有传书。"

这两副门联，是李孝先作为县长和贺中创办人而题的，既是对这所桂东地区首创的正规中心中学的献辞，又是作为首任名誉校长发布的校训。

两副门联，都是以贺县（即今贺州市八步区所辖地域）标志性的山水地表，与宋代以后贺县出身的杰出人才对应，体现"人杰地灵"的理念，指导贺中办学，寄寓贺县未来。门联所列的山水地表："瑞云"是指贺县的标志山瑞云山（原名丹甑山），贺中校址即在瑞云山麓；"萌渚"即五岭之一萌渚岭，既是岭南地区、也是贺县的分界山；"凤岫""螺峰"是指贺县在"钟灵""毓秀"苍翠全境美景中，七十一座山峰所显现"当柱笏"的顶天立地雄姿。门联所列"为世用"的"圣哲"人才："陈王"是指自古在浮山庙中供奉的陈思王；"林子"是指宋代十三次上书皇帝的忠臣林勋；"濂溪"是指宋代开创理学、写出千古名篇《爱莲说》的周敦颐，其父曾任桂岭县（后属贺县）县令，周敦颐在其父任上出生，故曰"濂溪于此地发祥"；"看黔省封旗，古州作镇，翰院亦群英继起"，是指清代晚期贺县相继出身三个进士并先后入翰林院，又曾分别封官外地，大有作为，具体是指林肇元被封贵州（即"黔省"）府台，刘宗标曾任浙江衢州府知府，李孝先曾任浙江余杭县知事等人才辈出景象。总体言之，两联都是以贺县的历代标志性人才精英和地表美景，作出"山水甲名区"的定位，体现并歌颂千年贺县的文化传统与成就，以"人才为世用"的理念，要求并期盼初创的贺中培育出天才的"圣哲"。所以这两副门联，是旨在为每位跨进贺中校门的学子添上地方人文传统的荣耀，同时也是将"任重道远"的使命赋予代代学子，是很有地方人文特色和深远意义的。

  值得特别注意的是，这两副门联还提出了两个更深层次培育人才思想：其一是，以"人杰地灵"的理念，指出所列举的历代"圣哲"，在他们"龙门跃浪，马岭骧云"（即鲤鱼跃龙门、登峰造极）的时候，"应毋忘凤岫钟灵，螺峰毓秀"（即地方山水人文灵气）的哺育之恩，从而提出了应以历史和地方的人文传统和优势培育人才的思想。其二是，提出"人才为世用"的主张，从当下庆贺创办贺中有似"人文开宋代"时，"桐甫交推，紫阳见重"隆重吉祥景象，指出"世用"人才的"渊源"是从林勋开始，并且是以林勋为典范的，从而提出应以"世用"为目标，在"世用"中培育人才，使人才在"世用"中发挥作用的思想。从阐明这两个办学思想可见，门联首句中所说"圣哲本天生"的"天生"本意，不是指先天即注定是天才，而是李白说的"天生我材必有用"诗句之意，指"天生"的人是否能成为有用之人才以至圣哲，还得靠自然人文环境的哺育，加之"世用"

的教养和自身努力，才能成功。所以，应当说，这两个培育人才思想（包括办学思想）至今仍是很有借鉴和指导意义的。

李孝先既是这种培育人才思想的首创者和倡导者，又是身体力行的践行者。李孝先，字南陔，是广西贺县贺街镇河东街人，清光绪乙丑科翰林院庶吉士，曾任浙江余杭县知事。1921—1922年两任贺县县长，在县政府内立碑刻出他的题词"化俸尔禄，民膏民脂，下民易虐，上天难欺"，体现了他为民执政的抱负。他不仅是贺中的创办人，而且是贺县现代教育的开山鼻祖。早在清光绪庚子年（1900年），他即任贺县临江书院山长（即院长），并亲自讲授经史课程；癸卯年（1903年），他将临江书院改办为"贺山高等小学堂"，亲任监督并讲授经史课，学生达500余人；1921年创办贺县中学，亲任名誉校长并讲授公民课，时年59岁。可见他为创办贺中所题的学校门联，既是他自己奋斗成才和育才的一生经验总结，又是他为创办贺中并身体力行的理念和执教方针。所以，这两副门联，无论在贺县县史和教育史上，尤其是在贺中校史上，都是具有里程碑意义的，起码可以誉其为贺中"百年校史之开篇门联"，是贺中育才教育传统的开创和体现。

（二）家族四代"同堂"校友与贺中地方人文特色

这两副门联，是我的父亲黄正光在80岁高龄中风后，凭记忆口述，我亲哥黄德宗（广西恭城县委党校原校长、高级政工师、高级讲师）记录下来的。我父黄正光不仅是贺中创办初期的优等生，还是这两副门联所开创的教学思想传统的践行者、扩展者和捍卫者。他自幼勤奋读书，博闻强识，才思敏捷。幼年曾修蒙馆，少年进考初中时，仅以92字短文阐明学问之至理，荣获入学考试作文第一名。全文是："貌不自鉴，则不知不扬；行不自察，则不知不庄；亦犹学之不学，则不知不足也。夫学问之道，广而且宏。如高山之巍巍而靡极，如长江之浩浩无穷。然不登高山则不知其高，不临长江则不知其深；不学学问则不知不足。故曰：学然后知不足。"从这篇入学考试作文可见，我父不仅文才出众，不同凡响，而且在未入贺中时即以阐发实践为先的短文，体现并发挥了"人才为世用"的贺中传统思想。所以，他在进读贺中的全过程中，成绩卓著，受到名师龙吉卿赏识。

中学尚未读完，他即只身奔赴广州，考取南越大学国文系，可惜尚未期满毕业，因我祖父辞世而停学返贺，继承"天济堂"黄氏家族的家业。

"天济堂"是我太曾祖父福桂公，1850年从广东肇庆移民到广西贺县贺街开办的中医中药店，是具有百年传统的医药世家，最近地方政府初定其为"历史建筑"对象。我们以"天济堂"为标志的黄氏家族，在贺县繁衍至今，已经共七代170余年。我父亲正光是第四代之长，所以当我祖父辞世后，必须由他继承家族的家业。幸好我父亲本有天赋，自幼受到祖父的言传身教，早已学到祖传医术药业，很快即能将家业担当起来，并取得丁业两旺的发展。所谓"丁业两旺"，就是在医药业发展的同时，家族人口增多并迅速成长，这就带来如何进行家族文化教育的大问题。在这种情况下，作为全族之长，又是贺中高才生出身的父亲，很自然地将他早已领悟的贺中开创的育才思想传统，自觉地践行并扩展运用到家族文化教育上，具体表现在他当时采取的两项决策及其身体力行的实践中。

首先是，他要求并切实保证每个家族成员必须进学校受教育，必须自幼进学校读书，尤其是要进贺中读书，即使到外地深造（如读高中、专业学校、大学），也要从贺中过渡。因而使得我们家族从我父辈开始，到我同辈兄弟姐妹，再到我辈的儿女等四代人，都在贺中接受过现代教育，产生了四代都是共校"同堂"校友的现象。如从家族第四代开始，除我父外，还有与父同辈的锦光、懿光、璧光、国光等叔叔姑姑，都是在贺中读初中后再读其他专业学校。我同辈的长兄振宗（振中），先在贺中读初中，再到广东庚戌中学读高中，到广东省立文理学院读大学，毕业后又回到贺中任教；还有振华（黄沙）、炳宗（秉忠）、德宗、达宗（黄奋）、筱宗、芳宗（黄进）、学宗（黄燃）、文宗、美华、丽华等兄弟姐妹和我自己，都曾经是贺中的学生；还有第六代的化雨、娴静、晓健，以及第七代的黄引（子晏）等都曾是贺中学子，女婿吕玉权、媳妇黎院英等也是贺中校友，形成了家族四代20余人都是贺中校友的现象。所以，贺中是我们家族四代人的知识熔炉，是我们家族四代人的母校，是我们成长成才的摇篮。这种在一个学校的校友录上，家族四代人共校"同堂"，以及家族第五代具有高级职称的成员——振宗（振中）、德宗、伟宗、芳宗（黄进）、学宗（黄燃）都是贺中校友的现象，是很有特色的，这也当是我父亲将进读贺中纳入家族文化教育，使家族教育与学校教育密切结合而取得的明显成果。

其次，如果说，要求和安排家族进读贺中，是我父将家族文化教育外延于贺中现代教育之中，那么，他为我们家族创办辅助性的家族学堂，则是他将贺中的育才办学理念引入家族文化教育之中，并使两者结合的又一重大举措。这个家族学堂，可以说是为家族进读贺中的家族子弟而设，每逢学校的寒暑假，都要求正在贺中就读的家族子弟进读，由我父亲自执教。所以，前面列举我们家族进读贺中的前两代学生，包括父亲的和我的同辈兄弟姐妹，大都进过这个学堂，都既是贺中的学生，又是父亲的学生。父亲讲授的课程，不是学校的课程或课本，也不是古老私塾通教的"四书""五经"和八股文，而是典范的古典文学名篇，尤其是他特别欣赏的具有深厚文化底蕴和道德修养，既有文学价值又有致用价值的文章。他曾说过，"不读诸葛亮的《出师表》则不忠，不读李密的《陈情表》则不孝，不读韩愈的《祭十二郎文》则不义"，规定这"老三篇"是必读范文。此外，使我印象特深的是，他在讲授陶渊明的《五柳先生传》《归去来辞》，李白的《春夜宴桃李园序》等文章时，都情入文中，讲得绘声绘色，令人陶醉。尤其是对倡导"知行合一"论的王阳明和诗论家袁枚特别尊崇，视这两位先贤的文集为至宝。我曾亲耳听他向母亲交代："死后要将这两文集放进棺材！"我恕其意是旨在倡导文章正气、身体力行，即：既要读正气的文章，又要写正气的文章；既要自身修养去体会学问，又要以自身的行动去力做学问。这些教学内容和传授思想，正就是我们在贺中所受现代教育中的有力补充和深化，也是对贺中育才思想传统的践行和发展；既是以家族文化教育补充中学的学校教育，又是以家族文化教育丰富并扩展学校教育，达到两者互作补充、相辅相成的效果。所以，这也是一种很有意义的创举。

饶有意味的是，我年初在撰写家族回忆录的过程中，发现迄今我们家族七代共百人的文化素质和人才结构中有两大特点：第一是，从第一代到第六代都有医药人才，自以我父亲为首的第四代以后，则扩展为多种专业人才，包括文化、教育、政治、经济等方面人才，但不管是从事何种专业的人才，都具有较深的特别明显的文学文化素质；第二是，自我父亲同辈的第四代以后，长期从事或从事过教育事业的人才特多，不仅代代有，而且是家族成员的多数。这两个特点，使得开始只是以中药店为业的"天济堂"黄氏家族，名正言顺地成为具有170余年传统的医药文教政经世家。显然，这两个特点和这个家族世家的扩展，是我父亲采取上述两项重要措施,尤其是他创办并亲自执教、以提高文学文化素养为主的家族学堂的影响密切相关,还在于我父亲在主持家族医药业并行医治病之余,经常吟诗作文,以自己诗词写作和文章讲学的实践,作出言传身教的榜样,又以外延引入家族与学校的文化教育,并使两者密切结合的举措而结出的硕果。

还值得注意的是,家族四代人共校"同堂"现象,既是我父亲将贺中现代教育纳入家族文化教育形成我们家族具有的特色,同时也是贺中具有地方人文特色的一种标志性现象,这也是在贺中历史上特有或特别明显的一种特色。在最近复建落成的贺州"千年一亭"——瑞云亭的碑林长廊中,首碑刻有我应约撰写的《瑞云亭记》,文中录有我对贺州的文化定位是:"潇贺古道枢纽,海陆丝路要津;千年县郡遗址,十代古城结晶;民族习俗荟萃,生态人文美景;山水记住乡愁,观古寻根之都。"这个定位主要是指原贺县(即今八步区),尤其是原县府所在地贺街镇的地方人文历史和地位,也即是贺中从创办到现在百年历史的地方人文特色。显然,这个定位也决定并体现在贺中的地方文化特色上。从前面引用过的贺中创办时两副门联即可看到,贺县人文历史源远流长,人才辈出,书香门第,世代家族,林林总总,此伏彼起,源源不绝。如以贺中创办人李孝先为代表的李氏家族,以清拔贡出身、当过知县和临江书院山长龙克家为代表的龙氏家族,以清翰林刘宗标为代表的刘氏家族,以清贡生钟衡鉴及其子钟毓奇(清末举人,后任临江书院山长)为代表的钟氏家族等,都是在贺中校史上有同家族人多代"同堂"记载的。可见这种现象,既是这些家族的文化特色,也是贺中的地方文化特色。应当说明的是:上列这些家族在贺县历史悠久,人才杰出而众多,文化底蕴深厚,影响特大。我们家族是外来户,根底浅而人才少,大都是"中不溜儿的芸芸众生",在上列这些名门望族的相形之下,简直不上档次,即使如此,也无愧是贺中这种地方特色的例证或标志之一。

应当特别指出,体现这种地方文化特色,既是贺中的一种传统和优势,又是一种地方和历史使命,而且应当是贺州文化教育的特点之一。贺中自创办到20世纪50年代,一直扎根在贺县政府所在地贺街,不仅是贺县政治文化中心,而且是桂东(含当时的八步镇和富川、信都、钟山、昭平、怀集等县)的文化教育中心,因为贺中是当时这一带具有中心和典范作用的学府,必须始终保持这种特色、承担这种使命、发挥这种作用。正因为如此,由于时代的原因,贺中在"文革"期间先后被改名为"贺城中学""贺街中学",我父亲意识到这些校名,实际上降低了贺中原有的历史文化地位,削去了贺中原有的特色和承担的使命,便在20世纪80年代初期,他不惜以年过古稀的高龄老躯,多次从贺街到八步再三上访,要求恢复传统的"贺县中学"校名。1987年,他患老年中风,右手不能写字,他仍以左手写出《记存诚学校龙吉卿老师并贺县中学创校的史实》(曾于1991年《贺中建校70周年纪念特刊》发表)一文,文中除回忆贺中前身和创办时的往事外,还在后记中指出:"贺县中学顾名思义是贺县各乡合力创办的中学,将其降格为乡镇中学,是违民意、背情理,直接影响贺县中学发展与贺县学风之盛衰之大事,势必使贺县人民与贺中校友失去向往瞻依。所以务必拨乱反正,恢复贺县中学。"促使当时的县校领导作出恢复原校名的决定。除这篇文章为贺中创办与复名留下了重要史料此外,他还在已经不能用笔写字的情况下,凭记忆向次子黄德宗口授录下两件珍贵的贺中佚文,即前面已述的贺中创办时的学校门联,以及我父亲考贺中夺魁的92字作文卷。这些文献,都是我父的长孙、德宗哥之子黄钊,为贺中百年校庆校史展览提供史料,最近特地从德宗哥的遗文中找出来的。1988年我父以85岁高龄辞世,贺县中学特地派出师生代表到灵堂悼念,现任贺中工会主席刘存老师最近还记得,刘存当年是贺中团委书记,也是当时参加悼念的最年轻代表。可见我父亲黄正光,无愧是贺中教学思想传统的践行者、扩展者,而且是鞠躬尽瘁、死而后已的承传者、捍卫者。

(三)贺中校歌的时代精神与"并用汇合"的校风特点

我是1948年春季进读贺中64班的。进校即受到慷慨激昂的贺中校歌激励,受其汹涌澎湃的"五四"时代精神及其体现的贺中校风所熏陶。

贺中校歌的歌词是:"瑞云巍巍,临贺泱泱,莘莘学子,国之栋梁。手脑并用,身体健壮,允文允武,握笔挽枪。汇欧亚之文化,立德功之无疆。进大同之世界,吐民族之豪芒!"

这首歌词,明确表明贺中办学,是要立足"瑞云巍巍,临贺泱泱"美景的贺县,树立为了建设"大同之世界"理想,以培育能够"吐民族之豪芒"的"国之栋梁"的人才为目标,以"汇欧亚之文化,立德功之无疆"

的中西文化为教育内容，以"手脑并用，身体健壮，允文允武，握笔挥枪"作为"学子"的规范和成才方向，体现了全面"并用汇合"的办学理念和育才思想。

据说这首歌词，是抗日战争初期时任校长的刘瑞昌所作，所表现的教育理念，既是贺中育才教学传统和地方色彩的承传，又洋溢着民主科学的"五四"时代精神，还体现了当时在全国为挽救民族危亡而一致抗日的形势下，对民主科学文化、发展教育、培养人才的时代呼唤。显然，这种理念和精神，与我们今天倡导的"面向世界，面向未来"的教育方针也是相通一致的。

这首洋溢"五四"时代精神的贺中校歌，在抗战时期出现并广泛流传，不是偶然的，而是有其承传和现实社会基础的。其承传，是在于与"五四"运动时间相隔不远，仅20年左右，其民主科学精神不仅余波未息，而且在全国更广泛深入地传播；其基础，是在于抗日战争形势迫使全国人口大转移，这是由于日本侵略军，分别从东北和海上两面夹击，造成北方（中原）和南方（香港和广东）难民，大量迁移内地，除西南重庆、昆明、贵州等地外，广西则是以桂林、梧州、贺县为多，著名文化人何香凝、张澜、沈钧儒、梁漱溟、许涤新等，当时都到贺县避难，许多高级专业人才、大户人家，尤其是从贺县出外读书或者与贺县有亲戚关系的读书人，也都纷纷返回或迁移贺县安家落户，其中有不少人转入贺中教书或读书，使得贺中的师资和生源都在结构上发生了明显变化，改变了原来全是本地人教读的局面。这些增添的新血液，既将他们在京沪粤港等现代经济文化发达地区的先进科学知识和教育，引入了贺中的教学，又将这些地区的现代文明和文化风尚，带入了贺中校园。而他们所引入和带入的东西，又正是贺中校歌体现的理念和精神。所以，他们既是这些理念和精神的体现者、促成者，又是积极的践行者、推广者；他们的影响及其所造成的学校文化环境氛围，即学校的校风学风，就是贺中校歌产生和传播的基础，也即是这首以"五四"时代精神为主体的贺中校歌，同时具有并体现抗战时代精神的根由。

我进读贺中时的在任校长是王祥珩，广西博白人，与著名语言学家王力（王了一）、著名杂文家秦似（笔名，本名不详）是同胞三兄弟。王祥珩是地理学家，当时已出版专著《南洋漫游记》。新中国成立后是广东省科学院地理研究所研究员。1991年在广州参加过庆祝贺中建校70周年广州校友座谈会,如果迄今健在,估计已届百岁高龄,但近况不详。他主政贺中期间,正是抗日战争后期到解放战争中期,他不仅是贺中校歌之"五四"和抗战时代精神的重要传承者,而且是其办学理念和育才思想现代化的全面开拓者。他的传承和开拓,主要是从多个方面采取切实举措。将贺中校歌全面"并用汇合"的教学理念和育才思想,转化并体现为校风的特点。具体表现在:

其一,在师资和生源方面,外地进入与本地人才"并用汇合"。首先表现在王祥珩自己就是从南洋归国不久的地理学家兼教育家。迄今我仍清楚记得,当时的教务主任冯宝耀(后来做校长)、训导主任马文山都是从广州来的著名中学教师;当时在高中和初中授课的教师,大多是从广州或外省来的大学毕业生,如胡汉贤、李英庭、苏志鸢等,还有从广州中山大学等大学回来任教的本县人陆广辉、李泽夏、苏应机、黄振宗(振中)等,真是英才汇聚、名师云集。在学生中,因受战火影响,从粤港移民或返贺投亲靠友进读贺中的也不少。如新中国成立后成为著名文学家的牧惠(原名林颂葵,又名林文山)原籍广东新会,抗战期间在贺中从初中读到高中。中央党校教授沈冲(原名沈惟厚)出生于香港,因是贺县龙氏家族的外孙女,抗战期间也返回外婆家进读贺中;她的两位胞妹沈惟宁、沈惟雪也相继进读贺中,她们三姊妹都分别是我姐(振华)、我哥(德宗)、我妹(筱宗)的同班同学。此外,曾经是我在《羊城晚报》时的同事、后任广东电视台副台长的麦世忠是广州人,也在这期间因避难移民贺县而成为贺中的学生和校友。类似这些英才外籍学生众多,难以一一列举。这些从外地来的师资生源,从现代经济文化发达地区进入贺中,与本地师资生源"并用汇合",也使他们从发达地区带入的先进文化与学校本有的传统文化相辅相成,相互融合,必然对学校的教育和文化素质的提高,起到潜移默化的促进作用,是很有时代精神和地方特点的。

其二,在教学体制、科目设置与教材内涵方面,东方与西方文化、文科与理科、德育与体育美育、军事训练与知识教育的"并用汇合"。我进读贺中时,高中部受军事训练,初中部受童子军训练,明显是"手脑并用,身体健壮,允文允武,握笔攘枪"的军事与知识教学的"并用"体制。由于我只读到三年级即离开学校,对高中的科目设置与教材内涵不了解,仅从初中的情况来看,既有文科的语文、历史、地理课程,又有理科的代数、物理、化学、几何、生物等课程；既有名为"公民"的德育课，又有美术、音乐的美育课。在这些课程的教材中，都是当时世界古今中外文化科学知识的汇合，既有传统又有现代。尤其明显的是在语文课本的文章中，既有孔子《论语》、韩愈《师说》、周敦颐《爱莲说》、范仲淹《岳阳楼记》等古典名篇，又有鲁迅《秋夜》、巴金《繁星》、叶圣陶《稻草人》、朱自清《背影》等"五四"名文，还有高尔基《海燕》、安徒生童话等外国名著，具有很明显的"汇欧亚之文化，立德功之无疆"的"并用汇合"特点。

其三，在校园环境和机构建设方面，整体是现代与传统、内涵与氛围、原有与新建的"并用汇合"格局。记得当年我迈步进入贺中的时候，学校的大门是木制的牌坊，正面是黑底白字写的"贺县县立中学"校名，背面写的是"任重道远"四个大字，由此迈进，穿过学校体育场的百米校道，即有肩负光荣使命之感。走过体育场，面对的是气势宏伟的教学大楼，这是一座横跨百米的两层青砖大楼，据说是抗战初期所建，与校歌同时诞生。大楼中门是学校正门，门左右两侧和二楼均是一间间课室，颇有现代建筑风格。经过一段活动场地，是一座古旧的庭院，白墙黑瓦四合院结构，中间小屋是学校办公室，估计是20世纪20年代初贺中创办时的建筑。院门两侧写的对联是"养天地正气，法古今完人"。这是孟子的古训，体现了传统教育思想。庭院右侧，是几列与庭院风格一致的平房，当时是教师宿舍，估计原是建校初期的课室；左侧有三座新建的学生宿舍楼，王祥珩亲题其名是"乐群楼""崇德楼""自觉楼"，分别是初中男生、高中男生和女生的宿舍，还有一座新建的图书馆，不仅建筑新，功能也新，藏书多是"五四"以后出版的中外名著，还有当时盛行的报刊，均可供师生阅览。当年我就是在这里读到商务印书馆出版的普及世界文化的《万有文库》，"五四"作家的名作《呐喊》《彷徨》《寄小读者》《家》《春》《秋》，以及《红楼梦》《水浒传》《三国演义》《西游记》等古典名著。时任校长王祥珩当时出版的著作《南洋漫游记》，也是当时在贺中图书馆看到的。从上可见，当时贺中校园，从建筑的风格与布局、使用的功能与性质，布置与内涵的文化氛围，都是"并用汇合"型的。

其四，文化文艺教育活动方面，在课内与课外、校内与校外都充满着教学与实践、教师与学生，以及中外古今文化，都有机地"并用汇合"的活跃景象。这个校风特点，突出表现在我们兄弟姐妹参加过的两项文艺比赛和演出活动故事中。最有历史和特点的是作文壁报比赛。20世纪30年代，我大哥黄振宗（振中）在贺中读初中时的全校作文比赛中名列前茅，奖品是一个美丽的瓷花瓶，刻有"读书之乐乐陶陶，共赏明月比天高"诗句，摆在我们读书的窗台上，促使弟妹们琅琅读书声越读越高。20世纪40年代后期，我进读贺中时，我的6个兄弟姐妹同时分别在高、初中读书，都在各自班上做宣传委员，主要负责编辑出版壁报，即现称的墙报，是发表和比赛作文的园地，每逢节日各班都要出版比赛，全校评比，既评整个版面的内容和艺术水平，又评出其中的优秀文章；既是校园文化活动，又是语文课教育的课外补充。有趣的是，我和炳宗、德宗两位哥哥，都分别是班报主编，每次评比，都分别在初、高中名列前茅，尤其是两位兄长和姐姐振华都是写诗作文的高手，不仅每次作文在校内获奖，当时桂东唯一报纸《八步日报》副刊也经常发表他们的作品，同时也常见到学校老师的作品在报上发表，在校内外颇有影响，构成了贺中作文教育与创作活动内外结合的一道亮丽风景线和传统文脉。值得欣慰的是，20世纪50年代初，我弟弟芳宗（黄进）进读贺中75班，也是班上的壁报主编，所编壁报与作文也连连获奖，可见贺中这道风景线和文脉持续承传，不断发扬光大。另一项是话剧演出活动。1948年，我姐姐振华（黄沙）在贺中读高中，她除经常发表诗作外，还是学校话剧活动骨干，一年中主演了两场大型话剧，上半年主演法国著名作家小仲马的《茶花女》，下半年在现代中国著名作家曹禺的名剧《日出》中，扮演主角陈白露，两剧都是与当时学校老师同台演出，先是在校内礼堂演，后到当时贺县的大礼堂——中山纪念堂公演，都引起了轰动，全面地展现了校内外师生一体、"并用汇合"中外古今文化的校风特点和风采。此外，在当年贺中举办的春节晚会上，当时刚进贺中读书的妹妹筱宗，与尚未进读贺中的妹妹瑞华，共同表演了舞蹈《蝴蝶姑娘》，这也是这种校风体现承传的一例，值得一提。

其五，正因为校风有这些特点，所以培育出的人才也是"并用汇合"型的。在最近母校制作的百年校庆宣传片介绍的杰出校友中，既有中国科学院院士卢立柱和中国工程院院士李绍珍，又有新中国成立初期任中南军区公安部队副司令员兼原广东军区政委的黄一平少将，林颂葵（林文山，笔名牧惠）既是党中央刊物《求是》杂志编审又是全国著名杂文家，沈冲既是中央党校教授又是马列主义理论家，钟家佐既是副省级干部又是著名书法家，黄进既是副部级干部又是高级经济师，江佑霖既是广西师范大学教授又是数学家和教育家，以及我的长兄黄振中既是广西民族大学资深教授又是古籍研究整理专家等。此外，在1995年2月贺县县委党史办编的《贺州当代人才谱》中，起码半数以上是贺中校友，其中有不少是我熟悉的同学，如吴志仁、莫家贤、莫伟廷、黄时聪、黄碧霞、李淑容、李开元等，他们都是具有高级职称的人才，分别是军队干部、教授、高级教师、高级政工师、高级工程师、高级农艺师、主任医师等，都是各行各业的杰出人才，显然，这也是贺中"并用汇合"的校风特点，在育人育才上取得更广成果与扩展的体现。

（四）新中国成立前后亲见亲历的贺中几片红色记忆

1949年，是中国人民解放战争最后决战并取得全面胜利的一年。我在贺中亲眼见到一些中国共产党领导的革命力量与黑暗势力英勇搏斗、迅速发展壮大、取得最后胜利的情景，并亲身经历了火热的革命活动，这些片段红色记忆，既是我自己珍贵的经历，同时也是贺中百年历史的片段，从中也可见贺中的红色革命传统和校风。

当时我在贺中亲见的地下党革命活动，虽然只是一鳞半爪，很少很小，但也切身感受到激烈紧张的斗争氛围，受到革命教育。1949年初的一天早晨，我进课室的时候，见到了在窗口塞进来的一张革命传单，同进课室的同学也看到了，当我们正要打开看的时候，当时的军事教官即突然进来抢去，他手里还拿着两三张，可能是从其他课室收的，这说明散发的传单不少。很久以后，当年同时参军的黄有平同学告诉我，是当时地下党组织派他散发的。过了一段时间的一个下午，我偶尔在课室窗口望见，我熟悉的历史课老师李英庭，手提行李，大步走着，被军事教官监视着驱逐出学校。不久又听说，正在读高中的学生李诚远，因为发表一篇什么文章被捕。此外，更使我紧张的是，有一天晚自修时候，我与几位同学在生物老师家里同这位老师的儿子（也是我同班同学）煮夜宵吃，兴奋地谈到要成立诗社，正在讨论方案，突然军事教官闯入，以为我们是搞革命活动，经过我们说明，又见到桌面上写有诗社字样的记录，才驱散我们作罢。这些事情，使我切身感到当时的斗争形势是尖锐的，但也感到当时贺中地下党组织活动是有力的，可以说差不多是半公开状态。后来我才知道，在当时任教的老师中，有好些共产党人和进步人士。如，学校原来总务主任何日先，新中国成立后才知道他是贺县地下党组织负责人之一，是贺信怀边游击队大队长，新中国成立后是信都县首任县长；当时教务主任左肇泉也是地下党，贺县刚解放即任贺县县委代秘书。语文老师李达裔是我家亲戚，我曾亲见他和我哥黄德宗在家中讨论贺中地下党组织活动的事，新中国成立前他已奔赴贺信怀边游击大队（最近我哥黄德宗的儿子黄钊告诉我，德宗哥到游击区就是李达裔接应的），新中国成立后是信都县首任公安局秘书。我在读的六十四五班，班主任是何畏和一位姓莫的老师，何畏很早去了贺信怀游击队，新中国成立后任信都县政府秘书。另一位班主任莫老师向我透露了何老师下落，我悄悄地向他提出参加游击队要求，并准备了一套衣服一双鞋子作为行李前往，但莫老师以我年小为由拒绝了。

  我当时有强烈的革命要求，不是偶然的，首先是当时全国革命形势和贺中党的地下活动与进步老师的影响，更直接的是受到当时已投身革命的两位哥哥——炳宗（秉忠）和德宗的启蒙和教育。炳宗（秉忠）哥是我叔伯兄弟，在我们家族中是最早参加中国共产党的革命者，也是向我最早传播革命思想和解放区新文艺的引路人。他在20世纪40年代初期进读贺县中学时参加党的地下活动，曾秘密询问我是否愿意参加新民主主义青年团。我当时只知道共产党，不知道"团"是怎么回事，想请他解释，因有人走近而打断了。不久他去了游击区，入团这事就不了了之。他多次讲述高尔基、鲁迅的作品，秘密传借赵树理的《李有才板话》《李家庄的变迁》等解放区作品给我看，还郑重地送过一张毛主席的版画半身像给我。他是班上墙报主编，编作品也写作品。我曾读过他写的一首题为《牛》的诗，弘扬鲁迅说"吃的是草，挤出的是奶"之孺子牛精神。我的亲兄德宗是炳宗哥介绍参加共产党的，他也是秘密传借革命书籍我看，如艾思奇的《大众哲学》，翦伯赞的《历史哲学教程》，周而复主编的《北方文丛》，包括《吕梁英雄传》《新儿女英雄传》《洋铁桶的故事》等。这些书籍都是用其他书的封面包装而传给我看的，都不能带回学校看，更不能公开读，只能是晚上在家里或睡在被窝里偷偷看。这些书籍，使我对革命和解放区有初步认识，甚感新鲜，很是向往。德宗哥在新中国成立前夕离家赴游击区的时候，还要我帮他做掩护工作。

正因为在新中国成立前夕贺县和贺中党的地下工作扎实充分，势力强大，所以，1949年11月中旬，中国人民解放军（后来才知道具体是13兵团49军145师）和平解放了贺街。解放军进城时没受到什么阻挠，也没造成群众惊慌或疏散，许多群众都自发地上街欢迎，贺中停课了，好些同学都同我一样参加欢迎解放军进城队伍，我还特地取出炳宗哥托我秘密收藏的木刻毛主席像，挂在堂厅的镜框上，以表示欢欣鼓舞之情。

大约是停了一周的课，贺中通知学生回校恢复上课。回校才知道许多老师和高中学生是地下党的活动分子，都投身革命队伍去了，还不能完全恢复上课，学校决定临时合并班级组织学习。当时县的党团组织，委派一位名叫李灵光的同学（是新民主主义青年团员，是比我低一班的初中学生）回校组织这项工作。李灵光串联我一道做这件事，在面听当时中共贺县县委书记、军管会主任苏丹指示之后，决定县团组织直接领导成立"贺中工作学习团"，请黄振宗、王辑生等为指导教师，李灵光任团长，我任副团长兼宣传部部长，毛玉美任副部长。贺中工作学习团的活动，主要是组织学习和参加各项宣传活动，做街头宣传，写标语，出墙报，组织游行，组织学习文件和讨论，选代表参加各种会议，反映学生和教师意见。记得当时我就受到贺中原教务主任、新中国成立后即任贺县县委代秘书左肇泉同志的委派，参加过县的人民代表会议，并在一些县领导工作会议上担任记录。大约活动了两个月，寒假开始时，贺中工作学习团的活动才停止，自动解散。随后因家庭经济变化，我休学在家半年。

1950年秋季，我回到贺中复学，读初中三年级上学期，读六十六七班，班主任是我的亲大哥黄振宗（振中）。经过半年的停学，求知欲更旺，使我一开学即投入学习中去，如饥似渴地读各种书籍，高速度地阅读各种小说，积极投身各种学生活动，关心时事政治，迫切要求上进。当学期将近结束时，抗美援朝战争爆发，中国人民志愿军"雄赳赳，气昂昂"地跨过鸭绿江。当时中央发出了"抗美援朝，保家卫国"的号召，动员青年学生报名参加军干校，以实际行动抗美援朝。贺中同学们都热情澎湃，热烈响应号召，几天时间即有一百多人报了名，我也在报名的行列中。全校洋溢着踊跃参军的热烈气氛，充分显示了贺中的革命基础和强烈的时代精神。

在这里值得特别说说的是，我的亲大哥黄振宗（振中）虽然不是共产党员，但他始终跟党走，无论在任何环境下，都坚决支持配合党的工作。

新中国成立前我亲眼见到炳宗哥在贺中他的教师宿舍里，用钢板刻写革命传单，并且两兄弟配合油印，完成后将钢板等油印工具，藏在房顶天花板上；新中国成立之初，我受命协助主持"贺中工作学习团"工作，他是指导教师，亲见他日夜为党积极工作的身影；我休学在家的时候，他经常从贺中图书馆借书回来给我阅读，使我在这期间读了大量的文艺作品，如《白毛女》《赤叶河》《太阳照在桑干河上》《暴风骤雨》等新文艺作品，还有《铁流》《日日夜夜》《被开垦的处女地》《绞刑架下的报告》等苏联和捷克作品，使我大开眼界，更深地懂得革命，深受教育，使我继续做贺中的校外学生；复学以后，当党发出抗美援朝号召，学校发动学生报名参军时，他作为班主任，不仅动员全班同学踊跃报名，还大力支持既是他的学生又是他亲弟弟的我，以及我的堂兄达宗，并促使家中父母都同意，得以顺利成行。当我们参军的同学集体出发之时，他还亲自与我们一道，徒步20多公里，到八步的中共地委报到。记得当时行走途中，同学们兴高采烈，斗志昂扬，高唱着《团结就是力量》等革命歌曲，以及"瑞云巍巍，临贺泱泱，莘莘学子，国之栋梁"的贺中校歌，精神抖擞地迈着大步前进。振宗哥的送行，既是兄弟情，又是师生情，更是贺中革命情的高度体现。

值得骄傲的是，当我们百多位同时参军的同学，分乘3辆汽车从八步出发赴当时南宁的广西省委组织部报到的时候，其中我和同班同学乘坐的一辆车，在西湾锡矿路段翻车，造成10多人受伤事故，幸好无一死亡，多是轻伤，也有未受伤者。经附近赶到的解放军医疗队抢救后，只有几个人留在八步医院治疗，其余均继续乘车奔赴南宁报到。我在事故中头部受伤，同班的吴志仁、莫家贤同学也受了伤，经两周治疗后才同赴南宁报到。至此，全校报名的同学无一人因车祸退缩，持续壮志满怀地踏上征途。这也是贺中校史上一件值得记载的事，是一件值得怀念的红色记忆。

（五）贺中的校友情结及其体现的民族本根文化意识

1991年，是贺中建校70周年的日子。贺中时任校长罗声威，早在年初即专程到广州筹办建校大庆活动事宜，因他早知我是记者作家出身，一见面即向我组稿，希望我写篇纪念文章。随后，同年3月10日，他代表学校，在广州市黄华路的广东省委党校，召开了庆贺贺中建校70周年广州校友座谈会。这时，正是我为母校的约稿而酝酿写什么、怎么写的时候，会上见到王祥珩、冯宝耀等多位曾任贺中校长和老师的白发长者，由孙女扶着出席了，一些革命前辈仍是领导干部的校友徒步来到了，一些我早知其名而从不知是自己校友的科学家、医学家、工程师、编辑家、作家到会了，有的全家或两三代人都是贺中校友也一齐到会了。与会者少数是贺州人，多是广东或其他省人，只是曾到贺中工作或抗战时避难贺州而就读贺中的老人。校友们在聚谈中，各自深情地讲述着当年在母校的生活情景，交流阔别多年的校友近况、信息，通报全国各地包括港澳台校友，还有外国校友的念校思国之情。有的还讲到，由于读过几间学校，最近连续参加几个校友会，都有一种难以言状的异同交织的念根情感。

这次贺中校友聚谈会，使我浮想联翩，感触很深，心中浮现出：贺县的标志山，也是贺中校址所在的瑞云山，酷似一位仰卧着的美女，好像是一位慈祥母亲的形象，进而感到她的手中好似有一条无形的情线，将分散于五湖四海的贺中或贺州后代以及与贺县有过缘分的人连接在一起；另一方面，又感到这个瑞云母亲形象，不仅是贺中或贺县之象征或所属，而是中华民族本根文化意识的一种体现和凝聚，是每个炎黄子孙都具有的情感和意识。这种情感和意识，每当人们在思亲、思乡、思校、思往、思友、思国的时候，都会在意念中有不同的、自己视若母亲的或山或水的形象升起，凝聚并体现出久怀心中的家国情、乡土恋，包括亲人思念、校友情结、故国情思，都是如此。

在这种意识和激情的驱使下，我很快写出《情恋瑞云——并寄广西贺县中学》一文。这是我开拓珠江文化研究领域后写的首篇文化散文，是试图将贺中的校友情结，与自己所有关于父母、亲人、母校、故乡、祖国之情，升华到民族本根文化意识层面上体现的首篇作品。在这篇散文中，我以与贺中联系的三次离回家乡为线索，写下贺中和贺县在三个历史时期（新中国成立初期、"文革"时期、改革开放初期）若干记忆，同时体现和深化这种意识和情感。这篇文章，在当年校庆前后，于《羊城晚报》《广西日报》及《人民日报》（海外版）、香港《新晚报》陆续发表，并收入《广西贺县中学（今贺州第四高级中学）70周年校庆特刊》，拙著《文化与文学》《浮生文旅》《珠江文珠》《黄伟宗文存》均有编入。这篇写于1990年10月15日的旧作，从发表到现在已有30多年历史了，也可称之为贺中校友史上的一件历史资料了。虽然年代渐远，但其内涵的意识和情感，是不会随岁月的消逝而消退或消逝的，反而会流传更深更久更远。自贺中70年大庆之后，2001年、2011年的80年、90年大庆，我和同是贺中校友的兄弟姐妹，都从祖国东南西北专程返回母校参加庆典，就是例证。

更值得高兴的是，2021年5月22日，在全球性的新冠肺炎疫情尚在肆虐的情况下，贺中刘建福校长、梁晓燕副校长、校工会主席刘存和廖云庭、李晓波等老师，专程到广州看望贺中校友，在中山大学北门外的顺峰山庄，举行贺中百年校庆座谈会，倾听举办庆典活动的意见，表达了母校对校友的亲切关怀和问候。正在广州生活的老校友、中央党校沈冲教授，已年届93岁高龄，由她女儿黄卓坚（原广州日报常务副总编辑）推着轮椅与会；我也迈着86岁老躯，作为老一代校友参加；现在广东省委组织部工作的邹考、在广州市纪委工作的邹鸿任、在广州市天河区委工作的黄菊等，都是年富力强的一代校友，都兴高采烈地到会了。两代校友在会上都作了热情洋溢的发言，与母校领导老师深切交流，其乐融融，期盼殷殷，充分表现了母校与校友的深厚情结，正如母校发出的《贺州第四高级中学百年华诞庆典预告片》所写的那样："云山万仞，贺水流长！"我进而感到这种校友情结，既是与"瑞云巍巍，临贺泱泱"的贺中校歌精神是一脉相承的，又是与广州白云山和珠江水所标志的山高水长珠江文化是同源同体的，尤其是其中内含并寓现的民族本根文化意识更是这样，由此使我激动不已，彻夜难眠，当晚即挥笔写下《贺中百年校庆献辞》，以表对家乡母校的祝福和敬意：

广西贺州四中，百年光辉学宫。
文武栋梁育地，代代英才泉涌。
现代传统汇合，中西文化并用。
教学相长不息，德智美体交融。
跟党同生共进，红旗漫卷校风。
面向世界未来，振兴民族前锋。

（2021年5月28日完稿于广州康乐园）

附：黄伟宗向贺中百年校庆捐献著作书目

1. 《黄伟宗文存》（含上、中、下、续补）——4册；
2. 《黄伟宗珠江文化散文报告集成》（含《珠江文珠》《珠江文行》《珠江文事》）——3册；
3. 粤派评论丛书·名家文丛《黄伟宗集》——1册；
4. 民族宗教研究文丛《惠能禅学散论》（黄伟宗著）——1册；
5. 中国语言文学丛书《文艺辩证学》（黄伟宗著）——1册；
6. 黄伟宗主编：《中国珠江文化史》（含上、下部）——2册；
7. 黄伟宗总主编：《海上丝绸之路研究书系》第一辑《开拓篇》（含《海上丝绸之路与海洋文化纵横论》《海上丝绸之路的研究开发》《广东海上丝绸之路史》《中国古代海上丝绸之路诗选》）——4册；
8. 黄伟宗总主编：《海上丝绸之路研究书系》第二辑《星座篇》（含《徐闻古港——海上丝绸之路第一港》《南海港群——广东海上丝绸之路古港》《海陆古道——海陆丝绸之路对接通道》《海上敦煌——南海1号及其他海上文物》《沧海航灯——岭南宗教信仰文化传播之路》《广州十三行——明清300年艰难曲折的外贸之路》《侨乡三楼——华侨华人之路的丰碑》《古锦今丝——广东丝绸业的"前世今生"》《香茶陶珠——广东特产及其文化交流之路》《广交会——海上丝绸之路的新生和发展》）——10册；
9. 黄伟宗总主编：《海上丝绸之路研究书系》第三辑《概要篇》（含《"一带一路"广东要览》）——2册；
10. 黄伟宗总主编：《海上丝绸之路研究书系》第四辑《史料篇》（含《秦汉至五代卷》《宋元卷》《明代卷》《清代卷》）——4册；
11. 黄伟宗总主编：《海上丝绸之路研究书系》第五辑《港口篇》（含《广州港》《汕尾港》《潮州港》《阳江港》《珠海港》《深圳港》《茂名港》《南澳港》《汕头港》《湛江港》）——10册；
12. 黄伟宗总主编：《珠江—南海文化书系》第一书链《珠江文明灯塔书链》（含《珠江文明的八代灯塔》《珠江文派与记住乡愁》《养生文明与生态文明》《珠江学派与理学心学》《珠派南学与珠江文明》）——5册；
13. 黄伟宗总主编：《珠江—南海文化书系》第二书链《珠江文派与记住乡愁书链》（含《珠江文典》《珠江文流》《珠江文粹》《珠江文潮》

《珠江诗派》《珠江文评》《珠江文港》《珠江文海》《珠江民俗》《珠江民歌》《珠江民艺》）——11册；

14. 黄伟宗总主编：《珠江—南海文化书系》第三书链：《珠江历代学说学派——千年南学书链》（含《珠江上古学说学派》《珠江中古学说学派》《珠江近古学说学派》《珠江近代学说学派》《珠江现代学说学派》《珠江当代学说学派》，共6部）——两套共12册。

以上总共14套书70册。

十三、26载履职广东省政府参事轶事选录
——应约入编国务院参事室主编《参事履职轶事实录》文稿

1992年夏天，我受聘为广东省人民政府参事，历任四届之后，又任特聘参事一届，直至2019年春届满，总共履职省政府参事达26年之久。在这不算长也不算短的岁月中，值得记忆的轶事是很多的，现选出自己亲历的几件较大轶事实录如下。

（一）广东省倡导建设泛珠江三角洲（"9+2"）经济区和文化大省

2003年，广东省倡导建设泛珠江三角洲（"9+2"）经济区。这是以珠江流域及其相邻的九省区，加上香港、澳门两特区为地域的共同建设经济区，是一个经济建设区域概念，又是一个重大的经济建设战略。我当即以广东省政府参事、广东省珠江文化研究会会长的身份，在媒体发表谈话予以积极支持，先后在《人民日报》发表《"泛珠三角"经济圈需珠江文化支撑》（2003年11月20日）谈话，又在《南方日报》发表《泛珠三角不仅是经济概念，也是一个文化概念》（2004年4月12日）的谈话，

从珠江水域的历史地理文化实际，以及文化与经济关系理论，阐释这个战略概念，并提出建设策略建议（这两份谈话后来均被选入时任广东省省长黄华华写序、广东人民出版社出版的《泛珠三角区域合作研究》一书中），并多次在有关的学术研讨会上宣传这些理论观点。尤其是在2004年省政府参事咨询会上，我作了题为《以自身特性和共性文化为纽带，促进区域及对外经济合作，促进文化与经济的相互转化》的发言，并作为省政府参事建议呈交，很快受到省委领导志的高度重视，及时地发挥了参事决策咨询作用。

2002年12月，广东省委九届二次全会提出关于加快建设文化大省的战略目标，并采取了一系列重大措施进行建设。我作为主要研究文化的学者并主要着重文化决策咨询的参事，很早即提交了《充分发挥珠江文化优势，建设文化大省》为题的参事建议，也很快受到省委领导的高度重视，即批转省委宣传部办理，并委托省改革办负责同志倾听我详述建议。在省委领导的关心下，我们这个以参事馆员为主体的学术团队——广东省珠江文化研究会，正式升格为挂靠省政府参事室（文史馆）的省一级学会，并由此迈开了以"走万里路（田野考察）、写千字文（提交参事建议）、著百种书（《珠江文化丛书》，迄今已出版百余部，达千万字）"的参事文史工作与学术研究结合的道路，持续不断地有新的发现和成果，如：在张德江同志称为"古代高速公路"的南雄梅关古道，发现海陆丝绸之路对接通道和名扬世界的珠玑巷文化；在两广交界的封开和梧州，先后发现广信文化、广府文化，以及开创珠江文化始祖舜帝及其舜韶文化；在南华禅寺发现"珠江文化哲圣"六祖惠能及其禅学文化；在徐闻发现西汉古港，将中国海上丝绸之路推前1300年；在阳江为"南海Ⅰ号"作出世界海上丝路文物之冠——"海上敦煌"的文化定位，受到联合国教科文组织和世界海洋学家的赞赏；还有南江文化、古道文化、侨圩文化等被称为"填补学术空白"的发现层出不穷，为广东文化大省建设作出贡献，并使珠江文化构成了一套完整而丰富的文化学术体系。

（二）广东高度重视珠江文化和海洋文化建设

2010年6月，是我们广东省珠江文化研究会成立10周年的日子。正好在这个时候，我们学术团队完成了300万字的大型史著《中国珠江文化史》工程，同时出版了《黄伟宗文存》上、中、下共3卷。我当即通过省参事室向时任中央政治局委员、广东省委书记汪洋呈上这些学术成果，并以我个人名义写信给他，请他赐教指示。万没料到，很快收到他于2010年7月8日的复信，全文是："伟宗同志：你好！来信及两次惠赠大作均已收悉。非常感谢你对我省文化建设事业所作的积极贡献！文化建设是中国特色社会主义事业的重要组成部分，只有加强文化建设、实现文化的大发展大繁荣，才能为改革开放和社会主义现代化建设提供强有力的思想保证、精神动力和智力支持。当前，加强广东文化强省建设，是广东努力当好推动科学发展、促进社会和谐排头兵的题中之义，是广东加快转变经济发展方式、切实增强文化软实力的客观需要，也是满足人民基本文化权益、提升广东文化形象的重要举措。这项事业需要全省人民特别是文化、教育领域广大专家学者的积极参与，希望你对我省推进文化强省建设提出更多的意见建议。祝工作顺利，身体健康！"这封具有重大意义的复信，不仅是对我个人和我代表的学术团队的，而是对"全省人民特别是文化、教育领域广大专家学者"的，是省委领导高度重视文化强省建设和参事文史工作，并高度重视珠江文化和海洋文化的文化意识的鲜明体现。

省委领导高度重视文化和江海文化意识，还体现在对我呈交的多件调研报告或参事建议的审批和督办中。2010年1月我提交题为《铸造文化板块，打造广东文化经典50强》的参事建议，省委领导批示广东省委宣传部，提出"筹备全省文化工作会议时，这样的思路引之借鉴"。对于我申请编著《中国南海文化研究丛书》项目，他也亲转相关领导批办，使我们能够在完成《中国珠江文化史》这项被称为在《黄河文化史》《长江文化史》之后，"填补了中国文化史空白"的工程，持续进行南海文化研究，完成了《中国南海文化研究丛书》（6部300万字，荣获第五届中华优秀出版物奖），开拓了中国南海文化研究的学术领域。此外，2008年，省委领导还在我提交的题为《广东海洋文化的前世今生该如何创造新辉煌》的参事建议中,对一条"争取举办世界海洋博览会"建议作出批示,要求有关部门了解具体情况。省海洋局派人与我联系之后,因这个项目已早有安排,不可争取,随后只能由我省在湛江自办展览。2009 年,省委领导对云浮市作出了"建设广东大西关"要求,并对我提交的参事建议《转变发展方式,建设"广东大西关"——创议在广州市荔湾区(老西关)与云浮市郁南县(新西关)之间试行错位跨越合作的建议》作出批示,促使了广州与云浮两市领导全面会谈合位,开创了错位跨越合作的先例。

省委领导高度重视文化和江海文化意识,尤其鲜明体现在广东举办的重大活动的决策上。2009 年,为欢庆新中国成立 60 周年,全国各省区市都要制造一部彩车到北京天安门广场参加游行,要求每部彩车从形象到冠名,都要体现本身传统文化和改革开放的时代特点。我应邀参加了广东彩车以划龙船为主体的形象设计,并提供了"领潮争先"的车名,形象和车名具有广东珠江文化和海洋文化内涵和色彩,很快获得省委领导批准,彩车通过天安门游行时受到热烈赞许。2010 年在广州举办亚运会,省委领导提出开幕式要打破历来在体育场馆举办的传统,要"以羊城为背景,以珠江为舞台"设计,效果很好,称这一前所未有的体育盛会开幕式,"使广州一夜成为世界名城"。《光明日报》在专版报道中称这场盛会设计,是珠江文化和海洋文化理念的高度而成功的体现。

(三)广东高度重视开拓"一带一路"

2013 年,习近平总书记发出了"一带一路"的重大倡议。2013 年 11 月底,我接到了省参事室转来省委办公厅关于"推进海上丝绸之路建设的探索与思考"的约稿信(同时收到中山大学党委办公室打来相同内容的电话),我即写出《持续发掘海上丝绸之路文化,全方位发挥海洋文化软实力——关于研究开发海上丝绸之路文化的调研报告》一文呈交。省参事室于 2013 年 12 月 4 日在《广东参事馆员建议》2013 年第 57 期上印发上报了这个建议。文中我简要汇报从 2000 年 6 月在徐闻发现并论证出中国古代海上丝绸之路"第一港",将中国海丝史推前 1300 多年,并由此成立的广东省海上丝绸之路项目组持续研究开发的过程、成果和体会。

这份建议，很快受到省委领导的高度重视，即于同年 12 月 16 日作出批示："建设 21 世纪海上丝绸之路，广东要承担自己的责任。……对广东在海上丝绸之路历史上的意义，近代以来广东闯南洋并由其形成的紧密联系，在建设海上丝绸之路中广东的地位作用等，进行研究和适当的宣传。"

当时省委分工负责"一带一路"工作的领导随即批准了我们关于《海上丝绸之路研究书系》的立项报告。由此，我们在很短时间内将 10 余年来研究开发海上丝绸之路的学术成果，组编为《海上丝绸之路研究书系》首篇《开拓篇》（四部共 200 万字）出版。2014 年春天，省委领导赴越南、马来西亚、新加坡三国访问，亲自领团开拓"一带一路"，特地将我们这套书作为礼品赠送到访诸国，使项目组的学术成果在国际性的"一带一路"建设中发挥了交流作用。此后 10 余年，我们一直持续不懈地进行这套书系项目编著工作，迄今已逐步完成。全书系包括《开拓篇》《星座篇》《概要篇》《史料篇》《港口篇》，共 5 篇 30 部 800 万字，初步确立了广东海上丝绸之路学术体系，为"一带一路"建设提供了战略决策学术依据和基础。

（2019 年 6 月 11 日写于广州康乐园）

附注：本文是广东省政府参事室指定约稿，并经其审正后发国务院参事室。2019 年 8 月 15 日国务院参事室电复广东省政府参事室：确定采用此文入编《全国参事履职轶事实录》。经征询广东省政府参事室，同意我将本文收入本书，略有修改。

十四、广东省作家协会"著名作家访谈录像系列"之访黄伟宗辑

（一）2020年7月14日访谈口述录音笔录（主持人高小莉）

高小莉： 黄老师，看到你精神这么好，很开心，转眼几十年过去了。我们广东作协搞一个影像拍摄工程，专门拍摄老作家，党委特别重视，像你这样德高望重的，应该留下影像，其实它就是口述史的一种形式。说到口述史，国内的作家，可能有些人在写，但是广东我还没有听到，我知道你已经开始写口述史了，叫《广东文坛六十秋》是吗？请你先说说这本书好吗？

黄伟宗： 感谢广东作协给我这个机会拍这个录像，感谢小莉等诸位这么热的天来为我拍录像，很感谢广东作协接受我的建议并这么快付诸实行。我的建议是什么呢？是去年筹备广东文学馆的时候，甚至更早是前年春节领导来慰问并征求如何办广东文学馆意见时，我都提过，你们现在搞文学馆，应该有一个很重要的项目，就是让现尚在世的老作家讲一讲他们的回忆录，也即是口述历史，同时给他们拍摄录像。上次作协召开文学馆筹备会时，我提过这建议，张培忠书记、范英妍副主席等领导很快就接受了这个意见，所以我很感谢。现在我讲一讲为什么要提出这个建议。

首先，我这个人在广东文坛算有60多年了，从1958年算起，按照过去的规矩，发表文章开始即可称之进入文坛。我第一篇公开发表的文章，是1958年4月在广州中山大学《学生科学研究》杂志创刊号发表的《试论李清照的词》，这是我在读大学三年级时写的学年论文。同年又在《光明日报》发表了论李清照的文章。后来日本报刊也转载了我的文章。但当时我不知道这个事情，是事后我的老师王起先生告诉我的。他又名王季思，是著名教授，与日本的学者有很多关系，是他在日本的刊物上看到的。按常理，作家的文学生涯从发表第一篇文章开始，但是我很乐意将我的文学

生涯的起点放到 1959 年，为什么呢？

因为这年，我在中山大学中文系毕业，被分配到《羊城晚报》的《花地》文艺副刊做编辑。这个《花地》副刊是广东以至全国的重要文艺阵地。因为当时广东的文艺阵地很少。广东作协只有一个《作品》杂志，每个月一期，每期发表 20 来万字文学作品。《羊城晚报》的《花地》是 1957 年 10 月创办的，当时广东省委书记陶铸亲自创办。其中办有两个副刊，一个是知识性副刊《晚会》，另一个是《花地》文艺副刊，主要发表文艺作品。所以我当时到这个《花地》副刊做编辑，实际上是进入了广东文艺界，开始了我的文学生涯，投入了广东文坛的春秋岁月。当时我承担的具体工作有三个方面：第一是联系著名作家，包括欧阳山这一代，由我来负责联系；第二是联系重点业余作者，如当时初露苗头的陈国凯这批工农业余作者；第三是负责组编文艺评论稿件，是《文艺评论》版的责任编辑。由于这三个责任的原因，我必须与广东作协一起来搞这些工作，这也就意味着正式进入广东文坛了。

我的文学道路也是从这时开始的。可以说，从 1959 年到现在，我一直没有离开广东文坛，真真正正做了 60 多年广东文学文化人，即使在"文化大革命"时期，我也还是跟广东文艺界一起遭难，都是在英德"五七"干校里劳动改造，所以也还是没离开广东文坛，只不过这是一段灾难文学生涯罢了。

前段时间，我看了好多重要历史人物写的回忆录或口述历史文稿，从他们切身经历的口述中，了解到很多过去不知道的事情，一些重大事件的历史原因、背景、内幕、后果等鲜为人知的细节，都毫无保留地讲出来了。因为他们是口述历史，顺口成章，不是板起脸孔说话，与拉开架势写的文章大不相同，自然流畅，亲切生动，使人乐于接受。尤其是著名作家学者讲述治学或创作的切身过程和经验，更是真切可贵，深受启迪。例如著名北大教授季羡林写的《百年风风雨雨》，我断断续续看了以后还想看，大开眼界，很受感动，又取到珍贵的治学写作真经，受益无穷。

我很注意季羡林先生讲过一句话。他说："我们这辈人的人生经历，如果不留下来就是自私自利。"为什么呢？因为"我们都经过了这几十年文化界文学界的风风雨雨，其中的事情和你所做的事情，就你知道，你不留下来作为历史，不留下来给你的后代，那你不是自私自利的吗，不就自生自灭了吗?"我认为这句话很尖锐、很实在,很有必要这样做。这也就是我在文学馆筹备会上提出建议的因由。我特别提出,应该让80岁以上的老作家赶快留下口述历史,既搞出录像,又让他们出书。作协既搞一套著名作家访谈录像系列,还应当出版一套老作家"口述历史丛书"。我年届85岁了,也应当这样做了。所以,我前年开始断断续续写了我的口述历史,至今已写出来大概三十几万字。正好这时候你们要我拍这个访谈录像,时机正好,可以将我正在写口述历史文稿同你们拍访谈录像结合起来进行,共同做好季羡林所说的这件"留下历史"的大事。

我还从自己切身经历中,特别感到做这件事的必要性和迫切性。前面讲过,我在《羊城晚报》的《花地》副刊工作时,以及"文革"后到广东作协工作期间,与全国著名作家接触或联系较多,郭沫若、茅盾这些大家我都见过,从刘白羽、姚雪垠、杜鹏程这一代作家,到欧阳山、陈残云、秦牧等我们广东的著名作家,我都有交往或很熟悉,可惜他们都作古了。现在想来,当时我跟他们接触交往的时候,如果像现在有录音机、录像多好,就可以留下活生生的历史了。当然,我现在还保留着这些文艺前辈的照片,尤其是与他们一起合影的照片,也是很珍贵的,但总不如录像带那样活灵活现。广东文学馆是收藏与展览一体的文化载体,又是与美术馆、非物质文化遗产馆连在一起的"三馆一体"的建筑工程。我想美术馆和非物质馆的作品和物品,本身就是形象的实体的展品;文学馆则主要是收藏与展览文学作品,而文学作品主要是各种体裁(如小说、散文、诗歌、剧本等)作品在印刷品中印载的,其创造的形象只能通过读者阅读的想象,或是改编成影视影像等才能显现出来。如果文学馆只是展出书本的文学作品则太单调了,应当有丰富多彩、活灵活现、栩栩如生的艺术形象展品,才是活化的展现,才能更吸引人看。要这样做的办法和途径很多,其中拍作家创作或活动过程的录像,尤其是著名作家的录像特别有价值。试想,如果你现在从哪里找得到茅盾、郭沫若的录像,不是很珍贵吗?所以,我认为你们拍摄这套著名作家访谈录像,对于广东文学馆的建设也是很有必要的,既有收藏作用,又有展出作用,还具有抢救意义,因为亲身经历过去数十年文坛风雨的人剩下不多了,抢救这些"活的历史形象"应是当务之急。

但访谈录像有时间限制,不能讲得太多太详细,还得要写口述历史,既用口讲,又用笔写,畅所欲言,尽情表达。口述与书写是不同表达方式,自己说（写）与说（写）别人的效果大不相同，应当随自己的可能和需要使用，或者两者结合使用。对于上年纪的老作家而言更当如此。我想这是抢救历史，也是抢救自己，尤其是抢救只有自己知道的"独家历史"。这种历史与"独家新闻"一样珍贵，只有自己才能抢救下来。说实在话，我现在写出的口述历史文稿，正是这样的"独家历史"，我其中讲到的背景资料，是个人亲身所见所闻，大多是我独家知道，具"独家"的价值和意义。你们现在将我讲"独家历史"的过程录像下来，也属于"独家录像"，当然也是有同等价值意义的。咱们都将"独家"的东西公开出来了，保留下来了，就不是季羡林批评的"自私自利""自生自灭"了。

对于具有相当成就和知名度的作家学者而言，其"独家历史"不当是其"私有"的个人事情，而且是关系到文学或学术事业的文化财富，是具有社会性、时代性、历史性的价值和意义的。因为他们的经历和成果，在其生活的时代，具有一定的社会意义，产生过一定的影响，发挥过一定的作用，这就是其社会价值，也即是公有化的文化财富了。所以，不应当将其作为私有财产而随意埋没，更不能将其为个人私利所用，无论访谈录像或口述历史，都要出于公心，务必绝对真实，一定要实事求是，不要掩盖或缩小事实真相，也不要夸大吹嘘或弄虚作假，不要私心作怪，从中炫耀自己，也不要文过饰非；另一方面，其他人对著名作家学者公开的具有历史价值的"隐私"，也不要以妒忌之心或保守眼光对其横加挑剔竖非议，应以负责而宽容的态度对待。我想这应当是一个基本原则。

从抢救"独家历史"的角度上说，我认为在广东文艺界中，有两种人的"活历史"是特别珍贵的，应尽快优先抢救：一种是曾经历或参与文坛历次事件，尤其是重大事件的文坛前辈。因为这种人有的是历史见证者，有的是参与事件的重要人物，最清楚事件内情和全过程。随着事件的久远，活在世上的知情者越来越少了，尤其是重大事件的背景和内幕本来知者不多，经过多年风雨更是越来越少，这些知情的"活历史"也即越来越珍贵。例如，现近百岁的杨奇先生，是我在《羊城晚报》工作时的老上级。他是经历过抗日战争、解放战争、建国时期、"文革"时期、改革开放、香港回归、粤港澳大湾区建设等一系列历史时期重大事件的亲历者和参与者，20世纪三四十年代，他是东江纵队《前进报》、香港《华商报》的主办人；20世纪五六十年代，他是《南方日报》《羊城晚报》创办人和主持者之一；

20世纪70年代后期和80年代,他是广东人民出版社和香港《大公报》的社长;20世纪90年代和21世纪10年代,他是香港新华社宣传部部长、秘书长。他真正是粤港澳新闻文化界之历史泰斗,是华南经典文艺作品的助产元尊;著名的《虾球传》在他主持的《华商报》首次发表,《三家巷》《香飘四季》《艺海拾贝》《山乡风云录》等在广东当代文坛有一定地位的作品,都在他主办的《羊城晚报》首先问世;他还是粤港澳大湾区历史重大文化事件的主导者,抗日战争香港沦陷时对茅盾等文化人的大营救,新中国成立前夕在香港秘密保护李济深等民主人士参加全国首届政协,香港回归前促成著名香港报人、武侠小说大师金庸晋见邓小平等重大历史事件,都是由他策划安排并亲力亲办的。试想,在这样一位金矿般的重量级人物身上,蕴藏着多少珍贵的"独家历史"文化财富!还有是现届九旬的张汉青同志,长期用笔名贺青发表散文,甚有影响,尤其是他从20世纪50年代开始做省委书记陶铸的秘书,直到60年代陶铸任中南局书记以至到中央任排列第四号人物的政治局常委时的秘书,都是汉青同志。试想,在暴风骤雨起伏不断的数十年,这位一直是从广东到中南局以至中央重要决策者之一的领导人的身边人物,其身上不也蕴藏着许多述之不尽、取之不竭的"独家历史"吗?此外,著名的《欧阳海之歌》的作者金敬迈、著名诗人张永枚,这两位部队作家的作品和经历都很著名而奇特,动乱时像坐飞机那样,一下登天,转眼下地,其历史和经验更是"独家"。

高小莉:接下我们就要与张永枚访谈。

黄伟宗:是呵,这样的人物确实很少了,务必优先抢救!另一种是著名作家及其亲属。对这种人主要是抢救其创造其杰出作品的"独家历史",尤其是其"独家经验"。例如,荣获第四届茅盾文学奖的长篇小说《白门柳》,作者刘斯奋先生今已年过古稀,他是地道广东人,一直在广东成长,他竟能从古书堆中体验到数百年前江南水乡生活,创作出明朝南京一群文人歌女,为挽救民族危亡奋起抗争的生活和艺术形象,达到当代中国长篇小说艺术的高峰,其创作历史和经验是很"独家"而珍贵的。再如前辈作家欧阳山早已作古,现在只有他的大女儿欧阳代娜了解欧阳山当年在延安创作《高干大》的全过程,也即是说当今只有欧阳代娜才直接见证过这部小说创作的过程和经验。现在欧阳代娜已达耄耋之年,她拥有这样的"独家历史"再不抢救还待何时呀?欧阳山的小儿子欧阳燕星,现也上年纪了,年轻时他曾在欧阳山身边看着父亲一笔一画用笔写《三家巷》《苦斗》；20世纪80年代初他当过欧阳山助手，他和另一位助手谭方明，在录音机旁，以口述方式帮父亲重写续篇《柳暗花明》，以及最后两卷《圣地》《万年春》，亲身了解欧阳山创作《一代风流》5卷的全过程，亲眼看到并直接帮助父亲从用笔写作到录音写作方式的变化过程和创作成果，这不是极其珍贵的"独家历史"和"独家经验"吗？不是也应当尽快尽力抢救吗？所以，我提出要抢救这两种人身上的"活历史"是迫在眉睫的。

从更大范围上而言，这两种人物的优势，其实也即是当今健在的具有相当成就和知名度的作家、评论家、文化学者大都具有的优势，因为他们多数人有目睹或参与过当代广东以至中国文坛的若干重大事件的经历，但由于各自身份和处境不同，也各有不同的记忆和感受；每位作家都是以创造出独特作品而著名，也都有各自不同的经历和经验；这些都是他们各自具有的"独家历史"和"独家经验"。将这些本来分散的"独家历史"和"独家经验"抢救出来、集中起来，不仅使人们能更全面深刻了解过去的文坛历史和经验，而且更能显出当代广东和中国文坛的历史和经验的蕴藏深厚、丰富多彩，必将有益于当今文学创作的发展，并使这些历史和经验得以代代承传。所以，我认为应当发动所有作家、评论家、学者，以及文学编辑家、教育家、翻译家、组织家等人物都写关于文坛的口述历史，将各自在文学生涯中所见所闻所做的关于文坛的事情讲出来或写出来，将自己的著作创作或工作经验留下来；并且通过自己的经历说出时代的文坛状况，尤其是通过自己的经历和经验说出时代进程和历史经验，都是很有必要的当务之急。

我就是出于这样的想法，在前段时间开始动笔写口述历史，也是以同样心情与你们合作搞访谈录像。这也算是"抢救"自己"独家"历史和经验的行动吧。我感到自己60多年文学生涯的经历和所做过的事情，大都是蛮珍贵、蛮"独家"的，因为我大部分时间在作为文坛中心的报刊编辑部工作，1992年被聘任为省政府参事以后，由于承担着"参政议政，咨询国是"的职责，参加过不少决策咨询和调研活动，从中经历和知道了许多一般人不知道的东西，如果我不留传下来就很可惜，就会"自生自灭"，变成"自私自利"。所以我很重视你们今天的访谈录像，昨天晚上我为了今天的讲话想了很久，我想基本上按我"口述历史"的结构，向你们讲述我的文学生涯历程,尽量多讲些在我的"口述历史"中尚未讲过或讲细的事。

总体说来,我的文学生涯60余年可分为两个半期,上半期的30年,大致是从1959年任《羊城晚报》的《花地》编辑后到1992年;下半期的30余年,是从1992年到现在,也即是从任广东省人民政府参事后至今。也由此在"口述历史"中分上篇和下篇,上篇是"编辑评论篇",下篇是"文学文化篇",末尾是"特篇",称"忆念轶事篇",是回忆文艺前辈或往事的文章汇编。

现在先讲上半期的文坛回忆。之所以称其为"编辑评论篇",是指我在这段时期从事文艺编辑和文艺评论工作中,自己亲身经历的广东文坛的历史和经验。

1959年9月开始,我任《羊城晚报》的《花地》副刊编辑。《羊城晚报》是中共广东省委主办的党报。当时总编辑是刚才讲过的杨奇先生。著名作家秦牧是副总编辑并主管副刊。《花地》副刊的主编杨家文,笔名周敏,是诗人;副主编江林,笔名林遐,是散文家。创办时省委要求广东的名作家都必须给《花地》投稿,长篇小说也要先在这里连载;还要求编辑部务必使全国著名作家经过广州时,都使他们留下"买路钱",即留下文章在《花地》发表之意。当时由中国作家协会主席茅盾亲自题写《花地》刊名,中国文联主席郭沫若题写《文艺评论》版。可见当时这个副刊是颇"权威"的,版面容量也大,每天都有近万字版面,每个月都发表30余万字作品,与当时巴金在上海主编的大型文学期刊《收获》的发稿量差不多。所以广东所有著名作品,尤其是长篇小说都首先在这里发表或连载,许多重大文艺讨论或事件都从这里发端或体现,实际上成了广东的创作中心、文艺中心或文化中心之一。当时广东作协的《作品》月刊也是中心之一,但容量和影响不如《花地》。

由于这样的工作条件,使我有机会接触到许多著名作家,而且跟他们的关系也非常好,如欧阳山、陈残云、杜埃、萧殷、秦牧、黄秋耘等,他们都是我的先后上级,他们的作品大都经我的手在报上发表,并大都由我首先发表评论。这方面的情况,后面我才详细讲,现在先讲当时刚冒出来的工农业余作者、后来成长为著名作家这批人,在20世纪60年代初期"破土而出"、初露锋芒时的一些事情,从中可见当时文坛的若干状况。这批人可说是新中国成立后广东第二代作家,包括陈国凯、杨干华、程贤章、余松岩等。这批人都是《花地》的骨干作者,也即是培养对象,社里分工我负责联系,其实他们与我年纪差不多,都是同龄一辈。

1962年,是经过"大跃进"后国民经济调整时期,文艺界开始有轻松气氛,《大众电影》举办了"百花奖",开创了全国文艺评奖先河,影响很大。《羊城晚报》很快仿效,举办了全国报纸副刊首次文学作品评奖——"花地"评奖。评选对象是在《花地》副刊上发表的业余作者的作品。评奖委员会由广东主要著名作家组成,包括欧阳山、周钢鸣、陈残云、萧殷、秦牧等名家。编辑部分工我管这个事,相当于评委会秘书,由我负责初选作品,交编辑部通过后,提交评委会评定。记得当时评委会通过了陈国凯的短篇小说《部长下棋》获一等奖,是第一名。陈国凯当时是广州氮肥厂工人,按规矩要征求所在单位意见。该单位反映他为人骄傲,不务正业,自己搞创作,不同意他的作品得奖。我向报社领导请示后认为仍应维持评委会决定,委托由我去向该单位做好解释,并代表报社和评委会与陈国凯谈话,转达了欧阳山、萧殷等前辈作家对他的鼓励与期望,可见当时扶持青年作者所受到的阻力和时代氛围。

另一个有代表性的人物是杨干华,当时是农村民办教师,很穷困,连稿纸也买不起,他投稿都是用没有格子的白纸写的,与现在我们用的手纸差不多,而且是从废纸篓里捡出来的,我读到他第一篇稿件《秋风秋雨》就是用这样的纸写的。当年由于投稿很多,这种不是用稿纸写的很可能被当作废件处理,我是无意中发现的。从发表这篇作品开始,杨干华一直与编辑部保持密切的联系,持续不断发表作品,他开始用白纸写的短篇小说《石头奶奶》在1962年"花地"评奖中获奖,1965年参加了全国青年作家代表大会,成了著名的农民作家。可见其相当幸运,但也成长不易。

还有著名的客家文化代表作家程贤章,当时也是"花地"评奖中的获奖者,也是《花地》的骨干作者。他的获奖作品是短篇小说《俏妹子联姻》,因为写了点爱情,引起争论,但评委会仍坚持给他评上了,可见当时评奖和扶持青年是颇有阻力的,要有胆识才能做成事。

这些人都是我主要负责联系的,所以我与广东第二代作家的关系特别密切。改革开放后,这代作家成为广东文坛的中坚,有的成为作家协会领导人了,我与他们仍然保持着亲密关系,为他们的新成就鼓与呼。

我还特别关注和支持广东文坛第三代的出现和成长,就是高小莉你们这一代，是在改革开放中成长起来的新生力量，是"伤痕文学""改革文学"、现代主义各种文学思潮的开创者，还有广东最早兴起的"打工文学"也是我最早发现并特别关注的。20 世纪 80 年代初期，我特地在多家报刊发表我与我带的研究生对这种文学现象进行系列对话，为什么呢？因为我发现打工文学开始出现的时候，只是为了讲自己的命运，随着打工者命运的发展和改变，这种文学现象也必然是发展改变的，必然会泛化以至消失的。事实正是这样。20 世纪 80 年代"百万大军"南下打工潮兴起的时候，打工队伍越扩越大，打工面也越扩越大，从体力的打工扩大为知识精英打工，"蓝领"打工变成"白领"打工，随后打工命运扩展为人生命运、社会命运、人性命运的主题。

高小莉：难怪你当时与研究生谈到我刚出版的长篇小说《永远的漂泊》。

黄伟宗：是的，小莉。当时我正是从这样的泛化意义上，发现和注意你这本处女作《永远的漂泊》的重要性的，因为你这部作品体现了并标志着整体文坛从"打工文学"进入"女性文学"的过渡，你自己意识到这个重要意义吗？

高小莉：是的，谢谢！

黄伟宗：广东的"打工文学"，还有一种向"城市文学"的泛化现象。当时新冒出的张欣、张梅、梁凤莲等女作家，既体现了女性文学又体现并代表着这种向城市文学的泛化现象。

最近我们广东省珠江文化研究会与广东旅游出版社合作，出版了一套 600 万字 31 部的《珠江—南海文化书系》，内有一个《珠江文派》书链，以 11 部专著梳理了百年珠江文派的历史发展系列，其中有 3 部是选析新中国成立后广东文坛三代代表作家及其代表作品的：《珠江文典》选析欧阳山等老一代，《珠江文粹》选析陈国凯等中一代，《珠江文潮》选析张欣等新一代。全书系由我总主编，从中可见我与广东文坛三代人的关系以至于整个广东文坛关系的历史。

作为文艺报刊编辑，与作者保持密切关系，组织发表他们的作品，支持或扶持新老作家的创作，以此促进作家和文艺的繁荣发展，是编辑职责所在，也是一种优势，因为这个职责才使我有条件联系这么多作家，了解这么多创作的产生过程和经验，这也当是我的"独家"的历史和经验吧。

另一方面，在我的文学生涯上半期中，还进行了大量的持续的文艺理论批评的写作与组织活动,这方面的过程和经验,更是"独家"而有影响的。认真说来,我这方面的历史,也是从在《羊城晚报》当编辑时起步的。当我开始在《花地》上班的时候,欧阳山的《三家巷》在《羊城晚报》连载结束不久,广东人民出版社刚出小说单行本。由于小说连载时读者好评如潮,将"四分钱买《羊城晚报》",改说为"四分钱买《三家巷》",以表爱读之意。编辑部特地选购了刚出来的两本小说,分别寄给当时最红的两位青年评论家——上海姚文元、北京李希凡,请他们写评论,信和书都石沉大海,没有回音。我知此情,愤愤不平,便约当时与我一道毕业、刚到《作品》做编辑的黄树森同学合作写《三家巷》评论。

高小莉:我们下一位访谈名家就是黄树森。当时你们是怎么分工的?

黄伟宗:我写上篇,题目是《动人心魄的史诗》;他写下篇,题目是《泥香喷喷的鲜花》,分别在当年(1959年)10月初和月末发表。这是全国首篇《三家巷》评论,也是我写关于广东文坛评论的开端,是我进入广东评坛的"入门砖",随后持续不断地写了许多关于广东文艺作品和文艺思潮的评论文章,尤其是1951年《羊城晚报》确定每周出一期《文艺评论》版并由我做责任编辑以后,责任更重,活动更大,写评论文章更多更经常了。1961年春,《羊城晚报》与《广州日报》合并出版,《羊城晚报》归广州市委领导,省委宣传部要求《文艺评论》版归广东作协党组领导,由时任党组副书记萧殷同志指挥,他一接手即组织了一场著名的《金沙洲》讨论,影响很大,结束后还断断续续进行了许多重大讨论,发表了许多关系广东文坛以至全国文坛的重大文章,包括《三家巷》《苦斗》的讨论,《香飘四季》的评论,关于典型的社会性和时代精神的讨论等。1965年初,陶铸决定《羊城晚报》归中南局领导,这时萧殷任中南局文艺处长,更是直接指导《文艺评论》的工作,报社仍让我继续做这个版的责任编辑,所以从这个版创办时开始,我一直是在萧殷领导下负责广东评坛具体工作的,直到《羊城晚报》在"文革"中被封闭。间隔10年之后,广东作协恢复活动,我又是在萧殷领导下的作协评论委员会和《作品》编辑部工作,站在揭批"四人帮"的第一线,率先批判"四人帮"的"三突出""文艺黑线专政论",为"写中间人物论"和《三家巷》等作品平反,支持"伤痕文学"以及发起创作方法多样化的讨论等重大活动,直到1979年回中山大学任教,仍马不停蹄地奔驰在文艺理论批评的疆场上。

为分明叙述层次,我先讲这些在从事编辑工作中进行文艺评论活动和写作评论文章的事情,也因此我在口述历史中,将我文学生涯的上半期冠之为"编辑评论期"。

这段"独家"历史和经验,先讲这些,下面讲我文学生涯的下半期,也即口述历史中所说"文学文化篇"的事情,具体是从我调回中山大学中文系任教,并于1992年开始做广东省政府参事后到现在30余年,既从事当代文学教学研究和文艺理论批评活动,又在参事工作中开创珠江文化和现代文化学的研究开发的历史和经验。

先介绍一下什么是省政府参事?大概你们不知道,这是新中国成立初期,毛主席、周总理为了安排和发挥国民党起义过来的高级将领和民主人士的作用,而在国务院及全国省市级政府特设的职位,职责是"参政议政,决策咨询,统战联谊"。所以,国务院和各省市都有参事室,开始时参事都是原来国民党的高级官员。广东参事室第一任主任姚雨平,本来是孙中山手下的广东督军,其他省政府参事都是国民党时期的重要人物。1988年,因为这些参事逐渐年老了,也逐步走了。当时中央领导邓小平同志决定参事室机构和职位保持下来,将终身制改为聘任制,主要在民主党派、无党派高级人士和各种高级专家教授中选聘参事,规定是60岁以上,每届任期5年。1992年我受聘时才57岁,算破格的了。因为当时世界兴起了现代文化学,中国刚开始改革开放,也兴起了"文化热",借助《第三次浪潮》,引进大文化和海洋文化意识,开始重视文化决策与文化引领理念,文艺上也掀起"寻根文学""文化小说"等思潮。由于在这股热潮中发表了一些从文学透视文化的文章,颇有影响,受到各方注意,于是省政府参事室专门派人来请我做参事,主要参与文化调查研究与决策,还专门为我成立一个广东文化组,由我当组长。由此开始,我就进入省政府参事这个阵列了,由此我正式开始走上了参事工作与文化研究开发并与文学理论批评结合的道路,从文学透视文化,以文化观照文学,但较多精力放在文化决策咨询与文化领域研究开发上,持续时间长,成果多,效果好,影响大。主要表现在两个方面:

一方面是率先开拓珠江文化学术领域,在文化研究开发上持续不断地有新的发现和成果,促进了广东文化大省建设和中国江河文化学术体系建设。多年来,我先后提交了省政府参事建议百余篇,受到各级政府重视并付诸实施,为建设文化大省、泛珠三角("9+2")区域合作和珠三角经济圈提供了理论支撑。我一直倡导珠江文化,创建广东省珠江文化研究会,建设多学科交叉的珠江文化工程,持续不断地有新的学术发现和新成果,如:1995年在南雄发现并提出珠玑巷及其寻根后裔文化,1996年在封开发现广信文化、广府文化和粤语发祥地,为岭南文化找到源流,为广府文化研究领域的开拓以及广府人世界联谊会的成立与发展奠定了学术基础;2005年在粤西考察发现南江文化、鉴江文化、雷州文化,2007年在东莞、台山提出莞香文化、客侨文化、侨圩文化,均被称为"填补学术空白"的新发现和新概念,均被各地各级政府作为重点项目进行研究开发。在我首创的珠江文化概念和理论的影响下,2009年参加庆祝新中国成立60周年天安门庆典的广东彩车,使用了"赛龙夺锦,领潮争先"的定位与设计;同时,在广州举办的亚运会采用了"以羊城为背景,以珠江为舞台"的开幕式,使广州"一夜名扬世界"。在我总主编的包括《珠江文化论》《珠江文化系论》等专著在内的《珠江文化丛书》中,尤其是在300万字的大型史著《中国珠江文化史》中,确立了珠江文化体系和学术体系,填补了中国江河文化史中珠江文化史的空白,奠定了珠江文化在学术上与黄河文化、长江文化并列的地位,受到省委领导的致信表扬。此书还被北京中国现代文学馆和美国加州大学东亚图书馆收藏。

另一方面是,发现中国最早的海上丝绸之路始发港,最早提出海上与陆上丝绸之路对接通道,主持《海上丝绸之路研究书系》项目,为"一带一路"建设作出贡献。2000年6月,我率领考察团在徐闻发现中国最早的海上丝绸之路始发港,将中国海上丝绸之路史推前了1300多年,接着在湛江举办了全国性的学术研讨会予以确认;2002年,在南华禅寺1500周年庆典上提出并参与主持六祖禅宗文化国际论坛,开拓了惠能禅学学术研究领域并提出禅学海上丝路概念;2007年在粤北梅关珠玑巷以及广西贺州潇贺古道等地,最早发现并提出海上与陆上丝绸之路对接通道;2003年在阳江为"南海Ⅰ号"宋代沉船定位为"海上敦煌",受到联合国教科文组织和世界著名海洋学家的赞许;2013年先后在梅州发现印度洋海上丝路和客家人出海始发港,在台山广海湾发现广府人出海第一港。2013年,我应广东省委办公厅之约提交的关于海上丝绸之路调研报告,受到时任中共中央政治局委员、广东省委书记胡春华同志的高度重视和批示,并于

2014年春出访东盟三国（越南、马来西亚、新加坡）时，将我总主编的《海上丝绸之路研究书系》中的《开拓篇》（其中包括我的专著《海上丝绸之路与海洋文化纵横论》）作为礼品用书，赠送到访诸国并在海外发行，影响甚大。此后还接连出版了这套书系的《星座篇》《概要篇》《史料篇》《港口篇》等专著30部，800余万字，是广东省政府特批的原创精品项目，是迄今我省最大型最全面完整的海上丝绸之路的研究书系，为我省和国家"一带一路"倡议和建设提供了系列学术成果。

以上这些事情，都是我在省政府参事室领导下，率领一班以参事馆员为骨干的跨学科专家队伍，一步一个脚印地做出来的，是做参事的职责，又是学者的本分。正因为如此，我才一直自觉自愿、尽心尽力地去做这些事情，也正因为如此，我的文学生涯下半期这后30多年，一直都主要是以省政府参事之身份和职责去做这些事情的。本来聘任参事任期是每届5年，未规定任期届数。2003年，国务院颁发的《参事条例》规定只能连任两届，并规定做到70岁。当我做完两届的时候，才有这个规定下来，当时我尚未到70岁了，省参事室"用足政策"，执行可以连任两届的条文，继续聘我连任两届，完后又加"特聘"一届5年，前后加起来就是5届26年了，所以我85岁还在做参事，是全国聘任参事的首例，恐怕也是"唯一"的了。这主要是我发现和开拓珠江文化与海上丝绸之路文化而必须持续做、离不开的缘故。可见我这段历史经验是够"独家"的。另找时间与你们再详谈体会吧。

高小莉：好的。现在继续讲你的"口述历史"末篇吧。

黄伟宗：好，我的文稿第三个部分，即"特篇"——"忆念轶事篇"，是我几十年来发表过的忆念文坛前辈和往事的文章汇集，其中较多而突出的是关于欧阳山的回忆文章，包括：《欧阳山创作论》后记《四十年不解之缘》，《欧阳山评传》后记《十年寒窗吾自问》，以及欧阳山逝世时和百年寿辰的纪念文章，既写出了认识和研究欧阳山的过程，又以欧阳山的历史和创作为视角，透视中国新文学的发展进程。后来又出《欧阳山创作论》还荣获广东文艺最高奖——鲁迅文艺奖。此外，尚有关于萧殷、陈残云、秦牧、杜埃、关山月、黄秋耘、草明、吴宏聪等文艺前辈的回忆录或纪念文章，颇有历史意义。

其中还有一篇特别重要的文章——《26年履职参事轶事选录》，是省政府参事室为国务院参事室约稿而指定我写的。国务院参事室的参事，很多是全国著名学者作家，你熟悉的王蒙就是国务院参事。2018年国务院参事室要出一本书，书名是《履职参事轶事实录》，向全国参事约稿，选辑100个参事的文章，除国务院参事外，全国31个省市自治区，只能每个选送一篇。广东就指定选我写，规定3000字。我很快写出来了，并经省参事室审核呈上，国参也回复决定采用。这本书本来说是去年年底出版，但现在尚未看到。我之所以说这篇文章重要，是因为在文中我写了3位曾在广东任省委书记的政治局委员，包括张德江、汪洋、胡春华3位领导同志在广东主政时，与我有直接关系的一些事情。其中讲到，张德江同志倡导的"泛珠三角（'9+2'）经济合作区"，媒体报道说我提出的珠江文化为其提供了文化和理论支撑；汪洋同志在广东主政时，很重视海洋文化，倡导建设珠三角经济区，尤其是他打破常规提出办亚运会开幕式以"珠江为舞台，羊城为背景"的策划，媒体称正是水文化和珠江文化理念的充分体现；胡春华任广东省委书记时，倡导发展珠三角东岸与西岸经济带并协调发展的战略，提出发扬广东特有的"下南洋"传统，并直接在批示我的调研报告作出"一带一路"部署，都与我们团队发现和研究珠江文化与海上丝绸之路的成果密切相关。我在这篇文章里将这些关系写出来，说明参事工作和研究成果所起到的决策咨询作用。这些都是重要的，也是很"独家"的历史和经验，所以是很有价值的。

从上面介绍我"口述历史"这三个部分内容可以清楚地看到这本文稿，既是我文学生涯60余年风雨的记录，还有我跟广东文艺界文化界密切关系的记载，关于参与政府决策咨询的记载等，所以，它不仅是我个人的历史，而是从我个人经历所见的广东文坛历史，甚至是关系到全省文化和社会发展的历史，它不仅是个人的，还是社会的。正如文艺作品一样，作家创作出来是个人成果，出版大家阅读，则成为社会共有的文化财富，有同样的价值和意义。我也认为"口述历史"这种方式，也是很有意义的。在广东文艺界，可能我是第一个以这种方式写出文稿的作家。小莉，我曾将文稿发你，向你请教，征求意见，并请你转发张培忠书记、范英妍副主席等领导，发出了吧？

高小莉：是的，看过了，照办了。

黄伟宗：我建议作协除搞这套著名作家访谈录像外，再搞一套广东老作家"口述历史"的"丛书"或"文库"。当然,你们搞的访谈录像,也是一种"口述历史"方式,以摄像对话为主,生动活泼,观众面可以很广很多,也可以流传下来;但"丛书"或"文库"的文字流传方式,可以更深刻系统,持久耐读;两种方式各有千秋,应当结合、并行、互补。你们这个组与我的访谈,就是将录像与"口述历史"结合之一例,可见我的建议是可行而有效的。

(2021年4月20日校改毕)

(二)2020年8月22日访谈口述录音笔录(主持人高小莉)

高小莉:黄老师,今天看到你神采飞扬不减当年,好开心。

黄伟宗:谢谢!

高小莉:上次我们访谈,你的话给我启发很大,通过介绍你刚写出的"口述历史"文稿,讲述了自己60余年文学生涯,讲述了你的创作和所做的事情,并从中讲述了广东文坛60年来的沿革变化和发展历程,尤其你是以一个评论家的眼光透视,看广东文坛的场景广阔,讲得特别好,但是意犹未尽,话还没有说完,你个人的创作方面说得比较少,我们今天先着重谈谈你自己的创作好吧?

黄伟宗:好。

高小莉:我早知道你是一个著名的作家、评论家,又是学者、教授,出版了很多著作,你的文学评论影响了好几代人,其中有作家,也有读者,我也是你的忠实粉丝。所以今天想请你谈谈你个人的创作经验,跟我们分享。

黄伟宗:很感谢你给我出这个题目,从你给我的访谈提纲也看出了这个意思,你很聪明,一下抓住了我的特点。我说不上著名作家,但是说实在话,我做的事情还是挺多并有点影响的。所以你跟我讲从事的领域很大,又是教授,又是学者,又是作家,又是评论家,而且在各方面都有一些开拓性创作,这真是我的特点,你抓住了,真不错,也使我很受启发,促使我从这个特点去总结自己在这几个方面所做的事。我想现在也的确是应该总结经验体会的时候了。

最近广东旅游出版社出了我一本新著《珠江文事》，是我近3年的散文报告集，也即是《黄伟宗文存》之五，等一下我送给你们每人一本。所谓"文事"就是所做的事情。扉页写的题记是："人生如同三更梦，世事不过一盘棋。做事过一生，不做事也过一生。不如做点事，多做事；当然是做好事，做实事；以超脱做事，以做事超脱。"这是我多年创作和做事的切身体会，也是经验的结晶。尤其是"以超脱做事，以做事超脱"两句。是什么意思呢？是指在做任何事的时候，都要超脱出所做的事本身去做这件事，同时，做事都是为了自己超脱。"超脱"这个词，本来是佛教禅学的一个理念。什么叫"禅"呢？就是超脱。超脱是什么？就是从具体事物超脱出来的一种精神境界。超脱做事就是以这种境界做事，做事超脱就是以做事进入或达到这种精神境界。我现已届耄耋之年，还在做事，自我感觉很有味，很愉快，很充实，是一种享受，这就是一种超脱境界。现在许多老人或整天睡觉，或到处旅游，随自己兴趣吃喝玩乐，都是享受，都是超脱境界。但是我这个人不会弹琴，又没有体力去旅游，我觉得做事情，做出自己想做的事，就是超脱境界。我想，这可以说是一个经验体会吧。不过这是近几年，也即是在做《珠江文事》的事情中才逐步领悟的，恐怕这主要是晚年的"老生常谈"吧！

高小莉：黄老师，你的写作与学术活动持续这么多年，写的著作和做的事那么多，开拓的文化学术空间那么广，影响那么大，那么有名，多说些经验体会吧。

黄伟宗：我这个人没有什么伟大之处，我就是想做事而已。俗话说，"人过留名，雁过留声"。我理解"人过留名"的意思，不是为了名气做人，也不是留虚名，虚名是留不下的。"留名"是留实名，是做过实事、好事之名，才能让人记得住、留得下来。所以，"做事过一生"是我做人的信条。我曾以"做事人走做事路""人生就是走路"这些话，勉励自己的人生。现在我已活过大半辈子了，的确做事不少，经验体会也不少，总体而言，就是"发现、开拓、致用"这六个字，是我的做事方略，也是我的做事经验，戏称"六字经略"吧。30年前，我在散文集《浮生文旅》后记中写有"双文化情写天涯，一心耕耘度浮生"两句话，既是我"做事过一生"志向的表达，又是我"从文学透视文化，以文化观照文学"方略的表述，同时以"双文"表明我的做事领域是在文学与文化，做事的文学方式主要是论文与散文。所以也可以说,我这"六字经略",是从"双文"的实践中总结出来的,也体现在文学领域与文化领域所做的事情上。

高小莉:请你举实例说说吧。

黄伟宗:那就先说在文化领域上的实例吧,这都是做广东省政府参事开始的。因为参事工作主要是为政府提供决策咨询,提出的参政议政建议,都是旨在促进现实发展,即是以致用为目的。要提出对现实能够发挥促进作用的建议,必须是在调查研究中新发现的事物,并且对其进行深入研究,开拓其内涵与外延,才能提出来,才能实在而充分地发挥促进现实发展的作用。所以,这是我自觉创造并实践"六字经略"的缘起。

早在1988年,我已经发现珠江文化,并提出珠江文化概念。这是我从现代文化学的观点出发,以水文化观念认识世界。水文化包含江河文化与海洋文化。什么是水文化观念呢?就是"一方水土养一方人"的道理。为什么我们称每个地方的大江大河是母亲河?你们注意到没有:所有城市都是建在江边的,中国的省市名称大都是有带"水"字边的,像江苏、浙江、河南、河北、海南、四川都是带"水"的,说明是水文化,尤其是江河文化的体现。我发现从中国到世界都称黄河流域是黄河文化、长江流域是长江文化,为什么没人讲珠江流域是珠江文化呢?其实整个中国南部大都属珠江流域呵!尤其广东以至整个华南都是珠江三大主干流西江、北江汇合并分别出海之地,为什么没人提出或研究珠江文化?

自1992年任省政府参事后,我想,既然要我做主管文学文化的参事,又是广东文化组长,首先应当考察出广东的文化是什么文化?过去也讲过是岭南文化,但为什么岭南文化叫不响?是不是可以改称珠江文化?或者以珠江文化的概念扩大岭南文化的内涵与外延,使其与黄河文化、长江文化并列起来,并与世界各国以本国主干河流为母亲河(如埃及尼罗河、印度恒河等)的江河文化对接?于是我本着这样的目的,对珠江文化进行了长时间的系列考察研究,果真有持续不断地新发现,也就同步进行了系列的开拓,步步都取得了学以致用的成果。

1993年,即我任参事的第二年,本着研究广东和珠江文化起源的目的,带领团队到广东、广西交界的封开县,考察"广"字是什么来历?很快发现封开和广西梧州那块地方,原来叫作"广信"县。这个名称是从哪里来的呢?原来这里是汉武帝平定岭南的时候,两路南下大军会师之地。两路大军是：一路从桂林灵渠沿桂江南下到汇合西江的梧州，一路从湖南永州到我的家乡贺州，通过潇贺古道至贺江与西江交汇的封开。两军会合，形成了以珠江最大主干流的西江连接贺江和桂江的一片交汇地带，作为统治岭南首府驻地。汉武帝下了一道圣旨称"初开粤地，广布恩信"，从中取出"广"和"信"两个字，合称广信县，包括现在的广西梧州和广东封开两地。后来才以这个地方为界，广信之东为广东，广信之西为广西，这就是"广"字的由来。

高小莉：原来是这样。

黄伟宗：由此可见"广"字地名的由来，根源在于两条江的汇合，其蕴含有水文化的江河文化概念。以广信为首府的岭南新划的九个郡，也即是共一条母亲河的地域，即珠江流域地带，覆盖的是同一江河文化，即珠江文化。随即还进一步了解到：珠江是一个庞大水系，包括西江、北江、东江三大主干流，流域遍布中国南部大部；主干流西江水量仅次长江，全国第二。仅以此可见，珠江流域地带的文化，完全可以称之为珠江文化，并且是可与长江文化、黄河文化并列同等的地域文化。这就是从"广"字由来的发现，而进行对珠江文化系列开拓的起步。随后我们在这里和整个广东以至岭南地区，先后发现和开拓研究开发的广信文化、广府文化、岭南文化古都、粤语发祥地、珠玑巷文化、华侨文化、珠三角文化、西江文化、南江文化、北江文化、东江文化等，都是既有文化学术价值，又对各级政府起到决策咨询与开发作用的重要成果。上次访谈中已讲过，不重复了。

高小莉：好的。

黄伟宗：不过，上次谈到的张德江、汪洋、胡春华三位政治局委员先后任广东省委书记时关心参事工作的一些事情，有些背景细节，还是可以作为"六字经略"的实例说说的。张德江同志主政广东之初，发出了建设文化大省号召，我提交了一个参事建议，提出要以大文化概念和地域共性文化（珠江文化）为纽带建设经济合作区。德江同志很重视，并对这建议作出批示。不久，他即将建设"珠三角城市群"发展为建设"粤港澳大珠三角经济圈"，随后又进一步发展为建设"泛珠三角（'9+2'）经济合作区"概念，而且明确（"9+2"）就是包括珠江流域及相邻地带，即广东、广西、海南、贵州、云南、湖南、江西、福建、四川，加香港、澳门。显然这就是以珠江文化为地域基础和文化支撑的概念，是珠江文化的发现开拓所起到的决策咨询作用。所以，当时《人民日报》《南方日报》等媒体向我采访，省文化厅还要我向"9+2"文化峰会作报告。

汪洋同志主政广东时，我也是根据发现并开拓珠江文化和海洋文化的成果，多次提出了许多关于以水文化理念建设广东的建议，多次受到汪洋同志的重视和批示，并受到他致专信表扬。他开创的"以羊城为背景，以珠江为舞台"的亚运会开幕式场景，打破了历届在馆内举行的传统，开场以小女孩用粤语演唱的民歌"落雨大，水浸街"扣人心弦，使广州在世界"一夜成名"，正是珠江文化、海洋文化的水文化概念的鲜明体现。后来《光明日报》记者专访我，报道了他们的这个看法，可见珠江文化的发现开拓，对政府决策起到的作用，以及对世界的广泛影响。

上次访谈时讲过胡春华同志重视并批示我们发现开拓海上丝绸之路成果的事情，我想补充讲些历史背景和发现开拓过程的材料。这件事，既是我们的新发现，也是我们从发现而进行系列开拓，并对政府决策起到实效作用的重大成果，是"六字经略"体现的典型。事情的缘起是1980年，我们在封开考察珠江文化的时候，在《汉书·地理志》中查到了一段记载，说汉武帝统一岭南以后，派黄门译长（即皇宫翻译官）从广信到徐闻、合浦，出发日南（即越南）进入印度洋，到海外做珠宝生意。这就是当今发现的最早的海上丝绸之路历史记载。我马上意识到这段记载的重要性。为什么呢？因为当时已经有海洋文化概念，而且知道西方学者认为中国没有海洋文化的说法。你记不记得20世纪80年代初有一部影响很大的电视片《河殇》？这个片认为：世界上先进的国家都是海洋文化之国。中国只有黄河文化，而黄河文化即是黄土文化，从黄土高原直流下来，将黄土一直冲到大海，也将一切精华冲掉了，又未能收取海洋文化，所以中国是穷困落后的。当时我看了这个片以后，觉得应以两分法去看这件事，为什么？一方面是引进和运用海洋文化理念来分析中国封闭落后的原因，有新意；另一方面，影片所作的分析和结论不完全符合事实。为什么？因为中国是江河大国，毛泽东同志说"茫茫九派流中国"。如果说黄河文化没有什么海洋文化的话，那么，还有长江呢，尤其珠江水系是有海的，它有9个出海口都是通海洋的，而且海岸线最长，是江海一体的，这不是海洋文化吗？现在我们从《汉书·地理志》里面发现这个最早海上丝绸之路记载，这不就是海洋文化记载吗？"丝绸之路"概念是德国人提出来的，"海上丝绸之路"是北大教授季羡林和香港的饶宗颐教授提出的,他们都认为这是海洋文化的一种体现。所以,我对这个发现特别重视和高兴。

尤其当时我还听到一件不久前发生的令人感叹的事情:1991年,联合国教科文组织曾经派一个海上丝绸之路考察团来中国,考察哪里有海上丝绸之路遗址。安排考察的地点,第一是广州,第二到福建泉州,第三去日本大阪。他们第一站到广州时,我们广东还没有研究海上丝绸之路的单位和专家,只是由外事部门接待,因为不懂,无从介绍,便请了扬州一个讲师来介绍广东海上丝绸之路,也讲不出什么名堂,考察团一无所获,便匆匆去了泉州。在泉州发现了一条宋代海滩沉船,又见到元代马可·波罗到过泉州,并有为其取名"巴桐港"的记载;考察团还在泉州发现了从中东传来的伊斯兰教先祖遗迹和后裔,尤其是考察团的专家多是中东人,对这些发现倍感亲切,于是就顺利地对泉州作出"中国海上丝绸之路的最早始发港"的定位。这个定位使泉州获得联合国专项补助,建造了当时全国唯一的海上丝路博物馆,我去过参观。

在知道这些事情和对海洋文化开始认知的背景下,我下决心根据在封开和《汉书·地理志》记载中发现的线索,在2000年6月28日广东省珠江文化研究会正式成立当天,带队到雷州半岛徐闻考察海上丝绸之路。这是我省学术界第一次根据历史记载而对海上丝路的实地考察,结果在该县海安地带古港现场发现至今尚存汉代的古井、烽火台、瓦当,后来还发现汉墓。随后我们又经过多次多学科专家考察,并经全国性的研讨会论证,确认了这就是《汉书·地理志》记载的西汉徐闻古港,也即是中国古代海上丝绸之路最早的始发港。联合国教科文组织考察团,主要是根据发现的南宋遗址遗物而确定泉州是"最早"始发港的,也即是说,他们所说的"最早"时间是南宋,而我们发现的徐闻古港是西汉,显然比南宋早得多。所以,这个发现,就具有将中国的海上丝绸之路的历史推前了1300多年的意义!是一个非常重大的事。

由于这个发现,省参事室呈报省政府,将我们广东文化组加上"广东省海上丝绸之路研究开发项目组"的头衔和职能,并任命我为组长,担负考察全省海上海丝古港的任务。由此,促使我们同时承担了两方面职能:一方面在学术上持续更广更深的考察研究,以求更多发现和全面了解港口;另一方面是同时将新发现的港口进行深入论证和宣传开发。也即是从这两个方面进行开拓并发挥实效性的作用。事实正是如此，从 2000 年到 2013 年这段时间，我们基本走遍了两广的海丝古港，发现和研究出每个古港在历史上的特点、地位和作用，并且从宏观上发现了这些古港，在广东海上丝绸之路史上的出现，是先后轮换、彼盛此衰、轮转发展的现象，如徐闻港在西汉兴起繁荣，衰退后到隋唐时代，是粤东的饶平港兴起取代，到宋代明代则又是潮州、汕头取代了。广州则是从秦汉时代开始至今 2000 多年的"不冻大港"。我们这些发现和开拓成果，既有促进全省海丝文化广泛开发的作用，又在学术上具有填补空白的意义，因为我们随后出版海上丝路系列著作，都是在这基础上持续开拓研究写出来的。

这项发现和开拓成果，在 2013 年习近平总书记提出"一带一路"倡议后，更得到进一步深化。所谓"一带"，是指陆上丝绸之路；"一路"，是指海上丝绸之路。当时中央以此下了文件。省委办公厅发了通知，要求研究海上丝绸专家拿出考察报告来。我不知道怎么被点了名，省政府参事室和中山大学党委，都分别要我写出报告。我用一周时间写出了调研报告呈交上去，时任省委书记胡春华书记很快作了批示，从这个报告部署全省宣传海上丝绸之路工作。当时分管参事室的省委常委、常务副省长徐少华同志，很快批准了我们广东省海上丝绸之路研究开发项目组，搞一个"海上丝绸之路研究书系"项目，批了专项经费，并要求我们马上编出一套书来，即现在你们看到的《海上丝绸之路研究书系》首篇《开拓篇》。这是我们从 2000 年发现海上丝绸之路开始到 2013 年的学术成果，包括《广东海上丝绸之路史》等著作共 4 本。当时作为胡春华书记出国访问礼品，带到越南、新加坡、马来西亚，作为开展海上丝绸之路交流活动的内容之一。后来印尼又买了这套书的版权，可见这套书还在国礼（国家礼品）和海上丝绸之路国际交流的高级层面上发挥了实效作用。

到现在这么多年，整个书系项目完成了，全部出齐了，一共是 30 本，包括 5 个篇章，每个篇章也都是持续发现开拓致用的成果，除刚才已说的《开拓篇》外，其二是《星座篇》，是我们考察发现全省的海上丝绸之路 10 个景点的成果介绍；随后是《概要篇》《史料篇》《港口篇》，共是 800 万字。都是我们在考察研究海上丝绸之路过程中，不断从发现到开拓进而受到普遍使用的成果，对于全省，尤其是对外贸外事部门、各个开发区港口的"一带一路"沿线建设，都有明显的促进作用，同时又是迄今广东省最大型的系统性海上丝绸之路书系。

高小莉：这的确是很典型的实例。

黄伟宗：再讲讲我们近年在珠江文化研究开发上的实例吧。2018年间，我们在佛山南海区委的支持下，在广东旅游出版社出版了一套《珠江—南海文化书系》，共30部约600万字，是广东省原创精品基金项目。这个项目也是从发现开始，进而持续发现开拓，从始至终都是体现出致用的目的和功能的。事情的缘起是：佛山市委常委黄志豪同志，新到南海区委兼任书记，请我们到南海考察打造文化。我们很快在西樵山遗址及其深厚的文化内蕴中，发现了珠江文明发展进程的八大标志：一是新石器时代原始人用石工具化石遗址标志海洋文明；二是秦汉时代南海郡县志标志封建文明；三是东晋时代道教、佛教与养生文明；四是唐宋时代的村落、移民农耕文明；五是明代的理学、书院与学术文明；六是明清时代的桑基围与生态文明；七是清代的丝绸机器与工业文明；八是晚清的"经世"与"维新"文明。这八大文明都是在这里开始，标志着珠江文明的时代发展，影响全国和世界。由于第一个已被称为"珠江文明灯塔"，所以我们接着发现的也随之排列，统称为"珠江文明八代灯塔"。这是我们在考察研究中持续发现开拓的成果，对南海以至珠江文明建设起到重要促进作用。

我们还在这基础上，进一步持续发现开拓：一方面是以这八大文明为主题，分别举办了5次论坛，并分别出版了5本论文集，构成了"珠江文明"书链；另一方面，从中进一步发现开拓"珠江文派"与"珠江学派"（千年南学），并分别组编其书链，使两者都形成了完整的文化学术体系，将致用的功能升华至更高的为创建中国文派、中国学派作出贡献的层面上。

我想还应当补充讲讲珠江文派的必要性和价值。你们都知道前些年提出过"岭南文派"，但没有打响，原因是多方面的，其中可能与未能编出代表作家及其代表作品集有关。所以我从编"珠江文派"书链做起，以《珠江文典》《珠江文粹》《珠江文潮》分别选析欧阳山、陈国凯、张欣等三代作家的代表作，还以《珠江文流》选编梁启超开创一代的作品，可以说是从纵向上将百年四代的珠江文派的历史和文脉梳理显现出来了。同时，我还以《珠江文港》《珠江文海》分别选析港澳和海外粤籍作家体现乡愁的代表作，以求从横向上看珠江文派的辐射和影响；而且，还以《珠江民歌》《珠江民俗》《珠江民艺》3本民间文化选编，从横向上揭示珠江文派滋长的民间文学土壤。我的这些苦心,也不过试图从四面八方确立珠江文派体系而已。至于其名称用"珠江文派"还是叫"粤军"好,完全可以讨论,但我还是倾向叫"珠江文派"为宜,理由前面讲了,是对接世界的江河文化。

现在再补充讲讲珠江学派,即"千年南学"。"南学"这个概念,最早是梁启超、陈寅恪在清华大学国学院时提出来的,但他们都未对什么是"南学"作出解释,也没有搞出个系统来,我想,大概是指我们南方学者做的学问学说之意吧。陈寅恪后来到广州中山大学后,一直不再提起这概念,也没有搞出个学派的代表作或论著出来。由此,我在组编《珠江文派》书链的同时,觉得很有必要组编《珠江历代学派》(千年南学)书链。因为这样做,既可以承传梁启超、陈寅恪倡导的"南学",又可以借此在倡导"珠江文派"的同时,倡导"珠江学派"。这套书链包括上古、中古、近古、近代、现代、当代共6本书,现在已出齐了,可以说是一套比较完整的珠江学派体系论著,填补了广东以至中国学术史上的空白,既是学术上的一个建树,又是具有实用价值的一个文化成果。

高小莉: 你开创珠江文化研究这么多年,硕果累累,除了前面已讲的实例之外,再给我们讲讲遗漏的吧。

黄伟宗: 好的,真是言有未尽,讲不胜讲,再补充简单讲三件发现最早、开拓最长、成果最多、典型体现"六字经略"的事例吧。

第一件,是发现开拓南江文化。你们知道,珠江主干流有西江、北江、东江,为什么没有南江?其实是有南江的,只不过是被历史掩盖了。2004年,我就是从南江口这个地名,到云浮和粤西一带发现南江并开拓出南江文化带的。这项成果的价值和意义,不仅在于解开了地理文化上缺失南江之谜,更重要的是在民系文化上将岭南文化之根,摆上了应有的位置。因为广东的江河文化与民系文化是密切相连的,西江是广府文化带,北江是广府和客家结合文化带,东江是客家文化带,韩江是潮汕文化带。从这个分布可见,都是南下的移民民系分据主干江河文化带,独岭南本土的祖根文化——百越族文化因无江河所依而缺席。这个缺失,正可以由于南江与南江文化带的发现开拓而弥补。因为从我们多年多次的考察研究中证实,自古本有南江之名并有南江之实,本是现在罗定江的原名,而且其实际上不仅是一条江,而是分布粤西四市(云浮、阳江、湛江、茂名)以至广西南部区域的庞大水网,这个区域正是百越族史上聚居、当今遗存最多的文化带。由此，以南江文化带为其正名，既与历史与现实的实际相符，而且标志着本土老祖宗的百越族文化，与其他民系文化一样，体现于珠江主干流之一的文化带中，作为珠江文化和岭南民系文化的重要组成部分，这样不就是将其摆上应有的位置上了吗？所以，这是一项很有历史文化价值，又很有现实意义的学术成果。我们从发现到现在已有20多年了，云浮市，尤其是郁南县仍在持续开发，像愚公移山那样，挖掘这个文化金矿年年不止。

第二件，是发现开拓六祖文化与惠能禅学。毛泽东同志说广东有两大圣人，一个是孙中山，一个是六祖惠能。毛泽东同志还说六祖是中国佛教的真正创始人，《六祖坛经》是老百姓的佛经。在人们心中六祖是佛教领袖，是禅宗教派之首，没有注意到他同时是一个哲学领袖（哲圣），是惠能禅学的创造者，为什么？因为他创造的禅学就是一种完整的哲学。他被尊为"东方三圣人"的原因，就因为他创造的禅学，与孔子的儒学、老子的道学一样，都是一种思想哲学，应当将作为教派的禅宗与作为哲学的禅学两个不同性质的概念分开，将惠能禅学作为一种学问、一个学派进行研究开发。由此，在2002年为纪念南华寺建寺1500年的时候，我提交了关于支持南华寺举办庆典、归还其被侵占土地的参事建议，受到省政府采纳。我还在亲自参与主持的"惠能禅学思想国际研讨会"上，作了《珠江文化哲圣——惠能》的学术报告，详细论述了这个重大发现和观点，受到了海内外学者的普遍关注，引起强烈反响。随后又持续发现开拓，先后提出"中国禅都""禅廉文化""禅学的当代价值""禅学体系"等概念或基地建设，对贯彻党的宗教政策和宗教改造建设起到积极作用。省民宗委还支持我将多年来体现我这种思想观点的参事建议、调研报告、学术论文汇编成《惠能禅学散论》一书，由广东人民出版社出版，并列入《六祖文库》收藏。最近广东与澳门联合发行一套纪念六祖惠能的邮票，特地向我咨询，请我当顾问，也讨要我这本书作参考，说明这是既有学术价值的理论，又是具有实用价值的专著。

第三件，是发现珠玑巷和广府文化。这个发现，实际上与开头讲过的在封开发现"广"的来历是同时的。广府文化是秦汉时从广信（封开、梧州）开始发祥，唐宋时由于多批中原移民南下粤北梅关珠玑巷，再进军珠江三角洲，而将广府民系与广府文化推向了岭南各地和海外。其实，20

世纪70年代初我下放韶关地区文化局工作时，已到过此地，对其历史略知一二。1993年重游，才从文化高度发现其重大历史价值和意义，真正了解到唐代宰相张九龄开拓了梅关古道，方便了大量中原人南迁，尤其宋代战乱时更多，使珠玑巷成了南下移民的中转站。当时在那里有一个叫罗贵的人，从中原过来在珠玑巷立了家业，见异思迁，又带了36个姓氏族人，从珠玑巷持续南下，开发珠江三角洲。所以，珠江三角洲整个都是珠玑巷后裔开发出来的。主要的姓氏都是珠玑巷的后人。广州有句流行话"唔使问阿贵"中的"阿贵"，就是当年率领珠玑巷人南下开发珠江三角洲的领袖罗贵，到达现在江门的良溪（原名"朗基"，后来我们才发现此地，故称其为"后珠玑巷"）以后，大家分散两广以至海外各地，各家自主开发了，就不用请示罗贵了，所以"唔使问阿贵"就是这个意思。其实海外各地有很多广府人，尤其是美国，我去讲学时知道，很多旧金山的人都是从珠玑巷里出来的。因此应当成立珠玑巷后裔联谊会或者广府学会，这是刚发现珠玑巷时我提出来的，当地政府很赞成，立即表示请我当顾问，媒体很快传播了这个信息。由此产生广州市市长黎子流与著名香港实业家霍英东先生到珠玑巷寻根问祖，并支持赞助成立广府人珠玑巷后裔联谊会的故事。

故事的缘起是，当时霍英东正好认珠江三角洲中的番禺为他的家乡。为什么呢？因为霍英东只知道自己到香港时是疍家人，是坐船过香港的，不知道自己家乡是哪里。他放声请人帮忙找家乡所在。据说我们中大有位语言学家自告奋勇，向霍英东说："你讲话给我听，我可以从你的话音辨别出你的家乡是哪里。"辨别的结果，说可以肯定是珠江三角洲人，但具体地点有两个可能：一个是番禺，一个是顺德。当霍英东在两者之间选择犹豫的时候，广州市市长黎子流是顺德的，当然支持他选顺德为家乡；但霍英东的夫人是番禺人，自然选定番禺。当时番禺县领导知道这抉择后很高兴，马上去认霍英东是乡贤本家。霍英东也为此高兴，便问家乡要办什么事吗？番禺领导毫不客气地说："请支持建造一条连通广州市区的番禺大桥吧！"于是这座珠江三角洲第一座大桥就建起来了。此后霍英东才投资建白天鹅。由于这个对家乡的确认，黎子流市长便向霍英东说："你我都是珠江三角洲人了，我们一道去珠玑巷寻根问祖吧。"当黎子流陪霍英东到珠玑巷时，当地领导向他们汇报说省政府参事黄伟宗提出创办珠玑巷后裔联谊会建议，请两位领导支持，霍英东当即说："好啊，我赞成，我给100万。"黎子流接着说："我赞成，我给20万。"共120万开始筹备珠玑巷后裔联谊会，1995年正式成立，韶关市请黎子流任会长，实际是南雄主办，一开始海外华侨踊跃捐款，帮珠玑建了许多姓氏祠堂，某位省领导前往视察时说有封建迷信之嫌，遂使珠玑巷建设停顿了几年时间后，我们项目组再到南雄从梅关发现并提出海陆丝绸之路对接通道理论时，我在提交从海丝文化高度开发梅关珠玑巷文化建议的同时，又提出了从珠玑巷弘扬中华姓氏文化的建议，使珠玑巷才慢慢复苏起来。2018年，我们珠江文化研究会在封开举行广府文化研讨会，发表《封开宣言》发出了建立世界广府人海外联谊会和广府学会的呼吁，我与谭元亨教授一并以参事建议正式提交了这个建议，受到省政府采纳，由省委常委、常务副省长徐少华同志批示省侨联办理。于是珠玑巷联谊会升格为广东省广府人（珠玑巷）海外联谊会，并下属广府文化专业委员会（简称广府学会），仍由黎子流任会长，我是副会长兼广府学会会长。2013年在广州举办了首届世界广府人联谊大会和广府文化学术研讨会，有来自世界39个国家地区300多名代表出席。此后持续举办，迄今已举办了三届，在海外影响很大。这件事，可以说是我"六字经略"的又一典型事例。

高小莉：黄老师，你在文化领域做的事够多的了，经验也很独到。现在讲你的老本行——文学领域上的发现开拓事例吧。

黄伟宗：好！在文学领域上发现开拓与致用方略，与文化领域基本相同，但因为起步早，开始不是很自觉的，到后期才自觉；开拓的做法也有异，主要是以升华的方式体现；致用的途径与实效也有异，主要在于对创作实际的影响。具体表现在下列三种方式所做的实事上。

第一种，是从现象分析到理论升华。具体表现在粉碎"四人帮"后的70年代末至80年代初，你们都知道，当时涌现一种"伤痕文学"思潮，最早是《人民文学》发表的《班主任》发难，很快遍及全国，广东是《作品》发表的《我应该怎么办》《在小河那边》为代表。对于这种文学现象，当时只冠之"伤痕文学"这个代号，没有一个理论的概括，这个代号只是说明这些作品是写"伤痕"而已。有些人说这些都是悲剧，提出"社会主义悲剧"的概念，我也赞成；但我认为这个概念还不够，应当从创作方法多样化的高度上，以"社会主义批判现实主义"理论升华这种文学现象，并且认为应当从"提倡社会主义文艺创作方法多样化"的高度上支持这种文学现象。据此,我当即写出论文,发表在1980年4月的《广州文艺》和《湘江文艺》上,同年7月《新华文摘》转载,很快引起强烈反响。当时有一位美国加州大学教授,叫林培瑞,正在中山大学考察中国当代文学。我受学校的委派,负责接待这位教授。当他看了我提出这个理论的文章时,非常赞赏,将其传到美国报刊发出,称这是中国文学的一个"新理论"。不久,中国社会科学院《文学研究动态》信息称:苏联报刊也称这个理论是中国现实主义的"新学派"代表,随后又被载入《中国文艺年鉴》和《中国文学研究年鉴》大事记中,成了一个世界性的话题。后来我从这种文学现象进一步放开视野,从创作方法这个角度研究了世界从古至今,从希腊神话到现在的现代主义,100多种创作方法,100多种文学思潮流派,总结出来它的历史发展过程,写出了两部书,一部叫《创作方法史》,一部叫《创作方法论》,书中不仅说明了我提出的创作方法多样化和"社会主义批判现实主义"的理论依据,而且以此确立了创作方法的理论体系,实现了从文学思潮现象研究,升华为创作方法理论的飞跃。正因为如此,20世纪八九十年代,香港、澳门、台湾先后请我讲学,我讲的主题就是当代中国文艺思潮的演变和理论。记得当时香港作家协会专门请内地3个有代表性的作家赴港讲学,一个是北京中国作协书记邓友梅,一个是上海著名小说家王安忆,一个是在广州的我作为评论家代表,要我主讲的题目是当今中国文学思潮与创作方法。在讲学期间,与许多港澳作家学者交流,后来又去过台湾讲了相同主题,都受到当地作家学者的欢迎,可见我这个从文艺思潮升华的理论,还是有实效的。

高小莉:第二种是什么呢?

黄伟宗:是从形象研究升华为规律研究。对于文学研究的特点,我有个总的看法:认为中外古今的文学研究都是对文学现象或文学形象的研究;因为文学的产生和发展,莫不源起并体现于一定的文学现象;任何文学作品都要创造艺术形象,因而对作家作品的研究,不能离开其创造的艺术形象;但是对这两"象"的研究,不能只停留在表象层面上,也不应孤立地进行,必须升华到规律研究的层面上去分析论证。前面讲的文学思潮,就是文学现象;现在流行的网络文学,也是一种文学现象。每种思潮或新的文学方式(即创作方法)刚出现的时候,必有新的艺术形象诞生,"伤痕文学"是这样,网络文学同样如此,哪个作家敏感,敢于站在潮头前面,就必有建树。这就是规律，是文艺创作的辩证规律。刚才我说到开始从事文艺批评的时候，对"六字经略"是半自觉的，到后期写出《文艺辩证学》之后才算自觉的，标志就是我的文学批评由此而升华规律研究的层面。因为这是我从一般文艺批评进到确立自己文艺理论体系的代表作。这本书，其实是我早在从事文学批评中逐渐感悟，并在粉碎"四人帮"后才下决心动笔写的。因为"文革"开始下放"五七"干校养猪，我心灰意冷，拟改行当工人，当时有一位社会科学院学者跟我讲："你看看，在'五七'干校里这么多专家，八百秀才，都是共产党培养的，是共产党原来的重要人物，为什么不用？将来要用的，包括你黄伟宗，将来要用的。你要看远一点，我看你不是改行，而是要跨行。什么叫'跨行'？就是不应只是以文学研究文学，而要从文学跨越哲学，并从美学上研究文学。"真是一言醒悟梦中人！我接受了这个道理，从那个时候开始，我就注意学习哲学、美学著作，尤其注意文艺上的规律性、辩证法的东西，从恩格斯的《自然辩证法》想到，也应当有文艺辩证法，这也应当是一门研究文艺创作规律的学问。于是我就一路研究马克思、恩格斯、列宁、毛泽东关于辩证法的书，一路研究有关的中外古今作品和理论，做出许多读书卡片，逐步进入写书状态。直到1979年，我调入中山大学任教时，我写出好些篇章并在《批评家》杂志上发表了。当时有一本法国19世纪学者丹纳著的《艺术哲学》，对我影响很大，下决心也搞出一本中国的艺术哲学来。初到中大任教时，除了安排我讲一门中国当代文学必修课之外，还要向全校开一门跨学科的选修课，我就此开了一门文艺辩证学课（开始称艺术辩证法课），这是全国高校首开的一门课程，开始只使用油印教材，2000年7月出版后发行面广，很快发行至香港、台湾（我去讲学时当地学者见告），对大学的文学教学与研究、文学创作与批评以至从事其他工作，都有方法论的指引作用。2020年6月中山大学出版社列入《中国语言文学文库·典藏文库》再版。

高小莉：第三种是什么呢？

黄伟宗：是从平面研究升华立体研究。这主要是指对作家作品的研究批评。你知道我以文艺批评为老本行，毕生精力都主要放在对华南新老作家的评论研究，尤其是对欧阳山的评论研究几乎贯穿我文学生涯的全过程，前面讲过，我写评论广东作家的文章第一篇就是评欧阳山的《三家巷》；第二卷《苦斗》和第三卷《柳暗花明》，都是经我的手在《羊城晚报》发表的；20世纪60年代他发表的《乡下奇人》等短篇小说，是我在《羊城晚报》上最先发表评论。正因为如此，"文革"时我被封为"黑秀才"受批判。由于当时欧阳山住我对面楼，他被抄家的时候，我亲眼看到他被红卫兵逼着烧原稿的情景，伤心至极！后来大家都被赶到"五七"干校改造。粉碎"四人帮"后，是我第一个发表为《三家巷》《苦斗》，以及《乡下奇人》等短篇小说平反的文章。所以，20世纪80年代初，河北花山出版社要出一套"现代作家评传丛书"，《欧阳山评传》是其中之一，出版社本拟约黄秋耘写，黄秋耘当时很忙，就向欧阳山推荐我写，出版社和欧阳山都同意了。我接受后，用了3年时间完稿，中间经欧阳山审改几次，最后由他定稿时，恰逢广东省文联举办"庆祝欧阳山同志文学生涯65周年暨欧阳山创作研讨会"，著名作家刘白羽从北京专程到广州与会，发表《给欧阳山同志的献辞》，并同意我的请求，将这献辞作为《欧阳山评传》代序，欧阳山还拿出他最珍贵的照片（包括为鲁迅送殡等），并亲笔签名，交给花山出版社，本来安排当年付印，因经费拮据，延至1993年才问世。但在这一年，广州花城出版社早先出版我的专著《欧阳山创作论》获得了"双奖"：一是广东文艺最高奖——鲁迅文艺奖，一是广东省委宣传部"庆祝新中国成立40周年优秀文艺作品奖"。

《欧阳山创作论》和《欧阳山评传》两本书出版，不仅标志着我对华南作家作品研究，从短篇评论到长篇专著的飞跃，以及从零敲碎打到系统研究的飞跃，还标志着在思想方法上从平面研究到立体研究，以及从熟悉感性研究到独立科学研究的升华。因为这两部专著不仅汇集了我对欧阳山多年的研究成果，对他的人生与创作进行了全面系统的论述，而且，从其在中国新文学整体上、在创作方法和现实主义道路上、在文化意识的视野上，立体而全方位地对其进行系统而独到论述，从而达到同获广东"双奖"的殊荣。尤其是20世纪80年代初，欧阳山的长篇小说《一代风流》五卷出齐的时候，我在《羊城晚报》发表对其前两部与后三部比较的论文，提出中国当代长篇小说"后不如前"的观点。具体指出：《一代风流》五部，第一部《三家巷》，第二部《苦斗》，第三部《柳暗花明》，第四部《圣地》，第五部《万年春》，我认为后3部都比不上前2部，并认为这不仅是欧阳山的个别现象，其他当代中国作家所写的多卷长篇小说也大都如此，如《青春之歌》之后的《芳华之歌》，《红旗谱》之后的《播火记》，《林海雪原》

之后的《桥隆飙》等，都是后面比不上前面的质量。这篇文章发表前，我专程登门请教欧阳山，他说："黄伟宗，我不赞成你这个'后不如前'说法，但是作为百家争鸣你可以发表。"当时广东作协秘书长曾炜（他与欧阳山是我1984年参加中国作家协会的介绍人）劝我慎重考虑，最好不要发表。后来我考虑再三，认为这种现象是客观存在，我不指出迟早也会有人指出，更何况我这说法不是针对或否定欧阳山，而是揭示并祈求克服这种现象。于是，我便下了不怕受非议的决心发表。不出所料，很快引起了国内外的强烈反响，我为自己本着一个文艺评论家的勇气和责任心而做了这件事心安理得。由此进一步领悟到文艺批评和研究，虽然应当发挥与作家熟悉的优势，但更重要的是尊重客观实际，独立思考，进行科学地研究批评，这才能真正发挥文学研究批评的职能和效用。有趣的是，这篇文章发表以后，好些研究者或作家向我咨询相关命题，如有学生写论文问我："姚雪垠的多卷长篇小说《李自成》、金庸的众多武侠小说，是否有这种'后不如前'现象？"连荣获茅盾文学奖的《白门柳》作者刘斯奋，在出版第二部《秋露危城》之后亲自送书给我，要我看看是不是"后不如前"？可见文艺批评还是很有用处的。值得注意的是，欧阳山辞世之前，出版文集的时候，特地将他这五部书的名称《一代风流》取消，改用《三家巷》之名统称原五卷，这是一个非常重要的改动，意味着全都是《三家巷》这一本书，不是原来包括的五部了，由此，不就是没有"后不如前"问题了吗？……可见文艺批评的效应还是挺大的。

现在人们都说我是研究欧阳山的专家，其实我不仅研究欧阳山，对其他华南老作家都有研究，如陈残云、秦牧、杜埃、萧殷、黄秋耘，都很熟悉，都写过评论，因为他们都曾经是我直接或间接的上级，而且还有作为编辑与作家之间经常的联系。正因为我具有这个优势，我的老师、时任中山大学中文系主任吴宏聪教授专程请我回母校任教，并参加他当时主持的一个国家研究项目——"华南作家研究"，研究对象正是欧阳山和这些老作家。也正在这个时候，广东省委决定，为庆祝广东五位老作家文学生涯举办其创作研讨会，由于当时萧殷已逝世，故只包括欧阳山、陈残云、杜埃、秦牧、黄秋耘等五位大家。刚才讲了，欧阳山研讨会最先开了，接着要开陈残云的研讨会，广东作协秘书长曾炜跟我说："陈残云交代要你写评论他的文章。"曾炜还特地交代我，"你要像写欧阳山那样，对陈残云也做出个明确的定位。"这是怎么回事呢？因为对陈残云评价有一个很大的难题，欧阳山可以定位为著名的小说家，秦牧可以定位为著名的散文家，陈残云的创作面广、成就多，既是小说家，又是电影家，是诗人，又是散文家，很难找个全面明确的定位。当时我受到现代文化学的启示，正在进行从文学透视文化、以文化观照文学的探索，有意识地超脱仅以文学平面分析的单一视点，扩大为以跨学科立体的文化视野去看陈残云的全部著名作品，包括小说《香飘四季》，电影《珠江泪》《南海潮》，散文《珠江岸边》等，都是写珠江题材的。我便以《论珠江文化及其典型代表陈残云》为题写出论文，在研讨会上发言，随后才在《开放时代》杂志发表，陈残云很满意，曾炜跟我说："黄伟宗你真辛苦了，这个定位很难得又的确好。"其实，"珠江文化"这个概念和定位，既是在陈残云全部作品中概括出来的（后来才知道1927年郭沫若到中大任教时曾用过"珠江文化"这个词），也是当时刚开始珠江文化研究的时候发现和开拓出来的。从这篇论文和定位开始，我大都是自觉地以立体的文化视野研究评论作家作品了。所以，后来我为秦牧研讨会写的论文是《秦牧创作的民族文化意识特征》，为杜埃研讨会写的论文是《论民族文化的兼融性及其典型作家杜埃》，仅从题目即可见是与陈残云一样，从文化视角写的论文。在研讨会上发言之后，秦牧对我说："评论我的文章很多，我还没读过你这样的文章，很好。"杜埃则说："黄伟宗你很会写新文章，多谢！"这些朴素的反馈话语，清晰地表达了两位师辈对我在思想方法上从平面研究到立体研究、从熟悉感性研究到独立科学研究升华之文化批评的赞许。吴宏聪老师在完成他主持的"华南作家研究"项目总结时，也对我这种文化批评的方式与成效予以充分肯定。顺便说一下，原定的黄秋耘创作研讨会当时不知道为什么没开成。由于他被江青诬陷是"资产阶级文艺主张"的"中间人物论"定义的制造者（即："不好不坏，亦对亦坏，中溜儿的芸芸众生"），我早在1978年初为其写出平反文章，请他提意见，他悄悄写个小字条复我："提不出意见，我看没有地方发表。"因是《人民日报》记者的约稿，结果很快在当年4月报上发表了，发表时尚未举行为这个理论提出者邵荃麟（中国作家协会党组书记）正式平反的仪式。

高小莉： 黄老师，很感谢你与我们分享了那么多难得的独到经验，讲了那么多珍贵的独家史料。你是广东作协的老会员，又曾经在作协机关工作过，现在抽点时间，同我们讲讲你与广东作协的历史渊源好吗？

黄伟宗： 很好，广东作协是我的"老家"，是我的"母会"。上次访谈开头讲过，我的文学生涯是从《羊城晚报》的《花地》开始的，《花地》与作协的《作品》都是亲如一家的报刊；我先后写关于欧阳山《三家巷》《苦斗》的评论，是先后与你们作协的黄树森、黄培亮分别合作的；我先后以黄葵、荷红的笔名写评论和散文，也是最早受到杜埃、陈残云等前辈作家的注意和扶持的；首届"花地"评奖和首届青年作家代表会，以及由我担任责任编辑的《文艺评论》版都是我与作协合作办的，可以说我早是广东作协中的一员了。

高小莉： "五七"干校时你与作协的人在一起吗？

黄伟宗： 1967年"文化大革命"开始不久，《羊城晚报》就被封了，罪名是为陶铸"造谣、放毒"，全部报人下放英德黄陂"五七"干校（原本是畜牧场），与全部省直新闻出版社科界在一起，省直文艺界的干校在英德茶场（原本是劳改场），与我们不在一块。后期开始落实政策的时候，在每个地区办小报，如《惠阳报》《肇庆报》《韶关报》等，为消化报社干部，分派三个报刊原领导各带一班人下去办报，如原《羊城晚报》总编辑杨奇去肇庆，副总编辑秦牧去韶关，因韶关嫌秦牧工资太高（200多元）没去成，改由原《南方日报》领导黄每带一班人到韶关，我也在其中之列，开始说是办《韶关报》，报到后则派我去文艺办，编《韶关文艺》，正好与广东作协下放地区的干部同工种而不同地区，恰恰在这个时候，作协干部欧阳翎被分配到惠阳编《东江文艺》，王有钦（贺朗）被分配到肇庆编《西江文艺》，这也是我与作协的一种缘分吧。也正在这个时候，省里成立了文艺创作室，作为原省文联与作协老专家的"收容所"，并办有《广东文艺》杂志，编辑部多是原《作品》编辑部的人马，本来很熟，与我们在地区办的杂志都经常有业务联系，合作开展业务工作。令人难忘的是，1971年在清远办文艺创作学习班的事。当时《广东文艺》和《韶关文艺》都要约作者改稿并培养作者，共同约定在清远办班，以利作家和中大老师讲课。当时刚从干校出来不久的萧殷，在我主持的韶关班讲课时，说出了"写英雄人物是根本任务但不是唯一任务"的观点，被人向江青告黑状，当即被作为"文艺黑线回潮"事例之一批判，我也受到株连。幸好折腾时间不长，很快不了了之，可见在灾难年代，我与作协的人也是同甘共苦的。

高小莉： 你是怎样调到省作协工作的呢？

黄伟宗：说来话长又有点好笑。刚才不是说省创作室和《广东文艺》是老文艺家和原作协"收容所"吗？当时我很希望能够被"收容"进去，因为自从下放干校再被分配到韶关工作，妻离子散近 8 年了，该阖家团圆了吧？正在这时，省委宣传部恢复了，宣布领导名单中有两位副部长是我熟悉的，一是杜埃同志，前面讲了我开始用笔名黄葵发表文章时他即特地打听我；另一位是张作斌同志，原是《羊城晚报》政治部主任，是我的老上级。于是我便分别给他俩写信请求调回广州，编《广东文艺》。没料到两位领导都很快批准了，但在批到人事处的原件中，杜埃写的是"黄葵"，张作斌写的是"黄伟宗"，出现了是一个人还是两个人的问题，差点办成一人下两个调令的怪事，幸好办事人询问杜埃，知道"黄葵"是我的笔名才免。于是 1976 年初，当周恩来总理病逝后，我调回广州，到省文艺创作室《广东文艺》编辑部上班，直至 1978 年省文联和省作协恢复活动，《广东文艺》也恢复《作品》刊名，我也作为其理论编辑，名正言顺地成为广东作协的一名干部了。

高小莉：这么说，你是省作协恢复活动全过程参与者之一，是吗？

黄伟宗：是的。这个过程有几件事使我永远难忘。第一件，是刚粉碎"四人帮"时，省创作室很快成立由萧殷、于逢和我组成的大批判组，由我执笔写批判"三突出"与"文艺黑线专政论"的文章，于逢写批判浩然《西沙儿女》之文，影响很大。第二件，是在恢复作协机构时，设立了文艺评论委员会，萧殷是主任，我是专职委员并任《作品》理论组副县级编辑。第三件，是刚上任广东省委书记的习仲勋，接见欧阳山、陈残云、罗品超、黄新波、关山月、林韵等文艺界著名人士时，我作为作协工作人员陪同。记得当时习仲勋同志在接见中谈到文联作协机构与文学院的编制问题。第四件，是请北京周扬、夏衍、张光年三大家到广州作报告，周扬刚解放出来不久，由我在后台担任记录（当时尚无录音机设备），近距离看见周扬在讲到"文革"被斗时泣不成声的情景，至今仍历历在目，记录稿也是由我整理，并亲自送到从化温泉，经周扬审正后在《人民日报》以一个整版发表。这确是广东文坛的一件大事。

高小莉：你是怎样离开广东作协到中大任教的呢？

黄伟宗：虽然我在作协恢复全过程中发挥了作用，受到前辈的器重，但由于自己做了多年编辑，感到只是"为他人作嫁衣裳"没意思，加上"文革"的10年教训，便有"急流勇退"之念，觉得做人应该自己走出一条学术道路才好。正好这时我的母校中山大学恢复中文系，我便萌生回母校任教的念头。新上任的中文系主任吴宏聪教授，是教过我的老师，知悉后便决定请我回系任教。他当时已是年过半百的老教授，竟两次骑单车专程到我家里造访，当时我住在东风西路，从中大去一次来回起码两个钟头以上，为我如此奔波劳累，使我感动不已！于是我很高兴地向欧阳山请示，他耐心地说："黄伟宗，你是文学评论家，又是文学活动家，作协是文学活动中心，你离开到大学教书不合适。现在作协马上要成立文学院，你就做专业评论家吧，要不然迟些时你当《作品》主编吧。"我觉得欧阳山讲得有理，但这恰恰正是我想离开作协到中大的原因。因为我不想长期忙于文学活动，自己不适合也无能力当领导，我只是想做学者，做学问，想走出一条学术道路来。不久，欧阳山出差北京参加全国文代会筹备工作，由萧殷主持作协日常工作，我便再向萧殷提出申请，萧殷开始也是不同意，后来我以一条理由说服了他。因为我多年在萧殷直接领导下做文艺评论工作，对广东评论队伍状况很了解，主要是两支队伍：一支是现在各大报刊的编辑，这类是实用型的，只忙于当前实际的评论，包括我自己在内；另一支是各大学中文系的教师，这类是学者型的，偏重阐发理论。这两支队伍都各有优势又各有缺陷，我去中大的目的就是企求走出将两者结合互补的路来，请他支持我去开辟一条既重实践又重理论、两者结合的路好吗？我终于以这条理由说服了萧殷，他才批准了，但再三交代我到中大后无论如何都不能脱离实际、不能脱离现实！后来欧阳山从北京回来，我已办完调动手续，只好同意，也叮嘱我一定要走理论与实践结合的道路。此后，两位前辈一如既往，始终关心支持我的发现开拓致用之途。事后不久，广东省委决定《羊城晚报》复刊，号召要求原报人重返原岗位，两次下调令要我回去办《花地》，我都谢绝了。不觉一晃几十年，尽管风风雨雨，曲曲折折，成就不大，我仍是无怨无悔，始终坚持自己想走的路。

高小莉：你是中国作协会员，你的理论影响很大。中国作协指定我们要拍你的访谈录像送去，请你谈谈你与中国作协的渊源好吗？

黄伟宗：中国作协要拍我这个录像，感到很荣幸！因为我与中国作协也有很久很密切的关系，当我最困难的时候，向我伸出热情的手，扶持过我。事情还得从1977—1978年间支持"伤痕文学"说起，当《人民文学》

发表《班主任》以后，《作品》也陆续发表了陈国凯的《我应该怎么办》、孔捷生的《在小河那边》、王蒙的《最宝贵的》，已引起震动，中国作协及中央各报刊负责人纷纷南下组稿或考察，当时我在省作协负责评论工作，除前面讲到的周扬作报告之外，尚接待过中国作家协会书记、《人民文学》副主编兼《小说选刊》主编葛洛，《文艺报》编辑部主任刘锡诚，《人民日报》文艺部主任缪俊杰，他们都分别约我写评论陈国凯、孔捷生，以及为"写中间人物论"平反的文章，并很快在这些权威报刊发表，加之我在广东和其他省、市报刊也发表文章甚多，引人注目，受到中国作协注意。恰在这时，中国作协决定举办首届茅盾文学奖，评选近几年（1977—1980年）出版的优秀长篇小说，各省、市推举的作品达400余部之多，工作量大，中国作协人力有限，必须请评论家帮忙，于是便决定办个读书班进行审读预选。办班时间两个月（1981年2—3月），地点在北京香山昭庙，由张光年、孔罗荪、冯牧领衔，谢永旺、刘锡诚、阎纲具体负责，邀请北京和来自全国各地13位评论家参加，广东只请我一个人。这可以说是我与中国作协正式联系的开始。也正在这个时候，发生了两件彼此关联的大事。

第一件，是前面讲过，1980年4月，我在《广州文艺》和《湘江文艺》分别进行现实主义问题讨论中，发表了提倡创作方法多样化，并认为"伤痕文学"思潮即是"社会主义批判现实主义"创作方法体现的观点，在国内外引起了强烈反响，在两个刊物的讨论中，赞成者、补充者、反对者均有，美国、苏联报刊称其为"新理论""新学派"；在1981年国内"反自由化"和"精神污染"中，时任中宣部副部长贺敬之、中国作协副主席冯牧都先后在报上发表的文章中列举了这个观点，广东则作为"思想问题"的事例之一。我所在的中山大学中文系教研室为此对我召开了"帮助会"，各报刊也停发我的文章或停止请我参加文学活动，即所谓"冷藏"。

第二件，是1981年初，美国纽约圣若望大学亚洲研究中心给我发函，正式邀请我参加定于1982年5月在纽约举办的"当代中国文学作品"研讨会并讲学。主办人金介甫教授是当时美国研究沈从文专家，还特地请我推荐一位作家与会，我推荐了王蒙。这个邀请显然与前一件事有关，是在于美方已知我提出的"社会主义批判现实主义"理论。我收到邀请信时，中文系也正在"帮助"我的火候上，学校领导当即表态："不同意本人赴会，只同意提交论文。"也正在这个时候，中国作家协会发来邀请我参加首届茅盾文学奖读书班的通知，系领导和学校却批准了。

在北京读书的时候，我向中国作协反映了中大不批准我赴会的情况，领导很重视。黄秋耘告诉我，由于美国也邀请他参加同一个会，中国作协出具公函，托他当面请中大领导准我赴会，当他见到中大领导面陈时，某领导连公函未看便拒绝了。这是秋耘同志事后告诉我的。在北京时，中国作协领导未告知我这件事情，热情款待并始终关怀我当时在北京的工作与生活。在这期间，葛洛、秦兆阳、王蒙先后特地在家中接待我、勉励我，对我的观点持异议的冯牧，也曾当面向我说他在文章中的列举，也只是个人意见，并特地向我介绍当时刚翻译出版的苏联理论家卢卡契的文集中，也有关于"社会主义批判现实主义"的文章，可以找来继续研究。读书班结束时，中国作协还专门致函中山大学，对我在读书班的工作表示满意和感谢。后来从黄秋耘带回研讨会的材料中，我才知道参加这个会的专家达40余人之多，除美国、英国、澳大利亚学者外，中国大陆有王蒙、黄秋耘、乐黛云参加，中国台湾有颜元叔、张诵圣，还有中国香港及海外华人作家与会。我提交的论文是《新时期以来中国小说艺术的发展》，由美籍华人作家于梨华代读，《北美日报》及中国台湾、香港报刊做了报道。虽然我未能参加这次盛会，但我对中国作协的热情相助是非常感激的。后来我与中国作协联系少了，只是20世纪80年代中期，我为写《欧阳山评传》查资料到过中国作协，拜访过刘白羽、草明、黎辛等前辈，还与在首届茅盾文学奖读书班共事的吴福辉同志，一同在与他正在筹办的中国现代文学馆门前拍过照，不久文学馆正式成立他也正式当馆长了，我即将我的著作寄赠文学馆，以表支持祝贺。现在中国作协和中国现代文学馆要你们拍我这访谈录像，我想这也是缘分吧。今天就说到这里，好吗？

高小莉：讲得很好，辛苦了！我们到你书房拍些镜头好吗？

黄伟宗：欢迎！

高小莉：黄老师，你的著作这么多，琳琅满目，我一下子认不全了，我知道你的部分作品，但我没想到有这么多。让我们拍一组镜头，拍下你编著的书。拍完大家一起合照。

黄伟宗：辛苦大家了，谢谢！

（2021年4月22日校改毕）

十五、关于南江文化与封开文化论坛的记忆

（一）岭南祖地磨刀山，珠江"五最"在南江
——关于举办"磨刀山遗址与南江文化"研讨会的说明并代《南江文化书系》总序

2022年3月下旬，时任中共中央政治局委员、广东省委书记李希同志到云浮市郁南县调研，专程到磨刀山旧石器时代古人类遗址公园参观，在现场指示当地领导，要认真打造这项珍贵文化遗产，并要求他们向我咨询如何打造南江文化。随即6月22日，郁南县委书记梁世军率领该县四套领导班子和有关部门负责人，前往中山大学与我见面交流。在座谈中，我汇报了多年研究开发南江文化的体会和建议，作出了"岭南祖地磨刀山，珠江'五最'在南江"的定位，受到郁南领导的重视和欢迎。会后，作出了与广东省珠江文化研究会合作举办"磨刀山遗址与南江文化"研讨会，并与广东旅游出版社合作出版《南江文化书系》的决定。由此，为了贯彻李希书记的现场指示，特对相关历史情况和文化背景作些说明，供大家了解参考。

1. "岭南祖地磨刀山"定位的来龙去脉

早在2018年10月，我和王元林教授尚在履职广东省人民政府特聘参事的时候，联名提交了一份广东参事馆员建议，题目是《应当大力研究开发"郁南磨刀山遗址与南江旧石器地点群"的历史文化资源》。因为这个文化遗产被列入了2014年度全国十大考古新发现之一，我们认为这是一件最新发现的很有历史意义和现实意义的大事，很有大力研究开发这项历史文化资源，并进行全方位打造的必要。

这项文化遗址的全称是"郁南磨刀山遗址与南江旧石器地点群"，是在郁南和南江流域一带发现的人类发祥地标，是广东省首次发现并经科学

发掘的旧石器时代早期旷野类型遗址，当时即被评审专家称："此遗址的发掘改写了广东的远古历史。"这句话的评价，意味着这个发现将广东在考古史上记录人类起源时间大大提前，即过去一直由距今15万年前以封开人、马坝人先后为标志的中石器时代，提前到与世界著名的距今20万年前北京周口店原始人同时的旧石器时代，而且达60万至80万年前之久。这是很了不起的发现，具有重大历史意义！然而，虽然在客观事实上广东的远古历史已被改写，但在人们的认知和广东的历史研究中，仍未能跟上这个已经改变了的客观实际，未有新的认知和同步的研究成果。显然这是由于自2014年后的4年来，未能重视这项发现的历史意义，而未能采取相应举措进行研究开发造成的。现在应当是"补课"的时候了——应将已经改写的历史补写出来，使世人知道这段已经改写了的历史。当时我们还建议举办"南方人类发祥地——南江文化带"论坛，以这项"最新发现的南方人类发祥地标"，带动整个南江文化五个"最"的全面研讨，将"最老的广东土著百越文化祖地，最古的广东珠江主干流文化带，最早的海陆丝绸之路对接驿道，最美的青山绿水宜居生态环境"等之"最"亮点，充分挖掘并展现出来，以贯彻习近平总书记"立文化、展形象"的号召；并且建议进一步将研讨重点延伸为探讨当今生态环境建设与人类起源研究课题之间的联系，将南江文化、生态环境与人类起源的主题突显出来。

2019年12月16日，云浮市委宣讲团团长刘于湖，与云浮市文化局原局长白健、郁南县人大常委会副主任许澄江等人，到中山大学拜访我和广东省珠江文化研究会现任会长王元林教授，商谈如何打造该市文化地标事宜。我表示要突出弘扬郁南磨刀山遗址与南江旧石器时代遗址群"改变广东古代史"之文化意义，以及南江文化带的"五最"优势，建设好"南江文化小镇"，尤其是"山海经太空科技城"，翌日又为云浮作出"岭南族先祖地，禅学文化圣源"的定位，并建议以此为主题于2020年8月举办全国性的学术研讨会。10天后，即2019年12月27日，时任云浮市委常委、宣传部部长郭亦乐，又带队再次造访我和王元林教授，双方就云浮优势传统文化的传承发展问题再次进行交流。经过两次关于云浮文化地标的访谈，双方为云浮市作出"岭南祖地·禅学故里"的文化定位，对2020年举办论坛的方案达成了共识，并发表了情况通报。可惜因新冠肺炎疫情影响而未办成论坛，但这也是一段历史的承续和发展。

值得高兴的是，现在对于这项文化遗存的了解和认知，比4年前前进一大步了。2022年6月权威媒体"南方+"以《重磅！岭南文化源头在哪？专家破译了广东史前考古地图》为题，发表了记者对磨刀山项目考古领队、广东省文物考古研究院副研究员刘锁强等学者的访谈，明确指出：自2013年开始，截至去年底，考古队在南江流域发现的旧石器地点（遗址）数量，从其2014年被评为十大考古发现之首、确定为国家文化遗产时的60多处，增加到100多处，而且更清楚了解到它们大部分集中分布在郁南县河口镇、大湾镇约20平方公里范围内。文物的密集程度在华南与东南亚地区都较为罕见，反映出古人类在该地区的栖居形态。而且考古专家通过综合研究，展开对磨刀山遗址石器加工技术、古人类行为方式等方面的探析，发现"磨刀山人"在打制石器时已形成比较规范的加工程序。首先是初步修整，打薄石器后，修理出近似三角形、水滴形等形状；再对刃部边缘进行加工，修理出适用的刃部，再对把手等部位进行修整。这些研究说明，数十万年前岭南远古先民在加工石器前，首先对材料会有选择，然后根据脑子里的预先规划、既定步骤和程序去进行石器加工。体现出旧石器时代古人类的智慧和能力可能超乎我们的想象。同时专家们还将在磨刀山遗址的发现串联起南江流域附近的一系列重要考古发现，让岭南文明早期发展脉络有了可见轮廓。以清晰的南江流域考古地图，揭开岭南文化源头的"神秘面纱"，明确证实了南江流域是岭南远古人类发祥地，是孕育岭南文化的"根"之所在。我也在这报道中提出，南江流域是岭南文化的发祥地之一，南江的独特文化是珠江文化不可分割的部分。这些新的成果，更进一步说明了对磨刀山遗址和南江流域地带作出"岭南祖地"定位的正确，而且还会有持续的新发展。

2."珠江'五最'在南江"的认知过程及其依据和意义

我们对磨刀山遗址和南江流域地带作出"岭南祖地"定位的认知过程很曲折，对南江文化的五个"最"的认知过程，也同样如此，甚至更早更远。

其实，从我们开始研究开发珠江文化和海上丝绸之路不久的时候，也同时开始了对南江文化的考察。源起是当时我心中有个疑问：广东有西江、东江、北江，为何独缺南江？明明郁南有个南江口，为什么没有南江？应当找出南江。于是2003年夏天，我与当时省政府参事室文教组参事（他们大部分也是珠江文化研究会的主要成员），开始了长达近20年的考察研究。开始时即发现，从地理到历史都是有南江的，只是在新中国成立初期被改名为罗定江了。这条江从信宜鸡笼顶发源，一直流到罗定，然后再到郁南，在南江口镇出口，汇入西江，自古因其在西江以南，故称南江；后来又逐步发现，这条南江，其实是与云浮市各县和整个粤西，以至桂南的其他江河（含鉴江、黄华河、漠阳江、新兴江等）交错或相邻构成水网，而成为珠江水系的有机组成部分。由此，可以说，南江既是一条江河，又是西江南部河网的总称；既是一个江河水网交错的水域或地域，又是珠江流域南部一片广阔的文化带。这是我们这个学术团队先后多次到郁南、罗定和云浮市，以及粤西各县市考察，并与各地领导和专家学者逐步交流而取得的共识。尤其是通过2008年在广州和郁南共同举办的首次"郁南：南江文化论坛"及其在会后出版的论文集，2017年在罗定共同举办的"南江古道与'一带一路'"论坛及其论文集，更将这些共识推向了更新的理论与实践高度。在这些成果的基础上，我们才会有在前面提到的2018年提交的参事建议、2019年与云浮市委宣传部的共识，以及在郁南"南江文化小镇"的策划中，明确并多次提出南江文化"五最"的特点和优势概括，并提出《南江文化书系》的出版规划和博览园建设方案。现在正是将这些规划和方案付诸实施的时候。

为此，很有必要说明我们提出南江文化"五最"的依据和意义，尤其是在广东和珠江流域中的"最"之所在及其依据和意义。

第一个"最"，是最新发现的远古人类发祥地标。

即郁南磨刀山遗址与南江旧石器地点群，前面已详述了其发现过程，值得补充的是，考古领队刘锁强特别指出："到目前为止，广东其他区域还没有像南江流域及周边这样，有延续时间这么长、内涵这么丰富、数量这么庞大的早期文化遗址群。"而且强调，"此前，广东周边的广西、湖南等地都发现了数十万年前的旧石器遗址，广东却一直'空白'。广东位于华南与东南亚连接地带，就远古人类迁徙与文化传播的路线而言，磨刀山旧石器遗址的发现意义十分重大。"从这两句话亦可见其在广东和珠江流域"最新"之所在及其具有"填补空白"的重大意义。

第二个"最"，是最老的本地土著百越族祖地。

什么叫百越族？即多个种类的越族族群之总称。根据现在考古学家的考证，它原来是南海的海岛民族，分布在新加坡、马来西亚，以及中国台湾一带的海岛族群。其先祖先后迁移登临中国大陆的岸上以后，一些往东一些往西，往东的去福建、浙江，后来去浙江的叫东越（即春秋时代越王勾践部族）；去福建的叫闽越；往西来到广东登陆的人叫南越；去粤西和广西的叫骆越；到贵州的叫黔越（司马迁称其"夜郎"）；到云南的叫滇越。所以，百越族实际是珠江流域各省区的开发者，是最老的本地土著。这是人类部落时代的情形。后来封建社会时代，各地的百越族又不断地发展变化，衍化为多种少数民族，分布地域也不断有发展变迁。云南、贵州的少数民族众多，正是由此而来。广西是全国少数民族人口最多的自治区，主要的壮族也是从百越族衍化的民族。在广东影响最大的俚族，是百越族在南北朝时的后裔，在粤西南江水网各地再生和发展起来的，就是以冼夫人为代表的族群。从粤西扩展到广东各地及海南岛，有些人还迁出海外，但栖居粤西南江水网一带（含茂名、湛江、阳江）仍是多数，南江流域的云浮、罗定、郁南也是其遗存尤多的地方。从多年的考察研究中我们发现，这里的少数民族人口种类特多、文化遗产和风俗丰富多样（如被列为国家非遗的禾楼舞等）。多年前郁南、罗定先后举办的"南江文化节"，充分展现了其独特的地方民族风采。所以，百越族及南江文化带，既是珠江流域，又是南江流域及其河网最老的本地土著族群与其祖地。作出这样的历史梳理，也是具有"填补空白"意义的。

第三个"最"，是最古的珠江主干流文化带。

众所周知，黄河、长江、珠江等大江大河是中国江河的主干流，是发源中华民族文化的母亲河，并分别代表或体现各自水域地域的民族民系文化。珠江流域在广东境内的主干流，也同样如此。珠江流域在广东的主干流，包含西江、东江、北江等。这些江的名称，是以珠江三角洲（广州）为中心，以水流走向的方位而确定的：从广州西边来的称西江，从广州东边来的是东江，从广州北边来的是北江。而从广州（包括西江）南边来的江河，自然应当称之南江。所以，自古即有南江之名和实。显然，如果忽视南江名和实的存在，则等于忽视珠江水域本有的东南西北之方位结构，造成主干流结构的缺失和不完整。从地域民族民系文化格局而言，广东自古以来，每条江河即分别具有代表或体现其最早或最久开发的民系民族的文化之内涵和意义。如西江是秦汉时代开始，由为秦始皇、汉武帝先后平定南越大军而南下的北方汉族，融合本地土著百越族，而产生的广府族群聚居之地带，从而产生并代表其广府文化；东江是晋朝中原大乱年代，由北方南下的客家族群开发及聚居地带，也代表并体现其客家文化；北江则是广府与客家族群及其文化的结合；韩江主要是从福建南迁的"福佬"，即潮汕族群及其文化。由此可见，从历史上说，西江所代表的广府文化，虽然是南下汉族与土著的融合，但起主导地位和作用的是从北方南下的广府文化，实际上是外来的文化为主，客家文化也是外来的，北江和潮汕文化也是外来的，从而造成了广东的民族民系文化都是外来族群文化的格局。那么，为何没有广东的土著族群百越族群的代表江河呢？广东的土著文化在哪里呢？显然就是前面所说的，即最老的土著百越族群。这个族群，从开始到现在多聚居或分布在南江及其粤西河网一带，即南江文化带。所以，为南江作出最古的主干流文化带的定位，既具有珠江水系的方位结构和民族民系文化结构的依据，又具有对这两个方面进行了"填补空白"的重大意义。至于称其"最古"的依据和意义，在第二个"最"（最老的本地土著百越族祖地）已有详述；第一个"最"（最新发现的远古人类发祥地）的"最新"发现，尤其是在前面提到的"南方+"关于磨刀山遗址发现后报道中，引用北京大学环境考古学专家夏正楷等考古学者的说法："南江是广东文化母亲河的概念，孕育了岭南文化的'根'。"更鲜明而高深地证实了这个"最古"的依据和意义。

第四个"最"，是最早的海陆丝绸之路对接驿道。

早在 20 世纪 90 年代初期，我们在两广分界的古广信（今广东封开和广西梧州）考察珠江源流的时候，即在《汉书·地理志》的记载中了解到：汉武帝于前 111 年平定岭南后，即派黄门译长（翻译官）从徐闻、合浦出海外做生意。这是迄今关于海上丝绸之路的最早记载。2000 年 6 月，我率领专家团前往徐闻考察，发现了这里的西汉时期古港，证实了这个记载，将联合国认定的中国海上丝路开始时间，从南宋推前至西汉，提前了 1300 多年。这是第一个"填补空白"的发现。第二个是由此进一步发现海陆丝绸之路对接驿道的史迹并提出相关概念。因为学术上历来是将从西安开始的陆上丝绸之路与海上丝绸之路分别各自研究论证的，是我们最早发现和提出海陆丝路之间有许多对接驿道的观点，珠江流域，尤其是广东这样的古驿道甚多。其中最早的是西汉时古广信的潇贺古道与南江古道至徐闻合浦古港的对接驿道。《汉书》记载的黄门译长就是经这条对接驿道，从西安经潇贺古道至广信，再通过南江古道和广西北流江、南流江水陆联运古道，到徐闻合浦出海的。所以，这也是一个"填补空白"的发现。由此可见，为南江作出"最早的海陆丝绸之路对接驿道"的定位，具有双重的"填补空白"的根据和意义，自从我们在封开提出这个发现以后，先后进行了纵横考察和论证。首先是在封开和梧州（即古广信）举办多次论坛，并分别建立了"最早海陆对接点标志碑"；又先后横向考察粤北的南雄梅关古道、乳源西京古道、坪石金鸡岭古道、连州南天门古道、清远小北江水道、龙川东江水道、粤东大埔闽粤古道和海上古道等；同时又先后纵向考察了湖南永州至广西贺州再至封开的潇贺古道，从郁南南江至广西北流江、南流江至北海、合浦及钦州、防城港的江海通道，更证实这个发现和概念所具有的两个"填补空白"的依据和意义。2021年12月出版许澄江主编的《古道南江》更是对这个最早的海陆丝路对接驿道定位的系统新证。

第五个"最"，是最美的青山绿水宜居生态环境。

据发现磨刀山遗址的考古队队长刘锁强回忆，他从2013年开始，前后3次带领考古队来到磨刀山附近，沿南江（今罗定江）两岸展开"筛网式"调查。一根打蛇棍，竹杖芒鞋轻胜马，队员们穿梭在罕无人迹的群山荒野间。这个回忆说明，这个距今60万至80万年前古人类生活的环境，至今仍是"罕无人迹的群山荒野"。这个亲临其境的回忆说明两点：一是这是当时古人类的生活环境原生态，二是正因为其原生态始终保持"罕无人迹"的环境，才得以保持这远古遗址。而这两点正好说明郁南磨刀山和南江流域地带始终保持着这样的自然生态环境，古人类才在这里生活，其遗存才得以保持到数十万年后的今天。这不是自古以来，郁南和南江流域一直是"最美的青山绿水宜居生态环境"的有力证据吗？可见"郁南磨刀山遗址与南江旧石器地点群"这个人类发祥地标，产生和发现在郁南和南江流域地带，不是偶然的，既与长期或近期的自然和社会环境相关，又与大环境和小环境的自然生态、社会生态密切相关。自2001年发现和提出南江文化，20多年以来，我们珠江文化学术团队本着"走万里路"的方针，走遍了南江流域及其河网水域的县市，从云浮、阳江、湛江、茂名等市，到各市所辖的大部分县（市）区，我们都先后发现在这片广阔的地域，美丽的青山绿水宜居生态环境甚多，令人羡慕不已。这是南江河网大环境的总体态势。在南江流经的云浮市小环境里，上乘的宜居生态环境更是星罗棋布，数不胜数，数年前我曾在此参加过全国性的宜居环境研讨会。尤其是作为南江文化的"龙头"与"喉舌"的郁南，我到此考察10次以上，亲临"两江绿抱金盆地，四面青山拥大王"（郁南是西江与南江交汇环抱着的盆地，大王山是郁南群山的最高峰）的生态环境，既是天地一片苍翠望中收，又在面对遍地无核黄皮等岭南佳果，映照着"金装素裹"的田野上，欣赏到"分外妖娆"之"金山银山"般的绿水青山风光；特别是在国家级的同乐大山自然保护区和大河国家湿地公园，在大王山国家森林公园，更使我发出毛泽东诗词中"横空出世，莽昆仑，阅尽人间春色"之"最"的感慨！2021年9月出版蔡钢安主编的《郁南风物》，也对郁南的宜居生态环境作出了新的论证。更特别令人注目的是，从2020年新冠病毒疫情开始到现在，郁南一直未发现有任何病例！这不是最美的青山绿水宜居生态环境的有力印证和最好说明吗？

以上这五个"最"，既是郁南的、南江文化的，又是整个粤西南江文化带的特点，也是整个广东和珠江流域中的"最"，所以称之"珠江'五最'在南江"。

3. 新的认识高度和发展机遇

2022年5月27日下午，中共中央政治局就深化中华文明探源工程进行第三十九次集体学习。习近平总书记在主持学习时强调，中华文明源远流长、博大精深，是中华民族独特的精神标识，是当代中国文化的根基，是维系全世界华人的精神纽带，也是中国文化创新的宝藏。在漫长的历史进程中，中华民族以自强不息的决心和意志，筚路蓝缕，跋山涉水，走过了不同于世界其他文明体的发展历程。要深入了解中华文明5000多年发展史，把中国文明历史研究引向深入，推动全党全社会增强历史自觉、坚定文化自信，坚定不移走中国特色社会主义道路，为全面建设社会主义现代化国家、实现中华民族伟大复兴而团结奋斗。

显然，李希书记这次到云浮市郁南县调研，专程到磨刀山旧石器时代古人类遗址公园参观，现场指示当地领导要认真打造这项珍贵文化遗产，正是贯彻习近平总书记这一伟大号召的体现和行动。同时，习近平总书记这一伟大号召，也正是我们落实李希书记现场指示精神，投入并深化中华文明探源工程新的指示方针，是对"磨刀山遗址与南江文化"工程新的认识高度，我们应当以这个高度以及习近平总书记的其他有关指示，提高认识"岭南祖地磨刀山，珠江'五最'在南江"的价值和意义，并且对这文化工程进行全面而全方位地打造。

首先，要将"岭南祖地磨刀山遗址"的研究开发工程，投入到中华文明探源工程，作为其中的有机组成部分而进行打造。因为磨刀山古人类是新发现的人类发祥地，也即是人类发展源流的起源，更是中华文明发展源流的原始阶段。我们应当从这个新高度认识和打造这第一个"最"。第二个"最"，最老的本地土著百越族祖地，既是中华文明部落阶段的历史，又是习近平总书记多次提出建设中华民族共同体思想的依据和体现。第三个"最"，最古的珠江主干流文化带，这既是中华文化农耕文明阶段的写照，又是习近平总书记特别强调的母亲河思想的传统根基。第四个"最"，最早的海陆丝绸之路对接驿道。这是中华民族与海外文明及经济文化交流进程的早期历史印记，是当今习近平总书记倡导"一带一路"倡议的历史传承与弘扬，对于构建世界经济与文明的新格局具有重大战略意义。第五个"最"，最美的青山绿水宜居生态环境，既是自古中华民族崇尚天人合一思想与生态养生传统的延续，又是对"绿水青山就是金山银山"的习近平生态文明思想的响应，是建设人与自然共生存之世界美好家园和人类命运共同体的组成部分。所以5个"最"分别体现了习近平总书记五个方面的文化思想，也体现了我们人类社会发展的进程。因为磨刀山是距今60万到80万年前的古人类居住遗址，是人类发祥的时代佐证；百越族祖地是人类原始部落时代的体现；再以后，人类多聚居江河主干流，即标志着人类进入农耕文明历史；接下来就进入商业和工业文明的历史；再下来是现代生态文明、科技文明和生态科技文化时代。这个进程，也就体现着人类进化史和文明史。所以，这5个"最"，既具有全面、全方位体现习近平总书记一贯倡导的把中国文明历史研究引向深入，推动全党全社会增强历史自觉、坚定文化自信的思想，又与他最新发出深化中华文明探源工程的号召高度一致。所以这就是我们贯彻李希书记现场指示而必须达到新的认识高度。

同时，这也是一个新的机遇。对于郁南、南江流域与珠江流域而言，尤其如此。从上述简略介绍的历史情况和文化背景可见，自20世纪90年代初我们发现和提出南江文化之初至今的数十年来，在历届省委、省政府的领导下，在市县各级领导的支持与合作下，虽然持续不断地做了许多工作，持续不断地有许多新的发现和成果，但总体而言，迄今尚未能达到应有的认识和研究开发的高度与深度。且不说珠江五"最"中的后四"最"，仅说位居第一的"最新发现的"磨刀山遗址，从2014年被评为全国十大考古发现之首，迄今已有8年，一直未有进行大力的开发宣传。其被评为2014年考古发现之首并被定为国家级文化遗产的价值定位，是"改写了广东远古历史"，可是8年过去了，其已经改写了的历史，还未补写出来，也未开发出来或弘扬开来！直到现在，我们才在习近平总书记号召深化中华文明探源工程的鼓舞下，在李希书记亲到现场的指示下，在梁世军书记为首的郁南县4套班子领导下，通过举办"磨刀山遗址与南江文化"研讨会和编撰出版《南江文化书系》的方式，投入由习近平总书记亲自揭开序幕的深化中华文明探源的伟大工程。

这就是新的机遇，但也仅仅是新的开始。我们必须全力以赴地将这个研讨会开好，将这套书系写好、编好、出版好，还应当更大力地持续努力，再接再厉，千方百计地按习近平总书记"要让更多文物和文化遗产活起来"的要求，按李希书记的现场指示，将"岭南祖地磨刀山，珠江'五最'在南江"的品牌擦得更亮，打得更响。

（2022年7月22日）

（二）岭南文化五大发祥地：封开
——第六次封开文化论坛主题报告

为响应习近平总书记最近发出深化中华文明探源工程号召，广东省珠江文化研究会、广东旅游出版社，与广东省封开县委、县政府合作，举办第六次封开文化论坛，主题是"封开：岭南文化五大发祥地"，旨在根据广东省珠江文化研究会学术团队数十年学术进程的研究和成果，为广东省封开县确立岭南文化5个"发祥地"的文化定位，即：岭南文化源流发祥地、广信文化发祥地、广府文化发祥地、粤语文化发祥地、海陆丝路对接驿道文化发祥地。以此作为封开的文化"名片"，既将这五个"发祥地"开创的文化源流梳理出来，同时又将我们学术团队历来对封开文化的研究成果系统化、体系化，为持续深化打下稳固基础，使其特质和优势更充分地发挥出来，使这两方面文化源流源源不息，蓬勃发展，为广东文化强省建设和深化中华文明探源工程，持续作出更多更大的贡献。

这五大发祥地，是我们从 20 世纪 90 年代初开拓珠江文化领域的初创阶段，在封开先后发现，又先后经多年持续研究，尤其是经多次论坛的专家论证而作出定位的。我作为首创者和当事者之一，亲身经历这些发现、研究、论证、定位、拓展的学术历程，有责任向大家介绍有关历史情况和文化背景，供大家了解参考，请批评指正。

1. 岭南文化源流发祥地的发现和定位

1992 年，我被聘任为广东省人民政府参事，并任省政府参事室参事文教组组长，主要负责政府文教方面的参政议政、决策咨询工作。参事文教组成员多是各大学或研究机构的教授专家。这个群体即是我们 2000 年 6 月正式成立广东省珠江文化研究会的骨干。这是珠江文化研究学术团队的前身，这个时候，正是中国改革开放风生水起、方兴未艾的阶段，全国都兴起了"文化热"的高潮，从文艺界到文化学术界，从各地方到各行业和领域，都注重从文化上寻找自身的本根和特点，探求发展的源流和走向；尤其是以包括江河文化、海洋文化在内的现代水文化理念，更是这"文化热"中的主流。当时我正是以这种理念指导，从珠江文化源流开始对岭南文化源流和特质进行文化学研究，以此为政府决策提供咨询，从而下定决心"走万里路，献千言策，著百种书"的志向。

开始的时候，我们从中国许多省的地名都是带"水"字边受到启发，如河南、河北、江苏、江西、湖南、湖北、青海、四川等，都与水有关系，而且都是以黄河、长江、洞庭湖、青海湖或本地江河的坐向确定的地名，"地名是地域史地文化的活化石"，可见这些地名都是其文化源流和特质的体现或代号。那么，我们岭南的"两广"（广东、广西）的"广"是指什么？"广"在哪里呢？显然，知其"广"之所在，也就找到了包括"两广"在内的岭南文化之源头。

珠江水系是中国南部诸多省区市的母亲河，"两广"处于这水系最大主干流西江的下游，在广东境内还包括这水系另外两条主干流（北江、东江）的下游部分，三江在珠江三角洲汇合，从"八大门"奔出南海。西江发源于云南曲靖，因是珠江水系最大主干流西江（其水量仅次长江）发源地，故也称其为"珠江源"。但其上游（包括云南、贵州及广西之西南部）河段水流众多、名称各异，正式以西江为名的河段则从广西梧州市和广东封开县开始。因而可称西江为"两广"共同的母亲河，也即是岭南文化的直接源流。

本着这样的认知，我们根据郦道元在《水经注》中所写：广信在"桂江、贺江入郁（西江）"处之指引，于1993年到桂江与贺江交汇的封开和广西梧州考察，正好在这时候，从中山大学历史系毕业后留校任学校团委副书记的徐少华同志，到封开任县长（后任书记），他夫人杨泽英是中大中文系毕业生，也同到封开工作，在他们的支持下，经过多次实地考察和历史资料考证，我们才切实了解到"两广"之"广"，原为"广信"，是汉武帝于元鼎六年（前111年）平南越两路大军（一是从桂林灵渠沿桂江南下至梧州，一是从潇贺古道沿贺江至封开）在西江（又名郁江）会师之地带，据汉武帝"初开粤地，宜广布恩信"旨意中取出"广信"两字为这地带定名为广信县。并以此作为监察统辖新划的岭南九郡的名为"交趾部"的军政首府所在地（开始是负责监督职能，后来则负责管理），东汉后易名交州府。三国时代则以此为界，之东为广东南路，之西为广西南路，广东、广西之分界和名称由此而来。由此可见，"广信"，既是最早的岭南首府所在地（秦代所划的南海、桂林、象郡等三郡各无统属关系），又理当是以珠江进入"两广"始称为西江，而堪称岭南文化之源头。因此，我们先于1995年末在封开召开"开发'岭南文化古都'倡议会"，接着又在1996年8月，在封开举办了"岭南文化古都"论证会，为封开作出岭南文化源流发祥地的定位，获得了与会专家的认同赞许。会后由我以省府参事名义，向省委、省政府提出了《开发岭南文化古都的建议》。在当时和稍后一段时间，《羊城晚报》《南方日报》《人民日报》《新华社》和港澳媒体，以及泰国、美国的媒体都发表了消息，在国内外引起了强烈反响。事后我委托谭元亨教授将这些成果汇编为《封开——岭南文化古都论》一书，由广东高等教育出版社出版。

其实，当时我们为封开作出如此定位，主要还是依据1964年，广东考古工作者在封开黄岩洞出土的一批古人类遗物中，发现两个古人类颅骨化石。特别是在1978年和1989年，又先后发现两颗古人类牙化石，经中国科学院、中山大学、广东省考古研究所、广东省博物馆等单位的专家共同研究，鉴定为距今已有14.8万年历史，比1958年在曲江马坝发现的古人类颅骨化石距今12万年的历史要长2.8万年。这个发现，意味着封开人比过去历来称为岭南人祖先的马坝人，还早2.8万年，也就意味着将岭南的文化史推前了2.8万年，可见封开人是当时公认的岭南人最早祖先，称封开为岭南文化源流发祥地也理所当然。现在由于郁南磨刀山遗址和南江旧石器文物群的发现，将岭南原始人的时间推前60万至80万年前的旧石器时代，改写了广东远古史。虽然如此，封开人仍不失其本有的中石器时代岭南文化源流标志的重要历史地位，所以仍称其为岭南文化源流发祥地是名正言顺的。

为封开作出这个定位，还在于当时我们从其所属地域的史迹史料中发现了原始土著氏族的历史和发展轨迹，在我国首部地理典籍《山海经》中，有"封豕"，在《淮南子·本经篇》有"封稀"等词，据文史学家刘伟铿的考证，均是在西江上游一带以猪为图腾的氏族。在《山海经·海内南经》中，还有说明这氏族居于郁水（即西江）封开一带的记载；此外，尚有"凿齿""雕题""苍兕"等氏族，还有"西瓯""仓吾（苍梧）"等先后称"国"的氏族，以及长期传承的"骆越"族，应该说这些名目众多的土著，都是百越族的衍化或后裔，都是原始部落时代岭南文化源流和遗迹的体现，也当是封开属岭南文化源流发祥地的依据和佐证。

尤其重要的是，作为开创中华民族的"三皇五帝"之一的舜帝，在包括封开在内的"苍梧之野"的贡献，更是我们为封开作出这个文化定位的权威佐证。据《尚书·舜典》记载：舜在接受尧的禅位后的当年，先后到东、南、西、北方巡察，到达南方的时间是五月，到达南岳后，像到东方祭祀岱宗（即东岳泰山）那样祭祀南岳。即"五月南巡守，至于南岳，如岱礼"，此后，他坚持"五载巡守"，即每隔五年到四方巡守一次，一直到死。司马迁《史记·本纪第一·五帝》载："舜践帝位三十九年，南巡狩，崩于苍梧之野，葬于江南九嶷，是为零陵。"《皇览》曰："舜冢在零陵营浦县，其山九皆相似，故曰九嶷。传曰'舜葬苍梧，象为之耕'。"《礼记》曰："舜葬苍梧，二妃（即尧之女娥皇、女英）不从。"《山海经》曰："苍梧山，帝舜葬于阳，丹朱葬于阴。"皇甫谧曰："或曰二妃葬衡山。""苍梧之野"即两广交界的广信地带，包括封开梧州在内的西江流域地区。特别值得注意的是,从舜帝开始,才有"中国"之名,而且,也由此开始,将珠江流域的南方地区,正式纳入了中国的版图,属于中华民族聚居地域的一个有机组成部分。《尚书·舜典》载:"肇十有二州,封十有二山,浚川。"即分为十二个州管辖地方,疏通河道。又称"咨,十有二牧"。曰:"食哉,惟时柔能迩;惇德允元,而难任人,蛮夷率服。"即是说:任命十二个州长,为四方首领,兢兢业业,安抚百姓,以德服人,蛮夷地区的人也归顺了。司马迁《史记》云尧禅位于舜,"大而后之中国践天子位焉,是为帝舜"。对这段话,刘熙曰:"帝王所都为中,故曰中国。"可见是舜帝最早开发和统一南方。此外,史书中尚有许多关于舜帝善理政、重孝道、重乐教、"天下明德皆自虞帝始"的记载,说明舜帝对中华民族的贡献,尤其是对珠江流域的贡献,与黄河文化的始祖黄帝、长江文化始祖炎帝的贡献相比毫不逊色,所以我早在2001年6月写出专文《珠江文化始祖——舜帝》,在同年《岭南文史》上发表,既是为舜帝作出了文化定位,也以此作为封开是岭南文化源流发祥地之重要论证。

2. 广信文化发祥地的发现和定位

虽然我们在1993年到封开梧州考察的时候,从"两广"之"广"已经知道"广信"的名称和内涵,但对其在岭南文化发祥和发展源流中的作用和地位是不知其详的,经过由此开始的持续研究,尤其是经过2006年在封开举办的广信文化论坛,我们才逐步了解其概念的历史文化内涵和历史作用,了解其是岭南文化史上持续近400年的一个历史阶段和文化形态,从而为其开创地封开作出广信文化发祥地的定位。值得一提的是,当我们举办这个论坛的时候,封开县在西江与贺江汇合的江口镇建造的"广信塔"也正式落成,如果可以说广信塔是广信文化的物化标志,那么,我们这次论坛则可以说是为广信文化发祥地学术定位之庆典。

我们为封开作此文化定位的研究过程和依据是怎样的呢?

前文已言,广信之名始于汉武帝平定岭南时所颁"初开粤地,宜广布恩信"的恩示,从中取出"广信"二字,作为当时创建的监察岭南九郡之交趾部刺史首府所在地之地名。九郡即:南海、苍梧、郁林、合浦、交趾、九真、日南、儋耳、珠崖。交趾部刺史职能虽然主要是监察,但也有皇帝特令持节的部分权力。西汉后期(一说东汉初期)演变为州一级政权,名为交州，仍是管辖岭南九郡，州治所在地仍是广信。直至三国时吴国国主嫌其管辖范围过大，于永安七年（264年）分出南海、苍梧、郁林、高梁四郡，另设广州，州治番禺；而交州则只辖交趾、九真、日南、合浦、珠崖等郡，州治龙编（今越南河内）。至此一分为二的分割，可说是岭南九郡以交州所辖地域统称的结束，也即是以广信为州治首府时代的结束。从前111年至264年，持续375年，将近4个世纪，时间长且持续，地域广且完整稳定，就时间、空间而言，是完全可以确定其为具有一定的历史性和地域性的文化整体的，也即是具有一定特征性的文化形态的。这就是：以汉化为主导的多元融合，以汉化在本土中除旧，以融合在汉化中创新。

在细述这种形态的具体体现之前，必须先对秦汉之交赵佗所创立的南越文化进行研讨评说。秦始皇统一中国最后一战，是派任嚣统率50万大军进入岭南，这是汉族文化正式进入百越族文化为主体的岭南的开始。由于百越族在此栖息已很长时间，势力强大，曾打败过秦始皇的进攻。虽然军事失败，但文化势力仍强大，并占着本土的优势。赵佗任南越太尉后，曾报请秦始皇拨3万妇女南下为军人妻室，后只批准1.5万人，这事说明百越人不愿与其合作，抵抗汉化。他只得采取"汉越杂处"的方针，才得站住脚跟。他自立为南越国后，断绝了与中原来往，也即失去了汉文化的后盾和依靠，更使其孤立，更无力推行汉化，反而更接受百越族的本土化。他在接见汉史陆贾时穿着越服，态度傲慢，受说服后，起立认错，坦诚地说："屈蛮夷中久，殊失礼义。"（见《史记》）可见南越国有近百年（确切说是93年）历史，堪称创立了有自身特色的整体性文化，即南越文化，其总体形态是"汉越杂处"，但其内核还是以百越族的本土文化为主导的。但它为广信文化的汉化打下基础、做了铺垫的功劳不可埋没，可以说，南越文化是广信文化的过渡期。

广信文化由于有南越文化为前车，尤其是有西汉皇朝的强大政权背景及其在岭南的强力统治，加之汉武帝施行的"罢黜百家，独兴儒术"的政策，使汉文化在全国处于统治地位，新统一的岭南地域在文化上自然也以汉化为主体。政治是文化的主导，但不能取代文化或决定文化的全部。百越族本土文化盘根错节，生命顽强，积淀期越长，其生命就越持久。汉文化毕竟是南下文化，虽有政治力量推波助澜，也并不可能完全取代或灭绝本土文化，不管统治者是有意识或无意识，汉化的进程，也只能是沿着在主导中与本土文化多元融合的途径，其结果也往往是：既以汉文化的主导，清除了本土文化之旧，又以本土文化的融合，促进了汉文化的创新，其成果往往既与原来的汉文化有别，又与原来的本土文化有异，形成具有独特性而又有整体性的新型事物，或者体现在具有重大文化意义的历史事件或学术论著之中。这些事物或事件、论著，都是广信文化的产物，又都是广信文化内涵的代表性标志，是广信文化总体形态的具体体现和佐证。具体表现如下。

（1）陈家三世与士燮"一门四士"为代表的经学

首先是作为中华文化的主要内容之一的儒学文化，最早在此时此地进入岭南，并成为岭南文化的主要内容之一。明末清初著名学者屈大均在《广东新语》中说：广东文化"始然于汉，炽于唐于宋，至有明乃照于四方焉"。"始然"就是开始形成，也即是发祥。屈大均还尊称陈钦和他的儿子陈元为"粤人文之大宗"，他们都是广信人，在西汉创立了震动全国、历时三代的"古文经"学派，使得《左氏春秋》立为官学，可谓岭南儒学文化的开山祖。陈钦曾向王莽传授《左氏春秋》，自著《陈氏春秋》。西汉哀帝年间，他与古文经学派大师刘歆一道提出立《左传》为官学，理由是左丘明与孔子同道，曾亲见孔子。而被称为今文经学所立的《公羊》《谷梁》是七十子后学，是"信口说而背传记"之作，有"失圣意"。双方论争激烈，因今文经派势大，遂败。王莽执政后，支持古文经派，陈钦之子陈元以提出立《左氏春秋》发难，与范升为代表的今文经学派再次展开论争，双方论辩十多次，终于获胜。陈元之子陈坚卿，也是造诣甚高的经学家。屈大均《广东新语》云："坚卿亦有文章名，能传祖父之业。噫嘻！陈氏盖三世为儒林之英也哉！"可见陈家三世都以经学为业。东汉时的交州太守士燮，也是广信人，是政绩卓著的地方州官，在任40多年，在动乱的三国年代保住岭南避过战祸；士燮又是著名的经学家，著有《春秋经注》。其弟士壹、士䵣、士武，也分别曾任合浦太守、九真太守、南海太守，也都是著名的经学家，故被誉称为"一门四士"，都是以经学为业。此外，在东汉年间，尚有北海郡人刘熙、南海郡人黄豪、汝南人许靖等著名经学家，先后到广信避难期间从事讲学、著述的记载。

这些历史事实，起码说明下列现象：首先，经学是汉文化的主要代表之一，广信文化时期出现陈家三世和士燮一门四士这样的杰出代表，说明在这期间以汉化为主导的进程甚速，成效甚大，成熟甚早；同时，也说明经学在这期间已成为广信文化的内涵要素之一，是广信文化构成为形态的一个佐证和标志。其次，陈元在为古文经学派论争中提出"先帝后帝各有所立，不必其相因"的观点，申明了做学问不应因循守旧，应因时而异，重实在、重创造；士燮治经学，也实际用于保持地方安定的施政上，从而被陈国袁徽与尚书令荀彧书赞曰："交趾士府君学问优博，又达于从政，处大乱之中，保存一郡，二十年疆场无事，民不失业，羁旅之徒，皆蒙其庆。"士燮的学以致用的思想和贡献，与陈元是相通的，即都注重实在、现实、适应、变通、创造，这些特点，正是汉文化与本土文化多元融合而逐步形成的，与原汉文化和原本土文化都有所不同。所以，陈家三世和士燮一门四士所代表的经学，在全国汉文化中是别开生面的，是有创造性的，而在岭南本土，它则是有吐旧纳新的作用和贡献的。所以，这也是广信文化形成的标志、内涵和佐证之一。再次，陈家三世和士燮一门四士的显赫，也反映出岭南社会结构进入了家族社会阶段，跟上了中原已经进入封建社会的步伐，这在百越族为主的阶段，以至南越国时期是尚未出现或尚未成熟的。可见家族文化已是广信文化的成分之一，并是其构成为文化形态的一个标志和佐证。

（2）牟子的《理惑论》

牟子，广信人，汉献帝时随母自中原落籍广信，原是儒家学者，又通道家学说，至广信后，研究自海外传入不久的佛教，成为精通佛教的学者，以"佛"字翻译佛教"般若"之音义，首创"佛"教之名，是"三教合流"的首创者。他以设问的方式，写出《理惑论》37篇，是中国第一佛学专著。北京大学著名宗教学者汤用彤教授在《汉魏两晋南北朝佛教史》中指出："牟子作《理惑论》，公然黜百家经传，斥神仙方术。佛教自立，而不托庇他人，其精神始见于《理惑论》。不仅因其为中国现存撰述之最早者而可重视。又两汉尊黄老之道，与阴阳道术，至魏也一变而好尚老庄之学。东京佛法本可视为道述之一种，而魏晋释子则袭玄学清谈。牟子以引《老》《庄》以申佛旨，已足证时代精神之转换。明乎此，则《理惑论》三十七章，诚佛教之要籍也。"

从上可见牟子《理惑论》对于广信文化具有多方面多层次的重要意义：首先，它证实了梁启超曾说佛教最早自海外从岭南传入之说，证实了佛教是自外传入而成为广信文化内涵之一。其次，它体现和证实了牟子是以儒道两教而解佛教，也即是以汉化为主导去融合佛教，使其适应汉化而又有本土化。所以，牟子《理惑论》所阐述的佛学思想，既与印度的原教有别，也与中原所传的有异，是一部有创造性又有适应性的学术论著。这正是广信文化以汉化为主导而多元融合的特征之典型体现，也是其构成文化形态的重要标志和佐证之一。再次，在广信时期，除牟子外，尚有一些佛教大师在岭南传教、著述，如：三国时古西域人康僧会，被称为"南方佛教的重要布道者"，也是融合三教的佛教学者。可见牟子现象，不是个别的、偶然的，而是带普遍性、持续性的。正因为如此，广信以后到唐代，才会出现被世界称为"东方三圣人之一"的珠江文化哲圣——六祖惠能。这也是广信文化的重要性和构成形态的重要标志及佐证。

（3）葛洪的《抱朴子内篇》

东汉的著名道教领袖葛洪，是江苏人，24岁时到广州，并先后到越南、柬埔寨，48岁到罗浮山修道、著述，直至病逝。他前期崇尚儒家，著有体现儒家思想的《抱朴子·外篇》，后期崇尚道教，著道教理论代表作《抱朴子·内篇》。他是在广信时期在岭南的道教代表人物，是汉代道教的理论代表。他从崇尚儒家转向道家，实际上是以两教合流解读道家，同样体现了以汉化为主导而多元融合的文化途径。他的道家理论，既源于中原，又有别于中原；有融合性，又有岭南的本土性；有创新性，又有大众性。他在《抱朴子·内篇》中声言："俗人多讥余好攻异端，谓余为趣欲强通天下之不可通者。"又说，"夫人在气中，气在人中，自天地置于万物，无不温气以生者。""受气者各有多少，多者其尽迟，少者其竭速。"这些话，活现了他的创新性和大众性，也可见其以汉化为主导而多元融合的特点。

葛洪南来后从儒家转为道家的原因，有待深入考证，从文化学而论，显然是与岭南的自然与人文环境相关的，而且，与以汉化为主导、以多元融合为特征的广信文化不无关系，因为这与"天人合一"的道家思想相通。所以葛洪从儒转道、以儒释道，本身就是广信文化内涵和特点的体现与佐证之一。而其理论的创新性和大众性，也是广信文化构成形态、形成自身特性的标志和体现。

此外，下面分别论述的广府文化、粤语文化、海陆丝路对接驿道文化，既是广信文化的体现和组成部分,又都是在广信文化时期四百年间在封开兴起发祥的文化形态,所以各自单列为封开的岭南文化发祥地之一而分别叙述论证如下。

3. 广府文化发祥地的发现和定位

早在我们发现广信文化的时候,即已发现其中的广府文化元素,对其持续研究、定位和发展开发,一直贯穿着我们珠江文化学术活动数十年,其"步步高"的升格和进展,突出体现在各个阶段所举办的论坛主题和成果上。

我们从1993年到封开考察开始,到接连举办的几次论坛期间,已从广信文化中发现并提出广府文化名称和概念,在2004年8月举办的"封开——岭南文化发祥地论坛"上,更鲜明地以广府文化为主题,并将封开一下定位在岭南文化发祥地的高度上。我在会上作了《广府文化特质及其源流略论》的发言,指出其特质是:多元性和兼容性、敏感性和争先性、适应性和实效性、民俗性和大众性等;并论述出其源流与岭南的人文历史地理环境而形成的民系民俗及其语言文化密切相关,认为这些因素直接决定和体现广府文化的特质。广府文化是中原汉文化(尤其是楚文化)南下与百越文化结合而形成的一种地域性的新型文化。从地理上说,岭南地区位于五岭之南,南海之北,整个地域大都山峦起伏,江河纵横,平原盆地相对较小,海岸线长,江河出海口多,造成江海一体之特色。这样的自然条件,是岭南文化的自然环境基础。这样的基础产生相应的人文环境并相互结合,才能形成具有自身特质的地域文化。岭南文化具有山、江、海结合的特点,而又以江海一体为主要的特质,并以海洋性特强为优势。这些特质和优势,既是这样的自然环境所使然,又是与其相应的人文历史和人文环境的独特所造成的。由此而造就了广府民系的形成和发展,而广府民系的形成和发展,又同时促进广府文化这些特点与源流的发挥与发展。广府的民俗文化也是如此。例如西江龙母的故事和对龙母的崇拜,也可以说是中原汉文化与百越文化结合的产物:五条小龙对龙母感恩,听命于龙母;秦始皇要请龙母上京,小龙要河水倒流接龙母归来;人们视龙母为江神,向她祭拜,祈求生子和平安。在这传说中,五条小龙的说法,秦始皇的说法,都分别有百越和汉文化的色彩,小龙报母恩既是百越的母性崇拜,又是汉文化的伦理观，两者结合也即构成一种新型文化体了。

所以，我在美国讲学时有学者问我：人称黄河的文化形象似龙，长江文化形象似凤，珠江文化形象似什么呢？我说似多龙争珠；而且，2009年我为广东参加中华人民共和国成立60周年天安门游行彩车的设计，运用了五条龙船构成的"赛龙夺锦，领潮争先"的形象，也是由此而来。这就是既有民俗文化的历史和时代依据，又有广东是多条江河交汇的地理和文化依据；既是珠江文化、又是广府文化的形象和特质的形象例证，也是广府文化发祥于三江（桂江、贺江、西江）汇合的中心地——封开的形象说明。

2011年8月，举办的"封开——广府首府论坛"，主题是广府文化的首府（中心）今在何地，以及广府民系及广府文化分布地域问题。这个主题，既是前几次论坛学术深入的必然发展，又是由于当时学术界对广府文化研究提出了新的问题。第一个新问题是：如何理解"广府文化"的名称与含义？现有两种说法，一是汉代交趾部和交州首府是广信县，故而将广信首府简称为"广信"；二是交州在三国时属东吴地盘，当局嫌交州府管辖范围过大，便以广信县为界，以西分列出交州，以东分列出广州两个州的州治，广州的首府设在番禺（今广州），故而又有"广府"之简称。持此说者所称"广府文化"的理由，还在于作为中原汉文化南下首要标志的秦始皇大军南下和赵佗建南越国，都首达和定首府于番禺（今广州），故而称广府文化首府为古番禺（今广州），也言之成理。但我个人认为，从时间而论，虽然秦始皇南下在汉武帝之先，但在秦汉之交的"南越国"时期，尚未形成一种文化形态或民系，尚在"汉越杂处"的状态中，只能说是广府文化形成的"前奏"或"孕育"期，真正形成期应是"广信"为首府的近四百年期间，正如明末清初大学者屈大均所说"始然于汉"。另一方面，以"广信"称呼的出现时间上说，显然，西汉时"广信首府"的称呼在前，三国东吴时才有的"广州首府"称呼在后，前者称呼的内涵及其承传，也比后者深厚持久。所以，广府文化的形成地和最早首府（即中心）应是广信，即今封开（和广西梧州）。当然，古广信也不是一直保持着首府或中心地位的。从历史事实上看，每个国家、民族、民系的文化中心，往往会随时代的变迁，尤其是政治、经济中心的变迁而转移的，广府文化也莫不如此。照我看来，自广府文化在近400年广信时期形成以后，即有自西向东扩大的走向，其中心也是自西向东转移的走势，即自南北朝时期以后，即开始了这个走向和趋势，尤其明显的是五代十国的南汉国时期，建都番禺（今广州）；其实在隋、唐、宋三朝，均以多种府治名目，分别于肇庆、广州镇治广东或岭南；明清两代设"两广总督府"，开始设于梧州，后来大部分时间（近200年）设于肇庆、广州。所以，大致而言，古代广府文化首府是广信，即今封开，中古至近代的广府文化中心则在梧州、肇庆、广州之间移动，现当代的广府文化中心则是广州。近有广府文化发祥地是肇庆的说法，我看是值得商榷的。如果将封开作为肇庆市的一个地域而言，将封开的古广信首府文化包于其中，似有道理，但也与历史事实不符，因西汉时既无肇庆，也无端州，从何发祥？如果说，将"两广总督府"时期作为"广府"简称，从而将肇庆定位为广府文化之发祥地，那么，将曾有百年"两广总督府"史的梧州，和末代"两广总督府"所在地广州置于何地？所以，我看称肇庆为中古至近代广府文化中心地之一比较合适。

我们这次论证广府文化首府论坛，根据历史实际，以"文化中心转移"论的观点，确定封开、广州、肇庆在广府文化发展史上不同时代的首府或中心地位；而且，我们还可以从岭南和珠江文化范畴，从粤语区为标志的广府民系区域，将广西的梧州、贺州、玉林、南宁、北海、钦州、防城等粤语区列入广府文化区域，并从广府文化向西的延伸扩展上，为其作出不同的文化定位；同样，我们也应当而可以在广东除封开、肇庆、广州之外，还可以在云浮、江门、东莞、珠海、中山、惠州、韶关、清远、阳江、湛江，以至香港、澳门和海外各地，找到广府文化东进、北上、南下和漂洋过海的足迹。有趣的是如果将这些向西和向东延伸扩展的足迹点，在地图上划个圆圈，就会发现，圆心点正是古广信的原点封开。它在地理上，同时也是水陆交通上的圆心点。与历史上古广信的原点相契合，不正是既在地理上又在历史上进一步证实：古代广府文化中心设在今日之封开，是必然而英明的吗？

正因为如此，我们多年来一直在这个广信"圆心"上探究广府文化，进行了层层深入的论证，并且借这个论坛之机，以发表《封开宣言》的方式，倡议成立广府（珠玑）人海内外联谊会和广府学会。我们珠江文化研究会，已经同广州市原市长黎子流先生为会长的南雄珠玑巷后裔联谊会，以及广东省侨联商议，一致同意共同筹办这件大事。随即我向省政府提交了《关于组建"广府人海外联谊会"与"广府学会"及其开展活动的倡议》。广东省政府参事室在《省政府参事建议》2011年8月30日45期发表了这份建议。时任广东省委常委兼秘书长徐少华同志于同年9月7日对这建议批示:"黄伟宗教授多年来致力于广府文化研究,既形成了很多学术成果,又推动了各地关注广府文化的传承,其精神令人敬佩。所提建议有针对性,建议省文化厅、省侨联负责同志研酌。"不久,在黎子流会长的主持下正式成立了广东省广府(珠玑)人海内外联谊会和广府学会(广府文化学会之简称),使广府文化从组织上、机构上、职能上更上一层楼,在海内外发挥了更大的联谊作用和影响。

2012年7月25日,我们举办了广东广府学会成立大会暨"广府寻根,珠玑祖地"学术研讨会,我所作主题报告的题目是《广府文化的五座里程碑及其标志的五个历史时期》,文中具体阐述:第一座里程碑是"广府首府"为标志的汉代开端发祥时期,第二座里程碑是"珠玑巷"为标志的唐宋开拓进取时期,第三座里程碑是"两广总督府"与广州"十三行"为标志的明清兴旺发达时期,第四座里程碑是"虎门销烟"与《三家巷》为标志的近现代对撞兼容时期,第五座里程碑是"珠三角经济圈"为标志的当代开放繁荣时期。这次论坛及其成果,起到了使广府文化的历史发展系统化,广府文化学术化、理论体系化的重要作用。

2013年11月12日,在广州举办的首届世界广府人恳亲大会和广府文化论坛上,我在主题报告中,着重论述了广府文化的世界性及其在世界文化中的地位和贡献问题。我指出广府文化有特强的民族性,又有鲜明的世界性。具体表现在:

一是最早开辟中国走向世界的海上交通线——海上丝绸之路,并且一直保持千年不衰,持续发展,使中国对世界文明作出重大贡献的"四大发明"和丝绸、陶瓷、香料走向世界,又将西方世界的经济文化传入中国,使中国的经济文化成为世界的一环,作出了最早使中国走向世界、使世界进入中国的贡献。广州和徐闻的海上丝路始发港、广州黄埔港和十三行、开平碉楼和台山侨墟楼,以至新中国成立后的百届广交会,都是千年历史贡献的见证。

二是最早向海外移民,使世界增添了广府华人华侨族群,并且使其族群的母语——粤语成为一种世界语。广府人,尤其是珠玑巷后裔移民海外,既在海外发扬广府文化、中华文化，又为所在国家地区的文化和世界文化作出贡献。尤其是广府人有特强的聚合力，往往在其所居地以"同乡会"等为中心活动，形成群体，既有经济文化性质，又始终以乡情、乡俗和粤语为纽带，由此而在各所在国形成异乡的广府族群，使世界增添了新的族群，又使世界增添了一种世界语。据李新魁《广东的方言》介绍，粤语除在岭南大部区域地区通行外，在南北美洲、大洋洲、东南亚、欧洲、非洲不少华侨、华人也使用粤语，人口约 1500 万—2000 万之间。总计起来，全世界使用粤语人数约有 7000 万。粤语，英文为 Cantonese，2008 年正式被联合国定义为语言，并且认定为日常生活中主要运用的五种语言之一（Leading Languages in daily use），仅次于中国的官方语言普通话（Mandarin Chinese）。换句话说，粤语（Cantonese）跟普通话（Mandarin Chinese）在同一个分类等级上，是平行关系，粤语不是普通话下属的一个 dialect（方言）。粤语跟普通话之间的关系犹如西班牙语跟葡萄牙语之间的关系，同是一种语系却不是同一种语言。这就意味着为世界增添了一种族群和一种语言，使世界的族群和语言更丰富多彩，可见这也是广府人对世界作出的又一贡献，是广府文化世界性的又一例证。

三是最早将现代西方文明传入中国，又将中国传统文化传向西方，既"西学东渐"，又"中学西渐"，为中国现代文明和世界文明作出贡献。明代肇庆知府王泮，批准西方传教士利玛窦入境传教，最早为中国传入了西方现代文明；与此同时，王泮还支持利玛窦带动许多传教士，将中国的"四书""五经"等传统文化翻译到西方，造成了世界东西方文化大交流的高潮，既揭开了中国现代文明的史页，又揭开了西方接纳中华传统文化的新篇章，而且这个交流高潮持续两三百年之久。清末广府人容闳开创了中国留学外国之首例，又培养中国首批留学生，使其家乡珠海成为中国留学文化的前沿地，又是西方海洋文化的登陆地，涌现了许多中国"第一"的杰出人才，亦可谓"西学东渐"交流高潮的继续。这个高潮及其继续，都是广府文化为世界东西方文化交流作出世界性贡献的一大盛事，亦是广府文化世界性例证之一。

四是最早吸取西方现代文明的广府文化精英，创造了一系列现代政治学说，为中华民族的独立和发展作出了卓越贡献，也为世界的民族独立和民主运动作出了贡献；同时，也为广府文化增添了世界的现代文化元素，使其成为一种具有全民族和世界影响的文化。如：郑观应的《盛世危言》、康有为的《大同书》、梁启超的《新民说》、孙中山的《三民主义》等，都是广府文化精英为中华民族、为世界文化作出卓越贡献的文化精品，也是百年近现代中国民主革命运动的部部指南，是广府文化现代化、世界化的座座里程碑。

总之，我认为我们这次首届世界广府人恳亲大会和广府文化论坛，本身就是广府民系和广府文化传承和发展族群性、民族性、世界性的一座里程碑，又是世界广府人团聚揭开新史页、共圆中国梦的重大盛会！可见以封开为发祥地的广府文化，既有民族性和世界性的传统与特征，又在各个历史时期以新的姿态走向世界。

4.粤语文化发祥地的发现与定位

粤语，又名广府语，俗名广州话、广东白话。顾名思义，是广府文化的组成部分，是广府民系的形成、沟通、凝聚、交流、发展的媒介和基石，同时其本身也是自有传统、自成体系的一种文化。

早在 1996 年 8 月我们举办的开发岭南文化古都专家论证会上，语言学家罗康宁、叶国泉提出：粤语形成于广信时期西江中游一带，也即是古广信所在的地方。原因是这里已是岭南政治、经济、文化中心，大量从中原南下移民至此定居，或者从事商贸、文化往来，尤其在中原战乱频繁、岭南安定的形势下，南来者更有增无减。而且在此之前，秦始皇统一岭南的时候，曾有 50 万大军南下进驻；赵佗建立南越国时也有中原人南移定居。这样，从尧舜时在黄河流域形成的夏语（华夏族语）发展成的、以秦晋方言为标准音的"雅语"，也随这些南下人群而传入岭南，成为官方推行的标准语言（相当现在推行的普通话）。但当时岭南毕竟是百越族人的天下，日常流行的是本土越族语，即使讲雅语也会加上或保存着本土语色彩，与现在"广东牌普通话"同理；中原人在岭南生活，也不得不入乡随俗，学讲土语，即使讲雅语也会与土语混杂。这样的"混杂"局面，持续一段时间，也就自然而然地形成了一种既非雅语又非土语的新型地方语言，这就是粤语。从粤语的词汇、语法、语音、句式等要素上看，原古汉语的成分保持较多，有些语音词汇在中原汉语中已失传，在粤语仍继续着。从总体看，粤语吸收了一些百越族语成分（如当今封开尚有标话），与中原汉语的渊源较深而密切，可见其主体仍是南下的汉语，并非完全是本土东西，而是中原雅语为主体而与本土语结合的产物。粤语的起源和形成过程，也体现和证实了以汉化为主导而多元融合，是广信文化的重要特点，也是其构成为广府文化的一个基因和标志。所以，作为岭南文化、广信文化、广府文化发祥地的封开，同样也是粤语文化发祥地。

地域民系方言，既是地域民系文化的构成基石，又是其形成和发展的重要元素，所以，对于本地域民系的人而言谓之"母语"。粤语即是如此。粤语的形成过程相似而又相关的广府民系，也同样在广信时期形成。"广府"者，广信首府之谓也。广府民系，即是在广信为首府的时期和地域所形成的族群体系，即带有族群性的地方民众群体。广府民系应当源自秦始皇派遣南下的50万大军，经过南越国近百年"汉越杂处"的过渡，于广信时期正式形成。之后在唐宋时期，经珠玑巷大批中原移民的补充而再扩展（见前述广府文化5个历史时期）。粤语又称为广府语。当今两广的粤语区的人，基本上都可称之为广府民系族群人。这些地域的族群，不仅语言相通，在思想观念、思维方式、行为方式，包括风俗习惯、生活方式等也都是相同或相似的，这也就是说，其本身就形成和构成为一种广府文化。所以，广府民系的形成，也是广信文化、广府文化的内涵和构成为文化形态的标志和佐证之一。这里必须说明的是：除广府民系及广府文化是广信文化重要成分之外，尚有包括原百越族、南越族等土著在内的其他族系、民系及其文化，也都是广信文化的重要内涵。将广府民系的形成过程提出来谈，主要是因为它较典型地体现了广信文化以汉化为主导而多元融合的特征与形态。

粤语文化也同样是中原汉族"雅语"文化南下之后，与岭南原有土著文化对撞交融而产生的地域文化。岭南原有土著主要是百越族，地域文化应当是土著文化。这种土著文化，由于在秦汉及其以后受历代政权的压制涤荡，以及在汉文化占统治和主导地位条件下的文化对撞交融，有的仍顽强存在，有的已经消失，有的已经变形或变异，有的与汉文化结合化为一种新型文化，也结合为一种新型的地域民系方言。这种交叉混杂的状况，在粤西南地区是较普遍较典型的。罗康宁在《粤语与珠江文化》一书中指出，封开及西江中游一带，仍有"六建""六贺""六谢""六吟"地名中的"六"（山神），"那务""那霍""那录"中的"那（出）"，这些都是残留下的百越语,其构词方法是通名在前、专名在后,也是百越语式,可谓百越族语及其文化的"活化石"。这种语言现象,说明了粤语既是广府民系及其前身的"母语",同时又说明了封开是粤语文化发祥地。可见粤语这种方言,既保留了较多古汉语成分,又有不少百越族的音标词语,其中封川话浊塞音特重。由此,语言学家叶国泉、罗康宁提出粤语发源于古广信的观点,向传统说法提出了挑战,在国内外引起重视,前些年出版的《广东省志·方言志》也收入了他们论证这观点的论文,可见作为广府文化主要标志之一,又是岭南三大语种之一的粤语,也是发源于封开。这也是岭南文化发祥地的一个佐证。

还值得特别称道的是,广府民系的前身,主要是秦汉时代南下的中原汉族,本身即具有很强的迁移性和适应性;粤语文化的主体是古代北方的"夏语""雅言",本身也具有很强的主导性和扩展性,又形成并发展于江海一体的珠江文化环境中,与海外关系密切,开拓性、海洋性特强,所以移民海外特早、华侨华人特多,从而也将广府民系、广府文化传播海外,同时也将粤语文化传扬世界,使世界各地都有广府民系的华侨华人,也使粤语通行世界,与来自北方的普通话(国语)同被联合国确定为中国两种世界性语言。这是广府人的光荣,也是作为广府民系、广府文化和粤语文化发祥地封开的骄傲!

5.海陆丝绸之路对接驿道文化的发现与定位

岭南地区位于五岭之南,南海之北,整个地域大都山峦起伏,江河纵横,平原盆地相对较小,海岸线长,江河出海口多,造成江海一体之特色。这样的自然条件,是岭南文化的自然环境基础。这样的基础产生相应的人文环境并相互结合,才能形成具有自身特质的地域文化。岭南文化具有山、江、海结合的特点,而又以江海一体为主要的特质,并以海洋性特强为优势。这些特质和优势,既是这样的自然环境所使然,又是与其相应的人文历史和人文环境的独特所造成的。正因为如此,在五岭之隔的岭南,沟通南北交通的山路或水路的驿道特多,通往海外的交通线也开辟特早特盛。

早在20世纪90年代初,我们在封开考察时,查找到汉武帝平定岭南后要求"初开粤地,宜广布恩信",同时在班固《汉书·地理志》的记载中,发现汉武帝在派张骞通西域而开辟陆上丝绸之路不久,即公元前111年平定岭南的同时，派黄门译长（翻译官）从广信出发，到雷州半岛的徐闻乘船出海，经北部湾的合浦到日南（越南）出印度洋做生意。这是迄今世界最早的关于海上丝绸之路记载，也是中国海上丝绸之路的最早记载，说明了徐闻是中国最早的海上丝绸之路始发港，但未发现有人前往实地考察证实的记载。于是在2000年6月28日正式成立广东省珠江文化研究会当天，我率领学术团队前往雷州半岛考察，在徐闻发现了西汉古港的遗址和许多文物，证实了《汉书》的记载，将联合国教科文组织确定的海上丝路开始时间，从南宋推前到西汉，使海上丝路史推前了1300多年，填补了这个学术空白。

接着我在封开又填补了第二个学术空白，就是发现并提出海陆丝绸之路对接驿道文化。因为以往学术界都是将陆上丝路与海上丝路分别孤立研究，都是分别考察两者的文化遗址或遗产，从未将两者的关系，尤其是同时具有两者历史文化内涵的驿道（或交通线、对接点）的发现和研究联系起来研究开发。我们在此起到的填补空白作用，正是在封开发现和起步研究的。因为我们发现，汉武帝派黄门译长到徐闻出海，是在平定岭南于广信（封开、梧州）设立交趾首府之后，他从西安出发必须到广信之后再向南转折到徐闻，这个转折点就是海陆丝绸之路对接驿道。因西安是陆上丝路的起点，从其到广信必经两条路，即汉武帝大军南下征伐岭南走的两条路：一是经广西桂林灵渠下桂江至广信；二是经湖南永州潇水下贺江（即潇贺古道）至广信。这是黄门译长出海行程的上半段。下半段是到广信之后，即转入南江水道再经北流江、南流江等水陆联运古道到徐闻出海。黄门译长这两段行程，都是以广信为中心而对接的，既是陆上丝绸之路的延伸，又是与徐闻开始的海上丝绸之路的对接。所以，这就是最早的海陆丝绸之路对接驿道，广信（封开、梧州）也即是最早的海陆丝绸之路的对接点或通道。所以，我们先后在封开、梧州分别竖立了"最早的海陆丝绸之路的对接点"标志石碑，并刻制了碑记，以此标志这就是海陆丝绸之路对接驿道发祥地。2020年9月，在封开举办的以"潇贺古道与岭南文明"为主题的第五次封开文化论坛，也对此作出了新的论证。

此外，岭南这种驿道还很多，30多年来，我们学术团队先后前往考察的主要有：湖南永州至广西贺州再至封开的潇贺古道，从郁南南江至广西北流江、南流江至北海、合浦及钦州、防城港的江海通道，粤北唐代张九龄开凿的大庾岭梅关古道，乳源西京古道，坪石金鸡岭古道，韩愈被贬阳山时走过的乐昌九曲十八弯十口道，刘禹锡被贬连州走过的南天门古道和清远小北江水道、龙川东江水道、粤东大埔闽粤古道、梅州市松口客家人开发印度洋古道，以及苏轼被贬海南与其弟相遇的雷州古道等，简直不胜枚举。这种现象说明，岭南海陆丝绸之路对接驿道文化尤其深厚丰富，是岭南文化重大特点之一，封开也是这种文化的发祥地，是这种文化源流的开山鼻祖，实是光荣可贵的。

综上可见，封开无愧是岭南文化五大发祥地，也是这五大文化源流的开创地。我这个发言，旨在对其发祥与源流作出系统的梳理，同时也是我们学术团队对其发现、定位、拓展之源流作出简要的梳理，期望并祝福这两道源流都持续发展，长盛不衰，永远发扬光大。

谢谢大家！

（2022年9月1日）

十六、《南方日报》《第三届广东文艺终身成就奖颁奖特刊》之报道

（一）《南方日报》关于第三届广东文艺终身成就奖颁奖会活动的报道

据《南方日报》2022年3月17日讯，第三届广东文艺终身成就奖、第四届广东省中青年德艺双馨作家艺术家表彰暨推动全省文艺工作高质量发展座谈会于3月16日在广州举行。14位文学家、艺术家获第三届广东文艺终身成就奖，10位文学家、艺术家获第四届广东省中青年德艺双馨作家艺术家荣誉称号。座谈会前，省委书记李希会见获奖者。

李希代表省委、省政府向获奖者表示祝贺，对大家为广东文艺事业繁荣发展作出的贡献表示感谢。他说，广东坚决贯彻落实习近平总书记、党中央决策部署，将文化强省建设纳入"1+1+9"工作部署，大力推动广东文艺事业取得新进展新进步。希望各位文学家、艺术家及广大文艺工作者深入学习贯彻习近平总书记关于文艺工作的重要论述精神，坚持以人民为中心的创作导向，坚持以精品奉献人民，坚持用明德引领风尚，不断提升文艺作品思想艺术水准，更好传承和弘扬岭南优秀传统文化，为文化强省建设作出更大贡献。要抓好"传、帮、带"，中青年文学家、艺术家要接过老一辈的接力棒，努力在新时代新征程上创作出更多精品力作，书写人生最壮美的华章。省委、省政府将一如既往支持文艺事业发展，有关部门要加强对文艺工作者创作和生活的关心关爱，创新文化人才工作机制、完善人才评价体系，形成不断出精品、出人才的生动局面。

荣获第三届广东文艺终身成就奖的14位文学艺术家是：王佳纳、王静珠、叶春生、宁根福、刘选亮、汤小铭、林墉、赵宋光、祝希娟、黄伟宗、黄树森（林蓓之）、黄俊英、黄培（黄壮谋）、董智勇。在座谈会上，第三届广东文艺终身成就奖获得者代表黄伟宗、祝希娟作了发言。

省领导张福海、陈建文、王学成、许瑞生、薛晓峰等参加有关活动。

同日在《获奖者感言》中引用了黄伟宗的答谢辞:"获得这一荣誉,我深感光荣自豪。同时这份荣誉属于'文学粤军',属于'粤派批评'学者群,属于'珠江文化与海上丝路'学术团队。……走过了65年的文学文化生涯,我还应当以'老骥伏枥'的精神,持续走'双文化情写天涯,一心耕耘度浮生'之路。我虽年纪大了,但'壮心不已',尚未'身终',应当继续'鞠躬尽瘁,死而后已'。"(详见下文)

(二)《黄伟宗:珠江文化学术体系的构建者》(《南方日报》记者郭珊报道)

——《南方日报》2022年3月16日《第三届广东文艺终身成就奖颁奖特刊》报道

在60余年文学创作和学术研究生涯中,黄伟宗的"高产"是有目共睹的:迄今发表《黄伟宗文存》《黄伟宗珠江文化散文报告集成》等个人专著25部,总主编《中国珠江文化史》《海上丝绸之路研究书系》《珠江文化丛书》等多种书系,共计20个系列、156部之多……

他在文学创作、文艺评论和文化学术上都有广泛建树和影响,特别是作为广东省珠江文化研究会首任会长,他率先开拓并构建起珠江文化学术体系,为"一带一路"建设作出贡献。

无论是对珠江文化、海上丝绸之路的长期深耕,还是为地方文化建设出谋划策,黄伟宗的治学历程,映射出改革开放以来,广东本土文化从自觉意识苏醒走向坚定文化自信的跋涉演进历程。这些成果不仅是广东地域文化研究不断活跃、深入的明证,其壮大过程也堪称浩瀚珠江"广纳众流成就自身"的生动写照。

【人物名片】

黄伟宗,男,汉族,1935年11月出生。1958年开始从事文学创作。他历任《羊城晚报》的《花地》副刊编辑、广东省作家协会评论委员会委员兼《作品》杂志编辑、中山大学中文系教授等。他著有《黄伟宗文存》《珠江文化论》等作品。其总主编的《中国珠江文化史》填补了中国珠江流域文化史空白。他曾获第四届广东省鲁迅文学艺术奖、广东省优秀社会科学成果奖等。

介入现实，"打通"文学与社会边界

黄伟宗以1992年为界，将自己的事业分为两个阶段。1958年至1992年为第一个阶段，在此期间，他曾先后在《羊城晚报》文艺副刊《花地》以及《广东文艺》《作品》等文艺期刊担任编辑，兼做文艺评论工作。1979年后，他回到母校中山大学，从事中国现当代文学教学和研究。

他见证过20世纪五六十年代《三家巷》《香飘四季》等广东文学名作的一纸风行，大众对精神食粮的炽热渴求；也亲历过改革开放后，广东文坛冲破僵化观念枷锁，吐故纳新、百舸竞渡的高峰期："创作方法多样化""岭南文化""朝阳文化""第三种批评""特区文学""新都市文学""打工文学""女性文学"……

身处这样一个充满豪情与争鸣的年代，黄伟宗因为工作上的便利，有机会得到欧阳山、陈残云、杜埃、萧殷、秦牧、黄秋耘等前辈大家的亲炙，同时接触到陈国凯等当时青年一代作家。其中，对他影响最大的，莫过于文学大师欧阳山。

"对于欧阳山和他的创作研究，开始我是出于一种新奇的热情，后来则是出于对其坎坷命运'不平则鸣'的呼喊。"回忆起和欧阳山长达40多年的交往，黄伟宗充满感叹，"欧阳山的一生，始终贯穿着一种韧性的战斗精神，不管经历了什么样的大风大浪、严峻考验，他都坚持自己的文艺主张和追求，从不因为'风向'的变幻左右摇摆。"

20世纪80年代，在欧阳山直接指导下，他先后出版了《欧阳山创作论》和《欧阳山评传》两部专著，前者获得广东省鲁迅文艺奖。

通过对欧阳山、陈残云等前辈作品的研究，黄伟宗意识到，社会意义和文化文学造诣的并重，是《三家巷》《香飘四季》等经典之作的共同指向皈依。受此启发，他逐渐确立了"从文化观照文学，从文学透视文化"的文化批评理念，以跨学科的"打通"精神作为自己的治学目标——这意味着从象牙塔和书斋中突围，从文学研究进入到更加宏阔、当代性更为强烈的文化批评领域，与火热的现实产生密切共鸣。

追根溯源，为珠江文化底蕴"正名"

从1992年被聘为广东省人民政府参事开始，黄伟宗的人生掀开了新的一页。从这以后,百折不挠的战斗精神,"笔墨当随时代"的学术观念,在他身上体现得愈发鲜明。而他最看重的学术成果,莫过于持之以恒开展了30余年的文化批评与珠江文化研究。

黄伟宗酝酿"珠江文化"这一概念,始于20世纪80年代后期。当时"文化热"的思潮正席卷全国,他注意到,大江大河往往被誉为"人类的母亲河",大河文明向来是人们研究历史社会发展变迁的重要课题。而珠江是中国境内第三长的河流、南方最大的水系,是内陆文化和海洋文明的连接点,具有海纳百川、通权达变、开拓先行的显著特征。此外,以"水"为名的区域文化研究方向,相对于"岭南文化"以"山"为界的传统格局而言,亦是一种重要创新和补充。

"从根本上来说,讲'珠江文化',就是对外要跟世界对接,体现出海洋文明的风范,对内发挥好珠江的辐射作用,将泛珠江流域整合在一起。"黄伟宗总结道。

2000年,广东省珠江文化研究会正式成立,黄伟宗担任首任会长,之后又担任了广东省海上丝绸之路研究开发项目组组长。此时,国内海上丝绸之路研究热潮方兴未艾,"南海Ⅰ号"水下考古发现轰动全国,广东在阳江筹建海上丝绸之路博物馆,邻近省份对于海上丝绸之路"始发港"等文化遗产品牌的竞争也日益加剧。

当时年近七旬的黄伟宗,产生了一种"时不我待"的紧迫感。他多次率队考察南海沿海诸港,考察东江、北江、西江等珠江分支流域文化遗存,他们不畏山高路远,数度北上南下,探访潇贺古道、梅关古道、珠玑巷、徐闻三墩古港旧址等地,考察队足迹西至广西合浦,东赴福建泉州,遍布荒僻山乡和海岛,取得了许多重大学术成果。

对于途中经历的种种"折腾",包括学术上的论断分歧、笔墨官司,他概括成一句自嘲之语:"自找苦吃。"他在《浮生文旅》后记中这样描述当时心境:"山重水复路何方?走得一程是一程。"

2010年,集结该研究会10年之功,皇皇300万字的《中国珠江文化史》正式出版发行。黄伟宗认为,为"珠江文化"正名,充分认识其内涵、价值,扬其长处而正视其短,能为今日广东文化建设提供根源性的启迪和坚实支撑。例如,光大珠江文化开放、兼容的气质,有助于磨平保守的地方观念,为外来移民文化和谐共生提供借鉴。

"领潮争先",将个性转为发展后劲

近年来,广东加快推进文化强省建设,让黄伟宗倍感"欣喜若狂","因为这正是我多年来孜孜以求的目标,是我长期的心愿啊!"

他坚信,以"江海一体"为标志、以"领潮争先"为精髓的珠江文化研究,已经进入"开花结果"阶段,只要定位精准、加以正确引导,就能在文化强省实践中"大干一场"。

近10年来,黄伟宗以总主编身份推动《珠江—南海文化书系》《珠江文化系论》《海上丝绸之路研究书系》等规模浩大的学术出版工程,提出了"珠江文明八代灯塔"等概念。他指出,从古至今,无论是北学南拓,还是西风东渐,珠江流域屡屡成为风云汇聚之地,自成格局,更是奠定了广东在中国近现代史上革命与文化策源地的独特地位。与此同时,黄伟宗继续抱着"用世"心态,为各地发展决策、弘扬地方文化建言献策,课题涉及地域文化、民系氏族、华人华侨与侨乡文化、"一带一路"建设、科技文化等,堪为广东学界"壮心不已""老骥伏枥"的典型。

他还陆续发表了《珠江文珠》等知名文化散文,并热衷参与"粤派评论"大讨论,鼓励各地开展"记住乡愁"创作活动;又从广东作家群相通之"海气"出发,提出"珠江文派"和"珠江学派"的系统和概念……

"做事过一生,不做事也过一生;不如做点事、多做事,做好事、做实事。"这是黄伟宗在超过60年的治学生涯中悟出来的一则信条。2020年疫情来袭,他便在家读书写书,在"眼蒙耳背"的情况下重读《红楼梦》,竟又写出了一部30余万字的《超脱寻味〈红楼梦〉》书稿;同时,他还根据切身经历和见闻,写成"独家"文坛记忆录《黄伟宗:我的文学文化生涯》。

至于他那恰似长河澎湃不息的生命,又有"谁解其中味"呢?他笑笑说,别人怎么看不要紧,重要的是一如既往,"以超脱做事,以做事超脱","这就是我所理解的人生理想境界"。

（三）黄伟宗在第三届广东省文艺终身成就奖颁奖会上的答谢辞

尊敬的各位领导，各位同行们、同志们、朋友们：

今天，在新冠肺炎疫情极其严峻的情况下，广东省委省政府在千年文化古都广州，举行第三届广东省文艺终身成就奖颁奖典礼。这个隆重典礼本身，就表明了省委、省政府对文学艺术事业高度重视，对文学艺术家高度尊重和爱护。能够作为获奖者之一，参加这个盛会，接过红光闪闪的奖状，实是人生具有里程碑意义的盛事，感到无比光荣自豪！我谨代表本届获奖的文学家，向广东省委、省政府，向省委宣传部、省文联、省作协等主办单位，致以崇高的敬意和谢意！

这个以"文艺终身成就奖"命名的奖项，具有党和政府对获奖者的人生道路和文艺生涯的肯定和鼓励之重大意义，是对文学艺术家的一种终身荣誉！就我个人来说，深为获此荣誉而光荣自豪，但又诚惶诚恐，因为我只是做了一些力所能及的工作就获此荣誉，实在受之有愧。这份荣誉，主要是由于党的领导和培养，祖国和人民的哺育，首先应感谢党和人民的恩情，还得感谢在我的人生道路和文学生涯历程中，许许多多抚育、关怀、支持、影响、帮助过我的亲人、师长、同事、朋友、学生和单位，包括生我养我并最早给我文学教育的父母，家族和兄弟姐妹的文化传承和影响，妻子儿女等家人的亲情关怀和支持，以及在具有百年历史的广西贺州中学与中山大学中文系所受的人生和文学教育，先后在《羊城晚报》《韶关文艺》《广东文艺》《作品》等报刊所受的文学熏陶和磨炼，尤其是我现所在单位中山大学与广东省作家协会、省文联及省文艺评论家协会等的支持和帮助，特别是在我受聘为省政府参事而履职5届26年的省政府参事室（文史馆），及其领属的广东省珠江文化研究会与海上丝绸之路项目组学术团队，一道"走万里路、献千言策、著百种书"的艰苦历程，持续不断地共同取得新的发现和成果……都是使我荣获这份荣誉的渊源和依据之所在。所以，我实际上是代表他们领取这份"终身成就奖"的。这份荣誉，应当属于他们，属于"文学粤军"，属于"粤派批评"学者群，属于"珠江文化与海上丝路"学术团队，属于党和人民！

在这个光辉的时刻，我回顾自己迄今走过的 87 年人生道路及其中 65 年的文学文化生涯。感到自己只是运用了写散文和写论文这两支笔，写了一些文学和文化这"双文"之作，做了三件文学文化实事：一是以超脱视野和超脱境界写学术论文与文化散文；二是以"从文化观照文学，从文学透视文化"的理念从事文化批评；三是以"江海一体"的特质和"领潮争先"的精髓，构建珠江文化与海上丝绸之路文化学术体系，填补了中国江海文化史上的一些空白，为建设文化强省、文化强国，为构建以人民为中心的中国特色社会主义文学文化大厦，添了两块砖，加了三片瓦。这正如我在 21 世纪初出版的文化散文集《浮生文旅》后记所写的人生和文学道路那样："既是从文之旅，又是以文照旅；双文化情写天涯，一心耕耘度浮生。"这是 22 年前的自我总结。现在看来，依然故我，仍走老路，不同的只是在这"双文""三事"中持续地有许多新的发现和成果，不断地增添了新的开拓和内容。由此说明这条老路是有不断创新生命力之路。在我由此荣获"终身成就奖"的时候和以后，还应当以"老骥伏枥"的精神，持续走这条"双文化情写天涯，一心耕耘度浮生"之路，我虽然年纪老了，眼耳残了，但"壮心不已"，尚未"身终"，应当继续"鞠躬尽瘁，死而后已"。

最后，祝大家顺顺利利，健康幸福！

谢谢大家！

（2022 年 3 月 16 日）